DA VINCI MYSTERIET

Da Vinci Mysteriet
Originaltitel: *The Da Vinci Code*
Copyright © Dan Brown 2003
Dansk oversættelse © Susanne Torpe 2003
Bogen er trykt hos WS Bookwell AB
Printed in Finland 2006
2. udgave, 20. oplag

ISBN 87-990157-4-9

Hr. Ferdinand - København 2004
www.hrferdinand.dk

DA VINCI
MYSTERIET

roman

DAN
BROWN

Oversat af Susanne Torpe

Hr. Ferdinand

Reykjavik – København – Vico del Gargano

2005

Tilegnet Blythe... igen.
Mere end nogensinde.

FAKTA

Priory of Sion – en hemmelig europæisk loge etableret i 1099 – eksisterer i virkeligheden. På Nationalbiblioteket i Paris fandt man i 1975 nogle dokumenter, kendt under navnet *Les Dossiers Secrets*, i hvilke en række medlemmer af Sion-logen nævnes ved navn, bl.a. Sir Isaac Newton, Botticelli, Victor Hugo og Leonardo da Vinci.

Det vatikanske prælatur kendt som Opus Dei er en yderliggående, dybt religiøs katolsk bevægelse. Den har været genstand for store diskussioner inden for de seneste år på grund af rapporter om hjernevask, tvang og udøvelse af et farligt ritual kaldet "korporlig bodsudøvelse". Opus Dei har netop færdiggjort opførelsen af deres amerikanske hovedkvarter til 47 millioner dollars på Lexington Avenue 243 i New York.

Alle beskrivelser af kunstværker, arkitektur, dokumenter og hemmelige ritualer i denne roman er korrekte.

FORORD

Den kendte museumsdirektør, Jacques Saunière vaklede ned gennem den hvælvede korridor i museets Grande Galerie. Han kastede sig frem mod det første maleri han fik øje på – en Caravaggio. Den 76-årige mand greb om den forgyldte ramme og hev og sled i mesterværket til det slap væggen, han væltede bagover og lå som en bylt under lærredet.

Præcis som han havde ventet faldt et jerngitter i med et drøn lige i nærheden og afskar adgangen til rummet. Parketgulvet rystede. I det fjerne begyndte en alarm at ringe.

Museumsdirektøren lå ubevægelig et øjeblik – han hev efter vejret og tog bestik af situationen. *Jeg er stadig i live.* Han skubbede maleriet til side og lod øjnene løbe gennem lokalet for at finde et skjulested

En stemme rungede, foruroligende tæt på. "Bliv hvor De er."

Saunière stivnede i sin akavede stilling på alle fire og drejede langsomt hovedet.

Blot fem meter fra ham, på den anden side af jerngitteret, så han den enorme gerningsmand stå og stirre ind gennem tremmerne. Han var høj og bredskuldret, hans hud var spøgelsesagtig bleg, og han havde tjavset hvidt hår. Hans øjne var lyserøde med mørkerøde pupiller. Albinoen trak en pistol op af lommen, stak pistolløbet ind mellem tremmerne og sigtede direkte på Saunière. "De skulle ikke være løbet." Hans accent var svær at placere. "Fortæl mig hvor den er."

"Som jeg allerede har sagt," fremstammede museumsdirektøren som sad knælende på gulvet, fuldstændig forsvarsløs, "så aner jeg ikke hvad De snakker om!"

"De lyver." Manden stirrede på ham, han stod helt ubevægelig bortset fra det ondskabsfulde skær i hans uhyggelige øjne. "De og Deres broderskab er i besiddelse af noget som ikke er jeres."

Museumsdirektøren mærkede en bølge af adrenalin rulle gennem kroppen. *Hvordan i alverden kunne han vide det?*

"I nat vil den komme i sin retmæssige beskytters hænder. Fortæl mig hvor den er gemt, og De vil gå fri." Manden rettede pistolen mod museumsdirektørens hoved. "Er det en hemmelighed De er villig til dø for?"

Saunière kunne ikke trække vejret.

Manden bøjede hovedet og kiggede ned på pistolen.

Saunière holdt armene op foran sig som for at beskytte sig. "Vent," sagde han langsomt. "Jeg skal fortælle Dem, hvad De har brug for at vide." Museumsdirektøren valgte sine ord med omhu. Løgnen han fortalte, havde han indøvet igen og igen – og hver gang havde han bedt til at han aldrig ville få brug for den.

Da museumsdirektøren var færdig med at tale, smilede gerningsmanden overlegent. "Ja, det er præcis det samme som de andre fortalte mig."

Saunière for sammen. *De andre?*

"Dem fandt jeg også," sagde den enorme mand hånligt. "Alle tre. De bekræftede hvad De lige har sagt."

Det kan ikke passe! Museumsdirektørens sande identitet, tillige med hans tre *sénéchaux's* sande identitet, var mindst lige så ukrænkelig som den årtusinder gamle hemmelighed de beskyttede. Det gik op for Saunière at hans sénéchaux, i overensstemmelse med den vedtagne procedure, havde fortalt nøjagtig den samme løgn inden de var blevet dræbt. Præcis som reglerne foreskrev.

Gerningsmanden sigtede igen. "Når De er død, vil jeg være den eneste, der kender sandheden."

Sandheden. I samme øjeblik gik det op for Saunière hvor rædselsvækkende situationen var. *Hvis jeg dør, vil sandheden være tabt for evigt.* Instinktivt forsøgte han at kaste sig i dækning.

Pistolen gik af, og museumsdirektøren mærkede en brændende smerte, idet kuglen trængte ind i hans mave. Han faldt forover – kæmpende mod smerten. Langsomt rullede Saunière om på siden og stirrede ud gennem gitteret på gerningsmanden.

Manden tog sigte mod Saunières hoved.

Saunière lukkede øjnene, hans tanker var et virvar af angst og fortrydelse.

Lyden af et hult klik gav ekko ned gennem korridoren.

Museumsdirektøren slog øjnene op.

Manden stirrede ned på sit våben med noget der nærmest lignede et fornøjet udtryk. Han stak hånden i lommen efter en ny kugle, men så så han ud til at skifte mening idet han gengældte Saunières angstfulde udtryk med et roligt og selvtilfreds smil. "Mit værk er fuldført."

Museumsdirektøren kiggede ned ad sig selv og så skudhullet i sin hvide bomuldsskjorte. Det var indrammet af en lille cirkel af blod et par centimeter under brystkassen. *Min mave.* Nærmest ubarmhjertigt havde kuglen ramt ved siden af hjertet. Som gammel krigsveteran i Algierkrigen havde Saunière tidligere været vidne til denne forfærdelige, langtrukne måde at dø på. Han ville overleve et kvarters tid mens mavesyren trængte ind i brystkassens hulrum og langsomt forgiftede ham indefra.

"Smerte er godt, monsieur," sagde manden.

Så forsvandt han.

Overladt til sig selv vendte Jacques Saunière igen blikket mod jerngitteret. Han var fanget i en fælde, og gitteret ville ikke kunne åbnes før om tyve minutter. Når han blev fundet, ville han være død. På trods af det faktum var den angst som greb ham nu, en angst langt større end angsten for sin egen død.

Jeg må give hemmeligheden videre.

Idet han vaklende forsøgte at komme på fødderne, så han sine tre myrdede logebrødre for sig. Han tænkte på de generationer der havde været før dem – på opgaven som de var blevet betroet.

Viden overleveret fra generation til generation.

Og pludselig, på trods af alle sikkerhedsforanstaltningerne og på trods af diverse fejlsikringer, var Jacques Saunière nu det eneste tilbageværende led, den eneste beskytter af en af de største og mest betydningsfulde hemmeligheder i verden.

Han rystede over hele kroppen, men kom på fødderne.

Jeg er nødt til at finde en måde...

Han var spærret inde i Grande Galerie, og der var kun én person på jorden som han ville kunne give faklen videre til. Saunière kiggede rundt på væggene i sit overdådige fængsel. En samling af verdens mest berømte malerier smilede ned til ham som gamle venner.

Forkrampet af smerte samlede han alle sine evner og alle sin kræfter. Han vidste at den fortvivlende opgave der ventede forude, ville kræve hvert eneste tilbageværende sekund af hans liv.

KAPITEL 1

Robert Langdon var længe om at vågne.

En telefon ringede i mørket – en metallisk og fremmedartet lyd. Han famlede efter sengelampen og fik den tændt. Han kastede et blik på omgivelserne og så et luksuøst renæssanceværelse fyldt med Louis XVI møbler, vægge dekorerede med håndmalede freskoer og en enorm himmelseng af mahogni.

Hvor pokker er jeg?

Badekåben der hang på sengegavlen bar et monogram: HOTEL RITZ PARIS.

Langsomt begyndte det at dæmre for ham.

Langdon tog røret. "Hallo?"

"Monsieur Langdon?" spurgte manden i den anden ende. "Jeg håber, at jeg ikke vækkede Dem?"

Langdon kiggede lettere omtåget på vækkeuret. Klokken var 00.32. Han havde kun sovet en time, men han følte sig fuldstændig ved siden af sig selv.

"Det er receptionisten, monsieur. De må undskylde at jeg forstyrrer, men der er besøg til Dem. Vedkommende insisterer på at det haster."

Langdon var stadig forvirret. *Besøg?* Hans blik stoppede ved den krøllede folder på sengebordet.

Det Amerikanske Universitet i Paris
præsenterer
Robert Langdon
Professor i religiøs symbolik, Harvard Universitet

Langdon sukkede. Aftenens forelæsning – et lysbilledshow om hedenske symboler skjult i Chartres Katedralens stenmure – havde højst sandsynligt rystet nogle konservative sjæle blandt publikum. Det var sikkert en eller anden professor i religionsvidenskab som havde fulgt efter ham til hotellet og nu havde til hensigt at overøse ham med sin vrede.

"Jeg beklager," sagde Langdon, "men jeg er temmelig træt og – "

"*Mais, monsieur*," receptionisten sænkede stemmen til en indtrængende hvisken. "Deres gæst er en højtstående person."

Det tvivlede Langdon ikke på. Hans bøger om religiøse malerier og symboldyrkelse havde, imod hans vilje, gjort ham til en berømthed i kunstkredse, og sidste år var Langdons popularitet vokset til uanede højder eftersom han havde været involveret i en affære i Vatikanet som havde fået enorm mediedækning. Siden da havde en endeløs strøm af selvhøjtidelige historikere og kunstfanatikere banket på hans dør.

"Hvis De vil være så venlig," sagde Langdon og gjorde sit bedste for at bevare den høflige tone, "kan De få mandens navn og telefonnummer og fortælle ham at jeg vil forsøge at ringe til ham inden jeg rejser fra Paris på tirsdag. Tak." Han lagde røret på før receptionisten kunne nå at protestere.

Langdon satte sig op i sengen og kastede et misbilligende blik på *Håndbog for hotelgæster* der lå på sengebordet – på forsiden stod der med store bogstaver: SOV SØDT SOM ET BARN I BYERNES BY. OVERNAT PÅ HOTEL RITZ. Han vendte sig og kiggede træt ind i det store spejl i den anden ende af værelset. Manden som returnerede hans blik virkede fremmed – forpjusket og udkørt.

Du trænger til ferie, Robert.

Det forgangne år havde taget hårdt på ham, men han var ikke begejstret for at kunne se beviser på det i spejlet. Hans blå øjne der normalt var klare, virkede slørede og uoplagte i aften. Mørke skægstubbe dækkede hans stærke kæbeparti og smilehullerne på hans kinder. De grå hår ved tindingen blev ikke færre, og desuden var de begyndt at brede sig i hans kraftige sorte hår. Selvom hans kvindelige kolleger påstod at de grå hår blot fremhævede hans intellektuelle look, vidste Langdon bedre.

Tænk hvis Boston Magazine *kunne se mig nu.*

I sidste måned havde *Boston Magazine*, til Langdons store fortrydelse, placeret ham på deres topti-liste over byens mest fascinerende personer – en tvivlsom ære der gjorde ham til et let offer for Harvard-kollegernes drillerier. Og denne hyldestartikel forfulgte ham åbenbart, for til aftenens forelæsning var den dukket op til overfladen igen, selvom han befandt sig over fem tusind kilometer hjemmefra.

"Mine damer og herrer..." havde aftenens værtinde indledt sin tale for fulde huse i Det Amerikanske Universitets auditorium *Pavillon Dauphine*. "Aftenens gæst behøver ingen introduktion. Han er forfatteren bag en række bøger: *The Symbology of Secret Sects, The Art of the Illuminati, The Lost Language of Ideograms*, og når jeg nu fortæller at han skrev bogen om *Religious Iconology*, så mener jeg det ganske bogstaveligt. Mange af os benytter hans bøger i undervisningen."

13

De studerende blandt publikum nikkede ivrigt.

"Jeg havde tænkt mig at introducere ham i aften ved at læse op fra hans imponerende curriculum vitae. På den anden side..." Hun kastede et drilsk blik på Langdon der sad oppe på scenen. "En blandt aftenens publikum har netop overrakt mig en langt mere, skal vil sige – *fascinerende* introduktion."

Hun holdt et eksemplar op af *Boston Magazine*.

Langdon krummede tæer. *Hvor pokker havde hun fået det fra?*

Værtinden begyndte at læse nøje udvalgte uddrag op fra den åndsforladte artikel, og Langdon mærkede hvordan han sank længere og længere ned i stolen. Et halvt minut senere var salen flad af grin, og værtinden viste ingen tegn på at stoppe. "Og Langdons modvilje mod at udtale sig offentligt om sin usædvanlige rolle i det forgangne års hemmelighedsfulde, lukkede møder i Vatikanet, har bestemt været medvirkende til at give ham point på vores fasciometer." Værtinden sendte et opfordrende smil ud over salen og spurgte: "Vil I høre mere?"

Publikum klappede.

Er der ikke nok nogen der vil stoppe hende, bad Langdon mens hun dykkede ned i artiklen igen.

"Selvom Langdon måske ikke kan betragtes som en lækker fyr på samme måde som nogle af vores yngre kandidater, er denne 46-årige akademiker i besiddelse af en mere end almindelig portion intellektuel charme. Hans besnærende fremtræden ledsages af en usædvanlig dyb barytonstemme som hans kvindelige studerende beskriver som 'creme for øregangen'."

Salen brød sammen af latter.

Langdon fremtvang et akavet smil. Han vidste hvad der fulgte – en eller anden latterlig bemærkning om "Harrison Ford i tweedjakke" – og eftersom han i aften havde regnet med at han igen roligt kunne iklæde sig sin tweedjakke og sin Burberry turtleneck, besluttede han at gribe ind.

"Mange tak, Monique," sagde Langdon idet han rejste sig og kantede hende væk fra talerstolen. "*Boston Magazine* har tydeligvis fremragende evner inden for den fiktive genre." Han vendte sig om mod publikum med et forlegent suk. "Og hvis jeg finder ud af hvem af jer der medbragte denne artikel, skal jeg sørge for at ambassaden straks udviser den pågældende."

Publikum grinede.

"Okay, som I alle ved, er jeg her i aften for at tale om symbolers magt..."

Telefonens ringen brød endnu en gang stilheden på Langdons hotelværelse.

Med et vantro suk tog han røret. "Ja?"

Som forventet var det receptionisten. "Mr. Langdon, jeg beklager at jeg forstyrrer igen. Jeg ringer for at orientere Dem om at Deres gæst netop nu er på vej op til Deres værelse. Jeg mente at det ville være korrekt at advare Dem."

Langdon var lysvågen nu. "Har De sendt nogen op til mit *værelse?*"

"Jeg beklager, monsieur, men en mand som han – jeg har ikke tilstrækkelig autoritet til at stoppe ham."

"Hvem er det lige præcis det drejer sig om?"

Men receptionisten havde lagt røret på.

I samme øjeblik bankede det på døren.

Langdon lod usikkert benene glide ned fra sengen og mærkede tæerne synke dybt ned i det tykke gulvtæppe. Han trak i hotelbadekåben og gik hen mod døren. "Hvem er det?"

"Mr. Langdon? Jeg må tale med Dem." Manden talte engelsk med accent – hans stemme var skarp og autoritær. "Mit navn er kriminalkommissær Jérôme Collet. Direction Centrale Police Judiciaire."

Langdon stoppede op. *Kriminalpolitiet?*

Langdon lod sikkerhedskæden forblive på og åbnede døren et par centimeter. Ansigtet der mødte ham var smalt og udtryksløst. Manden var usædvanlig mager og var iført en officielt udseende blå uniform.

"Må jeg komme indenfor?"

Langdon tøvede usikkert mens den fremmedes gustne øjne betragtede ham. "Hvad drejer det her sig egentlig om?"

"Min *capitaine* har brug for Deres ekspertise i et privat anliggende."

"Nu?" udbrød Langdon. "Det er midt om natten."

"Er det korrekt, at De havde planlagt, at mødes med Louvres direktør i aften?"

Langdon mærkede en pludselig bølge af ubehag. Han og den ærværdige museumsdirektør Jacques Saunière havde aftalt at mødes over en drink efter Langdons forelæsning, men Saunière var aldrig dukket op. "Ja. Hvor ved De det fra?"

"Vi fandt Deres navn i hans kalender."

"Der er vel ikke noget galt?"

Kriminalkommissæren tog en dyb indånding og rakte et fotografi ind gennem den smalle døråbning.

Langdon stivnede, da han så billedet.

"Dette billede blev taget for mindre end en time siden. I Louvre."

Langdon stirrede på det bizarre billede. Chokeret og overvældet af væmmelse spurgte han vredt: "Hvem har gjort det!?"

"Netop det spørgsmål havde vi håbet at De ville kunne hjælpe os med at besvare – i betragtning af Deres viden om symbolik og Deres aftale om at mødes med ham."

Langdon stirrede på fotografiet, og hans forfærdelse blev blandet med frygt. Billedet var rædselsfuldt og samtidig dybt underligt, og det fremkaldte en foruroligende fornemmelse af déjà vu. For lidt over et år siden havde Langdon modtaget et fotografi af et lig og en tilsvarende anmodning om hjælp. 24 timer senere havde han nær mistet livet i Vatikanet. Dette fotografi var fuldstændig anderledes, men alligevel var der noget ved scenariet som virkede foruroligende bekendt.

Kriminalkommissæren kiggede på sit ur. "Min *capitaine* venter, Sir."

Langdon hørte ham dårligt nok. Hans blik veg ikke fra fotografiet. "Symbolet der og den besynderlige måde hvorpå hans krop er…"

"Anbragt?" foreslog kriminalkommissæren.

Langdon nikkede, og det løb ham koldt ned ad ryggen idet han kiggede op. "Jeg kan ikke i min vildeste fantasi forestille mig, hvem i alverden der kunne finde på at anbringe nogen på den måde."

Kriminalkommissæren så alvorligt på ham. "De har vist ikke helt forstået det, Mr. Langdon. Det De ser på fotografiet – " Han gjorde en kort pause. "Monsieur Saunière har selv anbragt sig sådan."

16

Et par kilometer derfra humpede den enorme albino, Silas, ind gennem lågen til den luksuøse brunstensvilla på Rue La Bruyère. Det pigbesatte *cilice*-bælte han bar rundt om låret skar sig ind i hans kød, men alligevel sang hans sjæl af velvære over at tjene Herren.

Smerte er godt.

Hans røde øjne gennemsøgte hurtigt lobbyen idet han trådte ind i villaen. Tom. Han gik stille op ad trappen, eftersom han ikke ønskede at vække sine brødre. Døren til hans værelse stod åben; låse var ikke tilladt her. Han gik ind og lukkede døren efter sig.

Værelset var spartansk indrettet med trægulv, en fyrretræskommode og en lærredsmåtte i hjørnet som gjorde det ud for hans seng. Han var gæst her i disse uger, men i mange år havde han været velsignet med et tilsvarende fristed i New York.

Herren har givet mig ly og en mening med livet.

I aften følte Silas langt om længe at han var begyndt at betale af på sin gæld. Han skyndte sig hen til kommoden, fandt sin mobiltelefon som var gemt i den nederste skuffe og trykkede et nummer.

"Ja?" svarede en mandsstemme.

"Mester, jeg er tilbage."

"Sig frem," kommanderede stemmen, som lød lettet over at høre fra ham.

"Alle fire er ekspederet. De tre *sénéchaux* – og selve Stormesteren."

Der var et øjebliks pause, som for at give plads til en stille bøn. "Så formoder jeg, at De har oplysningerne?"

"Alle fire var enslydende. Uafhængigt af hinanden."

"Og De troede dem?"

"Overensstemmelsen var alt for slående til at kunne være tilfældig."

Et lettelsens suk. "Fantastisk. Jeg havde frygtet at broderskabets vidt berømte evner til hemmeligholdelse ville sejre."

"Dødens pust i nakken er god motivation."

"Ja, kære elev, fortæl mig nu hvad jeg må vide."

Silas vidste at de oplysninger han havde indhentet fra sine ofre ville komme som et chok. "Mester, alle fire bekræftede eksistensen af *clef de voûte* – den legendariske *slutsten*." Han kunne høre at Mesteren snappede efter vejret i telefonen, og han fornemmede hans ophidselse. "*Slutstenen*. Præcis som vi havde mistanke om."

I følge overleveringen havde broderskabet lavet et kort af sten – en *clef de voûte* eller en *slutsten* – en graveret tavle der løftede sløret for broderskabets mægtigste hemmeligheds endelige hvilested – oplysninger så vidtrækkende og betydningsfulde at bevogtningen af dem udgjorde selve baggrunden for broderskabets eksistens.

"Når vi er kommet i besiddelse af slutstenen," sagde Mesteren, "vil vi kun være ét skridt fra målet."

"Vi er tættere på, end De aner. Slutstenen befinder sig her i Paris."

"Paris. Utroligt. Det er næsten for let."

Silas beskrev aftenens begivenheder – hvordan alle fire ofre umiddelbart inden deres død desperat havde forsøgt at købe deres ugudelige liv tilbage ved at fortælle deres hemmelighed. Hver især havde de fortalt Silas nøjagtigt det samme – at slutstenen var omhyggeligt gemt et ganske bestemt sted i en af Paris' gamle kirker – *Eglise de Saint-Sulpice.*

"I Guds hus," udbrød Mesteren. "Mage til hån mod os!"

"En hån der har varet århundreder."

Mesteren tav som for at fastholde øjeblikkets triumf. Endelig brød han tavsheden. "De har gjort Gud en uvurderlig tjeneste. Vi har ventet århundreder på dette. De må få fat i stenen for mig. Straks. I nat. De ved, hvor meget der står på spil."

Silas vidste, at der stod uendelig meget på spil, men alligevel virkede det, som Mesteren nu krævede, umuligt. "Men kirken er som en fæstning. Især om natten. Hvordan skal jeg bære mig ad med at komme ind?"

Med det overbevisende tonefald som kendetegner mænd med enorm indflydelse, forklarede Mesteren, hvordan tingene skulle gøres.

Da Silas lagde på, dirrede han af forventning.

En time, sagde han til sig selv, taknemmelig over at Mesteren havde givet ham tid til at udføre den fornødne bodshandling før han skulle betræde Guds hus. *Jeg må rense min sjæl for dagens synder.* Synderne han havde begået i dag havde haft et helligt formål. Krigshandlinger mod Guds fjender var blevet begået gennem århundreder. Tilgivelse var sikret.

På trods af det var Silas klar over at syndsforladelse krævede opofrelse.

Han trak rullegardinet ned, tog tøjet af og knælede midt i rummet. Han kiggede ned på det pigbesatte *cilice*-bælte der sad fastspændt om hans lår. Alle tro tilhængere af *Vejen* bar denne anordning – en læderstrop besat med skarpe metalpigge, der skar sig dybt ind gennem huden som en konstant påmindelse om Kristi lidelse. Smerten som denne anordning forårsagede fungerede desuden som modvægt til kødets lyster.

Selvom Silas allerede havde båret sit *cilice*-bælte længere end de påkrævede to timer daglig, vidste han at dagen i dag ikke var nogen almindelig dag. Han greb spændet og strammede bæltet en tak ind, han vred sig af smerte idet piggene borede sig dybere ind i kødet. Da han langsomt pustede ud fornemmede han den rituelle renselse i sin smerte.

Smerte er godt, hviskede Silas og gentog dette hellige mantra som stammede fra Fader Josemaría Escrivá – Mesteren over alle Mestre. Selvom Escrivá døde i 1975, levede hans visdom fortsat, og hans ord blev stadig hvisket af tusindvis af tro tjenere over hele kloden når de knælede på gulvet og udførte det hellige ritual kendt som "korporlig bodsudøvelse".

Silas rettede nu sin opmærksomhed mod et kraftigt, knudret reb som lå pænt sammenrullet på gulvet ved siden af ham. *Disciplinrebet.* Knuderne var dækket af størknet blod. Ivrig efter at mærke den rensende effekt af sin egen lidelse fremsagde Silas en hurtig bøn. Så greb han den ene ende af rebet, lukkede øjnene og svingede det hårdt over skulderen. Han mærkede knuderne hamre mod sin ryg. Han kastede rebet over skulderen endnu en gang, lod det flænge huden. Han slog igen og igen.

Castigo corpus meum.

Til sidst mærkede han hvordan blodet flød.

KAPITEL 3

Den kølige aprilluft smøg sig ind gennem Citroënens nedrullede vindue da den kørte mod syd forbi Operaen og krydsede Vendôme-pladsen. Fra passagersædet så Robert Langdon byen passere forbi mens han sad og forsøgte at få styr på sine tanker. Et hurtigt bad og en barbering havde resulteret i at han nu så nogenlunde præsentabel ud, men det havde ikke formået at dulme hans uro. Det skræmmende billede af liget af museumsdirektøren havde brændt sig fast på hans nethinde.

Jacques Saunière er død.

Langdon kunne ikke undgå at føle museumsdirektørens død som et stort tab. På trods af Saunières ry for at være meget reserveret, gjorde hans inderlige og begejstrede interesse for kunst ham til et menneske det var nemt at værdsætte. Hans bøger om hemmelige symboler skjult i Poussin og Teniers malerier var blandt Langdons favoritter i undervisningen. Langdon havde virkelig glædet sig til aftenens møde, og desto større havde hans skuffelse været da Saunière ikke mødte op.

Billedet af Saunières lig dukkede igen op for hans indre blik. Jacques Saunière har *selv* anbragt sig sådan? Langdon kiggede ud ad vinduet og forsøgte at ryste billedet ud af hovedet.

Udenfor var byen først nu ved at gå til ro – gadehandlere trak af sted med deres små vogne med brændte mandler, tjenere bar køkkenaffald ud til den nærmeste container, et kærestepar puttede sig ind til hinanden for at holde varmen i den svage jasminduftende forårsbrise. Citroënen navigerede sig vej gennem mylderet med stor autoritet; den skingre lyd fra sirenen delte trafikken som en kniv.

"*Le capitaine* var glad for at høre, at De stadig var i Paris," sagde kriminalkommissæren. Han havde ellers ikke sagt et ord siden de forlod hotellet. "Et heldigt og tilfældigt sammentræf."

Langdon følte sig alt andet end heldig, og tilfældighed var et begreb han ikke rigtig troede på. I kraft af at han nærmest havde viet sit liv til at udforske skjulte forbindelser mellem forskellige symboler og trosretninger, opfattede han verden som et net af tæt sammenvævede historier og begivenheder. *Det kan godt være at sammenhængen ikke umiddelbart er synlig*, prædikede han ofte for sine studerende på Harvard, *men den er der altid – begravet lige under overfladen.*

"Jeg formoder," sagde Langdon, "at Det Amerikanske Universitet i Paris har oplyst jer om hvor jeg overnatter?"

Chaufføren rystede på hovedet. "Interpol."

Interpol, tænkte Langdon. Selvfølgelig. Han havde glemt at europæiske hotellers tilsyneladende ganske uskyldige anmodning om at vise pas når man checker ind, var mere end en simpel formalitet – det var vedtaget ved lov. En hvilken som helst nat, et hvilket som helst sted i Europa, ville Interpol-agenter kunne lokalisere præcis hvem der sov hvor. Opsporingen af Langdon på Ritz havde sikkert taget omkring fem sekunder.

Mens Citroënen drønede af sted gennem byen, dukkede Eiffeltårnets profil op i det fjerne, badet i lys. Langdon kom til at tænkte på Vittoria; han tænkte på det kåde løfte de havde aflagt for godt et år siden om at mødes hvert halve år på forskellige romantiske steder over hele kloden. Eiffeltårnet ville sikkert være kommet på listen. Desværre havde han sidst kysset Vittoria i en larmende lufthavn i Rom for mere end et år siden.

"Har De været oppe i hende?" spurgte kriminalkommissæren og så over på Langdon.

Langdon kiggede over på ham, overbevist om at der var noget han havde misforstået. "Undskyld, hvad sagde De?"

"Hun er dejlig, synes De ikke?" Kriminalkommissæren gjorde et kast med hovedet i retning af Eiffeltårnet. "Har De været oppe i hende?"

Langdon vendte det hvide ud af øjnene. "Nej, jeg har aldrig været oppe i tårnet."

"Hun er selve symbolet på Frankrig. Jeg synes hun er perfekt."

Langdon nikkede fraværende. Symbolforskere har ofte bemærket at Frankrig – et land berygtet for mandschauvinisme, forførelse og usikre ledere med enorme mindreværdskomplekser som Napoleon og Pepin den Korte – ikke kunne have valgt et mere passende nationalsymbol end en 300 meter høj fallos.

Da de kom til krydset ved Rue de Rivoli, var der rødt, hvilket dog ikke fik Citroënen til at sætte farten ned. Kriminalkommissæren kørte med fuld fart gennem krydset og satte farten yderligere op da de nåede den alléagtige strækning af Rue Castiglione, der gjorde det ud for den nordlige indgang til den berømte Tuileriehave – Paris' udgave af Central Park. De fleste turister misforstod navnet Jardin des Tuileries og troede at det var relateret til de tusindvis af tulipaner der hvert år blomstrede i parken, men *Tuileries* var faktisk en direkte reference til noget langt mindre romantisk. Hvor parken lå nu, havde der engang været en kæmpestor, forurenet udgravning hvorfra parisiske bygherrer hentede ler til produktionen af byens berømte røde tagsten – kaldet *tuiles.*

Da de kørte ind i den øde park, stak kriminalkommissæren hånden ned under instrumentbrættet og slog den hylende sirene fra. Langdon satte sig bedre til rette i sædet og nød den pludselige stilhed. Det blege skær fra forlygterne oplyste grusvejen foran bilen, og de grove dæk mod gruset frembragte en hypnotiserende rytmisk lyd. Langdon havde altid opfattet Tuileriehaven som hellig grund. Dette var haven hvor Claude Monet havde eksperimenteret med form og farve og helt konkret havde fået inspiration til undfangelsen af den impressionistiske bevægelse. I nat lå der dog en underlig, ildevarslende aura over parken.

Citroënen drejede til venstre, mod vest, ned gennem parkens hovedallé. Efter at have rundet en lille dam, krydsede chaufføren en øde vej og fortsatte ud mod en stor firkantet plads. Langdon kunne nu se den anden ende af Tuileriehaven der var markeret med en gigantisk porthvælving af sten.

Arc du Carrousel.

På trods af de orgielignende ritualer der engang var blevet udført ved Arc du Carrousel, var stedet værdsat af kunstelskere af en helt anden grund. Fra pladsen for enden af Tuileriehaven kunne man se fire af de fornemste kunstmuseer i verden – et i hvert verdenshjørne.

Fra sideruden i passagersiden – mod syd, på den anden side af Seinen og Quai Voltaire – kunne Langdon se den gamle banegårds dramatisk oplyste facade – i dag det ansete Musée d'Orsay. Ved at vende blikket mod venstre, kunne han skimte toppen af det ultramoderne Pompidou Center, som rummede Paris' Museum for Moderne Kunst. Og Langdon vidste at den gamle Ramses-obelisk, som markerede Musée du Jeu de Paume, kunne ses bag ham, over trætoppene mod vest.

Men det var forude, mod øst, gennem porthvælvingen, at Langdon nu kunne se det enorme renæssancepalads som var blevet verdens berømteste kunstmuseum.

Musée du Louvre.

Langdon mærkede en velkendt strøm af betagelse løbe gennem kroppen da han gjorde et forgæves forsøg på at indtage hele det enorme bygningsværk med øjnene på en gang. Bag en svimlende stor, åben plads, rejste Louvres imponerende facade sig som en fæstning mod den parisiske nattehimmel. Med form som en hestesko var Louvre den længste bygning i Europa – den strakte sig længere end tre Eiffeltårne på langs. Ikke engang den næsten ti hektar store, åbne plads mellem museets fløje formåede at trække opmærksomheden væk fra den majestætiske facade. Langdon havde en enkelt gang gået turen langs Louvres ydermure – en tur på fem kilometer.

Selvom det anslås at ville tage fem uger at betragte samtlige 65.300 kunstværker i bygningen ordentligt, foretrak de fleste turister en forkortet version af oplevelsen – "Louvre light" som Langdon kaldte den – et kapløb gennem museet for at se de tre berømteste værker: *Mona Lisa, Venus fra Milo* og *Nike fra Samotrake*. Art Buchwald havde engang pralet med at han havde set alle tre mesterværker på fem minutter og seksoghalvtreds sekunder.

Chaufføren trak en walkie-talkie frem og sagde på susende hurtigt fransk: *"Monsieur Langdon est arrivé. Deux minutes."*

Der kom en utydelig, skrattende bekræftelse.

Kriminalkommissæren lagde apparatet tilbage og vendte sig mod Langdon. "Min *capitaine* tager imod Dem ved hovedindgangen."

Chaufføren ignorerede skiltene som forbød al kørsel på pladsen, gassede op og lod Citroënen drøne op over kantstenen. Louvres hovedindgang dukkede op, den rejste sig dristigt i det fjerne, omkranset af syv trekantede bassiner med oplyste springvand.

La Pyramide.

Louvres nye indgangsparti var blevet næsten lige så berømt som selve museet. Den kontroversielle, neomodernistiske glaspyramide, designet af den kinesiskfødte amerikanske arkitekt I. M. Pei, var stadig genstand for foragt blandt tilhængere af det traditionelle som mente at den fratog renæssancepladsen dens værdighed. Goethe beskrev engang arkitektur som stivnet musik, mens Peis kritikere beskrev glaspyramiden som en negl mod en tavle. Progressive beundrere hilste derimod Peis 22 meter høje, gennemsigtige pyramide velkommen, og betragtede den som en fremragende forening af en flere tusinde år gammel form og moderne teknik – en symbolsk forbindelse mellem gammelt og nyt – der hjalp med at føre Louvre ind i det nye årtusinde.

"Kan De lide vores pyramide?" spurgte kriminalkommissæren.

Langdon rynkede panden. Franskmænd elskede åbenbart at stille amerikanere det spørgsmål. Det var et lumsk spørgsmål. Hvis man indrømmede at man godt kunne lide pyramiden, var man stemplet som smagløs amerikaner, og hvis man gav udtryk for at man ikke brød sig om den, var det en fornærmelse mod det franske folk.

23

"Mitterrand var en modig mand," svarede Langdon i et forsøg på at dele sol og vind lige. Det siges om den tidligere franske præsident der stod bag beslutningen om opførelsen af pyramiden, at han led af et "Farao-syndrom". Ved ene mand at være ansvarlig for at have fyldt Paris med egyptiske obelisker, kunstværker og arkæologiske genstande, havde Francois Mitterrand udvist en så iøjnefaldende hengivenhed for egyptisk kultur, at franskmændene stadig omtalte ham som Sfinksen.

"Hvad hedder Deres chef?" spurgte Langdon i et forsøg på at skifte emne.

"Bezu Fache," sagde chaufføren idet de kørte op foran pyramidens hovedindgang. "Vi kalder ham *le Taureau*."

Langdon kiggede over på ham og spekulerede på om alle franskmænd havde et mystisk dyretilnavn. "I kalder jeres chef for *Tyren?*"

Kriminalkommissæren løftede det ene øjenbryn. "Deres franske er bedre end De vil indrømme, Monsieur Langdon."

Mit franske er elendigt, tænkte Langdon, *men mit kendskab til de astrologiske tegn er relativ godt*. Taurus var altid tyren. Astrologiens symbolik var ens over hele verden.

Kriminalkommissæren stoppede bilen og pegede ind mellem to springvand, på en stor dør på siden af pyramiden. "Der er indgangen. Held og lykke, monsieur."

"Skal De ikke med?"

"Jeg fik ordre på at efterlade Dem her. Jeg har andre ting at tage mig til."

Langdon tog en dyb indånding og steg ud. *Okay, det er jo Dem der dirigerer det her cirkus.*

Kriminalkommissæren gassede op og kørte af sted.

Da Langdon stod alene tilbage og kiggede efter baglygterne der hurtigt forsvandt, gik det op for ham at han nemt kunne nå at ombestemme sig, forlade pladsen, få fat i en taxi og tage direkte på hovedet hjem i seng. Der var dog noget der sagde ham at det nok ikke var nogen god idé.

På vej over mod vandsløret der omgav springvandene fik Langdon en ubehagelig fornemmelse af at han var i færd med at krydse en imaginær tærskel til en anden verden. Aftenens surrealistiske karakter overvældede ham. For tyve minutter siden havde han ligget og sovet på sit hotelværelse. Nu stod han foran en gennemsigtig pyramide bygget af Sfinksen, og ventede på en kriminalinspektør der blev kaldt Tyren.

Jeg er fanget i et Salvador Dali maleri, tænkte han.

Langdon gik med beslutsomme skridt over mod hovedindgangen – en gigantisk svingdør. Foyeren på den anden side var svagt oplyst og lå øde hen.

Skal jeg banke på?

Langdon spekulerede på om nogen af Harvards højtagtede egyptologer nogensinde havde banket på ved indgangen til en pyramide og forventet et svar. Han løftede hånden for at banke på glasset, men i samme øjeblik dukkede en skikkelse frem af mørket. Manden gik med målrettede skridt op ad den buede marmortrappe. Han var mørk og firskåren, nærmest neandertalagtig, og var iført en mørk dobbeltradet jakke der strammede hen over hans brede skuldre. Med sine lavstammede, kraftfulde ben besteg han trappen med umiskendelig autoritet. Han talte i mobiltelefon, men afsluttede samtalen så snart han nåede op. Han gjorde tegn til Langdon om at træde indenfor.

"Mit navn er Bezu Fache," bekendtgjorde han idet Langdon kom ind gennem svingdøren. "Chefkriminalinspektør." Hans stemme passede til hans udseende – en dyb buldren, som optræk til uvejr.

Langdon rakte hånden frem. "Robert Langdon."

Faches enorme hånd lukkede sig om Langdons med knusende styrke.

"Jeg så fotografiet," sagde Langdon. "Deres assistent fortalte at Jacques Saunière *selv* gjorde det –"

"Mr. Langdon," Faches sorte øjne holdt hans blik fast, "det De ser på billedet, er blot en brøkdel af det, Saunière gjorde."

KAPITEL 4

Chefkriminalinspektør Bezu Fache havde en fremtoning som en vred tyr med sine tilbagetrukne, brede skuldre og hagen der var presset hårdt ind mod brystet. Hans mørke hår lå tilbagestrøget og glinsende, og afslørede hans høje tindinger – hårgrænsen gik ned i en spids, som en pil der delte hans frem-springende pande på midten. Eftersom hans holdning gjorde at panden samtidig var forrest kom den til at minde om stævnen på et krigsskib. Når han gik, virkede det som om hans mørke øjne nærmest skar sig vej foran ham; de udstrålede en brændende klarhed som understregede hans ry for at være skånselsløs og hård i alle henseender.

Langdon fulgte efter chefkriminalinspektøren ned ad den berømte marmortrappe til den forsænkede lobby under glaspyramiden. På vejen ned passerede de to kriminalbetjente bevæbnet med maskinpistoler. Budskabet stod klart: Ingen går hverken ud eller ind af Louvre i aften uden chefkriminal-inspektør Faches velsignelse.

Da de var kommet ned under jordens overflade, måtte Langdon kæmpe mod en stigende angst. Faches fremtoning var alt andet end imødekommende, og selve Louvre havde en nærmest dyster aura over sig på denne tid af døgnet. Som midtergangen i en mørk biograf var trappen oplyst af lys der var indlagt i hvert trin. Langdon kunne høre lyden af sine egne skridt give genlyd mod glasset langt over ham. Da han kiggede op, så han det svagt oplyste vandslør fra springvandene forsvinde på den anden side af det gennemsigtige tag.

"Kan De lide den?" spurgte Fache og gjorde et kast med sit brede hoved op mod pyramiden.

Langdon sukkede opgivende og orkede ikke at lege med. "Ja, jeres pyra-mide er fantastisk."

Fache gryntede. "Et ar på Paris' ansigt."

Pletskud. Langdon fornemmede, at hans vært var typen, som det var svært at gøre tilpas. Han spekulerede på, om Fache havde den fjerneste anelse om, at pyramiden, på præsident Mitterrands udtrykkelige ordre, var blevet konstrueret af præcis 666 glasplader – et temmelig underligt krav som da også lige siden havde været et varmt emne blandt tilhængere af sammensværgelsesteorier, eftersom det hævdedes at 666 var Satans tal.

Langdon besluttede sig for ikke at bringe det emne på bane.

Da de bevægede sig ned mod den underjordiske foyer, dukkede det store, åbne rum langsomt frem fra skyggen. Bygget 17 meter under jordens overflade, strakte Louvres nybyggede 6500 m² store lobby sig som en uendelig underjordisk grotte. Den var bygget af okkerfarvet marmor for at passe til Louvres honningfarvede facade ovenover. Normalt summede foyeren af turister og sollys, men i nat lå den øde og mørk hen, hvilket gav stedet en kold og gravlignende karakter.

"Hvad med museets faste sikkerhedsfolk?" spurgte Langdon.

"*En quarantaine,*" svarede Fache i en tone som om Langdon havde sat spørgsmålstegn ved hans mænds hæderlighed. "En eller anden som aldrig burde være kommet ind, formåede åbenbart at skaffe sig adgang i aftes. Alle Louvres sikkerhedsvagter er samlet i Sully-fløjen til afhøring. Mine egne folk har overtaget ansvaret for museets sikkerhed i aften."

Langdon nikkede. Han måtte sætte det lange ben foran for at kunne følge med Fache.

"Hvor godt kendte De Jacques Saunière?" spurgte kriminalinspektøren.

"Jeg kendte ham faktisk overhovedet ikke. Jeg har aldrig mødt ham."

Fache så forbavset ud. "Skulle De have mødtes for første gang i aftes?"

"Ja. Vi havde aftalt at mødes ved receptionen som Det Amerikanske Universitet holdt efter min forelæsning, men han dukkede aldrig op."

Fache kradsede noget ned i en lille notesbog. Mens de gik, fik Langdon et glimt af Louvres mindre kendte pyramide – *La Pyramide Inversée* – et gigantisk, indadgående ovenlysvindue der hang ned fra loftet som en drypsten. Fache ledte Langdon op ad en kort trappe der førte op til enden af en lang, hvælvet korridor. Der hang et skilt over trappen: DENON stod der på det. Denonfløjen var den mest berømte af Louvres tre hovedsektioner.

"Hvem af jer anmodede om aftenens møde?" spurgte Fache pludselig. "De eller han?"

Spørgsmålet virkede underligt. "Det gjorde Mr. Saunière," svarede Langdon idet de trådte ind i korridoren. "Hans sekretær kontaktede mig for et par uger siden via e-mail. Hun skrev, at museumsdirektøren havde hørt, at jeg skulle holde en forelæsning i Paris i denne måned, og at der var noget, han gerne ville diskutere med mig, mens jeg var der."

"Hvad var det han ville diskutere?"

"Det ved jeg ikke. Kunst vil jeg tro. På det område havde vi fælles interesser."

Fache så skeptisk ud. "Har De *ingen* anelse om, hvad mødet skulle dreje sig om?"

Det havde Langdon ikke. Han havde været nysgerrig, men havde ikke brudt sig om at bede om detaljer. Den ærværdige Jacques Saunière var kendt for at foretrække diskretion og indlod sig derfor ikke på mange møder; Langdon var således taknemmelig for overhovedet at få muligheden for at møde ham.

"Mr. Langdon, kan De i det mindste give et bud på, hvad vores mordoffer kunne have ønsket at diskutere med Dem samme aften, som han blev myrdet? Det vil muligvis være til hjælp for os."

Det pågående spørgsmål gjorde Langdon ilde til mode. "Jeg ved det virkelig ikke. Jeg spurgte ikke. Jeg betragtede det som en ære overhovedet at være blevet kontaktet af ham. Jeg er en stor beundrer af Mr. Saunières værker. Jeg bruger ofte hans tekster i undervisningen."

Fache noterede i sin lille bog.

De to mænd var nu nået halvvejs gennem Denon-fløjens indgangskorridor, og Langdon kunne se den stillestående rulletrappe for enden.

"Så De havde fælles interesser?"

"Ja. Jeg har faktisk brugt det meste af det forløbne år på at skrive et udkast til en bog der omhandler et emne som Mr. Saunière er ekspert i. Jeg havde glædet mig til at høste nogle frugter af hans viden."

Fache så op. "Hvabehar?"

Det udtryk eksisterede åbenbart ikke på fransk. "Jeg havde glædet mig til at få indsigt i hans tanker om emnet."

"Ja, okay. Og hvad er emnet så?"

Langdon tøvede, han var usikker på hvordan han skulle formulere det. "Grundlæggende set handler manuskriptet om gudindedyrkelses-ikonografi – den hellige kvinde som begreb, samt den kunst og de symboler der er forbundet med det."

Fache lod en kraftig hånd glide hen over håret. "Og Saunière var kyndig på det område?"

"Ingen vidste mere om det emne end han."

"Det kan jeg forstå."

Langdon havde en fornemmelse af at Fache absolut ikke havde forstået det. Jacques Saunière blev betragtet som den dygtigste ikonograf i verden. Ikke alene havde Saunière en personlig lidenskab for relikvier knyttet til frugtbarhed, gudindedyrkelse, Wicca-religion og den hellige kvinde; gennem sin tyveårige karriere som museumsdirektør, havde han tillige hjulpet Louvre med at etablere verdens største samling af gudindekunst.

"Måske kendte Jacques Saunière til Deres manuskript?" foreslog Fache. "Og han planlagde mødet for at tilbyde Dem sin assistance."

Langdon rystede på hovedet. "Der er faktisk endnu ingen der ved noget om mit manuskript. Det er stadig kun en kladde, og jeg har endnu ikke vist det til nogen bortset fra min forlægger."

Fache tav.

Langdon sagde ikke noget om *årsagen* til at han endnu ikke havde vist manuskriptet til nogen andre. I den tre hundrede sider lange kladde – med den foreløbige titel *Symboler for den forsvundne hellige kvinde* – fremlagde han nogle yderst ukonventionelle udlægninger af den herskende religiøse ikonografi som uden tvivl ville blive kontroversielle.

Langdon stoppede pludselig op idet han nærmede sig den stillestående rulletrappe, da det gik op for ham at Fache ikke længere gik ved siden af ham. Han vendte sig og så Fache stå ved en elevator et godt stykke bag ham.

"Vi tager elevatoren," sagde Fache idet elevatordøren gik op. "Som De formodentlig er klar over, er det noget af en tur til fods."

Selvom Langdon vidste, at elevatoren hurtigt ville bringe dem de to etager op til Denon-fløjen, blev han stående uden at røre sig.

"Er der noget galt?" spurgte Fache utålmodigt mens han holdt døren.

Langdon tog en dyb indånding og kastede et længselsfuldt blik hen mod rulletrappen. *Der er bestemt ikke noget galt,* forsøgte han at bilde sig selv ind idet han gik tilbage mod elevatoren. Som dreng var Langdon faldet ned i en brønd som ikke længere var i brug, og han havde været tæt på at dø. Han havde trådt vande i timevis i den trange skakt før han var blevet reddet. Siden da havde han lidt af voldsom klaustrofobi – enhver form for små lukkede rum gjorde ham rædselslagen; elevatorer, undergrundsbaner, squashbaner. *En elevator er et fuldkommen sikkert maskineri,* sagde Langdon til sig selv gang på gang, men uden at tro på det. *Det er en lille metalboks der hænger i en lukket skakt!* Han holdt vejret og gik ind i elevatoren og mærkede den velkendte strøm af adrenalin da dørene gik i.

To etager. Ti sekunder.

"De og Mr. Saunière," sagde Fache, idet elevatoren satte i gang, "har aldrig talt sammen overhovedet? Aldrig været i kontakt med hinanden? Aldrig sendt noget til hinanden?"

Endnu et underligt spørgsmål. Langdon rystede på hovedet. "Nej. Aldrig."

Fache nikkede langsomt som om han mentalt noterede dette faktum. Han stod tavs og stirrede ind i de forkromede døre.

Da elevatoren bevægede sig opad, forsøgte Langdon at koncentrere sig om alt andet end de fire vægge omkring ham. I genspejlingen fra de blankpolerede elevatordøre kunne han se kriminalinspektørens slipsenål – et sølvkors med tretten sorte onyxsten indlagt. Langdon betragtede den forbavset. Symbolet var kendt som et *crux gammata* – et kors med tretten ædelstene – et kristent symbol for Kristus og hans tolv disciple. Af en eller anden grund havde Langdon ikke forventet at chefen for det franske kriminalpoliti ville sende så klare signaler om sin religiøse overbevisning. Men på den anden side, det var Frankrig og her var kristendom i højere grad en menneskeret end en religion.

"Det er et *crux gammata*," sagde Fache pludselig.

Langdon kiggede op med et sæt og så Faches blik hvile på sig i de spejlblanke døre.

Elevatoren stoppede med et lille ryk, og dørene gled op.

Langdon trådte hurtigt ud, ivrig efter at komme ud i det vidt åbne rum som Louvres berømte højloftede gange tilbød. Den verden, han trådte ind i, var dog langtfra, som han havde forventet.

Langdon stoppede brat op.

Fache kastede et hurtigt blik på ham. "Jeg gætter på, Mr. Langdon, at De aldrig før har set Louvre efter lukketid?"

Det har De fuldkommen ret i, tænkte Langdon og forsøgte at orientere sig.

I betragtning af den perfekte belysning der normalt prægede Louvres sale, fremstod de forbløffende mørke i aften. I stedet for det ensartede hvide lys der sædvanligvis strømmede ned ovenfra, var der i stedet et dæmpet rødt skær der så ud som om det kom op fra fodpanelerne – uregelmæssige plamager af rødt lys der spredtes over gulvet.

Idet Langdon kiggede ned gennem den mørke korridor, gik det op for ham at han burde have forventet dette sceneri. Så godt som alle store museer benyttede rødlig nødbelysning om natten – et strategisk placeret, lavtsiddende, svagt lys som tillod de ansatte at finde vej gennem salene samtidig med at malerierne blev holdt i mørke for at reducere den falmende effekt som overbelysning medfører. I nat virkede museets atmosfære nærmest trykkende. Lange skygger trængte sig på alle vegne, og de almindeligvis himmelstræbende, hvælvede lofter virkede som et lavthængende sort tomrum.

"Denne vej," sagde Fache og drejede skarpt til højre og fortsatte ned gennem en række sammenhængende sale.

Langdon fulgte efter, hans øjne var efterhånden ved at vænne sig til mørket. Omkring ham begyndte store oliemalerier at komme til syne som

fotografier der blev fremkaldt for øjnene af ham i et kæmpemæssigt mørke-
kammer – deres blikke fulgte ham som han gik gennem salene. Han kunne
nærmest smage den velkendte duft af museumsluften – en tør, deioniseret luft
som bar en svag antydning af kulstof – resultatet af det automatiske kulfilter-
dehydrogeneringssystem der kørte døgnet rundt for at modvirke den ætsende
kuldioxid der blev udåndet af de besøgende.

De synlige overvågningskameraer der var placeret højt oppe på væggene,
sendte et klart signal til de besøgende: *Vi holder øje med dig. Rør ikke ved kunst-
værkerne.*

"Er de ægte?" spurgte Langdon og pegede på et af kameraerne.

Fache rystede på hovedet. "Nej, selvfølgelig ikke."

Det kom ikke bag på Langdon. Videoovervågning af museer i den
størrelsesorden var en kostbar affære og samtidig ineffektiv. Med sine utallige
sale ville Louvre kræve mange hundrede teknikere alene til at holde øje med
skærmene. Nu om dage bruger de fleste store museer "indespærrende sikker-
hedsforanstaltninger." *Glem alt om at holde tyvene ude. Hold dem inde.* Indespærrings-
systemet blev aktiveret efter lukketid, og hvis nogen fjernede et værk, ville
jerngitre straks blive udløst og afspærre udgangene fra den pågældende sal, så
tyven ville være bag tremmer allerede før politiet nåede frem.

Lyden af stemmer gav ekko ned gennem marmorkorridoren. Det lød som
om stemmerne kom fra en stor, tilbagetrukket niche der lå på højre side lidt
længere nede ad gangen. Et skarpt lys strømmede ud derindefra.

"Museumsdirektørens kontor," sagde kriminalinspektøren.

Idet han og Fache nærmede sig nichen, kastede Langdon et blik ned
gennem den korte gang og ind i Saunières luksuøse kontor – væggene var be-
klædt med træ, og rummet var præget af malerier og et kæmpestort antikt
skrivebord hvorpå der stod en halv meter høj model af en ridder i rustning.
Fem-seks politimænd gik rundt i lokalet, snakkede i mobiltelefon og tog
notater. En af dem sad ved Saunières skrivebord og skrev på en bærbar
computer. Museumsdirektørens private kontor var åbenbart blevet omdannet
til politiets kontrolpost i aften.

"*Messieurs,*" kaldte Fache, og mændene vendte sig. "*Ne nous dérangez pas sous
aucun prétexte. Entendu?*"

Alle i kontoret nikkede bekræftende.

Langdon havde hængt tilstrækkeligt mange NE PAS DERANGER-skilte på
hoteldøre til at forstå essensen af chefkriminalinspektørens ordre. Fache og
Langdon måtte ikke under nogen omstændigheder blive forstyrret.

Fache og Langdon fortsatte ned gennem den mørklagte korridor og overlod den lille forsamling af betjente til sig selv. Cirka 30 meter længere fremme dukkede indgangspartiet til Louvres mest populære afdeling op – *la Grande Galerie* – en tilsyneladende uendelig række af sale der rummede Louvres mest værdifulde italienske mesterværker. Det var allerede gået op for Langdon at det var her, Saunières lig befandt sig; Grande Galerie's berømte parketgulv havde ikke været til at tage fejl af på fotografiet.

Da de nærmede sig, kunne Langdon se at indgangen var spærret af et gigantisk jerngitter der mest af alt lignede noget der blev brugt på slotte i middelalderen for at holde diverse hære på plyndringstogt ude.

"Indespærrende sikkerhedsforanstaltninger," sagde Fache da de nærmede sig gitteret.

Selv i mørke så afspærringen ud til at kunne have tilbageholdt en kampvogn. Da de nåede hen til den, kiggede Langdon ind gennem tremmerne, ned gennem Grande Galerie's svagt oplyste sale.

"Efter Dem, Mr. Langdon," sagde Fache.

Langdon vendte sig. *Efter mig, hvorhen?*

Fache pegede ned mod gulvet under gitteret.

Langdon så ned. Han havde ikke lagt mærke til det i mørket. Afspærringen var hævet cirka en halv meter over gulvet så der var en snæver åbning forneden.

"Denne del er stadig forbudt område for Louvres sikkerhedspersonale," sagde Fache. "Mit hold fra *Police Technique et Scientifique* har netop afsluttet sine undersøgelser." Han pegede ned mod åbningen. "Vær så venlig at kravle under."

Langdon stirrede ned på den snævre åbning ved sine fødder og derefter op på det tunge jerngitter. *Det mener han forhåbentlig ikke?* Afspærringen lignede en guillotine der blot ventede på at halshugge enhver der forsøgte at komme forbi.

Fache mumlede noget på fransk og kiggede på sit ur. Så lagde han sig på knæ og smøg sit kraftige legeme under gitteret. Omme på den anden side rejste han sig op og kiggede tilbage på Langdon gennem tremmerne.

Langdon sukkede. Han lagde sig på maven, placerede hænderne fladt på det polerede parketgulv og trak sig fremad. Idet han smuttede under, hang kraven på hans tweedjakke fast i kanten af gitteret, og han stødte baghovedet mod jernet.

Yderst elegant, Robert, tænkte han idet han famlede sig fremad for til sidst endelig at komme helt igennem. Da han rejste sig, var han begyndt at få mistanke om at det ville blive en meget lang nat.

KAPITEL 5

Murray Hill Place – det nye nationale Opus Dei-hovedkvarter og konference-center – ligger på Lexington Avenue 243 i New York. Det 12.000 m² store højhus, der har en værdi på lidt over 47 millioner dollars, er beklædt med røde mursten og kalksten. Bygningen, der er tegnet af May & Pinska, rummer over hundrede værelser, seks spisesale, biblioteker, opholdsstuer, mødelokaler og kontorer. På anden, ottende og sekstende etage er der kapeller dekorerede med udskåret træ og marmor. Syttende etage er udelukkende til beboelse. Mænd går ind i bygningen gennem hovedindgangen ved Lexington Avenue. Kvinder går ind gennem en bagindgang i en sidegade og er på ethvert tidspunkt adskilt fra mændene i bygningen.

Biskop Manuel Aringarosa stod i det hellige værelse i sin penthouselejlighed hvor han tidligere på aftenen havde pakket en lille rejsetaske og iført sig sin traditionelle sorte præstekjole. Normalt ville han have viklet et violet bælte om livet, men i aften ville han komme til at rejse blandt lægfolk, og han foretrak ikke at gøre opmærksom på sin høje rang. Kun de med et skarpt blik ville lægge mærke til hans bispering af 14 karat guld med en violet ametyst, store diamanter og håndlavet applikation med en bispehue og -stav. Han svingede rejsetasken over skulderen, bad en stille bøn, forlod lejligheden og tog elevatoren ned til lobbyen hvor hans chauffør ventede for at køre ham til lufthavnen.

Om bord på flyet med kurs mod Rom, sad Aringarosa og stirrede ud gennem vinduet ned på det mørke Atlanterhav. Solen var allerede gået ned, men Aringarosa vidste at hans egen stjerne var ved at stå op. *I aften vil slaget blive vundet*, tænkte han, overrasket over at det blot var et par måneder siden at han havde følt sig magtesløs over for dem der havde truet med at ødelægge hans imperium.

Som generalpræsident for Opus Dei havde Aringarosa brugt de seneste ti år af sit liv på at udbrede budskabet om "Guds værk" – eller *Opus Dei*. Bevæg-elsen der blev grundlagt i 1928 af den spanske præst Josemaría Escrivá, ar-bejdede for en tilbagevenden til konservative katolske værdier og opfordrede sine medlemmer til at foretage omfattende ofre i deres eget liv med henblik på at udføre Guds værk.

Opus Dei's autoritært konservative filosofi var oprindeligt udsprunget i Spanien før Francos regime, men med udgivelsen af Josemaría Escrivás religiøse bog *Vejen* i 1934 – 999 aforismer der bekendtgjorde hvordan Guds værk kunne udføres i det daglige liv – spredtes Escrivás budskab over hele verden med eksplosiv kraft. Med over fire millioner solgte eksemplarer på 42 forskellige sprog, var Opus Dei i dag en verdensomspændende magtinstans. Dens huse, undervisningscentre og endda universiteter fandtes i næsten alle verdens storbyer. Opus Dei var den hurtigst voksende og økonomisk stærkeste katolske organisation i verden. Desværre havde Aringarosa måttet erfare at i en tid præget af religiøs kynisme, kult og diverse sekter, virkede Opus Dei's stigende velstand og magt som en magnet når det gjaldt mistanke.

"Mange omtaler Opus Dei som en sekt der hjernevasker folk," lød det ofte provokerende fra alverdens journalister. "Andre kalder jer en ultrakonservativ, hemmelig, kristen sekt. Hvilken af delene er I?"

"Opus Dei er ingen af delene," lød biskoppens tålmodige svar altid. "Vi er en del af den katolske kirke. Vi er en bevægelse af katolikker som har valgt at prioritere at leve disciplineret efter den katolske doktrin i vores daglige liv."

"Omfatter Guds værk nødvendigvis cølibat, afladskøb og syndsforladelse gennem selvpiskning og *cilice*-bæltet?"

"De beskriver blot en lille del af Opus Dei's tilhængere," sagde Aringarosa. "Der er mange forskellige niveauer af engagement. Tusindvis af Opus Dei-medlemmer er gift, har familie og udøver Guds værk i deres egne omgivelser. Andre vælger et liv i askese i vores afskærmede huse. Det er et personligt valg, men alle i Opus Dei deler det fælles mål at forbedre verden ved at udøve Guds værk. Det kan da ikke andet end betragtes som beundringsværdigt."

Argumenter virkede dog sjældent. Medierne blev draget af skandaler, og Opus Dei havde, som de fleste andre store organisationer, nogle brodne kar blandt sine medlemmer hvilket kastede en skygge over hele bevægelsen.

For et par måneder siden var en Opus Dei-gruppe på et universitet i USA blevet taget i at forgifte nyerhvervede medlemmer med meskalin i et forsøg på at bringe dem i en euforisk tilstand som de nyomvendte ville opfatte som en religiøs oplevelse. En anden universitetsstuderende havde brugt sit pigbesatte *cilice*-bælte mere end de anbefalede to timer dagligt og havde derfor pådraget sig en næsten dødelig infektion. I Boston havde en ung desillusioneret bankdirektør for nylig overdraget hele sin formue til Opus Dei inden han begik selvmord.

Vildledte stakler, tænkte Aringarosa og havde ondt af dem.

Den ultimative ydmygelse havde naturligvis været den meget omtalte retssag mod FBI-agenten Robert Hanssen som ud over at være et fremtrædende medlem af Opus Dei, også havde vist sig at være seksuelt afvigende eftersom der under retssagen var kommet beviser frem om, at han havde placeret skjulte videokameraer i sit eget soveværelse så hans venner kunne se ham have sex med sin kone. "Ikke ligefrem en rettroende katoliks hobby," havde dommeren bemærket.

Desværre havde alle disse hændelser skabt grobund for en ny overvågningsgruppe kendt under navnet Opus Dei Awareness Network (ODAN). Gruppens populære hjemmeside – *www.odan.org* – bragte skræmmende historier fra tidligere Opus Dei-medlemmer som advarede om farerne ved at melde sig ind i bevægelsen. Medierne var nu begyndt at omtale Opus Dei som "Guds mafia" og "Kristi kult".

Vi frygter det vi ikke forstår, tænkte Aringarosa og spekulerede på om kritikerne havde nogen ide om hvor mange liv Opus Dei berigede. Bevægelsen havde Vatikanets fulde accept og velsignelse. *Opus Dei er et personligt prælatur af selve paven.*

For nylig var Opus Dei dog pludselig blevet truet fra anden side, af en instans langt mere magtfuld end medierne – en uventet fjende som Aringarosa på ingen måder ville kunne gemme sig for. For fem måneder siden var magtens kalejdoskop blevet rystet, og Aringarosa var endnu ikke kommet sig over rystelserne.

"De kender ikke omfanget af den krig de har indledt," hviskede Aringarosa for sig selv og kiggede ud gennem flyvinduet, ned på det mørke hav under sig. Et øjeblik fokuserede han i stedet på sit eget spejlbillede og dvælede ved det aparte ansigt i ruden – mørkt, aflangt og domineret af en flad, skæv næse som var blevet mast af en knytnæve i Spanien for mange år siden, da han var der som ung missionær. Denne fysiske skønhedsfejl registrerede han dårligt nok længere. Aringarosa var sjælens mand, ikke kødets.

Da flyet fløj over Portugals kyst, begyndte mobiltelefonen i lommen på Aringarosas præstekjole at ringe med nogle lave bip. Selvom regler for flytrafik forbød brug af mobiltelefoner i luften, var Aringarosa klar over at dette var et opkald han var nødt til at besvare. Kun én mand kendte dette nummer – manden som havde sendt Aringarosa telefonen.

Biskoppen tog hurtigt telefonen op af lommen og svarede med lav stemme. "Ja?"

"Silas har fundet ud af hvor slutstenen er," blev der sagt i den anden ende. "Den er i Paris. I Saint-Sulpice kirken."

Biskop Aringarosa smilede: "Så er vi tæt på."

"Vi kan få fat i den med det samme. Men vi har brug for Deres hjælp."

"Naturligvis. Fortæl mig blot hvad jeg skal gøre."

Aringarosas hjerte hamrede da samtalen var slut. Han stirrede endnu en gang ud i nattens tomme rum og følte sig lille i forhold til de begivenheder han havde igangsat.

Otte hundrede kilometer derfra stod albinoen ved navn Silas bøjet over en lille balje vand og duppede blodet af sin ryg mens han iagttog det røde mønster drive rundt i vandet. *Rens mig med ysop for synd*, bad han idet han citerede Salmernes Bog. *Vask mig hvidere end sne!*

Silas følte en spirende forventning som han ikke havde mærket siden sit tidligere liv. På én gang overraskede og opildnede det ham. Gennem de seneste ti år havde han levet i overensstemmelse med *Vejen*, han havde renset sig selv for synder, genopbygget sit liv, udslettet volden fra sin fortid. I aften var det hele dog kommet strømmende tilbage. Det had han havde kæmpet så hårdt for at fortrænge var blevet vakt til live. Det kom bag på ham hvor hurtigt hans fortid var dukket op til overfladen igen. Og hans evner var naturligvis fulgt med – ude af træning men brugbare.

Jesu budskab handler om fred... ingen vold... kærlighed. Det var dette budskab Silas havde lært fra begyndelsen, og det var det budskab han bar i sit hjerte. Og samtidig var det dette budskab som Kristi fjender nu truede med at ødelægge. *De som truer Gud med tvang vil blive mødt med tvang. Urokkeligt og sikkert.*

For to årtusinder siden havde kristne soldater forsvaret deres tro imod dem som forsøgte at fordrive den. I aften var Silas blevet kaldt til kamp.

Efter at have tørret sine sår, trak han i sin ankellange kappe med hætte. Den var helt enkel; lavet af mørk uld hvilket fremhævede hans hvide hud og hår. Han strammede bæltet omkring livet, trak hætten op over hovedet og lod de røde øjne beundre sit spejlbillede. *Hjulene er sat i bevægelse.*

KAPITEL 6

Efter at have presset sig ind under sikkerhedsgitteret stod Robert Langdon nu lige ved indgangen til Grande Galerie. Han stod og stirrede ind i gabet på en lang, dyb kløft. På begge sider af korridoren strakte de enorme vægge sig ni meter op i luften og forsvandt i mørket ovenover. Det rødlige skær fra nødbelysningen strømmede op nedefra og kastede et uvirkeligt, ulmende lys over den imponerende samling af Da Vincis, Tizians og Caravaggios værker der hang i wirer ned fra loftet. Stilleben, religiøse motiver og landskaber ledsaget af portrætter af adelen og politikere.

Selvom Grande Galerie husede Louvres berømteste italienske værker, syntes en stor del af publikum faktisk at det mest overvældende ved fløjen var dens berømte parketgulv. De diagonale egetræsplanker var lagt i et forbløffende geometrisk mønster, og gulvet skabte på den måde et flygtigt synsbedrag – et flerdimensionalt netværk som gav publikum fornemmelsen af at de gled gennem korridoren på en overflade som ændrede sig for hvert skridt.

Da Langdon begyndte at kunne skimte mønstret, stoppede hans blik ved en uventet genstand som lå på gulvet blot et par meter til venstre for ham, omkranset af politape. Han vendte sig mod Fache. "Er det... en *Caravaggio* som ligger der på gulvet?"

Fache nikkede uden overhovedet at skænke det et blik.

Langdon gættede på at maleriet havde en værdi på op mod to millioner dollars, men på trods af det lå det på gulvet som en kasseret plakat. "Hvorfor fanden ligger det på gulvet!"

Fache skulede vredt, og var tydeligvis uberørt. "Mr. Langdon dette er et gerningssted. Vi har intet rørt. Billedet blev rykket ned fra væggen af museumsdirektøren. Det var på den måde han fik sikkerhedssystemet aktiveret."

Langdon kiggede tilbage mod gitteret og forsøgte at forestille sig hvad der var foregået.

"Museumsdirektøren blev overfaldet på sit kontor, flygtede ind i Grande Galerie og aktiverede sikkerhedsgitteret ved at hive maleriet ned fra væggen. Gitteret faldt øjeblikkeligt ned og afspærrede området. Dette er den eneste vej ind og ud af denne korridor."

Langdon var forvirret. "Så museumsdirektøren lukkede rent faktisk gerningsmanden inde i Grande Galerie?"

Fache rystede på hovedet. "Sikkerhedsgitteret skilte Saunière fra gerningsmanden. Morderen stod uden for salen og skød Saunière gennem tremmerne." Fache pegede på et orange mærke der hang på en af tremmerne i gitteret, de lige var kravlet under. "Mine teknikere fandt mærker efter en pistols tilbageslag. Han skød gennem tremmerne. Saunière var alene da han døde herinde."

Langdon så billedet af Saunières lig for sig. *De sagde at han selv havde placeret sig på den måde.* Langdon kiggede ud over den enorme sal foran dem. "Og hvor er hans lig så?"

Fache rettede på sin korsformede slipsenål og begyndte at gå. "Som De sikkert ved, er Grande Galerie temmelig lang."

Så vidt Langdon huskede, var Grande Galerie godt og vel 450 meter lang, det vil sige lige så lang som tre Washington-Monumenter på langs. Lige så overvældende var salens bredde som let kunne have rummet et passagertog på den brede led. Midten af salen var prydet med en velvalgt statue eller rettere; en gigantisk porcelænsurne der tjente som en elegant rumdeler og samtidig sørgede for et vist system i færdslen – ned gennem salen på den ene side og op gennem salen på den anden.

Fache sagde ikke noget, men gik med målrettede og hurtige skridt ned gennem salens højre side, han stirrede stift frem for sig. Langdon følte sig nærmest respektløs ved at gå så hurtigt forbi det ene mesterværk efter det andet uden så meget som at gøre holdt et øjeblik.

Jeg ville alligevel ikke kunne se noget som helst i den her belysning, tænkte han.

Den dæmpede rødlige belysning fremkaldte desværre minder fra Langdons seneste erfaring med denne form for belysning – i Vatikanets hemmelige arkiver. Det var aftenens anden ubehagelige parallel til hans oplevelse i Rom som nær havde kostet ham livet. Han kom igen til at tænke på Vittoria. Det var nu flere måneder siden hun sidst havde været nærværende i hans drømme. Langdon forstod ikke at Rom blot var et år siden; det føltes som årtier. *Et andet liv.* Sidst han havde hørt fra Vittoria var i december – et postkort som fortalte at hun var på vej til Javahavet for at fortsætte sin forskning i biofysik - noget med at anvende satellitter til at spore mantarokkens bevægelsesmønster. Langdon havde aldrig gjort sig forhåbninger om at en kvinde som Vittoria Vetra ville kunne blive lykkelig ved at bo sammen med ham på et universitetsområde, men deres tilfældige møde i Rom havde tændt en længsel i ham som han aldrig før havde kendt. Hans livslange svængen til singlelivet og den simple frihed som det gav ham, var på en eller anden måde blevet rystet – og erstattet af en uventet følelse af tomhed som var blevet stærkere i løbet af det seneste år.

De fortsatte i et rask tempo, men Langdon kunne stadig ikke se noget lig.

"Gik Jacques Saunière *så* langt?"

"Skuddet ramte Mr. Saunière i maven. Han led en langsom død. Måske gik der over femten eller tyve minutter. Han var åbenbart en mand med stor personlig styrke."

Langdon vendte sig forfærdet. "Tog det sikkerhedsvagterne *femten minutter* at komme herind?"

"Nej, selvfølgelig gjorde det ikke det. Louvres sikkerhedsfolk reagerede straks på alarmen, og da de nåede frem til Grande Galerie var det afspærret. Gennem gitteret kunne de høre nogen bevæge sig nede i den modsatte ende af salen, men de kunne ikke se hvem det var. De råbte, men fik ikke noget svar. Eftersom de formodede at det kun kunne være gerningsmanden, tilkaldte de kriminalpolitiet helt i overensstemmelse med reglementet. Vi var på plads femten minutter senere. Da vi kom frem hævede vi afspærringen tilstrækkeligt meget til at vi kunne komme under, og jeg sendte en halv snes betjente ind. De bevægede sig ned langs siderne af salen for at trænge gerningsmanden op i en krog."

"Ja?"

"De fandt ikke nogen derinde. Bortset fra – " Han pegede længere ned gennem salen. "Ham."

Langdon løftede blikket og fulgte Faches udstrakte arm og finger med øjnene. Først troede han at Fache pegede på en stor marmorstatue som stod midt i rummet. Men da de gik videre, kunne Langdon begynde at se noget på den anden side af statuen. Knap tredive meter længere nede stod en enkel projektør på en transportabel stander og lyste ned på gulvet hvorved der blev dannet en skarpt afgrænset ø af hvidt lys i salens rødlige mørke. I midten af lyskeglen, som et insekt under et mikroskop, lå det nøgne lig af museumsdirektøren på parketgulvet.

"De har set fotografiet," sagde Fache, "så dette burde ikke komme som nogen overraskelse."

Det løb Langdon koldt ned ad ryggen, da de nærmede sig liget. Foran ham var et af de mærkeligste syn, han nogensinde havde set.

Jacques Saunières blege lig lå på parketgulvet præcis som på fotografiet. Da Langdon stod ved liget og kneb øjnene sammen i det skarpe lys, måtte han forundret minde sig selv om at Saunière havde brugt de sidste minutter af sit liv på at placere sin krop i denne underlige positur.

Saunière så ud til at have været i særdeles god form i betragtning af sin alder – alle hans muskler fremstod tydeligt. Han havde taget alt tøjet af, placeret det i en nydelig bunke på gulvet og lagt sig på ryggen midt i den brede sal, præcis på linje med rummets længdeakse. Hans arme og ben lå spredt ud til hver side som når et barn laver sneengle – eller måske mere passende; som en mand hvis krop er blevet anbragt af en usynlig instans så den nærmest danner et kvadrat.

Lige under Saunières brystkasse markerede en blodig plet stedet hvor kuglen var trængt ind. Såret havde blødt forbavsende lidt og blot efterladt en lille plamage af størknet blod.

Saunières venstre pegefinger var også blodig; han havde åbenbart dyppet den i såret for at skabe det mest gruopvækkende aspekt ved sit eget makabre dødsleje. Ved at bruge sit eget blod som blæk, og ved at lade sin mave fungere som lærred, havde Saunière tegnet et simpelt symbol på sin krop – fem rette linjer som krydsede hinanden så de dannede en femstjerne.

Et pentagram.

Den blodige stjerne der var centreret om Saunières navle, gav hans lig en særlig uhyggelig aura. Fotografiet som Langdon havde set var mere end almindeligt rædselsvækkende, men nu hvor han stod ansigt til ansigt med sceneriet, følte Langdon et dybt ubehag.

Han har selv gjort det.

"Mr. Langdon?" Faches mørke øjne hvilede igen på ham.

"Det er et pentagram," begyndte Langdon, hans stemme lød hul i den enorme sal. "Et af de ældste symboler i verden. Brugt over fire tusind år før Kristus."

"Og hvad betyder det?"

Langdon tøvede altid når han blev stillet dette spørgsmål. At fortælle folk hvad et symbol "betød" var som at fortælle folk hvad de skulle føle, når de hørte en bestemt sang – det var individuelt. En hvid Ku Klux Klan-hovedbeklædning fremkaldte forestillinger om had og racisme i USA, mens samme kostume var forbundet med religiøsitet i Spanien.

"Symboler bærer forskellige betydninger i forskellige kontekster," sagde Langdon. "Oprindeligt var pentagrammet et hedensk, religiøst symbol."

Fache nikkede. "Djævledyrkelse."

"Nej," rettede Langdon og indså straks at han burde have valgt sine ord med større omtanke.

Nu om dage blev begrebet *hedensk* ofte opfattet som værende synonym for ugudelighed og dermed djævledyrkelse – en stor misforståelse. Ordet var en direkte parallel til det engelske *pagan*, der har rødder i det latinske *paganus* som betyder landbefolkning. De var analfabeter uden uddannelse, og de holdt fast i de gamle landlige religioner der var baseret på tilbedelse af naturen.

"Pentagrammet," uddybede Langdon, "er et førkristent symbol som er knyttet til tilbedelse af naturen. Antikkens mennesker opfattede verden som bestående af to halvdele – en maskulin og en feminin. Deres guder og gudinder bestræbte sig på at holde balance i magten. Yin og yang. Når det maskuline og det feminine var i balance, var der harmoni i verden. Når de var ude af balance, var der kaos." Langdon pegede på Saunières mave. "Pentagrammet repræsenterer den *feminine* halvdel ved alting – et aspekt som religionhistorikere betegner 'den hellige kvinde' eller 'den guddommelige gudinde', hvilket Saunière af alle mennesker var klar over."

"Står De og siger, at Saunière tegnede et *gudindesymbol* på sin mave?"

Langdon måtte indrømme, at det virkede underligt. "I dets mest specifikke fortolkning, symboliserer pentagrammet Venus – gudinden for kvindelig, sanselig kærlighed og skønhed."

Fache så på den nøgne mand og fnøs.

"De tidlige religioner var baseret på naturens guddommelige orden. Gudinden Venus og planeten Venus var den samme. Gudinden havde en plads på nattehimlen og var kendt under mange navne – Venus, morgen- og aftenstjernen, Ishtar, Astarte – alle stærke kvindelige begreber med tætte bånd til naturen og moder jord."

Fache så om muligt mere bekymret ud nu – som om han på en eller anden måde ville foretrække forestillingen om djævledyrkelse.

Langdon besluttede sig for ikke at oplyse ham om det mest forbløffende aspekt ved femstjernen – at dens tilknytning til Venus har en *grafisk* oprindelse. Som ung astronomistuderende var Langdon blevet overvældet da det gik op for ham at planeten Venus tegnede en *fuldkommen* femstjerne i form af sin bane om solen hvert ottende år. Antikkens mennesker blev så imponerede da de opdagede dette fænomen at Venus og hendes femstjerne blev selve symbolet på fuldkommenhed, skønhed og den sanselige kærligheds cykliske karakter. Som en hyldest til Venus' magi brugte grækerne hendes otteårige cyklus som baggrund for deres olympiske lege. I dag var der ikke længere ret mange der var klar over at det fireårige interval, der er mellem de moderne olympiske lege, stadig følger Venus' halvcyklus. Endnu færre ved at femstjernen nær var blevet de olympiske leges officielle symbol, men at det blev ændret i sidste øjeblik – de fem spidser blev skiftet ud med fem ringe der griber ind i hinanden for bedre at udtrykke legenes ånd med vægt på fællesskab og harmoni.

"Mr. Langdon," afbrød Fache. "Femstjernen må nødvendigvis også være relateret til djævlen. Alle jeres amerikanske horrorfilm bekræfter det."

Langdon sukkede. *Tusind tak, Hollywood.* Femstjernen var nu blevet en egentlig kliché i sataniske massemorderfilm, ofte malet på muren af en eller anden satanists hjem tillige med andre påståede dæmoniske symboler. Langdon blev altid frustreret når han så symbolet anvendt i den sammenhæng eftersom femstjernens virkelige oprindelse faktisk var temmelig gudfrygtig.

"Jeg kan forsikre Dem," sagde Langdon, "at på trods af hvad De ser på film, så er den dæmoniske fortolkning af pentagrammet historisk set ukorrekt. Dets oprindelige tilknytning til det kvindelige er korrekt, men det femstjernen symboliserer er blevet fordrejet gennem flere tusinde år. I denne sammenhæng via blodsudgydelse."

"Jeg tror ikke, at jeg er helt med."

Langdon kastede et hurtigt blik på Faches krucifiks og var usikker på hvordan han skulle formulere hvad han mente. "Kirken, Sir. Symboler er yderst robuste, men alligevel blev betydningen af femstjernen ændret af den tidlige romerskkatolske kirke. Som et led i Vatikanets forsøg på at udrydde de hedenske religioner og omvende folk til kristendommen, indledte kirken en hetz mod de hedenske guder og gudinder ved at tillægge deres guddommelige symboler en ny rolle – som onde og skadelige."

"Fortsæt."

"Dette er ganske almindeligt når der er oprør i luften," fortsatte Langdon. "Den nye magtinstans overtager de eksisterende symboler og vil med tiden nedværdige dem i et forsøg på at udslette deres betydning. I slaget mellem de hedenske og de kristne symboler, tabte de hedenske; Poseidons fork blev djævlens trefork, den kloge kones spidse hat kom til at symbolisere heksen, og Venus' femstjerne blev djævlens symbol." Langdon gjorde en pause. "Desværre har USA's militær også misbrugt femstjernen; den er blevet et af vores primære symboler på krig. Vi maler den på samtlige militærfly og hænger den på skuldrene af alle vores generaler." *Så meget for kærlighedens og skønhedens gudinde.*

"Interessant." Fache nikkede ned mod liget der lå med arme og ben spredt ud til begge sider. "Og måden kroppen er anbragt på? Hvad kan De læse ud af det?"

Langdon trak på skuldrene. "Stillingen fremhæver blot referencen til pentagrammet og den hellige kvinde."

Faches ansigtsudtryk blev endnu mere dystert. "Undskyld mig?"

"Gentagelse. Gentagelsen af et symbol er den enkleste måde at forstærke dets betydning på. Jacques Saunière anbragte sig således at hans krop danner en femstjerne." *Hvis én femstjerne er god, er to bedre.*

Fache strøg sig over det glinsende hår og lod øjnene glide hen over Saunières arme, ben og hoved som dannede fem spidser. "En interessant analyse." Han gjorde en pause. "Og *nøgenheden?*" Han nærmest fnøs da han udtalte ordet, og det lød som om han blev frastødt af synet af en aldrende mandekrop. "Hvorfor tog han tøjet af?"

Det er et godt spørgsmål, tænkte Langdon. Han havde spekuleret på præcis det samme lige siden han så fotografiet første gang. Hans bedste bud var at en nøgen menneskekrop var endnu en påpegning af Venus – gudinden for menneskets seksualitet. Selvom det meste af forbindelsen mellem Venus og den fysiske forening af manden og kvinden var blevet udslettet i den moderne kultur, ville folk med et skarpt sproghistorisk øje stadig kunne få øje på en rest af Venus' oprindelige betydning i ordet *veneria* – kønssygdomme. Langdon besluttede sig for ikke at kaste sig ud i den forklaring.

"Mr. Fache, jeg kan ganske enkelt ikke fortælle Dem hvorfor Mr. Saunière tegnede dette symbol på sin mave, eller hvorfor han placerede sig på denne måde, til gengæld kan jeg fortælle Dem at en mand som Jacques Saunière betragtede pentagrammet som et tegn på kvindelig guddommelighed. Forbindelsen mellem dette symbol og den hellige kvinde er vidt udbredt blandt kunsthistorikere og symbolforskere."

"Okay. Hvad så med brugen af hans eget blod som blæk?"

"Formodentlig har han ikke haft andet at skrive med."

Fache tav et øjeblik. "Jeg tror faktisk at han brugte sit blod for at sikre sig at politiet ville tage en bestemt retsmedicinsk procedure i brug."

"Undskyld, men hvad mener De?"

"Kig på hans venstre hånd."

Langdon lod øjnene glide hen over museumsdirektørens blege arm og helt ud til hans venstre hånd, men han kunne ikke få øje på noget. Usikker på hvad han skulle, gik han rundt om liget og satte sig på hug, og i det samme lagde han forundret mærke til at museumsdirektøren havde en stor filttusch i hånden.

"Saunière havde den i hånden da vi fandt ham," sagde Fache og gik væk fra Langdon, hen mod et transportabelt bord fyldt med teknisk udstyr, ledninger og diverse elektroniske apparater. "Som før sagt," sagde han, idet han gik om på den anden side af bordet, "har vi intet rørt. Kender De denne type tusch?"

Langdon bukkede sig længere forover for at se, hvad der stod på tuschen.

STYLO DE LUMIERE NOIRE.

Han kiggede overrasket op.

Den ultraviolette tusch – eller blacklight tuschen som den også blev kaldt – var en speciel type filttusch der var udviklet specielt med henblik på museer, konservatorer og politiet, for at kunne sætte usynlige mærker på diverse genstande. Den skrev med en ikke-ætsende, alkoholbaseret fluorescerende type blæk der kun var synlig under ultraviolet belysning. I dag var det almindeligt at et museums konservatorer havde en sådan tusch med på deres daglige runde for at sætte usynlige mærker på rammerne af de billeder som trængte til restaurering.

Idet Langdon rejste sig op, gik Fache over til projektøren og slukkede den. Salen henlå pludselig i mørke.

Langdon kunne intet se og følte en stigende uro. Faches silhuet dukkede op, badet i et violet lys der stammede fra en transportabel lampe han havde i hånden.

"Som De måske ved," sagde Fache, hans øjne lyste i det violette skær, "benytter politiet ultraviolet belysning, når de undersøger gerningssteder for blod og andre retsmedicinske beviser. Så De kan nok forestille Dem vores forundring..." Pludselig drejede han lampen så den lyste ned mod liget.

Langdon kiggede ned og trådte chokeret et skridt tilbage.

Hans hjerte hamrede da han betragtede det bizarre syn der nu dukkede op på parketgulvet for øjnene af ham. Nedkradset med selvlysende håndskrift, fremstod museumsdirektørens sidste ord med et violet skær ved siden af hans lig. Mens Langdon stirrede på den skinnende tekst, følte han tågen som havde ligget som en dyne over denne nat blive tykkere.

Langdon læste beskeden en ekstra gang og kiggede op på Fache. "Hvad fanden betyder det!"

Faches øjne lyste hvidt. "Monsieur, det er præcis *det* spørgsmål, som De er her for at besvare."

Ikke langt derfra, på Saunières kontor, var kriminalkommissær Collet vendt tilbage til Louvre og sad nu bøjet over aflytningsudstyret der var opstillet på museumsdirektørens enorme skrivebord. Bortset fra den sælsomme, robotlignende model af en ridder fra middelalderen, som Collet følte stirrede på ham fra hjørnet af Saunières skrivebord, var han godt tilpas. Han justerede de avancerede hovedtelefoner og kontrollerede lydstyrken på computerens optagesystem. Alt var som det skulle være. Samtlige mikrofoner fungerede upåklageligt, og lyden var krystalklar.

44

Le moment de vérité, tænkte han.

Med et smil om munden lukkede han øjnene og lænede sig tilbage for at nyde resten af samtalen der nu blev optaget inde i Grande Galerie.

KAPITEL 7

Den beskedne bolig i Saint-Sulpice kirken var placeret på første sal i selve kirken, til venstre for korbalkonen. To sammenhængende værelser med stengulv og spartansk møblering havde udgjort Søster Sandrine Bieils hjem i mere end ti år. Det nærliggende kloster var hendes formelle bolig, hvis nogen spurgte, men hun foretrak roen i kirken og havde indrettet sig ovenpå med det mest nødvendige – en seng, en telefon og en kogeplade.

Som kirkens *conservatrice d'affaires*, var Søster Sandrine ansvarlig for alle de ikke-religiøse aspekter ved kirkens virke – den daglige vedligeholdelse, ansættelse af hjælpepersonale og rundvisere, aflåsning af bygningen efter lukketid og bestilling af altervin og brød.

I nat da hun lå og sov i sin seng, blev hun vækket af telefonens kimen. Søvndrukken, tog hun røret.

"Soeur Sandrine. Eglise Saint-Sulpice."

"Hallo, Søster," blev der sagt på fransk.

Søster Sandrine satte sig op. *Hvad er klokken?* Selvom hun straks havde genkendt sin chefs stemme, var hun i de femten år hun havde været på stedet, aldrig blevet vækket af ham. Abbeden var en dybt gudfrygtig mand som altid tog direkte hjem i seng efter gudstjeneste.

"Jeg beklager hvis jeg vækkede Dem, Søster," sagde abbeden som selv lød temmelig søvndrukken og nervøs. "Jeg vil gerne bede Dem om at gøre mig en tjeneste. Jeg er netop blevet ringet op af en indflydelsesrig amerikansk biskop. Måske ved De, hvem han er? Manuel Aringarosa?"

"Lederen af Opus Dei?" Selvfølgelig ved jeg hvem han er. Hvem inden for kirken ved ikke det? Aringarosas konservative prælatur var blevet magtfuldt gennem de seneste år. Den himmelfart som bevægelsen havde foretaget, var blevet kickstartet i 1982 da Pave Johannes Paul II uventet ophøjede dem til "personligt prælatur af Paven", og officielt gav sin billigelse til deres handlinger. Det mistænkelige ved sagen var at Opus Dei's ophøjelse fandt sted samme år som den velhavende bevægelse formodentlig overførte næsten en milliard dollars til Instituttet for Religiøse Arbejder – normalt kendt som Vatikanets Bank – hvormed den blev reddet fra en pinlig konkurs. En anden ting der havde fået

folk til at løfte et par øjenbryn, var at Paven så at sige placerede Opus Dei's grundlægger i "overhalingsbanen" på vejen mod helgenkåring, og således forkortede den ofte hundredårige periode det normalt tog at blive erklæret for helgen, til beskedne tyve år. Søster Sandrine kunne ikke lade være med at føle at Opus Dei's høje anseelse i Rom var mistænkelig, men man diskuterede ikke med Paven.

"Biskop Aringarosa ringede for at bede mig om en tjeneste," sagde abbeden nervøst. "Et af hans numerære medlemmer er i Paris i aften..."

Mens Søster Sandrine lyttede til den underlige anmodning, følte hun en stigende forvirring. "Undskyld mig, men det vil sige at dette numerære Opus Dei-medlem ikke kan vente til i morgen?"

"Ja, det er jeg bange for. Hans fly afgår tidligt i morgen. Han har altid drømt om at se Saint-Sulpice."

"Men kirken er langt mere interessant om dagen. Solens stråler gennem oculus og skyggen på soluret, det er det som gør Saint-Sulpice enestående."

"Søster, jeg er helt enig, men alligevel vil jeg betragte det som en personlig tjeneste, hvis De vil lukke ham ind i nat. Han vil kunne være der... skal vi sige omkring klokken et? Det er om tyve minutter."

Søster Sandrine rynkede panden. "Ja, selvfølgelig. Med fornøjelse."

Abbeden takkede hende og lagde på.

Søster Sandrine blev forvirret siddende et øjeblik i den varme seng mens hun forsøgte at ryste søvnens greb af sig. Hendes 60-årige krop var ikke nær så hurtig om at vågne som den havde været, selvom nattens samtale i den grad havde rusket op i hende. Opus Dei havde altid gjort hende ilde til mode. Ud over bevægelsens tilslutning til det okkulte ritual der omfattede såkaldt korporlig bodsudøvelse, var dens syn på kvinder middelalderligt af værste slags. Hun var blevet chokeret over at erfare at de kvindelige numerære medlemmer var tvunget til at gøre rent på mændenes værelser, uden at få betaling for det, mens mændene var til gudstjeneste; kvinder sov direkte på gulvet mens mændene var udstyret med stråmåtter; og desuden blev der stillet større krav til kvinders gennemførelse af den korporlige bodsudøvelse – alt sammen som ekstra straf for arvesynden. Det så ud til at Evas bid af æblet fra Visdommens Træ var en gæld kvinder var dømt til at betale af på for evigt. Mens størstedelen af den katolske kirke langsomt bevægede sig i den rigtige retning med hensyn til kvinders rettigheder, truede Opus Dei desværre med at vende udviklingen. Men uanset hvad, måtte Søster Sandrine adlyde ordren.

Hun svingede benene ud over sengen og rejste sig langsomt. Hun fik kuldegysninger da hun mærkede de kolde sten under sine bare fødder. Mens

47

kuldegysningerne løb gennem hendes krop, mærkede hun en uventet ængst-
else.

Kvindelig intuition?

Som Guds discipel havde Søster Sandrine lært at finde fred i sin sjæls be-
roligende stemme. Men i nat var denne stemme lige så tavs som den tomme
kirke omkring hende.

KAPITEL 8

Langdon kunne ikke få øjnene fra den selvlysende violette tekst der stod skrevet på parketgulvet. Jacques Saunières sidste meddelelse var de mest utænkelige afskedsord Langdon overhovedet kunne forestille sig.

Der stod:

13-3-2-21-1-1-8-5
O, Draconian devil!
Oh, lame saint!

Selvom Langdon ikke havde den fjerneste anelse om hvad det betød, kunne han godt forstå Faches umiddelbare sammenkobling af femstjernen og djævledyrkelse.

O, Draconian devil!

Saunière havde efterladt en direkte reference til djævlen. Lige så underlig var rækken af tal. "Noget af det ligner en talkode."

"Ja," sagde Fache. "Vores kryptografer arbejder allerede på sagen. Vi mener at disse tal kan være nøglen til hvem der myrdede ham. Måske et telefonnummer eller et slags personnummer. Kan De se nogen som helst symbolsk betydning i tallene?"

Langdon kiggede igen på talrækken og fornemmede at det ville tage ham flere timer at udlede en eventuel symbolsk betydning. *Hvis Saunière overhovedet havde haft den hensigt.* For ham at se var tallene fuldstændig tilfældige. Han var vant til at arbejde med symbolske progressioner der i det mindste havde en antydning af fornuftig sammenhæng, men alt dette – femstjernen, teksten, tallene – så ud til at være forskelligartet på et helt fundamentalt plan.

"De påstod før," sagde Fache, "at Saunières handlinger her i Grande Galerie alle var et forsøg på at sende en eller anden form for budskab... om gudindedyrkelse eller noget i den stil? Hvordan passer denne meddelelse ind i det billede?"

Langdon var klar over at det var et retorisk spørgsmål. Denne underlige meddelelse passede tydeligvis absolut ikke ind i det billede Langdon havde opstillet vedrørende gudindedyrkelse.

O, Draconian devil? Oh, lame saint?

"Teksten virker som om den er en form for anklage. Er De ikke enig i det?" spurgte Fache.

Langdon forsøgte at forestille sig museumsdirektørens sidste minutter; alene og indespærret i Grande Galerie, vel vidende at han var ved at dø. Det virkede logisk. "En anklage rettet mod hans morder giver mening, vil jeg tro."

"Det er naturligvis mit job at sætte et navn på den person. Lad mig spørge Dem om en ting, Mr. Langdon. Hvis De ser bort fra tallene, hvad er efter Deres mening så det mest underlige ved denne meddelelse?"

Det mest underlige? En døende mand havde spærret sig selv inde i Grande Galerie, tegnet et pentagram på sin mave og skrevet en mystisk anklage på gulvet. Var der noget ved dette sceneri der *ikke* var underligt?

"Ordet 'Draconian'?" dristede han sig til at sige; det var det første der var faldet ham ind. Langdon følte sig temmelig overbevist om at en henvisning til Draco – en skånselsløs politiker i Athen der levede omkring år 700 f.Kr. – var et usædvanligt indfald i dødens stund. "'Draconian devil' virker som et underligt ordvalg."

"*Draconian?*" Faches tone viste nu tegn på en snert af utålmodighed. "Saunières ordvalg er næppe det væsentligste punkt her."

Langdon var ikke sikker på hvad Fache ville sige med det, men han begyndte at få en fornemmelse af at Draco og Fache ville være kommet godt ud af det med hinanden.

"Saunière var franskmand," sagde Fache kategorisk. "Han boede i Paris. Og alligevel valgte han at skrive denne meddelelse…"

"På engelsk," indskød Langdon og forstod nu hvad kriminalinspektøren mente.

Fache nikkede. "*Précisément.* Har De nogen idé om hvorfor?"

Langdon vidste, at Saunière talte upåklageligt engelsk, men trods det kunne han ikke se nogen som helst grund til, at Saunière havde valgt at skrive sine sidste ord på engelsk. Han trak på skuldrene.

Fache pegede igen på femstjernen på Saunières mave. "Og den har intet med djævledyrkelse at gøre? Er De stadig sikker på det?"

Langdon var ikke længere sikker på noget som helst. "Symbolerne og teksten ser ikke ud til at stemme overens. Jeg beklager, at jeg ikke er til megen hjælp."

"Måske bliver det klarere nu." Fache trådte nogle skridt væk fra liget og løftede den ultraviolette lampe højere op så strålerne spredtes over et større areal. "Hvad siger De så?"

Til Langdons store forundring dukkede en ufuldstændig cirkel op rundt om museumsdirektørens krop. Saunière havde åbenbart ligget på ryggen og svinget tuschen rundt om sig selv og således tegnet flere lange buer og faktisk indtegnet sig selv i en cirkel.

Som et lyn fra en klar himmel stod meningen klar.

"Da Vincis *Vitruvianske Mand*" fremstammede Langdon. Saunière havde lavet en kopi af Leonardo da Vincis berømte skitse – i legemsstørrelse.

Den Vitruvianske Mand blev betragtet som sin tids mest korrekte anatomiske tegning og var i dag nærmest blevet et billede på den moderne kultur afbildet på plakater, musemåtter og T-shirts verden over. Den berømte skitse bestod af en komplet cirkel hvori en nøgen mandekrop var indtegnet – med arme og ben spredt ud til hver side.

Da Vinci. Langdon mærkede en bølge af forundring. Saunières intention var ikke til at tage fejl af. I de sidste minutter af sit liv havde museumsdirektøren taget tøjet af og placeret sin krop som en klar gengivelse af Leonardo da Vincis *Vitruvianske Mand*.

Cirklen havde været det springende punkt der manglede. I kraft af at være et kvindeligt symbol på beskyttelse, fuldendte cirklen om den nøgne mandekrop Da Vincis tilsigtede budskab – maskulin og feminin harmoni. Tilbage stod nu spørgsmålet om *hvorfor* i al verden Saunière havde ønsket at gengive dette berømte værk.

"Mr. Langdon," sagde Fache, "naturligvis er en mand som De klar over, at Leonardo da Vinci til en vis grad var tiltrukket af de mere dunkle kunstarter."

Langdon var overrasket over Faches viden om Da Vinci, og det var uden tvivl en del af forklaringen på kriminalinspektørens mistanke om djævledyrkelse. Da Vinci havde altid været et problembarn for alverdens historikere – især inden for den kristne tradition. Trods sin visionære genialitet var han åbenlyst homoseksuel og tilbeder af naturens guddommelige orden, og begge dele medførte at han befandt sig i en evig syndstilstand i relation til Gud. Desuden bevirkede kunstnerens besynderlige excentricitet utvivlsomt at der lå en dæmonisk aura omkring ham: Da Vinci gravede lig op for at studere menneskets anatomi; han førte mystiske dagbøger skrevet med ulæselig kodeskrift; han var overbevist om at han besad alkymistiske kræfter som gjorde ham i stand til at forvandle bly til guld og endda bedrage Gud ved at lave en eliksir som kunne udsætte døden; og hans opfindelser omfattede torturinstrumenter og våben så forfærdelige at de overgik almindelig fatteevne.

Misforståelse avler mistro, tænkte Langdon.

Da Vincis omfattende produktion af imponerende kristne kunstværker øgede blot kunstnerens ry for religiøst hykleri. Da Vinci sagde ja til hundredvis af indbringende bestillinger fra Vatikanet, men han malede ikke de kristne motiver som udtryk for sin egen overbevisning, snarere af kommercielle grunde – en måde hvorpå hans overdådige livsstil kunne finansieres. Men Da Vinci var en spøgefugl der ofte morede sig med i smug at stikke til den hånd der brødfødte ham. I mange af de kristne malerier indlemmede han skjulte symboler som var alt andet end kristne – på én gang en hyldest til sin egen tro og en spidsfindig vrængen næse af kirken. Langdon havde endda engang holdt en forelæsning på Nationalmuseet i London med overskriften: "Leonardo da Vincis hemmelige liv – hedenske symboler i kristen kunst."

"Jeg forstår Deres bekymring," sagde Langdon, "men rent faktisk udøvede Da Vinci aldrig nogen form for okkult kunst. Han var en yderst religiøs mand, om end han var i konstant konflikt med kirken." I samme øjeblik som Langdon sagde dette, dukkede en underlig tanke op. Han kiggede igen ned på meddelelsen på gulvet. *O, Draconian devil! Oh, lame saint!*

"Hvad er der?" spurgte Fache.

Langdon valgte sine ord med omhu. "Jeg stod blot og tænkte på at Saunière langt hen ad vejen delte Da Vincis opfattelse af diverse religiøse ideologier, blandt andet en bekymring over kirkens udslettelse af den hellige kvinde fra den moderne religion. Ved at efterligne en berømt Da Vinci tegning ønskede Saunière måske ganske enkelt at udtrykke nogle af deres fælles frustrationer over den moderne kirkes djævlegørelse af gudinder."

Faches blik stivnede. "De mener altså, at det er kirken, Saunière kalder 'en elendig helgen' og 'en drakonisk djævel'?"

Langdon måtte indrømme, at det virkede langt ude, men samtidig var pentagrammet på sin vis med til at underbygge den opfattelse. "Det eneste, jeg siger, er, at Saunière viede sit liv til at forske i historien bag gudinden, og ingen har gjort mere for at udslette den historie end den katolske kirke. Det virker derfor som om der er en vis fornuft i, at Saunière kunne have valgt at udtrykke sin skuffelse i sit endelige farvel."

"Skuffelse?" gentog Fache aggressivt. "Denne meddelelse lyder mere *ophidset* end skuffet, synes De ikke?"

Langdon var ved at miste tålmodigheden. "Mr. Fache, De bad om mit umiddelbare bud på, hvad Saunière forsøger at sige med dette, og det er det, jeg står og fortæller Dem."

"At dette er en anklage mod kirken?" sagde Fache sammenbidt. "Mr. Langdon, jeg har set en hel del myrdede personer i kraft af mit job, og lad mig sige Dem én ting; når et menneske bliver myrdet, har jeg svært ved at tro at hans sidste tanke er at skrive en uklar religiøs erklæring som ingen vil kunne forstå. Jeg tror han udelukkende tænker på én ting." Faches dæmpede stemme skar pludselig gennem luften. *"La vengeance.* Jeg tror at Saunière skrev denne meddelelse for at fortælle os hvem der myrdede ham."

Langdon stirrede på ham. "Men det giver jo overhovedet ikke mening."

"Gør det ikke?"

"Nej, det gør det ikke," protesterede Langdon, træt og frustreret. "De sagde, at Saunière blev overfaldet på sit kontor af en eller anden, han formodentlig selv havde inviteret indenfor."

"Ja."

"I så fald virker det rimeligt at konkludere at museumsdirektøren *kendte* gerningsmanden."

Fache nikkede. "Fortsæt."

"Men hvis Saunière kendte den person, som myrdede ham, hvad i alverden er det her så for en anklage?" Han pegede på gulvet. "Talkoder? Elendige helgener? Drakoniske djævle? Pentagrammet på maven? Det er alt sammen alt for kryptisk."

Fache rynkede panden som om det kom bag på ham. "Det kan De have ret i."

"Omstændighederne taget i betragtning," sagde Langdon, "vil jeg formode, at hvis Saunières hensigt havde været at fortælle, hvem der myrdede ham, ville han have skrevet vedkommendes *navn.*"

Idet Langdon sagde dette, fik Fache, for første gang den nat, et selvtilfreds smil om munden. *"Précisément,"* sagde Fache. *"Précisément."*

Jeg er vidne til en mesters bedrifter, tænkte kriminalkommissær Collet, idet han justerede lidt på lydudstyret og lyttede til Faches stemme i hovedtelefonerne. Han vidste, at det var øjeblikke som dette, der havde ført chefkriminalinspektøren til tops i den franske ordensmagt.

Fache gør hvad ingen andre tør.

Udøvelse af den såkaldte *afsløringsstimulation* var en vanskelig kunst, og en forsvundet evne hos den moderne ordensmagt. Metoden krævede en ualmindelig rolig fremtoning selv i pressede situationer. Meget få mennesker besad den koldblodighed der var nødvendig til den slags opgaver, men det virkede som om Fache var født til det. Hans følelsesmæssige beherskelse og tålmodighed var nærmest robotagtig.

Faches eneste følelsesmæssige udtryk denne nat så ud til at være en fast beslutsomhed, som om anholdelsen på en eller anden måde var et personligt anliggende. Da Fache havde instrueret sine underordnede for en times tid siden havde han været usædvanlig kortfattet og sikker i sin sag. *Jeg ved hvem der myrdede Jacques Saunière,* havde Fache sagt. *I ved hvad I skal gøre. Ingen fejltrin i aften.* Og indtil nu var der ikke sket noget fejltrin.

Collet vidste endnu ikke hvad det afgørende bevis var – det bevis der for Fache havde fjernet enhver tvivl om den mistænktes skyld – men han skulle ikke nyde noget af at sætte spørgsmålstegn ved Tyrens intuition. Faches intuition virkede nærmest overnaturlig nogle gange. *Gud hvisker det til ham,* havde en betjent engang hævdet efter en usædvanlig imponerende udfoldelse af Faches sjette sans. Collet måtte indrømme at hvis der var en Gud, ville Bezu Fache utvivlsomt være på hans hitliste. Chefkriminalinspektøren gik til gudstjeneste og skriftede med en nærmest fanatisk regelmæssighed – langt oftere end de fornødne helligdagsbesøg som andre embedsmænd praktiserede for at pleje forholdet til offentligheden. Da Paven besøgte Paris for nogle få år siden, havde Fache sat alle sejl ind på at komme til audiens, og nu hang der et fotografi af Fache sammen med Paven på hans kontor. *Den pavelige tyr,* kaldte betjentene det i smug.

Collet fandt det en smule ironisk at en af Faches offentlige udtalelser inden for de seneste år der for en sjælden gangs skyld havde været populær, var hans åbenhjertige reaktion på pædofiliskandalen inden for den katolske kirke. *Disse præster burde hænges – to gange!* Havde Fache erklæret. *Én gang for deres forbrydelser mod børn. Og én gang for at kaste skam over den katolske kirke.* Collet havde en underlig fornemmelse af at det var sidstnævnte aspekt der gjorde Fache mest vred.

Collet vendte sig om mod den bærbare computer og gav sig i kast med den anden del af sit ansvarsområde denne nat – GPS-navigationsudstyret. Billedet på skærmen afslørede en detaljeret grundplan af Denon-fløjen, en oversigt over bygningen downloaded fra Louvres sikkerhedsregister. Collet lod øjnene glide rundt i labyrinten af sale og korridorer og fandt hvad han søgte.

Dybt inde i hjertet af Grande Galerie blinkede en lille rød plet.

La marque.

Fache holdt sit bytte i meget kort snor denne nat. Det var fornuftigt af ham. Robert Langdon havde vist sig at være et yderst koldblodigt bekendtskab.

KAPITEL 9

For at sikre sig at hans samtale med Mr. Langdon ikke skulle blive afbrudt, havde Bezu Fache slukket for sin mobiltelefon. Uheldigvis var det en af de dyrere modeller der var udstyret med en tovejs radiofunktion som nu, stik imod hans ordre, blev benyttet af en af hans kommissærer.

"*Capitaine?*" Lød det skrattende fra telefonen som fra en anden walkie-talkie. Fache bed tænderne sammen af raseri. Han kunne ikke forestille sig noget der var vigtigt nok til at få Collet til at afbryde denne *surveillance cachée* – især ikke på dette kritiske stadium.

Han sendte Langdon et roligt og undskyldende blik. "Lige et øjeblik." Han hev telefonen fri af sit bælte og trykkede på en knap. "*Qui?*"

"*Capitaine, un agent du Département de Cryptographie est arrivé.*"

Faches vrede forduftede fra det ene øjeblik til det andet. *En kryptograf?* På trods af den elendige timing var dette formodentlig gode nyheder. Efter at have fundet Saunières kryptiske tekst på gulvet, havde Fache sendt digitale billeder af hele gerningsstedet til politiets kryptografiske afdeling i håb om at der var nogle af dem der kunne fortælle ham, hvad det var Saunière forsøgte at sige. Hvis en kryptograf netop var ankommet, betød det højst sandsynligt at en eller anden havde afkodet Saunières meddelelse.

"Jeg er optaget lige nu," svarede Fache i en tone der ikke efterlod nogen tvivl om at en grænse var overtrådt. "Bed kryptografen om at vente ved kontrolposten. Jeg taler med ham når jeg er færdig."

"*Hende,*" rettede stemmen. "Det er kommissær Neveu."

Fache blev mindre og mindre fornøjet som samtalen skred frem. Sophie Neveu var en af kriminalpolitiets største fejltagelser. En ung parisisk *déchiffreuse* som havde studeret kryptografi i England, på Royal Holloway University of London. Fache havde fået Sophie Neveu prakket på for to år siden som et led i ministeriets forsøg på at indlemme flere kvinder i politiet. Fache hævdede at ministeriets igangværende politisk korrekte aktioner svækkede branchen. Ikke alene manglede kvinder den nødvendige fysiske styrke som politiarbejde krævede, deres blotte tilstedeværelse distraherede mændene i faget. Præcis som

Fache havde frygtet, viste Sophie Neveu sig at være langt mere distraherende end de fleste.

I en alder af 32 år besad hun en så hårdnakket beslutsomhed at det grænsede til det stædige. Hendes ivrige tilslutning til de helt nye engelske kryptografiske metoder var et yderligere irritationsmoment for de erfarne franske kryptografer over hende. Men det der først og fremmest gik Fache på nerverne, var den uomtvistelige universelle sandhed at på et kontor befolket af midaldrende mænd, ville en attraktiv ung kvinde til enhver tid trække opmærksomheden væk fra arbejdet.

"Kommissær Neveu insisterede på at komme til at tale med Dem straks, Sir. Jeg prøvede at stoppe hende, men hun er på vej ind i salen."

Fache råbte vantro tilbage. "Det er aldeles uacceptabelt! Jeg gjorde det fuldstændig klart –"

Et kort øjeblik troede Langdon at Fache havde fået et hjerteanfald. Chefkriminalinspektøren var midt i en sætning da hans mund stivnede, og hans øjne spilede sig op. Det virkede som om hans stirrende blik fokuserede på et punkt bag Langdons ryg. Inden Langdon nåede at vende sig for at se hvad det var, hørte han en kvindestemme bag sig.

"Excusez-moi, messieurs."

Langdon vendte sig og så en ung kvinde nærme sig. Hun kom gående ned mod dem gennem salene med lange, målrettede skridt – der var en iøjnefaldende sikkerhed over hendes gang. Hun var afslappet klædt i en knælang, cremefarvet, strikket cardigan og sorte bukser. Hun var tiltalende og så ud til at være omkring de tredive. Hendes tykke kastanjefarvede hår hang løst ned over hendes skuldre og fremhævede hendes ansigts varme glød. I modsætning til de fanatisk tynde blondiner der prægede diverse soveværelsesvægge på Harvard, havde denne kvinde et sundt udseende præget af en naturlig, uforfalsket skønhed, og hun udstrålede en bemærkelsesværdig selvtillid.

Til Langdons forundring gik kvinden direkte hen til ham og rakte høfligt hånden frem. "Monsieur Langdon, jeg er kommissær Neveu fra kriminalpolitiets kryptografiske afdeling." Hun talte engelsk med en svag fransk accent. "Det er en fornøjelse at træffe Dem."

Langdon tog hendes bløde hånd og blev i det samme indfanget af hendes stærke blik. Hendes øjne var olivengrønne – indtrængende og klare.

Fache tog en dyb indånding og var tydeligvis ved at tage tilløb til en irettesættelse.

"Chefkriminalinspektør," sagde hun idet hun hurtigt vendte sig og kom hans verbale knytnæve i forkøbet, "De må virkelig undskylde forstyrrelsen, men – "

"*Ce n'est pas le moment!*" spruttede Fache.

"Jeg forsøgte at ringe," fortsatte Sophie på engelsk, som af hensyn til Langdon, "men Deres mobiltelefon var slukket."

"Der er en grund til at jeg slukkede den," hvæsede Fache. "Jeg taler med Mr. Langdon."

"Jeg har dechifreret talkoden," sagde hun uden omsvøb.

Langdon mærkede et sug i maven af spænding. *Har hun brudt koden?*

Fache så ud som om han ikke vidste hvad han skulle svare.

"Før jeg forklarer det nærmere," sagde Sophie, "har jeg en besked til Mr. Langdon, og det haster."

Fache fik et yderst skeptisk udtryk i ansigtet. "Til Mr. Langdon?"

Hun nikkede og vendte sig om mod Langdon. "De er nødt til at kontakte den amerikanske ambassade, Mr. Langdon. De har en besked til Dem fra USA."

Langdon var forvirret, og spændingen over at koden var brudt veg til side for en pludselig spirende bekymring. *En besked fra USA?* Han forsøgte at komme i tanke om hvem det kunne være, der prøvede at få fat i ham. Der var kun et par af hans kolleger som vidste at han var i Paris.

Fache blev mere og mere sammenbidt. "Den amerikanske ambassade?" afbrød han mistænksomt. "Hvordan kunne de vide at Mr. Langdon var *her?*"

Sophie trak på skuldrene. "De må åbenbart have ringet til Langdons hotel, og receptionisten har sikkert fortalt dem at Mr. Langdon blev hentet af en kriminalkommissær."

Fache så irriteret ud. "Og ambassaden kontaktede kriminalpolitiets *kryptografiske afdeling?*"

"Nej, Sir," sagde Sophie kortfattet. "Da jeg ringede til kriminalpolitiets telefonomstilling i et forsøg på at kontakte Dem, havde de en besked der lå og ventede på Mr. Langdon, og de bad mig om at videregive den hvis jeg fik fat i Dem."

Faches løftede øjenbryn afslørede at han tydeligvis var forvirret. Han åbnede munden og skulle til at sige noget, men Sophie havde allerede vendt sig om mod Langdon igen.

"Mr. Langdon," sagde hun idet hun tog et lille stykke papir op af lommen, "her er nummeret til Deres ambassades servicetelefon. De bad Dem ringe hurtigst muligt." Hun rakte ham papiret med et indtrængende blik. "Mens jeg forklarer koden for Mr. Fache, er De nødt til at ringe."

Langdon kiggede på papirlappen. Der stod et parisernummer og et lokalnummer på den. "Tak," sagde han. Han var bekymret nu. "Hvor finder jeg en telefon?"

Sophie skulle til at tage sin mobiltelefon op af lommen på sin trøje, men Fache vinkede afværgende. Han mindede mest af alt om vulkanen Vesuv lige før et udbrud. Uden at flytte øjnene fra Sophie fandt han sin egen mobiltelefon frem og rakte til Langdon. "Denne linje er sikker, Mr. Langdon. Brug den."

Langdon stod uforstående over for Faches vrede rettet mod den unge kvinde. Ilde til mode tog han kriminalinspektørens telefon. Fache marcherede øjeblikkelig et stykke væk med Sophie og begyndte at skælde hende ud i et dæmpet tonefald. Langdon brød sig mindre og mindre om manden. Han vendte sig bort fra den underlige diskussion og tændte for telefonen. Han kiggede på papiret Sophie havde givet ham, og trykkede nummeret.

Opkaldet gik igennem, og der lød en ringen i den anden ende.

En gang... to gange... tre gange...

Endelig var der forbindelse.

Langdon havde forventet at få kontakt til en receptionist på ambassaden, men det gik op for ham at han i stedet havde fået kontakt til en telefonsvarer. Underligt nok virkede stemmen bekendt. Den tilhørte Sophie Neveu.

"Bonjour, vous êtes bien chez Sophie Neveu," sagde kvindestemmen. *"Je suis absente pour le moment, mais..."*

Forvirret vendte Langdon sig om mod Sophie. "Undskyld, Ms. Neveu? Jeg tror De har givet mig – "

"Nej, det *er* det rigtige nummer," afbrød Sophie ham hurtigt som om hun havde forudset Langdons forvirring. "Ambassaden har en automatisk servicetelefon. De skal blot trykke en adgangskode for at få Deres besked."

Langdon stirrede på hende. "Men – "

"Det er de ekstra tre tal på papiret jeg gav Dem."

Langdon åbnede munden og skulle til at forklare den bizarre fejltagelse, men Sophie sendte ham et ganske kort, men meget skarpt blik, der fik ham til at forstumme. Budskabet i hendes grønne øjne stod krystalklart.

Lad være med at spørge. Gør det bare.

Langdon trykkede forvirret lokalnummeret der stod på papiret: 454.

Sophies indledende besked blev øjeblikkeligt afbrudt, og Langdon hørte en elektronisk stemme meddele på fransk: "De har én ny besked." 454 var åbenbart Sophies adgangskode til at kunne aflytte beskeder på sin telefonsvarer, når hun ikke var hjemme.

Er jeg i færd med at aflytte denne kvindes telefonsvarer?

Langdon kunne høre at der blev spolet på båndet. Endelig stoppede det, og apparatet gik i gang. Langdon lyttede til beskeden der blev afspillet. Endnu en gang tilhørte stemmen Sophie.

"Mr. Langdon," beskeden blev indledt i et ængsteligt hviskende tonefald. "De må *ikke* reagere på denne besked. Lyt blot stille og roligt. De er i fare lige nu. Følg mine anvisninger nøje."

KAPITEL 10

Silas sad bag rattet i den sorte Audi som Mesteren havde sørget for stod klar til ham, og kiggede ud på den imponerende Saint-Sulpice kirke. Kirken var oplyst nedefra af en mængde projektører, hvilket fik kirkens to klokketårne til at rejse sig som to drabelige skildvagter over bygningens lange krop. På hver side stak en dunkel række af glatte støttepiller frem som ribbenene på et smukt rovdyr. *Hedningene havde brugt Guds hus som skjulested for deres slutsten.* Endnu en gang havde broderskabet levet op til sit legendariske ry som var præget af beretninger om blændværk og falskhed. Silas glædede sig til at finde slutstenen og overrække den til Mesteren så de kunne genvinde det, som broderskabet for længe siden havde stjålet fra de rettroende.

Hvor vil det gøre Opus Dei magtfuld.

Idet han parkerede Audien på den øde Saint-Sulpice-plads, tog Silas en dyb indånding og gjorde sig selv klart at han nu måtte koncentrere sig om den forestående opgave. Det gjorde stadig ondt i hans brede ryg efter den korporlige bodsudøvelse han havde foretaget tidligere i dag, men smerten var dog ubetydelig i forhold til hans livs kvaler før Opus Dei havde reddet ham.

Men minderne forfulgte stadig hans sjæl.

Giv slip på dit had, beordrede Silas sig selv. *Forlad dine skyldnere.*

Silas kiggede op på Saint-Sulpice's stentårne og kæmpede imod den velkendte understrøm – kraften der så ofte trak hans tanker tilbage til fortiden for endnu en gang at spærre ham inde i det fængsel som havde udgjort hans verden da han var ung. Erindringen om skærsilden dukkede op som den plejede; som et bombardement af hans sanser – dunsten af rådden kål, stanken af død, menneskeekskrementer og urin. Håbløshedens skrig i vindens hylen i Pyrenæerne og de svage hulk fra glemte mennesker.

Andorra, tænkte han og mærkede at hans muskler spændtes.

Utroligt at det skulle være i dette øde og forladte område mellem Spanien og Frankrig, hvor Silas havde ligget og rystet i sin stencelle og blot ønsket at dø, at han var blevet reddet.

Det var ikke gået op for ham på det tidspunkt.

Lyset kom længe efter tordenen.

Dengang hed han ikke Silas, men han kunne ikke huske det navn hans forældre havde givet ham. Han var løbet hjemmefra da han var syv år gammel. Hans fordrukne far, en stor og stærk havnearbejder, var blevet rasende, da albinosønnen kom til verden, og bankede moren med jævne mellemrum og bebrejdede hende drengens pinlige udseende. Når drengen prøvede at forsvare hende, blev han også gennembanket.

En nat var der et forfærdeligt slagsmål, og hans mor rejste sig aldrig igen. Drengen stod bøjet over sin livløse mor og mærkede en uudholdelig skyldfølelse vælde frem over at have ladet det ske.

Det er min skyld!

Som hvis en dæmon havde overtaget hans krop, gik drengen ud i køkkenet og greb en slagterkniv. Som hypnotiseret bevægede han sig ind i soveværelset hvor hans far lå på sengen, bedøvet af alkohol. Uden et ord stak han kniven i ryggen på ham. Hans far skreg af smerte og forsøgte at rulle om på den anden side, men hans søn stak ham igen og igen til der blev stille i lejligheden.

Drengen stak af hjemmefra, men det gik op for ham at han var mindst lige så lidt velkommen i Marseilles gader. Hans underlige udseende gjorde ham til en outsider blandt gadebørnene, og han var tvunget til at bo alene i kælderen under en faldefærdig fabrik og spise stjålet frugt og rå fisk, han fandt ved havnen. Det eneste han havde selskab af var lasede aviser og blade han fandt i skraldespande, og han lærte sig selv at læse dem. Med tiden blev han stærk. Da han var tolv år gammel, var der en anden hjemløs – en pige der var dobbelt så gammel som han – der gjorde nar af ham på åben gade og forsøgte at stjæle hans mad. Pigen blev slået til plukfisk og var kun en hårsbredde fra døden. Da politiet hev drengen væk fra hende, fik han stillet et ultimatum – forlad Marseille eller du bliver smidt i ungdomsfængsel.

Drengen tog ned langs kysten til Toulon. Med tiden blev de medfølende blikke han blev mødt med på gaden til angstfulde blikke. Drengen var blevet til en stærk ung mand. Når folk gik forbi ham, kunne han høre dem hviske til hinanden. *Et spøgelse*, kunne de finde på at sige mens de stirrede på hans hvide hud med skrækslagne øjne. *Et spøgelse med øjne som djævlen!*

Og han følte sig som et spøgelse – gennemsigtig – idet han drev fra den ene havneby til den anden.

Det var som om folk så lige igennem ham.

Da han var atten år gammel og i færd med at stjæle en kasse tørret skinke fra et fragtskib i en eller anden havneby, blev han pågrebet af to besætningsmedlemmer. De to sømænd der begyndte at banke ham, stank af øl præcis som hans far havde gjort.

Erindringen om angst og had dukkede op til overfladen som et uhyre fra havets bund. Den unge mand brækkede halsen på den ene sømand med de bare næver, og blot politiets indgriben reddede den anden fra en tilsvarende skæbne. To måneder senere ankom han, i lænker, til et fængsel i Andorra.

Du er lige så hvid som et spøgelse, råbte de indsatte hånligt da fangevogterne kom ind med ham, nøgen og kold. *Mira el espectro! Måske kan spøgelset gå direkte igennem disse mure!*

Gennem en periode på tolv år visnede hans krop og sjæl, og han vidste at han var blevet gennemsigtig.

Jeg er et spøgelse.

Jeg er vægtløs.

Yo soy un espectro... pálido como un fantasma... caminando este mundo a solas.

En nat blev spøgelset vækket af skrig fra de andre indsatte. Han vidste ikke hvilken usynlig kraft det var, der var i færd med at ryste gulvet han sov på, og heller ikke hvilken almægtig hånd det var, der hev og sled i stencellens mure, men idet han sprang op, landede en kæmpemæssig kampesten præcis på det sted hvor han havde ligget og sovet. Han kiggede op for at se hvor stenen var kommet fra, og så et hul i den sammenfaldne mur, og på den anden side mødte der ham et syn han ikke havde set i over ti år. Månen.

Jorden var endnu ikke holdt op med at skælve da spøgelset var nået halvvejs igennem en lang snæver åbning i muren. Han vaklede ud i det fri og tumlede ned ad en øde bjergskråning ind i skoven. Han løb hele natten, krumbøjet og som i vildelse på grund af sult og udmattelse.

Han var på bevidstløshedens rand da han ved daggry kom til en lysning hvor et jernbanespor skar sig gennem skoven. Som i søvne fortsatte han langs skinnerne. Han fik øje på en tom godsvogn og kravlede om bord for at søge ly og hvile. Da han vågnede, bevægede toget sig. *Hvor længe? Hvor langt?* Han mærkede en tiltagende smerte indeni. *Er jeg ved at dø?* Han faldt i søvn igen. Han vågnede igen – denne gang ved at en eller anden stod og råbte og gennembankede ham for til sidst at smide ham ud af godsvognen. Blodig og forslået gik han rundt i udkanten af en lille landsby og ledte forgæves efter mad. Til sidst var hans krop for udmattet til at tage et eneste skridt mere, og han lagde sig i vejkanten og gled ind i bevidstløshedens verden.

Lyset dukkede langsomt op, og spøgelset spekulerede på hvor længe han havde været død. *En dag? Tre dage?* Det var ligegyldigt. Hans seng var blød som en sky, og luften omkring ham var fyldt med en sødlig duft af stearinlys. Jesus stod og kiggede ned på ham. *Jeg er her*, sagde Jesus. *Stenen er blevet rullet til side, og du er genfødt.*

Han faldt i søvn og vågnede igen. Hans tanker var dækket af tåge. Han havde aldrig troet på himmerige, men alligevel sad Jesus og passede på ham. Der dukkede mad op ved siden af hans seng, og spøgelset spiste den og kunne nærmest mærke hvordan kødet kom tilbage på hans knogler. Han faldt igen i søvn. Da han vågnede smilede Jesus stadig ned til ham og talte. *Du er reddet, min søn. Velsignet er de der følger min vej.*

Han faldt i søvn igen.

Et skrig af smerte rev spøgelset ud af søvnen. Hans krop kravlede ud af sengen og vaklede ned gennem en gang i retning af nogle stemmer der råbte. Han trådte ind i et køkken og så en stor mand stå og slå en mindre mand. Uden at vide hvorfor greb spøgelset den store mand og slyngede ham bagover mod væggen. Manden flygtede ud af huset, væk fra spøgelset der stod bøjet over en ung mand iført en præstekjole. Præstens næse var i en slem forfatning. Spøgelset løftede præsten og bar ham hen til en sofa.

"Tak, kære ven," sagde præsten på kejtet fransk. "Pengene til alterbrød og vin er fristende for tyve. De taler fransk i søvne. Taler De også spansk?"

Spøgelset rystede på hovedet.

"Hvad hedder De?" fortsatte han på sit kejtede fransk.

Spøgelset kunne ikke huske hvad han hed. Det eneste han kunne komme i tanke om var de hånlige øgenavne fra fangevogterne.

Præsten smilede. "*No hay problema.* Jeg hedder Manuel Aringarosa. Jeg er missionær og kommer fra Madrid. Jeg blev sendt hertil for at bygge en kirke for Obra de Dios."

"Hvor er jeg?" Hans stemme lød hul.

"Oviedo. I det nordlige Spanien."

"Hvordan er jeg havnet her?"

"En eller anden efterlod Dem uden for min dør. De var i en slem forfatning. Jeg gav Dem mad. De har været her i flere dage."

Spøgelset betragtede den unge mand, der havde passet og plejet ham. Det var uendelig mange år siden nogen havde vist ham venlighed. "Tak, Fader."

Præsten rørte ved sin blodige læbe. "Det er mig, der er taknemmelig, kære ven."

Da spøgelset vågnede næste morgen, føltes hans verden klarere. Han kastede et blik op på krucifikset, der hang på væggen over hans seng. Selvom det ikke længere talte til ham, følte han, at der var en betryggende aura omkring det. Da han satte sig op, så han til sin forbavselse, at der lå et avisudklip på hans sengebord. Artiklen var på fransk. Den var en uge gammel. Mens han læste den, fyldtes han af skræk. Den handlede om et jordskælv som havde ødelagt et fængsel og sat en mængde farlige forbrydere på fri fod.

Hans hjerte begyndte at hamre. *Præsten ved hvem jeg er!* De følelser han blev grebet af, havde han ikke mærket længe. Skam. Skyld. De blev fulgt af skrækken for at blive pågrebet. Han sprang ud af sengen. *Hvor løber jeg hen?*

"Apostlenes Gerninger," sagde en stemme i døråbningen.

Spøgelset vendte sig – skrækslagen.

Den unge præst smilede da han trådte ind, han havde en klodset forbinding om næsen. Han rakte en gammel bibel frem. "Jeg fandt en til Dem på fransk. Kapitlet er markeret."

Spøgelset tog usikkert imod bibelen og kiggede på kapitlet som præsten havde markeret.

Kapitel 16.

Versene handlede om en fange ved navn Silas som lå nøgen og forslået i sin fængselscelle og sang lovsange til Gud. Da spøgelset nåede til vers 26, snappede han forskrækket efter vejret.

"... Pludselig kom der et kraftigt jordskælv, så fængslets grundmure rystedes; i det samme sprang alle døre op."

Han stirrede på præsten.

Præsten smilede venligt. "Siden De ikke har noget andet navn, kære ven, vil jeg fra nu af kalde Dem Silas."

Spøgelset nikkede uforstående. *Silas.* Han havde fået kød og blod, var blevet et menneske. *Jeg hedder Silas.*

"Det er på tide at få noget morgenmad," sagde præsten. "De vil få brug for alle Deres kræfter, hvis De skal kunne hjælpe mig med at bygge denne kirke."

I seks kilometers højde over Middelhavet var Alitalia fly 1618 havnet i turbulens, hvilket fik passagererne til at flytte uroligt på sig. Biskop Aringarosa bemærkede det dårligt nok. Hans tanker var koncentreret om Opus Dei's fremtid. Han var ivrig efter at vide hvordan det gik med gennemførelsen af planerne i Paris og ville ønske at han kunne ringe til Silas. Men det kunne han ikke. Det havde Mesteren sørget for.

"Det er for Deres egen sikkerheds skyld," havde Mesterens forklaring lydt. Han talte engelsk med fransk accent. "Jeg ved tilstrækkelig meget om elektronisk kommunikationsudstyr til at vide at det kan aflyttes. Konsekvensen vil kunne være katastrofal for Dem."

Aringarosa vidste at han havde ret. Mesteren var en usædvanlig forsigtig mand. Han havde ikke afsløret sin egen identitet over for Aringarosa, og alligevel havde han bevist at han var en mand som det godt kunne betale sig at adlyde. Han havde trods alt på en eller anden måde fået fingrene i yderst hemmelige oplysninger. *Navnene på broderskabets fire øverste medlemmer!* Det var i høj grad det der havde overbevist biskoppen om at Mesteren rent faktisk var i stand til at finde den utrolige skat som han hævdede, at han kunne bringe for dagen.

"Biskop," havde Mesteren sagt, "jeg har arrangeret det hele. For at min plan skal kunne lykkes må De overlade al kontakt med Silas til mig – og kun mig – i nogle dage. I to må ikke tale sammen. Jeg kommunikerer med ham via sikre kanaler."

"Lover De, at behandle ham med respekt?"

"En rettroende fortjener fuld respekt."

"Godt. Så siger vi det; Silas og jeg taler ikke sammen før dette er ovre."

"Disse forholdsregler er blot for at hemmeligholde og beskytte Deres og Silas' identitet samt min investering."

"Deres investering?"

"Biskop, hvis Deres iver efter at holde Dem ajour med sagens udvikling medfører, at De ender i fængsel, så vil De ikke være i stand til at betale mig."

Biskoppen smilede. "En god pointe. Vores ønsker harmonerer. Held og lykke."

Tyve millioner euro, tænkte biskoppen, mens han stirrede ud ad flyvinduet. *Forsvindende lidt for noget så betydningsfuldt.*

Han mærkede en fornyet tro på, at Mesteren og Silas ikke ville fejle. Penge og tro udgjorde en stor motivationsfaktor.

KAPITEL 11

"Une plaisanterie numérique?" Bezu Fache var rasende og stirrede vantro på Sophie Neveu. *En talspøg?* "Deres professionelle vurdering af Saunières kode er at det er en form for matematisk joke?"

Fache var totalt uforstående over for denne kvindes frækhed. Ikke alene havde hun netop afbrudt Fache uden tilladelse, nu forsøgte hun også at overbevise ham om at Saunière – i de sidste minutter at sit liv – havde fået lyst til at efterlade en matematisk spøg.

"Denne kode," forklarede Sophie hurtigt på fransk, "er så simpel at det grænser til det absurde. Jacques Saunière må have vidst at vi straks ville gennemskue den." Hun hev et stykke papir op af lommen på sin trøje og rakte det til Fache. "Her har De dechifreringen."

Fache kiggede på papiret.

$$1 - 1 - 2 - 3 - 5 - 8 - 13 - 21$$

"Er det det hele?" udbrød han. "Det eneste De har gjort er at sætte tallene i størrelsesorden!"

Sophie var faktisk modig nok til at sende ham et tilfreds smil. "Netop."

Faches stemme var reduceret til en dyb brummen. "Kommissær Neveu, jeg aner ikke, hvad fanden De har tænkt Dem at sige med det, men jeg vil anbefale Dem at gøre det klart straks." Han kastede et uroligt blik på Langdon som stod lige i nærheden med telefonen presset mod øret, formodentlig endnu i færd med at aflytte telefonbeskeden fra den amerikanske ambassade. At dømme ud fra Langdons askegrå udtryk, var der tale om dårlige nyheder, konkluderede Fache.

"Chefkriminalinspektør," sagde Sophie i et provokerende tonefald, "talrækken De står med i hånden er rent faktisk en af de mest berømte matematiske progressioner i verden."

Fache var ikke klar over at der eksisterede matematiske progressioner der kunne betragtes som berømte, og han brød sig absolut ikke om Sophies provokerende tone.

"Det er Fibonaccitalrækken," bekendtgjorde hun idet hun nikkede ned mod papiret som Fache stod med i hånden. "En talrække hvor hvert led er lig med summen af de to foregående led."

Fache betragtede tallene. Hvert led var ganske rigtig lig med summen af de to foregående, men Fache kunne dog på ingen måde se hvilken relevans det havde i forhold til Saunières død.

"Matematikeren Leonardo Fibonacci opstillede denne talrække i det trettende århundrede. Det er indlysende at det ikke kan være tilfældigt at *samtlige* tal Saunière skrev på gulvet, tilhører Fibonaccis berømte talrække."

Fache stirrede på den unge kvinde et godt stykke tid. "Godt. Men siden det så ikke er tilfældigt, kan De så fortælle mig, *hvorfor* Jacques Saunière valgte at skrive denne talrække? Hvad er det, han vil sige? Hvad er *meningen?*"

Hun trak på skuldrene. "Overhovedet ingenting. Det er pointen. Det er en simpel kryptografisk spøg. Det svarer til at tage ordene i et berømt digt og sætte dem tilfældigt sammen for at se om der er nogen der kan gennemskue, hvad alle ordene har tilfælles."

Fache trådte truende et skridt frem og stillede sig så hans ansigt kun var nogle centimeter fra Sophies. "Jeg håber virkelig, at De har en mere tilfredsstillende forklaring end *den.*"

Sophies fine træk blev overraskende hårde idet hun lænede sig frem. "Mr. Fache, i betragtning af hvad De har på spil her i aften, tænkte jeg, at De ville sætte pris på at få at vide, at denne kode muligvis er en spøg fra Jacques Saunières side. Men det vil De åbenbart ikke. Jeg skal oplyse lederen af den kryptografiske afdeling om, at De ikke længere har brug for vores hjælp."

Med disse ord vendte hun rundt på hælen og marcherede tilbage ad den vej, hun var kommet.

Målløs så Fache hende forsvinde i mørket. *Er hun gået fuldstændig fra forstanden?* Sophie Neveu havde netop givet et skoleeksempel på *le suicide professionnel.*

Fache vendte sig om mod Langdon, der stadig stod med telefonen ved øret. Han så om muligt endnu mere bekymret ud, idet han stod og lyttede koncentreret til telefonbeskeden. Den amerikanske ambassade. Der var meget Bezu Fache foragtede – men der var ikke meget der vakte større forbitrelse hos ham end den amerikanske ambassade.

Fache og ambassadøren havde jævnlige sammenstød over fællesstatslige anliggender – deres hyppigste stridspunkt var håndhævelsen af loven i relation til amerikanske statsborgere. Det var stort set en daglig foreteelse at politiet anholdt amerikanske udvekslingsstudenter for at være i besiddelse af stoffer, amerikanske forretningsmænd for at opsøge mindreårige prostituerede og amerikanske turister for butikstyveri eller hærværk. Ambassaden havde ret til at gribe ind og bede om at få en skyldig statsborger udleveret for at sende ham tilbage til USA hvor vedkommende ikke ville få andet end et rap over fingrene. Og det var præcis hvad ambassaden konstant gjorde.

L'émasculation de la Police Judiciaire, kaldte Fache det. Det franske blad *Paris-Match* havde for nylig bragt en vittighedstegning hvor Fache blev fremstillet som en politihund der forsøgte at bide en forbryder med amerikansk statsborgerskab, men forgæves – den kunne ikke få fat i ham fordi den stod bundet til den amerikanske ambassade.

Ikke i nat, sagde Fache til sig selv. *Der er alt for meget på spil.*

Robert Langdon så utilpas ud da han afbrød telefonen.

"Er der noget galt?" spurgte Fache

Langdon nikkede langsomt.

Dårlige nyheder hjemmefra var Faches umiddelbare indskydelse. Da Langdon gav ham telefonen tilbage, lagde Fache mærke til at han svedte en smule.

"Der er sket en ulykke," fremstammede Langdon og kiggede på Fache med et underligt udtryk. "En god ven..." Han tøvede. "Jeg er nødt til at rejse hjem straks i morgen tidlig."

Fache tvivlede ikke på at chokket der stod malet i Langdons øjne var ægte, men samtidig anede han også noget andet i Langdons øjne, som om en fjerntliggende angst pludselig var ved at dukke op til overfladen i amerikanerens øjne. "Det er jeg ked af at høre," sagde Fache mens han betragtede Langdon intenst. "Vil De sidde ned?" Han pegede i retning af en af bænkene i salen.

Langdon nikkede fraværende og tog et par skridt over mod bænken. Han stoppede op og var tydeligvis helt ved siden af sig selv. "Jeg tror faktisk gerne jeg lige vil benytte toilettet."

Fache bandede indvendig over forsinkelsen. "Toilettet. Selvfølgelig. Lad os holde en lille pause." Han pegede ned gennem den lange mørke korridor hvorfra de var kommet. "Toilettet er nede ved museumsdirektørens kontor."

Langdon tøvede og pegede i den modsatte retning, mod den fjerneste ende af Grande Galerie. "Jeg tror faktisk at toilettet i den ende er meget tættere på."

Fache indså at han havde ret. De var to tredjedele inde i Grande Galerie, og salene endte blindt med et toilet for enden. "Skal jeg følge Dem derned?"

Langdon rystede på hovedet og var allerede på vej længere ind i salen. "Det er ikke nødvendigt. Jeg tror, jeg gerne vil være alene et øjeblik."

Fache var ikke vild med ideen om at Langdon selv skulle gå ned gennem salene, men han beroligede sig selv ved det faktum at Grande Galerie endte blindt, og at den eneste udgang var nede i den modsatte ende – nemlig ved gitteret som de var kravlet under da de kom. Selvom det franske brand-reglement krævede op til flere nødudgange på et område af denne størrelse, så var disse nødudgange automatisk blevet spærret da Saunière udløste sikker-hedssystemet. Selvom sikkerhedssystemet muligvis var blevet slået fra igen på nuværende tidspunkt og nødudgangene dermed var blevet åbnet, ville det ikke betyde noget – hvis yderdørene blev åbnet, ville alarmen gå i gang og kriminalpolitiets betjente stod vagt uden for bygningen. Langdon ville på ingen måde kunne forlade bygningen uden at Fache straks ville finde ud af det.

"Jeg er nødt til at gå tilbage til Saunières kontor et øjeblik," sagde Fache. "Vil De være venlig, at komme derhen så snart De er færdig, Mr. Langdon. Der er mere, vi bør diskutere."

Langdon nikkede hurtigt, inden han forsvandt i mørket.

Fache vendte rundt på hælen og gik med hidsige skridt i den modsatte ret-ning. Han nåede hen til gitteret, krøb under, forlod Grande Galerie, marcher-ede ned gennem korridoren og stormede ind på Saunières kontor.

"Hvem gav Sophie Neveu lov til at komme ind i bygningen?" hvæsede Fache.

Collet var den første til at svare. "Hun sagde til vagterne udenfor at hun havde brudt koden."

Fache så sig omkring. "Er hun gået?"

"Er hun ikke sammen med Dem?"

"Hun gik." Fache kastede et blik ud i den mørke gang. Sophie havde åben-bart ikke været i humør til at stoppe og sludre med kollegerne på vejen ud.

Et kort øjeblik overvejede Fache at kalde vagterne i foyeren og bede dem om at stoppe hende og slæbe hende tilbage før hun forlod stedet. Han tænkte sig dog om en ekstra gang. Det var blot hans stolthed der talte til ham – i forsøget på at få det sidste ord. Han var blevet forstyrret tilstrækkeligt i nat.

Tag dig af kommissær Neveu senere, sagde han til sig selv og var allerede begyndt at glæde sig til at fyre hende.

Fache stirrede et øjeblik på miniatureridderen der stod på Saunières skrive-bord, mens han rystede Sophie ud af hovedet. Så vendte han sig mod Collet. "Har De ham?"

Collet gav et kort nik og drejede den bærbare computer om mod Fache. Den røde plet kunne tydeligt ses på plantegningen; den blinkede regel-mæssigt i et rum med ordene TOILETTES PUBLIQUES skrevet henover.

"Godt," sagde Fache, idet han tændte en cigaret og gik ud i gangen. "Jeg er lige nødt til at foretage et opkald. Jeg råder Dem til at være helt sikker på, at toilettet er det eneste sted, Langdon går hen."

KAPITEL 12

Robert Langdon følte sig totalt forvirret da han begav sig ned mod enden af Grande Galerie. Han hørte Sophies telefonbesked igen og igen for sit indre øre. For enden af salen blev han mødt af nogle oplyste skilte med de velkendte tændstikfigurer – det internationale symbol for toilet. Skiltene ledte ham gennem en labyrintlignende række af skillerum, der på én gang udstillede italienske skitser og sørgede for at toilettet var uden for synsvidde.

Langdon fandt frem til herretoilettet, gik ind og tændte lyset.

Rummet var tomt.

Han gik hen til vasken og pjaskede koldt vand i ansigtet i et forsøg på at komme til sig selv. Det hårde lys fra lysstofrørene blev reflekteret i det blankpolerede flisegulv, og der hang en lugt af salmiakspiritus i luften. Mens han stod og tørrede sit ansigt, hørte han døren bag sig gå op. Han vendte sig om.

Sophie Neveu trådte ind; der var angst i hendes grønne øjne. "Gudskelov at De kom. Vi har ikke meget tid at spilde."

Langdon stod foran vasken og stirrede uforstående på kriminalpolitiets kryptograf Sophie Neveu. Det var kun et par minutter siden Langdon havde stået og lyttet til hendes telefonbesked og tænkt at den nyankomne kryptograf måtte være vanvittig. Men samtidig havde han, jo mere han lyttede, fået en fornemmelse af at Sophie Neveu talte i ramme alvor. *De må ikke reagere på denne besked. Lyt blot stille og roligt. De er i fare lige nu. Følg mine anvisninger nøje.* Langdon havde ikke anet hvad han skulle gøre, men havde besluttet at gøre præcis som Sophie sagde. Han havde fortalt Fache at en god ven havde været udsat for en ulykke derhjemme. Derefter havde han bedt om at få lov til at benytte toilettet for enden af Grande Galerie.

Sophie stod foran ham, stadig forpustet efter at have vendt om og skyndt sig ned til toilettet. I lyset fra lysstofrørene lagde Langdon overrasket mærke til at hun faktisk havde forbløffende fine træk til trods for sit stærke udtryk. Kun blikket var skarpt, og hendes profil mindede om et Renoirportræt – sløret, men alligevel tydeligt og med en frimodighed der på en eller anden måde bevarede sløret af mystik.

"Jeg ville advare Dem om, Mr. Langdon..." sagde Sophie og hev stadig efter vejret, "at De er *sous surveillance cachée*. Under overvågning." Hendes ord gav en hul genlyd mod flisevæggene.

"Men... hvorfor?" spurgte Langdon. Sophie havde allerede givet ham en forklaring i telefonen, men han ville høre det direkte fra hende.

"Fordi," sagde hun idet hun trådte et par skridt hen mod ham, *"De* er Faches hovedmistænkte for dette mord."

Langdon var forberedt på ordene, men alligevel lød det fuldstændig vanvittigt. Ifølge Sophie var Langdon ikke blevet hentet til Louvre i nat som symbolforsker, men snarere som mistænkt, og var netop nu, uden at vide det, genstand for det franske kriminalpolitis foretrukne forhørsmetode – *surveillance cachée* – en udspekuleret form for vildledning hvor politiet stille og roligt beder den mistænkte om at følge med til gerningsstedet og begynder at udspørge ham i håb om, at han bliver nervøs og kommer til at afsløre sig selv.

"Prøv at mærke efter i Deres venstre jakkelomme," sagde Sophie. "Der finder De et bevis på, at de overvåger Dem."

Langdon begyndte at få bange anelser. *Mærk efter i Deres venstre lomme?* Det lød som en billig tryllekunst.

"Mærk nu bare efter."

Forvirret stak Langdon hånden i venstre lomme på sin tweedjakke – en lomme han ellers aldrig brugte. Han ledte med fingrene, men fandt ingenting. *Hvad fanden forestillede du dig?* Han begyndte at spekulere på om Sophie måske alligevel var vanvittig. I samme øjeblik stødte hans fingre på noget uventet. Det var en lille hård genstand. Han greb om den lille dims med fingrene og hev den frem. Langdon stirrede målløst på den. Det var en lille metalplade på størrelse med et batteri til et ur. Han havde aldrig set den før. "Hvad i...?"

"En GPS-sender," sagde Sophie. "Dens position bliver konstant transmitteret til en GPS-satellit som kriminalpolitiet overvåger. Vi bruger dem til at overvåge folks færden. Den har en nøjagtighed på cirka en halv meter, uanset hvor på kloden De er. De holder Dem i en elektronisk snor. Kriminalkommissæren, der hentede Dem på hotellet, placerede den i Deres lomme inden De forlod Deres værelse."

Langdon forsøgte at komme i tanke om, hvad der var foregået på hotelværelset; han havde taget et hurtigt bad og klædt sig på. Kriminalkommissæren havde venligt rakt Langdon hans tweedjakke, idet de gik ud af værelset. *Det er køligt udenfor, Mr. Langdon. Det pariske forår lever ikke helt op til sit ry.* Langdon havde takket ham og taget jakken på.

Sophies olivengrønne øjne sendte ham et indtrængende blik. "Jeg sagde ikke noget til Dem om overvågningsudstyret over telefonen for jeg ville ikke have, at De begyndte at lede i Deres lommer for øjnene af Fache. Han må ikke vide, at De har fundet det."

Langdon anede ikke, hvad han skulle sige.

"De har udstyret Dem med det, fordi de gik ud fra, at De måske ville forsøge at stikke af." Hun gjorde en pause. "Rent faktisk *håbede* de, at De ville stikke af – det ville stille deres sag bedre."

"Hvorfor skulle jeg stikke af!" udbrød Langdon. "Jeg er uskyldig!"

"Fache er af en anden opfattelse."

Langdon gik vredt hen mod affaldsspanden for at skille sig af med den lille sporingsdims.

"Nej!" Sophie greb fat i hans arm og stoppede ham. "Put den i lommen igen. Hvis De smider den ud, vil signalet holde op med at bevæge sig, og så vil de være klar over at De har fundet den. Den eneste grund, til at Fache lod Dem være alene, er, at han kan holde øje med hvor De befinder Dem. Hvis han får mistanke om at De har fundet ud af hvad han har gang i..." Sophie gjorde ikke sætningen færdig. I stedet tog hun den lille metalplade ud af hånden på Langdon og puttede den tilbage i lommen på hans tweedjakke. "Den bliver hos Dem. I det mindste lige nu."

Langdon følte sig overrumplet. "Hvordan fanden kan Fache tro at jeg skulle have dræbt Jacques Saunière!"

"Han har nogle temmelig overbevisende grunde til at mistænke Dem." Sophies udtryk var ubarmhjertigt. "Der er en del af bevismaterialet, som De endnu ikke har set. Fache har holdt det omhyggeligt skjult for Dem."

Langdon stirrede blot på hende.

"Kan De huske teksten – de tre linjer som Saunière havde skrevet på gulvet?"

Langdon nikkede. Tallene og ordene stod lysende klare i hans hukommelse.

Sophie sænkede stemmen til en hvisken. "Desværre var det, De så, ikke hele beskeden. Der var en *fjerde* linje. Fache fotograferede den og fjernede den, inden De ankom."

Selvom Langdon var klar over at det letopløselige blæk fra den ultraviolette tusch let kunne fjernes, kunne han ikke se hvorfor Fache skulle være interesseret i at fjerne bevismateriale.

"Den sidste linje i meddelelsen," sagde Sophie, "ønskede Fache ikke, at De skulle se." Hun tav et øjeblik. "I det mindste ikke før han var færdig med Dem."

Sophie tog en udprintet kopi af et fotografi op af lommen og begyndte at folde det ud. "Fache overførte digitale fotografier fra gerningsstedet til den kryptografiske afdeling tidligere i aftes, i håb om at vi kunne gennemskue hvad Saunières besked betød. Det her er et billede af den komplette besked."

Hun rakte Langdon arket.

Langdon kiggede uforstående på det. Nærbilledet viste den selvlysende besked på parketgulvet. Den afsluttende linje ramte Langdon som et spark i skridtet.

13-3-2-21-1-1-8-5
O, Draconian devil!
Oh, lame saint!
P.S. Find Robert Langdon

I adskillige sekunder stod Langdon blot og stirrede forbløffet på fotografiet af Saunières efterskrift. *P.S. Find Robert Langdon.* Han følte det som om jorden forsvandt under hans fødder. *Saunière har efterladt et efterskrift med mit navn?* Ikke i sin vildeste fantasi kunne Langdon begribe hvorfor.

"Nu forstår De," sagde Sophie med et indtrængende blik, "hvorfor Fache beordrede Dem herhen i nat, og hvorfor De er hans hovedmistænkte, ikke?"

Det eneste, Langdon forstod i det øjeblik, var, hvorfor Fache havde set så selvtilfreds ud, da Langdon havde hævdet, at Saunière ville have skrevet et navn, hvis hans hensigt var at anklage sin morder.

Find Robert Langdon.

"Hvorfor i alverden har Saunière skrevet det?" udbrød Langdon samtidig med at hans forvirring blev afløst af vrede. "Hvorfor skulle jeg ville myrde Jacques Saunière?"

"Fache mangler stadig at afdække et motiv, men han har optaget hele jeres samtale i aften, i håb om at De ville afsløre det."

Langdon åbnede munden for at sige noget, men der kom ikke en lyd.

"Han er udstyret med en lille mikrofon," forklarede Sophie. "Den er forbundet med en sender i hans lomme som transmitterer signalet til en computer på kontrolposten."

"Det er umuligt," fremstammede Langdon. "Jeg har et alibi. Jeg tog direkte tilbage til mit hotel efter min forelæsning. De kan spørge i receptionen."

"Det har Fache allerede gjort. Hans rapport viser at De fik nøglen i receptionen ved halvellevetiden. Desværre fandt mordet sted omkring klokken elleve. De vil let have kunnet forlade Deres værelse uden at nogen så Dem."

"Det er det rene vanvid! Fache har ikke nogen beviser!"

Sophie spilede øjnene op som for at sige: *Ingen beviser?* "Mr. Langdon, Deres navn står skrevet på gulvet ved siden af liget, og af Saunières kalender fremgår det, at De var sammen med ham omkring mordtidspunktet." Hun holdt en pause. "Fache har mere end rigeligt af beviser til at varetægtsfængsle Dem med henblik på afhøring."

Det gik med ét op for Langdon at han havde brug for en advokat. "Jeg har ikke gjort det."

Sophie sukkede. "Dette er ikke en amerikansk tv-serie, Mr. Langdon. I Frankrig beskytter loven politiet, ikke forbryderne. I denne sag spiller over-vejelser i forhold til medierne desværre også ind. Jacques Saunière var en yderst prominent og højtelsket personlighed i Paris, og mordet på ham vil være i nyhederne i morgen tidlig. Fache vil øjeblikkelig komme under pres for at give en redegørelse, og det vil se langt bedre ud hvis han allerede har vare-tægtsfængslet en mistænkt. Uanset om De er skyldig eller ej, beholder kriminalpolitiet Dem uden tvivl, indtil de har fundet ud af, hvad der virkelig skete."

Langdon følte sig som et dyr i bur. "Hvorfor fortæller De mig alt det her?"

"Fordi jeg tror De er uskyldig, Mr. Langdon." Sophie så væk et øjeblik, men kiggede ham hurtigt i øjnene igen. "Og fordi det til en vis grad er *min* skyld, at De er havnet i denne situation."

"Undskyld mig – hvad mener De? Er det *Deres* skyld, at Saunière har forsøgt at rette mistanken mod mig?"

"Saunière forsøgte ikke at rette nogen mistanke mod Dem. Det var en fejl-tagelse. Meddelelsen på gulvet var henvendt til mig."

Langdon kunne ikke umiddelbart fordøje den oplysning. "Sig mig engang, hvad mener De?"

"Meddelelsen var ikke henvendt til politiet. Han skrev den til mig. Jeg tror at han var tvunget til at handle så hurtigt at han ganske enkelt ikke tænkte på hvordan det ville tage sig ud i politiets øjne." Hun tav et øjeblik. "Talkoden er meningsløs. Saunière skrev den for at sikre sig at den kryptografiske afdeling ville blive inddraget i efterforskningen. Han ville sikre sig at *jeg* hurtigst muligt ville få at vide hvad der var sket med ham."

Langdon mærkede at han i den grad var ved at miste grebet om situationen. Om Sophie var gået fra forstanden eller ej spillede ingen rolle lige nu – i det mindste forstod Langdon nu hvorfor hun forsøgte at hjælpe ham. *P.S. Find Robert Langdon.* Hun var åbenbart overbevist om at museumsdirektøren havde efterladt hende en krypteret meddelelse hvori hun blev bedt om at finde Langdon. "Men hvorfor tror De, at hans besked var henvendt til Dem?"

"Da Vincis *Vitruvianske Mand*," sagde hun konstaterende. "Netop den tegning har altid været min favorit blandt Da Vincis værker. I aften brugte han den for at fange min opmærksomhed."

"Vent nu lige lidt. Står De og siger, at museumsdirektøren vidste, hvad Deres yndlingsværk er?"

Hun nikkede. "De må undskylde – det hele er blevet rodet sammen. Jacques Saunière og jeg..."

Sophies stemme knækkede over, og Langdon kunne høre en pludselig melankoli i hendes stemme; en smertefuld fortid der simrede lige under overfladen. Sophie og Jacques Saunière havde åbenbart et ganske særligt forhold til hinanden. Langdon betragtede den smukke unge kvinde og var udmærket klar over at det i Frankrig ikke var usædvanligt, at ældre mænd havde unge elskerinder. Alligevel passede billedet af Sophie Neveu som en "holdt kvinde" på en eller anden måde ikke rigtigt.

"Vi blev uvenner for ti år siden," sagde Sophie med hviskende stemme. "Vi har stort set ikke talt sammen siden. Men i aftes da Krypto modtog meddelelsen om at han var blevet myrdet, og jeg så billedet af hans lig og teksten på gulvet, gik det op for mig at han forsøgte at give mig en besked."

"På grund af Da Vincis *Vitruvianske Mand?*"

"Ja. Og på grund af bogstaverne P.S."

"Forkortelsen for det latinske Post Script?"

Hun rystede på hovedet. "P.S. er mine initialer."

"Hedder De ikke Sophie Neveu?"

Hun så væk. "P.S. er det kælenavn, han kaldte mig, da jeg boede hos ham." Hun rødmede. "Det stod for Prinsesse Sophie."

Langdon vidste ikke, hvad han skulle sige.

"Jeg ved, at det lyder tåbeligt," sagde hun. "Men det er længe siden. Jeg var bare en lille pige."

"Kendte De ham, da De var en lille pige?"

"Temmelig godt," sagde hun med tårer i øjnene. "Jacques Saunière var min bedstefar."

KAPITEL 14

"Hvor er Langdon?" udbrød Fache. Han havde i hast inhaleret det sidste af sin cigaret mens han skyndte sig tilbage til kontrolposten.

"Stadig på toilettet, Sir." Kommissær Collet vidste at spørgsmålet ville komme.

Fache mumlede. "Han tager sig god tid, kan jeg forstå."

Kriminalinspektøren fik øje på den røde GPS-markør over skulderen på Collet, og Collet kunne næsten høre at Fache tænkte så det knagede. Det optimale var at den der var genstand for overvågningen fik så meget tid og frihed som muligt, da det ville give ham en falsk tryghedsfornemmelse. Langdon skulle komme tilbage af egen fri vilje. På den anden side – han havde været væk i næsten ti minutter.

Det var for længe.

"Er der nogen fare for at Langdon har gennemskuet os?" spurgte Fache.

Collet rystede på hovedet. "Vi kan stadig se små bevægelser inde fra toilettet så han har tilsyneladende stadig GPS-senderen på sig. Måske har han det dårligt? Hvis han havde fundet senderen, ville han have fjernet den og forsøgt at flygte."

Fache så på sit ur. "Godt."

Fache så dog stadig ud til at være fordybet i tanker. Hele aftenen havde Collet fornemmet en atypisk heftighed fra chefens side. Fache der normalt forholdt sig objektiv og rolig i pressede situationer havde i aften virket følelsesmæssigt involveret, som om denne sag på en eller anden måde var et personligt anliggende for ham.

Ikke så underligt, tænkte Collet. *Fache har et desperat behov for at foretage denne anholdelse.* For nylig var både ministeriet og medierne begyndt at være mere åbenlyst kritiske over for Faches aggressive metoder, hans sammenstød med betydningsfulde udenlandske ambassader og hans enorme overskridelse af budgettet på grund af nyt informationsteknologisk udstyr. I nat ville en højteknologisk, prestigefyldt anholdelse af en amerikaner i høj grad kunne være med til at lukke munden på Faches kritikere, og således medvirke til at sikre ham jobbet et par år endnu, indtil han ville kunne trække sig tilbage med en indbringende pension. *Guderne skal vide at han har brug for pensionen*, tænkte Collet. Faches it-begejstring havde ramt ham både professionelt og privat. Der gik rygter om at Fache havde investeret hele sin formue i it-hysteriet for nogle år siden og mistet alt hvad han ejede. *Og det var ikke så lidt.*

Natten var stadig ung. Sophie Neveus underlige afbrydelse var beklagelig, men havde dog kun sat en lille streg i regningen. Hun var gået nu, og Fache havde stadig nogle kort på hånden. Han havde endnu til gode at oplyse Langdon om at offeret havde skrevet hans navn på gulvet. *P.S. Find Robert Langdon.* Amerikanerens reaktion på den del af bevismaterialet ville absolut være interessant.

"Mr. Fache?" kaldte en af kriminalbetjentene fra den anden ende af lokalet. "Jeg tror, De hellere må tage telefonen." Han rakte telefonrøret frem med en bekymret mine.

"Hvem er det?" spurgte Fache.

Betjenten rynkede panden. "Det er lederen af den kryptografiske afdeling."

"Og?"

"Det drejer sig om Sophie Neveu, Sir. Der er vist noget galt."

KAPITEL 15

Tiden var inde.

Silas følte sig stærk da han steg ud af den sorte Audi. Nattebrisen legede med hans løsthængende kappe. *Der er forandring i luften.* Han vidste at opgaven der ventede ham i højere grad krævede snilde end magtudfoldelse, og han lod sin pistol blive i bilen. Hans 13 millimeter Heckler & Koch USP 40 havde Mesteren skaffet ham.

Dødens våben har intet at gøre i Guds hus.

Pladsen foran den imponerende kirke lå øde hen på dette tidspunkt af døgnet. Der var ingen mennesker at se bortset fra et par unge ludere der stod på pladsen længst væk fra Saint-Sulpice og viste deres varer frem for de forbi-passerende turister. Deres giftefærdige kroppe fremkaldte en velkendt lyst-følelse i Silas' underliv. Hans lårmuskler spændte sig uvilkårligt, hvilket fik *cilice*-bæltet til smertefuldt at skære sig ind i kødet på ham.

Lysten forsvandt med det samme. I ti år havde Silas trofast nægtet sig selv enhver form for seksuel tilfredsstillelse, også fra egen hånd. Det foreskrev *Vejen.* Han var klar over at han havde ofret meget ved at følge Opus Dei, men han havde fået langt mere tilbage. Kyskhedsløftet og afskrivelsen af alle personlige goder kunne dårligt betragtes som noget offer. I betragtning af den fattigdom han var kommet fra, og de seksuelle grusomheder han havde været udsat for i fængslet, var cølibatet velkomment.

Efter at være vendt tilbage til Frankrig for første gang siden han blev anholdt og transporteret til fængslet i Andorra, kunne Silas mærke at hans hjemland testede ham ved at drage voldsomme minder frem fra hans frelste sjæl. *Du er blevet genfødt,* sagde han til sig selv. I dag havde udøvelsen af Guds værk krævet at han begik en synd i form af mord, og Silas vidste at det var et offer han var nødt til stiltiende at bære i hjertet for evigt.

Omfanget af Deres tro er omfanget af den smerte De er i stand til at bære, havde Mesteren sagt til ham. Smerte var ikke fremmed for Silas, og han var ivrig efter at bevise sit værd over for Mesteren; manden der havde forsikret ham at hans handlinger var bestemt af de højere magter.

"Hago la obra de Dios," hviskede Silas mens han begav sig over mod kirkens indgang.

Han stoppede op i skyggen af det gigantiske indgangsparti og tog en dyb indånding. Det var ikke før nu at det egentlig gik op for ham hvilken opgave han var på vej til at udføre, og hvad der ventede ham inde i kirken.

Slutstenen. Den vil lede os til vores endelige mål.

Han løftede sin hvide, knyttede hånd og bankede tre gange på døren.

Et øjeblik efter begyndte hængslerne på den enorme træport at give sig.

Sophie spekulerede på hvor lang tid der ville gå før Fache ville regne ud at hun ikke havde forladt bygningen. Da hun så hvor oprevet Langdon tydeligvis var, blev hun i tvivl om hvorvidt hun havde gjort det rigtige ved at lade ham møde op på herretoilettet.

Hvad skulle jeg ellers have gjort?

Hun så sin bedstefars lig for sig som det lå på gulvet, nøgent med arme og ben pegende i alle retninger. Engang havde han betydet alt for hende, men i aften mærkede Sophie til sin forundring at hun stort set ikke var ked af det. Jacques Saunière var en fremmed for hende nu. Deres forhold var gået til på et eneste øjeblik – en nat i marts da hun var 22 år gammel. *For ti år siden.* Sophie var kommet hjem fra universitetet i England et par dage før forventet og havde ved et uheld overværet sin bedstefar involveret i noget som det tydeligvis ikke var meningen, hun skulle have set. Hun havde endnu den dag i dag svært ved at tro det hun havde set.

Hvis det ikke var fordi jeg havde set det med mine egne øjne...

Hun havde været for skamfuld og lamslået til at acceptere sin bedstefars pinagtige forsøg på at forklare sig, og var flyttet hjemmefra øjeblikkelig. Hun havde taget nogle penge med som hun havde sparet sammen og havde fundet en lille lejlighed sammen med et par jævnaldrende kammerater. Hun havde lovet sig selv at hun aldrig ville fortælle nogen hvad hun havde set. Hendes bedstefar forsøgte desperat at kontakte hende og sendte utallige kort og breve hvor han tiggede og bad Sophie om at mødes med ham, så han kunne få mulighed for at forklare. *Forklare!?* Sophie svarede aldrig med undtagelse af én gang – og da svarede hun for at forbyde ham nogensinde at ringe til hende igen eller forsøge at møde hende offentligt. Hun var bange for at hans forklaring ville være endnu mere skræmmende end hændelsen i sig selv.

Utroligt nok havde Saunière aldrig opgivet hende, og Sophie var derfor i besiddelse af breve fra et helt årti som lå uåbnede i hendes kommodeskuffe. Hendes bedstefar fortjente dog den ros at han aldrig havde handlet mod hendes ønske og ringet til hende.

Indtil i eftermiddags.

"Sophie?" Hans stemme havde lydt forbavsende gammel på hendes telefonsvarer. "Jeg har underkastet mig dit ønske så længe... og det gør ondt at ringe, men jeg er nødt til at tale med dig. Der er sket noget forfærdeligt."

Sophie stod i køkkenet i sin pariserlejlighed og fik gåsehud ved at høre ham igen efter alle disse år. Hans milde stemme fremkaldte en flodbølge af kærlige barndomsminder.

"Sophie, vær sød at lytte til mig." Han talte engelsk til hende, som han altid havde gjort, da hun var en lille pige. *Brug fransk i skolen. Brug engelsk hjemme.* "Du kan ikke være vred i al evighed. Har du ikke læst brevene, som jeg har sendt til dig gennem alle disse år? Forstår du det ikke trods det?" Han holdt en pause. "Vi må tale sammen med det samme. Vær sød at lade din bedstefar få dette ene ønske opfyldt. Ring til mig på Louvre. Med det samme. Jeg tror, at du og jeg er i alvorlig fare."

Sophie havde stirret på telefonsvareren. *Fare?* Hvad snakkede han om?

"Prinsesse..." Hendes bedstefars stemme knækkede over, den rummede en følelse Sophie ikke kunne placere. "Jeg ved, at der er ting, jeg har holdt hemmelige for dig, og jeg ved, at det har kostet mig din kærlighed. Men det var for din egen sikkerheds skyld. Nu er du nødt til at få sandheden at vide. Jeg er nødt til at fortælle dig sandheden om din familie."

Sophie kunne pludselig høre sit eget hjerte. *Min familie?* Sophies forældre døde da hun var blot fire år gammel. Deres bil kørte ud over kanten på en bro og havnede i en flod. Hendes bedstemor og hendes lillebror havde også været med i bilen, og hele Sophies familie var blevet udslettet på et øjeblik. Hun havde en hel kasse med avisudklip som bekræftede det.

Hans ord havde sendt en bølge af længsel gennem hende. *Min familie!* I et kort øjeblik så Sophie billeder for sig fra den drøm der havde vækket hende utallige gange da hun var lille: *Min familie er i live! De kommer hjem!* Men som i drømmen forsvandt billederne i glemslen.

Din familie er død, Sophie. De kommer ikke tilbage.

"Sophie..." sagde hendes bedstefar på telefonsvareren. "Jeg har ventet i årevis på at fortælle dig dette. Ventet på det rette øjeblik, men nu er tiden udløbet. Ring til mig på Louvre. Så snart du hører dette. Jeg vil vente her hele natten. Jeg er bange for at vi begge er i fare. Der er så meget du er nødt til at vide."

Beskeden var slut.

Sophie stod og rystede længe i stilheden bagefter. Mens hun stod og tænkte over sin bedstefars besked, var der kun én forklaring der gav mening, og samtidig begyndte hans egentlige hensigt at gå op for hende.

Det var lokkemad.

Det var tydeligt at hendes bedstefar var desperat efter at se hende. Han ville tage hvilke som helst midler i brug. Hendes afsky for manden tog til. Sophie spekulerede på om han måske var blevet alvorlig syg og havde besluttet af prøve ethvert kneb han kunne komme i tanke om, for at få Sophie til at besøge sig en sidste gang. I så fald havde han gjort et klogt valg.

Min familie.

I mørket på et herretoilet på Louvre kunne Sophie stadig høre ekkoet af eftermiddagens telefonbesked. *Sophie, vi er muligvis begge i fare. Ring til mig.*

Hun havde ikke ringet til ham. Og hun havde heller ikke tænkt sig at gøre det. Nu var hendes skepsis dog blevet sat på en hård prøve. Hendes bedstefar lå myrdet på gulvet i sit eget museum. Og han havde skrevet en kode på gulvet.

En kode til *hende.* Det var det eneste hun var sikker på.

Selvom Sophie ikke forstod meningen med hans besked, var hun sikker på at dens karakter af kodesprog var endnu et tegn på at ordene var henvendt til hende. Sophies forkærlighed og talent for koder var et resultat af at være vokset op hos Jacques Saunière – han var selv fanatisk hvad angik koder, ordlege og gåder. *Hvor mange søndage har vi ikke brugt på at løse gåder og kryds og tværs i avisen?*

Som tolvårig kunne Sophie løse kryds og tværs'en i Le Monde uden hjælp, hvorefter hendes bedstefar gradvis begyndte at lade hende prøve kræfter med kryds og tværs på engelsk, matematiske gåder og læsning af kodeskrift. Sophie slugte det hele. Til sidst endte det med at hun lod sin lidenskab blive sit erhverv idet hun blev kryptograf ved kriminalpolitiet.

Denne aften var kryptografen i Sophie tvunget til at anerkende den dygtighed hendes bedstefar havde udvist idet han ved hjælp af simple koder havde ført to totalt fremmede mennesker sammen – Sophie Neveu og Robert Langdon.

Spørgsmålet var *hvorfor?*

På baggrund af det forvirrede udtryk i Langdons øjne fornemmede Sophie desværre at amerikaneren vidste lige så lidt som hun om, hvorfor hendes bedstefar havde ført dem sammen.

Hun prøvede igen at komme svaret lidt nærmere. "De og min bedstefar havde aftalt at mødes i aften. Hvorfor det?"

Langdon så virkelig rådvild ud. "Hans sekretær arrangerede mødet og oplyste ikke nogen specifik grund, og jeg spurgte ikke. Jeg gik ud fra, at han havde hørt, at jeg skulle holde en forelæsning om hedensk ikonografi i franske kirker, og at han var interesseret i dette emne og derfor syntes at det kunne være hyggeligt at mødes bagefter over en drink."

Sophie bed ikke på den forklaring – den var for tynd. Hendes bedstefar vidste mere om hedensk ikonografi end nogen anden i verden. Desuden var han en yderst tilbageholdende mand, og ikke en mand der var tilbøjelig til at sludre med tilfældige amerikanske professorer medmindre der var en virkelig god grund til det.

Sophie tog en dyb indånding og fortsatte. "Min bedstefar ringede til mig i eftermiddags og fortalte mig at både han og jeg var i alvorlig fare. Siger *det* Dem noget?"

Langdons blå øjne fik et bekymret udtryk. "Nej, men i betragtning af hvad der er sket..."

Sophie nikkede. I betragtning af hvad der var sket i aften, ville hun være en tåbe hvis hun ikke var bange. Udmattet gik hun ned til det lille spejlglasvindue i den modsatte ende af herretoilettet. Uden at sige noget stod hun og kiggede ud gennem nettet af alarmtråde der var indlejret i glasset. De var højt oppe – mindst 12-14 meter.

Med et suk løftede hun blikket og kiggede ud over Paris' imponerende landskab. Til venstre for hende, på den anden side af Seinen, stod Eiffeltårnet badet i lys. Lige fremme var Triumfbuen. Og til højre for hende, på toppen af det skrånende Montmartre kunne hun se Sacré-Coeurs elegante arabeskagtige kuppel – dens blanke marmor lyste hvidt som en strålende helligdom.

Place du Carrousels nord-sydgående gade flugtede næsten med Denonfløjens yderste, vestlige ende hvor Sophie og Langdon befandt sig nu – blot et smalt fortov skilte gaden fra Louvres ydermur. I krydset langt under dem holdt byens natlige strøm af varebiler i tomgang mens de ventede på grønt lys – det virkede som om deres lygter blinkede drilsk op mod Sophie.

"Jeg ved ikke hvad jeg skal sige," sagde Langdon idet han stillede sig bag hende. "Deres bedstefar forsøger tydeligvis at fortælle os et eller andet. Jeg er ked af at jeg ikke er til mere gavn."

Sophie vendte sig væk fra vinduet, hun fornemmede en ægte beklagelse i Langdons dybe stemme. På trods af alle problemerne han var havnet i, stod det klart at han ønskede at hjælpe hende. Det er læreren i ham, tænkte hun – hun havde læst kriminalpolitiets baggrundsmateriale om deres mistænkte. Han var en akademiker som tydeligvis hadede ikke at forstå tingene.

Det har vi tilfælles, tænkte hun.

Som kryptograf levede Sophie af at få mening ud af umiddelbart meningsløse data. Hvad denne aften angik var hendes bedste bud at Robert Langdon, om han vidste det eller ej, var i besiddelse af oplysninger, som hun havde desperat brug for. *Prinsesse Sophie, find Robert Langdon.* Hendes bedstefars budskab kunne vel dårligt være tydeligere? Sophie havde brug for mere tid sammen med Langdon. Tid til at tænke. Tid til at løse dette mysterium sammen med ham. Desværre var tiden ved at være udløbet.

Da Sophie så op på Langdon igen foretog hun det eneste træk, hun kunne komme i tanke om. "Bezu Fache vil anholde Dem inden længe. Jeg kan få Dem ud herfra. Men vi er nødt til at handle med det samme."

Langdon spilede øjnene op. "Har De tænkt Dem, at jeg skal *stikke af?*"

"Det vil være smartest af Dem. Hvis De lader Fache varetægtsfængsle Dem nu, kommer De til at tilbringe flere uger i et fransk fængsel, mens det franske kriminalpoliti og den amerikanske ambassade slås om, hvorvidt Deres sag skal for en fransk eller amerikansk domstol. Men hvis vi får Dem ud herfra og får Dem over på Deres ambassade, så vil Deres regering beskytte Deres rettigheder samtidig med at De og jeg beviser, at De intet har med dette mord at gøre."

Langdon så langt fra overbevist ud. "Glem det! Fache har bevæbnede vagter ved hver eneste udgang! Selvom det skulle lykkes os at slippe væk uden at blive skudt, vil det at stikke af blot få mig til at virke skyldig. De er nødt til at fortælle Fache at meddelelsen på gulvet er henvendt til *Dem*, og at mit navn ikke er der i form af en anklage."

"Det har jeg også tænkt mig," sagde Sophie, hun talte hurtigt nu, "men først når De er nået sikkert frem til den amerikanske ambassade. Den ligger blot cirka halvanden kilometer væk, og min bil er parkeret lige uden for museet. At forsøge at tale med Fache nu og her vil være rent hasardspil. Kan De ikke se det? Fache har gjort det til nattens projekt at bevise at De er skyldig. Den eneste grund til at han udsatte anholdelsen af Dem var for at udføre denne overvågning i håb om, at De ville gøre et eller andet, som ville gøre hans sag stærkere."

"Præcis. Såsom at *stikke af!*"

Mobiltelefonen i Sophies lomme begyndte pludselig at ringe. *Fache formodentlig.* Hun stak hånden i lommen og slukkede telefonen.

"Mr. Langdon," sagde hun hurtigt, "jeg er nødt til at stille Dem et sidste spørgsmål." *Og hele Deres fremtid vil afhænge af det.* "Skriften på gulvet er tydeligvis ikke et bevis på Deres skyld, og alligevel sagde Fache til holdet at han er *sikker* på at De er hans mand. Kan De komme i tanke om nogen som helst anden grund til, at han er overbevist om, at De er skyldig?"

Langdon tænkte sig om et øjeblik. "Absolut ingen."

Sophie sukkede. *Hvilket er ensbetydende med at Fache lyver.* Hvorfor han gjorde det, havde Sophie ikke tid til at spekulere over, og det var næppe heller hovedsagen lige nu. Det faktum stod tilbage at Bezu Fache var fast besluttet på at sætte Robert Langdon bag tremmer i nat – koste hvad det ville. Sophie havde brug for tid alene med Langdon, og på dette dilemma var der så vidt hun kunne se kun én løsning.

Jeg er nødt til at få Langdon hen på den amerikanske ambassade.

Sophie vendte sig om mod vinduet og kiggede ud gennem spejlglasset med de indlejrede alarmtråde og ned på fortovet der lå svimlende langt nede. Et spring fra denne højde ville efterlade Langdon med et par brækkede ben. I bedste fald.

Ikke desto mindre tog Sophie sin beslutning.

Robert Langdon var på vej til at flygte fra Louvre, uanset om han ville det eller ej.

KAPITEL 17

"Hvad mener De med, at hun ikke svarer?" Fache så vantro ud. "Det er hendes mobiltelefon De ringer til, er det ikke? Jeg ved, at hun har den på sig."

Collet havde i flere minutter forsøgt at få fat i Sophie. "Måske er den løbet tør for batteri. Eller hun har slået ringetonen fra."

Fache havde set desperat ud, lige siden han havde talt i telefon med lederen af den kryptografiske afdeling. Efter at have afsluttet samtalen var han marcheret direkte over til Collet og havde beordret ham til at få kommissær Neveu i røret. Det var ikke lykkedes for Collet, og Fache travede nu frem og tilbage som en løve i bur.

"Hvorfor ringede de fra Krypto?" spurgte Collet.

Fache vendte sig. "For at fortælle at de ikke havde fundet nogen referencer til drakoniske djævle og elendige helgener."

"Var det det hele?"

"Nej, det var også for at fortælle at de netop havde identificeret tallene som Fibonaccis cifre, men de havde mistanke om at talrækken var meningsløs."

Collet var forvirret. "Men det havde de jo allerede sendt kommissær Neveu hen for at fortælle os."

Fache rystede på hovedet. "De sendte ikke Neveu."

"Hvad?"

"Ifølge lederen havde han på min ordre sat hele sit hold til at kigge på billederne som jeg sendte ham. Da kommissær Neveu ankom, havde hun kastet et enkelt blik på fotografierne af Saunière og koden og derefter forladt kontoret uden et ord. Lederen sagde at han ikke havde kommenteret hendes opførsel eftersom det var forståeligt nok, at hun var oprevet over billederne."

"Oprevet? Har hun aldrig set et billede af en død mand før?"

Fache tav et øjeblik. "Jeg var ikke klar over det, og det var lederen tilsyneladende heller ikke før en kollega fortalte ham det, men Sophie Neveu er åbenbart Jacques Saunières barnebarn."

Collet sagde ikke et ord.

"Lederen fortalte at hun aldrig havde nævnt Saunière for ham, og han gik ud fra at det var fordi hun formodentlig ikke ønskede særbehandling blot fordi hun havde en berømt bedstefar."

Ikke så underligt at hun var oprevet over billederne. Collet kunne dårligt begribe det uheldige sammentræf der havde ført til at en ung kvinde blev indkaldt for at tyde en kode skrevet af et afdødt familiemedlem. Alligevel gav hendes handling ingen mening. "Men hun havde jo tydeligvis genkendt tallene som Fibonaccitalrækken eftersom hun kom herhen og fortalte os det. Jeg forstår ikke hvorfor hun forlod kontoret uden at fortælle nogen som helst, at hun havde fundet ud af det."

Collet kunne kun komme i tanke om én grund der kunne forklare den forstyrrende udvikling i sagen: Saunière havde skrevet en talkode på gulvet i håb om at Fache ville inddrage kryptografer i efterforskningen, og dermed involvere Saunières eget barnebarn. Hvad resten af meddelelsen angik henvendte Saunière sig så på en eller anden måde til sit barnebarn? Og hvis det forholdt sig sådan, hvad kunne hun så læse ud af den? Og hvordan passede Langdon ind i billedet?

Før Collet kom længere i sine overvejelser, blev stilheden på det øde museum splintret af en alarm der gik i gang. Det lød som om den kom inde fra Grande Galerie.

"*Alarme!*" råbte en af betjentene idet han læste stikordene fra Louvres sikkerhedssystem. "*Grande Galerie! Toilettes Messieurs!*"

Fache sprang hen til Collet. "Hvor er Langdon?"

"Stadig på herretoilettet!" Collet pegede på den røde blinkende prik på den bærbare computer. "Han må have smadret vinduet!" Collet vidste at Langdon ikke ville nå langt væk. Selvom Paris' brandreglement foreskrev at vinduer i mere end fire meters højde i offentlige bygninger skulle kunne smadres i tilfælde af brand, ville det være rent selvmord at forsøge at komme ud fra et vindue på anden sal i Louvre uden brug af sikkerhedsline og en stige. Desuden var der hverken træer eller græs ved den vestlige ende af Denon-fløjen som ville kunne afbøde et fald. Lige under det pågældende vindue, knap en meter fra ydermuren, løb den dobbeltsporede Place du Carrousel. "Du godeste," udbrød Collet mens han holdt øje med skærmen. "Langdon bevæger sig over mod vindueskarmen!"

Men Fache var allerede væk. Chefkriminalinspektøren trak sin Manurhin MR-93 pistol op af skulderhylsteret og styrtede ud af kontoret.

Collet kiggede målløs på skærmen og så den blinkende prik nå hen til vindueskarmen hvorefter den gjorde noget aldeles uventet. Prikken bevægede sig ud på den anden side af bygningens kant.

Hvad sker der? tænkte han. *Står Langdon ude på et fremspring eller –*

"*Gud!*" Collet sprang op med et sæt idet prikken rykkede længere væk fra ydermuren. Signalet så ud til at fryse et øjeblik hvorefter den blinkende prik brat stoppede op omkring ti meter fra bygningens ydermur.

Collet famlede med tasterne idet han fik et bykort over Paris frem på skærmen og opdaterede GPS-systemet. Idet han zoomede ind kunne han se den røde priks nøjagtige placering.

Den bevægede sig ikke længere.

Den lå dødstille ude midt på Place du Carrousel.

Langdon var sprunget.

KAPITEL 18

Fache spurtede ned gennem Grande Galerie idet Collets stemme lød over radioen og overdøvede alarmen i det fjerne.

"Han er sprunget!" råbte Collet. "Signalet kommer ude fra midten af Place du Carrousel! Ud for toiletvinduet! Og det bevæger sig ikke! Du godeste, jeg tror Langdon netop har begået selvmord!"

Fache hørte ordene, men de gav ingen mening. Han fortsatte med at løbe. Korridoren virkede uendelig lang. Idet han passerede Saunières lig, fæstede han sit blik på skillevæggene for enden af Denon-fløjen. Alarmen lød højere nu.

"Vent!" Collets stemme gjaldede igen over radioen. "Han bevæger sig! Du godeste, han har overlevet. Langdon bevæger sig!"

Fache fortsatte med at løbe mens han for hvert skridt forbandede korridorens længde.

"Langdon bevæger sig hurtigere!" Collet råbte stadig over radioen. "Han løber ned ad Carrousel. Nej, vent... han sætter farten op. Han bevæger sig alt for hurtigt!"

Fache nåede ned til skillevæggene og ålede sig igennem dem, fik øje på døren til herretoilettet og løb hen til den.

Walkie-talkien kunne dårligt høres længere på grund af alarmen. "Han må være kommet ind i en bil! Jeg tror han sidder i en bil! Jeg kan ikke –"

Collets ord blev overdøvet af alarmen da Fache langt om længe styrtede ind på herretoilettet med trukket pistol. Den øredøvende hylen fra alarmen sendte et ryk gennem ham idet han gennemsøgte rummet.

Båsene var tomme. Rummet var forladt. Faches øjne bevægede sig øjeblikkeligt over mod det knuste vindue i den modsatte ende. Han løb hen til åbningen og kiggede ud over kanten. Han kunne ikke se Langdon nogen steder. Fache kunne ikke forestille sig at der var nogen, der ville udsætte sig selv for et spring derfra. Efter et sådan fald ville han uden tvivl være kommet voldsomt til skade.

Alarmen blev endelig slået fra, og han kunne igen høre Collets stemme over radioen.

"... han bevæger sig sydpå... hurtigere... krydser Seinen ved Pont du Carrousel!"

Fache kiggede ud gennem vinduet, mod venstre. Det eneste køretøj på Pont du Carrousel var en enorm lastbil med anhænger der kørte sydpå, væk fra Louvre. Lastbilens åbne anhænger var dækket af en vinylpresenning der nærmest dannede en stor hængekøje. Et gys af bange anelser løb gennem Fache. For et øjeblik siden havde den lastbil formodentlig holdt for rødt lige under toiletvinduet.

En vanvittig risiko at løbe, sagde Fache til sig selv. Langdon ville ikke have den fjerneste anelse om hvad lastbilen gemte under presenningen. Hvad nu hvis den transporterede stål? Eller cement? Eller blot affald? Fra over tolv meters højde? Det ville være det rene vanvid.

"Prikken drejer!" råbte Collet. "Han drejer til højre ved Pont des Saints-Pères!"

Ganske rigtigt sagtnede lastbilen farten, efter netop at have krydset broen, og drejede til højre ved Pont des Saints-Pères. *Det var så det*, tænkte Fache. Forundret fulgte han lastbilen med øjnene idet den forsvandt rundt om et hjørne. Collet var allerede i færd med at kalde vagterne der var placeret uden for bygningen for at beordre dem væk fra Louvres område og i stedet indlede en forfølgelsesjagt i deres patruljevogne, alt imens han oplyste lastbilens nyeste position.

Fache vidste at det var overstået. Hans mænd ville have omringet lastbilen om få minutter. Langdon var ikke på vej nogen steder hen.

Fache puttede pistolen tilbage på plads, forlod herretoilettet og kaldte Collet. "Få bragt min bil frem. Jeg vil være til stede når vi anholder ham."

Han småløb tilbage gennem Grande Galerie og spekulerede på om Langdon overhovedet havde overlevet faldet.

Ikke at det havde nogen betydning.

Langdon stak af, ergo var han skyldig.

Mindre end femten meter fra toiletterne stod Langdon og Sophie i Grande Galerie's mørke med ryggen presset op mod en af de store skillevægge, der skjulte toilettet fra salen. De havde kun lige nået at komme i skjul før Fache styrtede forbi dem med trukket pistol og forsvandt ud på herretoilettet.

Det forgangne minut stod uklart.

Langdon havde stået inde på herretoilettet og nægtet at stikke af fra en forbrydelse han ikke havde begået, da Sophie var begyndt at kigge undersøgende på ruden med alarmtråde. Derefter havde hun kigget ned på gaden som om hun afmålte springet.

"Med lidt god vilje kan De slippe ud herfra," sagde hun.

"God vilje?" Ilde til mode kiggede Langdon ud gennem vinduet.

Lidt oppe ad gaden var en stor lastbil med anhænger på vej ned mod lyskrydset under vinduet. En blå vinylpresenning var spændt ud over lastbilens enorme lad så den dækkede dens last. Langdon håbede ikke at Sophie tænkte det, hun så ud til at tænke.

"Ms. Neveu, De får mig ikke på nogen måde til at hoppe - "

"Giv mig senderen."

Forvirret famlede Langdon i lommen indtil han fandt den lille metalplade. Sophie tog den ud af hånden på ham og strøg over til vasken. Hun greb et stort stykke håndsæbe, placerede senderen oven på det og maste med tommelfingeren metalpladen et godt stykke ind i sæben. Den lille dims sank ind gennem den bløde overflade, og hun lukkede omhyggeligt hullet så senderen nu lå indlejret i sæben.

Sophie rakte sæben til Langdon og tog fat om en tung cylinderformet affaldsspand der stod under vasken. Før Langdon kunne nå at protestere, løb Sophie over mod vinduet med affaldsspanden foran sig som en rambuk. Ved at støde bunden af affaldsspanden mod midten af ruden, knuste hun glasset.

En alarm gik i gang over hovederne på dem med en øredøvende larm.

"Giv mig sæben!" råbte Sophie. Langdon kunne dårligt høre hende på grund af alarmen.

Langdon lagde sæben i hendes hånd.

Hun greb fat om sæben og kiggede ud gennem det knuste vindue, ned på lastbilen der holdt for rødt nedenfor. Målet var rigeligt stort – en kæmpemæssig, stillestående presenning – og den befandt sig blot to-tre meter fra muren. Idet trafiklyset skulle til at skifte, tog Sophie en dyb indånding og smed sæbestykket ud i natten.

Sæben fløj ned mod lastbilen, landede på kanten af presenningen og gled ind mod midten af ladet netop som lyset skiftede til grønt.

"Tillykke," sagde Sophie, idet hun trak ham hen mod døren. "De er netop sluppet ud fra Louvre."

De løb ud fra herretoilettet og bevægede sig ind i mørket lige idet, Fache styrtede forbi.

Nu hvor alarmen var blevet slået fra, kunne Langdon høre lyden af politisirener i fuld fart væk fra Louvre. *En større politiudvandring.* Også Fache havde skyndt sig væk og dermed efterladt Grande Galerie øde og forladt.

"Der er en nødudgang omkring halvtreds meter længere inde i salen," sagde

Sophie. "Nu hvor vagterne er i færd med at forlade området, kan vi slippe ud derfra."

Langdon besluttede sig til ikke at komme med flere indvendinger den aften. Sophie Neveu var tydeligvis en hel del klogere end han var.

KAPITEL 19

Det siges at Saint-Sulpice kirken har den mest besynderlige historie af alle Paris' bygninger. Kirken er bygget oven på ruinerne af et gammelt tempel for den egyptiske gudinde Isis, og dens arkitektoniske omrids er identisk med Notre Dame med blot få centimeters afvigelse. Helligdommen har dannet ramme om både Marquis de Sades og Baudelaires dåb tillige med Victor Hugos bryllup. Den tilknyttede præsteskole har en veldokumenteret historie der er præget af mangel på rettroenhed, og den udgjorde engang et hemmeligt mødested for adskillige hemmelige sekter.

I aften var Saint-Sulpice's enorme midterskib stille som graven – det eneste tegn på liv var en svag duft af røgelse fra messen tidligere på aftenen. Silas fornemmede en uro i Søster Sandrines adfærd da hun fulgte ham ind i helligdommen. Det overraskede ham ikke. Silas var vant til at folk følte sig ilde til mode i hans nærvær.

"De er amerikaner," sagde hun.

"Jeg er født fransk," svarede Silas. "Jeg fik mit kald i Spanien og studerer nu i USA."

Søster Sandrine nikkede. Hun var en lille kvinde med rolige øjne. "Og De har *aldrig* set Saint-Sulpice?"

"Jeg er klar over at det på det nærmeste er en synd i sig selv."

"Den er endnu smukkere i dagslys."

"Det er jeg sikker på. Ikke desto mindre er jeg taknemmelig over, at De ville give mig mulighed for at se den i nat."

"Abbeden anmodede om det. De har åbenbart indflydelsesrige venner."

Mere end De aner, tænkte Silas.

Kirkens spartanske udseende overraskede Silas da han fulgte efter Søster Sandrine ned gennem midtergangen. I modsætning til Notre Dame med dens farverige freskoer, forgyldte altertavle og varme træ, var Saint-Sulpice bar og kold. Dens nærmest golde karakter mindede Silas om Spaniens asketiske kirker. Fraværet af udsmykning fik rummet til at virke endnu større, og idet Silas kiggede op i den himmelstræbende hvælving, forestillede han sig at han stod under skroget af et kæmpemæssigt kæntret skib.

Et passende billede, tænkte han. Broderskabets skib var på vej til at blive kuldsejlet for altid. Silas var ivrig efter at komme i gang med opgaven og ønskede blot at Søster Sandrine ville overlade ham til sig selv. Hun var en lille kvinde som Silas uden problemer ville kunne uskadeliggøre, men han havde lovet sig selv ikke at bruge vold, medmindre det var absolut nødvendigt. *Hun er en kvinde af gejstlig stand, og det er ikke hendes skyld at broderskabet har valgt hendes kirke som skjulested for deres slutsten. Hun bør ikke straffes for andres synder.*

"Jeg skammer mig over, at De er blevet vækket på grund af mig, Søster."

"Det har De ingen grund til. De er kun i Paris ganske kort tid. De bør ikke gå glip af Saint-Sulpice. Er Deres interesse i kirken overvejende arkitektonisk eller historisk?"

"Min interesse er faktisk religiøs, Søster."

Hun sendte ham et lille, venligt smil. "Det behøver De ikke at fortælle mig. Jeg spekulerer blot på hvor jeg skal lade Deres rundvisning begynde."

Silas blik faldt på alteret. "En rundvisning er helt unødvendig. De har været mere end imødekommende. Jeg kan selv finde rundt."

"Det er ikke noget problem," sagde hun. "Jeg er jo alligevel vågen."

Silas stoppede op. De var nået til den forreste bænkerække, og alteret var mindre end femten meter væk. Han vendte sin store krop om mod den lille kvinde, og han fornemmede at hun veg tilbage idet hendes blik mødte hans røde øjne. "Jeg håber ikke at jeg virker uforskammet, Søster, men jeg er ikke vant til at betræde Guds hus blot for at få en rundvisning. Har De noget imod, hvis jeg tilbringer lidt tid alene for at bede, inden jeg kigger mig omkring?"

Søster Sandrine tøvede. "Åh, selvfølgelig. Jeg venter på Dem nede i den bageste ende af kirken."

Silas lagde en blød, men tung, hånd på hendes skulder og kiggede ned på hende. "Søster, jeg har allerede dårlig samvittighed over at have vækket Dem. At bede Dem holde Dem vågen, vil være for meget forlangt. Vær rar at gå tilbage i seng. Jeg kan nyde Deres kirke og selv finde ud."

Hun så ud til at være ilde tilpas. "Er De sikker på at De ikke vil føle Dem ene og forladt?"

"Helt sikker. Bøn er en ensom fornøjelse."

"Godt. Hvis De ønsker det sådan."

Silas fjernede hånden fra hendes skulder. "Sov godt, Søster. Må Herrens fred være med Dem."

"Og også med Dem." Søster Sandrine gik hen mod trappen. "Vil De være venlig at lukke døren omhyggeligt når De går ud."

"Det skal jeg nok." Silas kiggede efter hende til hun var forsvundet ud af

syne. Så vendte han sig og knælede ved den forreste bænkerække. *Cilice-*
bæltet skar sig ind i benet på ham.

Kære Gud, jeg giver dig denne dags værk...

Søster Sandrine satte sig på lur i mørket på korbalkonen langt over alteret og
sad tavs og kiggede ud gennem rækværket, ned på den kutteklædte munk der
ensomt lå og knælede. Den pludselige rædsel i hendes sjæl gjorde det svært
for hende at sidde stille. Et kort øjeblik spekulerede hun på om denne
mystiske gæst kunne være den fjende som de havde advaret hende om, og om
hun i nat ville være nødt til at udføre den ordre som hun havde gemt på
gennem alle disse år. Hun besluttede sig for at blive hvor hun var i mørket og
holde øje med hver eneste af hans bevægelser.

KAPITEL 20

Langdon og Sophie dukkede frem fra mørket og sneg sig op gennem Grande Galerie's forladte sale i retning af nødudgangen.

Langdon havde det som om han var i færd med at samle et puslespil i mørke. Den nyeste brik i mysteriet var en yderst foruroligende slags: *Chefen for det franske kriminalpoliti forsøger at få mig anklaget for mord.*

"Tror De," hviskede han, "at Fache muligvis selv skrev beskeden på gulvet?" Sophie vendte sig ikke engang. "Det er udelukket."

Langdon var knap så sikker. "Han virker temmelig opsat på at få mig til at fremstå som skyldig. Måske mente han at mit navn skrevet på gulvet ville styrke hans sag?"

"Hvad så med Fibonaccitalrækken? P.S.? Alle Da Vinci- og gudinde-referencerne? Det kan *kun* have været min bedstefar."

Langdon vidste at hun havde ret. Sporenes symbolske betydning passede for godt sammen – pentagrammet, Da Vinci og *Den Vitruvianske Mand*, gud-inderne og ikke mindst Fibonaccitalrækken. *En kohærent symbolsk mængde*, som ikonografer ville kalde det. Alt var uløseligt forbundet.

"Og hans opkald til mig i eftermiddags," tilføjede Sophie. "Han sagde at der var noget han var nødt til at fortælle mig. Jeg er sikker på, at hans meddelelse her i Louvre er hans sidste forsøg på at fortælle mig noget af stor betydning, noget som han mente, at De ville kunne hjælpe mig med at forstå."

Langdon rynkede panden. *O, Draconian devil! Oh, lame saint!* Han ville ønske at han kunne gennemskue beskeden, både for Sophies og sin egen skyld. Tingenes tilstand var utvivlsomt blevet værre siden han første gang så de kryptiske ord. Langdons falske spring fra vinduet på herretoilettet ville ikke ligefrem øge hans popularitet hos Fache. Han tvivlede på at det franske politis overhoved ville kunne se det morsomme i at forfølge og anholde et stykke sæbe.

"Der er ikke ret langt hen til døren nu," sagde Sophie.

"Tror De, det kan tænkes, at *tallene* i Deres bedstefars besked gemmer på nøglen til at forstå de andre linjer?" Langdon havde engang arbejdet på en række baconianske manuskripter som indeholdt indskrevne tal hvoraf nogle af dem var et fingerpeg om, hvordan de øvrige linjer skulle afkodes.

"Jeg har spekuleret over tallene hele natten. Sum, kvotient, produkt. Jeg kan ikke få øje på noget som helst. Matematisk set er deres rækkefølge fuldstændig tilfældig. Ren kryptografisk volapyk."

"Men samtidig er de alle en del af Fibonaccitalrækken. Det kan ikke være nogen tilfældighed."

"Det er det heller ikke. Brugen af Fibonaccistal var min bedstefars måde at fange min opmærksomhed på – som det at skrive beskeden på engelsk, og anbringe sig selv som mit yndlingskunstværk og tegne et pentagram på sin mave. Alt sammen var for at fange min opmærksomhed."

"Har pentagrammet en betydning i forhold til Dem?"

"Ja. Jeg har ikke haft mulighed for at fortælle Dem det, men femstjernen var et helt specielt symbol mellem min bedstefar og mig, da jeg var lille. Vi plejede at lægge tarotkort for sjov, mit personlighedskort viste sig altid at tilhøre femstjernens gruppe. Jeg er sikker på at han pakkede kortene, men femstjernen blev i hvert fald vores lille interne spøg."

Langdon fik gåsehud. *Plejede de at lægge tarokkort?* Disse italienske kort fra middelalderen var så spækket med skjulte kætterske symboler at Langdon havde viet et helt kapitel i sit nye manuskript til Tarok. Spillets 22 kort bar navne som Den Kvindelige Pave, Kejserinden og Stjernen. Oprindeligt blev Tarok opfundet som et hemmeligt middel til at viderebringe tanker som kirken havde forbudt. I dag blev tarokkortenes mystiske karakter viderebragt af moderne spåkoner.

Femstjernen er tarokkortenes indikator for den guddommelige kvinde, tænkte Langdon idet det gik op for ham at hvis Saunière havde pakket sit barnebarns kort for sjov, så havde femstjernen været en meget passende intern spøg.

De nåede hen til nødudgangen, og Sophie åbnede forsigtigt døren. Der lød ingen alarm. Det var kun yderdørene der var tilsluttet alarmen. Sophie førte Langdon ned ad en smal, stejl trappe ned mod stueetagen, og satte konstant farten op.

"Deres bedstefar," begyndte Langdon mens han skyndte sig efter hende, "-da han fortalte Dem om femstjernen, nævnte han da noget om gudindedyrkelse eller en eller anden form for krænkelse af den katolske kirke?"

Sophie rystede på hovedet. "Jeg interesserede mig i højere grad for det matematiske – Den Guddommelige Proportion, phi, Fibonaccitalrækken og den slags."

"Lærte Deres bedstefar Dem om tallet phi?" spurgte Langdon forbavset.

"Naturligvis. Den Guddommelige Proportion." Hun fik et genert udtryk.

"Han plejede faktisk at drille mig med at jeg var halvguddommelig... altså på grund af bogstaverne i mit navn."

Langdon grundede et øjeblik over det og sukkede.

s-o-PHI-e.

Mens de fortsatte ned ad trappen, kredsede Langdons tanker om *phi*. Det var ved at gå op for ham at de spor Saunière havde lagt var langt mere forenelige end først antaget.

Da Vinci – Fibonaccitallene – pentagrammet.

Utroligt nok var alle disse elementer forbundet af et enkelt princip der var så grundlæggende for kunsthistorien at Langdon ofte havde brugt adskillige semestre på emnet.

phi.

Han så pludselig sig selv tilbage på Harvard, stående foran sin klasse i "Symbolisme i kunsten", mens han skrev sit yndlingstal på tavlen.

1,618

Langdon vendte sig og mødte et hav af ivrige studenter. "Hvem kan fortælle mig hvad det er for et tal?"

En erfaren matematikstuderende bagest i lokalet rakte hånden op. "Det er tallet phi." Han udtalte det *fii*.

"Godt gået, Stettner," sagde Langdon. "Lad mig introducere phi."

"Ikke at forveksle med pi," tilføjede Stettner med et smil. "Eller som vi matematikere plejer at sige: phi er *h-elvedes* mere cool end pi!"

Langdon grinede, men det virkede ikke som om der var andre der fangede joken.

Stettner tav.

"Dette tal – phi," fortsatte Langdon, "en-komma-seks-en-otte – er et meget betydningsfuldt tal inden for kunst. Er der nogen der kan fortælle mig hvorfor?"

Stettner forsøgte at råde bod på den mislykkede joke. "Fordi det er så smukt?"

Alle grinede.

"Stettner har rent faktisk endnu en gang ret," sagde Langdon, "phi anses generelt for at være det smukkeste tal i hele universet."

Latteren stoppede brat, og Stettner frydede sig.

Mens Langdon satte sine lysbilleder i apparatet, forklarede han at tallet phi var udledt af Fibonaccitalrækken – en serie af tal der ikke blot var berømt fordi summen af to tilstødende dele var lig med den følgende del, men også fordi *kvotienterne* af to tilstødende dele besad den imponerende egenskab gradvis at nærme sig tallet 1,618 – phi!

På trods af phi's umiddelbart mystiske matematiske oprindelse, forklarede Langdon, var det helt ufattelige aspekt ved phi dets rolle som grundlæggende byggeklods i naturen. Planter, dyr og endda mennesker besad alle dimensionale træk der med uhyggelig nøjagtighed stemte overens med forholdet phi til 1.

"Phi's allestedsnærværelse i naturen," sagde Langdon idet han slukkede lyset, "overskrider helt åbenlyst tilfældighedens grænser, og derfor antog man i antikken at tallet phi måtte være forudbestemt af universets skaber. Antikkens videnskabsmænd forkyndte at en-komma-seks-en-otte var *Den Guddommelige Proportion*."

"Vent nu lige lidt," sagde en ung kvinde på forreste række. "Jeg har biologi som hovedfag, og jeg er aldrig stødt på Den Guddommelige Proportion i naturen."

"Ikke det?" smilede Langdon. "Har De nogensinde studeret forholdet mellem hunner og hanner i en bikube?"

"Selvfølgelig. Der er altid flere hunbier end hanbier."

"Korrekt. Og vidste De så også, at hvis De deler antallet af hunbier med antallet af hanbier i en hvilken som helst bikube i verden, får De altid det samme tal?"

"Gør man det?"

"Jep. Phi."

Pigen måbede. "Det er da løgn!"

"Nej," svarede Langdon og smilede idet han viste et lysbillede af en spiralformet konkylie. "Ved I hvad det er?"

"Det er en nautil," sagde den biologistuderende. "Det er et cephalogisk bløddyr der styrer sin opdrift ved at pumpe en gasart ud i sin ruminddelte skal."

"Korrekt. Og kan du gætte hvad forholdet mellem hver spirals diameter er?"

Pigen så usikker ud idet hun så undersøgende på nautilens koncentriske buer.

Langdon nikkede. "Phi. Den Guddommelige Proportion. Forholdet en-komma-seks-en-otte til en. I dag også kaldet *det gyldne snit*."

Pigen så forbavset ud.

Langdon gik videre til næste billede – et nærbillede af en solsikkeblomst. "Solsikkekerner vokser i modsatgående spiraler. Kan I gætte hvad forholdet mellem hver omgangs diameter er i forhold til den næste?"

"Phi?" lød det enstemmigt.

"Bingo." Langdon begyndte nu at løbe lysbillederne hurtigt igennem – spiralformede fyrretræskogler, blades placering på plantestængler, insektkroppe – alle viste de en forbløffende lydighed over for Den Guddommelige Proportion.

"Det er utroligt!" var der en der udbrød.

"Ja," sagde en anden, "men hvad har det med *kunst* at gøre?"

"Godt du spurgte," sagde Langdon. Han fandt endnu et lysbillede frem – et gullig-blegt pergament der viste Leonardo da Vincis berømte mandlige nøgenfigur – *Den Vitruvianske Mand* – opkaldt efter Marcus Vitruvius, den geniale romerske arkitekt der hyldede Den Guddommelig Proportion i sit værk *De Architectura*.

"Ingen forstod menneskekroppens guddommelige struktur bedre end Da Vinci. Han gravede rent faktisk lig op for at måle de præcise proportioner af menneskets skelet. Han var den første til at vise at menneskekroppen bogstavelig talt er sammensat af elementer hvis proportionale forhold *altid* er lig med phi."

Alle i klassen kiggede skeptisk på ham.

"Tror I ikke på mig?" spurgte Langdon udfordrende. "Tag et målebånd med jer næste gang I går i bad."

Et par af rugbyspillerne fnisede.

"Ikke blot de usikre sportsfanatikere," svarede Langdon prompte. "*Alle* sammen. Piger og drenge. Prøv det. Mål afstanden fra toppen af hovedet og ned til tæerne. Del så det tal med afstanden fra jeres navle og ned til gulvet. Prøv at gætte, hvilket tal I får."

"Ikke phi!" udbrød en af sportsfanatikerne vantro.

"Jo, phi," svarede Langdon. "En-komma-seks-en-otte. Vil I have et andet eksempel? Mål afstanden fra jeres skulder til jeres fingerspidser og del så tallet med afstanden fra jeres albue til jeres fingerspidser. Endnu en gang phi. Et eksempel mere? Hofte til gulv delt med knæ til gulv. Endnu en gang phi. Fingerled. Tæer. Inddelingen af rygsøjlen. Phi. Phi. Phi. Kære studerende, hver eneste af jer er en omvandrende hyldest til Den Guddommelige Proportion."

Selv i mørket kunne Langdon se at forbløffelsen stod malet i deres ansigter. Han mærkede en velkendt varme indeni. Dette var grunden til at han underviste. "Kære studerende, som I kan se, er der en underliggende orden i verdens kaos. Da man i antikken opdagede phi, var man overbevist om at det var Guds byggesten man havde fundet, og derfor tilbad man naturen. Og det er ikke svært at forstå hvorfor. Guds hånd er tydelig i naturen, og endnu den dag i dag eksisterer der hedenske religioner der tilbeder Moder Jord. Mange af os priser naturen på samme måde som hedningene gjorde uden vi overhovedet ved af det. Majdag er et godt eksempel, lovprisningen af foråret – jorden der vågner til live igen og gavmildt begynder at producere naturens gaver. Den Guddommelige Proportions iboende mystik og magi blev indskrevet ved verdens skabelse. Mennesket lever ganske enkelt efter naturens regler, og fordi *kunst* er menneskets forsøg på at efterligne skønheden fra Skaberens hånd, kan I nok forestille jer at vi vil komme til at se en masse eksempler på Den Guddommelige Proportion i kunsten i dette semester."

Den følgende halve time havde Langdon vist dem lysbilleder af værker af Michelangelo, Albrecht Dürer, Da Vinci og mange andre mens han påviste hver enkelt kunstners tilsigtede og strenge overholdelse af Den Guddomme-lige Proportion i opbygningen af værket. Langdon afdækkede phi i det græske Parthenontempels arkitektoniske størrelsesforhold, ved Egyptens pyramider og endda ved FN-bygningen i New York. Phi var til stede i de kompositoriske strukturer i Mozarts sonater, i Beethovens 5. Symfoni, så vel som i værker af Bartók, Debussy og Schubert. Tallet phi, fortalte Langdon, blev endda benyttet af Stradivarius til at beregne den præcise placering af F-hullerne ved konstruktionen af hans berømte violiner.

"Jeg vil stoppe nu," sagde Langdon og gik hen til tavlen, "vi vender tilbage til *symbolerne*." Han tegnede fem linjer der krydsede hinanden så de dannede en femstjerne. "Dette symbol er et af de mest betydningsfulde tegn I vil kom-me til at se i dette semester. Dets formelle navn er *pentagram* – eller pentakel som det blev kaldt i antikken. Mange kulturer anser dette symbol for at være både guddommeligt og magisk. Er der nogen der kan fortælle mig hvorfor?"

Stettner, matematikeksperten, rakte hånden op. "Det er fordi hvis du tegner et pentagram så inddeles dets linjer automatisk i overensstemmelse med phi."

Langdon gav fyren et anerkendende nik. "Godt gået. Ja, forholdene mellem linjestykkerne i et pentagram er alle lig med phi hvilket *gør* dette symbol til Den Guddommelige Proportions ultimative udtryk. Derfor har pentagram-met, eller femstjernen, altid været symbol på skønhed og fuldkommenhed og er knyttet til gudinden og den hellige kvinde."

Pigerne i klassen smilede bredt.

"Inden I går: Lad mig understrege at vi i dag blot har strejfet Da Vinci. Vi

102

kommer til at se meget mere til ham i dette semester. Det er et faktum at Leonardo var en entusiastisk tilhænger af antikkens gudindetraditioner. I morgen vil jeg vise jer hans fresko *Den sidste Nadver* som er en af de mest forbløffende hyldester til den hellige kvinde som I nogensinde vil se."

"Det er da løgn!" var der en der udbrød. "Jeg troede, *Den sidste Nadver* handlede om Jesus!"

Langdon blinkede til ham. "Der er symboler gemt på steder, du aldrig ville drømme om."

"Kom nu," hviskede Sophie. "Hvad er der galt? Vi er der næsten. Skynd Dem!"

Langdon kiggede op og mærkede, hvordan han vendte tilbage fra tankernes fjerne verden. Det gik op for ham, at han var stoppet brat op midt på trappen, paralyseret af en pludselig åbenbaring.

O, Draconian devil! Oh, lame saint!

Sophie kiggede op på ham.

Så enkelt kan det ikke være, tænkte Langdon.

Men han vidste, at det naturligvis var præcis, hvad det var.

Stående der på trappen i Louvres indre – med billeder af phi og Da Vinci hvirvlende rundt i tankerne – havde Robert Langdon pludselig og uventet brudt Saunières kode.

"O, Draconian devil!" sagde han, "Oh, lame saint! Det er verdens enkleste kode!"

Sophie var stoppet op på trappen under ham og stod og stirrede forvirret op på ham. *En kode?* Hun havde vendt og drejet ordene hele aftenen og havde ikke fået øje på nogen kode. Og da slet ikke en enkel en af slagsen.

"De sagde det selv." Langdons stemme dirrede af iver. "Fibonaccis tal giver kun mening i den rigtige rækkefølge. Ellers er de ikke andet end matematisk volapyk."

Sophie anede ikke hvad han mente. *Fibonaccis tal?* Hun var overbevist om, at hensigten med dem blot havde været at få den kryptografiske afdeling inddraget i nat. *Spiller de også en anden rolle?* Hun stak hånden i lommen og hev kopien af billedet frem for endnu en gang at betragte sin bedstefars besked.

13-3-2-21-1-1-8-5
O, Draconian devil!
Oh, lame saint!

Hvad er der med tallene?

"Den forvrængede Fibonaccitalrække er et tegn," sagde Langdon og tog papiret. "Tallene er et fingerpeg om hvordan resten af meddelelsen skal afkodes. Han skrev talrækken i en forkert rækkefølge for at fortælle os at vi skal overføre samme princip på teksten. O, Draconian devil? Oh, lame saint? Disse linjer giver ingen mening. Det er blot *bogstaver* skrevet i en forkert rækkefølge."

Der gik blot et øjeblik, før Sophie forstod, hvad Langdons ord indebar, og det virkede latterligt simpelt. "De mener, at beskeden er... *une anagramme?*" Hun stirrede på ham. "Som ordlege i avisen?"

Langdon kunne se at Sophie var skeptisk, og han forstod det fuldt ud. Der var ikke mange mennesker, der var klar over, at anagrammer, ud over at være banal, moderne underholdning, havde en lang historie af hellig symbolik bag sig.

Kabbalaens mystiske lære var i høj grad baseret på anagrammer – bogstaverne i de hebraiske ord blev sat sammen på ny for at udlede nye betydninger. Renæssancens franske konger var så overbevist om at anagrammer besad en magisk kraft at de udpegede kongelige anagrammister der skulle hjælpe dem med at træffe rigtige beslutninger ved at analysere ordene i betydningsfulde dokumenter. Romerne kaldte rent faktisk studiet af anagrammer for *ars magna* – "den store kunst."

Langdon kiggede på Sophie og fastholdt hendes blik. "Deres bedstefars intention lå hele tiden lige for øjnene af os, og han gav os en mængde fingerpeg for at lede os i den rigtige retning."

Uden et ord trak Langdon en kuglepen op af sin jakkelomme og begyndte at flytte om på bogstaverne i hver linje.

O, Draconian devil!
Oh, lame saint!

var et perfekt anagram for...

Leonardo da Vinci!
The Mona Lisa!

KAPITEL 21

Mona Lisa.

I det øjeblik glemte Sophie pludselig alt om at forsøge at slippe ud af Louvre.

Hendes chok over anagrammet blev kun overgået af hendes skam over ikke selv at have afkodet beskeden. Sophies ekspertise i kompleks kodeanalyse havde forårsaget at hun havde overset en simpel ordleg, og samtidig var hun klar over at hun burde have fået øje på den. Anagrammer var trods alt ikke fremmede for hende – og da slet ikke på engelsk.

Da hun var lille, havde hendes bedstefar ofte brugt anagramlege for at skærpe hendes evne til at stave på engelsk. Engang havde han skrevet det engelske ord "planets" og fortalt Sophie det forbløffende faktum at der kunne dannes 92 andre engelske ord af varierende længde ved at bruge de samme bogstaver. Sophie havde tilbragt tre dage i selskab med en engelsk ordbog indtil hun havde fundet dem alle.

"Jeg forstår ikke," sagde Langdon mens han stod og stirrede på papiret, "hvordan Deres bedstefar formåede at danne et så kompliceret anagram i minutterne før han døde."

Sophie kendte forklaringen, og da det gik op for hende, fik hun det blot endnu værre. *Jeg burde have opdaget det!* Hun kom i tanke om at hendes bedstefar – en beundrer af ordlege såvel som kunstelsker – som ung havde underholdt sig selv med at danne anagrammer af berømte kunstværkers titler. Rent faktisk var der engang et af hans anagrammer der havde givet ham problemer. I et interview med et amerikansk kunstmagasin havde Saunière givet udtryk for at han ikke brød sig om den modernistiske kubisme og samtidig gjort opmærksom på at Picassos mesterværk *Les Demoiselles d'Avignon* var et perfekt anagram for *vile meaningless doodles*. Picasso-fans syntes ikke at det var sjovt.

"Min bedstefar har højst sandsynligt lavet *Mona Lisa* anagrammet for længe siden," sagde Sophie og så op på Langdon. Og i aftes var han tvunget til at bruge det som et råb om hjælp i form af en kode. Hendes bedstefars stemme havde kaldt fra det hinsides med skræmmende præcision.

Leonardo da Vinci!

The Mona Lisa!

Hvorfor hans sidste ord til hende refererede til berømte malerier, anede Sophie ikke, men så vidt hun kunne se kunne der kun være én grund til det. En foruroligende en.

Dette var ikke hans sidste ord...

Var det meningen hun skulle gå hen til *Mona Lisa?* Havde hendes bedstefar efterladt en besked til hende der? Det virkede ikke utænkeligt. Det berømte maleri hang trods alt i Salle des Etats – et nichelignende udstillingslokale der kun var adgang til fra Grande Galerie. Det gik op for Sophie at dørene til dette lokale faktisk befandt sig mindre end tyve meter fra stedet hvor hendes bedstefar lå død.

Han kunne let være gået hen til Mona Lisa inden han døde.

Sophie kiggede op ad brandtrappen de netop var kommet ned ad og følte sig splittet. Hun vidste at hun straks burde få Langdon væk fra museet, og alligevel tilskyndede hendes instinkt til det modsatte. Idet Sophie mindedes sit første besøg i Denon-fløjen som lille, gik det op for hende at hvis hendes bedstefar bar på en hemmelighed han ville fortælle hende, var der få steder på jorden der ville være mere passende end Da Vincis *Mona Lisa.*

"Nu er vi næsten henne ved hende," havde hendes bedstefar hvisket og givet Sophies lille hånd et klem idet han førte hende gennem det øde museum efter lukketid.

Sophie var seks år gammel. Hun følte sig lille og ubetydelig da hun kiggede op i det enorme loft og ned over det svimlende gulv. Det tomme museum gjorde hende bange, hvilket hun dog ikke havde tænkt sig at lade sin bedstefar vide noget om. Hun bed tænderne sammen og slap hans hånd.

"Lidt længere fremme er Salle des Etats," sagde hendes bedstefar da de nærmede sig Louvres mest berømte sal. På trods af hendes bedstefars åbenlyse iver, ønskede Sophie blot at komme hjem. Hun havde set billeder af *Mona Lisa* i forskellige bøger og brød sig overhovedet ikke om maleriet. Hun kunne ikke forstå hvorfor alle var så vildt begejstrede for det.

"*C'est ennuyeux,*" mumlede Sophie.

"Kedeligt," rettede hendes bedstefar. "Fransk i skolen. Engelsk hjemme."

"*Le Louvre, c'est pas chez moi!*" sagde hun provokerende.

Han sendte hende et træt smil. "Det har du ret i. Så lad os tale engelsk for sjov."

Sophie surmulede, mens hun gik videre. Da de trådte ind i Salle des Etats, lod hun blikket glide rundt i det smalle lokale og stoppede ved den mest oplagte æresplads – midten af højre væg hvor der hang et ensomt portræt bag en beskyttende plexiglasplade. Hendes bedstefar stod stille et øjeblik i døråbningen og gik så over mod maleriet.

"Kom, Sophie. Der er ikke mange der får chancen for at besøge hende alene."

Sophie sank en gang og gik langsomt gennem lokalet. Efter alt det hun havde hørt om *Mona Lisa*, følte hun det som om hun nærmede sig en kongelig person. Sophie stillede sig hen foran det beskyttende plexiglas, holdt vejret og så op for at betragte det hele på en gang.

Hun var ikke sikker på hvad hun havde forventet, men det var i hvert fald ikke dette. Intet chok af forbløffelse. Ikke noget miraklernes øjeblik. Det berømte ansigt så ud som det gjorde i bøgerne. I en evighed stod hun tavs og ventede på at der skulle ske noget.

"Hvad synes du så?" hviskede hendes bedstefar bag hende. "Hun er smuk, synes du ikke?"

"Hun er alt for lille."

Saunière smilede. "Du er lille, og du er smuk."

Jeg er ikke spor smuk, tænkte hun. Sophie hadede sit røde hår og fregner, og hun var højere end alle drengene i klassen. Hun kiggede på *Mona Lisa* igen og rystede på hovedet. "Hun er endda værre end i bøgerne. Hendes ansigt er… *brumeux*."

"Sløret," sagde hendes bedstefar.

"Sløret," gentog Sophie eftersom hun var klar over at samtalen ikke ville fortsætte før hun havde gentaget det nye ord der var blevet føjet til hendes engelske ordforråd.

"Malemåden kaldes *sfumato*," fortalte han hende, "og den er meget svær at udføre. Leonardo da Vinci mestrede den bedre end de fleste."

Sophie brød sig stadig ikke om maleriet. "Hun ser ud som om hun ved noget… som når nogen af de andre i skolen har en hemmelighed."

Hendes bedstefar lo. "Det er blandt andet derfor hun er så berømt. Folk kan godt lide at gætte på hvorfor hun smiler."

"Ved *du* hvorfor hun smiler?"

"Måske." Hendes bedstefar blinkede til hende. "En dag fortæller jeg dig det."

Sophie stampede i gulvet. "Jeg har sagt at jeg hader hemmeligheder!"

"Lille prinsesse," smilede han. "Livet er fuld af hemmeligheder. Du kan ikke få dem alle at vide på én gang."

*

"Jeg går op igen," sagde Sophie, hendes stemme rungede i trappeopgangen.

"Til *Mona Lisa?*" Det gav et sæt i Langdon. "*Nu?*"

Sophie overvejede risikoen. "Jeg er ikke mistænkt for mord. Jeg tager chancen. Jeg er nødt til at finde ud af hvad det er min bedstefar forsøger at fortælle mig."

"Hvad med ambassaden?"

Sophie havde dårlig samvittighed over at have forårsaget at Langdon nu var på flugt, for så blot at overlade ham til sig selv, men så ingen anden udvej. Hun pegede ned på en metaldør for enden af trappen. "Gå ud gennem den dør og følg de lysende exitskilte. Jeg har tit været med min bedstefar hernede. Skiltene fører Dem frem til en nødudgang – det er en svingdør, der kun kan dreje én vej, og den åbner udad." Hun rakte Langdon sin bilnøgle. "Det er min den lille røde SmartCar på personaleparkeringspladsen. Lige uden for den her fløj. Kan De finde vej til ambassaden?"

Langdon nikkede, mens han kiggede på nøglen.

"Hør lige engang," sagde Sophie med en mildere stemme. "Jeg tror min bedstefar måske har lagt en besked til mig ved *Mona Lisa* – en form for spor der kan fortælle hvem der myrdede ham. Eller hvorfor jeg er i fare." *Eller hvad der skete med min familie.* "Jeg er nødt til at gå op for at se efter."

"Men hvis hans hensigt var at fortælle Dem, hvorfor De er i fare, hvorfor har han så ikke blot skrevet det på gulvet, der hvor han døde? Hvorfor de her komplicerede ordlege?"

"Hvad det end er, min bedstefar forsøger at fortælle mig, så tror jeg ikke, at han ønskede, at nogen andre skulle høre det. Ikke engang politiet." Det var tydeligt, at hendes bedstefar havde gjort alt, hvad der stod i hans magt for at sende en fortrolig besked direkte til *hende.* Han havde skrevet meddelelsen som en kode, inddraget hendes hemmelige initialer og bedt hende finde Robert Langdon – en klog anmodning i betragtning af at det var den amerikanske symbolforsker der havde brudt hans kode. "Hvor underligt det end lyder," sagde Sophie, "så tror jeg at han ønsker at jeg skal nå hen til *Mona Lisa* før nogen anden."

"Jeg går med."

"Nej! Vi kan ikke vide hvor længe Grande Galerie forbliver tomt. *De* er nødt til at komme ud herfra."

Langdon så ud til at tøve et øjeblik, som om hans akademiske nysgerrighed truede med at tilsidesætte hans sunde fornuft og trække ham tilbage i hænderne på Fache.

"Gå. Nu." Sophie sendte ham et taknemmeligt smil. "Vi mødes på ambassaden, Mr. Langdon."

Langdon så misfornøjet ud. "Jeg vil mødes med Dem der på *én* betingelse," svarede han brysk.

Hun tav forbavset. "Hvad er det?"

"At De holder op med at kalde mig *Mr.* Langdon."

Sophie så antydningen af et skævt smil brede sig på Langdons ansigt, og hun smilede tilbage. „Held og lykke, Robert."

Da Langdon nåede ned for enden af trappen, blev han mødt af en umiskendelig lugt af linolie og gipsstøv. Foran ham lyste et SORTIE/EXIT skilt med en pil pegende ned gennem gangen.

Langdon trådte frem i gangen.

På højre side stod døren åben ind til et mørkt restaureringsværksted hvorfra en hel hær af statuer i forskellig forfatning stod og stirrede ud. På venstre side af gangen kunne Langdon se en række undervisningslokaler der til forveksling lignede billedkunstlokalerne på Harvard – rækker af staffelier, malerier, paletter, indramningsudstyr og kunst på samlebånd.

Mens Langdon gik ned gennem gangen, spekulerede han på om han når som helst ville vågne med et sæt i sin seng i Cambridge. Hele aftenen føltes som en grotesk drøm. *Om et øjeblik styrter jeg ud af Louvre – på flugt.*

Saunières udspekulerede anagrammeddelelse på gulvet kørte stadig rundt i hovedet på ham, og han spekulerede på hvad Sophie ville finde ved *Mona Lisa* – hvis hun overhovedet ville finde noget som helst. Hun havde virket overbevist om at hendes bedstefars hensigt var at få hende til at gå hen til det berømte maleri. Hvor sandsynlig den fortolkning end var, blev et forstyrrende paradoks ved med at dukke op i Langdons tanker.

P.S. Find Robert Langdon.

Saunière havde skrevet Langdons navn på gulvet og på den måde anmodet Sophie om at finde ham. Men hvorfor? Næppe så Langdon kunne hjælpe hende med at gennemskue et anagram?

Det virkede temmelig usandsynligt.

Saunière havde trods alt ingen grund til at tro at Langdon skulle have nogen specielle evner i relation til anagrammer. *Vi har aldrig mødt hinanden.* Og hvad mere vigtigt var, havde Sophie klart konstateret at hun burde have gennemskuet anagrammet uden nogen form for hjælp. Det var Sophie der havde genkendt Fibonaccitalrækken, og Sophie ville utvivlsomt også have afkodet meddelelsen uden hjælp fra Langdon hvis hun havde fået en smule mere tid.

Det var meningen at Sophie selv skulle have gennemskuet anagrammet. Dette stod pludselig mere og mere klart for Langdon, men samtidig efterlod den konklusion et iøjnefaldende stort hul i det logiske ved Saunières handlinger.

Hvorfor mig? tænkte Langdon mens han gik ned gennem gangen. *Hvorfor var Saunières sidste ønske at hans barnebarn der havde vendt ham ryggen, skulle finde mig? Hvad er det Saunière tror jeg ved?*

Som ramt af lynet stoppede Langdon brat op. Med vidt åbne øjne stak han hånden i lommen og hev kopien af fotografiet frem. Han stirrede på den sidste linje i Saunières meddelelse.

P.S. Find Robert Langdon.

Han fokuserede på to af bogstaverne.

P.S.

I dette øjeblik følte Langdon at Saunières gådefulde blanding af symboler stod lysende klart. Som en flodbølge drønede symbolik og historie fra hele hans karriere gennem hans hoved. Alt hvad Jacques Saunière havde gjort i aften gav pludselig mening.

Tankerne for rundt i hovedet på Langdon mens han forsøgte at begribe konsekvensen af det. Han vendte sig og stirrede tilbage i den retning han var kommet fra.

Er der tid nok?

Han vidste at det var ligegyldigt.

Uden at tøve spurtede Langdon tilbage mod trappen.

KAPITEL 22

Silas lå og knælede ved den forreste række af stole og lod som om han bad mens han forsøgte at danne sig et overblik over kirkens indretning. Saint-Sulpice var som så mange andre kirker bygget med form som et gigantisk romersk kors. Dens lange midterstykke – skibet – førte direkte op til alteret hvor det blev krydset af et kortere stykke, det såkaldte tværskib. Skibet og tværskibet krydsede hinanden præcis under kuplen, og dette sted blev anset for at være kirkens hjerte... hendes helligste og mest gådefulde plet.

Men ikke i nat, tænkte Silas. *Saint-Sulpice skjuler sine hemmeligheder et andet sted.*

Han kiggede til højre og lod blikket glide ned gennem det sydgående tværskib, ned mod det åbne område for enden af bænkerækkerne, og helt ned til genstanden som hans ofre havde beskrevet.

Der er den.

Nedstøbt i det grå granitgulv lå en tynd blankpoleret messingstrimmel og skinnede – en gylden linje der løb skråt hen over kirkegulvet. Linjen var udstyret med regelmæssige markeringer, som en lineal. Silas havde fået at vide at det var viseren på en form for solur – et hedensk astronomisk instrument. Turister, videnskabsfolk, historikere og hedninge fra hele verden valfartede til Saint-Sulpice for at beskue denne berømte linje.

Rosenlinjen.

Langsomt lod Silas øjnene glide langs messingstrimlen som strakte sig hen over gulvet fra højre mod venstre. Den løb skråt forbi ham i en underlig vinkel, helt på tværs af kirkens symmetri. For Silas tog linjen sig ud som et piskeslag på et smukt ansigt, idet den skar sig vej hen over selve alteret. Linjen kløvede alterskranken i to og fortsatte hele vejen over til den anden side af kirken hvor den endelig nåede hjørnet af det nordgående tværskib og stødte på foden af en yderst uventet genstand.

En gigantisk egyptisk obelisk.

Her tog den funklende rosenlinje en halvfems graders lodret drejning og løb op ad selve obelisken. Den fortsatte ti meter op i luften, helt op til toppen af den pyramideformede spids hvor den endelig hørte op.

Rosenlinjen, tænkte Silas. Broderskabet skjulte slutstenen ved *rosenlinjen.*

111

Da Silas tidligere på aftenen havde fortalt Mesteren at slutstenen lå skjult inde i Saint-Sulpice, havde Mesteren lydt skeptisk. Men da Silas havde tilføjet at alle fire brødre havde oplyst ham om en nøjagtig placering med tilknytning til en messinglinje der løb gennem Saint-Sulpice, havde Mesteren snappet efter vejret som var det en åbenbaring. "De taler om rosenlinjen!"

Mesteren fortalte hurtigt Silas om Saint-Sulpice's berømte arkitektoniske afvigelse – en messingstrimmel der delte helligdommen i to, gennem en perfekt nord-sydgående akse. Det var en form for solur fra antikken, et levn fra det hedenske tempel der engang havde ligget præcis på dette sted. Solens stråler der skinnede ind gennem øjet på den sydlige mur, bevægede sig længere og længere ned ad linjen for hver dag og angav på den måde tidens gang fra solhverv til solhverv.

Den nord-sydgående linje var blevet kendt som rosenlinjen. Gennem århundreder var rosens symbol blevet forbundet med kort og det at lede mennesker i den rigtige retning. Kompasrosen der var indtegnet på stort set alle kort, angav nord, syd, øst og vest. Oprindelig var den kendt som vindrosen, idet den markerede retningen af 32 vinde der blæste fra otte hovedverdenshjørner, otte halvverdenshjørner og seksten kvartverdenshjørner. Når disse 32 kompaspunkter blev optrukket inde i en cirkel, lignede de en traditionel 32-bladet rosenblomst. Endnu den dag i dag var det grundlæggende navigationsudstyr stadig kendt som kompasrosen, og nord var stadig markeret med et pilehoved – eller som oftest; symbolet for den franske lilje.

På en globus var rosenlinjen – også kaldt længdegrad eller meridian – en hvilken som helst fiktiv linje trukket fra Nordpolen til Sydpolen. Antallet af rosenlinjer var naturligt nok uendeligt eftersom man ville kunne trække en længdegrad igennem ethvert punkt på globussen og forbinde den nordlige og sydlige pol. Spørgsmålet for antikkens navigatører var *hvilken* af disse linjer der kunne kaldes rosenlin*jen* – nulmeridianen – linjen hvorfra alle andre længdegrader på jorden ville kunne måles.

I dag gik denne linje gennem Greenwich i England.

Men det havde den ikke altid gjort.

Længe før vedtagelsen af Greenwich som hovedmeridian, havde verdens nullængdegrad gået direkte gennem Paris og gennem Saint-Sulpice kirken. Messinglinjen i Saint-Sulpice var et mindesmærke for verdens første nulmeridian, og selvom Greenwich tog denne ære fra Paris i 1888, var den oprindelige rosenlinje stadig synlig i dag.

"Så taler myten altså sandt," havde Mesteren sagt til Silas. "Det siges at slutstenen ligger gemt 'under Rosens Tegn'."

Silas lå stadig og knælede og begyndte nu at kigge rundt i kirken og spidse ører for at sikre sig at der ikke var nogen. Et øjeblik syntes han at der lød en puslen fra korbalkonen. Han vendte sig og så undersøgende derop i adskillige sekunder. Intet.

Jeg er alene.

Han rejste sig med front mod alteret og gjorde knæfald tre gange. Så vendte han sig om mod venstre og fulgte messinglinjen mod nord i retning af obelisken.

Samtidig, i Leonardo da Vinci lufthavnen i Rom, blev Biskop Aringarosa rykket ud af sin slumren idet hjulene ramte landingsbanen.

Jeg faldt i søvn, tænkte han overrasket over at han havde været tilstrækkelig afslappet til at kunne sove.

"Benvenuto a Roma," lød det over højtalerne.

Aringarosa satte sig op i sædet og rettede på sin sorte præstekjole. Han havde et lille skævt smil om munden. Dette var en rejse han havde gjort med glæde. *Jeg har været i defensiven alt for længe.* Men i nat var herredømmet vendt. For blot fem måneder siden havde Aringarosa frygtet for Troens fremtid. Men pludselig, som var det Guds vilje, var løsningen dukket op af sig selv.

Guddommelig indgriben.

Hvis alt gik efter planen i aften i Paris, ville Aringarosa inden længe være i besiddelse af noget som ville gøre ham til den mest magtfulde mand inden for den kristne tro.

KAPITEL 23

Sophie nåede forpustet frem til Salle des Etats' store trædøre – bag dem var salen der rummede *Mona Lisa*. Inden hun trådte ind, kiggede hun modstræbende et stykke længere ned gennem salen, cirka femten-tyve meter, ned til det sted hvor hendes bedstefars lig stadig lå under projektøren.

Hun blev grebet af dårlig samvittighed, det kom voldsomt og pludseligt. En dyb sorg omkranset af skyld. Manden havde rakt sin hånd frem utallige gange gennem de forløbne ti år, og alligevel var Sophie forblevet urokkelig – hun havde efterladt hans breve og pakker uåbnede i en skuffe og afvist hans forsøg på at møde hende. *Han løj over for mig! Han bar på rædselsfulde hemmeligheder! Hvad skulle jeg ellers have gjort?* Og derfor havde hun lukket ham ude. Fuldstændig.

Nu var hendes bedstefar død, og han talte til hende fra det hinsides.

Mona Lisa.

Hun tog fat i de store trædøre og skubbede til. Indgangspartiet åbnede sig på vid gab. Sophie stod på dørtrinet et øjeblik og kiggede ud over det store rektangulære rum foran hende. Også det lå badet i et svagt rødligt lys. Salle des Etats var et af museets få *culs-de-sac* – en sal der ender blindt – og det eneste rum der lå uden for Grande Galerie's hovedkorridor af sale. Lige ud for døren, som var den eneste der førte ind til rummet, hang et næsten fem meter bredt Botticelli-maleri. Under det, placeret midt ude på parketgulvet, stod en umådelig stor ottekantet sofa der tjente som et kærkomment pusterum for de tusindvis af besøgende, et sted hvor de kunne hvile benene mens de beundrede Louvres mest værdifulde ejendom.

Inden Sophie dog overhovedet trådte ind, gik det op for hende at hun manglede noget. *En ultraviolet lampe.* Hun kiggede igen ned mod sin bedstefar der lå under projektøren i det fjerne, omgivet af elektronisk udstyr. Hvis han havde skrevet noget som helst derinde, ville han uden tvivl have skrevet det med den ultraviolette tusch.

Sophie tog en dyb indånding og skyndte sig ned mod det oplyste gerningssted. Hun var ude af stand til at se på sin bedstefar og fokuserede i stedet udelukkende på politiets forskellige instrumenter. Hun fandt en lille ultraviolet lommelygte, puttede den i lommen og skyndte sig tilbage gennem salen, hen mod Salle des Etats' åbne dør.

Sophie drejede om hjørnet og trådte ind over dørtrinet. Hendes entré blev dog straks mødt af en uventet lyd af dæmpede fodtrin der kom løbende mod hende fra den anden ende af rummet. *Der er nogen herinde!* En spøgelsesagtig figur dukkede pludselig frem fra den rødlige tåge. Det gav et sæt i Sophie.

"Der er du!" Langdons hæse hvisken skar gennem luften idet hans silhuet stoppede brat foran hende.

Hendes lettelse varede kun kort. "Robert, jeg bad dig skynde dig ud herfra! Hvis Fache – "

"Hvor var du henne?"

"Jeg var nødt til at gå hen og hente en ultraviolet lygte," hviskede hun og holdt den op. "Hvis min bedstefar efterlod en besked – "

"Sophie, hør lige her." Langdon snappede efter vejret, og hans blå øjne fastholdt hendes blik. "Bogstaverne P.S. – siger de dig noget? Hvad som helst?"

Sophie var bange for at deres stemmer skulle give genlyd ned gennem salene og trak Robert ind i Salle des Etats og lukkede forsigtigt de enorme dobbeltdøre. "Det har jeg jo sagt; de står for Prinsesse Sophie."

"Det ved jeg godt, men har du nogensinde set dem et *andet* sted? Brugte din bedstefar nogensinde P.S. i en anden sammenhæng? Som monogram, måske på brevpapir eller på en personlig ejendel?"

Spørgsmålet skræmte hende. *Hvordan kunne Robert vide det?* Sophie havde ganske rigtigt set initialerne P.S. en gang før, i en slags monogram. Det var dagen før hendes niårs fødselsdag. I al hemmelighed var hun i færd med at gennemsøge huset for skjulte fødselsdagsgaver. Allerede dengang hadede hun at noget blev holdt hemmeligt for hende. *Hvad mon Grand-père har købt til mig i år?* Hun gravede sig gennem skuffer og skabe. *Mon han har købt den dukke som jeg ønskede mig? Hvor mon han gemmer den?*

Eftersom Sophie intet fandt i hele huset, samlede hun mod til at snige sig ind i sin bedstefars soveværelse. Rummet var forbudt område for hende, men hendes bedstefar lå og sov på sofaen nedenunder.

Jeg tager bare lige et hurtigt kig!

Sophie listede sig hen over det knirkende trægulv, over til hans skab, og kiggede på hylderne bag hans tøj. Ingenting. Så kiggede hun under sengen. Stadig ingenting. Hun listede over til hans kommode, åbnede skufferne og begyndte forsigtigt at gennemsøge dem én for én. *Her må der da være et eller andet til mig!* Da hun nåede til den nederste skuffe, havde hun stadig ikke fundet det mindste spor af en dukke. Nedslået åbnede hun den sidste skuffe og trak noget sort tøj til side som hun aldrig havde set ham i. Hun skulle til at lukke skuffen igen da hun fik øje på noget der lå og glimtede inde bagest i skuffen. Det lignede kæden på et lommeur, men hun vidste at hendes bedstefar ikke gik med sådan et. Hendes hjerte begyndte at banke da det gik op for hende, hvad det måtte være.

En halskæde!

Sophie trak forsigtigt kæden frem fra skuffen. Til hendes store overraskelse var der en funklende guldnøgle for enden af den. Tung og skinnende. Som fortryllet holdt hun den op foran sig. Den lignede ikke nogen nøgle hun før havde set. De fleste nøgler var flade med kantede takker, men den her havde en prismeformet stilk dækket af bittesmå huller. Dens store gyldne greb var formet som et kors, men ikke som et almindeligt kors. Dette var et ligearmet kors, som et plustegn. I midten af korset var der indgraveret et underligt symbol – to bogstaver viklet ind i hinanden og et blomsteragtigt mønster.

"P.S.," hviskede hun og rynkede panden. *Hvad i alverden kan det her være?*

"Sophie?" lød hendes bedstefars stemme fra døråbningen.

Forskrækket vendte hun sig om og tabte nøglen på gulvet med en høj lyd. Hun stirrede ned på nøglen og turde ikke at se op på sin bedstefar. "Jeg... ledte efter min fødselsdagsgave," sagde hun med hængende hoved, og vidste at hun havde misbrugt hans tillid.

I en evighed blev hendes bedstefar stående tavs i døråbningen. Endelig sukkede han dybt. "Saml nøglen op, Sophie."

Sophie tog nøglen op igen.

Hendes bedstefar gik ind. "Sophie, du er nødt til at respektere andre menneskers privatliv." Forsigtigt satte han sig på knæ foran hende og tog nøglen fra hende. "Det her er en meget speciel nøgle. Hvis du var kommet til at tabe den..."

Hendes bedstefars rolige stemme fik Sophie til at få det endnu dårligere. "Undskyld, *Grand-père*. Jeg er virkelig ked af det." Hun holdt en pause. "Jeg troede at det var en halskæde, jeg skulle have i fødselsdagsgave."

Han kiggede længe på hende. "Jeg vil sige dette én gang til, Sophie, for det er vigtigt. Du er nødt til at lære at respektere andre menneskers privatliv."

"Ja, *Grand-père*."

"Vi snakker om det her en anden gang. Lige nu trænger haven til at blive vandet."

Sophie skyndte sig udenfor til sine pligter.

Næste morgen fik Sophie ikke nogen fødselsdagsgave af sin bedstefar. Hun havde heller ikke forventet nogen efter det hun havde gjort. Men han sagde ikke engang tillykke med fødselsdagen til hende. Trist til mode traskede hun op i seng den aften. Men da hun kravlede op i sengen, fandt hun et kort på sin hovedpude. Der stod en simpel gåde på kortet. Allerede inden hun havde løst gåden, begyndte hun at smile. Jeg ved hvad det er! Hendes bedstefar havde gjort det samme sidste jul.

En skattejagt!

Hun kastede sig ivrigt over gåden indtil hun havde løst den. Løsningen ledte hende til en anden ende af huset, hvor hun fandt et andet kort og en ny gåde. Den løste hun også og skyndte sig videre til det næste kort. Hun strøg frem og tilbage gennem huset, fra spor til spor, indtil hun til sidst nåede til et spor der ledte hende tilbage til hendes eget værelse. Sophie styrtede op ad trappen og for ind på sit værelse hvor hun stoppede brat op. Midt i rummet stod en skinnende rød cykel med bånd om styret. Sophie hvinede af begejstring.

"Jeg ved at det var en dukke du ønskede dig," sagde hendes bedstefar smilende ovre fra det ene hjørne, "men jeg tænkte, at du måske ville synes bedre om den her."

Næste dag havde hendes bedstefar lært hende at cykle. Han havde løbet ved siden af hende ned gennem havegangen, og hver gang Sophie kom til at styre ud på den tykke græsplæne og mistede balancen, tumlede de begge ned på græsset og lå grinende og rullede rundt.

"*Grand-père*," sagde Sophie og gav ham et knus. "Jeg er virkelig ked af det med nøglen."

"Det ved jeg godt, lille skat. Du er tilgivet. Jeg kan ikke være vred på dig. Bedstefædre og børnebørn tilgiver altid hinanden."

Sophie vidste at hun ikke burde spørge, men hun kunne ikke lade være. "Hvad er nøglen til? Jeg har aldrig set sådan en nøgle før. Den var smuk."

Der gik længe før hendes bedstefar sagde noget, og Sophie kunne se på ham at han var i tvivl om hvad han skulle svare. *Grand-père lyver aldrig.* "Det er nøglen til en boks," sagde han endelig. "En boks hvor jeg gemmer mange hemmeligheder."

"Jeg hader hemmeligheder!" udbrød Sophie.

"Det ved jeg godt, men det her er vigtige hemmeligheder. Og en dag vil du lære at sætte lige så høj pris på dem, som jeg gør."

"Jeg så nogle bogstaver på nøglen. Og en blomst."

"Ja, det er min yndlingsblomst. Den hedder fleur-de-lis, eller fransk lilje. Vi har dem her i haven. Det er de hvide derovre."

"Dem kender jeg godt! Det er også *min* yndlingsblomst!"

"Så vil jeg indgå en aftale med dig." Bedstefaren havde løftet øjenbrynene på den måde han altid gjorde når han skulle til at give hende en udfordrende opgave. "Hvis du kan bevare min nøgle som en hemmelighed og *aldrig* nævne den igen, hverken for mig eller nogen anden, så vil jeg forære dig den en dag."

Sophie kunne ikke tro sine egne ører. "Er det rigtigt?"

"Ja, det lover jeg. Når tiden er inde, bliver nøglen din. Dit navn står på den."

Sophie skulede til ham. "Nej, det gør ej. Der stod P.S. Jeg hedder ikke P.S.!"

Hendes bedstefar sænkede stemmen og så sig omkring som for at sikre sig, at der ikke var nogen der lyttede. „Okay, Sophie – hvis du absolut *må* vide det, P.S. er en kode. Det er dine hemmelige initialer."

Hun spilede øjnene op. "Har jeg nogle hemmelige initialer?"

"Selvfølgelig. Børnebørn har *altid* hemmelige initialer som kun deres bedstefædre kender."

"P.S.?"

Han kildede hende. *"Prinsesse Sophie."*

Hun fnisede. "Jeg er ikke nogen prinsesse!"

Han blinkede til hende. "For mig er du."

Siden den dag talte de aldrig om nøglen igen. Og hun blev hans Prinsesse Sophie.

Inde i Salle des Etats stod Sophie i tavshed og følte den skarpe smerte ved sit tab.

"Initialerne?" hviskede Langdon og kiggede underligt på hende. "Har du set dem før?"

Sophie fornemmede sin bedstefars stemme hviske gennem museets korridorer. *Nævn aldrig nøglen igen, Sophie. Hverken for mig eller nogen anden.* Hun var klar over at hun havde svigtet ham hvad tilgivelse angik, og hun spekulerede på om hun endnu en gang kunne svigte hans tillid. *P.S. Find Robert Langdon.* Hendes bedstefar ønskede at Langdon skulle hjælpe. Sophie nikkede. "Ja, jeg har set initialerne én gang før. Da jeg var lille."

"Hvor?"

Sophie tøvede. "På noget der havde stor betydning for ham."

Langdon så hende i øjnene. "Sophie dette er altafgørende. Kan du fortælle mig om initialerne forekom sammen med et symbol? En fleur-de-lis?"

Sophie mærkede hvordan hun chokeret trådte et skridt tilbage. "Men... hvordan i alverden kunne du vide det?"

Langdon sukkede og sænkede stemmen. "Jeg er ret overbevist om at din bedstefar var medlem af en hemmelig loge. Et meget gammelt, skjult broderskab."

118

Sophie mærkede en knude i maven. Det var hun også sikker på. I ti år havde hun forsøgt at glemme den hændelse som havde bekræftet dette rædselsvækkende faktum for hende. Hun havde været vidne til noget fuldstændig utænkeligt. Noget utilgiveligt.

"En fleur-de-lis," sagde Langdon, "kombineret med initialerne P.S. er broderskabets officielle mærke. Deres våbenskjold. Deres logo."

"Hvordan ved du det?" Sophie bad til at Langdon ikke ville fortælle hende at han selv var medlem.

"Jeg har skrevet om denne gruppe," sagde han. Hans stemme dirrede. "At forske i hemmelige logers symboler er et af mine specialer. De kalder sig *Prieuré de Sion* – Priory of Sion. De har hovedsæde her i Frankrig og tiltrækker indflydelsesrige medlemmer fra hele Europa. Det er faktisk en af de ældste stadig-eksisterende hemmelige loger i verden."

Sophie havde aldrig hørt om dem.

Ordene væltede ud af Langdon nu. "Logens medlemmer tæller nogle af historiens største kulturpersonligheder: Folk som Botticelli, Sir Isaac Newton, Victor Hugo." Han tav et øjeblik og fortsatte med en stemme der var fyldt med akademisk iver. "Og – Leonardo da Vinci."

Sophie stirrede på ham. "Var Da Vinci medlem af en hemmelig loge?"

"Da Vinci ledede Priory of Sion fra 1510 til 1519 som broderskabets Stormester, hvilket kan være med til at forklare din bedstefars lidenskab for Leonardos værker. Der er historisk set et broderligt bånd mellem de to mænd. Og det passer perfekt med deres fascination af gudinde-ikonologi, hedenskab, kvindelig guddommelighed og foragt for kirken. Priory of Sion har en vel-dokumenteret tradition for ærbødighed over for den hellige kvinde."

"Står du og siger at gruppen er en hedensk gudindedyrkelses kult?"

"Snarere *den* hedenske gudindedyrkelses kult. Men hvad mere vigtigt er – de er kendt for at vogte over en ældgammel hemmelighed. En hemmelighed der gjorde dem ubeskrivelig magtfulde."

På trods af den overbevisning der lyste ud af Langdons øjne, var Sophies umiddelbare reaktion præget af dyb skepsis. *En hemmelig hedensk kult? En kult ledet af Leonardo da Vinci?* Det hele lød totalt absurd. Og alligevel – selvom hun forsøgte at skubbe det fra sig, fløj hendes tanker ti år tilbage i tiden. Tilbage til den nat hun ved et uheld havde overrasket sin bedstefar og ved en fejltagelse var blevet vidne til noget hun stadig ikke kunne acceptere. *Ville det kunne forklare – ?*

"De nuværende Priory-medlemmers identitet holdes ekstremt hemmeligt," sagde Langdon, "men det P.S. og den fleur-de-lis du så som barn, er beviser. Det kan *kun* have hængt sammen med Priory of Sion."

Det gik op for Sophie at Langdon vidste langt mere om hendes bedstefar, end hun hidtil havde troet. Amerikaneren havde tydeligvis en masse at fortælle hende, men dette var ikke stedet. "Jeg har ikke tænkt mig at lade dem få fat i dig, Robert. Der er meget vi er nødt til at snakke om. Du er nødt til at gå nu!"

Langdon hørte blot hendes stemme som en svag mumlen i baggrunden. Han var absolut ikke på vej ud. Han befandt sig et helt andet sted lige nu. Et sted hvor ældgamle hemmeligheder drev op til overfladen. Et sted hvor glemte historier dukkede frem fra skyggen.

Langsomt, som bevægede han sig under vand, drejede han hovedet og kiggede gennem den rødlige tåge i retning af *Mona Lisa*.

Fleur-de-lis... Lisas blomst... Mona Lisa.

Det hele var vævet ind i hinanden. En stille symfoni der fremkaldte et ekko af Priory of Sion og Leonardo da Vincis dybeste hemmeligheder.

Nogle få kilometer væk, ved bredden neden for Les Invalides, stod en vildt forvirret chauffør, der var blevet tvunget til at stoppe sin enorme lastbil, og iagttog det franske politis chefkriminalinspektør udstøde et vredesbrøl idet han kastede et stykke sæbe ud i Seinens grumsede vand.

KAPITEL 24

Silas stod og betragtede Saint-Sulpice obelisken og lod blikket glide helt op til toppen af den lange, massive marmorsøjle. Han følte sig stærk. Han kastede endnu en gang et blik rundt i kirken for at sikre sig at han var alene. Så knælede han ved foden af søjlen – ikke af ærbødighed, men af nødvendighed.

Slutstenen er skjult under rosenlinjen.

Ved foden af Sulpice-obelisken.

De fire brødre havde alle været enige.

Liggende på knæ lod Silas hånden glide hen over stengulvet. Han kunne ikke se nogen revner eller noget tegn der kunne tyde på en løs flise, så han begyndte at banke forsigtigt på gulvet med knoerne. Han fulgte messinglinjen længere og længere hen mod obelisken og bankede på hver eneste flise som den krydsede. Endelig var der en af dem der gav en underlig hul lyd.

Der er et hulrum under gulvet!

Silas smilede. Hans ofre havde talt sandt.

Han rejste sig og så sig om i kirken efter noget at slå flisen i stykker med.

På balkonen langt over Silas undertrykte Søster Sandrine et gisp. Hendes dybeste frygt var netop blevet bekræftet. Gæsten var ikke den han gav sig ud for. Den mystiske Opus Dei munk var kommet til Saint-Sulpice med en hel anden hensigt.

En hemmelig hensigt.

De er ikke den eneste her, der bærer på en hemmelighed, tænkte hun.

Søster Sandrine Bieil var andet end opsynsmand for denne kirke. Hun fungerede også som vagtpost. Og i nat var de årtusinde gamle hjul blevet sat i gang. Den fremmedes ankomst ved foden af obelisken var et signal fra broderskabet.

Det var et tavst nødråb.

KAPITEL 25

Den amerikanske ambassade i Paris er et sammenpresset bygningskompleks på Avenue Gabriel, lige nord for Champs-Elysées. Det en hektar store, indhegnede område betragtes som amerikansk grund, hvilket betyder at for alle som befinder sig på området gælder de samme love og rettigheder som ville gælde hvis de befandt sig i USA.

Ambassadens receptionist der havde vagt denne nat, sad og læste den internationale udgave af Time Magazine da hun blev afbrudt af telefonen.

"Den amerikanske ambassade," svarede hun.

"God aften." Manden i den anden ende af røret talte engelsk med fransk accent. "Jeg har brug for lidt assistance." På trods af at mandens ord var høflige, var tonen brysk og formel. "Jeg har fået at vide at I har en telefonbesked liggende til mig på jeres automatiske servicetelefon. Navnet er Langdon. Desværre har jeg glemt min trecifrede adgangskode. Jeg ville være yderst taknemmelig hvis De kunne hjælpe mig."

Receptionisten tøvede forvirret. "Jeg beklager. Deres besked må være temmelig gammel. Servicetelefonen blev nedlagt for to år siden af sikkerhedshensyn. Desuden var alle adgangskoderne femcifrede. Hvem har fortalt Dem at vi skulle have en besked til Dem?"

"Har De ikke nogen automatisk servicetelefon?"

"Nej. Alle beskeder bliver nedskrevet og ligger i vores serviceafdeling. Hvad sagde De, at Deres navn var?"

Men manden havde lagt på.

Bezu Fache følte sig ydmyget da han hastede af sted langs Seinens bred. Han var sikker på at han havde set Langdon trykke et lokalnummer, en trecifret kode, hvorefter han havde lyttet til en besked. *Men hvis Langdon ikke havde ringet til ambassaden, hvem helvede havde han så ringet til?*

Fache kastede et blik på sin mobiltelefon og i samme øjeblik gik det op for ham at svaret lå i hans hånd. *Langdon ringede fra min telefon.*

Fache trykkede sig ind på telefonens opkaldsregister, kaldte listen over de seneste opkald frem og fandt det opkald Langdon havde foretaget.

Et parisernummer fulgt af en trecifret kode, 454.

Fache ringede op til nummeret og ventede mens telefonen ringede i den anden ende.

Endelig svarede en kvindestemme. *"Bonjour, vous êtes bien chez Sophie Neveu,"* bekendtgjorde stemmen. *"Je suis absente pour le momont, mais..."*

Fache kogte af raseri da han trykkede tallene 4 – 5 – 4.

KAPITEL 26

Til trods for *Mona Lisas* kolossale anseelse målte hun blot cirka 80 centimeter gange 55 centimeter – endda mindre end plakaterne der blev solgt af hende i Louvres butik. Hun hang på Salle des Etats' vestlige væg, bag en fem centimeter tyk beskyttende plade af plexiglas. Hun var malet på en poppeltræsplade. Hendes overjordiske, slørede udstråling tilskrives Da Vincis mestring af sfumato-teknikken – en malemåde hvor konturerne aftones og ser ud til at glide ud i hinanden.

Siden *Mona Lisa* – eller *La Joconde* som franskmændene kalder hende – flyttede ind på Louvre, var hun blevet stjålet to gange. Senest i 1911 hvor hun forsvandt fra Louvres *"salle impénétrable"* – Le Salon Carré. Pariserne gik rundt på gaden og græd, og de skrev læserbreve i aviserne hvor de tiggede og bad tyven om at levere maleriet tilbage. To år senere blev *Mona Lisa* fundet under en falsk bund i en kuffert på et hotelværelse i Firenze.

Langdon bevægede sig tværs gennem Salle des Etats ved siden af Sophie – han havde gjort hende klart at han ikke havde tænkt sig at forlade stedet lige med det samme. Der var stadig godt tyve meter hen til *Mona Lisa* da Sophie tændte den ultraviolette lommelygte, og det blå-violette, halvmåneformede lys spredte sig som en vifte foran dem. Hun svingede lyskeglen frem og tilbage over gulvet som en minestryger i forsøget på at finde spor af selvlysende blæk.

Langdon gik ved siden af hende og var allerede begyndt at mærke sommerfuglene i maven som altid dukkede op, når han stod over for et imponerende kunstværk. Han kneb øjnene sammen for at kunne se i mørket der omkransede det violette lys fra lygten i Sophies hånd. Til venstre for dem fik han øje på den ottekantede sofa – den lå som en mørk ø på det øde parketgulv.

Nu kunne Langdon så småt begynde at skimte den mørke glasplade på væggen. Bag den – omsluttet af sin egen private celle – hang verdens berømteste maleri.

Langdon vidste at *Mona Lisas* status som verdens berømteste kunstværk ikke havde noget som helst med hendes gådefulde smil at gøre. Lige så lidt skyldtes det de mange mystiske fortolkninger som kunsthistorikere og sam-

124

mensværgelsestilhængere havde tillagt hende gennem tiderne. *Mona Lisa* var ganske enkelt berømt fordi Leonardo da Vinci hævdede, at hun var hans fineste bedrift. Han tog altid maleriet med sig på sine rejser, og når han blev spurgt om hvorfor, svarede han at han syntes det var alt for hårdt at være væk fra sit mest sublime udtryk for kvindelig skønhed.

Trods det var der mange kunsthistorikere der havde mistanke om at Da Vincis ærbødighed over for *Mona Lisa* ikke havde noget som helst at gøre med maleriets kunstneriske klasse. I virkeligheden var maleriet et forbløffende almindeligt *sfumato* portræt. Da Vincis ærefrygt for dette værk stammede fra noget langt dybere: Et budskab skjult under lagene af maling. Det var faktisk bevist at *Mona Lisa* var en af verdens største interne vittigheder. Maleriets mange tvetydigheder og drilagtige hentydninger var blevet afdækket i de fleste kunsthistoriske bøger, men utroligt nok anså publikum i almindelighed alligevel hendes smil for at være et stort mysterium.

Det er overhovedet ikke noget mysterium, tænkte Langdon idet han bevægede sig hen mod maleriet og så dets svage omrids begynde at tage form. *Overhovedet ikke noget mysterium.*

For nylig havde Langdon delt sin viden om *Mona Lisas* hemmelighed med en temmelig speciel gruppe mennesker – en halv snes indsatte fra statsfængslet i Essex. Langdons fængselsseminar var en del af Harvards "udbredelsesprogram" som var et forsøg på at bringe uddannelse ind i fængselssystemet – *Dømt kultur* som Langdons kolleger plejede at kalde det.

Langdon havde stået ved en overheadprojektor i et mørkt fængselsbibliotek og delt *Mona Lisas* hemmelighed med de indsatte. Mændene havde til hans store overraskelse været forbavsende engagerede – grove men knivskarpe. "Hvis I lægger mærke til det," sagde Langdon idet han gik hen til væggen med det projicerede billede af *Mona Lisa*, "er baggrunden bag hendes ansigt uensartet." Langdon pegede på den iøjnefaldende uoverensstemmelse. "Da Vinci malede horisonten på venstre side betydeligt længere nede end på højre side."

"Koksede det totalt for ham?" spurgte en af de indsatte.

Langdon grinede. "Nej. Det gjorde det sjældent for Da Vinci. Det er faktisk et bevidst lille trick fra Da Vincis side. Ved at sænke horisonten på venstre side, lod Da Vinci *Mona Lisa* fremstå meget større set fra venstre end fra højre. En af Da Vincis små spøgefuldheder. Historisk set er det maskuline og det feminine princip tilknyttet hver deres side – venstre er den feminine side og højre den maskuline. Eftersom Da Vinci var en stor tilhænger af de feminine aspekter lod han *Mona Lisa* tage sig mere majestætisk ud set fra *venstre* side end højre side.

"Jeg har hørt at han var en bøsserøv," sagde en lille mand med fipskæg.

Det gav et lille sæt i Langdon. "Nu formulerer historikere det generelt ikke på den måde, men ja, Da Vinci var homoseksuel."

"Er det derfor han går så højt op i de der femi-ting?"

"Rent faktisk gik Da Vinci ind for *balance* mellem det maskuline og det feminine. Han havde en tro på at menneskets sjæl ikke kunne blive oplyst medmindre den var i besiddelse af både maskuline og feminine aspekter."

"Mener du ligesom en pige med pik?" var der en, der råbte.

Kommentaren fremkaldte en voldsom latter. Langdon overvejede at komme med en etymologisk sidebemærkning om begrebet *hermafrodit* og dets tilknytning til Hermes og Afrodite, men der var noget der sagde ham, at det blot ville være spild af tid i dette forum.

"Hey, Mr. Langdon," sagde et muskelbundt af en mand. "Er det rigtigt at *Mona Lisa* er et billede af Da Vinci som drag? Det har jeg hørt."

"Det er ikke umuligt," sagde Langdon. "Da Vinci er kendt for at være en spøgefugl og elektroniske analyser af *Mona Lisa* og Da Vincis selvportrætter viser nogle forbløffende lighedspunkter mellem deres ansigter. Hvad end Da Vinci havde gang i," sagde Langdon, "så er hans *Mona Lisa* hverken en mand eller kvinde. Maleriet bærer på et underliggende androgynt budskab. Det er en sammensmeltning af de to køn."

"Er du sikker på at det ikke blot er en gang akademisk mundlort, der skal dække over at *Mona Lisa* er en grim kælling."

Nu var det Langdons tur til at grine. "Det kan da godt være. Men Da Vinci efterlod rent faktisk et iøjnefaldende fingerpeg om at det var meningen at maleriet skulle være androgynt. Er der nogen af jer der har hørt om den egyptiske gud, Amon?"

"Ja for fanden!" udbrød muskelbundtet. "Den mandlige frugtbarhedsgud!"

Langdon var målløs.

"Det står der på hver eneste Amon-kondompakke." Muskelbundtet smilede bredt. "Der er et billede af en fyr med vædderhoved på forsiden, og der står at han er den egyptiske frugtbarhedsgud."

Langdon var ikke bekendt med det mærke, men han var glad for at høre at præventionsproducenten havde forstået hieroglyfferne rigtigt. "Godt gået. Amon optræder ganske rigtigt som en mand med vædderhoved, og blandingen mellem dyr og menneske tillige med hans krummede horn er relateret til det engelske slangudtryk for liderlig – 'horny'."

"Det var satans!"

"Ja," sagde Langdon. "Og ved I så hvem Amons kvindelige sidestykke var? Den egyptiske frugtbarhedsgudinde?"

Spørgsmålet blev mødt af tavshed.

"Det var Isis," fortalte Langdon og greb en tusch. "Så vi har altså den maskuline gud, Amon." Han skrev navnet. "Og den kvindelige gudinde Isis, som oprindeligt blev skrevet L'ISA."

Langdon skrev færdigt og trådte væk fra projektoren.

AMON L'ISA

"Får det en klokke til at ringe?"

"Mona Lisa... det var satans," var der en der udbrød.

Langdon nikkede. "Ja, ikke alene har *Mona Lisas* ansigt androgyne træk, hendes navn er et anagram for den guddommelige forening af det maskuline og feminine. Og det, kære venner, er Da Vincis lille hemmelighed og forklaringen på *Mona Lisas* sigende smil."

"Min bedstefar har været her," sagde Sophie og faldt pludselig på knæ knap tre meter fra *Mona Lisa*. Hun rettede undersøgende det violette lys mod en plet på parketgulvet.

Umiddelbart kunne Langdon ikke se noget. Men idet han satte sig på knæ ved siden af hende, fik han øje på en lille selvlysende dråbe indtørret væske. *Blæk?* Pludselig kom han i tanke om hvad ultraviolet belysning normalt blev brugt til. *Blod.* Han mærkede hvordan det snurrede i hans krop. Sophie havde ret. Jacques Saunière havde ganske rigtigt aflagt *Mona Lisa* et besøg før han døde.

"Han ville ikke være gået herhen uden en grund," hviskede Sophie idet hun rejste sig. "Jeg ved at han har efterladt en besked til mig her." Hun tog hurtigt de sidste skridt hen mod *Mona Lisa* og lyste på gulvet lige neden for maleriet. Hun bevægede lyskeglen frem og tilbage over det tomme parketgulv.

"Der er ikke noget!"

I samme øjeblik fik Langdon øje på et svagt violet skær på plexiglaspladen foran Mona Lisa. Han rakte hånden frem, greb om Sophies håndled og drejede langsomt lygten op mod selve maleriet.

De stivnede begge.

På glasset stod seks selvlysende violette ord, skrevet direkte hen over *Mona Lisas* ansigt.

KAPITEL 27

Kriminalkommissær Collet sad bag Saunières skrivebord med telefonen presset mod øret og et vantro udtryk i ansigtet. *Hørte jeg rigtigt?* "Et stykke sæbe? Men hvordan kunne Langdon vide noget som helst om GPS-senderen?"

"Sophie Neveu," svarede Fache, "fortalte ham det."

"Hvad! Hvorfor?"

"Et fandens godt spørgsmål, men jeg har netop lyttet til en optagelse der bekræfter at hun advarede ham."

Collet var målløs. *Hvad i alverden tænkte hun på?* Havde Fache beviser for at Sophie havde forhindret at den fælde kriminalpolitiet havde lagt for Langdon skulle klappe? Sophie Neveu ville ikke alene blive fyret, hun ville ryge direkte i fængsel. "Men, Mr. Fache... hvor er Langdon så *nu?*"

"Er der nogen alarmer der er gået i gang på museet?"

"Nej, Sir."

"Og ingen er kommet ud gennem gitteret der afspærrer Grande Galerie?"

"Nej, Sir. Vi har haft en af Louvres sikkerhedsvagter placeret ved gitteret præcis som De beordrede."

"Okay, så må Langdon stadig befinde sig inde i Grande Galerie."

"Inde i Grande Galerie? Men hvad i alverden foretager han sig der?"

"Er sikkerhedsvagten bevæbnet?"

"Ja, Sir – det er en overordnet."

"Send ham ind," kommanderede Fache. "Mine mænd kan ikke være tilbage på området før om et par minutter, og jeg vil ikke have at Langdon når at grave sig ud." Fache tav et øjeblik. "Og De må hellere fortælle sikkerheds-vagten, at kommissær Neveu formodentlig er derinde sammen med ham."

"Jeg troede da, at kommissær Neveu havde forladt stedet."

"*Så* De hende nogensinde forlade stedet?"

"Nej, Sir, men – "

"Nej, og der er heller ingen andre på området der har set hende forlade stedet. Folk har kun set hende gå ind."

Collet var totalt paf over Sophie Neveus optræden. *Hun befinder sig altså stadig inde i bygningen?*

"Få det ordnet," beordrede Fache. "Jeg vil have Langdon og Neveu på kornet når jeg er tilbage."

Idet lastbilen kørte af sted igen, samlede Fache sine mænd omkring sig. Robert Langdon havde vist sig at være et snu bytte og med hjælp fra kommissær Neveu, ville han være langt sværere at trænge op i en krog end først antaget.

Fache besluttede sig for ikke at tage nogen chancer.

Han helgarderede sin indsats og beordrede halvdelen af sine mænd tilbage til Louvre. Den anden halvdel sendte han hen for at bevogte det eneste sted i Paris hvor Robert Langdon ville kunne komme i sikkerhed.

KAPITEL 28

Inde i Salle des Etats stod Langdon og stirrede forundret på de seks selv-lysende ord på plexiglasset. Teksten så ud som om den svævede frit i rummet, og den kastede en takket skygge hen over *Mona Lisas* hemmelighedsfulde smil.

"Priory," hviskede Langdon. "Det her beviser, at din bedstefar var medlem!" Sophie så forvirret på ham. "*Forstår* du det, der står?"

"Det er ikke til at tage fejl af," sagde Langdon og nikkede mens hans tanker kørte rundt i hovedet på ham. "Det er en proklamering af en af Priory's mest fundamentale livsanskuelser!"

Sophie så forbløffet ud i skæret af den lysende besked der stod skrevet hen over *Mona Lisas* ansigt.

SO DARK THE CON OF MAN[1]

"Sophie," sagde Langdon, "Broderskabets traditioner som skal sikre gudindedyrkelsen for evigt, udspringer af en overbevisning om at magtfulde mænd der tilhørte den tidlige kristne kirke 'bedrog' verden ved at udbrede løgne der fik kvinden til at stå i et dårligt lys, og på den måde fik de vægt-skålen til at tippe til fordel for det maskuline køn."

Sophie sagde ikke et ord, hun stod blot og stirrede på ordene.

"Broderskabet mener at det lykkedes Konstantin den Store og hans mand-lige efterfølgere at omvende verden fra matriarkalsk hedenskab til patriarkalsk kristendom ved at igangsætte en propagandakampagne der djævlegjorde den hellige kvinde og udslettede gudinden fra moderne religion for altid."

Sophies udtryk forblev skeptisk. "Min bedstefar sendte mig herhen for at finde det her. Der må være mere end *det,* han prøver at fortælle mig."

Langdon forstod hvad hun mente. *Hun tror at dette er endnu en kode.* Langdon kunne ikke umiddelbart afgøre om der også lå en skjult betydning gemt i denne meddelelse. Han var stadig i færd med at bryde sin hjerne med Saunières bogstavelige beskeds iøjnefaldende klarhed.

---

[1] Så dunkelt er menneskets bedrag.

So dark the con of man. Han gentog beskeden for sig selv. *Virkelig dunkelt.*

Ingen kunne benægte at den moderne kirke gjorde uendeligt meget godt i vores problemfyldte verden i dag, men samtidig havde kirken en svigefuld og voldelig fortid. De brutale korstog der skulle "omskole" hedenske og kvinde-dyrkende religioner, strakte sig over tre århundreder, og metoderne der blev anvendt var lige så udspekulerede som de var rædselsvækkende.

Den Katolske Inkvisition udgav en bog der muligvis ville kunne kaldes det mest bloddryppende skrift i menneskets historie. *Malleus Maleficarum* – *Heksehammeren* - indoktrinerede verden til at tro på "faren ved kvindelig fritænkning", og den instruerede gejstligheden i hvordan de skulle finde, torturere og tilintetgøre de farlige kvinder. Blandt dem der blev dømt som "heks" af kirken var alle kvindelige videnskabsfolk, præster, sigøjnere, mystikere, naturelskere, urtesamlere og enhver kvinde der var "i mistænkelig harmoni med naturen." Også jordemødre blev slået ihjel for deres kætterske metoder hvor de anvendte medicinsk viden til at lindre fødselssmerter – en lidelse som kirken hævdede var Guds retfærdige straf for Evas bid af æblet fra Kundskabens træ, og på den måde blev grunden lagt for begrebet *arvesynden.* Gennem tre år-hundreder med heksejagt brændte kirken fem *millioner* kvinder på bålet.

Propagandaen og blodbadet virkede.

Den moderne verden var et levende bevis.

Kvinden der engang var blevet hyldet som en uundværlig halvdel i den åndelige oplysning, var blevet forvist fra verdens templer. Der var ingen kvindelige ortodokse rabbinere, katolske præster eller islamiske imamer. Hieros Gamos engang hellige handling – den naturlige, seksuelle forening mellem mand og kvinde hvorigennem de begge blev et åndeligt hele – var blevet forkastet som en skamfuld handling. Hellige mænd som engang havde haft behov for den sanselige forening med deres kvindelige sidestykke for at blive ét med Gud, frygtede nu at deres naturlige seksuelle drifter var djævlens værk i samarbejde med hans foretrukne medsammensvorne – *kvinden.*

Ikke engang den feminine tilknytning til *venstre* side slap for kirkens bag-vaskelse. I Frankrig og Italien fik ordene for "venstre" – *gauche* og *sinistra* – markant negative undertoner, mens deres sidestykke "højre" klingede af ret-skaffenhed, dygtighed og rigtighed. Endnu den dag i dag blev radikale tanker anset for at være *venstre*orienterede, og begrebet *sinister* blev anvendt i en betydning der dækkede alt ildevarslende.

Gudindens dage var forbi. Pendulet havde svinget. Moder jord var blevet en mandsdomineret verden, og guderne for krig og ødelæggelse krævede deres ofre. Det maskuline ego havde uhindret regeret to årtusinder i træk uden medvirken af dets kvindelige sidestykke. Priory of Sion mente at udslettelsen af den hellige kvinde i det moderne liv havde medført det, som Hopiindianerne kaldte *koyanisquatsi* – "et liv ude af balance" – en ustabil situation præget af testosteron-drevne krige, en overflod af kvindehadende samfund og en voksende mangel på respekt over for moder jord.

"Robert," sagde Sophie og hendes hvisken rykkede ham ud af hans tanker. "Der kommer nogen!"

Han hørte lyden af fodtrin der nærmede sig ude i korridoren.

"Kom herover!" Sophie slukkede den ultraviolette lygte og forsvandt for øjnene af Langdon.

Et øjeblik følte han sig totalt blind. *Hvor over?* Da hans øjne vænnede sig til mørket, fik han øje på omridset af Sophie der bevægede sig ind mod midten af rummet og forsvandt ud af syne idet hun dykkede ned bag den ottekantede sofa. Han skulle til at styrte efter hende da han blev stoppet af en rungende stemme.

"*Arrêtez!*" råbte en mand henne fra døråbningen.

Sikkerhedsvagten gik ind gennem døren til Salle des Etats med en pistol i strakt arm, rettet mod Langdons brystkasse.

Langdon mærkede at hans arme uvilkårligt røg i vejret.

"*Couchez-vous!*" beordrede vagten. "*Læg Dem ned!*"

Få sekunder senere lå Langdon på maven med ansigtet mod gulvet og armene ud til begge sider. Vagten skyndte sig over til ham og sparkede hans ben fra hinanden.

"*Mauvaise idée, Monsieur Langdon,*" sagde han idet han pressede pistolen hårdt ind i ryggen på Langdon. "*Mauvaise idée.*"

Som Langdon lå der med ansigtet mod gulvet og arme og ben spredt ud til hver side, kunne han ikke undgå at bemærke det ironiske ved den stilling han lå i. Da Vincis *Vitruvianske Mand*, tænkte han. *På maven.*

KAPITEL 29

I Saint-Sulpice var Silas i færd med at bære den tunge jernlysestage der stod på alteret hen til obelisken. Dens skaft ville fint kunne fungere som rambuk. Idet han kiggede undersøgende på den grå marmorplade der dækkede det formodede hulrum under gulvet, gik det op for ham at han ikke ville kunne knuse den uden at lave et enormt spektakel.

Jern mod marmor. Ekkoet ville få det hvælvede loft til at løfte sig.

Ville nonnen høre ham? Hun burde være faldet i søvn nu. Det var dog ikke en risiko Silas havde tænkt sig at løbe. Han kiggede sig om efter et klæde til at vikle om enden af jernskaftet, men kunne ikke få øje på andet end alterdugen som han nægtede at smudse til. *Min kappe,* tænkte han. Velvidende at han var alene i den store kirke, bandt Silas sin kappe op og smøg sig ud af den. Da han tog den af, mærkede han et stik af smerte eftersom uldstoffet hang fast i de friske sår på hans ryg.

Silas stod nu helt nøgen – med undtagelse af sit lændebælte – og viklede sin kappe om enden af jernskaftet. Derefter sigtede han mod midten af gulvflisen og jog stangen ned i den. En dump lyd. Stenen gik ikke i stykker. Han jog igen stangen ned i den. Igen en dump lyd, men denne gang fulgt af et knæk. På tredje forsøg knustes marmorpladen endelig, og hulrummet under gulvet blev bestrøet med små stenstumper.

Et lille lukket rum!

Silas fjernede hurtigt stenresterne fra åbningen og kiggede ned i hullet. Blodet susede rundt i kroppen på ham idet han knælede ved siden af hullet. Han rakte sin blege, nøgne arm frem og stak den ned i hullet.

Først kunne han ikke mærke noget. Der var ikke noget på bunden af hulrummet bortset fra knust sten. Men da han lod hånden glide længere ind under rosenlinjen, mærkede han noget! En lille, tyk stentavle. Hans fingre greb om kanten af den, og han løftede den forsigtigt op. Idet han stod og så undersøgende på sit fund, gik det op for ham at det han stod med i hånden var en groft udhugget stenplade med indgraverede ord. Et øjeblik følte han sig som en moderne Moses.

Da Silas læste ordene på tavlen, fyldtes han af forundring. Han havde forventet at slutstenen var et kort eller en kompliceret række af anvisninger, måske endda i koder. Men slutstenen bar derimod en helt simpel inskription.

Job 38:11

Et bibelvers? Silas var målløs over den ufattelige enkelhed. Blev det hemmelige skjulested af det de søgte afsløret i et bibelvers? Der var åbenbart ingen grænser for broderskabets hån mod de retskafne!

Jobs Bog. Kapitel otteogtredive. Vers elleve.

Selvom Silas ikke kunne huske det præcise indhold af vers elleve udenad, vidste han at Jobs Bog fortalte historien om en mand hvis tro på Gud overlevede gentagne prøvelser. Meget passende, tænkte han og kunne dårligt styre sine følelser.

Han kunne ikke lade være med at smile da han så sig tilbage over skulderen og fulgte den funklende rosenlinje med øjnene. Der, oven på alteret, i et forgyldt stativ, lå en stor læderindbundet Bibel.

Oppe på balkonen sad Søster Sandrine og rystede. For et øjeblik siden da hun havde været på vej til at flygte for at udføre sin ordre, havde manden nede i kirken pludselig taget sin kappe af. Da hun så hans kridhvide hud, var hun blevet overvældet af rædsel og rådvildhed. Mandens brede, blege ryg var dækket af blodrøde striber. Selv derfra hvor hun sad, kunne hun se at sårene var friske.

Manden er nådesløst blevet pisket!

Hun kunne også se det blodige *cilice*-bælte om hans lår og det bloddryppende sår under det. *Hvilken Gud ville ønske at se menneskets krop straffet på den måde?* Søster Sandrine vidste, at hun aldrig ville komme til at forstå Opus Dei's ritualer. Men det var næppe hendes største bekymring i dette øjeblik. *Opus Dei leder efter slutstenen.* Søster Sandrine havde ingen anelse om hvordan de havde fået kendskab til den, men hun vidste også at hun ikke havde tid til at spekulere over det nu.

Den blodige mand var nu i færd med stille og roligt at binde sin kappe igen, hvorefter han gik over mod Bibelen på alteret med sin skat knuget ind til sig.

Søster Sandrine holdt vejret, forlod balkonen og skyndte sig ned gennem gangen til sit værelse. Hun løb hen til sengen, lagde sig på alle fire, stak hånden ind under madrassen og trak den forseglede konvolut frem som hun havde gemt under madrassen for mange år siden.

Hun åbnede den og fandt fire telefonnumre – alle i Paris.

Rystende begyndte hun at trykke det første nummer.

*

Nede i kirken lagde Silas stentavlen på alteret og greb ivrigt den læderindbundne Bibel. Hans lange hvide fingre var svedige idet han vendte siderne. Han bladrede gennem Det Gamle Testamente og fandt frem til Jobs Bog. Han fandt kapitel otteogtredive. Idet han lod sin finger glide ned over teksten tænkte han på ordene han skulle læse lige straks.

De vil vise vejen!

Han fandt vers elleve og læste teksten. Den bestod blot af syv ord. Forvirret læste han den igen og fornemmede straks at noget var helt galt. Verset lød ganske enkelt:

HERTIL MÅ DU KOMME, IKKE LÆNGERE

Sikkerhedsvagten, Claude Grouard, dirrede af raseri da han stod over sin fange der lå på gulvet foran *Mona Lisa. Det dumme svin slog Jacques Saunière ihjel!* Saunière havde været som en højtelsket far for Grouard og hans hold af sikkerhedsvagter.

Der var ikke noget Grouard havde mere lyst til end at trykke på aftrækkeren og begrave en kugle i ryggen på Robert Langdon. Som overordnet var Grouard en af de få vagter der var bevæbnet. Han mindede dog sig selv om at det at slå Langdon ihjel ville være en barmhjertig handling i forhold til det han snart måtte lide når Bezu Fache og det franske fængselssystem fik fingrene i ham.

Grouard trak sin walkie-talkie op af bæltet og forsøgte at tilkalde forstærkning. Det eneste han hørte var en skratten. Det forøgede elektroniske overvågningsudstyr i dette rum forstyrrede altid vagternes kommunikationsudstyr. *Jeg er nødt til at bevæge mig over mod døråbningen.* Grouard begyndte at gå baglæns over mod indgangen, stadig med pistolen rettet mod Langdon. Da han var nået tre skridt væk fik han øje på noget der fik ham til at stoppe brat op.

Hvad fanden er det!

Et uforklarligt syn dukkede op inde i midten af salen. En silhuet. Var der flere i salen? En kvinde bevægede sig gennem mørket, hun gik målrettet over mod den venstre væg. En rødlig lyskegle svingede frem og tilbage over gulvet foran hende som om hun ledte efter noget med en farvet lommelygte.

"Qui est là?" råbte Grouard og mærkede hvordan adrenalinet for anden gang på et halvt minut drønede rundt i hans krop. Pludselig vidste han ikke længere hvem han skulle sigte på, og hvor han skulle gå hen.

"PTS," svarede kvinden roligt og fortsatte med at undersøge gulvet med lygten.

Police Technique et Scientifique. Grouard var begyndt at svede. *Jeg troede at alle betjente havde forladt stedet!* I samme øjeblik gik det op for ham at det rødlige lys rent faktisk var ultraviolet, hvilket stemte med det han vidste at politiets teknikere brugte, men han kunne alligevel ikke forstå at kriminalpolitiet skulle være i færd med at lede efter bevismateriale herinde.

"*Votre nom!*" råbte Grouard eftersom hans sjette sans fortalte ham at der var noget galt. "*Réspondez!*"

"*C'est moi,*" svarede stemmen roligt på fransk. "*Sophie Neveu.*"

Et fjernt sted i sin hukommelse genkendte Grouard navnet. *Sophie Neveu?* Det hed Saunières barnebarn, gjorde hun ikke? Hun plejede at komme her som barn, men det var mange år siden. *Det kunne umuligt være hende!* Og selvom det skulle vise sig at være Sophie Neveu, var det næppe nogen grund til at stole på hende; Grouard havde hørt rygterne om det smertefulde opgør mellem Saunière og hans barnebarn.

"De kender mig," sagde kvinden. "Og Robert Langdon har ikke slået min bedstefar ihjel. Tro mig."

Grouard havde ikke tænkt sig at tage det for pålydende. *Jeg har brug for forstærkning!* Han prøvede endnu en gang sin walkie-talkie, men der lød stadig ikke andet end skratten. Der var stadig godt tyve meter hen til indgangen bag ham, og idet han langsomt begyndte at gå baglæns, valgte han fortsat at have sin pistol rettet mod manden på gulvet. Mens Grouard gik bagud kunne han se at kvinden længere nede i salen løftede sin ultraviolette lygte og stod og granskede et stort maleri der hang på den modsatte side af Salle des Etats – lige over for *Mona Lisa.*

Grouard gispede, da det gik op for ham, hvad det var for et maleri.

Hvad i alverden er det, hun laver?

Sophie Neveu mærkede koldsveden på sin pande. Langdon lå stadig på gulvet med spredte arme og ben. *Hold ud, Robert. Jeg er der næsten.* Velvidende at vagten, når det kom til stykket, aldrig kunne finde på at skyde nogen af dem, begyndte Sophie at koncentrere sig om den foreliggende opgave og gav sig i kast med at undersøge området omkring et andet ganske særligt mesterværk – et andet Da Vinci-maleri. Det ultraviolette lys afslørede dog ikke noget usædvanligt. Hverken på gulvet, på væggen eller på selve lærredet.

Der må være et eller andet her!

Sophie var fuldstændig overbevist om at hun havde forstået sin bedstefars intention korrekt.

Hvad kunne han ellers have ment?

Mesterværket Sophie omhyggeligt stod og undersøgte var et halvanden meter højt maleri. Den bizarre scene Da Vinci havde malet, omfattede en underligt placeret Jomfru Maria siddende med Jesusbarnet i favnen, Johannes Døberen og englen Gabriel – alle placeret på et farefuldt klippefremspring. Da Sophie var barn, var intet besøg hos *Mona Lisa* fuldendt før hendes bedstefar havde hevet hende over i den anden side af salen for at se dette maleri.

Grand-père, jeg står her nu! Men jeg kan ikke få øje på noget!

Sophie kunne høre at vagten bag hende igen forsøgte at tilkalde hjælp.

'Tænk!

Hun tænkte på beskeden der stod skrevet på *Mona Lisas* beskyttende plexiglas. *So dark the con of man.* Billedet foran hende var ikke udstyret med en beskyttende glasplade der ville kunne være skrevet en besked på, og Sophie vidste at hendes bedstefar aldrig ville kunne finde på at skæmme dette mesterværk ved at skrive på selve maleriet. Det gav et sæt i hende. *I det mindste ikke på forsiden.* Hun løftede blikket og fulgte de lange wirer der hang ned fra loftet og holdt billedet.

Kunne det være svaret? Hun greb om venstre side af den udskårne træramme og trak den frem mod sig. Maleriet var stort, og bagbeklædningen gav sig da hun hev det ud fra væggen. Sophie lod hoved og skuldre glide om bag maleriet og løftede den ultraviolette lygte for at inspicere bagsiden.

Der gik blot et par sekunder før det gik op for hende at hun havde taget fejl. Bagsiden af maleriet var bleg og tom. Der var ingen selvlysende tekst, kun den brogede brune bagside af et aldrende lærred og –

Vent – hvad var det?

Sophies fæstede sit blik ved en besynderlig glimten af noget blankt metal nede ved kanten af trærammen. En lille genstand var delvist kilet ned i mellemrummet mellem lærredet og rammen. Der hang en glinsende guldkæde ned fra den.

Til Sophies store overraskelse hang kæden fast i en guldnøgle der virkede bekendt. Det brede greb havde form som et kors og var dekoreret med et indgraveret symbol hun ikke havde set siden hun var ni år gammel. En fleur-de-lis og initialerne P.S. I det øjeblik mærkede Sophie sin bedstefars genfærd hviske til hende. *Når tiden er inde vil nøglen blive din.* Hun fik en klump i halsen da det gik op for hende at hendes bedstefar selv i dødens stund havde holdt sit løfte. *Dette er nøglen til en boks,* lød hans stemme, *en boks hvor jeg gemmer mange hemmeligheder.*

Sophie indså at denne nøgle var målet med alle aftenens ordlege. Hendes bedstefar havde haft den på sig da han blev dræbt. Han havde ikke ønsket at den skulle falde i politiets hænder og havde derfor gemt den bag dette maleri. Derefter havde han udtænkt en sindrig skattejagt for at sikre sig at kun Sophie ville kunne finde den.

"Au secours!" lød sikkerhedsvagtens stemme.

Sophie greb nøglen og lod den glide dybt ned i sin lomme sammen med

UV-lommelygten. Da hun kiggede frem fra lærredet, kunne hun se at vagten stadig desperat forsøgte at få fat i nogen over walkie-talkien. Han gik baglæns over mod indgangen, stadig med pistolen rettet mod Langdon.

"*Au secours!*" råbte han igen ind i radioen.

Der lød en skratten.

Det gik op for Sophie at der ikke var noget signal herinde, idet hun kom i tanke om at mange turister ofte blev frustrerede når de udstyret med en mobiltelefon forgæves forsøgte at ringe hjem for at prale med at de stod og så på *Mona Lisa*. De ekstra alarmkabler i væggene gjorde det fuldstændig umuligt at få noget signal inde i salen. Vagten bevægede sig nu hurtigt baglæns i retning af døren, og Sophie var klar over at hun måtte handle hurtigt.

Idet Sophie kastede et blik på det store maleri hun stod halvvejs skjult bag, gik det op for hende at Leonardo da Vinci for anden gang i aften kom hende til hjælp.

Kun et par meter endnu, sagde Grouard til sig selv og holdt fortsat pistolen op foran sig.

"*Arrêtez! Ou je la détruis!*" Kvindens stemme gav genlyd gennem rummet.

Grouard kiggede over mod hende og stoppede brat. "*Mon dieu, non!*"

Gennem den rødlige tåge kunne han se at kvinden rent faktisk havde løftet det store maleri fri af krogene der holdt det og stillet det på gulvet foran sig. Det halvanden meter høje maleri dækkede næsten hele hendes krop. Grouards første indskydelse var hvorfor i alverden alarmen ikke var gået i gang da hun havde frigjort maleriet, men i samme øjeblik gik op for ham at alarmsystemet endnu ikke var blevet slået til igen. *Hvad er det hun gør!*

Da han så det, frøs blodet i hans årer.

Lærredet begyndte at bule ud på midten, og det skrøbelige omrids af Jomfru Maria, Jesusbarnet og Johannes Døberen blev mere og mere forvredet.

"*Non!*" skreg Grouard, stiv af rædsel idet han så det uvurderlige Da Vinci værk blive mishandlet for øjnene af ham. Kvinden pressede sit knæ mod midten af lærredets bagside! "*NON!*"

Grouard styrtede over mod hende og sigtede, men i samme øjeblik gik det op for ham at det var en tom trussel. Selvom lærredet kun var et stykke stof, var det totalt uigennemtrængeligt – et skjold til seks millioner dollars.

Jeg kan ikke skyde gennem et Da Vinci-værk!

"Læg Deres pistol og Deres radio fra Dem," sagde kvinden roligt på fransk, "ellers presser jeg mit knæ gennem maleriet. Jeg tror, De er klar over, hvad min bedstefar ville have syntes om det."

Det svimlede for Grouard. "Nej... vil De ikke nok lade være. Det er *Madonna of the Rocks!*" Han lagde radioen og pistolen på gulvet og løftede armene op over hovedet.

"Tak," sagde kvinden. "Nu skal De blot gøre præcis som jeg siger, så sker der ikke noget."

Et øjeblik senere løb Langdon, stadig med bankende hjerte, i hælene på Sophie ned ad brandtrappen ned mod den nederste etage. Ingen af dem havde sagt et ord siden de forlod den skrækslagne sikkerhedsvagt, liggende på maven i Salle de Etats. Vagtens pistol befandt sig i Langdons hånd, og han kunne ikke vente til han kunne smide den fra sig. Våbnet virkede foruroligende tungt og fremmed.

Mens Langdon styrtede ned ad trappen, spekulerede han på om Sophie var klar over hvor værdifuldt det maleri var som hun næsten havde ødelagt. Hendes kunstvalg virkede uhyggeligt passende i relation til aftenens begivenheder. Det Da Vinci-værk hun havde haft fat i var ligesom *Mona Lisa* vidt berygtet blandt kunsthistorikere for dets overflod af skjulte hedenske symboler.

"Det var et værdifuldt gidsel, du valgte dig," sagde han mens de løb.

"*Madonna of the Rocks*," svarede hun. "Ja, men det var ikke mig, der valgte det, det var min bedstefar. Han havde gemt noget til mig bag maleriet."

Langdon kastede et forbavset blik på hende. "Hvad!?" Men hvordan vidste du, hvilket billede du skulle lede ved? Hvorfor lige *Madonna of the Rocks?*"

"So dark the con of man." Hun sendte ham et triumferende smil. "Jeg overså de to første anagrammer, Robert. Jeg havde ikke tænkt mig at gøre det igen."

KAPITEL 31

"De er døde!" stammede Søster Sandrine ind i telefonrøret på sit værelse i Saint-Sulpice. Hun var i færd med at indtale en besked på en telefonsvarer. "Vil De ikke nok tage telefonen! De er døde alle sammen!"

De første tre numre på listen havde givet skræmmende resultater – en hysterisk enke, en kriminalbetjent på overarbejde på et gerningssted, og en bedrøvet præst der forsøgte at trøste en oprevet familie. Alle tre kontaktpersoner var døde. Og nu hvor hun ringede til det fjerde og sidste nummer – det nummer hun kun skulle ringe til hvis hun ikke kunne få fat i nogen af de andre tre – fik hun fat i en telefonsvarer. Den indledende besked oplyste ikke noget navn, men bad blot den der ringede om at indtale en besked.

"Gulvflisen er blevet knust!" Hun bad indtrængende til at der blev svaret, mens hun indtalte beskeden. "De tre andre er døde!"

Søster Sandrine kendte ikke identiteten på de fire mænd hun beskyttede, men hun vidste at de private numre der havde ligget skjult under hendes madras kun skulle bruges i et eneste tilfælde.

Hvis denne gulvflise nogensinde bliver knust, havde det anonyme sendebud sagt til hende, *betyder det at første led er blevet brudt. En af os er blevet truet på livet og er blevet tvunget til at fortælle en nødløgn. Ring til disse numre. Advar de andre. Svigt os ikke.*

Det var en stum alarm. Idiotsikker i sin enkelhed. Planen havde forbløffet hende første gang hun hørte den. Hvis en af brødrenes identitet blev afsløret, og han blev bragt i fare, ville han kunne fortælle en løgn som ville sætte en mekanisme i gang der ville advare de andre. I nat virkede det dog som om der var mere end én der var blevet afsløret og bragt i fare.

"Vil De ikke nok tage telefonen," hviskede hun skrækslagen. "Hvor er De?"

"Læg røret på," lød en dyb stemme bag hende.

Hun vendte sig rædselsslagen om og så den store munk stå i døråbningen. Han stod med den tunge jernlysestage i hånden. Rystende lagde hun røret på.

"De er døde," sagde munken. "Alle fire. Og de har gjort mig til grin. Fortæl mig hvor slutstenen er."

"Det ved jeg ikke!" sagde Søster Sandrine oprigtigt. "Dens hemmelige skjulested bevogtes af andre." *Og de andre er døde!*

Manden nærmede sig, og hans hvide fingre spændtes om jernskaftet. "De er en af kirkens søstre, og alligevel tjener De dem?"

"Jesus havde kun ét sandt budskab," sagde Søster Sandrine trodsigt, "og jeg kan ikke se det budskab i Opus Dei."

En pludselig eksplosion af vrede brød ud i munkens øjne. Han kastede sig fremad og slog om sig med lysestagen som en kølle. Da Søster Sandrine blev ramt, var det sidste hun mærkede en bølge af fortvivlelse.

Alle fire er døde.

Den dyrebare sandhed er tabt for evigt.

KAPITEL 32

Alarmen i den vestlige ende af Denon-fløjen fik duerne i den nærliggende Tuileriehave til at lette i samme øjeblik som Langdon og Sophie styrtede ud af den enorme bygning, ud i den parisiske nat. Da de løb over pladsen til Sophies bil, kunne Langdon høre politisirener hyle i det fjerne.

"Det er den der," råbte Sophie og pegede på en kortnæset rød topersoners bil der holdt på parkeringspladsen.

Det er da forhåbentlig løgn! Køretøjet var absolut den mindste bil Langdon nogensinde havde set.

"SmartCar," sagde hun. "Hundrede kilometer på literen."

Langdon var dårligt nok kommet ind på passagersædet før Sophie gassede op og manøvrerede bilen op over en kantsten og hen over et grusbelagt skel. Langdon greb fat i frontpanelet idet bilen fløj hen over et fortov, landede med et bump og satte kursen mod inderbanen af rundkørslen ved Carrousel du Louvre.

Et kort øjeblik så det ud som om Sophie havde tænkt sig at skyde genvej tværs over rundkørslen, gennem hækken der omkransede midterrabatten for derefter at kløve den store cirkelformede græsplæne i to.

"Nej!" råbte Langdon, velvidende at hækken rundt om Carrousel du Louvre var der for at skjule det farefulde svælg i midten – *La Pyramide Inversée* – det omvendte pyramideformede ovenlysvindue han tidligere på aftenen havde set inde fra museet. Det var stort nok til at sluge den lille SmartCar i én mundfuld. Heldigvis besluttede Sophie sig for en mere traditionel rute; hun drejede skarpt til højre og fortsatte pænt rundt i rundkørslen indtil hun kørte fra ved den nordgående bane og drønede videre i retning af Rue de Rivoli.

Politisirenerne hylede højere og højere bag dem, og Langdon kunne nu se de blå blink i sidespejlet. Bilens motor jamrede i protest mens Sophie satte farten mere og mere op – med kurs væk fra Louvre. Halvtreds meter længere fremme skiftede lyskurven ved Rivoli til rødt. Sophie bandede lavmælt og fortsatte med høj fart hen mod den. Langdon mærkede hvordan hans muskler spændtes.

"Sophie?"

Sophie satte blot farten en lille smule ned idet de nærmede sig krydset, blinkede en enkelt gang med forlygterne, kiggede hurtigt til begge sider før hun igen trykkede på speederen og tog et skarpt venstresving gennem det øde kryds og kom ind på Rue de Rivoli. De fortsatte i fuld fart knap fem hundrede meter, hvorefter Sophie drejede til højre ind i en stor rundkørsel. Kort efter drønede de ud på den anden side, ud på Champs-Elysées.

De fortsatte ligeud, og Langdon vendte sig så godt han kunne i sædet for at kigge ud gennem bagruden ned mod Louvre. Det så ikke ud til at politiet var efter dem. Det blinkende blå lyshav havde samlet sig omkring museet.

Hans hjerteslag begyndte endelig at falde en smule til ro, og han vendte sig om igen. "Interessant kørsel."

Sophie så ikke ud som om hun hørte det. Hun stirrede koncentreret ud gennem forruden, ned gennem Champs-Elysées' lange allé, en tre kilometer lang strækning af blankpolerede forretningsfacader som ofte blev kaldt Paris' Fifth Avenue. Ambassaden lå blot halvanden kilometer derfra, og Langdon lænede sig tilbage i sædet.

So dark the con of man.

Sophies hurtige tankevirksomhed var imponerende.

Madonna of the Rocks.

Sophie havde sagt at hendes bedstefar havde lagt noget til hende bag maleriet. *En sidste besked?* Langdon kunne ikke andet end beundre Saunières geniale skjulested; *Madonna of the Rocks* var endnu et passende led i aftenens kæde af forbundet symbolik. Det virkede som om Saunière for hvert trin fremhævede sin betagelse af de mørke og drilagtige sider af Leonardo da Vinci mere og mere.

Oprindelig havde Da Vinci fået bestillingen på *Madonna of the Rocks* af en nonneorden ved navn Den Ubesmittede Undfangelse, som skulle bruge et maleri til midterstykket i altertavlen i deres San Francesco-kirke i Milano. Nonnerne gav Leonardo de nøjagtige mål og en specifikation af det ønskede tema i maleriet – Jomfru Maria, Johannes Døberen som barn, englen Gabriel og Jesusbarnet i ly i en grotte. Selvom Da Vinci havde fulgt deres anmodning, reagerede nonnerne med rædsel da han afleverede værket. Han havde fyldt billedet med foruroligende og sindsoprivende detaljer.

Maleriet viste Jomfru Maria iført en blå kåbe, siddende med et lille barn i sine arme, formodentlig Jesusbarnet. Over for Maria sad Gabriel også med et lille barn, formodentlig Johannes Døberen. Det underlige var dog at i stedet for den sædvanlige Jesus-velsigner-Johannes opstilling, så var det Johannes Døberen der velsignede Jesus – og Jesus underkastede sig hans autoritet! Hvad

144

der var endnu mere foruroligende var at Maria holdt sin hånd et stykke over hovedet på lille Johannes i en åbenlyst truende positur – hendes fingre lignede en ørneklo der greb om et usynligt hoved. Og endelig det mest iøjnefaldende og skræmmende ved billedet: Lige under Marias krumme fingre, foretog Gabriel en skærende bevægelse med sin hånd – som om han skar halsen over på det usynlige hoved som Maria holdt i sin klolignende hånd.

Langdons studerende morede sig altid over at høre at Da Vinci rent faktisk formildede nonneordenen ved at male en anden – langt mere afdæmpet – version af *Madonna of the Rocks*, hvor alle var placeret på en mere traditionel og anerkendt måde. Den afdæmpede version hang nu på National Gallery i London under titlen *Virgin of the Rocks*, men Langdon foretrak dog til enhver tid Louvres mere interessante, originale version.

"Hvad var der med maleriet – hvad var der bag det?" spurgte Langdon, mens Sophie lod bilen suse op gennem Champs-Elysées.

Hendes blik veg ikke fra vejen. "Jeg viser dig det så snart vi er kommet helskindet ind på ambassaden."

"*Viser* du mig det?" udbrød Langdon overrasket. "Havde han lagt en fysisk genstand til dig?"

Sophie gav et kort nik. "Udsmykket med en fleur-de-lis og initialerne P.S."

Langdon kunne ikke tro sine egne ører.

Vi klarer det, tænkte Sophie idet hun drejede skarpt til højre, skar hjørnet af ved det luksuøse Hôtel de Crillon og fortsatte ind i Paris' diplomatkvarter. Der var kun cirka en kilometer hen til ambassaden nu. Hun følte endelig at hun kunne trække vejret roligt igen.

Mens hun kørte, kredsede Sophies tanker om nøglen i hendes lomme, minderne vældede frem fra dengang for mange år siden hvor hun havde set den første gang, det gyldne greb der var formet som et ligearmet kors, den prismeformede stilk, de mange små fordybninger, det indgraverede blomstersymbol og bogstaverne P.S.

Selvom nøglen dårligt nok havde figureret i Sophies tanker de seneste år, havde hendes arbejde ved kriminalpolitiet lært hende en hel del om sikkerhed, så nu virkede nøglens specielle udformning ikke længere så mystisk. *En laserudskåret, elektronisk indkodet nøgle. Umulig at kopiere.* I stedet for takker der bevægede en slå blev denne nøgles komplekse rækker af laserudskårne fordybninger aflæst af en elektronisk scanner. Hvis scanneren afgjorde at de sekskantede fordybninger lå med rette mellemrum, rette placering og rette mønster, ville låsen gå op.

Sophie havde ingen anelse om hvor sådan en nøgle ville passe, men hun fornemmede at Robert ville kunne fortælle hende det. Han havde trods alt kunnet beskrive nøglens indgraverede symbol uden nogensinde at have set det. Korset for enden antydede at nøglen tilhørte en eller anden form for kristen organisation, men Sophie kendte dog ikke til nogen kirker der var udstyret med laserudskårne, elektronisk indkodede nøgler.

Desuden var min bedstefar ikke kristen…

Det havde Sophie set bevis på for ti år siden. Ironisk nok var det en anden nøgle – en langt mere almindelig en – der havde afsløret hans virkelige natur for hende.

Det havde været en varm eftermiddag da hun landede i Charles de Gaulle-lufthavnen i Paris og havde taget en taxa hjem. *Grand-père bliver så overrasket over at se mig,* tænkte hun. Sophie var vendt hjem fra universitetet i England på ferie et par dage før forventet, og kunne ikke vente med at se sin bedstefar og fortælle ham alt om de krypteringsmetoder hun studerede.

Men da hun ankom til deres hjem i Paris, var hendes bedstefar der ikke. Hun var skuffet selvom hun var klar over at han ikke vidste at hun ville komme og sikkert var på arbejde på Louvre. Men det var lørdag eftermiddag, og hun vidste at han meget sjældent arbejdede i weekenderne. I weekenderne plejede han –

Med et smil om munden løb Sophie ud til garagen, og ganske rigtigt var hans bil væk. Det var weekend. Jacques Saunière hadede bykørsel, og der var kun én grund til at han var bilejer – hans fritids-*château* i Normandiet, nord for Paris. Efter i månedsvis at have opholdt sig i Londons mylder, var Sophie ivrig efter at mærke duften af naturen og indlede sin ferie straks. Det var stadig kun først på aftenen, og hun besluttede sig for at tage af sted med det samme og overraske ham. Hun lånte en bil af en af sine venner og kørte nordpå gennem det øde landskab ved Creully. Hun nåede frem lidt over ti og drejede ned ad den lange private indkørsel der førte mod hendes bedstefars foretrukne tilflugtssted. Indkørslen var over halvanden kilometer lang, og hun var halvvejs nede ad den før hun kunne begynde at skimte huset mellem træerne – et kæmpemæssigt gammelt stenchâteau omringet af skov for foden af en bakke.

Sophie havde halvvejs forventet at finde sin bedstefar sovende på denne tid af døgnet og var glad for at se at huset var fuld af lys. Hendes glæde blev dog til forundring da hun kom frem og så at der i den sidste del af indkørslen var parkeret den ene bil efter den anden – Mercedes'er, BMW'er, Audi'er og en Rolls-Royce.

Sophie stirrede på bilerne og begyndte at grine. *Min bedstefar – den berømte eneboer!* Jacques Saunière var åbenbart ikke nær så meget eneboer som han gerne lod som om. Han holdt åbenbart fest mens Sophie var langt væk, og i betragtning af bilerne der holdt udenfor, var det med deltagelse af Paris' mest indflydelsesrige personer.

Ivrig efter at overraske ham skyndte hun sig hen til hoveddøren. Da hun nåede derhen, mærkede hun at den var låst. Hun bankede på. Der var ingen der lukkede op. Undrende gik hun om på den anden side af huset og prøvede bagdøren. Den var også låst. Og ingen svarede.

Forvirret stod hun stille et øjeblik og lyttede. Det eneste hun kunne høre var den friske landluft der gav en klagende lyd idet den susede gennem dalen.

Ingen musik.

Ingen stemmer.

Ingenting.

Sophie skyndte sig om på den anden side af huset, kravlede op på en brændestabel og kiggede ind gennem stuevinduet. Synet der mødte hende gav ingen mening.

"Der er ikke nogen derinde!"

Hele stueetagen lå øde hen.

Hvor er de henne alle sammen?

Med bankende hjerte løb Sophie hen til brændeskuret hvor hun vidste at hendes bedstefar gemte en reservenøgle under kassen med pindebrænde. Hun løb tilbage til hoveddøren og låste sig ind. Idet hun trådte ind, begyndte den røde lampe på tyverialarmen at blinke som tegn på at der var ti sekunder til at trykke den korrekte kode før alarmen ville gå i gang.

Har han slået alarmen til når han har gæster?

Sophie trykkede hurtigt koden og slog alarmsystemet fra.

Hun gik ind og så at hele huset lå øde hen. Også ovenpå. Da hun gik ned i den tomme stue igen, stod hun stille et øjeblik og spekulerede på hvad i alverden forklaringen kunne være.

Det var i det øjeblik at Sophie hørte det.

Dæmpede stemmer. Og det virkede som om de kom nedefra. Sophie havde svært ved at tro det. Hun lagde sig på knæ, lagde øret mod gulvet og lyttede. Jo, lyden kom helt sikkert dernede fra. Det lød som om stemmerne sang – eller snarere *messede* i kor? Hun blev bange. Hvad der næsten var mere uhyggeligt end stemmerne i sig selv var at der ikke var nogen kælder under huset.

I hvert fald ikke en kælder som jeg har set.

Sophie rejste sig og kiggede rundt i stuen. Hendes blik faldt på den eneste genstand i rummet der ikke hang som den plejede – hendes bedstefars yndlingsantikvitet: En spraglet Abusson-gobelin. Den plejede at hænge på væggen ved siden af pejsen, men i aften var den blevet trukket til side på messingstangen så væggen bag den kom til syne.

Da Sophie gik over mod den træbeklædte væg, fornemmede hun at de messende stemmer tog til i styrke. Tøvende lagde hun øret mod trævæggen. Stemmerne var tydeligere nu. Der var uden tvivl tale om folk der messede i kor – opremsede ord som Sophie ikke kunne tyde.

Der er et hulrum bag den her væg!

Sophie følte sig frem langs kanten af panelet og fandt et forsænket greb. Det var udformet med stor behændighed. *En skydedør!* Med bankende hjerte placerede hun fingrene i rillerne og trak til. Uden en lyd gled den tunge væg til side. Stemmerne strømmede op nede fra mørket.

Sophie smuttede gennem åbningen og befandt sig pludselig på en groft udhugget stentrappe der snoede sig nedad som en spiral. Hun var kommet i huset siden hun var barn, men havde ikke haft den fjerneste anelse om at den trappe eksisterede!

Luften blev køligere jo længere hun kom ned – og stemmerne tydeligere. Hun kunne både høre mænd og kvinder. Hendes udsyn var begrænset af trappens spiralform, men det nederste trin kom nu til syne. Foran det kunne hun se et lille stykke af kældergulvet – sten, oplyst af et flakkende orangegult skær fra levende lys.

Sophie holdt vejret, gik et par trin længere ned og bukkede sig for bedre at kunne se. Det tog hende adskillige sekunder at opfange det syn der mødte hende.

Rummet var en grotte – et kammer med rå vægge der så ud til at være hugget ind i skråningens granit. Det eneste lys kom fra fakler på væggen. I skæret fra faklerne kunne Sophie se omkring tredive mennesker stå i en rundkreds i midten af rummet.

Det er noget jeg drømmer, sagde Sophie til sig selv. *En drøm. Hvad kan det ellers være?*

Alle i rummet bar maske. Kvinderne var iført florlette hvide kjoler og gyldne sko. Deres masker var hvide, og de stod alle med gyldne kugler i hænderne. Mændene bar lange sorte tunikaer, og deres masker var sorte. De lignede brikker i et kæmpemæssigt skakspil. Alle i rundkredsen stod og rokkede frem og tilbage samtidig med at de messede i kor, i ærbødighed for noget på gulvet foran dem – noget som Sophie ikke kunne se.

De messende stemmer tog igen til i styrke. Og hastighed. De dundrede af sted. Hurtigere. Deltagerne trådte et skridt ind mod midten og knælede. I det øjeblik kunne Sophie endelig se hvad de alle var vidne til. Allerede da hun med rædsel veg tilbage, fornemmede hun at synet havde brændt sig fast på hendes nethinde for altid. Grebet af væmmelse vendte hun sig om og tumlede op ad trappen mens hun forsøgte at hage sig fast til den grove stenvæg. Hun trak døren i, forlod huset og kørte nærmest i trance og med tårer i øjnene tilbage til Paris.

Hendes liv var spoleret af desillusion og bedrag, og samme nat pakkede hun sine ejendele og forlod hjemmet. Hun efterlod en seddel på spisebordet.

JEG VAR DER. DU SKAL IKKE PRØVE AT OPSØGE MIG.

Ved siden af sedlen lagde hun den gamle reservenøgle til hendes bedstefars château.

"Sophie!" lød Langdons stemme. "Stop! *Stop!*"

Idet hun blev revet ud af sine tanker, trådte Sophie hårdt på bremsen. Bilen skred et stykke og stoppede så brat. "Hvad er der? Hvad er der sket?"

Langdon pegede ned ad den lange vej foran dem.

Sophie stivnede da hun fik øje på det; cirka hundrede meter længere fremme var vejen spærret af to politibiler der holdt på tværs – deres hensigt var åbenlys. *De har spærret adgangen til Avenue Gabriel!*

Langdon sukkede dybt. "Jeg går ud fra at ambassaden er ude af billedet i aften?"

Længere nede ad vejen stod de to betjente der var steget ud af deres biler nu og stirrede ned mod dem – de undrede sig tydeligvis over at et par for-lygter var stoppet så brat op længere nede ad vejen.

Okay, Sophie, nu vender du bilen lige så stille og roligt.

Hun satte bilen i bakgear, lavede roligt en trepunktsvending og kørte tilbage i den retning de var kommet fra. Idet hun kørte væk, hørte hun lyden af hvinende dæk bag dem og kort efter sirener, der begyndte at hyle.

Sophie bandede højlydt og trådte speederen i bund.

KAPITEL 33

Sophies SmartCar drønede gennem diplomatkvarteret og fløj forbi ambassader og konsulater for til sidst at køre ud ad en sidegade og dreje skarpt til højre – ud på Champs-Elysées igen.

Langdon sad på passagersædet med sammenknyttede hænder – halvt baguddrejet for at holde øje med om politiet stadig var bag dem. Han ønskede pludselig at han ikke havde besluttet at stikke af. *Det gjorde du faktisk heller ikke,* mindede han sig selv om. Sophie havde taget beslutningen for ham da hun smed GPS-senderen ud ad vinduet på herretoilettet. Da de bugtede sig gennem den sparsomme trafik på Champs-Elysées, væk fra ambassaden, følte Langdon at hans muligheder langsomt forduftede. Selvom det så ud til at Sophie, i hvert fald lige nu, havde rystet politiet af, tvivlede Langdon på at deres held ville vare særligt længe endnu.

Bag rattet sad Sophie og fiskede efter noget i lommen på sin trøje. Hun tog en lille metalgenstand op og holdt den hen foran ham. "Robert, du må hellere kigge nærmere på den her. Det var den min bedstefar havde lagt til mig bag *Madonna of the Rocks.*"

Langdon mærkede en bølge af forventning strømme gennem kroppen. Han tog genstanden og begyndte at kigge undersøgende på den. Den var tung og havde form som et kors. Hans første indskydelse var at det var en begravelses-*pieu* – en miniatureudgave af et mindesmærke til at stikke ned i jorden på et gravsted. Men så lagde han mærke til at stilken der stak ud fra korset var prismeformet. Desuden var den dækket af hundredvis af små sekskantede fordybninger der så ud til at være omhyggeligt udskåret, mens deres placering i forhold til hinanden virkede tilfældig.

"Det er en laserudskåret nøgle," forklarede Sophie. "De små sekskanter aflæses af en elektronisk scanner."

En nøgle? Langdon havde aldrig set noget lignende.

"Prøv at se på den anden side," sagde hun idet hun skiftede bane og drønede gennem et lyskryds.

Da Langdon vendte nøglen om, sad han blot måbende og stirrede på den. Der – omhyggeligt indgraveret i midten af korset – var den stiliserede fleur-

150

de-lis og initialerne P.S.! "Sophie," udbrød han, "det er seglet jeg fortalte dig om! Priory of Sion's officielle våbenskjold."

Hun nikkede. "Som jeg fortalte dig, så jeg nøglen for mange år siden. Min bedstefar bad mig om aldrig at tale om den igen."

Langdons blik veg ikke fra nøglen. Dens højteknologiske udførelse og den årtusinde gamle symbolik udstrålede en sælsom sammensmeltning af antikken og den moderne verden.

"Han fortalte mig at det var nøglen til en boks hvor han gemte mange hemmeligheder."

Langdon fik gåsehud ved at tænke på hvilke hemmeligheder en mand som Jacques Saunière kunne gemme på. Hvad et ældgammelt broderskab lavede med en futuristisk nøgle, havde Langdon ingen anelse om. Priory eksisterede med det ene formål at beskytte en hemmelighed. En hemmelighed af uendelige dimensioner. *Kunne denne nøgle have noget med det at gøre?* Tanken var overvældende. "Ved du hvad det er den passer til?"

Sophie så skuffet ud. "Det håbede jeg, at *du* vidste."

Langdon sagde ikke noget, mens han undersøgende sad og vendte og drejede korset.

"Det ser kristent ud," sagde Sophie.

Det var Langdon ikke så sikker på. Nøglens greb var ikke udformet som det traditionelle langstammede kristne kors, men var snarere et *kvadratisk* kors – med fire lige lange arme – et kors der gik mere end femten hundrede år længere tilbage end kristendommen. Denne type kors bar ikke på den kristne traditions hentydning til korsfæstelse som tilfældet var med det langstammede latinske kors, som romerne opfandt som torturinstrument. Det kom altid bag på Langdon hvor få kristne der – når de kastede et blik på deres kors – egentlig var klar over at dette symbols voldelige historie rent faktisk blev afspejlet i selve navnet: "kors" og "krucifiks" stammede fra det latinske ord *cruciare* – at torturere.

"Sophie," sagde Langdon, "det eneste jeg kan fortælle dig er at ligearmede kors som dette anses for at være *fredfyldte* kors. Dets kvadratiske udformning gør det umuligt til brug ved korsfæstelse, og dets balance af lodrette og vandrette dele bibringer en naturlig sammensmeltning af det maskuline og feminine, hvilket betyder at korset er i symbolsk overensstemmelse med Priory's filosofi."

Hun sendte ham et træt blik. "Du har ingen anelse, har du?"

Langdon rynkede panden. "Ikke den fjerneste."

"Okay, vi er nødt til at komme væk fra vejen." Sophie kastede et blik i bakspejlet. "Vi har brug for et sikkert sted at være mens vi forsøger at finde ud af hvad nøglen passer til."

Langdon tænkte med længsel på sit komfortable værelse på Ritz. Det var naturligvis ude af billedet. „Hvad med min vært ved Det Amerikanske Universitet i Paris?"

"Det er for nærliggende. Fache vil kontakte dem."

"Du må da kende nogen. Du bor her."

"Fache vil gennemgå mit telefon- og e-mail-register og snakke med mine kolleger. Alle mine kontakter er afsløret, og vi kan lige så godt glemme at få et hotelværelse eftersom de alle kræver legitimation."

Langdon begyndte igen at spekulere på om det havde været bedre at løbe risikoen ved at lade Fache anholde ham på Louvre. "Lad os ringe til ambassaden. Så kan jeg forklare situationen og få en fra ambassaden til at møde os et eller andet sted."

"Møde os?" Sophie drejede hovedet og stirrede på ham som var han vanvittig. "Robert, glem det – du drømmer. Din ambassade har ingen juridisk bemyndigelse bortset fra på deres egen grund. At sende en ud for at hente os, vil af den franske regering blive betragtet som at hjælpe en person på flugt. Det gør de aldrig. Én ting er at gå ind på din ambassade og bede om midlertidigt asyl, men at bede dem om at gribe ind i modstrid med fransk lovgivning – det er en ganske anden sag." Hun rystede på hovedet. "Hvis du ringer til din ambassade nu, vil de råde dig til at undgå at gøre sagen værre og straks melde dig til Fache. Og så vil de love at følge de diplomatiske kanaler, så du får en retfærdig rettergang." Hun kiggede op langs rækken af elegante forretningsfacader der prægede Champs-Elysées. "Hvor mange kontanter har du på dig?"

Langdon kiggede i sin pung. "Godt hundrede dollars og nogle få euro. Hvorfor?"

"Og kreditkort?"

"Ja, selvfølgelig."

Idet Sophie satte farten yderligere op, fornemmede Langdon at hun var ved at udtænke en plan. Forude – for enden af Champs-Elysées – stod Triumfbuen; Napoleons 50 meter høje hyldestmonument til ære for sin egen militære fortræffelighed – omkranset af Frankrigs største rundkørsel, en ni-banet krabat.

Sophie kastede endnu et blik i bakspejlet da de nærmede sig rundkørslen. "Vi har rystet dem af os – indtil videre i hvert fald," sagde hun, "men det vil højst vare fem minutter endnu hvis vi fortsætter i den her bil."

Så stjæler vi da blot en anden, tænkte Langdon, *da vi nu alligevel er kommet ind på den kriminelle løbebane.* "Hvad gør vi?"

152

Bilen drønede ind i rundkørslen. "Stol på mig."

Langdon sagde ikke noget. Tillid havde ikke hjulpet ham meget den nat. Han trak op i jakkeærmet og så på sit ur – et samlerobjekt af et Mickey Mouse-ur som han havde fået af sine forældre til sin tiårs fødselsdag. Selvom den barnlige urskive ofte fremkaldte underlige blikke fra folk, var det det eneste ur Langdon nogensinde havde ejet; Disneys tegnefilm havde dannet udgangspunkt for hans første møde med magien ved form og farve, og for Langdon tjente Mickey Mouse nu som en daglig påmindelse om at forblive barn indeni. Lige nu var Mickey Mouse's arme dog placeret i en ret underlig vinkel, og indikerede et lige så underligt tidspunkt.

2.51.

"Et interessant ur," sagde Sophie idet hun manøvrerede bilen rundt i den store rundkørsel – mod uret.

"Det er en lang historie," sagde han og trak ærmet ned igen.

"Det er det vist nødt til at være." Hun sendte ham et hurtigt smil og kørte ud af rundkørslen, mod nord, væk fra centrum. De nåede lige akkurat over for grønt i to lyskryds, og da de nåede det tredje drejede Sophie skarpt til højre, ned ad Boulevard Malesherbes. De havde forladt diplomatkvarterets rige, allé-agtige veje og var kommet ind i et mørkere industrikvarter. Sophie drejede skarpt til venstre, og et øjeblik senere gik det op for Langdon hvor de var.

Gare Saint-Lazare.

Foran dem rejste banegården sig med sit enorme glastag der fik den til at ligne en mystisk blanding af en hangar og et drivhus. Europas banegårde sov aldrig. Selv på dette tidspunkt af døgnet holdt en halv snes taxaer og ventede ved hovedindgangen. Sælgere stod ved små vogne hvorfra de solgte sandwich og vandflasker mens halvtrætte unge rygsækrejsende kom ud fra stationen og så sig forvirret omkring som om de forsøgte at komme i tanke om hvilken by, de befandt sig i nu. Længere oppe ad gaden stod nogle betjente på fortovet i færd med at vise nogle vildfarne turister vej.

Sophie kørte ind bag rækken af taxaer og parkerede bilen på forbudt område til trods for at der var masser af ledige parkeringspladser på den anden side af vejen. Før Langdon nåede at spørge om noget som helst, var hun ude af bilen. Hun skyndte sig hen til taxaen foran dem og begyndte at snakke med chaufføren.

Idet Langdon steg ud af bilen, så han Sophie give taxachaufføren et tykt bundt sedler. Chaufføren nikkede hvorefter han til Langdons store forbløffelse kørte af sted uden dem.

153

"Hvad skete der?" spurgte Langdon og gik hen mod Sophie mens taxaen hurtigt forsvandt.

Sophie var allerede på vej over mod indgangen til banegården. "Skynd dig. Vi køber to billetter til det næste tog der forlader Paris."

Langdon småløb ved siden af hende. Hvad der var begyndt som en kort smuttur til den amerikanske ambassade var nu blevet til den totale flugt fra Paris. Langdon blev mindre og mindre begejstret for ideen.

KAPITEL 34

Chaufføren der hentede Biskop Aringarosa i Leonardo da Vinci lufthavnen i Rom, ankom i en ganske almindelig sort Fiat sedan. Aringarosa mindedes dengang alle Vatikanets køretøjer var store luksusbiler, udstyret med køler-figurer og flag og udsmykket med Pavens segl. *Den tid er forbi.* Vatikanets biler var nu langt mindre prangende og stort set altid anonyme. Vatikanet hævdede at de havde valgt at foretage denne omlægning for at spare på udgifterne så de bedre kunne tjene deres bispedømmer, men Aringarosa havde mistanke om at det i højere grad var af sikkerhedshensyn. Verden var af lave, og i mange dele af Europa kunne det at udtrykke sin kærlighed til Jesus sammenlignes med at male en skydeskive på taget af sin bil.

Aringarosa samlede sin sorte præstekjole omkring sig, steg ind på bagsædet og satte sig til rette til den lange køretur til Castel Gandolfo. Det var præcis den samme tur han havde taget for fem måneder siden.

Det forgangne års tur til Rom, tænkte han med et suk. *Den længste nat i mit liv.*

For fem måneder siden havde han fået en opringning fra Vatikanet, og det var blevet krævet at Aringarosa øjeblikkelig mødte op i Rom. Der fulgte ingen forklaring. *Din billet ligger klar i lufthavnen.* Den Hellige Stol forsøgte ihærdigt at bevare et skær af mystik – selv i forhold til den højeste gejstlighed.

Aringarosa havde haft på fornemmelsen at den mystiske indkaldelse dækkede over at der skulle foretages en officiel fotografering af ham sammen med Paven og nogle højtstående kardinaler så Vatikanet kunne ride med på den bølge af positiv omtale Opus Dei for nylig havde fået i pressen på grund af færdig-gørelsen af deres nationale hovedkvarter i New York. Et kendt arkitektur-magasin havde kaldt Opus Dei-bygningen "en lysende markering af katolicis-men der sublimt er integreret i det moderne landskab," og på det seneste havde det virket som om alt, hvad der omfattede ordet "moderne", tiltrak Vatikanet som en magnet.

Aringarosa kunne ikke gøre andet end at acceptere invitationen, om end modvilligt. Han var ikke nogen fan af den nuværende pavelige forvaltning og havde som de fleste i den konservative gejstlighed, med dyb bekymring iagttaget da den nye Pave det første år havde sat sig til rette i embedet. Som

155

uhørt frisindet havde Hans Hellighed sikret sig paveværdigheden under det mest kontroversielle og usædvanlige valg i Vatikanets historie. I stedet for at have forholdt sig ydmygt til sin uventede ophøjelse til magtens tinde, var Den Hellige Fader straks gået i gang med at spille på alle de tangenter der fulgte med besiddelsen af det højeste kristne embede. Paven trak på en foruroligende mængde liberale støtter inden for kardinalforsamlingen og havde erklæret at hans pavelige mission var "en foryngelse af den vatikanske doktrin og en modernisering af katolicismen så den passede til det tredje årtusinde."

Aringarosa frygtede at den egentlige ændring bestod i at manden rent faktisk var tilstrækkelig arrogant til at tro at han kunne slippe af sted med at omskrive Guds leveregler for at tilbagevinde de sjæle der følte at kravene der var forbundet med den ægte katolske tro, var blevet for besværlige at leve efter i den moderne verden.

Aringarosa havde sat al sin politiske indflydelse – som var betydelig i betragtning af Opus Dei's medlemstal og bankkonti – ind på at overbevise Paven og hans rådgivere om at en opblødning af kirkens regler ikke alene ville være troløst og kujonagtigt, men også politisk selvmord. Han mindede dem om at den seneste lempelse af kirkens regler – den fiasko der kom ud af 2. Vatikankoncil – havde efterladt en ødelæggende arv: Antallet af kirkegængere var nu lavere end nogensinde, donationerne svandt ind, og der var ikke engang tilstrækkelig mange katolske præster til at lede kirkerne.

Folk har brug for struktur og anvisninger fra kirkens side, havde Aringarosa hævdet, *ikke pylren og overbærenhed!*

Den nat for flere måneder siden var Aringarosa blevet overrasket da det gik op for ham at Fiat'en ikke satte kursen mod Vatikanet, men derimod kørte østpå op ad en snoet bjergvej. "Hvor skal vi hen?" havde han spurgt chaufføren.

"Albanerbjergene," havde manden svaret. "Mødet finder sted på Castel Gandolfo."

Pavens sommerresidens? Aringarosa havde hverken set eller ønsket at se dette sted. Ud over at være Pavens hjem om sommeren, husede fæstningen fra det sekstende århundrede *Specula Vaticana* – Det Vatikanske Observatorium – et af de mest avancerede astronomiske observatorier i Europa. Aringarosa havde aldrig brudt sig om Vatikanets behov for at give sig af med videnskab, et behov der gik langt tilbage i historien. Hvilken logisk begrundelse var der for at blande videnskab og tro? Fordomsfri videnskab kunne ikke på nogen måde praktiseres af en mand der besad troen på Gud. Og lige så lidt havde troen noget behov for fysiske beviser på dens overbevisninger.

Men ikke desto mindre så ligger det der, tænkte han da Castel Gandolfo kom til syne – det tårnede sig op mod den stjernefyldte novemberhimmel. Fra vejen lignede Castel Gandolfo et gigantisk stenuhyre der lagde an til et selvmords-agtigt spring. Kastellet balancerede på kanten af en klippe – på kanten af den italienske civilisations vugge – dalen hvor Curiazi og Orazi klanerne sloges lang tid før Rom blev grundlagt.

Selv i silhuet var Castel Gandolfo et imponerende skue – et enestående eksempel på en defensiv arkitektur der blev understreget af dets dramatiske placering. Desværre kunne Aringarosa nu se at Vatikanet havde ødelagt bygningen ved at bygge to enorme aluminiumsteleskopkupler på taget hvorved dette engang så stolte bygningsværk var kommet til at ligne en stolt kriger iført et par nytårshatte.

Da Aringarosa steg ud af bilen, skyndte en ung jesuiterpræst sig hen for at tage imod ham. "Velkommen, Biskop. Jeg er Fader Mangano. Astronom her på stedet."

Ser man det. Aringarosa mumlede et svar og fulgte efter præsten ind i slottets forhal – et stort åbent rum som var udsmykket med en uskøn blanding af renæssancemalerier og astronomiske billeder. Idet Aringarosa fulgte efter sin ledsager op ad den brede marmortrappe, så han skilte der viste vej til konferencesale, auditorier og turistinformationen. Det undrede ham at Vatikanet, som endnu ikke på nogen måde havde formået at tilvejebringe nogle klare og sammenhængende retningslinjer for åndelig vækst, alligevel på en eller anden måde fandt tid til at holde astrofysik-forelæsninger for turister.

"Sig mig engang," sagde Aringarosa til den unge præst, "hvornår begyndte halen at logre med hunden?"

Præsten så underligt på ham. "Undskyld mig?"

Aringarosa besluttede sig for ikke at indlede den diskussion igen i aften og slog det hen. *Vatikanet er gået fra forstanden.* Som en doven forælder der syntes at det var nemmere at indvillige i et forkælet barns forskellige griller end at stå fast og lære det de rette værdier, blev kirken ved med at bøje mere og mere af med tiden, i et forsøg på at tilpasse sig en kultur der var kommet på afveje.

Korridoren på øverste etage var bred og overdådigt indrettet. Den førte ned til en stor, dobbelt egetræsdør med et messingskilt.

BIBLIOTECA ASTRONOMICA

Aringarosa havde hørt om dette sted – Vatikanets Astronomiske Bibliotek – og rygtet sagde at det indeholdt mere end femogtyve tusind bind, inklusive sjældne værker af Copernicus, Galileo, Kepler, Newton og Secchi. Det blev også hævdet at dette var stedet hvor Pavens højtstående embedsmænd holdt private møder – den slags møder som de foretrak ikke at holde inden for Vatikanets mure.

Da han gik hen mod døren, havde Aringarosa ingen anelse om de chokerende nyheder der ventede ham på den anden side af døren eller om den fatale kæde af begivenheder som det ville igangsætte. Det var ikke før en time senere, da han kom vaklende ud fra mødet, at de frygtelige konsekvenser var gået op for ham. *Seks måneder fra nu af!* havde han tænkt. *Gud hjælpe os!*

Nu hvor han igen sad i Fiat'en, gik det op for Biskop Aringarosa at han sad og knugede hænderne sammen blot ved tanken om det tidligere møde. Han slap taget og tvang sig selv til at tage en dyb indånding og slappe af.

Det hele ordner sig, sagde han til sig selv mens Fiat'en bevægede sig længere op i bjergene. Alligevel sad han og ønskede at hans mobiltelefon ville ringe. *Hvorfor har Mesteren ikke ringet endnu? Silas burde have fået fat i slutstenen nu.*

I et forsøg på at dulme nerverne gav biskoppen sig til at meditere over den vinrøde ametyst i sin ring. Idet han lod fingrene glide hen over applikationen med bispehue og stav og de mange diamanter, mindede han sig selv om at denne ring symboliserede en magt der var langt mindre end den han inden længe ville komme i besiddelse af.

KAPITEL 35

Gare Saint-Lazare lignede enhver anden europæisk banegård indvendig – en enorm forhal med de sædvanlige tvivlsomme eksistenser spredt rundt omkring – hjemløse der sad og holdt et papskilt, grupper af rødøjede studerende der lå og halvsov oven på deres rygsække mens de lyttede til deres transportable MP3-afspillere og klynger af blåklædte dragere der stod og røg.

Sophie løftede blikket og så op på den gigantiske afgangstavle over dem. De sorte og hvide flapper på tavlen begyndte at skifte og flakkede nedad i takt med at togafgangene blev opdateret. Da de igen var på plads, kiggede Langdon undersøgende på tilbuddene. Den øverste linje lød:

LYON – RAPIDE – 3.06

"Jeg ville ønske at det kørte noget før," sagde Sophie, "men det er der ikke noget at gøre ved. Det bliver toget til Lyon."

Noget før? Langdon så på uret – det viste 2.59. Toget kørte om syv minutter, og de havde ikke engang købt billet endnu.

Sophie førte Langdon over til billetlugen. "Køb to billetter til os med dit kreditkort."

"Jeg troede at det kunne spores hvis man brugte kredit–"

"Præcis."

Langdon besluttede sig for at lade være med overhovedet at forsøge at følge med Sophie Neveus tankegang. Han købte to billetter til Lyon med sit visa-kort og rakte dem til Sophie.

Sophie førte ham ud mod perronerne hvor en velkendt ding-dong-lyd lød over hovederne på dem og sidste udkald til toget til Lyon lød over højtalerne. Seksten forskellige spor dukkede op foran dem. Et godt stykke ovre mod højre holdt toget til Lyon og pustede og stønnede, klar til afgang, men Sophie havde allerede taget Langdon under armen og var begyndt at føre ham i den stik modsatte retning. De skyndte sig ud gennem en lille sidegang, passerede en døgncafé og trådte til sidst ud ad en dør på den vestlige side af banegården – ud på en stille gade.

Der holdt en ensom taxa og ventede uden for døren.

Chaufføren fik øje på Sophie og blinkede med lygterne.

Sophie sprang ind på bagsædet. Langdon fulgte efter hende.

Idet taxaen kørte væk fra stationen, trak Sophie deres nyerhvervede togbilletter op af lommen og rev dem i stykker.

Langdon sukkede. *De halvfjerds dollars var vel nok givet godt ud.*

Det var ikke før taxaen var kommet ud på Rue de Clichy og susede nordpå med en monoton brummen at Langdon fik en fornemmelse af at de rent faktisk slap væk. Ud ad det højre vindue kunne han se Montmartre og Sacré-Coeurs smukke kuppel. Synet blev dog forstyrret af de blå blink fra en politibil der drønede forbi dem i den modsatte retning.

Langdon og Sophie sad og dukkede sig indtil lyden af sirenen døde ud.

Sophie havde ganske enkelt bedt chaufføren om at køre ud af byen og i betragtning af hendes sammenbidte udtryk, antog Langdon at hun sad og overvejede deres næste træk.

Langdon begyndte igen at undersøge nøglen – han holdt den hen til vinduet og helt tæt op under øjnene i et forsøg på at finde et eller andet tegn der kunne indikere hvor nøglen var blevet lavet. I det uregelmæssige skær fra gadelamperne kunne han ikke se andre tegn end Priory's segl.

"Det giver ikke nogen mening," sagde han til sidst.

"Hvad for noget af det?"

"At din bedstefar har gjort sig så stor umage for at give dig en nøgle som du ikke ved, hvad du skulle bruge til."

"Det er jeg helt enig i."

"Er du sikker på at han ikke havde skrevet et eller andet bag på maleriet?"

"Jeg belyste hele fladen, og nøglen var alt hvad der var. Den var kilet ned bag rammen. Jeg så Priory-seglet, stak nøglen i lommen, og så forlod vi stedet."

Langdon rynkede panden og kiggede på enden af den prismeformede stilk. Der var intet at se. Han kneb øjnene sammen, holdt nøglen helt tæt op under øjnene og undersøgte kanten af grebet. Der var heller intet at se. "Jeg tror at nøglen er blevet rengjort for nylig."

"Hvorfor tror du det?"

"Den lugter af pudsemiddel."

Hun kiggede over på ham. "Hvad mener du?"

"Den lugter som om den for nylig er blevet pudset med et eller andet rensemiddel." Langdon holdt nøglen op under næsen og sniffede til den. "Lugten er kraftigere på den anden side." Han vendte nøglen om. "Jo, det er et eller andet alkoholbaseret – som om den er blevet poleret med rensemiddel eller – " Langdon tav.

160

"Eller hvad?"

Han holdt nøglen hen i lyset og kiggede på den glatte overflade på korsets brede tværarme. Det virkede som om den glimtede forskellige steder... som om den var våd. "Hvor godt kiggede du på bagsiden af nøglen, inden du puttede den i lommen?"

"Hvad mener du? Ikke særlig godt – jeg havde temmelig travlt."

Langdon vendte sig om mod hende. "Har du stadig den ultraviolette lygte?"

Sophie stak hånden i lommen og tog den lille UV-lygte op. Langdon tog den, tændte den og lyste på bagsiden af nøglen.

Fra det ene øjeblik til det andet trådte en selvlysende tekst frem. Håndskriften bar præg af at være skrevet i hast, men den var læsbar.

"Okay," sagde Langdon med et smil, "så ved vi i det mindste hvor alkohollugten kom fra."

Sophie stirrede forundret på den violette tekst på bagsiden af nøglen.

24 Rue Haxo

En adresse! Min bedstefar skrev en adresse!

"Ved du, hvor det er?" spurgte Langdon.

Sophie anede det ikke. Hun lænede sig frem og spurgte ivrigt chaufføren, *"Connaissez-vous la Rue Haxo?"*

Chaufføren tænkte sig om et øjeblik og nikkede. Han fortalte Sophie at det var ude i nærheden af et tennisstadion i den vestlige udkant af Paris. Hun bad ham om straks at køre dem derud.

"Den hurtigste vej er gennem Bois de Boulogne," sagde chaufføren på fransk. "Er det okay?"

Sophie rynkede panden. Hun kunne komme i tanke om adskillige andre ruter der var mindre skandaløse, men dette var ikke tidspunktet til at være kræsen. "Ja." *Lad os blot chokere amerikaneren en smule.*

Sophie kiggede på nøglen igen og spekulerede på hvad i alverden de mon ville finde på Rue Haxo nummer 24. *En kirke? En eller anden form for Priory-hovedkvarter?*

Hendes tanker begyndte igen at kredse om det hemmelige ritual hun havde været vidne til i det grotteagtige kælderrum for ti år siden, og hun sukkede dybt. "Robert, der er meget jeg ikke har fortalt dig endnu." Hun tav og så ham i øjnene mens taxaen drønede af sted. "Men først skal du fortælle mig alt, hvad du ved om Priory of Sion."

161

KAPITEL 36

Uden for Salle des Etats stod Bezu Fache og sydede af raseri, mens sikkerheds-
vagten Grouard forklarede, hvordan Sophie og Langdon havde afvæbnet
ham. *Hvorfor skød du ikke blot gennem det forbandede billede!*

"Mr. Fache?" Kriminalkommissær Collet kom styrtende ned mod dem nede
fra kontrolposten. "Sir, jeg har lige fået at vide at kommissær Neveus bil er
blevet fundet."

"Nåede de frem til ambassaden?"

"Nej. Banegården. De købte to billetter. Toget er lige afgået."

Fache vinkede Grouard væk og førte Collet hen til en nærliggende niche
mens han talte til ham i en neddyssende tone. "Hvad var togets destination?"

"Lyon."

"Formodentlig en afledningsmanøvre." Fache tog en dyb indånding og
udtænkte en plan. "Okay, sæt den næste station i alarmberedskab – få toget
stoppet der og lad det gennemsøge, blot for en ordens skyld. Lad hendes bil
blive hvor den er, og lad et par civilklædte betjente overvåge den i tilfælde af
at de forsøger at komme tilbage til den. Send en gruppe mænd rundt i gaderne
omkring banegården i tilfælde af at de er stukket af til fods. Kører der busser
fra stationen?"

"Nej, ikke på det her tidspunkt. Kun taxaer."

"Godt. Afhør chaufførerne. Find ud af om de har set noget. Fax derefter et
signalement til samtlige taxaselskaber. Jeg ringer til Interpol."

Collet kiggede overrasket på ham. "Lader De det gå gennem *Interpol?*"

Fache beklagede den potentielle ydmygelse, men han så ingen andre
muligheder.

Stram nettet, og stram det tæt.

Den første time var kritisk. Personer på flugt var forudsigelige den første
time efter at de var undsluppet. Behovene var altid de samme. Transport. Logi.
Penge. Den Hellige Treenighed. Interpol havde kapacitet til at kunne lade alle
tre elementer forduffe på et øjeblik. Ved at faxe fotografier af Langdon og
Sophie rundt til alle former for transportfirmaer i Paris, alle hoteller og
banker, vil Interpol ikke lade nogen muligheder stå åbne – de vil ikke kunne

komme ud af byen, ikke kunne finde et sted at overnatte og ikke kunne hæve penge uden at blive opdaget. Ofte gik personer på flugt i panik midt på gaden og gjorde noget dumt. Stjal en bil. Plyndrede en forretning. Brugte et kredit-kort i desperation. Uanset hvilken fejl de begik, kom de hurtigt til at afsløre deres opholdssted for de lokale myndigheder.

"Men kun Langdon, går jeg ud fra'?" sagde Collet. "De efterlyser da ikke Sophie Neveu? Hun er jo en af vores egne."

"Selvfølgelig efterlyser jeg også hende!" svarede Fache vredt. "Hvad nytter det at efterlyse Langdon, hvis hun så blot kan gøre alt hans beskidte arbejde? Jeg har tænkt mig at lade Neveus journaler undersøge – venner, familie, personlige kontakter – hvem som helst hun kan tænkes at ville opsøge for at få hjælp. Jeg har ingen anelse om hvad hun forestiller sig at hun har gang i, men det skal komme til at koste hende en fandens masse mere end hendes job!"

"Vil De have mig ved telefonerne eller i marken?"

"I marken. Se at komme hen til banegården og få styr på gruppen. De holder tøjlerne, men gør ikke noget uden først at have talt med mig."

"Ja, Sir." Collet skyndte sig ud.

Fache følte sig anspændt. Uden for den lille niches vindue stod den lysende glaspyramide – dens krusede spejlbillede blev reflekteret i de vindomsuste små bassiner. *De smuttede gennem fingrene på mig.* Han sagde til sig selv at han skulle slappe af.

Selv en erfaren betjent skulle være heldig hvis han skulle modstå det pres Interpol lige straks ville igangsætte.

En kvindelig kryptograf og en skolelærer!

De ville ikke holde til daggry.

Den tætbevoksede park ved navn Bois de Boulogne blev kaldt mange ting, men for Paris-kyndige var den kendt som "Vellystens Have". Selvom tilnavnet lød flatterende, var det ikke ment sådan – tværtimod. Alle der havde set det skumle Bosch-maleri af samme navn forstod hentydningen; maleriet – såvel som parken – var mørkt og kroget; en skærsild af sjovere og fetichister. Om natten stod der hundredvis af glinsende kroppe til salg langs de snoede skovveje i parken – jordiske glæder der ville kunne tilfredsstille selv det dybeste, uudtalte behov; mænd, kvinder og alt derimellem.

Mens Langdon sad og forsøgte at samle tankerne for at fortælle Sophie om Priory of Sion, passerede taxaen gennem parkens store træbeklædte indgangsparti og fortsatte vestpå, hen over de toppede brosten. Langdon havde svært ved at koncentrere sig eftersom parkens natlige beboere allerede var begyndt at dukke frem fra mørket og stille deres varer til skue i lyset fra bilens forlygter. Forude stod to topløse teenagepiger og kastede sigende blikke ind i bilen. Bag dem vendte en olieindsmurt sort mand i G-strengstrusser sig om og spændte sine balder. Ved siden af ham stod en smuk blond kvinde og løftede op i sit miniskørt og afslørede at hun absolut ikke var en kvinde.

Du godeste! Langdon skyndte sig at tage øjnene til sig og fæstede i stedet blikket på sædet foran sig. Han tog en dyb indånding.

"Fortæl mig om Priory of Sion," sagde Sophie.

Langdon nikkede. Han kunne dårligt forestille sig nogle mindre passende omgivelser for den legende han skulle til at fortælle. Han spekulerede på hvor han skulle begynde. Broderskabets historie strakte sig over mere end tusind år – en forbløffende fortælling om hemmeligheder, afpresning, bedrag og endda grusom tortur på vegne af en vred Pave.

"Priory of Sion," begyndte han," blev grundlagt i Jerusalem i 1099 af en fransk konge ved navn Gotfred af Bouillon, umiddelbart efter at han havde besejret byen."

Sophie nikkede. Hendes blik hvilede på ham.

"Kong Gotfred var angiveligt i besiddelse af en betydningsfuld hemmelighed – en hemmelighed som var gået i arv og var blevet bevaret i hans familie siden Kristi tid. Af frygt for at hemmeligheden ville gå tabt ved hans død, grundlagde han et hemmeligt broderskab – Priory of Sion – og pålagde dem at beskytte og bevare hemmeligheden ved i stilhed at lade den gå videre fra generation til generation. I løbet af de år de befandt sig i Jerusalem, fik broderskabet kendskab til nogle hemmelige dokumenter der lå begravet under ruinerne af Herodes' Tempel, der var blevet bygget oven på ruinerne af det tidligere Salomons Tempel. De var overbevist om at disse dokumenter bekræftede Gotfreds mægtige hemmelighed og var af en så skæbnesvanger natur at kirken ville ty til alle midler for at få fat i dem."

Sophie så usikkert på ham.

"Broderskabet svor på at uanset hvor lang tid det ville tage så skulle disse dokumenter graves frem fra ruinerne under templet og beskyttes for evigt, så sandheden aldrig ville dø. For at få fat i dokumenterne i ruinerne, etablerede Priory of Sion en militær enhed – en gruppe på ni riddere kaldt Kristi Salige Ridderorden af Salomons Tempel." Langdon tav et øjeblik. "Bedre kendt som Tempelherreordenen."

Sophie så op med et genkendende udtryk i øjnene.

Langdon havde holdt tilstrækkelig mange forelæsninger om Tempelherreordenen og tempelherrerne til at vide at næsten alle i verden havde hørt om dem på den ene eller anden måde. For forskere var tempelherrernes historie et risikabelt område hvor fakta, overleveringer og misvisninger var så sammenfiltrede at det stort set var umuligt at udlede sandheden i dens oprindelige form. Langdon tøvede faktisk ofte med at nævne Tempelherreordenen under sine forelæsninger eftersom det altid medførte et hav af spørgsmål vedrørende forskellige sammensværgelsesteorier.

Sophie så allerede forvirret ud. "Sidder du og siger at Tempelherreordenen blev grundlagt af Priory of Sion for at fremskaffe en samling hemmelige dokumenter? Jeg troede at tempelherrerne blev dannet for at beskytte Det Hellige Land."

"Det er en udbredt misforståelse. Ideen om at beskytte pilgrimme var en *forklædning* tempelherrerne brugte for at kunne gennemføre deres mission. Deres egentlige mål i Det Hellige Land var at finde dokumenterne i ruinerne under templet."

"Og fandt de dem?"

Langdon smilede. "Det er der ingen der ved med sikkerhed, men der er én ting alle forskere er enige om: Ridderne fandt *et eller andet* nede i ruinerne – noget der gjorde dem mere velhavende og magtfulde end man overhovedet kan forestille sig."

Langdon opridsede kortfattet grundtrækkene af den alment vedtagne tempelherrehistorie. Han forklarede at ridderne var i Det Hellige Land under Det Andet Korstog, og at de bildte Kong Balduin II ind at de var der for at beskytte kristne pilgrimme. Skønt ridderne ikke tog sig betalt for opgaven og havde svoret på at leve i fattigdom, bad de kongen om husly og anmodede om hans tilladelse til at slå sig ned i staldene i templets ruiner. Kong Balduin efterkom deres anmodning, og ridderne slog sig ned i deres ydmyge bolig inde i den forladte helligdom.

Langdon forklarede at det underlige valg af logi havde været alt andet end tilfældigt. Tempelherrerne var overbevist om at dokumenterne som Priory of Sion søgte, lå begravet dybt nede i ruinerne – under det Helligste af det Hellige, et helligt kammer hvor det blev antaget at Gud selv var til stede. Helt bogstaveligt i selve hjertet af den jødiske tro. I næsten ti år levede de ni tempelherrer i ruinerne mens de i dybeste hemmelighed gravede sig længere og længere ned gennem de solide stenmure.

Sophie kiggede over på ham. "Og du sagde, at de fandt noget?"

"Det gjorde de uden tvivl," sagde Langdon og forklarede at det havde taget dem ni år, men at tempelherrerne til sidst havde fundet hvad de ledte efter. De tog skatten fra templet og rejste til Europa hvor det nærmest virkede som om de slog deres indflydelse fast fra den ene dag til den anden.

Ingen vidste om tempelherrerne havde afpresset Vatikanet, eller om kirken simpelthen forsøgte at købe sig til riddernes tavshed, men Pave Innocent II udstedte øjeblikkelig en ganske uhørt bulle der gav tempelherrerne grænseløs magt, og Paven erklærede tillige at de var "hævet over enhver form for bestemmelser og love" – en autonom hær uafhængig af al indblanding fra konger og gejstlige, religiøst såvel som politisk.

Med deres nyerhvervede *carte blanche* fra Vatikanet voksede Tempelherreordenen med forbløffende hastighed, både hvad angik medlemsantal og politisk magt. De skabte sig umådelige formuer i over en halv snes lande. De begyndte at låne penge til kongelige på fallittens rand og tog renter til gengæld, og på den måde lagde de grunden til den moderne form for banker samtidig med at de øgede deres velstand og indflydelse endnu mere.

I trettenhundredetallet havde Vatikanets erklæring hjulpet tempelherrerne til at blive så magtfulde at Pave Klemens V besluttede at der måtte gribes ind. I samarbejde med den franske Kong Philippe IV udtænkte Paven en nøje planlagt militæroperation der skulle gøre det af med tempelherrerne samtidig med at Paven kunne bemægtige sig deres skat og på den måde kontrollere de hemmeligheder der truede Vatikanet. I en militærmanøvre der ville være CIA værdig, udstedte Pave Klemens hemmelige, forseglede ordrer der skulle åbnes samtidig af alle hans soldater over hele Europa; fredag den 13. oktober 1307. Ved daggry den 13. oktober blev forseglingen brudt og det rædselsfulde indhold så dagens lys. Klemens hævdede i sit brev at Gud var kommet til ham i en drøm for at advare ham om at tempelherrerne var en flok kættere der var skyldige i djævledyrkelse, homoseksualitet, besudling af korsets tegn, seksuelle perversiteter og anden blasfemisk adfærd. Gud havde bedt Pave Klemens om at rense verden ved at tage samtlige tempelherrer til fange og torturere dem indtil de tilstod deres forbrydelser mod Gud. Klemens' machiavellistiske operation løb af stablen som smurt. Den dag blev utallige tempelherrer taget til fange, nådesløst tortureret og til sidst brændt på bålet som kættere. En efterklang af tragedien fandtes stadig i den moderne kultur – endnu den dag i dag bliver fredag d. 13. betragtet som ulykkebringende.

Sophie så forvirret ud. "Blev tempelherrerne udslettet? Jeg troede at der stadig eksisterede broderskaber tilknyttet Tempelherreordenen?"

"Det gør der også – under forskellige navne. På trods af Pave Klemens' falske anklager og omfattende forsøg på at tilintetgøre dem, lykkedes det nogle af ridderne at undslippe Vatikanets udrensning eftersom de havde indflydelsesrige allierede. Tempelherrernes mægtige skat af hemmelige dokumenter som angiveligt havde været deres kilde til magt, var Klemens' egentlige mål, men den slap gennem fingrene på ham. Dokumenterne var for længst overgået til Tempelherreordenens hemmelighedsfulde grundlæggers varetægt – Priory of Sion – hvis tilslørede og diskrete eksistens havde holdt dem sikkert uden for rækkevidde af Vatikanets nedslagtning. Idet Vatikanet langsomt trængte sig ind på dem, smuglede de en nat dokumenterne fra et skjulested i Paris ned til tempelherrernes skibe i La Rochelle."

"Hvor blev dokumenterne transporteret hen?"

Langdon trak på skuldrene. "Svaret på det mysterium kendes kun af Priory of Sion. Eftersom dokumenterne fortsat er genstand for konstant efterforskning og spekulationer den dag i dag, formodes det at de er blevet flyttet og skjult på ny adskillige gange siden. De seneste spekulationer placerer dokumenterne et eller andet sted i Storbritannien."

Sophie så tvivlende ud.

"Gennem tusind år," fortsatte Langdon, "er fortællinger om denne hemmelighed blevet overleveret fra generation til generation. Hele samlingen af dokumenter, dens magt og hemmeligheden som den afslører er blevet kendt under et enkelt navn – *Sangreal*. Der er blevet skrevet hundredvis af bøger om emnet, og få mysterier har vakt så stor interesse blandt historikere som Sangreal."

"Sangreal? Har ordet noget som helst at gøre med det franske ord *sang* eller det spanske *sangre* – som betyder 'blod'?"

Langdon nikkede. Blod udgjorde selve rygraden af Sangreal, men ikke på den måde som Sophie sikkert forestillede sig. "Legenden er svær at gennemskue, men det der er væsentligt at huske er at Priory of Sion beskytter beviset og efter sigende venter på det rigtige tidspunkt i historien til at afsløre sandheden."

"Hvilken sandhed? Hvilken hemmelighed vil på nogen måde kunne være så magtfuld?"

Langdon tog en dyb indånding og kiggede ud på det parisiske 'underliv' der sendte lystne blikke ind til dem ude fra mørket. "Sophie, ordet Sangreal er et ældgammelt ord. Det har udviklet sig gennem årene til et andet udtryk – et mere moderne udtryk." Han tav et øjeblik. "Når jeg nu fortæller dig dets moderne udtryk, vil det gå op for dig, at du allerede ved en hel del om det. Rent faktisk kender de fleste i verden historien om Sangreal."

Sophie så skeptisk på ham. "Jeg har aldrig hørt om det."

"Jo du har." Langdon smilede. "Du er blot vant til at høre det omtalt som Den Hellige Gral."

KAPITEL 38

Sophie så undersøgende på Langdon på bagsædet af taxaen. *Det er da løgn.* "Den Hellige Gral?"

Langdon nikkede alvorligt. Hellig Gral er den helt bogstavelige betydning af Sangreal. Ordet er afledt af det franske *Sangraal,* som er afledt af Sangreal, og som på et tidspunkt blev delt i to ord; *San Greal."*

Hellig Gral. Sophie undrede sig over at hun ikke straks havde fået øje på den lingvistiske forbindelse. Men alligevel gav Langdons påstand ikke mening for hende. "Jeg troede at Den Hellige Gral var et *bæger.* Og du har lige sagt at Sangreal er en samling dokumenter som vil kunne afsløre en dunkel hemmelighed."

"Ja, men Sangreal-dokumenterne udgør kun *halvdelen* af Den Hellige Gral. De ligger begravet sammen med selve gralen – og afslører dens sande betydning. Dokumenterne gjorde tempelherrerne så magtfulde fordi de afslørede gralens sande natur."

Gralens sande natur? Sophie følte nærmest at hun forstod endnu mindre nu. Hun havde troet at Den Hellige Gral var det bæger som Jesus drak af under den sidste nadver og med hvilket Josef fra Arimathea senere opsamlede Jesu blod ved korsfæstelsen. "Den Hellige Gral er Kristi bæger," sagde hun. "Kan det være mere enkelt?"

"Sophie," hviskede Langdon og lænede sig over mod hende, "ifølge Priory of Sion er Den Hellige Gral overhovedet ikke et bæger. De hævder at legenden om gralen – den om et bæger eller en såkaldt *kalk* – i virkeligheden er en omhyggelig udtænkt allegori. Det vil sige at i gral-legenden bruges bægeret som metafor for noget andet – for noget langt mere betydningsfuldt." Han tav et øjeblik. "Noget der passer perfekt til alt det din bedstefar har forsøgt at fortælle os i aften – inklusive alle hans symbolske referencer til den hellige kvinde."

Sophie var stadig skeptisk, men hun fornemmede på Langdons tålmodige smil at han forstod hendes forvirring. Hans blik forblev dog alvorligt. "Men hvis Den Hellige Gral ikke er et bæger, hvad er det så?" spurgte hun.

Langdon vidste at dette spørgsmål ville komme, men var alligevel usikker på præcis hvordan han skulle fortælle hende det. Hvis han ikke præsenterede svaret i den rette historiske sammenhæng, ville Sophie sidde tilbage med et udtryk af total forvirring – præcis samme udtryk som hans egen forlægger havde haft et par måneder tidligere, efter at Langdon havde givet ham en kladde af det manuskript han arbejdede på.

"Hvad siger du, at denne tekst hævder?" Hans forlægger havde været ved at kløjes i det, havde sat sit vinglas fra sig og stirret på ham hen over sin halvspiste frokostsalat. "Det mener du ikke."

"Jeg mener det tilstrækkelig meget til at have brugt et år på at forske i det."

Den prominente new yorker-forlægger, Jonas Faukman, hev nervøst i sit fipskæg. Faukman havde utvivlsomt hørt en del vanvittige ideer til bøger gennem sin farverige karriere, men denne så ud til at have gjort ham fuldstændig paf.

"Robert," sagde Faukman endelig, "forstå mig ret. Jeg er vild med dine bøger, og vi har haft et fantastisk samarbejde. Men hvis jeg går med til at udgive en bog som denne så vil jeg have demonstrerende mennesker uden for mit kontor i månedsvis. Desuden vil det ødelægge dit gode ry. For guds skyld – du er forsker på Harvard og ikke en eller anden billig populærhistoriker der blot er ude efter hurtige penge. Hvor i alverden vil du kunne finde tilstrækkelig med beviser til at understøtte en teori som denne?"

Med et stille smil tog Langdon et stykke papir op af lommen på sin tweedjakke og rakte det til Faukman. På arket var der en liste over mere end halvtreds titler – bøger af kendte historikere, nogle nutidige og andre flere hundrede år gamle – mange af dem var akademiske bestsellere. Samtlige bøger handlede om den teori som Langdon netop havde fremlagt. Idet Faukman lod øjnene løbe ned over listen, lignede han en mand der lige havde opdaget at jorden rent faktisk var flad. "Jeg kender faktisk nogle af disse forfattere. De er... seriøse historikere!"

Langdon smilede. "Som du kan se, Jonas, så er dette ikke blot min teori. Den har eksisteret længe. Jeg bygger blot videre på den. Der er endnu intet værk der har udforsket legenden om Den Hellige Gral fra en symbolistisk vinkel. De ikonografiske beviser som jeg har fundet for at underbygge teorien er – ja, forbløffende overbevisende."

Faukman sad stadig og stirrede på listen. "Du godeste! En af bøgerne er skrevet af Sir Leigh Teabing!"

"Teabing har brugt det meste af sit liv på at forske i Den Hellige Gral. Jeg har mødt ham. Han har faktisk inspireret mig utrolig meget. Han er overbevist, Jonas, ligesom alle de andre på listen."

"Sidder du og siger at alle disse historikere rent faktisk tror på... " Faukman sank engang – formodentlig ude af stand til at sige ordene.

Langdon sendte ham et skævt smil. "Den Hellige Gral er uden tvivl den mest eftersøgte skat i menneskets historie. Gralen har givet anledning til massevis af legender, krige, ridderfærd og livslang søgen. Giver det nogen mening at det bare skulle være et bæger? I så fald burde andre relikvier give anledning til tilsvarende interesse – tornekronen, det virkelige kors hvor kors- fæstelsen fandt sted – men det gør de ikke. Gennem hele historien har Den Hellige Gral været noget helt særligt." Langdon smilede. "Nu ved du hvorfor."

Faukman sad stadig og rystede på hovedet. "Men hvis der er skrevet alle disse bøger om det, hvorfor er teorien så ikke mere udbredt?"

"Disse bøger kan ikke på nogen måde konkurrere med den herskende opfattelse der er blevet grundfæstet gennem århundreder, især ikke når denne opfattelse tillige fastslås af alle tiders ultimative bestseller."

Faukman spærrede øjnene op. "Fortæl mig nu ikke at *Harry Potter* i virkelig- heden handler om Den Hellige Gral."

"Det var nu Bibelen jeg hentydede til."

Faukman skar forlegent en grimasse. "Det vidste jeg godt."

"Laissez-le!" Sophies råb skar gennem taxaen. "Læg den!"

Det gav et sæt i Langdon idet Sophie lænede sig frem og råbte til taxa- chaufføren. Langdon kunne se at chaufføren sad med en bilradio i hånden og talte ind i den.

Sophie vendte sig og stak hånden i lommen på Langdons tweedjakke. Før det gik op for Langdon hvad der skete, havde hun hevet pistolen frem og sad nu og pressede den mod chaufførens baghoved. Chaufføren lod øjeblikkelig radioen falde og løftede den ene hånd fra rettet, op over hovedet.

"Sophie!" sagde Langdon chokeret. "Hvad fanden – "

"Arrêtez!" kommanderede Sophie.

Fortumlet adlød chaufføren og stoppede bilen.

I samme øjeblik hørte Langdon den metalliske stemme fra taxaselskabets telefoncentral over radioen. *"... qui s'appelle Agent Sophie Neveu..."* der lød en skratten. *"Et un Américan, Robert Langdon..."*

Langdon mærkede hvordan han straks spændte i hele kroppen. *Har de allerede fundet os?*

"Descendez," beordrede Sophie.

Den fortumlede chauffør holdt armene over hovedet mens han steg ud af sin taxa og trådte nogle skridt tilbage.

Sophie havde rullet sit vindue ned og sad nu med pistolen rettet mod chaufføren. "Robert," sagde hun hurtigt, "tag rattet. Du kører."

Langdon havde ikke tænkt sig at begynde at diskutere med en kvinde med en pistol i hånden. Han steg ud fra bagsædet af bilen og skyndte sig ind på førersædet. Chaufføren stod og bandede højlydt, stadig med armene over hovedet.

"Robert," sagde Sophie omme fra bagsædet, "jeg formoder at du har set tilstrækkeligt af vores magiske skov?"

Han nikkede. *Rigeligt.*

"Godt – så få os ud herfra."

Langdon kastede et blik ned på bilens fodpedaler og tøvede. *Shit.* Han famlede sig frem efter gearstangen og koblingen. "Sophie? Måske skulle du – "

"Kør!" råbte hun.

Uden for bilen var adskillige ludere på vej over for at se hvad der foregik. En kvinde trykkede et nummer på sin mobiltelefon. Langdon trådte koblingen i bund og fik fumlet gearstangen i et hak som han håbede var første gear. Han trykkede prøvende på speederen.

Langdon slap koblingen. Hjulene hvinede idet taxaen fløj fremad i en slingrende bane der fik flokken af nysgerrige til at sprede sig i alle retninger i et forsøg på at komme i dækning. Kvinden med mobiltelefonen strøg ind mellem træerne og undgik kun med nød og næppe at blive ramt.

"*Doucement!*" udbrød Sophie idet bilen drønede ned ad vejen. "Hvad har du gang i?"

"Jeg forsøgte at advare dig," råbte Langdon i et forsøg på at overdøve den hvinende lyd fra gearene. "Jeg er vant til en bil med automatgear!"

KAPITEL 39

Selvom det spartanske værelse i rødstensvillaen på Rue La Bruyère havde været vidne til megen lidelse, tvivlede Silas på at der var noget som helst der kunne måle sig med de frygtelige kvaler der nu havde grebet hans blege krop. *Jeg blev bedraget. Alt er tabt.*

Silas var gået i en fælde. Brødrene havde løjet og valgt døden frem for at afsløre den sande hemmelighed. Silas havde ikke kræfter til at ringe til Mesteren. Silas havde ikke alene dræbt de eneste fire mennesker på jorden der vidste hvor slutstenen lå gemt, han havde også dræbt nonnen i Saint-Sulpice kirken. *Hun modarbejdede Gud! Hun hånede Opus Dei's værk!*

Eftersom kvindens død var resultatet af en impulsiv handling, komplicerede det sagen betydeligt. Biskop Aringarosa havde foretaget det opkald som havde åbnet Saint-Sulpice's døre for Silas; og hvad ville abbeden ikke tænke når han fandt ud af at nonnen var død? Selvom Silas havde lagt hende op i hendes seng, var såret på hendes hoved yderst iøjnefaldende. Silas havde også forsøgt at lægge den knuste gulvflise på plads igen, men også den skade var alt for tydelig. De ville kunne se at der havde været nogen.

Silas' hensigt havde været at skjule sig hos Opus Dei når hans opgave her var udført. *Biskop Aringarosa vil beskytte mig.* Silas kunne ikke forestille sig en mere lyksalig tilværelse end et liv i meditation og bøn dybt inde bag murene af Opus Dei's hovedkvarter i New York. Han ville aldrig mere sætte en fod udenfor. Alt hvad han havde brug for fandtes inde i helligdommen. *Ingen vil savne mig.* Men Silas vidste desværre at en fremstående mand som Biskop Aringarosa ikke ville kunne forsvinde så let.

Jeg har bragt biskoppen i fare. Silas stirrede tomt ned i gulvet og overvejede at tage sit eget liv. Når alt kom til alt havde det været Aringarosa der gav Silas et liv til at begynde med – i den lille præstegård i Spanien; ved at uddanne ham, ved at give ham en mening med livet.

"Kære ven," havde Aringarosa sagt til ham, "du blev født som albino. Lad ikke andre kaste skam over dig på grund af det. Forstår du ikke at det gør dig til noget særligt? Er du ikke klar over at selve Noah var albino?"

"Noah med arken?" Det havde Silas aldrig hørt.

Aringarosa havde smilet. "Præcis – Noah med arken. Han var albino. Hans hud var hvid som en engel, nøjagtig som din. Tænk på det. Noah reddede alt liv på jorden. Du er bestemt til at udrette store bedrifter, Silas. Der er en grund til at Herren satte dig på fri fod. Du har et kald. Herren har brug for din hjælp til at udføre sit værk."

Med tiden lærte Silas at se sig selv i et andet lys. *Jeg er ren. Hvid. Smuk. Som en engel.*

Men i dette øjeblik som han stod der på sit værelse, var det hans fars skuffede stemme der hviskede til ham fra fortiden.

Tu es un désastre. Un spectre.

Silas knælede på trægulvet og bad om tilgivelse. Han tog kappen af og greb disciplinrebet.

KAPITEL 40

Langdon baksede med gearene, men det lykkedes ham dog at manøvrere den kaprede taxi gennem Bois de Boulogne. Desværre blev det morsomme ved situationen overskygget af at der konstant blev kaldt fra taxaselskabets telefoncentral over radioen.

"Voiture cinq-six-trois. Où êtes-vous? Répondez!"

Da Langdon nåede frem til udgangen af parken, overvandt han sin mandlige stolthed og trådte på bremsen. "Du må hellere overtage."

Sophie så lettet ud da hun hoppede ind bag rattet. Få sekunder senere susede bilen ud af Vellystens Have med kurs vestpå ad Allée de Longchamp.

"Hvor ligger Rue Haxo?" spurgte Langdon mens han iagttog speedometeret bevæge sig op over hundrede kilometer i timen.

Sophies blik veg ikke fra vejen. "Chaufføren sagde at det er tæt ved Roland Garros tennisstadion. Det område kender jeg."

Langdon trak igen den tunge nøgle op af lommen og mærkede dens vægt i sin hånd. Han fornemmede at det var en genstand af enorm betydning. Og samtidig var det højst sandsynligt også nøglen til hans egen frihed.

Da han før havde fortalt Sophie om tempelherrerne, var det gået op for Langdon at nøglen ud over at være prydet med Priory's segl også besad en mere diskret henvisning til Priory of Sion. Det ligearmede kors var et symbol på balance og harmoni, men var tillige tempelherrernes symbol. Alle havde set malerierne af tempelherrerne iført hvide kapper udsmykket med røde ligearmede kors. Tværarmene på riddernes kors var ganske vist en smule bredere ved enderne, men de var stadig lige lange.

Et kvadratisk kors. Præcis som på denne nøgle.

Langdon følte at hans fantasi var ved at løbe af med ham da han begyndte at fantasere om hvad de ville finde. Den Hellige Gral. Det var lige før han kom til at grine over det absurde ved tanken. Gralen formodedes at befinde sig et eller andet sted i England, begravet i et hemmeligt kammer under en af de mange tempelherrekirker. Her havde den efter sigende ligget skjult siden femtenhundredtallet.

Stormester Da Vincis æra.

For at sikre sig at deres uendeligt værdifulde dokumenter var i sikkerhed, havde Priory of Sion været nødt til at flytte dem mange gange i løbet af de første århundreder. Historikernes teorier hævdede at gralen havde haft seks forskellige placeringer siden dens ankomst til Europa fra Jerusalem. Den seneste "gral-observation" var dateret til 1447 hvor adskillige øjenvidner beskrev at der var udbrudt en brand som næsten havde nået at fortære dokumenterne inden de blev båret i sikkerhed i fire kæmpestore kister der hver blev båret af seks mænd. Siden denne episode har ingen hævdet at have set gralen. Det eneste der figurerede nu var spredte rygter om at den var skjult i Storbritannien – Kong Arthurs og Ridderne af det Runde Bords land.

Hvor end gralen befandt sig, kunne to vigtige ting slås fast:
Leonardo vidste hvor gralen befandt sig mens han levede.
Det skjulested er formodentlig stadig det samme den dag i dag.

Det var grunden til at gral-entusiaster stadig fordybede sig i Da Vincis kunst og dagbøger i håb om at finde et skjult tegn på gralens skjulested. Nogle hævdede at den bjergfulde baggrund i *Madonna of the Rocks* var identisk med topografien i en række grottefyldte småbjerge i Skotland. Andre insisterede på at den mystiske placering af disciplene i *Den Sidste Nadver* var en form for kode. Endnu andre hævdede at røntgenbilleder af *Mona Lisa* afslørede at hun oprindeligt var blevet malet med et lasurstenshalssmykke af Isis – en detalje Da Vinci efter sigende senere besluttede at male over. Langdon havde aldrig set noget bevis på halssmykkets tilstedeværelse, og han kunne heller ikke forestille sig hvordan det ville kunne afdække Den Hellige Grals skjulested, men alligevel blev det til bevidstløshed diskuteret af gralfanatikere på internettet.

Alle er vilde med sammensværgelser.

Og sammensværgelserne blev ved med at dukke op. Den seneste havde været den rystende opdagelse af at Da Vincis berømte *Kongernes tilbedelse* skjulte en dunkel hemmelighed under de mange lag maling. Den italienske kunstkender Maurizio Seracini havde afsløret den foruroligende sandhed som *New York Times Magazine* havde viderebragt i en artikel på en fremtrædende plads under overskriften "Leonardos mørklægning".

Seracini havde afsløret at mens det var hævet over enhver tvivl at den grågrønne underliggende skitse til *Kongernes tilbedelse* var Da Vincis værk, så var det ikke tilfældet med selve maleriet. Sandheden var at en eller anden anonym maler havde udfyldt Da Vincis skitse som et andet malebogsbillede flere år efter Da Vincis død. Hvad der dog var langt mere foruroligende var det der lå under bedragerens maling. Fotografier taget med infrarødt genspejlingsudstyr og røntgen viste at denne slyngel af en maler havde foretaget mistænkelige afvigelser fra den underliggende tegning, da han færdiggjorde det skitserede studie – som for at undergrave Da Vincis egentlige hensigt. Hvad end den sande natur af den underliggende skitse var, var det ikke blevet offentliggjort endnu. Pinligt berørte ansatte ved Uffizierne i Firenze havde dog straks forvist maleriet til et lager på den anden side af gaden. Folk der besøgte museets Leonardo-sal blev nu mødt af et vildledende og ikke-undskyldende skilt der hvor *Kongernes tilbedelse* engang havde hængt.

DETTE VÆRK GENNEMGÅR
NÆRMERE UNDERSØGELSER
MED HENBLIK PÅ RESTAURERING

I den sælsomme underverden af moderne gralfanatikere forblev Leonardo da Vinci den store gåde. Det virkede som om hans værker var på bristepunktet for at fortælle en hemmelighed, og alligevel forblev det skjult – hvad end det måtte være. Måske skjult under adskillige lag maling, måske på selve overfladen, eller måske slet ingen steder. Måske var Da Vincis overflod af lokkende spor ikke andet end tomme løfter som han havde efterladt for at frustrere de nysgerrige og for at bringe et medvidende smil frem på *Mona Lisas* læber.

"Kan det være," sagde Sophie og rev Langdon ud af hans tanker, "at nøglen, du sidder med, er nøglen til Den Hellige Grals skjulested?"

Langdon kunne selv høre at hans latter lød tvungen. "Det kan jeg virkelig ikke forestille mig. Og desuden antages det at gralen er skjult et sted i Storbritannien – ikke i Frankrig." Han gav hende en kortfattet version af historien.

"Men det virker som om gralen er den eneste logiske forklaring," fortsatte hun. "Vi sidder med en ekstremt sikker nøgle der er udstyret med Priory of Sion's segl. Og vi har fået den af et medlem af broderskabet – et broderskab som du lige har fortalt mig bevogter Den Hellige Gral."

Langdon vidste at der var logik i hendes påstand, men alligevel sagde hans intuition ham at det ikke kunne passe. Der gik ganske vist rygter om at Priory of Sion havde svoret på en dag at bringe gralen tilbage til Frankrig til et endeligt hvilested, men der var absolut ikke nogen historiske beviser på at det rent faktisk var sket. Og selvom man antog at det rent faktisk var lykkedes for broderskabet at bringe gralen tilbage til Frankrig, så lød adressen Rue Haxo

24 i nærheden af et tennisstadion ikke umiddelbart som noget storslået sted at lade gralen finde hvile for evigt. "Sophie, jeg kan virkelig ikke se hvordan denne nøgle skulle have noget med gralen at gøre."

"Fordi gralen siges at befinde sig i England?"

"Ikke kun derfor. Den Hellige Grals skjulested er en af de bedst bevarede hemmeligheder gennem tiderne. Medlemmer af Priory of Sion venter i flere årtier for at bevise deres troværdighed, før de ophøjes til den højeste grad inden for broderskabet og får kendskab til hvor gralen befinder sig. Hemmeligheden er beskyttet af et kompliceret system af feltinddelt kendskab, og selvom broderskabet er stort, er der til enhver tid kun *fire* medlemmer der ved hvor gralen er skjult – Stormesteren og hans tre *sénéchaux*. Sandsynligheden for at din bedstefar skulle være en af de fire er meget lille."

Min bedstefar var en af dem, tænkte Sophie og trykkede på speederen. Hun havde et billede brændt fast i sin hukommelse der – hævet over enhver tvivl – bekræftede hendes bedstefars status i broderskabet.

"Og selvom din bedstefar var en af de fire, ville han aldrig have haft tilladelse til at afsløre noget for nogen uden for broderskabet. Det er utænkeligt at han skulle bringe dig ind i inderkredsen."

Jeg har allerede været der, tænkte Sophie og så ritualet i kælderen for sig. Hun spekulerede på om tiden var inde til at fortælle Langdon hvad hun havde været vidne til den nat i kælderen på hendes bedstefars château i Normandiet. I ti år var det udelukkende skam der havde afholdt hende fra at fortælle det til nogen som helst. Alene tanken om det fik det til at løbe hende koldt ned ad ryggen. Sirener begyndte at hyle i det fjerne, og hun følte det som om en tyk dyne af træthed lagde sig over hende.

"Der!" udbrød Langdon da Roland Garros tennisstadions enorme bygningskompleks dukkede op forude.

Sophie snoede sig vej hen mod det. Efter adskillige forsøg fandt de frem til det sted hvor vejen skar Rue Haxo og drejede ind på den med kurs mod de lave husnumre. Vejen fik mere og mere forretningsmæssigt præg med kontorer side om side.

Hvor er nummer fireogtyve? tænkte Langdon mens det samtidig gik op for ham at han i smug ledte efter spiret af en kirke. *Lad nu være med at være dum. En glemt Tempelherrekirke i dette kvarter?*

"Der er det," konstaterede Sophie og pegede.

Langdons øjne bevægede sig over mod bygningen.

Hvad i alverden?

Det var en moderne bygning. Det lignede nærmest en lille fæstning med

178

fladt tag, og den var udsmykket med et stort ligearmet neonkors øverst på facaden. Under korset stod der:

DEPOSITORY BANK OF ZURICH

Langdon priste sig lykkelig for ikke at have indviet Sophie i sit håb om at finde en Tempelherrekirke. En udpræget erhvervsskade hos symbolforskere var en tendens til at udlede skjulte betydninger i situationer hvor der ikke var nogen skjult betydning. I dette tilfælde havde Langdon fuldstændig glemt at Schweiz havde valgt det fredelige, ligearmede kors til sit flag – et passende symbol for det neutrale land.

I det mindste var mysteriet løst.

Sophie og Langdon var i besiddelse af en nøgle til en schweizisk bankboks.

KAPITEL 41

Uden for Castel Gandolfo susede den kølige bjergluft over toppen af bjerget og hen over den stejle skrænt og sendte en strøm af kuldegysninger gennem Biskop Aringarosa da han steg ud af Fiat'en. *Jeg skulle have klædt mig bedre på*, tænkte han og forsøgte bevidst at lade være med at skutte sig. Han havde mindst af alt brug for at virke svag og bange i aften.

Kastellet var mørklagt bortset fra vinduerne på øverste etage hvorfra der strømmede et ildevarslende skær. *Biblioteket*, tænkte Aringarosa. *De sidder og venter*. Han bøjede hovedet mod vinden og fortsatte uden så meget som at kaste et blik på observatoriets kupler.

Præsten der tog imod ham i døråbningen så træt ud. Det var den samme præst som havde taget imod Aringarosa for fem måneder siden – om end hans fremtoning denne nat var langt mindre høflig. "Vi var bekymret for Dem, Biskop," sagde præsten og så på uret – snarere som om han var blevet forstyrret end at han havde været urolig.

"Det beklager jeg. Flyselskaber er så upålidelige nu om dage."

Præsten mumlede et eller andet uhørligt. "De venter ovenpå. Jeg følger Dem op."

Biblioteket var et stort firkantet lokale beklædt med mørke træpaneler fra gulv til loft. Langs alle væggene stod reoler der bugnede af bøger. Gulvet var belagt med ravfarvet marmor med et sort basaltmønster – en smuk påmindelse om at stedet engang havde været et palads.

"Velkommen, Biskop," lød en mandsstemme fra den modsatte ende af rummet.

Aringarosa forsøgte at se hvem der havde talt, men lyset i rummet var underlig svagt – meget svagere end det havde været under hans første besøg, hvor alt var oplyst. *Den ubetingede opvågnings nat*. Denne nat sad mændene i halvmørke som om de på en eller anden måde skammede sig over, hvad der skulle finde sted.

Aringarosa trådte langsomt ind, nærmest majestætisk. Han kunne se omridset af tre mænd der sad ved et langt bord i den modsatte ende af lokalet. Han genkendte straks silhuetten af manden i midten – den fede *Secretariat*

180

Vaticana; generalsekretær og herre over alle juridiske anliggender i Vatikanet. De to andre var højtstående italienske kardinaler.

Aringarosa gik gennem biblioteket, over mod dem. "Jeg undskylder ydmygt tidspunktet. Vi lever i forskellige tidszoner. I må være trætte."

"Overhovedet ikke," sagde generalsekretæren som sad med hænderne foldede hen over sin enorme mave. "Vi er taknemmelige for, at De har rejst så langt. Det mindste vi kan gøre er at være vågne for at tage imod Dem. Må vi byde Dem en forfriskning – kaffe?"

"Jeg vil foretrække at vi ikke foregiver at dette er et hyggebesøg. Jeg skal nå et fly. Skal vi komme til sagen?"

"Naturligvis," sagde generalsekretæren. "De har handlet hurtigere, end vi havde forestillet os."

"Har jeg det?"

"De har stadig en måned."

"Det er fem måneder siden, De bekendtgjorde Deres bekymringer," sagde Aringarosa. "Hvorfor skulle jeg vente længere?"

"Nej, det er klart. Vi sætter stor pris på Deres handlekraft."

Aringarosas blik gled ned over det lange bord, ned til en stor sort kuffert for enden. "Er det, hvad jeg bad om?"

"Ja." Generalsekretæren lød urolig. "Selvom jeg må indrømme, at vi er bekymrede over anmodningen. Det virker temmelig…"

"Farligt," indskød en af kardinalerne. "Er De sikker på, at vi ikke kan overføre beløbet til Dem på en eller anden måde? Det er et umådeligt stort beløb."

Frihed koster. "Jeg frygter ikke for min egen sikkerhed. Gud er med mig."

Mændene så faktisk tvivlende ud.

"Er det præcis som jeg bad om?"

Generalsekretæren nikkede. "Ihændehaverchecks af høj pålydende værdi udstedt af Den Vatikanske Bank. De kan omsættes til kontanter hvor som helst i verden."

Aringarosa gik ned for enden af bordet og åbnede kufferten. Inde i den lå to tykke stakke af checks, hver eneste var prydet med Vatikanets segl og ordet PORTATORE, som betød at hver eneste check kunne indløses af hvem der nu end var i besiddelse af den.

Generalsekretæren så anspændt ud. "Jeg må indrømme, Biskop, at vi alle ville være langt mere rolige hvis det var *kontanter.*"

Jeg ville ikke kunne løfte så mange penge, tænkte Aringarosa og lukkede kufferten. "Checkene kan omsættes til kontanter. Det har De selv lige sagt."

181

Kardinalerne udvekslede nervøse blikke og til sidst sagde en af dem, "ja, men disse checks kan spores direkte til Den Vatikanske Bank."

Aringarosa smilede indvendig. Det var netop derfor Mesteren havde foreslået Aringarosa at få pengene i form af checks fra Den Vatikanske Bank. Det tjente som en forsikring. *Vi er alle sammen involveret i det her.* "Det er en fuldstændig legal transaktion," svarede Aringarosa. "Opus Dei er et personligt prælatur der hører direkte under Vatikanet, og Paven kan overføre penge hvordan han end vil. Der er på ingen måde tale om lovbrud."

"Det er sandt, men alligevel..." Generalsekretæren lænede sig frem, og hans stol knagede under ham. "Vi har ikke kendskab til, hvad De har tænkt Dem at gøre med disse penge, og hvis det på nogen måde er ulovligt..."

"I betragtning af hvad I beder mig om," afbrød Aringarosa, "skal I ikke bekymre jer om hvad jeg gør med pengene."

Ingen sagde noget.

De ved at jeg har ret, tænkte Aringarosa. "Nu går jeg ud fra at I har noget jeg skal skrive under på?"

Det gav et sæt i dem alle, og de skubbede ivrigt papiret over mod ham som om de alle ønskede at han bare skulle skynde sig at gå.

Aringarosa kiggede på arket foran ham. Det bar pavens segl. "Er det identisk med det, De sendte mig?"

"Ja, fuldstændig."

Aringarosa var overrasket over hvor lidt han følte da han underskrev dokumentet. De tre tilstedeværende mænd så dog ud til at ånde lettet op.

"Tak, Biskop," sagde generalsekretæren. "Deres gerninger for kirken vil aldrig blive glemt."

Aringarosa tog kufferten og dens vægt gav ham en fornemmelse af forjættelse og magt. De fire mænd kiggede på hinanden et kort øjeblik som om der var mere der skulle siges – men det var der åbenbart ikke. Aringarosa vendte sig om og gik over mod døren.

"Biskop?" kaldte en af kardinalerne idet Aringarosa nåede hen til dørtrinet.

Aringarosa stoppede op og vendte sig. "Ja?"

"Hvor tager De hen herfra?"

Aringarosa fornemmede at spørgsmålet i højere grad var åndeligt end geografisk, men han havde dog ikke til hensigt at begynde at diskutere moralske spørgsmål på dette tidspunkt. "Paris," svarede han og forsvandt ud ad døren.

KAPITEL 42

Depository Bank of Zurich var et døgnåbent bankdepot der tilbød sine kunder det sidste nye inden for anonym service i forlængelse af traditionen med anonymt nummererede schweiziske bankkonti. Banken havde filialer i Zürich, Kuala Lumpur, New York og Paris.

Kernen i deres virksomhed var langt den ældste og enkleste form for service – *det blinde lager* – også kendt som anonyme bankbokse. Klienter der ønskede at få opbevaret alt fra aktiecertifikater til kostbare malerier kunne anonymt deponere deres ejendele her gennem en række højteknologiske foranstaltninger der sikrede diskretion. Desuden kunne de når som helst hente deres genstande under total anonymitet.

Idet Sophie kørte hen foran deres bestemmelsessted, kiggede Langdon ud på bygningens kompromisløse arkitektur og fik en fornemmelse af at Depository Bank of Zurich var et firma med meget lidt sans for humor. Bygningen var en rektangulær kasse uden vinduer, der så ud til udelukkende at bestå af mat stål. Bygningsværket der fremstod som en kæmpemæssig metalklods, lå tilbagetrukket fra vejen, og dets facade var prydet af et næsten fem meter højt ligearmet lysende neonkors.

Schweiz' ry for diskretion i bankvirksomhed var blevet et af landets mest indbringende eksportvarer. Den form for service som banker som denne tilbød var yderst omdiskuteret i kunstverdenen fordi disse banker udgjorde et perfekt sted for tyve at gemme deres tyvegods indtil der var fri bane – i mange år hvis det var nødvendigt. Eftersom bankbokse var sikret mod politiransagning af loven der beskytter privatlivets fred, og eftersom disse bankbokse tillige var knyttet til et nummersystem og ikke til folks navne, kunne tyve tage det helt roligt, vel vidende at deres tyvegods var i sikkerhed og ikke ville kunne blive sporet tilbage til dem.

Sophie stoppede bilen ved en imponerende låge der spærrede indkørslen til banken – en cementbelagt rampe der forsvandt ned under bygningen. Overvågningskameraet der hang over lågen, var rettet direkte mod dem, og Langdon havde en fornemmelse af at det – i modsætning til dem på Louvre – var ægte.

Sophie rullede vinduet ned og kastede et blik på den elektroniske pult på chaufførsiden. En skærm gav anvisninger på syv sprog.

INDSÆT NØGLE

Sophie tog den laserudskårne guldnøgle op af lommen og rettede igen opmærksomheden mod pulten. Under skærmen var der et trekantet hul.

"Der er noget der siger mig at den passer," sagde Langdon.

Sophie rettede nøglens tresidede stilk mod hullet, og satte den ind. Hun skubbede den ind indtil hele stilken var forsvundet. Det var åbenbart ikke nødvendigt at dreje denne form for nøgle. Fra det ene øjeblik til det andet begyndte lågen at gå op. Sophie flyttede foden fra bremsen og lod bilen rulle ned til endnu en låge med en pult på venstre side. Bag dem gik den anden låge i igen, og spærrede dem inde som et skib i en sluseport.

Langdon brød sig ikke om den indelukkede fornemmelse. Lad os håbe at den anden låge også virker.

Pult nummer to var udstyret med tilsvarende anvisninger.

INDSÆT NØGLE

Da Sophie lod nøglen glide i hullet, gik lågen op med det samme. Et øjeblik efter var de på vej ned ad rampen – ind i bygningens bug.

Den private parkeringsplads var lille og mørk med plads til omkring en halv snes biler. Langdon fik øje på bygningens hovedindgang i den modsatte ende. En rød løber strakte sig hen over cementgulvet og bød gæsterne velkommen til en gigantisk dør der også viste sig at bestå af massivt stål.

Det kan man da kalde et blandet budskab, tænkte Langdon. *Velkommen og bliv ude.*

Sophie parkerede bilen i en bås tæt ved indgangen og slukkede motoren. "Du må hellere lade pistolen blive her."

Med glæde, tænkte Langdon og lod pistolen glide ned under sædet.

Sophie og Langdon steg ud og gik op over den røde løber, hen til stålpladen der gjorde det ud for en dør. Der var intet håndtag på døren, men på væggen ved siden af den var der et trekantet nøglehul. Denne gang fulgte der ingen anvisning.

"Det holder de langsomtopfattende ude," sagde Langdon.

Sophie sendte ham et nervøst smil. "Okay, nu gør vi det." Hun stak nøglen i hullet, og døren svingende indad med en lav summen. De kastede et hurtigt blik på hinanden og trådte ind. Døren gled i bag dem med en dæmpet lyd.

Forhallen i Depository Bank of Zurich bød på den mest imponerende ud-

184

smykning Langdon nogensinde havde set. Hvor de fleste banker var fyldt med det traditionelle højglanspolerede marmor og granit, havde denne satset på væg-til-væg metal og nitter.

Hvem mon er dekoratør her på stedet? tænkte Langdon. *Det lokale stålvalseværk?*

Sophie så lige så forskræmt ud idet hendes øjne løb gennem forhallen.

Der var gråt metal overalt; på gulvet, væggene, skranken, dørene – selv stolene i forhallen var lavet af formstøbt metal. Ikke desto mindre var virkningen slående. Budskabet stod klart: Du befinder dig i en lukket boks.

En stor mand bag skranken kiggede op idet de trådte ind. Han slukkede for det lille fjernsyn han sad og kiggede på og hilste på dem med et venligt smil. På trods af hans enorme muskler og synlige pistol var hans ordvalg præget af en schweizisk piccolos polerede høflighed.

"Bonsoir," sagde han og fortsatte på engelsk, "hvad kan jeg gøre for Dem?"

Den to-sprogede hilsen var et af de nyeste europæiske høflighedstrick. Dermed antydede man ingenting på forhånd og gav i stedet gæsten mulighed for at svare på det sprog vedkommende foretrak.

Sophie svarede overhovedet ikke. Hun lagde ganske enkelt blot nøglen på skranken foran manden.

Manden kiggede ned og rettede sig øjeblikkeligt lidt mere op. "Naturligvis. Deres elevator er for enden af forhallen. Jeg giver besked om at De er på vej."

Sophie nikkede og tog nøglen igen. "Hvilken etage?"

Manden så underligt på hende. "Nøglen instruerer elevatoren om hvilken etage."

Hun smilede. "Ja, selvfølgelig."

Vagten fulgte de to nyankomne med øjnene da de gik hen til elevatoren, stak nøglen i hullet, trådte ind i elevatoren og forsvandt. Så snart døren var gledet i bag dem, greb han telefonen. Han ringede ikke for at give nogen besked om at de var på vej; det var der ingen grund til. En boksportner var allerede automatisk blevet informeret idet klientens nøgle var blevet stukket i den yderste låge udenfor.

I stedet ringede vagten til bankens natbestyrer. Mens han ventede på at telefonen blev taget, tændte han for fjernsynet igen og stirrede på det. Nyhedsindslaget han havde siddet og set var slut. Det gjorde ikke noget. Han havde netop fået et endnu bedre blik på de to ansigter han havde set i fjernsynet.

Bestyreren tog telefonen. *"Qui?"*

"Vi har et problem hernede."

"Hvad er der sket?" spurgte bestyreren.

"Det franske politi har netop efterlyst to personer der er på flugt."

"Og hvad så?"

"De er begge netop trådt ind i banken."

Bestyreren bandede for sig selv. "Okay. Jeg kontakter monsieur Vernet med det samme."

Vagten lagde på og ringede straks til et andet nummer. Denne gang til Interpol.

Langdon var overrasket over at mærke at elevatoren snarere bevægede sig nedad end opad. Han havde ingen anelse om hvor mange etager under jorden de befandt sig da dørene endelig gled op. Han var også ligeglad. Han var blot lettet over at være kommet ud af elevatoren igen.

Med iøjnefaldende imødekommenhed stod der allerede en mand parat til at tage imod dem. Det var en ældre, venligtudseende mand iført et omhyggeligt presset fløjlsjakkesæt der fik ham til at virke underligt malplaceret – en gammeldags bankmand i højteknologiske omgivelser.

"*Bonsoir,*" sagde manden. "God aften. Vil De være så venlig at følge efter mig, *s'il vous plaît?*" Uden at vente på svar vendte han om på hælen og gik målrettet ned gennem en smal metalbeklædt korridor.

Langdon og Sophie fulgte efter ham ned gennem en række korridorer og forbi adskillige lokaler fyldt med blinkende computerskærme.

"*Voici,*" sagde deres vært idet de nåede hen til en ståldør som han åbnede for dem. "Vær så god."

Langdon og Sophie trådte ind i en anden verden. Det lille rum foran dem lignede en overdådig opholdsstue på et fint hotel. Væk var alt stål og alle nitter, og i stedet var der ægte tæpper på gulvet, mørke egetræsmøbler og behagelige stole. På det brede bord i midten af rummet stod to krystalglas ved siden af en nyåbnet flaske Perrier hvis bobler stadig brusede op mod overfladen. En kande med kaffe stod og dampede ved siden af den.

Præcision, tænkte Langdon. *Overlad det til schweizerne.*

Manden smilede forstående til dem. "Jeg fornemmer at dette er Deres første besøg hos os?"

Sophie tøvede og nikkede så.

"Det er der fuld forståelse for. Nøgler går ofte i arv, og vores førstegangsbesøgende er altid usikre med hensyn til proceduren." Han gik over mod bordet med drikkevarer. "Dette rum er Deres så længe De måtte ønske at benytte det."

"Sagde De, at nøgler nogle gange går i arv?" spurgte Sophie.

"Absolut. Deres nøgle fungerer på samme måde som en schweizisk bank-konto; den er knyttet til et nummer, ikke et navn, og går ofte i arv gennem generationer. På vores guldkonti er den korteste lejeperiode for bankbokse halvtreds år. Forudbetalt. Så vi ser mange familiemæssige overdragelser."

Langdon stirrede på ham. "Sagde De halvtreds *år?*"

"Som minimum," svarede deres vært. "Naturligvis kan man indgå meget længere lejeaftaler, men medmindre andet er aftalt så vil indholdet af en bankboks blive tilintetgjort hvis den ikke har været aktiveret i halvtreds år. Skal jeg gennemgå adgangsproceduren for Deres boks?"

Sophie nikkede. "Ja, tak."

Deres vært slog ud med armen i den luksuøse salon. "Dette er Deres private besigtigelsesrum. Så snart jeg har forladt lokalet, må De tage Dem al den tid De måtte ønske til at studere eller ændre på indholdet af Deres bankboks som ankommer... herovre." Han førte dem over til væggen længst væk fra døren hvor et bredt transportbånd var placeret i en elegant kurve, som mindede om et lille udsnit af et bagagebånd i en lufthavn. "De indsætter Deres nøgle i hullet derovre..." Manden pegede på en stor elektronisk pult over for transportbåndet. Pulten var udstyret med et velkendt trekantet hul. "Når computeren har accepteret nøglens kodesystem, indtaster De Deres konto-nummer hvorefter Deres boks automatisk vil blive ført frem fra boks-afdelingen under os. Når De er færdig med at inspicere indholdet af Deres boks, placerer De den på transportbåndet igen, indsætter igen nøglen og hele proceduren gentages baglæns. Eftersom alt foregår automatisk, er De garanteret diskretion og ro, også fra de ansatte i banken. Hvis De har brug for noget, trykker De blot på knappen på bordet i midten af rummet."

Sophie skulle til at stille et spørgsmål da en telefon begyndte at ringe. Manden så forvirret og forlegen ud. "Undskyld mig." Han gik over til telefon-en der stod på bordet ved siden af kaffekanden.

"*Oui?*" svarede han.

Han rynkede panden mens han lyttede. "*Oui... oui...d'accord.*" Han lagde på og sendte dem et nervøst smil. "Jeg beklager, men jeg må overlade Dem til Dem selv nu. God fornøjelse." Han gik hurtigt over mod døren.

"Undskyld," kaldte Sophie, "men der er noget jeg gerne lige vil have ud-dybet, inden De går. De nævnte, at vi skal indtaste et *kontonummer?*"

Manden stoppede op henne ved døren og så bleg ud. "Ja, selvfølgelig. Som det er tilfældet med alle schweiziske banker, er vores bankbokse knyttet til et nummer og ikke til et navn. De har en nøgle og et personligt kontonummer som kun De kender. Deres nøgle er kun halvdelen af Deres identifikation.

Deres personlige kontonummer udgør den anden halvdel. Ellers ville det jo betyde at hvis De mistede Deres nøgle ville hvem som helst kunne bruge den."

Sophie tøvede. "Og hvad så hvis min velgører ikke gav mig noget konto-nummer?"

Bankmandens hjerte hamrede. *Så har De åbenbart ikke noget at gøre her!* Han sendte dem et roligt smil. "Jeg får fat i en som kan hjælpe Dem. Han vil være her om et øjeblik."

Manden forlod rummet, lukkede døren efter sig og drejede en tung lås – og låste dem inde i rummet.

I den anden ende af byen stod Collet ved Gare du Nord banegården da hans telefon ringede.

Det var Fache. "Interpol har fået et tip," sagde han. "Glem toget. Langdon og Sophie er netop trådt ind i den parisiske filial af Depository Bank of Zurich. Jeg vil have Deres mænd derhen med det samme."

"Er der kommet noget frem om, hvad det var Saunière forsøgte at fortælle kommissær Neveu og Robert Langdon?"

Faches tonefald var koldt. "Hvis De anholder dem, kommissær Collet, så kan jeg personligt spørge dem."

Collet forstod hentydningen. "Rue Haxo nummer 24. Straks, Sir." Han lagde på og kaldte sine mænd over radioen.

KAPITEL 43

André Vernet – direktør for Depository Bank of Zurich's parisiske filial – boede i en overdådig lejlighed oven over banken. På trods af sin luksuøse bolig havde han altid drømt om at eje en lejlighed ved floden på L'Ile Saint-Louis hvor han ville kunne gå og gnubbe sig op ad de virkelig kendte, i stedet for her hvor han kun mødte de svinsk rige.

Når jeg går på pension, sagde Vernet til sig selv, *vil jeg fylde min kælder med sjældne Bordeaux-vine, pryde min stue med en Fragonard eller måske en Boucher og bruge tiden på at gå på jagt efter antikke møbler og sjældne bøger i Latinerkvarteret.*

I nat havde Vernet kun været vågen i seks et halvt minut da han hastede ned gennem bankens underjordiske korridorer. Alligevel så han ud som om hans private stylist og frisør havde poleret ham så han glinsede. Ulasteligt klædt i et silkejakkesæt, sprayede Vernet noget frisk ånde i munden og rettede på sit slips idet han gik gennem korridorerne. Han var vant til at blive vækket for at tage sig af sine internationale klienter der ankom fra alverdens tidszoner, og han havde derfor indøvet et søvnmønster i lighed med Masai-krigernes – den afrikanske stamme der var berømt for deres evne til at rejse sig fra den dybeste søvn og stå parat til kamp efter få sekunder.

Kampklar, tænkte Vernet og frygtede at udtrykket ville være usædvanlig passende i nat. Ankomsten af en guldnøgleklient krævede altid ekstra år-vågenhed, men ankomsten af en guldnøgleklient der var eftersøgt af politiet var en ekstremt vanskelig situation. Banken havde i forvejen rigelig mange kampe i gang med de juridiske myndigheder på grund af deres klienters private ejendomsret – endda uden at der fandtes beviser på at nogle af dem kunne være forbrydere.

Fem minutter, sagde Vernet til sig selv. *Jeg må få disse mennesker ud af min bank inden politiet ankommer.*

Hvis han handlede hurtigt, ville den overhængende katastrofe kunne nå at blive afværget. Vernet ville kunne sige til politiet at de pågældende to efter-lyste personer ganske rigtigt var ankommet til hans bank, som det var blevet rapporteret, men eftersom de ikke var klienter og ikke havde noget konto-nummer, var de blevet afvist. Han ville ønske at den forbandede vagt i

189

receptionen ikke havde ringet til Interpol. Diskretion var åbenbart ikke en egenskab man fandt hos en dørmand til 15 euro i timen.

Han stoppede ved døren, tog en dyb indånding og forsøgte at slappe af. Derefter låste han døren op, og med et påtvunget indsmigrende smil på sine læber smuttede han ind i rummet som en lun brise.

"God aften," sagde han idet hans blik søgte klienterne. "Mit navn er André Vernet. Hvordan kan jeg være Dem behjæl– ". Resten af sætningen satte sig fast et eller andet sted i halsen på ham. Kvinden foran ham var den mest uventede gæst Vernet nogensinde havde haft.

"Undskyld, men kender vi hinanden?" spurgte Sophie. Hun mente ikke hun havde set manden før, men han så et øjeblik ud som om han havde set et spøgelse.

"Nej...", fremstammede bankdirektøren. "det... tror jeg ikke. Vores service er anonym." Han fremtvang et roligt smil. "Min assistent fortæller mig at De har en guldnøgle, men ikke noget kontonummer? Må jeg spørge hvordan De kom i besiddelse af denne nøgle?"

"Min bedstefar gav mig den," svarede Sophie og betragtede manden intenst. Hans foruroligelse var endnu tydeligere nu.

"Virkelig? Deres bedstefar gav Dem nøglen, men glemte at give Dem kontonummeret?"

"Jeg tror ikke at han havde tid til det," sagde Sophie. "Han blev myrdet i aftes."

Hendes ord fik manden til at stivne. "Er Jacques Saunière død?" spurgte han med et rædselsslagent udtryk i øjnene. "Men... hvordan?!"

Nu var det Sophies tur til chokeret at stivne. "*Kendte* De min bedstefar?"

André Vernet så lige så chokeret ud som Sophie og stod og støttede sig til den ene ende af bordet. "Jacques og jeg var gode venner. Hvornår er det sket?"

"Tidligere i aftes. I Louvre."

Vernet gik over til en dyb læderlænestol og lod sig synke ned i den. "Jeg er nødt til at stille jer begge et meget vigtigt spørgsmål." Han kiggede op på Langdon og derefter over på Sophie, og havde åbenbart pludselig glemt De-tiltalen. "Var der nogen af jer der havde noget at gøre med hans død?"

"Nej!" fastslog Sophie. "Ikke på nogen måde."

Vernet så alvorlig ud og tænkte sig om et øjeblik. "I er eftersøgt af Interpol. Der er billeder af jer overalt. Det var på den måde, jeg genkendte Dem. De er eftersøgt for mord."

Sophie blegnede. *Har Fache allerede efterlyst os via Interpol?* Det så ud til at Fache var langt mere opsat på at få fat i dem, end Sophie havde troet. Hun fortalte hurtigt Vernet hvem Langdon var, og hvad der var foregået i Louvre i nat.

Vernet så forbløffet ud. "Og Deres døende bedstefar efterlod Dem en meddelelse hvor han bad Dem om at finde Mr. Langdon?"

"Ja. Og han efterlod mig denne nøgle." Sophie lagde nøglen på bordet foran Vernet med Priory-seglet nedad.

Vernet kastede et blik på nøglen, men tog den ikke. "Efterlod han Dem blot denne nøgle? Intet andet? Ikke et stykke papir?"

Sophie vidste at hun havde haft travlt i Louvre, men hun var sikker på at der ikke havde været andet bag ved *Madonna of the Rocks.* "Nej. Kun nøglen."

Vernet sukkede opgivende. "Desværre forholder det sig sådan at hver eneste nøgle er elektronisk forbundet med et ticifret kontonummer der fungerer som adgangskode. Uden det nummer er Deres nøgle ubrugelig."

Ti cifre. Sophie udregnede hurtigt kombinationsmulighederne. *Ti milliarder muligheder.* Selv hvis hun kunne benytte kriminalpolitiets hurtigste computer, ville hun skulle bruge flere uger for at bryde koden. "Men jeg går ud fra, monsieur, at De i betragtning af omstændighederne kan hjælpe os."

"Jeg beklager. Der er virkelig intet jeg kan gøre. Alle klienter vælger selv deres kontonummer via en sikret terminal, hvilket betyder at kun klienterne selv samt computeren kender kontonumrene. Dette er én af måderne hvormed vi sikrer anonymitet. Og vores ansattes sikkerhed."

Sophie forstod det. Supermarkeder gjorde det samme. PERSONALET ER IKKE I BESIDDELSE AF NØGLER TIL PENGESKABET. Banken havde åbenbart ikke tænkt sig at løbe den risiko at en eller anden stjal en nøgle for derefter at tage en af de ansatte som gidsel for at få kontonummeret oplyst.

Sophie satte sig ved siden af Langdon, stirrede ned på nøglen og derefter over på Vernet. "Har De nogen som helst idé om, hvad min bedstefar opbevarer i Deres bank?"

"Absolut ikke. Det er selve filosofien bag vores banksystem."

"Monsieur Vernet," fortsatte Sophie, "vores tid er knap. Jeg vil være meget direkte, hvis jeg må." Hun rakte hånden frem mod guldnøglen og vente den om. Hun iagttog bankdirektørens øjne idet Priory-seglet dukkede op. "Ved De, hvad symbolet på nøglen betyder?"

Vernet kiggede ned på fleur-de-lis-seglet uden synlig reaktion. "Nej, men mange af vores klienter har udsmykket deres nøgler med et logo eller initialer."

Sophie sukkede og iagttog ham stadig intenst. "Dette segl symboliserer et hemmeligt broderskab kendt som Priory of Sion."

Vernet viste stadig ingen synlig reaktion. "Det kender jeg ikke noget til. Deres bedstefar var en ven, men vi talte hovedsagelig forretning." Manden rettede på sit slips med et nervøst udtryk.

"Monsieur Vernet," fortsatte Sophie alvorligt. "Min bedstefar ringede til mig tidligere på aftenen og fortalte at han og jeg var i alvorlig fare. Han sagde at der var noget han var nødt til at give mig. Han gav mig en nøgle til Deres bank. Nu er han død. Alt hvad De kan fortælle mig, vil være til hjælp."

Vernet var begyndt at svede. "Vi er nødt til at få jer ud herfra. Jeg er bange for at politiet dukker op inden længe. Min dørmand følte sig nødsaget til at ringe til Interpol."

Det havde Sophie allerede frygtet. Hun forsøgte en sidste gang. "Min bedstefar sagde, at han var nødt til at fortælle mig sandheden om min familie. Siger det Dem noget?"

"Mademoiselle, Deres familie blev dræbt i en bilulykke, da De var lille. Jeg beklager. Jeg ved at Deres bedstefar elskede Dem højt. Han nævnte flere gange for mig, hvor meget det pinte ham, at I to ikke længere havde kontakt."

Sophie vidste ikke, hvad hun skulle sige.

"Har indholdet af denne bankboks noget som helst med Sangreal at gøre?" spurgte Langdon.

Vernet kiggede underligt på ham. "Jeg aner ikke hvad det er?" I samme øjeblik ringede Vernets mobiltelefon, og han flåede den op af lommen. "*Oui?*" Han lyttede et øjeblik med et forundret udtryk der blev mere og mere bekymret. "*La police? Si rapidement?*" Han bandede, afgav hurtigt nogle ordrer på fransk og sagde at han ville være oppe i forhallen om få minutter.

Han afbrød telefonen og kiggede over på Sophie. "Politiet har reageret langt hurtigere end normalt. De er netop ankommet."

Sophie havde ikke tænkt sig at gå tomhændet fra stedet. "Fortæl dem at vi kom, men allerede har forladt stedet igen. Hvis de kræver at få lov til at ransage banken, så kræv at få en ransagningskendelse. Det vil tage dem et stykke tid."

"Hør," sagde Vernet, "Jacques var min ven, og min bank har ikke brug for denne form for omtale, og af disse to grunde har jeg ikke tænkt mig at tillade denne anholdelse at finde sted på min ejendom. Giv mig et minut, og jeg skal se hvad jeg kan gøre for at hjælpe Dem med at slippe væk fra banken uden at blive opdaget. Derudover vil jeg ikke involveres." Han rejste sig og skyndte sig over mod døren. "Bliv herinde. Jeg ordner det og kommer straks tilbage."

"Men bankboksen," udbrød Sophie. "Vi kan ikke bare gå."

"Der er ikke noget jeg kan gøre," sagde Vernet og skyndte sig ud ad døren. "Jeg beklager."

Sophie stirrede efter ham et øjeblik mens hun spekulerede på om kontonummeret måske lå begravet i et af de utallige breve og pakker hendes bedstefar havde sendt til hende gennem årene, men som hun havde ladet ligge uåbnede.

Langdon rejste sig pludselig, og Sophie lagde overrasket mærke til at han havde et tilfreds udtryk i øjnene.

"Robert? Du smiler."

"Din bedstefar var genial."

"Undskyld, men – ?"

"Ti cifre?"

Sophie anede ikke hvad han snakkede om.

"Kontonummeret," sagde han med et skævt smil. "Jeg er temmelig sikker på at din bedstefar alligevel har givet os det."

"Hvordan?"

Langdon trak det udprintede fotografi fra gerningsstedet op af lommen og lagde det på bordet. Sophie behøvede blot at kaste et blik på første linje før hun vidste at Langdon havde ret.

13-3-2-21-1-1-8-5

O, Draconian devil!

Oh, lame saint!

P.S. Find Robert Langdon

"Ti cifre", sagde Sophie; hendes kryptologiske sans dirrede af spænding idet hun så på det udprintede fotografi.

13-3-2-21-1-1-8-5

Grand-père skrev sit kontonummer på gulvet i Louvre!
Da Sophie første gang så den sammenblandede Fibonaccitalrække på parketgulvet, havde hun troet at det eneste formål med den havde været at sikre at kriminalpolitiet kontaktede den kryptografiske afdeling, så Sophie ville blive involveret i efterforskningen. Senere gik det op for hende at tallene også var et fingerpeg om hvordan de øvrige linjer skulle tydes – *en talrække i forkert orden... et tal-anagram.* Men nu så hun til sin store overraskelse at der stadig lå en om muligt endnu vigtigere betydning gemt i tallene. De udgjorde højst sandsynligt den endelige nøgle til at åbne hendes bedstefars mystiske bankboks.

"Han var tvetydighedernes mester," sagde Sophie idet hun vendte sig om mod Langdon. "Han elskede alt med flere betydningslag. Koder i koder."

Langdon var allerede på vej over til den elektroniske pult ved siden af transportbåndet. Sophie greb det udprintede fotografi og fulgte efter.

Pulten havde et lille tastatur magen til det der er på bankernes hæve-automater. Skærmen viste bankens krucifiksformede logo. Ved siden af tasta-turet var der et trekantet hul. Sophie spildte ikke tiden og satte straks nøglen i hullet.

Skærmen viste straks et nyt billede.

KONTONUMMER

_ _ _ _ _ _ _ _ _ _

Markøren blinkede.
Ti cifre. Sophie læste tallene op, og Langdon tastede dem ind.

KONTONUMMER
1332211185

194

Da han havde trykket det sidste tal, skiftede billedet på skærmen igen. Der dukkede en besked op på flere forskellige sprog. Engelsk var øverst.

BEMÆRK

Vær venlig at kontrollere at kontonummeret er korrekt
indtastet inden De trykker på ENTER.
Af sikkerhedsmæssige årsager
vil systemet straks blive afbrudt
hvis computeren ikke accepterer kontonummeret.

"En forsøgsspærre," sagde Sophie og rynkede panden. "Det ser ud til at vi kun får ét forsøg." Almindelige hæveautomater tillod brugeren *tre* forsøg til at indtaste pinkoden før kortet blev konfiskeret. Dette var tydeligvis ikke nogen almindelig hæveautomat.

"Nummeret ser rigtigt ud," bekræftede Langdon efter omhyggeligt at have kontrolleret tallene de havde indtastet med tallene på billedet. Han pegede på ENTER tasten. "Værsgo og tryk"

Sophie stak pegefingeren frem mod tasten, men tøvede idet en underlig tanke greb hende.

"Kom nu," sagde Langdon utålmodigt, " Vernet kan være tilbage når som helst."

"Nej." Hun trak hånden til sig. "Det er ikke det rigtige nummer."

"Selvfølgelig er det det! Ti cifre. Hvad kan det ellers være?"

"Rækkefølgen er for tilfældig."

For tilfældig? Langdon kunne dårligt være mere uenig. Enhver bank rådede sine kunder til at vælge en fuldstændig tilfældig adgangskode, så der ikke var nogen der ville kunne gætte sig frem til den. Naturligvis ville klienter på dette sted også blive rådet til at vælge et ganske tilfældigt kontonummer.

Sophie slettede alle tallene de netop havde indtastet og så op på Langdon med et selvsikkert udtryk i øjnene. "Det er alt for tilfældigt at dette såkaldt *tilfældige* kontonummer, kan sættes sammen så det danner Fibonacci-talrækken."

Det gik op for Langdon at der var noget om det hun sagde. Tidligere havde Sophie gennemskuet at dette kontonummer dannede Fibonaccitalrækken. Hvad var sandsynligheden for at det kunne lade sig gøre?

Sophie stod ved tastaturet og indtastede et andet nummer – som om hun kunne det udenad. "I betragtning af min bedstefars forkærlighed for symbolik og koder virker det desuden indlysende at han valgte et kontonummer der gav mening for ham, et nummer han let ville kunne huske." Hun indtastede det sidste tal med et skævt smil. "Noget der virkede tilfældigt – men ikke var det." Langdon så på skærmen.

KONTONUMMER
1123581321

Det tog ham et øjeblik, men da han gennemskuede det, vidste han at hun havde ret.

Fibonaccitalrækken.

1-1-2-3-5-8-13-21

Når Fibonaccitalrækken blev sat sammen til ét langt ti-cifret tal, blev den fuldstændig uigenkendelig. *Let at huske, men alligevel umiddelbart tilfældig.* En genial ticifret kode som Saunière aldrig ville glemme. Endvidere forklarede det hvorfor de sammenblandede tal på gulvet i Louvre kunne sættes sammen så de dannede den berømte talrække.

Sophie rakte hånden frem og trykkede på ENTER.

Der skete ikke noget.

I det mindste ikke noget de kunne se.

Men i samme øjeblik blev en robotdrevet klo vakt til live langt under dem, nede i bankens underjordiske huleagtige boksafdeling. Kloen der gled på et dobbeltakset transportsystem som var fastgjort til loftet, satte kursen mod de koordinater den havde fået anvist. På cementgulvet under den lå hundredvis af identiske plastikbokse side om side oven på et enormt gitter – som rækker af små kister i en underjordisk krypt.

Kloen stoppede med et lille ryk over det korrekte punkt og sank ned mod kassen idet en elektronisk scanner kontrollerede stregkoden på boksen. Med digital præcision greb kloen derefter fat om det solide håndtag og løftede boksen lodret op i luften. Da den var nået et stykke op, skiftede den retning og transporterede boksen til den modsatte ende af rummet hvor den stoppede oven over et stillestående transportbånd.

Forsigtigt satte den robotagtige arm boksen på båndet, slap taget og trak sig tilbage.

Så snart kloen havde sluppet, satte transportbåndet sig i bevægelse med et ryk.

Ovenover åndede Sophie og Langdon lettede op da de så transportbåndet sætte sig i bevægelse. Som de stod der ved siden af båndet følte de sig som to udmattede rejsende ved et bagagebånd der stod og ventede på en mystisk kuffert som de ikke kendte indholdet af.

Transportbåndet rullede ind i rummet til højre for dem gennem en smal sprække under en skydelåge. Lågen gled op, og en stor plastikboks kom til syne nede for enden af det skrånende transportbånd. Det var en tung, sort formstøbt plastikboks – langt større end Sophie havde forestillet sig. Det lignede en boks til at transportere kæledyr i, blot uden lufthuller.

Boksen stoppede brat lige ud for dem.

Langdon og Sophie stod tavse og stirrede på den mystiske beholder.

Som alt andet ved denne bank havde boksen et industrielt udseende – metalhængsler, en stregkode på låget, og et solidt støbt håndtag. Sophie syntes at den lignede en kæmpemæssig værktøjskasse.

Uden at spilde tiden løsnede Sophie de to hængsler der vendte ud mod dem. Så kastede hun et blik på Langdon og i fællesskab løftede de det tunge låg og lod det falde bagover.

De trådte et skridt frem og stirrede ned i boksen.

Ved første øjekast troede Sophie at boksen var tom. Så fik hun øje på noget. Det lå på bunden af kassen. En enkelt genstand.

Det blanke træskrin var omtrent på størrelse med en skotøjsæske og var forsynet med et ornamenteret hængsel. Træet havde en glansfuld mørk rødlig farve med tydelige årer. *Rosentræ*, tænkte Sophie. Hendes bedstefars yndlingstræsort. Der var indlejret en smuk rosenmosaik i låget. Hun og Langdon så undrende på hinanden. Sophie lænede sig frem, tog fat om boksen og løftede den op.

Du godeste, den er tung!

Hun bar den forsigtigt hen til et stort bord og satte den fra sig. Langdon gik hen ved siden af hende, og begge stod de og stirrede på den lille skattekiste som hendes bedstefar åbenbart havde sendt dem af sted for at få fat i.

Langdon stirrede med forundring på låget med den håndlavede mosaik – en rose med fem kronblade. Han havde set denne type rose mange gange før. "Den fembladede rose," hviskede han, "er Priory of Sion's symbol for Den Hellige Gral."

Sophie vendte sig og så på ham. Langdon kunne se hvad hun tænkte, og han tænkte det samme. Træskrinets størrelse, vægten af dets indhold og broderskabets symbol for gralen pegede alt sammen i retning af én og samme chokerende forklaring. *Kristi bæger ligger i dette træskrin.* Langdon sagde endnu en gang til sig selv at det var umuligt.

"Det har den rigtige størrelse," hviskede Sophie, "til at opbevare... et bæger."

Det kan ikke være et bæger.

Sophie trak skrinet over mod sig og gjorde klar til at åbne det. Men da hun flyttede det, skete der noget uventet. Skrinet gav en underlig skvulpende lyd fra sig.

Langdon trådte et skridt tilbage. *Der er væske inden i det?*

Sophie så lige så forbløffet ud. "Hørte du også...?"

Langdon nikkede, uforstående. "Væske."

Sophie rakte hænderne frem, løsnede langsomt hængslet og løftede låget.

Genstanden der lå indeni, lignede ikke noget Langdon nogensinde før havde set. Én ting stod dog straks helt klart for dem begge. Dette var *ikke* Kristi bæger.

KAPITEL 45

"Politiet har afspærret vejen," sagde André Vernet idet han trådte ind i rummet til Langdon og Sophie. "Det vil blive svært at få Dem ud." Idet han lukkede døren bag sig, fik han øje på den store plastikboks på transportbåndet og stoppede brat op. *Du godeste! De har fået adgang til Saunières boks?*

Sophie og Langdon stod ved bordet – bøjet over noget der lignede et stort smykkeskrin af træ. Sophie lukkede øjeblikkelig låget og kiggede op. "Vi havde alligevel kontonummeret," sagde hun.

Vernet var målløs. Det ændrede det hele. Han flyttede respektfuldt sit blik fra skrinet, alt imens han forsøgte at finde ud af, hvad han nu skulle gøre. *Jeg er nødt til at få dem ud af banken!* Men eftersom politiet allerede havde opstillet en afspærring, kunne Vernet kun komme i tanke om én måde at gøre det på. "Mademoiselle Neveu, hvis jeg kan få Dem sikkert ud af banken, vil De så tage genstanden med Dem eller lægge den tilbage i boksen, inden De forlader stedet?"

Sophie kastede et blik på Langdon og derefter tilbage på Vernet. "Vi er nødt til at tage den med."

Vernet nikkede. "Godt. Så foreslår jeg, at hvad end det er, så vikler De det ind i Deres trøje, mens vi går gennem korridorerne. Jeg foretrækker, at ingen andre ser det."

Mens Langdon tog sin jakke af, skyndte Vernet sig over til transportbåndet, lukkede den tomme boks og trykkede på et par taster. Transportbåndet satte i gang og flyttede plastikbeholderen ned i boksafdelingen igen. Han trak guldnøglen ud af hullet og rakte den til Sophie.

"Denne vej. Skynd Dem."

Da de nåede ud på lastepladsen bagved, lagde Vernet mærke til det blinkende lys fra politibilerne der trængte ned i den underjordiske garage. Han rynkede panden. Politiet var formodentlig i færd med at blokere nedkørslen. *Mon virkelig jeg har held til at gennemføre det her?* Han var begyndt at svede.

Vernet gik over mod en af bankens små pansrede varevogne. *Transport sûr* var en anden service som Depository Bank of Zurich tilbød. "Skynd jer ind i lastrummet," sagde han idet han hev den massive bagdør op og pegede ind i det funklende stålkammer. "Jeg er tilbage om et øjeblik."

Mens Sophie og Langdon klatrede ind, skyndte Vernet sig over til kontoret der tilhørte lastepladsens tilsynsførende. Han låste sig ind, tog nøglerne til varevognen, en chaufføruniformsjakke og en kasket. Han tog sin egen jakke og sit slips af og begyndte at trække i uniformsjakken. Han tøvede et øjeblik, og efter kort overvejelse tog han et skulderpistolhylster på under jakken. På vej ud greb han en af chaufførernes pistoler der hang på et stativ, ladede den, placerede den i skulderhylsteret og knappede uniformsjakken. Da han vendte tilbage til varevognen, trak han chaufførkasketten langt ned i panden og kiggede ind til Sophie og Langdon der stod inde i den tomme stålboks.

"De vil sikkert foretrække at have lyset tændt," sagde Vernet, stak hånden ind og tændte en ensom pære i loftet. "Og De må hellere sætte Dem ned. Der må ikke høres en lyd når vi kører ud gennem lågerne."

Sophie og Langdon satte sig på det metalbeklædte gulv. Skatten var stadig viklet ind i Langdons jakke, og han sad og knugede den ind til sig. Vernet lod den tunge dør svinge i og låste dem inde. Så satte han sig ind bag rattet og startede motoren.

Mens den pansrede varevogn bevægede sig op mod toppen af rampen, kunne Vernet mærke at sveden allerede var begyndt at samle sig under kasketten. Han så at der var langt flere politibiler ude foran, end han havde forestillet sig. Da varevognen var kommet et stykke op ad rampen, gik den inderste låge op for at lade den passere. Vernet kørte lidt frem og ventede til lågen bag ham var gledet i, inden han kørte videre og aktiverede den næste scanner. Den yderste låge gik op, og udgangen vinkede forude.

Hvis det ikke lige var for politibilen der holder og spærrer det øverste af rampen.

Vernet duppede sin pande og kørte videre.

En ranglet betjent trådte frem nogle få meter fra vejspærringen og gjorde tegn til at han skulle stoppe. Fire patruljevogne var parkeret ved udgangen.

Vernet stoppede. Han trak kasketten længere ned i panden og fremkaldte den groveste mine hans kultiverede opdragelse tillod. Han flyttede sig ikke fra rattet, men åbnede døren og stirrede ned på betjenten hvis ansigt var barsk og gustent.

"*Qu'est-ce qui se passe?*" spurgte Vernet i et brysk tonefald.

"*Je suis Jérôme Collet,*" sagde betjenten. "*Lieutenant Police Judiciaire.*" Han pegede på varevognens lastrum. "*Qu'est-ce qu'il y a là-dedans?*"

"For helvede da – hvis bare jeg vidste det," svarede Vernet på uhøfligt fransk. "Jeg er blot chauffør."

Collet så ikke imponeret ud. "Vi leder efter to forbrydere."

Vernet grinede. "Så er I kommet til det rette sted. Nogle af de sjovere jeg kører for, har så mange penge at de ganske enkelt *må* være kriminelle."

Kommissæren holdt en kopi af et pasbillede af Robert Langdon op foran ham. "Har denne mand været i banken i nat?"

Vernet trak på skuldrene. "Ingen anelse. Jeg er lastrotte. De lader os ikke på nogen måde komme i nærheden af klienterne. De er nødt til at gå ind og spørge i receptionen."

"Banken kræver en ransagningskendelse, før vi kan få lov at komme ind."

Vernet sendte ham et blik fuld af afsky. "Skrankepaver. Findes der noget værre?"

"Vær venlig og åbn Deres varevogn." Collet pegede ned mod lastrummet.

Vernet stirrede på kommissæren og fremtvang en hånlig latter. "Skal jeg åbne lastrummet? Tror De, at jeg har nøglen til det? Tror De, at de stoler på os? De skulle se den elendige løn, jeg får for det her."

Kommissæren kiggede skeptisk på ham. "Sidder De og siger, at De ikke har nogen nøgle til Deres egen vogn?"

Vernet rystede på hovedet. "Ikke til lastrummet. Kun til tændingen. Alle varevogne bliver forseglet af den tilsynsførende på lastepladsen. Så står den lastede varevogn og venter indtil en eller anden har transporteret nøglen til lastrummet frem til bestemmelsesstedet. Når vi så får en opringning om at nøglen er nået frem til modtageren, får jeg grønt lys til at køre. Ikke et øjeblik før. Jeg ved aldrig hvad fanden det er jeg kører med."

"Hvornår blev *den* her varevogn forseglet?"

"Det må være flere timer siden. Jeg skal køre hele vejen til St. Thurial i nat. Nøglerne til lastrummet er der allerede."

Kommissæren svarede ikke, men kiggede granskende på Vernet som om han forsøgte at læse hans tanker.

En dråbe sved gled ned over Vernets næse. "Gider De ikke at fjerne den?" sagde han og tørrede sig over næsen med sit ærme og gjorde et kast med hovedet i retning af politibilen der spærrede vejen. "Jeg har et stramt program."

"Går alle chauffører med Rolex-ure?" spurgte kommissæren og pegede på Vernets håndled.

Vernet kiggede ned og så den funklende urrem på sit vanvittigt dyre ur titte frem under jakkeærmet. *Merde.* "Det skrammel der? Jeg købte det for tyve euro af en taiwansk gadehandler i St. Germain des Près. De kan få det for fyrre."

Kommissæren tøvede et øjeblik og trådte så langt om længe til side. "Nej, ellers tak. God tur."

Vernet holdt vejret indtil varevognen var godt halvtreds meter nede ad gaden. Og nu sad han tilbage med endnu et problem. Hans last. *Hvor skal jeg køre dem hen?*

KAPITEL 46

Silas lå på maven på sin lærredsmåtte for at lade sårene på sin ryg størkne. Nattens anden omgang med disciplinrebet havde efterladt ham svimmel og udmattet. Han havde stadig ikke fjernet *cilice*-bæltet, og han kunne mærke blodet pible ned ad sit inderlår. Trods det følte han ikke at han endnu var berettiget til at tage bæltet af låret.

Jeg har svigtet kirken.

Hvad værre er, jeg har svigtet biskoppen.

Denne nat skulle have frelst biskoppen. For fem måneder siden var biskoppen vendt hjem fra et møde i Det Vatikanske Observatorium hvor han var blevet bekendt med noget der havde berørt ham dybt. Aringarosa havde gået deprimeret rundt i flere uger før han til sidst havde fortalt Silas hvad det drejede sig om.

"Men det er umuligt!" havde Silas udbrudt. "Det kan ikke være rigtigt!"

"Det er sandt," sagde Aringarosa. "Ufatteligt, men sandt. Om blot seks måneder."

Biskoppens ord havde skræmt Silas. Han bad for frelse, men selv i denne mørke periode havde hans tro på Gud og *Vejen* ikke vaklet. Blot en måned senere kom der på mirakuløs vis et hul i skyerne, og mulighedernes lys skinnede igennem.

Guddommelig indgriben, havde Aringarosa kaldt det.

Biskoppen havde for første gange virket fortrøstningsfuld. "Silas," hviskede han, "Gud har skænket os muligheden for at beskytte *Vejen*. Vores kamp vil, som alle kampe, koste ofre. Vil du være Guds soldat?"

Silas faldt på knæ foran Biskop Aringarosa – manden som havde skænket ham et nyt liv – og sagde, "Jeg er Guds lam. Led mig som dit hjerte befaler."

Da Aringarosa beskrev muligheden som havde vist sig, vidste Silas at der kun kunne være tale om Guds indgriben. *Vidunderlige skæbne!* Aringarosa satte Silas i forbindelse med manden som havde foreslået planen – en mand der omtalte sig selv som Mesteren. Selvom Mesteren og Silas aldrig havde mødtes ansigt til ansigt, var Silas hver gang de havde talt i telefon sammen blevet grebet af ærefrygt over Mesterens stærke tro og omfanget af hans magt.

Mesteren var angiveligt en mand der vidste alt, en mand med øjne og ører alle vegne. Silas vidste ikke hvorfra Mesteren fik alle sine oplysninger, men Aringarosa havde vist Mesteren overordentlig stor tillid, og han havde bedt Silas gøre det samme. "Gør hvad Mesteren beder dig om," havde biskoppen sagt til Silas. "Og vi vil sejre."

Sejre. Silas stirrede på det bare gulv og frygtede at sejren var forsvundet mellem hænderne på dem. Mesteren var blevet narret. Slutstenen var en forbandet blind vej. Og efter dette bedrag var alt håb ude.

Silas ville ønske at han kunne have ringet til Biskop Aringarosa og advaret ham, men Mesteren havde gjort det umuligt for dem at kommunikere i nat. *Af hensyn til jeres egen sikkerhed.*

Til sidst overvandt Silas en overvældende angst, kom på fødderne og greb sin kappe der lå på gulvet. Han tog mobiltelefonen op af lommen. Han bøjede skamfuldt hovedet og trykkede nummeret.

"Mester," hviskede han, "alt er tabt." Silas fortalte ham oprigtigt om hvordan han var blevet narret.

"De mister Deres tro for hurtigt," svarede Mesteren. "Jeg har netop fået de seneste oplysninger. Meget uventede og yderst velkomne. Hemmeligheden lever. Jacques Saunière videregav hemmelige oplysninger inden han døde. Jeg ringer inden længe. Nattens arbejde er ikke overstået endnu."

KAPITEL 47

At sidde i det svagt oplyste lastrum var som at blive transporteret i en isolationscelle. Langdon kæmpede mod den velkendte uro der plagede ham når han befandt sig i lukkede rum. *Vernet sagde at han ville køre os i sikker afstand fra byen. Hvorhen? Hvor langt?*

Langdons ben var begyndt at sove på grund af hans fastlåste skrædderstilling på metalgulvet. Han skiftede stilling og mærkede at blodet igen strømmede ned i hans underkrop. Han sad stadig med den underlige skat de havde taget med fra banken, i sine arme.

"Jeg tror vi er kommet ud på motorvejen nu," hviskede Sophie.

Langdon havde samme fornemmelse. Efter et nervepirrende ophold for enden af rampen ved banken, var varevognen fortsat og havde bugtet sig til højre og venstre et par minutter, hvorefter den havde sat farten op til noget der virkede som højeste hastighed. Under dem hørtes den summende lyd af de skudsikre dæk mod en ensartet overflade. Langdon tvang sig selv til at rette opmærksomheden mod rosentræsskrinet i sine arme. Han lagde forsigtigt den kostbare bylt på gulvet, viklede skrinet ud af jakken og trak det hen til sig. Sophie flyttede sig lidt så de nu sad side om side. Langdon fik pludselig en følelse af at de var to små børn der sad og krøb sammen over en julegave.

I modsætning til rosentræets varme tone var den indlagte rose lavet af en lys træsort, formodentlig ask, der skinnede i den svage belysning. *Rosen.* Hele hære og religioner var blevet grundlagt omkring dette symbol – så vel som hemmelige broderskaber. *Rosicrucians. Rosenkreuzerridderne.*

"Kom nu," sagde Sophie. "Åbn den."

Langdon tog en dyb indånding. Idet han tog fat om låget kiggede han endnu en gang beundrende på det smukke træhåndværk, så løsnede han hængslet og åbnede låget så genstanden indeni kom til syne.

Langdon havde haft adskillige forestillinger om hvad de ville finde i boksen, men det stod helt klart at han havde taget fejl i enhver henseende. Godt beskyttet af skrinets tykt polstrede sider der var beklædt med karmoisinrød silke, lå en genstand som Langdon på ingen måde kunne begribe hvad var.

Det var en stencylinder, lavet af hvid marmor, omtrent på størrelse med et

204

tennisboldhylster. Cylinderen var dog ikke udhugget af en enkelt sten, men så ud til at være sat sammen af flere stykker. Fem marmorringe på størrelse med en doughnut var blevet stablet og sat sammen med små fine messingbeslag. Det lignede et slags rørformet kalejdoskop bestående af flere bevægelige elementer. Hver ende af cylinderen var lukket af et dæksel, også af marmor, så det var umuligt at kigge ind i den. Eftersom Langdon havde hørt lyden af væske, gik han ud fra at cylinderen var hul.

Hvor mystisk selve konstruktionen af cylinderen end var, var det først og fremmest indgraveringen på dens overflade der tiltrak sig Langdons opmærksomhed. På hver af de fem ringe var der omhyggeligt blevet indgraveret den samme række bogstaver – hele alfabetet. Bogstavcylinderen mindede Langdon om et stykke legetøj fra hans barndom – en stang udstyret med bogstavtromler der kunne rotere så man kunne stave forskellige ord.

"Det er imponerende, ikke?" sagde Sophie.

Langdon kiggede på hende. "Det ved jeg ikke rigtig. Hvad pokker er det?"

Sophies øjne funklede. "Min bedstefar plejede at lave sådan nogle som hobby. Leonardo da Vinci opfandt dem."

Selv i den svage belysning kunne Sophie se Langdons forbløffelse.

"Da Vinci?" mumlede han og kiggede igen på cylinderen.

"Ja. Det kaldes et *kryptex*. Ifølge min bedstefar blev tegningen til det fundet i en af Da Vincis hemmelige dagbøger."

"Hvad skal det bruges til?"

I betragtning af nattens begivenheder var Sophie klar over at svaret kunne vise sig at være yderst interessant. "Det er en beholder," sagde hun, "til opbevaring af hemmelige oplysninger."

Langdon spærrede øjnene op.

Sophie forklarede at det havde været hendes bedstefars højtelskede hobby at lave modeller af Da Vincis opfindelser. Jacques Saunière var en talentfuld håndværker som tilbragte timevis i sit træ- og metalværksted. Han nød at efterligne håndværkets mestre – Fabergé, forskellige cloisonné-kunstnere og den mindre kunstneriske, men langt mere praktisk orienterede; Leonardo da Vinci.

Selv et hurtigt blik på Da Vincis journaler afslørede hvorfor denne ledende skikkelse var lige så berygtet for sin mangel på fuldførelse af projekter, som han var kendt for sin genialitet. Da Vinci havde lavet tegninger til hundredvis af opfindelser som han aldrig havde bygget. En af Jacques Saunières yndlingsbeskæftigelser var at vække nogle af Da Vincis mere ubemærkede idéer til live – ure, vandpumper, kryptexer og selv en model af en fransk middelalderridder

– opbygget led for led – der nu stod stolt og tronede på hjørnet af skrive-bordet på hans kontor. Den robotagtige ridder blev designet af Da Vinci i 1495 som et resultat af hans tidligste anatomi- og kinesiologistudier. De indre mekanismer i robotten var konstrueret af nøjagtige modeller af led og sener, og den var lavet så den kunne sidde, vinke med armen og bevæge hovedet mens dens anatomisk korrekte kæbeparti åbnede og lukkede sig. Sophie havde altid syntes at ridderen i rustning var den smukkeste af de ting hendes bedstefar havde lavet – men det var inden hun havde set kryptexet som lå i dette rosentræsskrin.

"Han lavede engang sådan et til mig da jeg var lille," sagde Sophie. "Men jeg har aldrig set et der er så stort og så smukt dekoreret."

Langdons blik veg ikke fra skrinet. "Jeg har aldrig hørt om et kryptex."

Det kom ikke bag på Sophie. De fleste af Leonardos ubyggede opfindelser var aldrig blevet studeret, endsige havde fået navn. Det kunne endda være at ordet *kryptex* var hendes bedstefars eget påfund; et passende navn til et instru-ment der benyttede den *kryptografiske* videnskab til at beskytte oplysninger skrevet på en papirsrulle – eller et *codex* – der lå gemt i midten af apparaturet.

Sophie var klar over at Da Vinci havde været en pioner inden for krypto-grafi selvom han sjældent fik æren for det. Sophies lærere på universitetet havde hyldet moderne kryptografer som Zimmerman og Schneider når de havde præsenteret digitale krypteringsmetoder. Men de nævnte aldrig noget om at Da Vinci for flere hundrede år siden faktisk havde været en af de første til at opfinde den første spæde krypteringsmetode til at beskytte kommuni-kation. Det havde naturligvis været Sophies bedstefar der havde fortalt hende den side af historien.

Mens den pansrede varevogn drønede ud ad motorvejen, forklarede Sophie Langdon at kryptexet havde været Da Vincis løsning på problemet med at sende hemmelige beskeder over lange afstande. I en tid uden telefoner og e-mail havde enhver der ønskede at videregive private oplysninger til en anden der befandt sig langt væk, ikke andre muligheder end at skrive det ned og betro et sendebud at aflevere brevet. Men hvis sendebudet havde mistanke om at brevet indeholdt værdifulde oplysninger, kunne han desværre tjene flere penge ved at sælge oplysningerne til fjenden end ved at aflevere brevet til rette modtager.

Mange store tænkere gennem historien havde opfundet kryptografiske løsninger på dilemmaet med beskyttelse af information: Julius Cæsar opfandt et kodeskriftskema kaldet Cæsars boks; Marie Stuart opfandt en overførsels-kodeskrift og sendte hemmelige meddelelser fra fængslet; og den geniale arabiske videnskabsmand Abu Yusuf Ismail al-Kindi beskyttede sine hemmeligheder ved hjælp af en yderst udspekuleret multialfabetisk substitutionsskrift.

Da Vinci undgik derimod både rent matematiske og rent kryptografiske metoder og opfandt i stedet en *mekanisk* metode. Kryptexet. En transportabel beholder der kunne sikre breve, kort, diagrammer – hvad som helst. Så snart oplysningerne lå forseglet i kryptexet, ville kun personen med den rette adgangskode kunne åbne det.

"Vi har brug for et adgangsord," sagde Sophie og pegede på bogstaverne på de forskellige ringe. "Et kryptex virker stort set som en cykellås. Hvis du placerer alle ringene i den rigtige position, glider låsen op. Dette kryptex har fem ringe med bogstaver. Når du drejer dem, så de står rigtigt, vil tromlerne indeni ligge på række og hele cylinderen glider fra hinanden."

"Og hvad er der så indeni?"

"Når cylinderen er gledet op, får du adgang til et lille hulrum i midten, som kan gemme på en rulle papir hvorpå oplysningerne som du ønsker at hemmeligholde, står skrevet."

Langdon så skeptisk ud. "Og du siger, at din bedstefar lavede sådan nogle til dig, da du var lille?"

"Ja, men de var mindre. Nogle gange gav han mig et kryptex i fødselsdagsgave og fortalte mig en gåde. Svaret på gåden var adgangskoden til kryptexet, og så snart jeg havde fundet ud af hvad det var, kunne jeg åbne det og finde mit fødselsdagskort."

"Sikke en masse besvær for et kort."

"Nej, for kortet indeholdt altid en anden gåde eller et spor. Min bedstefar elskede at udforme kunstfærdige skattejagter rundt i hele huset; en række af spor der til sidst ledte frem til min egentlige gave. Hver eneste skattejagt var en prøve i viljestyrke og intelligens for at sikre at jeg havde gjort mig fortjent til belønningen. Og prøverne var aldrig lette."

Langdon betragtede instrumentet igen, stadig med et skeptisk blik. "Men hvorfor ikke blot hive den fra hinanden? Eller slå den i stykker? Messingbeslagene ser spinkle ud, og marmor er en porøs stenart."

Sophie smilede. "Fordi Da Vinci var for smart til at det kan lade sig gøre. Han konstruerede kryptexet således at hvis man forsøger at åbne det med vold og magt, tilintetgøres indholdet. Prøv at se." Sophie løftede forsigtigt cylinderen op af skrinet. "Oplysningerne man ønsker at gemme, skrives på en papyrusrulle."

"Ikke pergament?"

Sophie rystede på hovedet. "Papyrus. Jeg ved godt at fårepergament var mere holdbart og mere almindeligt dengang, men det *skulle* være papyrus. Jo tyndere jo bedre."

"Okay."

"Inden papyrusrullen puttes ind i kryptexet vikles den rundt om en fin lille beholder af tyndt glas." Hun vippede kryptexet så der kom en skvulpende lyd fra væsken indeni. "En fin lille flaske fyldt med væske."

"*Hvad* for en væske?"

Sophie smilede. "Eddike."

Langdon tøvede et øjeblik og begyndte så at nikke. "Genialt."

Eddike og papyrus, tænkte Sophie. Hvis nogen forsøgte at åbne kryptexet med vold, ville glasflasken gå i stykker og eddiken ville hurtigt opløse papyrusen. Inden nogen kunne nå at få den hemmelige meddelelse ud, ville den være forvandlet til en ulæselig papirmasse.

"Som du nok kan se," sagde Sophie, "kan man kun få adgang til oplysningerne i beholderen hvis man kender de rigtige fem bogstaver i adgangsordet. Og med fem skiver der hver har seksogtyve bogstaver, er det seksogtyve i femte potens." Hun foretog en hurtig hovedregning af kombinationsmulighederne. "Omkring tyve millioner muligheder."

"Ja, okay, hvis du siger det," sagde Langdon og lignede en der havde omkring tyve millioner spørgsmål hvirvlende rundt i hovedet. "Hvilke oplysninger tror du, der er gemt i den?"

"Hvad end de er, var det tydeligvis meget vigtigt for min bedstefar at holde dem hemmelige." Hun tav, lukkede skrinet og kiggede på den fembladede rose der var indlagt i låget. Der var noget der gik hende på. "Sagde du ikke lige før, at rosen er et symbol for gralen?"

"Jo, præcis. I broderskabets symbolik er rosen og gralen synonymer."

Sophie rynkede brynene. "Det er mærkeligt, for min bedstefar har altid fortalt mig, at rosen betød *hemmeligholdelse.* Han plejede at hænge en rose på døren til sit kontor derhjemme, hvis han førte en fortrolig telefonsamtale og ikke ville have at jeg skulle komme og forstyrre. Han opfordrede mig til at gøre det samme." *Lille skat,* havde hendes bedstefar sagt, *i stedet for at låse hinanden ude, kan vi hænge en rose – la fleur des secrets – på vores dør når vi vil være alene. På den måde lærer vi at respektere og stole på hinanden. At ophænge en rose er en meget gammel romersk skik.*

"*Sub rosa,*" sagde Langdon. "Romerne hængte en rose op under møder som tegn på at mødet var fortroligt. Deltagerne forstod at alt hvad der blev sagt *under rosen* – eller *sub rosa* – skulle forblive hemmeligt."

Langdon forklarede kortfattet at rosens undertone af hemmeligholdelse ikke var den eneste grund til at Priory of Sion benyttede den som symbol for gralen. *Rosa rugosa*, en af de ældste rosenarter, havde fem kronblade og en femkantet symmetri nøjagtig som Venus' stjerne, hvilket gav rosen en stærk ikonografisk tilknytning til *kvindelighed*. Desuden havde rosen tætte bånd til begrebet "rette vej" og det at navigere. Kompasrosen hjalp rejsende med at navigere, såvel som tilfældet var med rosenlinjerne – længdegraderne på et kort. På den måde var rosen et symbol der berørte gralen på mange forskellige planer; hemmeligholdelse, kvindelighed og vejledning – det kvindelige bæger og den ledende stjerne der ledte til den hemmeligholdte sandhed.

Idet Langdon afsluttede sin forklaring, stivnede han pludselig.

"Robert? Er du okay?"

Hans blik var som limet til rosentræsskrinet. "Sub... rosa," fremstammede han og fik et ængsteligt og forvirret udtryk i ansigtet. "Det er umuligt."

"Hvad?"

Langdon løftede langsomt blikket. "Under Rosens tegn," hviskede han. "Kryptexet... jeg tror, jeg ved, hvad det er."

KAPITEL 48

Langdon kunne knap nok begribe sin egen formodning, men alligevel – i betragtning af *hvem* der havde overdraget dem stencylinderen, *hvordan* han havde overdraget dem den, og nu den indlagte rose på træskrinet, kunne Langdon kun nå frem til én forklaring.

Jeg sidder med Priory of Sion's slutsten.

Legenden var præcist formuleret.

Slutstenen er en indkodet sten liggende under Rosens tegn.

"Robert?" Sophie iagttog ham. "Hvad er der i vejen?"

Langdon havde brug for et øjeblik til at samle tankerne. "Har din bedstefar nogensinde fortalt dig om noget der kaldes *la clef de voûte?*"

"Nøglen til boksen?" oversatte Sophie.

"Nej, det er den direkte oversættelse. *Clef de voûte* er et almindeligt udtryk inden for arkitekturen. *Voûte* refererer ikke til en bankboks, men til en *hvælving*, eller et hvælvet loft."

"Men hvælvede lofter har ikke nogen nøgler, så vidt jeg ved."

"Jo, det har de faktisk. Alle hvælvinger bygget af sten kræver en kileformet sten øverst oppe, som holder alle stykkerne på plads og bærer al vægten. Den sten er i arkitektonisk forstand nøglen til hvælvingen. Eller den såkaldte *slutsten.*" Langdon så hende i øjnene for at se om det vakte en reaktion.

Sophie trak på skuldrene og kiggede ned på kryptexet. "Men dette er tydeligvis ikke nogen slutsten."

Langdon vidste ikke hvor han skulle begynde. Inden for murerfaget havde slutstensteknikken i stenhvælvingsbyggeri været en af de bedst bevarede hemmeligheder i det tidlige Frimurerbroderskab. *Den kongelige bue. Arkitektur. Slutsten.* Det hele hang sammen. Den hemmeligholdte viden om hvordan man benyttede kileformede slutsten til at bygge hvælvinger, var en del af den visdom som havde gjort Frimurerne til en gruppe yderst velhavende håndværkere, og det var en hemmelighed de omhyggeligt havde beskyttet. Slutsten havde tradition for at været omgivet af hemmelighedskræmmeri. Og alligevel var stencylinderen i rosentræsskrinet tydeligvis noget ganske andet.

Priory's slutsten – hvis det rent faktisk var den de sad med – var på ingen måde som Langdon havde forestillet sig den.

"Priory of Sion's slutsten er ikke mit speciale," indrømmede Langdon. "Min interesse i Den Hellige Gral er først og fremmest knyttet til symbolikken, så jeg er tilbøjelig til at ignorere den overflod af overleveringer der handler om hvordan man rent faktisk finder den."

Sophie løftede øjenbrynene. "*Finder* Den Hellige Gral?"

Langdon nikkede nervøst og valgte sine næste ord omhyggeligt. "Sophie, ifølge Priory-traditionen er slutstenen et kort i kodesprog... et kort der afslører Den Hellige Grals skjulested."

Sophies ansigtstræk stivnede. "Og du tror, at det her er slutstenen?"

Langdon vidste ikke, hvad han skulle sige. Selv i hans egne ører lød det ufatteligt, men samtidig var slutstenen den eneste forklaring han logisk set kunne få til at give mening. *En indkodet sten liggende under Rosens tegn.*

Forestillingen om at kryptexet var tegnet af Leonardo da Vinci – tidligere Stormester i Priory of Sion – var et andet forjættende tegn på at dette rent faktisk var Priory's slutsten. *En tegning af en tidligere Stormester... vakt til live århundreder senere af et andet medlem af broderskabet.* Sammenfaldet var alt for iøjnefaldende til at man kunne overse det.

Gennem de seneste ti år havde historikere ledt efter slutstenen i franske kirker. Gralfanatikere der kendte til Priory's tradition for kryptiske tvetydigheder, havde konkluderet at *la clef de voûte* rent bogstaveligt var en slutsten – en arkitektonisk kile – en sten med en indgraveret kode placeret i en hvælving i en kirke. *Under Rosens tegn.* Inden for arkitekturen var der ikke ligefrem mangel på roser. *Rosevinduer. Roset-relieffer.* Og naturligvis en bunke *cinquefoils* – den fembladede dekorative blomst der ofte var placeret øverst i hvælvinger, direkte over slutstenen. Skjulestedet virkede pokkers enkelt. Kortet der ledte til Den Hellige Gral var indlejret højt oppe i en hvælving i en eller anden glemt kirke, som en hån mod de intetanende kirkegængere der gik rundt under den.

"Det her kryptex kan *ikke* være slutstenen," protesterede Sophie. "Det er ikke gammelt nok. Jeg er sikker på at min bedstefar har lavet det. Det kan ikke tilhøre en eller anden ældgammel gral-legende."

"Rent faktisk," svarede Langdon og mærkede et sus af spænding strømme gennem kroppen, "antages det at slutstenen er lavet af broderskabet på et eller andet tidspunkt inden for de seneste årtier."

Sophies øjne lyste af skepsis. "Men hvis vi så antager at dette kryptex afslører Den Hellige Grals skjulested, hvorfor i alverden har min bedstefar så givet det til mig? Jeg har ingen anelse om hvordan jeg skal åbne det, eller hvad jeg skal gøre med det. Jeg ved ikke engang hvad Den Hellige Gral er!"

Det gik op for Langdon at hun havde ret. Han havde endnu ikke haft lejlighed til at forklare Sophie hvad Den Hellige Grals sande natur er. Den historie måtte vente. Lige nu måtte de koncentrere sig om slutstenen.

Hvis det da virkelig er, hvad det her er...

Til lyden af de skudsikre dæk mod asfalten forklarede Langdon hurtigt Sophie alt hvad han vidste om slutstenen. Formodentlig havde Priory of Sion's største hemmelighed gennem århundreder – Den Hellige Grals skjulested – aldrig været skrevet ned. Af sikkerhedshensyn blev det mundtligt overleveret til hver ny *sénéchal* under en hemmelig ceremoni. Men på et eller andet tidspunkt i løbet af det forløbne århundrede, begyndte der at løbe rygter om at broderskabets politik på det område var blevet ændret. Måske skyldtes det nutidens avancerede aflytningsudstyr, men i hvert fald svor broderskabet på at de aldrig mere ville *udtale* placeringen af det hellige skjulested.

"Men hvordan kunne de så videregive hemmeligheden?" spurgte Sophie.

"Det er her slutstenen kommer ind i billedet," forklarede Langdon. "Når et af de fire øverste medlemmer døde, valgte de resterende tre en ny kandidat af næsthøjeste grad der skulle ophøjes til *sénéchal*. I stedet for at *fortælle* den nye *sénéchal* hvor gralen var skjult, lod de ham gennemgå en prøve for at lade ham bevise om han var værdig."

Sophie så urolig ud da hun hørte dette, og Langdon kom pludselig i tanke om at hun havde nævnt at hendes bedstefar plejede at lave den form for skattejagter for hende – *preuves de mérite*. Han måtte indrømme at slutstenen byggede på et tilsvarende princip. Men på den anden side var den slags prøver meget almindelige inden for hemmelige loger. Den bedst kendte var Frimurer-nes prøve, hvor medlemmer blev opgraderet ved over en lang årrække at bevise at de kunne holde på en hemmelighed og ved at gennemføre ritualer og forskellige værdighedsprøver. Opgaverne blev gradvis sværere indtil kulminationen der fandt sted når en succesrig kandidat havde gennemført samtlige prøver og blev udnævnt til Frimurer af 32. grad.

"Så slutstenen er altså en *preuve de mérite*," sagde Sophie. "Hvis en kandidat til posten som *sénéchal* kan åbne den, beviser han samtidig at han er værdig til de oplysninger som den gemmer på."

Langdon nikkede. "Jeg glemte, at du har erfaring i den slags."

"Ikke kun fra min bedstefar. Inden for kryptografien kaldes det et 'selv-autoriserende sprog'. Det vil sige, at hvis du er intelligent nok til at kunne læse det, er du berettiget til at vide, hvad der står."

212

Langdon tøvede et øjeblik. "Sophie, jeg håber, at du er klar over, at hvis det her virkelig er slutstenen, betyder det, at din bedstefar var ekstremt magtfuld inden for Priory of Sion. Han må i så fald have været blandt de fire øverste medlemmer."

Sophie sukkede. "Han var magtfuld i en eller anden loge. Det ved jeg med sikkerhed. Jeg kan kun gætte på at det var Priory of Sion."

Langdon stirrede på hende. "*Vidste* du, at han var medlem af en loge?"

"For ti år siden så jeg noget som det ikke var meningen jeg skulle se. Vi har ikke talt sammen siden." Hun tav et øjeblik. "Min bedstefar var ikke blot blandt de øverste i gruppen... jeg er overbevist om at han var *den* øverste."

Langdon kunne dårligt tro sine egne ører. "Stormester? Men... det er umuligt, at du skulle vide noget om det!"

"Jeg vil helst ikke tale om det." Sophie så væk med et udtryk der var lige så smertefuldt som det var bestemt.

Langdon var målløs. *Jacques Saunière? Stormester?* På trods af de uoverskuelige konsekvenser det ville have hvis det var sandt, havde Langdon en underlig fornemmelse af at det gav fuldkommen mening. De tidligere stormestre i broderskabet havde trods alt *også* været fremtrædende skikkelser med en kunstnerisk sjæl. Beviser på det var dukket op for flere år siden på National-biblioteket i Paris i et dokument der var blevet kendt som *Les Dossiers Secrets.*

Enhver Priory-forsker og gralfanatiker havde læst dette dokument der var katalogiseret under nummer 4° lm¹ 249. Ægtheden af dokumentet var blevet bekræftet af en mængde specialister, og der var dermed kommet et uomstrideligt bevis på det mange historikere længe havde haft formodning om: Rækken af stormestre i Priory of Sion omfattede Leonardo da Vinci, Botticelli, Sir Isaac Newton, Victor Hugo og for nylig: Jean Cocteau, den berømte parisiske kunstner.

Hvorfor ikke Jacques Saunière?

Langdons skepsis blev større da han kom til at tænke på at han skulle have mødtes med Saunière i aftes. *Priory of Sion's Stormester bad om et møde med mig. Hvorfor? Til en løs snak om diverse kunstværker?* Det virkede pludselig usandsynligt. Hvis Langdons intuition viste sig at være rigtig, havde Priory of Sion's Stormester trods alt netop overdraget broderskabets legendariske slutsten til sit barnebarn og samtidig beordret hende til at opsøge Robert Langdon.

Ubegribeligt!

Langdon var ude af stand til at forestille sig hvilke omstændigheder der ville kunne forklare Saunières handlinger. Selv hvis Saunière frygtede for sin egen død, var der tre *sénéchaux* som også besad hemmeligheden og således

213

garanterede at den var sikret. Hvorfor skulle Saunière ville løbe en så stor risiko som det var at overdrage slutstenen til sit barnebarn, ikke mindst i betragtning af at de ikke længere havde kontakt? Og hvorfor involvere Langdon – en fuldstændig fremmed?

Der mangler en brik i det her puslespil, tænkte Langdon.

Svaret måtte åbenbart vente. Varevognen satte farten ned hvilket fik dem begge til at se op. Grus knasede under hjulene. *Hvorfor stopper han allerede?* tænkte Langdon. Vernet havde sagt til dem at han ville køre dem et godt stykke uden for byen for en sikkerheds skyld. Varevognen satte farten yderligere ned og fortsatte langsomt et stykke hen over et overraskende ujævnt terræn. Sophie kastede et uroligt blik på Langdon og lukkede hurtigt rosentræsskrinet om kryptexet. Langdon viklede sin jakke om det igen.

Varevognen holdt stille, men motoren var stadig i gang da hængslerne på bagdøren begyndte at dreje. Idet døren gik op, så Langdon til sin store overraskelse at de holdt i et skovområde et godt stykke fra vejen. Vernet kom til syne. Han så anspændt ud. Han stod med en pistol i hånden.

"Jeg beklager," sagde han. "Men jeg har virkelig ikke andet valg."

KAPITEL 49

André Vernet så forkert ud med en pistol i hånden, men hans øjne lyste af en beslutsomhed som Langdon fornemmede at det ikke ville være klogt at sætte på prøve.

"Jeg er bange for at jeg må bede Dem om," sagde han idet han rettede våbnet mod Langdon og Sophie, der begge stod bagest i vognen, "at stille boksen fra Dem."

Sophie knugede skrinet ind til sig. "De sagde, at De og min bedstefar var venner."

"Jeg har pligt til at beskytte Deres bedstefars værdier," svarede Vernet. "Og det er præcis, hvad jeg gør. Sæt så boksen på gulvet!"

"Min bedstefar betroede den til mig!" erklærede Sophie.

"Gør det så!" beordrede Vernet og løftede truende pistolen.

Sophie satte skrinet ved sine fødder.

Langdon iagttog pistolløbet blive rettet mod ham.

"Mr. Langdon," sagde Vernet, "De bringer nu boksen ud til mig. Og vær opmærksom på at jeg beder *Dem* om det fordi jeg ikke et øjeblik vil tøve med at skyde *Dem.*"

Langdon stirrede vantro på bankdirektøren. "Hvorfor gør De det her?"

"Hvorfor tror De?" svarede Vernet vredt – hans franske accent var tydelig nu. "For at beskytte min klients ejendele."

"Vi er Deres klienter nu," sagde Sophie.

Vernets ansigtsudtryk gennemgik en underlig forvandling og blev iskoldt. "Mademoiselle Neveu, jeg ved ikke, *hvordan* De kom i besiddelse af nøglen og kontonummeret i nat, men der har været en forbryderisk handling med i spillet. Havde jeg kendt omfanget af Deres forbrydelser, ville jeg aldrig have hjulpet Dem ud af banken."

"Jeg har allerede forklaret Dem," udbrød Sophie, "at vi intet har med drabet på min bedstefar at gøre!"

Vernet så på Langdon. "Og alligevel har jeg netop hørt i radioen at De er efterlyst – ikke blot for mordet på Jacques Saunière, men også for tre andre mord!"

"Hvad!" Langdon var lamslået. *Tre andre mord?* Tallet ramte ham hårdere end det faktum at han var den hovedmistænkte i sagen. Det virkede for usandsynligt til at kunne være tilfældigt. *De tre sénéchaux?* Langdon så ned på rosentræsskrinet. *Hvis de tre sénéchaux var blevet myrdet, havde Saunière ikke haft noget valg. Han havde været nødt til at overdrage slutstenen til en eller anden.*

"Det kan politiet finde ud af når jeg afleverer Dem til dem," sagde Vernet. "Min bank er allerede blevet mere end rigeligt indblandet i det her."

Sophie stirrede på Vernet. "De har tydeligvis ikke tænkt Dem at melde os til politiet. Så ville De have kørt os tilbage til banken. I stedet kører De os hertil og begynder at sigte på os med en pistol?"

"Deres bedstefar opsøgte mig af én eneste grund – for at sikre sig at hans ejendele blev opbevaret et sikkert sted, hvor de samtidig ville forblive hemmelige. Hvad end den her boks indeholder, har jeg ikke tænkt mig at lade den indgå som katalogiseret bevismateriale i politiets efterforskning af sagen. Mr. Langdon, bring boksen ud til mig."

Sophie rystede på hovedet. "Du skal ikke gøre det."

Der lød et skud, og en kugle ramte væggen bag dem. Ekkoet af skuddet rungede inde i varevognen, og et brugt patronhylster faldt på gulvet med en klirrende lyd.

Shit! Langdon stivnede.

Vernet lød mere selvsikker nu. "Mr. Langdon, tag boksen."

Langdon tog træskrinet op fra gulvet.

"Kom herud med den." Vernet sigtede på ham. Han stod på jorden for enden af ladet og holdt pistolen i strakte arme hen over ladet.

Med boksen i armene gik Langdon hen mod døren.

Jeg er nødt til at gøre noget! tænkte Langdon. *Jeg er i færd med at overdrage Priory of Sion's slutsten!* Idet Langdon gik ud mod døråbningen, blev hans højere placering i forhold til Vernet mere iøjnefaldende, og han begyndte at spekulere på om han kunne bruge det til sin fordel. Vernets pistol befandt sig selv i løftet tilstand kun ud for Langdons knæ. *Måske et velplaceret spark?* Da Langdon nærmede sig, så det desværre ud til at Vernet fornemmede det farlige ved situationen, og han trådte adskillige skridt tilbage og stoppede omkring to meter derfra. Uden for rækkevidde.

"Sæt boksen for enden af ladet," beordrede Vernet.

Langdon havde intet valg; han knælede og satte rosentræsskrinet på kanten af ladet.

"Rejs Dem så op."

Langdon begyndte at rejse sig, men tøvede et øjeblik da han fik øje på det lille tomme patronhylster på gulvet ved siden af varevognens omhyggeligt formede dørtrin.

"Rejs Dem op og gå væk fra boksen."

Langdon tøvede et øjeblik længere mens han betragtede metaldørtrinet. Så rejste han sig. Samtidig skubbede han diskret patronhylsteret op over kanten og ned på den smalle kant der udgjorde dørtrinets laveste kant. Da Langdon havde rejst sig helt op, trådte han et par skridt tilbage.

"Gå ned bag i bilen og vend Dem om."

Langdon adlød.

Vernet kunne mærke sit hjerte hamre. Med pistolen i højre hånd rakte han ud efter træboksen med den venstre. Han fandt hurtigt ud af at den var alt for tung. *Jeg har brug for begge hænder.* Han kiggede ind mod de to gidsler og overvejede risikoen. De var begge godt fem meter væk, i den modsatte ende af lastrummet, med ansigtet væk fra ham. Vernet besluttede sig. Hurtigt lagde han pistolen fra sig på ladet, greb boksen med begge hænder, løftede den ned på jorden, greb øjeblikkelig pistolen igen og sigtede ind mod den inderste del af ladet. Ingen af hans gidsler havde rørt sig.

Perfekt. Nu var det eneste der manglede at få lukket og låst døren. Han lod boksen stå på jorden et øjeblik, greb fat i den tunge metaldør og begyndte at trække den i. Idet døren svingede forbi ham, stak Vernet armen frem for at få fat om slåen der skulle skydes for. Døren gik i med en dæmpet lyd. Vernet greb hurtigt slåen og trak den mod venstre. Slåen flyttede sig et par centimeter, men satte sig så pludselig fast uden at være faldet på plads. *Hvad sker der?* Vernet trak i den igen, men slåen rokkede sig ikke ud af stedet. Mekanismen var ikke ordentligt i hak. *Døren er ikke helt lukket!* Vernet blev grebet af panik og skubbede hårdt mod ydersiden af døren, men den ville ikke gå i. *Der ligger noget i klemme!* Vernet vendte sig så han kunne støde skulderen mod døren, men i samme øjeblik sprang døren op og ramte Vernet i ansigtet så han fløj bagover i en blød bue. Hans næse dunkede af smerte. Pistolen fløj ud af hånden på ham idet han tog sig til ansigtet og mærkede det varme blod der flød ud af næsen på ham.

Robert Langdon ramte jorden et sted i nærheden af ham, og Vernet forsøgte at rejse sig, men han kunne ikke se noget. Hans syn var fuldstændig sløret, og han faldt tilbage mod jorden. Sophie Neveu råbte. Et øjeblik efter mærkede Vernet en sky af støv og udstødning der dalede ned over ham. Han hørte den knasende lyd af dæk mod grus og satte sig op lige netop tids nok til at se varevognen skride i svinget. Der lød et højt brag da den forreste kofanger ramte et træ. Motoren brummede og træet gav sig. Til sidst var det dog kofangeren der gav sig og blev revet halvvejs af. Den pansrede varevogn slingrede videre med den forreste kofanger slæbende mod jorden. Da den nåede ud på den asfalterede vej, gassede den op og forsvandt i mørket.

Vernet vendte blikket mod stedet hvor varevognen havde stået for et øjeblik siden. Selv i det svage måneskin kunne han se at der var tomt.

Træskrinet var væk.

KAPITEL 50

Den diskrete Fiat sedan kørte af sted fra Castel Gandolfo og bugtede sig ned gennem Albanerbjergene ned i dalen. Biskop Aringarosa sad på bagsædet og smilede. Han mærkede vægten af kufferten på sit skød og spekulerede på hvor lang tid der ville gå før han og Mesteren ville kunne foretage udvekslingen.

Tyve millioner euro.

Pengene ville give Aringarosa en magt der var langt mere værdifuld.

Idet bilen satte kursen mod Rom, begyndte Aringarosa igen at spekulere på hvorfor Mesteren endnu ikke havde kontaktet ham. Han tog sin mobiltelefon op af lommen på præstekjolen og kontrollerede signalet. Det var meget svagt.

"Der er dårlig dækning heroppe," sagde chaufføren idet han kastede et blik på Aringarosa i bakspejlet. "Om godt fem minutter er vi kommet ud af bjergene, og så vil der være langt bedre signal."

"Tak." Aringarosa blev pludselig grebet af bekymring. *Ingen dækning i bjergene? Måske havde Mesteren forsøgt at få fat i ham. Måske var der noget fuldstændig galt?*

Aringarosa skyndte sig at aflytte telefonsvareren. Ingenting. Men samtidig gik det op for ham at Mesteren aldrig ville have indtalt en besked; han var en mand der var yderst forsigtig når det drejede sig om kommunikation. Ingen kendte bedre end Mesteren faren ved at tale frit i den moderne verden. Elektronisk aflytning havde spillet en afgørende rolle i måden hvorpå Mesteren havde samlet sit imponerende opbud af hemmelig information.

Derfor tager han ekstra mange forholdsregler.

Desværre betød Mesterens sikkerhedsprocedure at Aringarosa var blevet nægtet at få oplyst nogen form for kontaktnummer. *Jeg alene tager initiativ til kontakt,* havde Mesteren sagt. *Så vær klar ved telefonen.* Nu hvor det gik op for Aringarosa at der formodentlig ikke havde været forbindelse til hans telefon, blev han bange for hvad Mesteren ville tænke hvis han gentagne gange havde ringet uden at få svar.

Han vil tro at der er noget galt.

Eller at det ikke lykkedes mig at få fat i pengene.

Biskoppen begyndte at svede.

Eller værre endnu – at jeg tog pengene og stak af!

KAPITEL 51

Selv ved sølle tres kilometer i timen skurede den pansrede varevogns løse kofanger mod den øde forstadsvej med en skrabende lyd, mens den kastede gnister op over køleren.

Vi må væk fra vejen, tænkte Langdon.

Han kunne dårligt nok se hvor de kørte. Varevognens eneste fungerende forlygte var blevet slået ud af kurs og kastede en skæv lyskegle skråt til siden, ud mod træerne langs vejkanten. Det *pansrede* ved denne "pansrede varevogn" refererede åbenbart udelukkende til lastrummet og ikke til forenden.

Sophie sad på passagersædet og stirrede med et tomt blik på rosentræsskrinet som hun sad med i skødet.

"Er du okay?" spurgte Langdon.

Sophie var rystet. "Tror du, det er rigtigt, hvad han sagde?"

"Om de tre andre mord? Absolut. Det forklarer en hel del – blandt andet hvorfor din bedstefar så desperat forsøgte at overdrage slutstenen. Og den heftighed som Fache lægger for dagen i jagten på mig."

"Nej, jeg mente om Vernet virkelig blot forsøgte at beskytte sin bank."

Langdon kastede et blik over på hende. "Hvad ellers?"

"Måske var det for selv at få fat i slutstenen."

Langdon havde ikke så meget som skænket det en tanke. "Hvordan skulle han overhovedet kunne vide hvad boksen indeholder?"

"Den blev opbevaret i hans bank. Han kendte min bedstefar. Måske havde han kendskab til det. Måske besluttede han at han ville have gralen for sig selv."

Langdon rystede på hovedet. Vernet virkede næppe til at være den type. "Historien har vist at der kun er to grunde til at folk leder efter gralen. Enten er de naive og tror at de leder efter Kristi forsvundne bæger..."

"Eller?"

"Eller også kender de sandheden og føler sig truet af den. Mange forskellige bevægelser har i tidens løb forsøgt at tilintetgøre gralen."

Hverken Sophie eller Langdon sagde noget, og tavsheden gjorde blot den skurende lyd af kofangeren endnu mere iørefaldende. De fortsatte nogle få kilometer alt imens Langdon iagttog kaskaden af gnister der stod op fra bilens

220

forende. Han spekulerede på om der kunne være nogen fare forbundet med det. Uanset hvad ville det utvivlsomt tiltrække opmærksomhed hvis de passerede en anden bil. Langdon besluttede sig.

"Jeg vil se om jeg kan bøje kofangeren op på plads igen."

Han kørte ind til siden og stoppede bilen.

Sikke en stilhed.

Langdon kunne mærke at han var på vagt da han gik om mod forenden af bilen. I løbet af én nat havde han nu to gange stirret ind i et pistolløb, hvilket havde taget pusten fra ham. Han tog en dyb indånding af den kølige natteluft og forsøgte at samle tankerne. Ud over konsekvenserne af at være en jaget mand var Langdon begyndt at mærke tyngden af det ansvar der hvilede på hans skuldre – udsigten til at han og Sophie formodentlig var i besiddelse af den genstand der i form af koder viste vej til et af historiens største mysterier.

Som om denne byrde ikke var tilstrækkelig tung at bære, gik det nu op for Langdon at enhver mulighed for at levere slutstenen tilbage til Priory of Sion netop var forduftet. Meddelelsen om de tre andre mord havde uoverskuelige konsekvenser. *Priory of Sion er blevet infiltreret. De er afsløret og bragt i fare.* Broderskabet blev formodentlig overvåget, eller også var der en "muldvarp" inden for dets egne rækker. Det kunne forklare hvorfor Saunière havde overdraget slutstenen til Sophie og Langdon – personer *uden for* broderskabet, personer som han vidste ikke var indblandet. *Vi kan ikke uden videre overdrage slutstenen til broderskabet igen.* Selv hvis Langdon havde den fjerneste anelse om hvordan han skulle finde frem til et medlem af Priory of Sion, ville der være stor sandsynlighed for at den som trådte frem for at tage imod slutstenen, kunne være fjenden selv. I det mindste indtil videre så det ud til at slutstenen var i Sophie og Langdons hænder – uanset om de ville det eller ej.

Varevognens forende så værre ud end Langdon havde troet. Den venstre forlygte var forsvundet, og den højre lignede et øje der hang og dinglede fra øjenhulen. Langdon satte den på plads, men den faldt straks ud igen. Den eneste gode nyhed var at kofangeren næsten var blevet revet helt af. Langdon gav den et spark og mærkede straks at det sagtens ville kunne lade sig gøre at få den helt af.

Mens Langdon gentagne gange stod og sparkede til det bulede metal, kom han i tanke om noget Sophie havde sagt tidligere. *Min bedstefar havde indtalt en besked på min telefonsvarer,* havde Sophie fortalt ham. *Han sagde at han var nødt til at fortælle mig sandheden om min familie.* På det tidspunkt havde det ikke givet mening, men nu hvor Langdon vidste at Priory of Sion var involveret, kunne han pludselig se nogle overraskende nye sider af sagen.

Kofangeren faldt af med et brag. Langdon stod stille et øjeblik for at få vejret. Nu ville varevognen i det mindste ikke længere ligne en festlig stjerne-kaster. Han tog fat om kofangeren og slæbte den ind mellem træerne så den var ude af syne. Han spekulerede på hvad de skulle gøre. De vidste hverken hvordan de skulle åbne kryptexet, eller hvorfor Saunière havde givet det til dem. Desværre virkede det samtidig som om det i nat var et spørgsmål om liv eller død at kunne besvare netop disse to spørgsmål.

Vi må søge hjælp, besluttede Langdon. *Professionel hjælp.*

Når det drejede sig om Den Hellige Gral og Priory of Sion, var der kun én mand der kunne komme på tale. Udfordringen bestod naturligvis i at sælge ideen til Sophie.

Mens Sophie sad inde i den pansrede varevogn og ventede på Langdon, mærkede hun tyngden af rosentræsskrinet tillige med en stigende fortvivlelse. *Hvorfor har min bedstefar givet mig det her?* Hun havde ingen anelse om hvad hun skulle stille op med det.

Tænk dig nu om, Sophie! Brug hovedet. Grand-père forsøger at fortælle dig et eller andet!

Hun åbnede boksen og kiggede på kryptexets bogstavskiver. *Et bevis på for-tjeneste.* Hun fornemmede at det var hendes bedstefars værk. *Slutstenen er et kort der kun kan læses af den der er værdig.* Det lød helt igennem som hendes bedstefar.

Sophie tog kryptexet op af skrinet og lod fingrene glide hen over skiverne. *Fem bogstaver.* Hun drejede skiverne en efter en. De bevægede sig jævnt og let. Hun placerede skiverne så de valgte bogstaver stod på en lige række mellem de to messingpile for hver ende af cylinderen. Sophie var klar over at ordet hun havde skrevet var alt for åbenlyst – det engelske ord for gral.

G-R-A-I-L

Hun tog fat om enderne på cylinderen og trak forsigtig i dem. Kryptexet gav sig ikke. Hun kunne høre den skvulpende lyd af eddiken indeni og holdt op med at trække. Hun prøvede et andet ord.

V-I-N-C-I

Det rokkede sig stadig ikke ud af stedet.

V-O-U-T-E

Ingenting skete. Kryptexet forblev låst.

Hun rynkede panden, lagde det tilbage i rosentræsskrinet og lukkede låget. Sophie kiggede ud på Langdon og følte sig taknemmelig over at han var sammen med hende i nat. *P.S. Find Robert Langdon.* Det stod nu klart for hende hvorfor hendes bedstefar havde inddraget ham. Sophie var ikke i stand til selv at gennemskue sin bedstefars intentioner, og derfor havde han udpeget Robert

Langdon som hendes vejleder. Desværre for Langdon var han blevet langt mere end blot vejleder i nat. Han var blevet Bezu Faches mål – og målet for en eller anden usynlig magt der var opsat på at komme i besiddelse af gralen. *Hvad end gralen er.* Sophie spekulerede på om det var værd at sætte livet på spil for at finde ud af det.

Da den pansrede varevogn kørte videre, bemærkede Langdon lettet at det gik meget lettere. "Kender du vejen til Versailles?"

Sophie kiggede på ham. "Sightseeing?"

"Nej, jeg har en idé. En religionshistoriker som jeg kender, bor i nærheden af Versailles. Jeg kan ikke huske præcis hvor, men vi kan slå det op. Jeg har besøgt ham et par gange. Han hedder Leigh Teabing. Han er tidligere britisk kongelig historiker."

"Og han bor i Paris?"

"Gralen er hans livs kærlighed. Da rygterne om broderskabets slutsten begyndte at dukke op for godt femten år siden, flyttede han til Frankrig for at gennemsøge hver eneste kirke i landet i håb om at finde den. Han har skrevet en række bøger om slutstenen og gralen. Han kan måske hjælpe os med at finde ud af hvordan vi skal åbne den, og hvad vi skal gøre ved den."

Sophie så skeptisk ud. "Stoler du på ham?"

"Med hensyn til hvad? At han ikke stjæler oplysningerne?"

"Og at han ikke melder os."

"Jeg har ikke tænkt mig at fortælle ham at vi er efterlyst af politiet. Jeg håber blot at vi kan være hos ham indtil vi har fundet en løsning."

"Robert, har du tænkt på at samtlige tv-stationer i Frankrig formodentlig er ved at gøre klar til at vise billeder af os – hvis de da ikke allerede har gjort det? Bezu Fache benytter altid medierne til sin egen fordel. Han vil gøre det umuligt for os at færdes uden at blive genkendt."

Virkelig flot, tænkte Langdon. *Min franske tv-debut vil være i Paris' "Most Wanted".* I det mindste vil Jonas Faukman blive glad; hver gang Langdon fandt vej til tv-skærmen steg salget af hans bøger markant.

"Er du sikker på at han er en tilstrækkelig god ven?" spurgte Sophie.

Langdon tvivlede på at Teabing var en mand der brugte tiden på at se fjernsyn, og da slet ikke på denne tid af døgnet, men det var alligevel et godt spørgsmål. Langdons intuition fortalte ham at han ville kunne stole på Teabing. Et ideelt og trygt sted at være. I betragtning af omstændighederne ville Teabing formodentlig være ivrig efter at hjælpe dem så meget som muligt. Ikke alene skyldte han Langdon en tjeneste, Teabing var *gralforsker*, og Sophie kunne konstatere at hendes bedstefar – indtil sin død – havde været Priory of Sion's *Stormester*. Hvis Teabing fik det at vide, ville han utvivlsomt slikke sig om munden ved tanken om at få mulighed for at hjælpe dem.

"Teabing kan vise sig at være en vigtig forbundsfælle," sagde Langdon. *Afhængig af hvor meget du er villig til at fortælle ham.*

"Fache vil formodentlig udlove en betydelig dusør."

Langdon smilede. "Tro mig, penge er det sidste denne mand har brug for." Leigh Teabing var velhavende på samme måde som små lande var velhavende. Som efterkommer af Englands første Hertug af Lancaster var Teabing kommet til penge på den gammeldags måde – han havde arvet dem. Hans ejendom uden for Paris var et palads fra det syttende århundrede med to tilhørende private søer.

Første gang Langdon havde mødt Teabing var for nogle år siden i forbindelse med et tv-program for BBC. Teabing havde kontaktet BBC og foreslået dem at lave et historisk dokumentarprogram hvori han ville belyse Den Hellige Grals sprængfarlige historie for den almindelige tv-seer hjemme i stuen. BBC's producere var vilde med Teabings lovende udkast, hans forskning og hans argumenter, men de var bange for at oplysningerne ville være så chokerende og svære at sluge, at tv-stationen ville ende med at få plettet sit gode ry. På Teabings opfordring løste BBC dette troværdighedsproblem ved at indsætte tre korte klip med anerkendte historikere fra hele verden. Alle tre bekræftede den forbløffende sandhed om hemmeligheden bag Den Hellige Gral med udgangspunkt i deres egen forskning.

Langdon havde været en af de tre.

BBC havde fløjet Langdon til Teabings parisiske bopæl da optagelserne skulle finde sted. Han havde siddet foran kameraerne i Teabings overdådige kontor og delt sin erfaring med seerne – han indrømmede at han til at begynde med selv havde været skeptisk da han hørte den alternative teori om Den Hellige Gral, men beskrev hvordan flere års forskning havde overbevist ham om at teorien var sand. Til sidst havde Langdon fremlagt nogle af sine egne forskningsresultater – en række symbolske sammenhænge som i høj grad understøttede den umiddelbart kontroversielle påstand.

På trods af alle de medvirkende og de veldokumenterede beviser skurrede teorien så hårdt mod den anerkendte kristne ideologis inderste væsen, at det øjeblikkeligt forårsagede en fjendtlig seerstorm da programmet blev vist i England. Det blev aldrig vist i USA, men dets efterdønninger nåede alligevel over på den anden side af Atlanten. Kort efter modtog Robert et postkort fra en gammel bekendt – den katolske biskop i Philadelphia. *Et tu, Robert?* var det eneste der stod på kortet.

"Robert," sagde Sophie, "er du *sikker* på, at vi kan stole på manden?"

"Helt sikker. Vi er kolleger. Han har ikke brug for penge, og jeg ved tilfældigvis at han afskyr de franske myndigheder. Den franske regering lader ham betale et vanvittig højt beløb i skatter og afgifter, fordi han har købt et historisk landområde. Han vil ikke samarbejde med Fache, hvis han kan undgå det."

Sophie stirrede på den mørke vej. "Hvis vi opsøger ham, hvor meget vil du så fortælle ham?"

Langdon så usikker ud. "Tro mig – Leigh Teabing ved mere om Priory of Sion og Den Hellige Gral end nogen anden i verden."

Sophie kiggede på ham. "Mere end min bedstefar?"

"Jeg mente mere end nogen anden *uden for* broderskabet."

"Hvordan kan du vide, at Teabing ikke selv er medlem af broderskabet?"

"Teabing har viet sit liv til at udbrede sandheden om Den Hellige Gral. Priory-medlemmerne har aflagt ed på at holde dens sande natur hemmelig."

"Det lyder som om der er grobund for uenighed."

Langdon kunne godt forstå hendes bekymring. Saunière havde givet kryptexet direkte til Sophie, og selvom hun ikke vidste hvad det indeholdt, eller hvad hun skulle stille op med det, var hun tilbageholdende med at involvere en fuldstændig fremmed. I betragtning af de oplysninger det muligvis indeholdt, var hendes intuition formodentlig værd at tage til efterretning. "Vi behøver ikke at fortælle Teabing om slutstenen med det samme. Eller måske overhovedet. Hans hjem vil give os et skjulested hvor vi kan få tid til at tænke, og hvis vi snakker med ham om gralen, vil du måske begynde at få en idé om hvorfor din bedstefar gav dig kryptexet."

"*Os,*" sagde Sophie.

Langdon følte en ydmyg stolthed og begyndte igen at spekulere på hvorfor Saunière havde inddraget ham.

"Ved du nogenlunde, hvor Mr. Teabing bor?" spurgte Sophie.

"Hans ejendom hedder Château Villette."

Sophie vendte sig og sendte ham et vantro blik. "*Château Villette?*"

"Ja."

"Sikke nogle venner at have."

"Kender du stedet?"

"Jeg har kørt forbi det flere gange. Det er i slotsdistriktet. Cirka tyve minutter herfra."

Langdon rynkede panden. "Så langt væk?"

"Ja, og det giver dig god tid til at fortælle mig hvad Den Hellige Gral i virkeligheden er."

Langdon tøvede. "Jeg fortæller dig det, når vi er hos Teabing. Han og jeg har specialiseret os i hver vores aspekter af legenden, så ved at høre på os begge vil du få hele historien." Langdon smilede. "Desuden lever og ånder Teabing for gralen – at høre historien om Den Hellige Gral fra Leigh Teabing vil være som at få relativitetsteorien forklaret af Einstein selv."

"Så lad os håbe at Leigh ikke har noget imod at få natligt besøg."

"For god ordens skyld er det faktisk *Sir* Leigh." Den fejl havde Langdon kun begået én gang. "Teabing er lidt af en personlighed. Han blev slået til ridder af dronningen for flere år siden efter at have skrevet en omfattende historisk bog om House of York."

Sophie kiggede på ham. "Det er da løgn. Er vi på vej hen til en *ridder?*"

Langdon smilede skævt. "Vores søgen efter gralen er en ridderfærd, Sophie. Hvem vil det være mere nærliggende at spørge end en ridder?"

KAPITEL 52

Château Villettes firs hektar store ejendom lå cirka femogtyve minutters kørsel nordvest for Paris, i nærheden af Versailles. Den var tegnet af Francois Mansart i 1668 på vegne af Greven af Auffley og var således historisk set et af Paris' mest betydningsfulde *châteaux*. Med sine to aflange søer og en have anlagt af Le Nôtre var Château Villette snarere et mindre slot end en herregård. Ejendommen var i folkemunde kendt som *la Petite Versailles*.

Langdon stoppede den pansrede varevogn for enden af den kilometerlange indkørsel. Bag det imponerende jerngitter af en låge rejste Sir Leigh Teabings bolig sig på en eng i det fjerne. Budskabet på lågens skilt var klart: PRIVAT OMRÅDE. ADGANG FORBUDT.

Som for at understrege at hans hjem var en britisk ø i et fransk hav, havde Teabing ikke alene ladet teksten på skiltet stå på engelsk, han havde også installeret adgangssystemet og samtaleanlægget på *højre* side – passagersiden alle steder i Europa med undtagelse af England.

Sophie kiggede underligt på det malplacerede samtaleanlæg. "Og hvad så hvis der kommer en uden medpassager?"

"Det er bedre ikke at spørge." Langdon havde allerede været igennem den diskussion med Teabing. "Han foretrækker at tingene er som de er der-hjemme."

Sophie rullede sit vindue ned. "Du må hellere stå for det, der skal siges, Robert."

Langdon lænede sig hen over Sophie og trykkede på knappen på samtale-anlægget. Et strejf af Sophies parfume fyldte hans næsebor, og det gik op for ham hvor tæt de var på hinanden. Han sad afventende i den akavede stilling, mens han hørte en telefon ringe i den lille højtaler.

Endelig lød der en skratten i samtaleanlægget, og en irriteret stemme svarede på engelsk med fransk accent. "Château Villette. Hvem er det?"

"Det er Robert Langdon," sagde Langdon idet han nærmest lå hen over Sophie. "Jeg er en ven af Sir Leigh Teabing. Jeg har brug for hans hjælp."

"Han sover. Det samme gjorde jeg. Hvad drejer det sig om?"

"Det er en privat sag. Noget der har hans store interesse."

"Så er jeg sikker på at han med fornøjelse vil møde Dem i morgen tidlig."
Langdon rørte uroligt på sig. "Det er temmelig vigtigt."

"Det samme er Sir Leighs søvn. Hvis De er en ven af ham, vil De vide, at hans helbred er dårligt." Sir Leigh Teabing havde lidt af polio som barn og måtte nu gå med skinner på benene og krykker. Teabing havde dog forekommet Langdon at være en så livlig og farverig person at det næppe kunne betragtes som nogen skavank. "Vil De være venlig at fortælle ham, at jeg har fundet nye oplysninger om gralen. Oplysninger som ikke kan vente til i morgen."

Der var en lang pause.

Langdon og Sophie sad og ventede mens varevognen holdt og brummede højlydt.

Der gik over et minut.

Til sidst blev stilheden brudt af en anden stemme over samtaleanlægget. "Min kære ven, det tør siges, at du stadig er på Harvard lokal tid." Stemmen var klar og let.

Langdon smilede idet han genkendte den udtalte britiske accent. "Leigh, jeg beklager at jeg har vækket dig på dette uanstændige tidspunkt."

"Min butler fortæller mig, at du ikke alene er i Paris, men at du har nyt om gralen."

"Jeg tænkte at det ville kunne få dig ud af fjerene."

"Ganske rigtigt."

"Er der nogen chance for, at du vil åbne lågen for en gammel ven?"

"De som søger sandheden er mere end venner. De er brødre."

Langdon rullede med øjnene selvom han var vant til Teabings forkærlighed for dramatiske finurligheder.

"Naturligvis vil jeg åbne lågen," erklærede Teabing, "men først må jeg vide om dit hjerte taler sandt. En troværdighedstest. Du må besvare tre spørgsmål."

Langdon skar ansigt og hviskede til Sophie. "Nu må du hjælpe mig. Som jeg sagde er han noget for sig selv."

"Første spørgsmål," sagde Teabing i en streng tone. "Må jeg byde dig kaffe eller te?"

Langdon kendte Teabings syn på det amerikanske fænomen kaffe. "Te," svarede han. "Earl Grey."

"Glimrende. Andet spørgsmål. Mælk eller sukker?"

Langdon tøvede.

"*Mælk,*" hviskede Sophie i øret på ham. "Jeg tror englændere bruger mælk."

"Mælk," sagde Langdon.

Stilhed.

"Sukker?"

Teabing svarede ikke.

Vent nu lidt! Langdon kom pludselig i tanke om den bitre drik han havde fået serveret under sit seneste besøg, og samtidig gik det op for ham at dette spørgsmål var en fælde. *"Citron!"* udbrød han. "Earl Grey med *citron.*"

"Naturligvis." Teabing lød yderst fornøjet nu. "Og til sidst må jeg stille det helt afgørende spørgsmål." Teabing tav et øjeblik og fortsatte så i et højtideligt tonefald. "Hvornår har en Harvard-roer sidst slået en Oxford-roer på Henley?"

Det havde Langdon ingen anelse om, men så vidt han kunne forestille sig var der kun en eneste grund til at det spørgsmål blev stillet. "Noget så utænkeligt har naturligvis aldrig fundet sted."

Der lød et klik, og lågen gik op. "Dit hjerte taler sandt, kære ven. Du kan passere."

KAPITEL 53

"Monsieur Vernet!" Natbestyreren i Depository Bank of Zurich var lettet over at høre bankdirektørens stemme i telefonen. "Hvor har De været, Sir? Politiet er her – alle står og venter på Dem!"

"Jeg har et mindre problem," sagde bankdirektøren og lød lettere fortvivlet. "Jeg har brug for Deres hjælp med det samme."

De har mere end et mindre problem, tænkte bestyreren. Politiet havde omringet banken og truede nu med at lade selve chefkriminalinspektøren møde op med den ransagningskendelse som banken havde krævet. "Hvad kan jeg gøre for Dem, Sir?"

"Den pansrede varevogn nummer tre. Jeg er nødt til at finde ud af hvor den befinder sig."

Bestyreren kiggede forvirret på leveringsskemaet. "Den er her. Nede på lastepladsen."

"Nej, det er nemlig det den ikke er. Vognen blev stjålet af de to efterlyste personer."

"Hvad mener De? Hvordan slap de ud?"

"Jeg kan ikke gå i detaljer over telefonen, men vi har et problem her som meget let kan gå hen og blive yderst skæbnesvangert for banken."

"Hvad vil De have, jeg skal gøre, Sir?"

"De skal straks aktivere vognens nødsender."

Natbestyreren så hen på LoJack sikkerhedssystemet i den anden ende af lokalet. Som mange pansrede biler var bankens varevogne forsynet med et radiostyret pejleapparat som kunne aktiveres fra banken. Bestyreren havde kun benyttet nødsystemet en enkelt gang i forbindelse med en kapring af en bil, men det havde virket upåklageligt; havde lokaliseret varevognen og automatisk sendt dataerne til politiet. Bestyreren havde dog en fornemmelse af at bankdirektøren i nat foretrak en smule mere diskretion. "Sir, jeg håber at De er klar over, at hvis jeg aktiverer nødsystemet, vil senderen samtidig informere politiet om, at vi har et problem."

Vernet sagde ikke noget i adskillige sekunder. "Ja, det er jeg udmærket klar over. Gør det alligevel. Varevogn nummer tre. Jeg venter imens. Jeg vil have oplyst varevognens præcise placering, så snart De har den."

"Skal ske, Sir."

Tredive sekunder senere, fyrre kilometer væk, blev en lille sender der lå skjult i varevognens understel, vakt til live.

KAPITEL 54

Allerede da Langdon og Sophie kørte op mod huset ad den lange snoede allé-agtige indkørsel, kunne Sophie mærke at hun begyndte at slappe af. Det var en lettelse af være kommet væk fra vejen, og hun kunne ikke forestille sig et mere sikkert sted at være lige nu, end denne private, godt beskyttede ejen-dom, ejet af en venligsindet udlænding.

De svingede ind på den cirkelformede parkeringsplads, og Château Villette kom til syne til højre for dem. Tre etager højt og mindst tres meter langt lå det enorme bygningsværk dér med sine grå stenmure oplyst af projektører. Den grove facade stod i stærk kontrast til den perfekt anlagte park og de spejl-blanke søer.

Lyset indendøre blev tændt i samme øjeblik.

I stedet for at køre hen til hovedindgangen kørte Langdon over mod et afsidesliggende parkeringsområde. "Der er ingen grund til at risikere at bilen bliver set fra vejen," sagde han, "eller at give anledning til at Leigh begynder at undre sig over hvorfor vi ankommer i en pansret varevogn."

Sophie nikkede. "Hvad gør vi med kryptexet? Det er sikkert ikke klogt at efterlade det herude, men hvis Leigh ser det, vil han formodentlig spørge hvad det er."

"Det er ikke noget problem," sagde Langdon og tog sin jakke af idet han steg ud af bilen. Han viklede tweedjakken om skrinet og holdt bylten i sine arme som var det et lille barn.

Sophie så skeptisk ud. "Snedigt."

"Teabing lukker aldrig selv op. Han foretrækker at gøre entré. Jeg finder et skjulested til bylten indendøre inden han dukker op." Langdon tøvede et øje-blik. "Jeg må nok hellere advare dig inden du møder ham. Sir Leigh har en form for humor, som folk ofte synes er lidt... underlig."

Sophie tvivlede på, at der ville være mere denne nat, hun ville opfatte som underligt.

Gangstien der førte op til hovedindgangen, var belagt med toppede bro-sten. Den bugtede sig op til en stor dør af udskåret ege- og kirsebærtræ med en messingdørhammer på størrelse med en grapefrugt. Inden Sophie nåede at tage fat i dørhammeren gik døren op.

En nydelig og elegant butler stod foran dem og rettede lidt på sit hvide slips og smokingen som han formodentlig netop havde iført sig. Han så ud til at være omkring halvtreds med forfinede træk og et strengt udtryk der ikke efterlod nogen tvivl om at deres besøg ikke passede ham.

"Sir Leigh kommer ned om et øjeblik," sagde han tørt med en udtalt fransk accent. "Han er ved at klæde sig på. Han foretrækker at tage imod gæster fuldt påklædt og ikke iført pyjamas. Skal jeg tage jakken?" Han skævede til det sammenviklede tweed Langdon stod med i favnen.

"Ellers tak, jeg klarer mig."

"Naturligvis. Denne vej."

Butleren førte dem gennem en overdådig marmorfoyer og ind i en udsøgt udsmykket opholdsstue, svagt oplyst af victorianske lamper. Der var nærmest en duft af en forgangen tid i luften, næsten kongelig, med spor af pibetobak, teblade, sherry og den jordagtige duft fra stenbygninger. Ved væggen længst væk var der en enorm kamin der var stor nok til at man kunne grille en ko i den. Butleren gik hen til kaminen, satte sig på knæ foran den, strøg en tændstik og antændte en bunke egetræsbrændeknuder og optændingsbrænde der lå klar i forvejen. Ilden begyndte straks at knitre.

Butleren rejste sig op og rettede på sin jakke. "Sir Leigh beder Dem lade som om De er hjemme." Med disse ord forlod han lokalet og overlod Sophie og Langdon til sig selv.

Sophie stod og overvejede hvilken af antikviteterne ved kaminen hun skulle sætte sig på – renæssancedivanen med fløjlsbetræk, den rustikke gynge-stol eller en af stenstolene der lignede nogle der stammede fra et byzantinsk tempel.

Langdon viklede kryptexet ud af sin jakke, gik hen til fløjlsdivanen og skubbede træskrinet langt ind under den så det var ude af syne. Så rystede han jakken, tog den på igen, glattede reverset og smilede til Sophie idet han satte sig direkte over den skjulte skat.

Det må blive divanen, tænkte Sophie og satte sig ved siden af ham.

Mens Sophie sad og stirrede ind i de voksende flammer og nød varmen, fik hun en fornemmelse af at hendes bedstefar ville have elsket dette rum. De mørke træpaneler var dækket af malerier; det var alle gamle mesterværker og Sophie lagde mærke til at et af dem var af Poussin – hendes bedstefars yndlingsmaler næst efter Da Vinci. På kaminhylden stod en alabastbuste af Isis og skuede ud over rummet.

Foran kaminen, under den egyptiske gudinde, stod to såkaldte *gargoils*. Disse to underlige fabeldyr var lavet af jern og fungerede som ildbukke. De havde åben mund og afslørede et truende dybt gab. Sophie havde altid været bange for gargoils; det vil sige lige indtil hendes bedstefar kurerede hendes skræk ved at tage hende med op i toppen af Notre Dame kirken på en regnfuld dag. "Lille prinsesse, prøv at se på disse tåbelige væsener," havde han sagt og peget på de mange gargoils der prydede nedløbsrørene – vandet fossede ud gennem deres åbentstående gab. "Kan du høre den sjove lyd det siger i deres hals?" Sophie nikkede og kunne ikke lade være med at smile over den gurglende lyd af vandet der strømmede gennem halsen på dem. "De *gurgler*," havde hendes bedstefar sagt. "Og deres gurglen lyder næsten som deres mærkelige navn 'gargoil'." Sophie havde aldrig været bange for dem siden.

Erindringen medførte et stik af smerte, da de barske realiteter om mordet igen greb fat i hende. *Grand-père er væk for altid.* Hun tænkte på kryptexet under divanen og spekulerede på om Leigh Teabing ville have nogen som helst anelse om hvordan det skulle åbnes. Og om de overhovedet skulle spørge ham. Hendes bedstefars sidste ord havde været en anmodning om at finde Robert Langdon. Han havde ikke sagt noget om at inddrage nogen som helst anden. *Vi har brug for et skjulested*, sagde Sophie til sig selv og besluttede sig til at stole på Roberts dømmekraft.

"Sir Robert!" lød en stemme bag dem. "Jeg ser, De rejser med en ung mø."

Langdon rejste sig, og Sophie sprang op med et sæt. Stemmen kom fra en trappe der snoede sig op til mørket på første sal. Øverst på trappen så hun en skikkelse bevæge sig i mørket, kun hans silhuet var synlig.

"God aften," sagde Langdon op mod ham. "Sir Leigh, må jeg præsentere Sophie Neveu."

"Det er mig en ære." Teabing kom ned i lyset.

"Tak fordi vi måtte komme ind," sagde Sophie og kunne nu se at manden bar metalskinner på benene og gik med krykker. Han kom ned ad trappen, et trin ad gangen. "Jeg er klar over, at det er temmelig sent."

"Det er så sent, min kære, at det er tidligt." Han grinede. *"Vous n'êtes pas Américaine?"*

Sophie rystede på hovedet. *"Pariserinde."*

"Deres engelsk er superbt."

"Tak. Jeg læste ved Royal Holloway Universitetet."

"Ja, det forklarer jo det hele." Teabing humpede længere ned ad trappen. "Måske Robert har fortalt Dem, at jeg studerede lige i nærheden – på Oxford."

Teabing så drilsk på Langdon. "Naturligvis havde jeg også søgt ind på Harvard for en sikkerheds skyld."

Deres vært nåede ned for enden af trappen. Så vidt Sophie kunne se lignede han en ridder lige så lidt som Sir Elton John gjorde. Sir Leigh Teabing var en kraftig, rødmosset mand med busket rødt hår og et venligt glimt i øjnene. Han var iført bukser med pressefolder og en rummelig silkeskjorte under en nydelig vest. På trods af aluminiumsskinnerne på hans ben, gik han med en ukuelig værdighed der i højere grad virkede som om den var et biprodukt af en fornem herkomst end nogen form for bevidst indsats.

Teabing nåede hen til dem og rakte hånden frem mod Langdon. "Robert, du har tabt dig."

Langdon smilede. "I modsætning til dig."

Teabing grinede godmodigt og klappede sig på maven. "Touché. Mine eneste kødelige lyster for tiden er kulinariske." Han vendte sig mod Sophie og tog forsigtigt hendes hånd. Han bukkede hovedet, berørte let hendes fingre med sine læber og så hende i øjnene. "M'lady."

Sophie kastede et usikkert blik på Langdon og kunne ikke helt afgøre om hun var trådt et skridt tilbage i tiden eller ind på en galeanstalt.

Butleren der havde åbnet for dem, kom i samme øjeblik ind med en bakke med te, som han satte på et bord ved kaminen.

"Det er Rémy Legaludec," sagde Teabing, "min butler."

Den spinkle butler nikkede stift og forsvandt igen.

"Rémy er *Lyonnais*," hviskede Teabing som var det en skæbnesvanger sygdom. "Men han er god til at lave sovs."

Langdon så fornøjet ud. "Jeg havde troet at du havde importeret engelske tjenestefolk?"

"Nej, du godeste! Det eneste sted jeg gerne havde set en engelsk kok er hos de franske skattemyndigheder." Han kiggede over på Sophie. *"Pardonnez-moi,* mademoiselle Neveu. Lad mig endelig understrege at min afsky mod franskmænd kun strækker sig til politik og fodbold. Deres regering stjæler mine penge, og Deres fodboldlandshold ydmygede os for nylig."

Sophie smilede.

Teabing betragtede hende et øjeblik og kiggede så på Langdon. "Der må være sket noget. I ser begge rystede ud."

Langdon nikkede. "Vi har haft en begivenhedsrig nat, Leigh."

"Uden tvivl. I møder uanmeldt op ved min dør midt om natten og begynder at tale om gralen. Sig mig engang – drejer det her sig virkelig om gralen, eller sagde du det blot, fordi du vidste, at det var det eneste, der ville kunne få mig på fødderne midt om natten?"

Lidt begge dele, tænkte Sophie og så kryptexet der slå skjult under divanen for sig.

"Leigh," sagde Langdon, "vi vil gerne tale med dig om Priory of Sion."

Teabing løftede forundret sine buskede øjenbryn. "Vogterne. Så det drejer sig rent faktisk om gralen. Du sagde, du havde oplysninger? Noget nyt, Robert?"

"Måske. Vi er ikke helt sikre. Vi ville nok bedre kunne vide det hvis vi først kunne få nogle oplysninger fra dig."

Teabing viftede med fingeren. "Som altid den snu amerikaner. Noget for noget. Helt i orden. Jeg står til tjeneste. Hvad vil I vide?"

Langdon sukkede. "Jeg håbede, at du ville være så elskværdig at forklare Den Hellige Grals sande natur for Ms. Neveu. "

Teabing så forbavset ud. "Ved hun ikke *det?*"

Langdon rystede på hovedet.

Smilet der bredte sig på Teabings ansigt var nærmest uanstændigt. "Robert, har du bragt mig en *jomfru?*"

Langdon vred sig forlegent og så på Sophie. "*Jomfru* er det udtryk gral-entusiaster bruger om en som aldrig har hørt den sande historie om gralen."

Teabing vendte sig ivrigt mod Sophie. "Hvor meget ved De, min kære?"

Sophie opridsede hurtigt hvad Langdon allerede havde forklaret hende – om Priory of Sion, om tempelherrerne, om Sangreal-dokumenterne og om Den Hellige Gral som mange hævdede ikke var noget bæger – men snarere noget langt mere betydningsfuldt.

"Er *det* det hele?" Teabing sendte Langdon et forarget blik. "Robert, og jeg som troede at du var en gentleman. Du har berøvet hende selve klimakset!"

"Det ved jeg. Jeg tænkte at vi to måske i fællesskab kunne... " Langdon tav og mente åbenbart at den upassende metafor var gået tilstrækkelig langt.

Teabing havde allerede fanget Sophie med sit funklende blik. "De er en gral-jomfru, min kære. Og tro mig, De vil aldrig glemme den første gang."

KAPITEL 55

Sophie sad på divanen ved siden af Langdon og drak te og spiste scones mens hun nød den mere end velkomne effekt af koffein og mad. Sir Leigh Teabing strålede da han akavet vandrede frem og tilbage foran kaminen mens benskinnerne klikkede mod stengulvet.

"Den Hellige Gral," sagde Teabing belærende. "De fleste mennesker spørger mig blot *hvor* den er. Jeg er bange for at det er et spørgsmål jeg aldrig kommer til at kunne besvare. Han vendte sig og kiggede direkte på Sophie. "Men... et langt mere relevant spørgsmål er *hvad* Den Hellige Gral er?"

Sophie fornemmede en stigende akademisk iver hos de to mænd.

"For fuldt ud at kunne forstå gralen," fortsatte Teabing, "må vi først forstå Bibelen. Hvor godt kender De Det Nye Testamente?"

Sophie trak på skuldrene. "Ikke særlig godt. Jeg voksede op hos en mand som tilbad Leonardo da Vinci."

Teabing så på en gang forundret og fornøjet ud. "En oplyst sjæl. Superb! Så må De være klar over, at Leonardo var en af vogterne af hemmeligheden om Den Hellige Gral. Og at han skjulte forskellige spor i sin kunst."

"Ja, det har Robert fortalt mig."

"Og Da Vincis syn på Det Nye Testamente?"

"Det ved jeg ikke."

Teabing smilede for sig selv idet han bevægede sig over mod reolen i den anden ende af lokalet. "Robert, kan jeg få dig til at hente den? Den står på nederste hylde. *La Storia di Leonardo.*"

Langdon gik gennem rummet og tog en stor kunstbog frem fra reolen. Da han kom tilbage, lagde han den på bordet mellem dem. Teabing drejede bogen så den vendte rigtigt for Sophie og slog det tunge omslag til side. Han pegede på en række citater på indersiden af omslaget. "Dette er fra Da Vincis notesbog om polemik og spekulation," sagde Teabing og pegede på et af citaterne. "Jeg tror, De vil finde det relevant i forhold til vores samtaleemne."

Sophie læste hvad der stod.

Mange har specialiseret sig i svig
og falske mirakler og således bedraget den dumme hob.
- LEONARDO DA VINCI

"Her er et andet," sagde Teabing og pegede på et andet citat.

Blind uvidenhed vildleder os.
Oh! Ulykkelige stakler, åbn jeres øjne!
- LEONARDO DA VINCI

Sophie fik gåsehud. "Taler Da Vinci om Bibelen?"

Teabing nikkede. "Leonardos forhold til Bibelen er direkte knyttet til Den Hellige Gral. Rent faktisk malede Da Vinci den virkelige gral hvilket jeg vil vise Dem om lidt, men forinden må vi opholde os lidt ved Bibelen." Teabing smilede. "Og alt hvad De behøver at vide om Bibelen, er sammenfattet i den store doktor i kanoniske skrifter, Martyn Percy's ord." Teabing rømmede sig. "Bibelen kom ikke med fax fra himlen."

"Undskyld mig?"

"Bibelen er et produkt af *mennesket*, min kære. Ikke af Gud. Bibelen faldt ikke på mirakuløs vis ned gennem skyerne. Mennesket skabte den som et historisk kildeskrift fra en turbulent tid, og den har udviklet sig gennem utallige oversættelser, tilføjelser og korrigeringer. Historisk set har der aldrig eksisteret en endelig version af bogen."

"Okay."

"Jesus Kristus var en historisk person med en enorm indflydelse, måske den mest gådefulde og inspirerende leder verden nogensinde har set. Som den profeterede Messias væltede Jesus konger af tronen, inspirerede millioner af mennesker og grundlagde nye ideologier. Som efterkommer af Kong Salomon og Kong Davids slægt kunne Jesus med god ret gøre krav på tronen som jødernes konge. Forståeligt nok blev hans liv og gerninger optegnet af tusindvis af tilhængere over hele landet." Teabing tav et øjeblik for at nippe til sin te og satte så koppen tilbage på underkoppen. "Mere end *firs* evangelier kom i betragtning til Det Nye Testamente, og alligevel endte det med at kun nogle ganske få blev valgt – blandt dem Matthæus, Markus, Lukas og Johannes."

"Hvem valgte hvilke evangelier der skulle med?" spurgte Sophie.

"Aha!" udbrød Teabing entusiastisk. "Kristendommens fundamentale ironi!

Bibelen, som vi kender den i dag, blev sammensat af den hedenske, romerske kejser Konstantin den Store."

"Jeg troede at Konstantin var kristen," sagde Sophie.

"Næppe," sagde Teabing drilsk. "Han var hedning hele sit liv, men blev døbt på sit dødsleje; for svag til at protestere. På Konstantins tid var soldyrkelsen Roms officielle religion – Sol Invictus-kulten, eller Den Uovervindelige Sol – og Konstantin var dens øverste præst. Desværre for ham var et voksende religiøst oprør i færd med at få tag i Rom. Tre århundreder efter Jesu korsfæstelse var antallet af Jesu tilhængere steget markant. Kristne og hedninge begyndte at bekrige hinanden, og konflikten blev så omfattende at den truede med at splitte Rom i to. Konstantin besluttede at der måtte gribes ind. I år 325 efter Kristus besluttede han at Rom skulle forenes under en og samme religion. Kristendommen."

Sophie så overrasket ud. "Hvordan kan det være at en hedensk kejser valgte *kristendommen* som officiel religion?"

Teabing lo klukkende. "Konstantin var en virkelig god forretningsmand. Han kunne se at kristendommen var på vej op, og han satsede ganske enkelt på den vindende hest. Historikere betages stadig den dag i dag af den genialitet hvormed Konstantin omvendte de soltilbedende hedninge til kristendommen. Ved at lade hedenske symboler, mærkedage og ritualer smelte sammen med den voksende kristne tradition, skabte han en form for hybrid af en religion som begge parter kunne acceptere."

"Metamorfose," sagde Langdon, "den fuldstændige forvandling. Levnene fra hedenske religioner i den kristne symbolik kan ikke benægtes. Egyptiske solskiver blev katolske helgeners glorie. Piktogrammer af Isis med sin – på mirakuløs vis undfangede – søn i sine arme blev model for vores moderne billeder af Jomfru Maria med Jesusbarnet i favnen. Og stort set alle aspekter ved de katolske ritualer – bispehuen, alteret, lovsangen, altergangen, nadveren – blev taget direkte fra de tidlige hedenske religioner."

Teabing sukkede. "Når først en symbolforsker begynder at tale om kristne ikoner får det ingen ende. Intet ved kristendommen er originalt. Den førkristne Gud, Mithras – der blev kaldt Guds Søn og Verdens Lys – blev født den 25. december, døde og blev begravet i en klippehule for at opstå fra de døde tre dage senere. For resten er den 25. december også Osiris', Adonis' og Dionysos' fødselsdag. Den nyfødte Krishna fik overbragt guld, røgelse og myrra. Selv den ugentlige kristne helligdag blev hugget fra hedningene."

"Hvad mener du?"

"Oprindeligt," sagde Langdon, "hyldede kristendommen lørdagen, den jødiske sabbat, men Konstantin ændrede det til samme dag som blev holdt i ære i den hedenske tradition – søndag." Han tav et øjeblik. "Når kirkegængere i dag går i kirke søndag morgen, er det de færreste af dem der er klar over at de er der som en ugentlig hyldest til den hedenske solgud – solens dag; søndag, eller på latin *dies solis* og *Sun*day på engelsk."

Sophie var forvirret. "Og hænger alt det sammen med gralen?"

"Så absolut," sagde Teabing. "Hør her. Under fusionen af religionerne var det nødvendigt for Konstantin at forstærke den nye kristne tradition, og derfor holdt han et berømt fælleskirkeligt stormøde kendt som Nikæa-koncilet."

Sophie havde kun hørt om det for så vidt som det var der at den nikænske trosbekendelse var kommet til verden.

"Under dette stormøde," fortsatte Teabing, "blev mange aspekter ved kristendommen diskuteret og taget op til afstemning – datering af påsken, biskoppernes rolle, udførelsen af sakramentet, og naturligvis Jesu *guddommelig-hed*."

"Hvad mener De? Hans guddommelighed?"

"Min kære," sagde Teabing, "indtil dette øjeblik i historien betragtede Jesu tilhængere ham som en dødelig profet – en stor og mægtig mand, men ikke desto mindre en *mand*. Et jordisk menneske."

"Ikke Guds søn?"

"Nej," sagde Teabing. "Etableringen af Jesus som 'Guds Søn' blev officielt fremlagt og vedtaget ved afstemning under Nikæakoncilet."

"Vent nu lidt. Står De og siger, at Jesu guddommelighed er resultatet af en *afstemning*?"

"En forholdsvis tæt afstemning ganske vist," tilføjede Teabing. "Men ikke desto mindre spillede vedtagelsen af Kristi guddommelighed en afgørende rolle i den senere forening af Romerriget og i det nye vatikanske magt-grundlag. Ved officielt at tilskrive Jesus rollen som 'Guds Søn', forvandlede Konstantin Jesus til en guddom der eksisterede hinsides den menneskelige verdens rammer, og Jesus blev således en eksistens hvis magt der ikke kunne drages tvivl om. Dette kom ikke alene i vejen for yderligere hedenske protest-er mod kristendommen, det betød også at Kristi tilhængere nu *udelukkende* kunne opnå frelse gennem de anerkendte hellige kanaler – den romersk-katolske kirke."

Sophie kastede et blik på Langdon, og han nikkede bekræftende.

"Det drejede sig udelukkende om magt," fortsatte Teabing. "Kristus som Messias var afgørende for kirkens og statens virksomhed. Mange forskere hævder at den tidlige kristne kirke *stjal* Jesus fra hans oprindelige tilhængere, kaprede hans budskab og indhyllede det i en uigennemtrængelig kappe af guddommelighed for at bruge det til at udbrede deres egen magt. Jeg har skrevet adskillige bøger om emnet."

"Så går jeg ud fra at hadebreve fra fromme kristne er dagligdag for Dem?"

"Hvorfor dog det?" spurgte Teabing. "Langt størstedelen af de veluddannede kristne kender historien bag deres tro. Jesus var uden tvivl en stor og mægtig mand. Konstantins udspekulerede politiske manøvre reducerer ikke det ophøjede ved Kristi liv. Der er ingen der påstår at Kristus var en bedrager, eller benægter at han betrådte jorden og inspirerede millioner af mennesker til et bedre liv. Det eneste vi siger er at Konstantin udnyttede Kristi enorme indflydelse og betydning. Og da han gjorde det, formede han samtidig konturerne af kristendommen som vi kender den i dag."

Sophie kiggede på kunstbogen der lå foran hende og var utålmodig efter at se Da Vincis maleri af Den Hellige Gral.

"Men her kommer det problematiske ved sagen," sagde Teabing – han talte hurtigere nu. "Eftersom Konstantins guddommeliggørelse af Jesus fandt sted næsten fire hundrede år *efter* Jesu død, eksisterede der allerede tusindvis af dokumenter med optegnelser over Jesu liv som et *jordisk* menneske. Konstantin var klar over at han havde brug for en meget kraftig pensel hvis det skulle lykkes ham at omskrive historiebøgerne. Og som følge heraf oprandt det mest vidtrækkende øjeblik i kristendommens historie." Teabing tav et øjeblik og betragtede Sophie indgående. "Konstantin bestilte og finansierede en ny Bibel som udelod de evangelier der omtalte Kristi *menneskelige* træk og pyntede på de evangelier der omtalte ham som gudelignende. Førstnævnte evangelier blev forbudt, samlet sammen og brændt."

"En interessant detalje," tilføjede Langdon, "er at enhver der valgte de forbudte evangelier frem for Konstantins version, blev betragtet som hæretikere – eller kættere. Ordet *hæretiker* opstår på dette tidspunkt i historien. Det stammer fra det latinske ord *haereticus* som betyder 'valg'. De som 'valgte' den oprindelige fortælling om Kristus var verdens første *hæretikere.*"

"Til alt held for os historikere," sagde Teabing, "overlevede nogle af de evangelier som Konstantin forsøgte at tilintetgøre. Dødehavsrullerne blev fundet i 1950'erne, skjult i en hule i nærheden af Qumran i Sinai-ørkenen. Og selvfølgelig de koptiske skrifter der blev fundet i 1945 ved Naq Hammadi. Ud over at fortælle den sande historie om gralen, fortæller disse dokumenter om Kristi gerninger i meget jordiske vendinger. Naturligvis forsøgte Vatikanet ihærdigt at forhindre offentliggørelsen af disse dokumenter – helt i stil med deres tradition for at misinformere folk. Og hvorfor skulle de ikke gøre det? Dokumenterne henleder opmærksomheden på grelle historiske uoverensstemmelser og opspind, og bekræfter sort på hvidt at den moderne Bibel er samlet og redigeret af mænd som havde den politiske hensigt at arbejde for en guddommeliggørelse af Jesus Kristus og udnytte hans indflydelse til at styrke deres eget magtgrundlag."

"Men samtidig," indskød Langdon, "er det vigtigt at huske at den moderne kirkes ønske om at tilbageholde disse dokumenter, skyldes en oprigtig tro på deres grundfæstede syn på Kristus. Vatikanet består af dybt gudfrygtige mænd som virkelig er overbevist om at disse modstridende dokumenter nødvendigvis må bygge på falsk vidneudsagn."

Teabing kluklo, da han satte sig til rette i en stol over for Sophie. "Som De kan høre, har den kære professor et langt blødere hjerte i forhold til Rom end jeg. Ikke desto mindre har han ret i at den moderne gejstlighed betragter disse modstridende dokumenter som falsk vidneudsagn. Det er forståeligt nok. Konstantins Bibel har udgjort fundamentet for deres tro gennem århundreder. Ingen er mere indoktrineret end den indoktrinerende selv."

"Det han mener," sagde Langdon, "er at vi tilbeder de guder vores forfædre tilbad."

"Det jeg mener ," afbrød Teabing, "er at stort set alt hvad vores forfædre har lært os om Kristus er *forkert*. Lige så vel som historierne om Den Hellige Gral er forkerte."

Sophie kiggede igen på Da Vinci-citatet foran hende. *Blind uvidenhed vildleder os. Oh! Ulykkelige stakler, åbn jeres øjne!*

Teabing rakte ud efter bogen og begyndte at bladre i den. "Og til sidst – inden jeg viser Dem Da Vincis maleri af Den Hellige Gral – vil jeg gerne have at De kaster et hurtigt blik på dette." Han slog bogen op på et farverigt billede der dækkede begge sider. "Jeg går ud fra, at De kender denne fresco?"

Hvad forestiller han sig? Sophie stirrede på alle tiders mest berømte fresco – *Den Sidste Nadver* – Da Vincis legendariske maleri i Santa Maria delle Grazie i Milano. Det forfaldne maleri viste Jesus og hans disciple i det øjeblik hvor Jesus erklærer, at en af dem vil forråde ham. "Ja, jeg kender frescoen."

"Så vil De måske unde mig en lille leg? Vær sød at lukke øjnene."

Sophie lukkede lidt usikkert øjnene.

"Hvor sidder Jesus?" spurgte Teabing.

"I midten."

"Godt. Og hvad spiser de?"

"Brød." *Selvfølgelig.*

"Superb. Og hvad drikker de?"

"Vin. De drikker vin."

"Glimrende. Og et sidste spørgsmål. Hvor mange vinglas er der på bordet?"

Sophie tøvede da det gik op for hende at det var en fælde. *Og efter middagen, tog Jesus bægeret med vin og lod det gå rundt mellem sine disciple.* "Ét bæger," sagde hun. *Kristi bæger. Den Hellige Gral.* "Jesus lod et enkelt bæger med vin gå rundt, præcis som kristne i dag gør under altergang."

Teabing sukkede. "Åbn øjnene."

Hun åbnede øjnene. Teabing sad med et smørret grin om munden. Sophie kiggede ned på billedet og så til sin store forundring at *alle* ved bordet havde et vinglas, inklusive Jesus. Tretten bægre. Desuden var bægrene små og fladbundede og lavet af glas. Der var ikke nogen *kalk* på billedet. Ikke nogen Hellig Gral.

Teabings øjne strålede. "Lidt underligt i betragtning af at både Bibelen og den almindelige gral-legende hylder netop dette øjeblik som Den Hellige Grals endelige opdukken. Mærkelig nok ser det ud til at Da Vinci har glemt at male Kristi bæger."

"Det må alverdens kunsthistorikere da have bemærket?"

"De vil blive chokeret over at høre, hvilke afvigelser Da Vinci har ladet indgå i dette billede som de fleste forskere enten ikke har lagt mærke til, eller som de simpelthen har valgt at ignorere. Denne fresco er rent faktisk selve nøglen til mysteriet om Den Hellige Gral. Da Vinci lægger det hele for dagen i *Den Sidste Nadver.*"

Sophie kiggede ivrigt på værket. "Fortæller denne fresco hvad gralen i virkeligheden er?"

"Ikke *hvad* den er," hviskede Teabing. "Men snarere *hvem* den er. Den Hellige Gral er ikke en genstand. Det er faktisk… en *person.*"

KAPITEL 56

Sophie stirrede på Teabing og vendte sig så over mod Langdon. "Er Den Hellige Gral en person?"

Langdon nikkede. "En kvinde." Sophie så totalt forvirret ud, og Langdon var klar over at hun ikke længere var med. Han mindedes at han selv havde reageret på samme måde første gang han havde hørt beretningen. Det var ikke før han havde forstået *symbolikken* bag gralen at den kvindelige tilknytning stod klar for ham.

Teabing sad åbenbart og tænkte det samme. "Robert, måske det nu er på sin plads at lade symbolforskeren komme med en forklaring?" Han gik hen til en skænk, fandt et stykke papir frem og lagde det foran Langdon.

Langdon trak en kuglepen op af lommen. "Sophie, du kender formodentlig de moderne tegn for mand og kvinde?" Han tegnede det almindeligt kendte symbol for mand ♂ og for kvinde ♀.

"Ja, selvfølgelig."

"Disse symboler," sagde han langsomt, "er ikke de oprindelige symboler for mand og kvinde. Mange mennesker tror fejlagtigt at det maskuline symbol er afledt af et skjold og et spyd, mens det feminine symbol repræsenterer et spejl der afspejler skønhed. I virkeligheden udspringer disse symboler fra meget gamle astronomiske symboler for planetguden Mars og planetgudinden Venus. De oprindelige symboler er langt simplere." Langdon tegnede en anden figur på papiret.

"Dette er det oprindelige symbol på *manden*," fortalte han. "Forstadiet til en fallos."

"Det ligner på en prik," sagde Sophie.

"Ja, fuldstændig," tilføjede Teabing.

Langdon fortsatte. "Dette tegns formelle navn er en *klinge*, og det står for aggression og manddom. Præcis dette fallossymbol bliver faktisk stadig brugt på militæruniformer som en markering af rang."

"Helt korrekt," sagde Teabing med et skævt smil. "Jo flere penisser, jo højere rang. Drenge er nu engang drenge."

Langdon krummede tæer. "Hvis vi fortsætter, så er det kvindelige symbol – som du nok allerede har gættet – det præcis modsatte." Han tegnede en anden figur på arket. "Det bliver kaldt for en *kalk*."

$$\bigvee$$

Sophie så forbavset op på ham.

Langdon kunne se at sammenhængen var gået op for hende. "Kalken," sagde han, "minder om et bæger eller et kar, og hvad vigtigere er – den minder om formen på kvindens livmoder. Dette symbol står for kvindekønnet, kvindelighed og frugtbarhed." Langdon så direkte på hende nu. "Sophie, legenden fortæller os at Den Hellige Gral er en kalk – et bæger. Men beskrivelsen af gralen som et *bæger* er faktisk en allegori der skal beskytte Den Hellige Grals sande natur. Med andre ord bruger legenden bægeret som en *metafor* for noget andet langt mere betydningsfuldt."

"En kvinde," sagde Sophie.

"Præcis." Langdon smilede. "Gralen er bogstavelig talt et ældgammelt symbol for kvindelighed, og Den *Hellige* Gral symboliserer den hellige kvinde; gudinden som blev forvist – praktisk talt tilintetgjort af kirken. Kvindens magt og hendes evne til at give liv var engang hellig, men da det udgjorde en trussel mod den overvejende mandligtdominerede kirke, blev den hellige kvinde djævlegjort og hængt ud som uren. Det var *manden*, ikke Gud, der skabte forestillingen om 'arvesynden', hvor Eva tog en bid af æblet og forårsagede menneskets syndefald. Kvinden der engang blev betragtet som den hellige skænker af liv, var nu blevet fjenden."

"Det bør tilføjes," afbrød Teabing, "at forestillingen om kvinden som livbringende udgjorde selve fundamentet i de gamle religioner. Fødslen var omgivet af mystik og kraft. Desværre besluttede den kristne lære at berøve kvinden hendes skaberkraft, ignorere den biologiske sandhed og gøre *manden* til Skaberen. Skabelsesberetningen fortæller os at Eva blev skabt af Adams ribben. Kvinden blev en udløber af manden. Og en syndig en af slagsen. Skabelsesberetningen var begyndelsen til enden for gudinden."

"Gralen," sagde Langdon, "er et symbol på gudinden der blev forvist. De gamle hedenske religioner uddøde ikke fra den ene dag til den anden da kristendommen blev indført. Legender om ridderes søgen efter den forsvundne gral var i virkeligheden fortællinger om den forbudte søgen efter den forsvundne hellige kvinde. Riddere der hævdede at de 'søgte bægeret' talte i koder for at beskytte sig selv mod kirken som havde valgt at undertrykke kvinderne, forvise gudinden, brænde de ikke-troende og forbyde den hedenske ærbødighed over for den hellige kvinde."

Sophie rystede på hovedet. "Undskyld, men da du sagde at Den Hellige Gral var en person, så troede jeg at du mente at det var en *virkelig* person."

"Det er det også," sagde Langdon.

"Og ikke blot en *hvilken* som helst person," indskød Teabing og rejste sig ivrigt. "Gralen er en kvinde der bar på en hemmelighed af en sådan dimension at hvis den blev afsløret, ville den true med at ødelægge selve kristendommens fundament!"

Sophie så overvældet ud. "Er det en historisk kendt kvinde?"

"Ja, temmelig kendt." Teabing fik fat i sine krykker og gik hen mod døren. "Og hvis vi hæver mødet, kære venner, og begiver os ind på mit arbejdsværelse, vil det være mig en ære at vise Dem Da Vincis maleri af hende."

To værelser derfra stod butleren Rémy Legaludec tavs foran fjernsynet ude i køkkenet. Nyhedskanalen viste to fotografier af en kvinde og en mand… de samme to personer som Rémy netop havde serveret te for.

Kriminalkommissær Collet stod ved vejspærringen uden for Depository Bank of Zurich og spekulerede på hvorfor det tog Fache så lang tid at komme med ransagningskendelsen. Bankpersonalet skjulte tydeligvis et eller andet. De påstod at Langdon og Neveu var ankommet til banken tidligere på natten, men var blevet afvist eftersom de ikke havde haft den rette konto-identifikation.

Men hvorfor vil de så ikke lade os komme ind og se efter?

Endelig ringede Collets mobiltelefon. Det var kontrolposten på Louvre.

"Har vi fået en ransagningskendelse?" spurgte Collet øjeblikkelig.

"Glem alt om banken, kommissær," sagde politiassistenten. "Vi har lige fået et tip. Vi ved præcis hvor Langdon og Neveu gemmer sig."

Collet lod sig dumpe ned på køleren af sin bil. "Det er da løgn."

"Jeg har en adresse på et sted lidt uden for byen. I nærheden af Versailles."

"Ved Mr. Fache det?"

"Ikke endnu. Han er optaget af en vigtig samtale."

"Jeg er på vej. Bed ham om at ringe til mig så snart han er ledig." Collet skrev adressen ned og sprang ind i bilen. Idet han drønede væk fra banken, gik det op for ham at han havde glemt at spørge *hvem* der havde givet politiet et tip om Langdons skjulested. Ikke at det spillede nogen rolle. Collet var blevet velsignet med en mulighed for at råde bod på sin skepsis og tidligere bommerter. Han var på vej til at foretage sin karrieres mest betydningsfulde anholdelse.

Collet kaldte de fem biler der fulgte efter ham. "Ingen udrykning, folkens. Langdon må ikke vide at vi kommer."

Fyrre kilometer væk kørte en sort Audi ind til siden og parkerede i mørket i udkanten af en mark. Silas steg ud og kiggede ind gennem tremmerne på smedejernsstakittet der omkransede det store mennesketomme område foran ham. Han kiggede op på den måneskinsoplyste skråning der førte op til det store palæ i det fjerne.

Lyset var tændt i hele den nederste etage. *Underligt på denne tid af døgnet,* tænkte Silas og smilede. Oplysningerne som Mesteren havde givet ham var tydeligvis korrekte. *Jeg forlader ikke dette hus uden slutstenen,* svor han. *Jeg vil ikke svigte biskoppen og Mesteren.*

Silas kontrollerede at hans pistol var ladt, stak den ind mellem tremmerne og lod den dumpe ned på græsset på den anden side af stakittet. Derefter greb han fat om kanten af stakittet, løftede sig op i armene, svingede sig over og lod sig glide ned på den anden side. Silas ignorerede smerten som *cilice*-bæltet forårsagede, samlede pistolen op og begyndte den lange vandring op ad den græsbeklædte skråning.

KAPITEL 58

Teabings "arbejdsværelse" lignede ikke noget arbejdsværelse Sophie før havde set. Ridderens *cabinet de travail* der var seks, syv gange større end selv det mest luksuøse kontor, lignede en mystisk blanding af et videnskabeligt laboratorium, et arkivagtigt bibliotek og et indendørs loppemarked. Oplyst af tre enorme lysekroner strakte det uendelige flisegulv sig foran dem. Rundt omkring i rummet stod der grupper af arbejdsborde begravet under bøger, kunstværker, artefakter og en overraskende stor mængde elektronisk udstyr – computere, lysbilledapparater, mikroskoper, kopimaskiner og scannere.

"Jeg har ændret balsalen en smule," sagde Teabing med et skævt smil idet han humpede ind i salen. "Det er så sjældent jeg har lejlighed til at danse."

Sophie følte det som om natten var blevet en dunkel zone hvor intet var, som hun troede. "Er hele denne sal Deres arbejdsværelse?"

"Jagten på sandheden er blevet mit livs kærlighed," sagde Teabing. "Og Sangreal er min yndlingselskerinde."

Den Hellige Gral er en kvinde, tænkte Sophie mens et hav af forestillinger kørte rundt i hovedet på hende uden at hun kunne få det til at give mening. "De sagde, at De havde et maleri af kvinden, som De påstår, er Den Hellige Gral."

"Ja, men det er ikke mig, der *påstår*, at hun er gralen. Kristus kom selv med den påstand."

"Hvad er det for et af malerierne?" spurgte Sophie og lod blikket løbe hen over væggene.

"Hmmm..." Teabing lod som om han havde glemt det. "Den Hellige Gral. Sangreal. Bægeret." Han vendte sig pludselig og pegede på væggen længst væk. På væggen hang en knap tre meter bred reproduktion af *Den Sidste Nadver*, præcis det samme billede Sophie netop havde siddet og kigget på. "Der er hun!"

Sophie var sikker på at der var noget, hun ikke havde fået fat på. "Det er det samme billede, som De lige har vist mig."

Han blinkede til hende. "Det er jeg godt klar over, men den forstørrede udgave er langt mere spændende – synes De ikke?"

Sophie vente sig spørgende mod Langdon. "Jeg forstår ikke en brik af det hele."

Langdon smilede. "Det viser sig faktisk at Den Hellige Gral *alligevel* er til stede i *Den Sidste Nadver.* Leonardo gav hende endda en fremtrædende plads."

"Hvad mener De?" udbrød Sophie. "De sagde at Den Hellige Gral er en *kvinde. Den Sidste Nadver* er et maleri af tretten mænd."

"Er det det?" Teabing løftede øjenbrynene. "Prøv at se bedre efter."

Usikker gik Sophie tættere på billedet og kiggede på de tretten figurer – Jesus Kristus i midten, seks disciple til venstre for ham og seks disciple til højre for ham. "Det er mænd alle sammen," konstaterede hun.

"Nå?" sagde Teabing. "Hvad med vedkommende der sidder på hæderspladsen til højre for Jesus?"

Sophie så nøje på figuren lige til højre for Jesus. Da hun granskende betragtede personens ansigt og krop, løb en bølge af forundring gennem hende. Figuren havde flagrende rødt hår, fine foldede hænder og antydningen af en barm. Det var uden den mindste tvivl... en kvinde.

"Det er en kvinde!" udbrød Sophie.

Teabing slog en høj latter op. "Sikke en overraskelse! Tro mig, det er ikke en fejl. Leonardo var fuldt ud i stand til at male de to køn så man kan se forskel."

Sophie kunne ikke få øjnene fra kvinden ved siden af Jesus. *Den Sidste Nadver viser så vidt jeg ved tretten mænd. Hvem i alverden er denne kvinde?* Selvom Sophie havde set det klassiske billede mange gange, havde hun aldrig lagt mærke til denne iøjnefaldende afvigelse.

"Der er ingen der ser det," sagde Teabing. "Vores forudfattede idé om denne scene er så stærk at vores hjerne blokerer for uoverensstemmelsen ved at underkende det vores øjne ser."

"Det kaldes *scotoma*," tilføjede Langdon. "Det forekommer nogle gange i hjernen når det drejer sig om betydningsfulde symboler."

"En anden mulig grund til at De har overset kvinden," sagde Teabing, "er at mange af billederne i diverse kunstbøger er taget før 1954, hvor detaljerne stadig var skjult under flere lag smuds og adskillige lag maling efter diverse restaureringsforsøg foretaget af klodsede hænder i det attende århundrede. Nu er frescoen langt om længe blevet renset så det er Da Vincis oprindelige lag maling der står tilbage." Han slog ud med armen. *"Et voilà!"*

Sophie gik tættere på billedet. Kvinden til højre for Jesus så ung og from ud, med et dydigt ansigt, smukt rødt hår og roligt foldede hænder. *Er det kvinden der helt alene er i stand til at gøre det af med kirken?*

"Hvem er hun?" spurgte Sophie.

"Det er, min kære," svarede Teabing, "Maria Magdalene."

Sophie vendte sig mod ham. "Den prostituerede?"

Teabing gispede som havde ordet ramt ham personligt. "Det var Magdalene på ingen måde. Den uheldige misforståelse er resultatet af en smædekampagne som den tidlige kristne kirke igangsatte. Det var nødvendigt for kirken at krænke Maria Magdalenes ære for at dække over hendes farlige hemmelighed – hendes rolle som Den Hellige Gral."

"Hendes *rolle?*"

"Som jeg nævnte før," forklarede Teabing, "var det nødvendigt for kirken at overbevise verden om at den dødelige profet Jesus var et *guddommeligt* væsen. Derfor skulle alle evangelier der omtalte jordiske aspekter ved Jesu liv fjernes fra Bibelen. Desværre for de stakkels redaktører var der et bestemt problematisk *jordisk* aspekt der blev ved med at dukke op i evangelierne. Maria Magdalene." Han tav et øjeblik. "Nærmere bestemt hendes ægteskab med Jesus Kristus."

"Undskyld mig?" Sophies blik gik fra Teabing til Langdon og tilbage igen.

"Der er tale om historiske optegnelser," sagde Teabing, "og Da Vinci var helt klart bevidst om dette faktum. *Den Sidste Nadver* råber nærmest ud til beskueren at Jesus og Magdalene var et par."

Sophie kiggede på frescoen igen.

"Læg mærke til at Jesus og Magdalene er iført tøj der er spejlvendt af hinanden." Teabing pegede på de to figurer i midten af billedet.

Sophie stod som hypnotiseret. Ganske rigtigt var farven på deres tøj omvendt af hinanden; Jesus var iført en rød kåbe og en blå kappe, mens Maria Magdalene bar en blå kåbe og en rød kappe. *Yin og yang.*

"Hvis vi skal vove os endnu længere ud," sagde Teabing, "så læg mærke til at Jesus og hans hustru ser ud til at være placeret så deres hofter rører ved hinanden, men samtidig læner de sig hver sin vej som for at danne et tydeligt omrids af et tomt område mellem dem."

Selv inden Teabing med fingeren trak konturen op for Sophie, kunne hun se det – en uomtvistelig v-form i maleriets brændpunkt. Det var samme symbol som Langdon havde tegnet lige før – symbolet for gralen, bægeret, den kvindelige livmoder.

"Og endelig" sagde Teabing, "hvis De betragter Jesus og Magdalene som kompositionsmæssige elementer snarere end personer, vil en anden iøjnefaldende form dukke op." Han tav et øjeblik. "Et *bogstav* i alfabetet."

Sophie fik straks øje på det. At sige at formen var iøjnefaldende var en mindre underdrivelse. Bogstavet var pludselig det eneste Sophie kunne se. I midten af billedet skilte det tydelige omrids af et stort og perfekt formet M sig ud.

"Lidt for perfekt til at være en tilfældighed, synes De ikke?" spurgte Teabing.

Sophie var målløs. "Hvorfor er det der?"

Teabing trak på skuldrene. "Sammensværgelsesteoretikere vil sige at det står for *Matrimonio* eller *Maria Magdalene*. Men ærlig talt, så er der ingen der ved det med sikkerhed. Det eneste der er sikkert er, at det skjulte M ikke er tilfældigt. Utallige gral-relaterede værker indeholder et skjult M – enten som vandmærke, i form af et underliggende maleri eller som en kompositorisk hentydning. Det mest åbenlyse M findes i udsmykningen af alteret i Our Lady of Paris i London, som blev tegnet af en af Priory of Sion's tidligere Stormestre, Jean Cocteau."

Sophie tyggede lidt på disse oplysninger. "Jeg må indrømme at de skjulte M'er er fascinerende, men jeg går ud fra at der ikke er nogen der påstår at de skulle være et bevis på at Jesus og Magdalene var gift."

"Nej, nej," sagde Teabing og gik over mod et bord fyldt med bøger der stod i nærheden. "Som jeg sagde før, fremgår Jesu og Magdalenes ægteskab af historiske optegnelser." Han begyndte at lede i bunken af bøger. "Desuden giver billedet af Jesus som en gift mand langt bedre mening end vores traditionelle bibelske billede af Jesus som ugift."

"Hvorfor det?" spurgte Sophie.

"Fordi Jesus var jøde," sagde Langdon mens Teabing fortsat ledte efter en bog, "og den tids samfundsmæssige holdning om hvad der var sømmeligt, forbød praktisk talt at en jødisk mand ikke giftede sig. I den jødiske tradition blev cølibat fordømt, og det var enhver jødisk fars pligt at finde en passende kone til sin søn. Hvis Jesus ikke var gift, ville i det mindste én af evangelisterne have bemærket det og givet en forklaring på hans unaturlige status som ugift."

Teabing fandt frem til en kæmpemæssig bog og trak den ud af stakken. Det læderindbundne bind havde format som et kæmpestort atlas. *De Gnostiske Evangelier* stod der på forsiden. Teabing åbnede bogen, og Langdon og Sophie gik over til ham. Sophie kunne se at den indeholdt fotografier af noget der så ud til at være forstørrede uddrag af dokumenter fra antikken – laset papyrus med en håndskrevet tekst. Hun kunne ikke se hvilket sprog det var skrevet på, men på den modstående side var der trykte oversættelser.

"Dette er kopier af Nag Hammadi og dødehavsrullerne som jeg nævnte før," sagde Teabing. "De tidligste kristne optegnelser. Det problematiske er at de ikke harmonerer med Bibelens evangelier." Teabing bladede frem til et sted midt i bogen og pegede på teksten. "Philips evangelium er altid et godt sted at begynde."

Sophie læste uddraget:

Og Frelserens ledsager er Maria Magdalene. Kristus elskede hende højere end
alle de andre disciple og plejede ofte at kysse hende på munden. De øvrige
disciple blev fornærmede over dette og udtrykte misbilligelse. De sagde til ham,
"hvorfor elsker du hende højere end alle os andre?"

Ordene kom bag på Sophie, men alligevel virkede de ikke som et af-
gørende argument. "Der står ikke noget om ægteskab."

"*Au contraire.*" Teabing smilede og pegede på den første linje. "Som enhver
aramæisk sprogforsker vil kunne bekræfte, betød ordet *ledsager* dengang helt
bogstaveligt *ægtefælle.*"

Langdon bekræftede det med et nik.

Sophie læste den første linje igen. *Og frelserens ægtefælle er Maria Magdalene.*

Teabing bladede gennem bogen og pegede på adskillige uddrag der alle, til
Sophies store overraskelse, klart tydede på at Magdalene og Jesus havde et
romantisk forhold. Idet hun læste tekstuddragene kom hun i tanke om en
episode fra sin barndom hvor en vred præst havde hamret på døren til hendes
bedstefars hus.

"Bor Jacques Saunière her?" havde præsten spurgt da han kiggede ned på
lille Sophie som åbnede døren. "Jeg vil gerne tale med ham om den artikel han
har skrevet." Præsten holdt en avis hen foran hende.

Sophie hentede sin bedstefar, og de to mænd forsvandt ind på hans
arbejdsværelse og lukkede døren. *Har min bedstefar skrevet noget i avisen?* Sophie
løb straks ud i køkkenet og bladrede dagens avis igennem. Hun fandt sin
bedstefars navn ved en artikel på side to. Hun læste den. Hun forstod ikke alt
hvad der stod, men det lød som om den franske regering, under pres fra
landets præster, havde besluttet at forbyde en amerikansk film der hed *The Last
Temptation of Christ*, som handlede om at Jesus dyrkede sex med en kvinde der
hed Maria Magdalene. Hendes bedstefar gav i artiklen udtryk for at det var
arrogant og forkert af kirken at forbyde filmen.

Ikke så mærkeligt at præsten er vred, tænkte Sophie.

"Det er pornografi! Helligbrøde!" råbte præsten, idet han kom ud fra
arbejdsværelset og styrtede ud mod hoveddøren. "Hvordan i alverden kan De
godtage det! Denne amerikanske Martin Scorsese er blasfemisk, og kirken vil
ikke tillade ham en prædikestol i Frankrig!" Præsten smækkede døren efter sig.

Da hendes bedstefar kom ud i køkkenet og så Sophie sidde med avisen,
rynkede han panden. "Du er søreme hurtig."

"Tror du, at Jesus havde en kæreste?" spurgte Sophie.

"Nej, lille skat, jeg sagde blot at kirken ikke burde have lov til at bestemme hvilke opfattelser vi må og ikke må udtrykke."

"Havde Jesus en kæreste?"

Hendes bedstefar tænkte sig længe om. "Ville det være så slemt hvis han havde?"

Sophie tænkte lidt over det og trak så på skuldrene. "Det ville ikke gøre mig noget."

Sir Leigh Teabing talte stadig. "Jeg skal ikke kede Dem med et utal af henvisninger til Jesu og Magdalenes ægteskab. Det er blevet udforsket til bevidstløshed af moderne historikere. Jeg vil dog gerne vise Dem dette." Han pegede på en anden side. "Dette er et uddrag af Maria Magdalenes evangelium."

Sophie var ikke klar over at der eksisterede et evangelium med Magdalenes ord. Hun læste teksten:

Og Peter sagde, "Talte Frelseren virkelig med en kvinde bag vores ryg? Er det nu meningen vi skal lytte til hende? Foretrak han hende frem for os?"

Og Levi svarede, "Peter, du har altid haft et voldsomt temperament. Jeg kan se at du kæmper mod kvinden som var hun en fjende. Hvis Frelseren betragtede hende som værdig, hvordan kan du så tillade dig at afvise hende? Frelseren kender hende uden tvivl rigtig godt. Derfor elskede han hende højere end os."

"Kvinden de taler om," forklarede Teabing, "er Maria Magdalene. Peter er jaloux på hende."

"Fordi Jesus foretrak Maria?"

"Ikke kun derfor. Der var mere på spil end ren og skær kærlighed. På dette sted i evangeliet har Jesus fået mistanke om at han inden længe vil blive taget til fange og korsfæstet. Derfor giver han Maria Magdalene anvisninger på hvordan hun skal videreføre hans kirke, når han er væk. Som resultat deraf udtrykker Peter sin utilfredshed med at spille andenviolin i forhold til en kvinde. Man kan ikke påstå andet end at Peter var temmelig kønsdiskriminerende."

Sophie forsøgte at følge med. "Er det *Sankt* Peter. Klippen hvorpå Jesus grundlagde sin kirke."

"Ja, det er ham – bortset fra en enkelt detalje. Ifølge disse uredigerede optegnelser var det ikke *Peter* som fik anvisninger fra Jesus på hvordan den kristne kirke skulle grundlægges. Det var *Maria Magdalene.*"

Sophie så på ham. "Står De og siger, at den kristne kirke skulle have været videreført af en *kvinde?*"

"Det var meningen, ja. Jesus var verdens første feminist. Hans hensigt var at hans kirkes fremtid skulle lægges i hænderne på Maria Magdalene."

"Og det passede ikke Peter," sagde Langdon og pegede på *Den Sidste Nadver.* "Det der er Peter. Du kan se at Da Vinci var fuldt ud klar over Peters syn på Maria Magdalene."

Endnu en gang var Sophie fuldstændig målløs. På maleriet lænede Peter sig truende frem mod Maria Magdalene og holdt sin knivsbladlignende hånd over hendes nakke. Den samme truende gestus som på *Madonna of the Rocks!*

"Her kan du også se det," sagde Langdon og pegede på disciplene ved siden af Peter. En smule ildevarslende, ikke?"

Sophie kneb øjnene sammen og fik øje på en hånd, der dukkede op fra mængden af disciple. "Er det en *dolk,* der er i den hånd?"

"Ja, men hvad der er endnu mere mærkeligt er, at hvis du tæller armene, vil du se at denne hånd... slet ikke tilhører nogen. Den er frigjort fra legemet. Anonym."

Sophie var efterhånden mere end overvældet. "Jeg beklager, men jeg kan stadig ikke se hvordan alt det her skulle tyde på at Maria Magdalene er Den Hellige Gral."

"Aha!" udbrød Teabing. "Det er der hunden ligger begravet!" Han vendte sig igen om mod bordet, trak et stort kort frem og lagde det foran Sophie. Det var et detaljeret stamtræ. "Der er ikke mange der er klar over at Maria Magdalene, ud over at være Kristi højre hånd, i forvejen var en betydningsfuld kvinde."

Sophie kunne nu se overskriften på stamtræet:

BENJAMINS SLÆGT

"Maria Magdalene er her," sagde Teabing og pegede i nærheden af stamtræets rod.

"Var hun af Benjamins slægt?" spurgte Sophie overrasket.

"Ja, vist," sagde Teabing. "Maria Magdalene havde blåt blod i årerne."

"Men jeg troede at Magdalene var fattig."

Teabing rystede på hovedet. "Magdalene fik senere tildelt rollen som hore for at udslette beviserne på hendes magtfulde familiemæssige bånd."

Sophie kiggede igen på Langdon, der endnu en gang nikkede bekræftende. Hun vendte sig mod Teabing. "Men hvorfor var kirken ikke ligeglad med om Magdalene havde blåt blod i årerne?"

Englænderen smilede. "Mit kære barn, det var ikke Maria Magdalenes blå blod der bekymrede kirken, men derimod hendes ægteskab med Jesus der *også* havde blåt blod i årerne. Som De ved, fortælles det i Matthæusevangeliet, at Jesus var af Davids hus. En efterkommer af Kong Salomon – jødernes konge. Ved at gifte sig ind i Benjamins magtfulde hus lod Jesus blodet fra de to kongelige slægter løbe sammen og skabte på den måde en magtfuld politisk sammenslutning, der potentielt med god ret kunne gøre krav på tronen og derved genoprette kongerækken som den var under Kong Salomon."

Sophie fornemmede at han langt om længe nærmede sig sagens kerne.

Teabing fortsatte ivrigt. "Legenden om Den Hellige Gral er legenden om kongeligt blod. Når der i gral-legender tales om 'bægeret der indeholdt Kristi blod', er det i virkeligheden en reference til Maria Magdalene – den kvinde-lige livmoder der bar Jesu kongelige blod."

Det var som om ordene gav genlyd et par gange i balsalen, før deres mening for alvor gik op for Sophie. *Maria Magdalene bar Jesu Kristi kongelige blod?* "Men hvordan kunne Jesu blod være...medmindre...?" Hun tav og kiggede på Langdon.

Langdon smilede til hende. "Medmindre de havde et barn sammen."

Sophie stod som forstenet.

"Se," erklærede Teabing, "dette er den største tilsløring af sandheden i menneskets historie. Ikke alene var Jesus Kristus gift, han var også far. Maria Magdalene var det hellige bæger. Hun var kalken som bar Kristi kongelige blod. Hun var livmoderen der bar slægten videre, og vinstokken hvorfra den hellige frugt udsprang!"

Sophie mærkede hvordan hårene rejste sig på hendes arme. "Men hvordan har det kunnet ladet sig gøre at bevare tavshed omkring en hemmelighed af denne enorme dimension gennem alle disse år?"

"Du godeste!" udbrød Teabing. "Der har været alt andet end *tavshed* omkring det! Jesu Kristi kongelige efterkommere er kilden til alle tiders mest sejlivede myte – Den Hellige Gral. Fortællingen om Magdalene er blevet råbt fra alver-dens tage gennem århundreder, indhyllet i alle mulige metaforer og på alle mu-lige sprog. Historien om hende er alle vegne når først De får øjnene op for det."

"Og hvad så med Sangreal-dokumenterne?" spurgte Sophie. "De inde-holder formodentlig oplysninger som beviser at Jesus havde kongelige efter-kommere?"

"Ja, det er netop hvad de gør."

"Så legenden om Den Hellige Gral drejer sig i bund og grund om kongeligt blod?"

"Ja, helt bogstaveligt," sagde Teabing. "Ordet *Sangreal* er udledt af San Greal – eller Hellig Gral. Men i dets ældste form blev ordet *Sangreal* delt et andet sted." Teabing skrev noget på en lap papir og rakte hende den.

Hun læste hvad han havde skrevet.

Sang Real

Sophie forstod straks betydningen.

Sang Real betød helt bogstaveligt *Kongeligt Blod*.

KAPITEL 59

Den mandlige receptionist i Opus Dei's hovedkvarter på Lexington Avenue i New York var overrasket over at høre Biskop Aringarosas stemme i telefonen. "God aften, Sir."

"Er der kommet nogen beskeder til mig?" Biskoppen lød usædvanlig nervøs.

"Ja, Sir. Jeg er virkelig glad for, at De ringer. Jeg kunne ikke få fat på Dem i Deres lejlighed. Der kom en vigtig telefonbesked til Dem for godt en halv time siden."

"Er det rigtigt?" Han lød lettet over at høre det. "Oplyste vedkommende sit navn?"

"Nej, Sir, kun et telefonnummer." Receptionisten gav ham nummeret.

"Nul-nul-treogtredive foran? Det er Frankrig, er det ikke?"

"Jo, Sir. Paris. Vedkommende sagde, at det var meget vigtigt, at De ringede til ham med det samme."

"Tak. Jeg har ventet på dette opkald." Aringarosa afbrød hurtigt forbindelsen.

Da receptionisten lagde røret på, undrede han sig over hvorfor forbindelsen havde skrattet så meget. Biskoppens kalender viste at han var i New York denne weekend, og alligevel havde det lydt som om han var på den anden side af jorden. Receptionisten rystede tanken af sig. Aringarosa havde opført sig underligt de seneste måneder.

Min mobiltelefon må have været uden signal, tænkte Aringarosa idet Fiat'en kørte op foran indgangen til Roms Ciampino Lufthavn. *Mesteren har forsøgt at få fat i mig.* På trods af Aringarosas bekymring over ikke at have besvaret opkaldet, glædede det ham at Mesteren havde følt at det var tilstrækkelig sikkert at ringe direkte til Opus Dei's hovedkvarter.

Alt må have forløbet som det skulle i Paris i nat.

Idet Aringarosa trykkede nummeret glædede han sig over at han inden længe ville være i Paris. *Jeg er der før daggry.* Der holdt et lejet propelfly og ventede på at transportere Aringarosa til Frankrig. Rutefly kom ikke på tale på denne tid af døgnet og da slet ikke i betragtning af indholdet af hans kuffert.

Han hørte at telefonen begyndte at ringe i den anden ende.

En kvindestemme svarede. *"Direction Centrale Police Judiciaire."*

Aringarosa tøvede. Det var uventet. "Øh, ja... jeg har fået besked på at ringe til dette nummer."

"Qui êtes-vous?" sagde kvinden. "Deres navn?"

Aringarosa var i tvivl om han skulle sige det. *Det franske kriminalpoliti?*

"Deres *navn*, monsieur?" gentog kvinden.

"Biskop Manuel Aringarosa."

"Un moment." Der lød et klik på linjen.

Efter en lang venten lød en mandsstemme i den anden ende af røret; hans tonefald var på en gang bistert og bekymret. "Biskop, jeg er glad for langt om længe at få fat i Dem. Vi to har mange ting at snakke om."

KAPITEL 60

Sangreal... Sang Real... San Greal... Kongeligt Blod...Den Hellige Gral.

Det var alt sammen forbundet.

Den Hellige Gral er Maria Magdalene... moderen til Jesu Kristi kongelige efterkommere.

Sophie følte hvordan en ny bølge af forvirring rullede ind over hende idet hun tavs stod i balsalen og stirrede på Robert Langdon. Jo flere brikker Langdon og Teabing lagde på bordet i nat, jo mere uforudsigeligt blev puslespillet.

"Som De kan se, min kære," sagde Teabing idet han humpede hen mod en reol, "er Leonardo ikke den eneste der har forsøgt at fortælle verden sandheden om Den Hellige Gral. Jesu Kristi kongelige efterkommere er blevet optegnet ned til mindste detalje af en mængde historikere." Han lod fingeren løbe hen over en lang række af bøger.

Sophie lagde hovedet på skrå og kiggede på titlerne:

THE TEMPLAR REVELATION:
Secret Guardians of the True Identity of Christ

THE WOMAN WITH THE ALABASTER JAR:
Mary Magdalene and the Holy Grail

THE GODDESS IN THE GOSPELS
Reclaiming the Sacred Feminine

"Denne er måske den bedst kendte," sagde Teabing og trak en tyk, slidt bog ud af rækken og rakte hende den.

På omslaget stod der:

HOLY BLOOD, HOLY GRAIL
The Acclaimed International Bestseller

Sophie kiggede op. "En international bestseller? Jeg har aldrig hørt om den."

"De var ikke ret gammel dengang. Den satte faktisk sindene i kog tilbage i firserne. Efter min mening er der nogle tvivlsomme troværdighedsbrist i forfatternes analyse, men deres grundlæggende teori er god nok, og de har æren for at forestillingen om Kristi slægt langt om længe nåede ud til et bredt publikum."

"Hvordan reagerede kirken på bogen?"

"Voldsomt, naturligvis. Men hvad andet kunne man forvente. Der var trods alt tale om en hemmelighed som Vatikanet ihærdigt havde forsøgt at begrave i det fjerde århundrede. Det var blandt andet det korstogene gik ud på. Indsamling og tilintetgørelse af oplysninger. Den trussel Maria Magdalene udgjorde mod den tidlige kirkes mænd, var potentielt ødelæggende. Ikke alene var hun kvinden som Jesus havde betroet opgaven at grundlægge den kristne kirke, hun bar også et fysisk bevis på at manden som kirken for nylig havde udråbt til *guddom*, havde avlet en jordisk slægt. For at forsvare sig mod Magdalenes magt skabte kirken hendes image som hore og sikrede sig, at det blev slået fast for altid. Samtidig begravede de alle beviser på hendes ægteskab med Jesus, for på den måde at uskadeliggøre enhver mulig påstand om at Kristus havde efterkommere og var en jordisk profet."

Sophie kastede et blik på Langdon som igen nikkede. "Sophie, der er en betydelig mængde tungtvejende historisk materiale der underbygger dette."

"Jeg må indrømme," sagde Teabing, "at det er nogle dristige påstande, men De er nødt til at forstå, at kirken havde afgørende motiver til at foretage en tilsløring af denne dimension. Kirken ville aldrig kunne have overlevet, hvis folk fik kendskab til, at Jesus havde efterkommere. Jesu barn ville undergrave den afgørende opfattelse af Kristus som guddommelig og dermed den kristne kirke som havde erklæret, at den alene var den kanal hvorigennem menneskeheden kunne få adgang til det guddommelige og til himmerige."

"Den fembladede rose," sagde Sophie og pegede pludselig på ryggen af en af Teabings bøger. *Præcis det samme symbol som på rosentræsskrinet.*

Teabing kastede et blik på Langdon og smilede skævt. "Hun har et skarpt blik." Han vendte sig om mod Sophie igen. "Det er Priory of Sion's symbol på gralen. Maria Magdalene. Eftersom kirken havde forbudt hendes navn, blev Maria Magdalene i al hemmelighed kendt under mange forskellige pseudonymer – Bægeret, Den Hellige Gral og Rosen." Han tav et øjeblik. "Rosen er knyttet til Venus' femstjerne og den ledende kompasrose. For resten er ordet *rose* det samme på mange forskellige sprog – blandt andet engelsk, fransk og tysk."

"Rose," tilføjede Langdon, "er desuden et anagram for Eros – den græske kærlighedsgud."

Sophie sendte ham et forundret blik mens Teabing fortsatte sin talestrøm.

"Rosen har altid været det primære symbol på kvindekønnets seksualitet. I tidlige gudindetilbedende kulturer symboliserede pentagrammet kvindelivets fem stadier – fødsel, menstruation, moderskab, overgangsalder og død. I vores tid er den udsprungne roses tilknytning til kvindelighed i højere grad visuel."

Han kiggede over på Langdon. "Måske kan symbolforskeren uddybe det?"

Robert tøvede. Lidt for længe.

"Du godeste!" udbrød Teabing fortørnet. "I amerikanere er så snerpede." Han kiggede på Sophie igen. "Det Robert står og fumler med at få sagt, er det faktum at den udsprungne rose symboliserer det kvindelige kønsorgan, den sublime blomst hvorigennem hele menneskeheden kommer til verden. Og hvis De nogensinde har set et maleri af Georgia O'Keeffe, vil De vide præcis, hvad jeg mener."

"Pointen er," sagde Langdon og gik tilbage mod reolen, "at alle disse bøger dokumenterer den samme historiske påstand."

"At Jesus var far." Sophie var tydeligvis stadig skeptisk.

"Ja," sagde Teabing. "Og at Maria Magdalene var kvinden der bar hans konge-lige efterkommer. Endnu den dag i dag tilbeder Priory of Sion Maria Magdalene som Gudinden, Den Hellige Gral, Rosen og den Guddommelige Moder."

Sophie kom igen til at tænke på ritualet i kælderen.

"Ifølge broderskabet," fortsatte Teabing, "var Maria Magdalene gravid da korsfæstelsen fandt sted. Af hensyn til Kristi ufødte barns sikkerhed havde hun intet andet valg end at flygte fra Det Hellige Land. Med hjælp fra Jesu betroede onkel, Josef af Arimatæa, rejste Maria Magdalene i al hemmelighed til Frankrig – dengang kendt som Gallien. Der fandt hun et trygt tilflugtssted blandt landets jøder. Det var her i Frankrig hun fødte en datter. Hendes navn var Sarah."

Sophie så op på ham. "Ved man hvad barnet hed?"

"Og langt mere end det. Magdalenes og Sarahs jødiske beskyttere førte omhyggelige optegnelser over deres liv. Husk på at Magdalenes barn tilhørte de jødiske kongeslægter – Davids og Salomons. Det er grunden til at jøderne i Frankrig betragtede Magdalene som en hellig, kongelig kvinde og tilbad hende som stammoder til den royale slægt. Utallige af den tids lærde førte optegnelser over Maria Magdalenes tid i Frankrig, inklusive Sarahs fødsel og det følgende stamtræ."

Sophie var målløs. "Eksisterer der et *stamtræ* for Jesus?"

"Javist. Og det udgør efter sigende en af hjørnestenene i Sangreal-doku-menterne. Et komplet stamtræ over Jesu første efterkommere."

"Men hvad hjælper et stamtræ over Jesu slægt?" spurgte Sophie. "Det beviser ingenting. Ingen historiker vil på nogen måde kunne konstatere at det er ægte."

Teabing slog en høj latter op. "Ikke i højere grad end de kan konstatere at Bibelen er ægte."

"Hvad vil det sige?"

"Det vil sige – historien skrives altid af vinderne. Når to kulturer støder sammen, udslettes taberen og vinderen skriver historiebøgerne – bøger der lovpriser deres egen sag og forklejner den besejrede fjende. Som Napoleon engang sagde, 'Hvad er historien andet end en fabel som man er blevet enig om?' " Han smilede. "Det ligger i selve historiens natur at den nødvendigvis må være en ensidig beretning."

Sophie havde aldrig tænkt på det på den måde før.

"Sangreal-dokumenterne fortæller ganske enkelt den *anden* side af Jesu historie. Hvilken side af historien De vælger at tro på, vil i sidste ende være et spørgsmål om tro og personlig erfaring, men i det mindste har oplysningerne overlevet. Sangreal-dokumenterne indeholder tusindvis af sider med historiske oplysninger. Øjenvidneberetninger om Sangreal-skatten fortæller at den opbevares i fire kæmpemæssige dragkister. Formodentlig befinder *Purist-dokumenterne* sig i disse dragkister – tusindvis af sider med oprindelige, før-konstantinske tekster skrevet af Jesu tidlige tilhængere der ærede ham som en lærer og profet, og helt og aldeles som menneske. Det formodes desuden at det legendariske "Q" *dokument* er i denne skat – et manuskript som selv Vatikanet indrømmer at de tror eksisterer. Det er angiveligt en bog med Jesu lære, muligvis skrevet af ham selv."

"Skrifter som Jesus selv har skrevet?"

"Selvfølgelig," sagde Teabing. "Hvorfor skulle Jesus ikke have ført optegnelser over sine gerninger? Det gjorde de fleste mennesker dengang. Et andet sprængfarligt dokument som man mener skatten indeholder, er et manuskript der kaldes *Magdalenes Dagbøger* – Maria Magdalenes personlige beretning om sit forhold til Kristus, korsfæstelsen og hendes tid i Frankrig."

Sophie stod længe uden at sige noget. "Disse fire dragkister fulde af dokumenter var altså den skat som tempelherrerne fandt under Kong Salomons Tempel?"

"Præcis. Dokumenterne der gjorde tempelherrerne uendeligt magtfulde. Dokumenterne som gennem tiderne har været genstand for utallige menneskers søgen efter gralen."

"Men De sagde, at Den Hellige Gral var *Maria Magdalene*. Hvis det er dokumenter folk leder efter, hvorfor kalder De det så en søgen efter Den Hellige Gral?"

Teabing kiggede på hende med et mildt udtryk. "Fordi der på Den Hellige Grals skjulested også er en sarkofag."

Vinden hylede i træerne udenfor.

Teabing talte roligere nu. "Enhver søgen efter Den Hellige Gral er helt bogstaveligt en søgen efter at knæle ved Maria Magdalenes jordiske rester. En rejse med det formål at ligge på knæ og bede for fødderne af den udstødte – den forsvundne hellige kvinde."

"Er Den Hellige Grals skjulested i virkeligheden... en *grav*?" spurgte Sophie undrende.

Teabings brune øjne blev slørede. "Ja. En grav der indeholder Maria Magdalenes jordiske rester og dokumenterne der fortæller den sande historie om hendes liv. I dets inderste væsen har en søgen efter Den Hellige Gral altid været en søgen efter Magdalene – den forurettede dronning, begravet med beviserne på hendes families ret til at gøre krav på tronen og magten."

Sophie ventede et øjeblik til Teabing havde sundet sig. Der var stadig en masse der ikke gav mening. "Er det ikke korrekt," sagde hun, "at Priory of Sion's medlemmer gennem alle disse år har båret ansvaret for at beskytte Sangreal-dokumenterne og Maria Magdalenes grav?"

"Jo, men broderskabet havde også en anden og vigtigere pligt – at beskytte selve *efterkommerne*. Kristi slægt var i evig fare. Den tidlige kristne kirke frygtede at hvis slægten fik lov til at vokse, ville hemmeligheden om Jesus og Magdalene på et eller andet tidspunkt dukke op til overfladen og sætte spørgsmålstegn ved den grundlæggende katolske lære som fortæller om en guddommelig Messias, der ikke omgikkes kvinder og ikke gav sig af med seksuelle udfoldelser." Han tav et øjeblik. "Ikke desto mindre voksede Kristi slægt i ro og mag – i ly i Frankrig indtil det femte århundrede hvor slægten foretog et dristigt træk og giftede sig til kongeligt fransk blod og grundlagde slægten der er kendt som den merovingiske slægt."

Sophie blev overrasket over at høre dette. Meroving var et navn enhver skoleelev i Frankrig kendte. "Den merovingiske slægt grundlagde Paris."

"Ja. Og det er en af grundene til at Gral-legenden er så udbredt i Frankrig. Mange af Vatikanets forsøg på at finde gralen her i Frankrig var i virkeligheden hemmelige missioner der blev foretaget i et forsøg på at tilintetgøre medlemmer af den kongelige slægt. Har De hørt om Kong Dagobert?"

Sophie kunne svagt huske navnet i forbindelse med en gruopvækkende beretning i en historietime. "Dagobert var en merovingisk konge, var han ikke? Som blev dolket i øjet mens han sov?"

"Præcis. Myrdet af Vatikanet i samarbejde med Pepin d'Heristal. I slutningen af det syvende århundrede. Med mordet på Dagobert blev den merovingiske slægt næsten udslettet. Heldigvis lykkedes det Dagoberts søn – Sigisbert – at undslippe angrebet, og han førte slægten videre. Den kom senere til at omfatte Gotfred af Bouillon – grundlæggeren af Priory of Sion."

"Samme mand," sagde Langdon, "som bad tempelherrerne finde Sangreal-dokumenterne under Salomons Tempel og på den måde skaffe den merovingiske slægt beviser på deres nedarvede forbindelse til Jesus Kristus."

Teabing nikkede og sukkede. "Priory of Sion har den dag i dag en skæbnesvanger pligt. Deres byrde er trefoldig. Broderskabet skal beskytte Sangreal-dokumenterne. De skal beskytte Maria Magdalenes grav. Og sidst men ikke mindst skal de opdrage og beskytte Kristi slægt – det vil sige de få medlemmer af den kongelige merovingiske slægt der har overlevet frem til i dag."

Ordene svævede gennem luften i det enorme lokale, og Sophie mærkede en underlig vibreren i kroppen, som om hendes knogler gav genlyd af en ny sandhed. *Jesu efterkommere havde overlevet frem til i dag.* Hun hørte igen sin bedstefars stemme hviske i hendes øre. *Min kære prinsesse, jeg er nødt til at fortælle dig sandheden om din familie.*

Hun fik gåsehud.

Kongeligt blod.

Det kunne ikke passe.

Prinsesse Sophie.

"Sir Leigh?" Butlerens stemme skrattede over samtaleanlægget på væggen, og Sophie for sammen. "Vil De være rar at komme ud til mig i køkkenet et øjeblik?"

Teabing skulede vredt over den dårligt timede afbrydelse. Han gik over til samtaleanlægget og trykkede på knappen. "Rémy, som De ved, har jeg gæster lige nu. Hvis vi har brug for noget fra køkkenet i nat, finder vi selv ud af det. Godnat og sov godt."

"Jeg vil gerne have et enkelt ord med Dem, før jeg trækker mig tilbage, Sir. Hvis De vil være så venlig."

Teabing fnøs og trykkede på knappen. "Gør det kort, Rémy."

"Det er et husholdningsmæssigt spørgsmål, Sir, og næppe noget at bebyrde gæsterne med."

Teabing så skeptisk ud. "Og det kan ikke vente til i morgen tidlig?"

"Nej, Sir. Men det tager blot et øjeblik."

Teabing vendte det hvide ud af øjnene og kiggede på Langdon og Sophie. "Nogle gange spekulerer jeg på hvem der tjener hvem." Han trykkede igen på knappen. "Jeg kommer med det samme, Rémy. Kan jeg bringe Dem noget?"

"Blot frihed fra undertrykkelse, Sir."

"Rémy, jeg håber, at De er klar over, at Deres *steak au poivre* er den eneste grund til, at De stadig arbejder for mig."

"Ja, det siger De jo, Sir. Det siger De jo."

KAPITEL 61

Prinsesse Sophie.

Sophie følte sig tom indvendig da hun stod og lyttede til lyden af Teabings krykker der forsvandt ned gennem gangen. Hun vendte sig kejtet om mod Langdon. Han stod allerede og rystede på hovedet som om han havde læst hendes tanker.

"Nej, Sophie," hviskede han med et overbevisende blik. "Den samme tanke strejfede mig da det gik op for mig at din bedstefar var medlem af Priory of Sion, og du fortalte mig at han ville fortælle dig sandheden om din familie. Men det er umuligt." Langdon tav et øjeblik. "Saunière er ikke et merovingisk navn."

Sophie vidste ikke om hun skulle føle sig lettet eller skuffet. Tidligere havde Langdon underligt henkastet spurgt om Sophies mors pigenavn. Chauvel. Nu gav det spørgsmål mening. "Og hvad så med Chauvel?" spurgte hun uroligt.

Han rystede igen på hovedet. "Jeg beklager. Jeg ved at det ville have kunnet besvare en del spørgsmål. Der er blot to direkte grene af den merovingiske slægt tilbage. Deres slægtsnavne er Plantard og Saint-Clair. Begge familier lever i skjul, formodentlig beskyttet af Priory."

Sophie gentog navnene for sig selv og rystede så på hovedet. Der var ikke nogen i hendes familie der hed hverken Plantard eller Saint-Clair. Hun blev pludselig overvældet af træthed. Det gik op for hende at hun var lige så langt fra svaret på hvad det var for en sandhed hendes bedstefar havde villet fortælle hende, som hun havde været på Louvre. Sophie ville ønske at hendes bedstefar ikke havde nævnt hendes familie i eftermiddags. Han havde revet op i gamle sår der var lige så smertefulde nu, som de altid havde været. *De er døde, Sophie. De kommer ikke tilbage.* Hun tænkte på sin mor der sang hende i søvn om aftenen, og på sin far der løb rundt med hende på sine skuldre, og på sin bedstemor og lillebror der smilede til hende med deres varme grønne øjne. Alt dette var blevet taget fra hende. Og hendes bedstefar var den eneste hun havde haft tilbage.

Og nu er han også væk. Jeg er alene.

Sophie vendte sig langsomt om mod *Den Sidste Nadver* og betragtede Maria

Magdalenes lange røde hår og rolige øjne. Der var noget i kvindens udtryk der afspejlede et tab af en elsket person. Sophie mærkede det samme.

"Robert?" sagde hun stille.

Han gik nærmere.

"Jeg ved godt at Leigh siger at Gral-fortællingen er overalt, men i nat er første gang jeg har hørt noget som helst om den."

Langdon så ud som om han havde lyst til at lægge en trøstende hånd på hendes skulder, men han lod være. "Du *har* hørt historien før, Sophie. Det har alle. Vi ved det blot ikke når vi hører den."

"Hvad mener du?"

"Fortællingen om gralen er alle steder, men den er skjult. Da kirken forbød at man talte om den syndige Maria Magdalene, var man nødt til at videreføre hendes historie og betydning gennem andre mere diskrete kanaler – kanaler der var præget af metaforer og symboler."

"Selvfølgelig. Kunsten."

Langdon gik over mod *Den Sidste Nadver.* "Et perfekt eksempel. Nogle af tidens mest klassiske kunstværker, litteratur og musik fortæller i al hemmelighed historien om Maria Magdalene og Jesus."

Langdon fortalte hende i korte træk om værker af Da Vinci, Botticelli, Poussin, Bernini, Mozart og Victor Hugo der alle gav hemmelige vink om den evige søgen efter at genfinde den forviste hellige kvinde. Klassiske legender som f.eks. fortællingen om Sir Gawain og den Grønne Ridder, Kong Arthur og Tornerose var alle Gral-allegorier. Victor Hugos *Klokkeren fra Notre Dame* og Mozarts *Tryllefløjten* var fyldt med frimurersymbolisme og Gral-hemmeligheder.

"Når du først får øjnene op for Den Hellige Gral," sagde Langdon, "ser du hende alle steder. Malerier. Musik. Bøger. Selv i tegnefilm, forlystelsesparker og film."

Langdon holdt sit Mickey Mouse ur frem og fortalte Sophie at Walt Disney havde gjort det til sit hemmelige livsprojekt at videregive Gral-fortællingen til de kommende generationer. Gennem hele sit liv var Disney blevet hyldet som "den moderne Leonardo da Vinci." Begge mænd var flere generationer forud for deres tid, enestående talentfulde kunstnere, medlemmer af hemmelige loger, og især ivrige spøgefugle. Ligesom Leonardo elskede Walt Disney at indsætte skjulte meddelelser og symboler i sin kunst. For den erfarne symbolforsker var det at se en tidlig Disney-film som at blive ramt af en syndflod af hentydninger og metaforer.

Hovedparten af Disneys skjulte meddelelser refererede til religion, hedenske myter og fortællinger om den undertrykte gudinde. Det var ikke tilfældigt at Disney genfortalte eventyrene om *Askepot, Tornerose og Snehvide* – de handlede alle om indespærringen af den hellige kvinde. Man behøvede heller ikke at være specialist i symbolisme for at se at Snehvide – en prinsesse som falder i unåde efter at have spist et forgiftet æble – var en klar hentydning til Eva i Edens have. Eller at *Tornerose* – der blev holdt skjult dybt inde i en skov for at beskytte hende mod at havne i kløerne på den onde heks – var Grallegenden for børn.

Der havde altid været et internt spøgefuldt element blandt de ansatte i Disney-koncernen, og deres kunstnere morede sig stadig med at indsætte skjulte symboler i Disney-produkter. Langdon havde endnu ikke glemt da en af hans studerende kom med en dvd med Løvernes Konge og stoppede filmen et bestemt sted for at afsløre at ordet SEX klart og tydeligt stod skrevet med flyvende støvpartikler over Simbas hoved. Selvom Langdon havde mistanke om at dette snarere var en tegners kåde spøg end en hentydning til hedensk, sanselig seksualitet, havde han lært at man ikke skulle undervurdere Disneys forståelse for symboler. *Den Lille Havfrue* var et fortryllende tæppe af religiøse symboler der var så tæt knyttet til gudinden at det ikke kunne være nogen tilfældighed.

Da Langdon første gang havde set *Den Lille Havfrue*, havde han rent faktisk gispet højt da han havde lagt mærke til at maleriet i Ariels undervandshjem var *Den angrende Magdalene* af Georges de la Tour, en maler fra det syttende århundrede. Maleriet var en berømt hyldest til den forviste Maria Magdalene og en passende udsmykning i betragtning af at filmen viste sig at være en halvfems minutter lang kollage af åbenlyse symbolske referencer til de forviste hellige kvinder – Isis, Eva, fiskenes gudinde Pisces og Maria Magdalene. Den lille havfrues navn – Ariel – havde stærke bånd til den hellige kvinde og var i Esajas' bog synonym for "den belejrede hellige by." Og naturligvis var den lille havfrues lange flagrende røde hår heller ikke nogen tilfældighed.

Lyden af Teabings krykker dukkede op ude fra gangen, hans gang var usædvanlig hurtig. Da deres vært trådte ind i arbejdsværelset, var det med et strengt udtryk i ansigtet.

"Du må hellere komme med en forklaring, Robert," sagde han koldt. "Du har ikke været ærlig over for mig."

KAPITEL 62

"Mistanken mod mig er uberettiget, Leigh," sagde Langdon og forsøgte at forholde sig rolig. *Du kender mig. Jeg kunne aldrig finde på at slå nogen ihjel.*

Teabings tonefald var ikke blevet mildere. "Robert, du er i fjernsynet, for Himlens skyld. Var du klar over at du er eftersøgt af politiet?"

"Ja."

"Så har du misbrugt min tillid. Det overrasker mig, at du kunne finde på at udsætte mig for fare ved at dukke op her og bede mig om at tale i stride strømme om gralen, blot for at du kan bruge mit hjem som skjulested."

"Jeg har ikke slået nogen ihjel."

"Jacques Saunière er død, og politiet hævder, at du har myrdet ham." Teabing fik et trist udtryk i øjnene. "Han som har ydet et så enormt bidrag til kunsten..."

"Sir?" Butleren var dukket op og stod bag Teabing i døråbningen med armene over kors. "Skal jeg vise dem ud?"

"Lad mig om det." Teabing humpede gennem rummet og åbnede en bred dobbelt glasdør der førte ud til græsplænen. "Vil I være så venlige at finde jeres bil og forlade stedet."

Sophie rørte sig ikke. "Vi er i besiddelse af oplysninger om *clef de voûte.* Priory's slutsten."

Teabing stirrede på hende i adskillige sekunder og fnyste hånligt. "Et desperat trick. Robert ved hvor meget jeg har ledt efter den."

"Det er rigtigt hvad hun siger," sagde Langdon. "Det var derfor vi tog hertil i nat. For at tale med dig om slutstenen."

Nu begyndte butleren at blande sig. "Forlad stedet eller jeg ringer til politiet."

"Leigh," hviskede Langdon, "vi ved hvor den er."

Teabing så ud til at være bragt en smule ud af balance.

"Forsvind omgående! Eller jeg vil med magt – " sagde Rémy, idet han marcherede målrettet gennem lokalet.

"Rémy!" Teabing vendte sig med et ryk og afbrød sin butler. "Vil De lade os være alene et øjeblik."

Butleren stod stille og måbede. "Sir? Det må jeg protestere imod. Disse mennesker er – "

"Jeg tager mig af dette." Teabing pegede mod gangen.

Rémy stod et øjeblik uden at sige noget og luskede derefter ud som en forvist hund.

I den kølige natteluft der strømmede ind gennem de åbne døre vendte Teabing sig igen mod Sophie og Langdon – stadig med et årvågent udtryk. "Jeg håber virkelig at I har noget stort at fortælle. Hvad ved I om slutstenen?"

I det tykke krat uden for Teabings arbejdsværelse, klamrede Silas sig til pistolen idet han kiggede ind gennem glasdørene. For blot et øjeblik siden havde han på sin runde om huset fået øje på Langdon og kvinden der stod og talte sammen i det store arbejdsværelse. Inden han nåede at rykke ind, trådte en mand på krykker ind i rummet. Manden råbte noget til Langdon, åbnede dørene og krævede at hans gæster forlod stedet. *Så nævnte kvinden slutstenen, og situationen blev en ganske anden.* Råb blev til hvisken. Stemningen blev lettere. Og glasdørene blev hurtigt lukket.

Nu stod Silas og krøb sammen i mørket og kiggede ind gennem glasdørene. *Slutstenen er et eller andet sted inde i dette hus.* Silas kunne mærke det.

Han holdt sig i mørket, men bevægede sig længere op mod ruderne, ivrig efter at høre hvad der blev sagt. Han ville give dem fem minutter. Hvis de ikke inden da havde afsløret hvor de havde gemt slutstenen, ville Silas bryde ind og overtale dem med tvang.

Inde i arbejdsværelset kunne Langdon fornemme deres værts forvirring.

"Stormester?" Teabing var ved at kløjes i ordet og kiggede på Sophie. "Jacques Saunière?"

Sophie nikkede og så hans chokerede blik.

"Men det ville De aldrig kunne vide!"

"Jacques Saunière var min bedstefar."

Teabing trådte vaklende et skridt bagud på sine krykker og kastede et blik på Langdon som nikkede. Teabing så igen på Sophie. "Miss Neveu, jeg er målløs. Hvis det er sandt, er jeg virkelig ked af det på Deres vegne over Deres tab. Jeg må indrømme at jeg i forskningsøjemed har lavet en liste over mænd i Paris som jeg mente ville være gode kandidater til at være involveret i Priory of Sion. Jacques Saunière var på den liste tillige med en lang række andre. Men *Stormester* siger De? Det er svært at fatte." Teabing tav et øjeblik og rystede så på hovedet. "Men det giver stadig ikke mening. Selv hvis Deres bedstefar var Priory's Stormester og selv konstruerede slutstenen, ville han aldrig nogensinde fortælle Dem, hvor den er gemt. Slutstenen baner vejen til broderskabets uvurderlige skat. Barnebarn eller ej – De er ikke berettiget til at få det at vide."

"Mr. Saunière var døende da han viderebragte oplysningerne," sagde Langdon. "Hans muligheder var yderst begrænsede."

"Han havde ikke brug for nogen muligheder," protesterede Teabing. "Der eksisterer tre *sénéchaux* som også kender hemmeligheden. Det er skønheden ved deres system. Én vil blive ophøjet til Stormester og en ny *sénéchal* vil blive indsat og introduceret for slutstenens skjulested."

"Jeg gætter på, at De ikke har set hele nyhedsudsendelsen," sagde Sophie. "Ud over min bedstefar blev *tre* andre fremtrædende parisiske borgere fundet myrdet i aftes. Alle på samme måde. Alle så ud til at være blevet forhørt."

Teabing måbede. "Og I mener at de var..."

"De tre *sénéchaux*," sagde Langdon.

"Men hvordan? En morder vil ikke på nogen måde kunne have haft kendskab til hvem *samtlige* fire topmedlemmer af Priory var! Prøv engang at se på *mig* – jeg har forsket i broderskabet i flere årtier, og jeg kan ikke engang nævne *ét* Priory-medlem. Det virker fuldstændig ufatteligt at de tre *sénéchaux* og Stormesteren alle skulle være blevet opdaget og myrdet på én dag."

"Jeg tvivler på at alle oplysningerne er blevet samlet på en enkelt dag," sagde Sophie. "Det lyder som et yderst velorganiseret *décapiter*. Det er en teknik vi bruger for at bekæmpe organiseret kriminalitet. Hvis kriminalpolitiet har tænkt sig at pågribe en bestemt gruppe, vil de i tavshed observere dem i månedsvis, identificere alle hovedrolleindehaverne for derefter at rykke ind og tage dem alle på én gang. Halshugning. Uden ledere falder gruppen fra hinanden og kommer til at røbe andre hemmelige oplysninger. Det er muligt at der er en der tålmodigt har holdt øje med broderskabet for derefter at angribe dem i håb om, at et af topmedlemmerne ville afsløre hvor slutstenen er gemt."

Teabing lignede ikke en der var overbevist. "Men brødrene vil aldrig afsløre det. De har svoret på at bevare hemmeligheden. Selv med udsigt til døden."

"Præcis," sagde Langdon. "Hvilket betyder at hvis ingen af dem røbede hemmeligheden, og de alle er blevet dræbt..."

Teabing gispede. "Så vil slutstenens skjulested være gået tabt for altid!"

"Og med den," sagde Langdon, "Den Hellige Grals skjulested."

Teabings krop så ud til at give efter under vægten af Langdons ord. Som var han for træt til at stå op et øjeblik længere, kastede han sig i en stol og stirrede ud ad vinduet.

Sophie gik over mod ham, hendes stemme var mild. "I betragtning af den knibe min bedstefar har været i, virker det sandsynligt at han i ren desperation forsøgte at overdrage hemmeligheden til en uden for broderskabet. En som han mente han kunne stole på. En i hans familie."

Teabing var bleg. "Men nogen der har været i stand til at udføre et sådant angreb... nogen der har kunnet finde frem til så meget om broderskabet..." Han tav og frygten lyste ud af ham. "Der kan kun være tale om en eneste magtinstans. Denne form for infiltration vil kun kunne komme fra Priory's ældste fjende."

Langdon så op. "Kirken."

"Hvem ellers? Rom har ledt efter gralen gennem århundreder."

Sophie så skeptisk ud. "Mener I at *kirken* har myrdet min bedstefar?"

Det var Teabing der svarede. "Det ville ikke være første gang i historien at kirken har myrdet nogen for at beskytte sig selv. Dokumenterne der befinder sig sammen med Den Hellige Gral er sprængfarlige, og kirken har ønsket at tilintetgøre dem i årevis."

Langdon havde svært ved at købe Teabings argument om at kirken koldblodigt var parat til at myrde folk for at komme i besiddelse af disse dokumenter. Langdon havde mødt den nuværende Pave og flere af kardinalerne, og han vidste at de var dybt religiøse mænd der aldrig kunne drømme om at tilgive mord. *Uanset hvor meget der stod på spil.*

Sophie stod åbenbart og tænkte noget i samme retning. "Kan det ikke tænkes at disse Priory-medlemmer blev myrdet af nogen *uden* for kirken? Nogen som ikke har forstået hvad Den Hellige Gral i virkeligheden er? Kristi bæger vil trods alt være en temmelig fristende skat. Det er helt sikkert at skattejægere har myrdet folk for mindre end det."

"Min erfaring siger mig," sagde Teabing, "at mennesker går langt længere for at forhindre det de frygter, end for at opnå det de ønsker. Jeg fornemmer en desperation i dette voldsomme angreb på Priory."

"Leigh," sagde Langdon, "det argument er paradoksalt. Hvorfor skulle medlemmer af den katolske gejstlighed *myrde* Priory-medlemmer med henblik på at finde og tilintetgøre dokumenter som de er overbevist om er falske?"

Teabing lo. "Harvards elfenbenstårn har gjort dig blødsøden, Robert. Ja, gejstligheden i Rom er ganske vist velsignet af en stærk tro, og derfor er deres overbevisning i stand til at ride enhver storm af, inklusive dokumenter der modsiger alt hvad de har kært. Men hvad med resten af verden? Hvad med alle dem der ikke er velsignet med den altovervindende sikkerhed? Hvad med dem der ser på den ondskab der er i verden og spørger, hvor er Gud i dag?

Dem som ser på skandalerne inden for kirken og spørger: hvem er de mænd der påstår at de fortæller sandheden om Kristus, men samtidig lyver for at dække over seksuelle overgreb på børn foretaget af deres egne præster?" Teabing tav et øjeblik. "Hvad sker der med *de* mennesker, Robert, hvis der dukker overbevisende videnskabelige beviser op om at kirkens version af beretningen om Kristus ikke er korrekt, og at den største historie der nogensinde er blevet fortalt viser sig at være verdens største *løgne*historie?"

Langdon svarede ikke.

"Jeg skal fortælle dig hvad der sker hvis dokumenterne offentliggøres," sagde Teabing. "I så fald vil Vatikanet stå over for sin største troværdighedskrise nogensinde i dets to årtusinder lange historie."

De stod længe uden at sige noget. Til sidst afbrød Sophie tavsheden. "Men hvis det virkelig er kirken der er ansvarlig for dette angreb, hvorfor gør de det så netop nu? Efter alle disse år? Priory of Sion holder Sangreal-dokumenterne skjult. De udgør ikke umiddelbart nogen trussel mod kirken?"

Teabing sukkede og kiggede på Langdon. "Robert, jeg går ud fra at du er bekendt med broderskabets sidste opgave?"

Langdon mærkede at tanken fik ham til at snappe efter vejret. "Ja, det er jeg."

"Miss Neveu," sagde Teabing, "kirken og Priory of Sion har haft en stiltiende aftale i årevis. Den går ud på at kirken ikke angriber broderskabet – som til gengæld bevarer Sangreal-dokumenterne skjult." Han tav. "Men en del af Priory-historien har altid omfattet en plan om at afsløre hemmeligheden på et tidspunkt. Når vi når en bestemt historisk dato, planlægger broderskabet at bryde tavsheden og føre deres endelige triumf ud i livet ved at afsløre Sangreal-dokumenterne for verden og råbe den sande historie om Jesus Kristus fra verdens bjergtoppe."

Sophie stirrede på Teabing uden at sige noget. Til sidst satte også hun sig ned. "Og De mener, at den dato nærmer sig? Og at kirken ved det?"

"Det er spekulationer," sagde Teabing, "men det vil utvivlsomt give kirken et motiv til at tage alle midler i brug for at finde dokumenterne før det er for sent."

Langdon havde en ubehagelig fornemmelse af, at det Teabing sagde faktisk gav mening. "Tror du, at kirken rent faktisk ville være i stand til at få fat i klare beviser på Priory's dato?"

"Hvorfor ikke – hvis vi antager at kirken var i stand til at afsløre identiteten af Priory-medlemmerne, så ville kirken også uden tvivl have kunnet få kendskab til deres planer. Og selvom de måske ikke har en præcis dato, vil deres overtro måske også have fået tag i dem."

"Overtro?" spurgte Sophie.

"I form af profeti," sagde Teabing. "Vi befinder os i en tid med omfattende forandringer. Årtusindeskiftet har netop fundet sted, og dermed er den totusindårige astrologiske Pisces – eller fiskenes – tidsalder slut. Fisken som også er Jesu tegn. Som enhver astrologisk symbolforsker vil kunne fortælle Dem, bygger Pisces-ideologien på en overbevisning om at mennesket er nødt til at få *fortalt* af de højere magter hvad det skal gøre, fordi mennesket ikke er i stand til at tænke selv. Før den tid var det et ildtegn der prægede tankegangen. Nu går vi derimod ind i Aquarius' tidsalder – vandmanden – hvis ideologi bygger på at mennesket vil lære *sandheden* og være i stand til selv at tænke. Der er tale om et omfattende ideologiskifte, og det finder sted netop nu."

Langdon fik kuldegysninger. Astrologiske profetier havde aldrig interesseret ham, og han havde svært ved at opfatte dem som troværdige, men han vidste at der var folk inden for den kristne kirke som fulgte dem meget nøje. "Kirken omtaler denne overgangsperiode som Dagenes Ende."

Sophie så skeptisk ud. "Forstået som verdens undergang? Apokalypsen?"

"Nej," svarede Langdon. Det er en udbredt misforståelse. Der er mange religioner der taler om Dagenes Ende. Det refererer ikke til verdens undergang, men snarere til enden på vores nuværende tidsalder – fiskenes tidsalder – som begyndte på den tid Kristus blev født, strakte sig over to tusind år og gik på hæld med det netop overståede årtusindeskifte. Nu hvor vi har bevæget os ind i vandmandens tidsalder er vi samtidig nået til Dagenes Ende."

"Mange gralhistorikere," tilføjede Teabing, "er overbevist om at hvis Priory rent faktisk har tænkt sig at afsløre sandheden, ville netop *dette* tidspunkt i historien være symbolsk passende. Mange Priory-forskere, mig selv inklusive, regnede med at broderskabets afsløring ville falde nøjagtigt sammen med årtusindeskiftet. Men det gjorde det altså ikke. Det skal indrømmes at den kristne kirkes kalender ikke stemmer fuldstændig overens med de astrologiske tegn, så der er et gråt område i profetien. Jeg ved ikke, om kirken er i besiddelse af insider-oplysninger om at en bestemt dato truende er på vej, eller om de blot er nervøse på baggrund af astrologiske profetier. Men det er i princippet også ligegyldigt. Begge dele forklarer hvorfor kirken kan tænkes at have et motiv til at foretage et forebyggende angreb på Priory of Sion." Teabing rynkede panden. "Og tro mig, hvis kirken finder Den Hellige Gral, tilintetgør de den. Dokumenterne så vel som de jordiske rester af den velsignede Maria Magdalene." Hans blik blev alvorligt. "Og i så fald, min kære, hvis Sangreal-dokumenterne tilintetgøres, vil alle beviser være væk. Kirken vil have vundet deres årtusindlange kamp for at sikre sig monopol på historien. Fortiden vil være udslettet for altid."

Sophie trak langsomt den korsformede nøgle op af sin lomme og rakte den over mod Teabing.

Teabing tog nøglen og så undersøgende på den. "Du godeste. Broderskabets segl. Hvor har De den fra?"

"Min bedstefar gav mig den i aftes inden han døde."

Teabing lod fingrene glide hen over korset. "En nøgle til en kirke?"

Sophie trak vejret dybt. "Nøglen giver adgang til slutstenen."

Teabing så op med et sæt. Hans øjne var fulde af vantro. "Umuligt! Hvilken kirke har jeg overset? Jeg har gennemsøgt hver eneste kirke i Frankrig!"

"Det er ikke en kirke," sagde Sophie. "Det er en schweizisk bankboks."

Teabings ophidsede udtryk blegnede. "Er slutstenen i en bank?"

"I en boks," indskød Langdon.

"I en *bankboks*?" Teabing rystede voldsomt på hovedet. "Det kan ikke være rigtigt. Det formodes at slutstenen ligger skjult under Rosens tegn."

"Det gør den også," sagde Langdon. "Den blev opbevaret i et rosentræsskrin med en fembladet rose indlejret i låget."

Teabing var lamslået. "Har I *set* slutstenen?"

Sophie nikkede. "Vi besøgte banken."

Teabing gik helt hen til dem med et skrækslagent udtryk i øjnene. "Kære venner, vi er nødt til at gøre noget. Slutstenen er i fare! Vi har pligt til at beskytte den. Hvad nu hvis der findes andre nøgler? Måske stjålet fra de myrdede *sénéchaux*? Hvis kirken kan opnå adgang til banken som I netop har –"

"Så vil de komme for sent," sagde Sophie. "Vi fjernede slutstenen."

"Hvad er det, De siger! Fjernede I slutstenen fra dens skjul?"

"Du skal ikke bekymre dig," sagde Langdon. "Slutstenen er godt gemt."

"*Ekstremt* godt gemt, håber jeg!"

Langdon smilede skævt. "Det afhænger faktisk af, hvor tit du støvsuger under din divan."

Det var blæst op uden for Château Villette, og Silas' kappe flagrede omkring ham idet han krøb længere op mod vinduet. Selvom han ikke havde kunnet høre særlig meget af samtalen, var ordet *slutsten* trængt gennem ruden flere gange.

Den er derinde.

Han hørte tydeligt Mesterens ord for sig. *Gå ind i Château Villette. Tag slutstenen. Gør ingen fortræd.*

Nu havde Langdon og de andre pludselig hævet mødet og var gået ind i et tilstødende lokale. Lyset var blevet slukket i arbejdsværelset. Silas følte sig som en panter på rov idet han kravlede op til glasdørene. De var ikke låst, så han smøg sig ind og lukkede forsigtigt dørene bag sig. Han kunne høre dæmpede stemmer fra et andet rum. Silas trak pistolen op af lommen, slog sikringen fra og sneg sig ned gennem gangen.

KAPITEL 63

Kommissær Collet stod lidt for sig selv for enden af Leigh Teabings indkørsel og kiggede op på det enorme hus. *Isoleret. Mørkt. God dækning ved jorden.* Collet iagttog sine mænd der stille og roligt fordelte sig langs smedejernsstakittet. De kunne være over stakittet og have huset omringet på få minutter. Langdon kunne ikke have valgt et bedre sted for Collet og hans mænd at lave et overraskelsesangreb.

Collet skulle netop til selv at ringe til Fache da hans telefon endelig ringede.

Fache lød ikke nær så tilfreds med sagens udvikling som Collet havde troet. "Hvorfor er der ikke nogen der har fortalt mig at vi har fået et tip om Langdon?"

"De talte i telefon og – "

"Nøjagtig *hvor* er De netop nu, kommissær Collet?"

Collet gav ham adressen. "Ejendommen tilhører en britisk statsborger ved navn Teabing. Langdon har kørt et godt stykke vej for at komme hertil, og desuden må bilen være inden for lågen, uden tegn på at den er blevet tvunget op, så der er gode chancer for at Langdon kender ejeren."

"Jeg kommer," sagde Fache. "Rør jer ikke. Jeg tager mig personligt af dette."

Collet måbede. "Men Sir, De er tyve minutter væk! Vi bør gribe ind straks. Vi har omringet ham. Jeg har otte mand i alt. Fire af os har rifler, og de andre har pistoler."

"Vent på mig."

"Sir, hvad nu hvis Langdon har taget et gidsel derinde? Hvad nu hvis han ser os og beslutter sig for at stikke af til fods? Vi er nødt til at gribe ind *nu!* Mine mænd er på plads og klar til at rykke ind."

"Kommissær Collet, De venter på mig, inden De gør noget. Det er en ordre." Fache lagde røret på.

Kommissær Collet slukkede forbløffet sin telefon. *Hvorfor fanden beder Fache mig om at vente?* Collet kendte svaret. Selvom Fache var berømt for sin intuition, var han samtidig berygtet for sin stolthed. *Fache vil have æren for anholdelsen.* Efter at amerikanerens ansigt havde præget landets tv-skærme, ville Fache være

278

sikker på at hans eget ansigt ville få lige så meget sendetid. Collets opgave var ganske enkelt at holde styr på tropperne indtil chefen dukkede op og reddede situationen.

Mens Collet stod og ventede, kom han i tanke om en anden mulig forklaring. *Begrænsning af skaderne.* Politiet tøvede kun med at anholde en eftersøgt hvis der var opstået tvivl om den mistænktes skyld. *Er Fache begyndt at tvivle på om Langdon er den rette mand?* Tanken var skræmmende. Chefkriminalinspektøren havde vovet sig meget langt ud i nat for at anholde Robert Langdon – *surveillance cachée,* Interpol og fjernsynet. Ikke engang den store Bezu Fache ville overleve de politiske følger hvis han fejlagtigt havde hængt en fremtrædende amerikaners ansigt ud for åben skærm og hævdet at han var morder. Hvis det nu var gået op for Fache at han havde taget fejl, ville det fuldt ud give mening at beordre Collet til ikke at gøre noget. Det sidste Fache ville have brug for var at Collet stormede en uskyldig englænders private ejendom og anholdt Langdon.

Det gik desuden op for Collet at hvis Langdon var uskyldig, ville det forklare noget af det mest mærkelige ved denne sag – hvorfor Sophie Neveu, offerets *barnebarn,* havde hjulpet den formodede morder med at flygte. Medmindre Sophie vidste at Langdon var under falsk anklage. Fache var i løbet af natten kommet med alle mulige forklaringer på Sophies underlige opførsel – blandt andet at Sophie, som Saunières enearving, havde overtalt sin hemmelige elsker, Robert Langdon til at slå Saunière ihjel for at få fingre i arven. Hvis Saunière havde haft mistanke om dette, kunne det sagtens tænkes at han havde efterladt politiet meddelelsen: *P.S. Find Robert Langdon.* Collet var temmelig overbevist om at der var noget ganske andet på spil. Sophie Neveu lignede ikke en der kunne være involveret i noget så usselt.

"Kommissær?" En af betjentene kom løbende. "Vi har fundet en bil."

Collet fulgte efter betjenten knap halvtreds meter væk fra indkørslen. Betjenten pegede over mod en bred rabat på den anden side af vejen. Der, næsten skjult i et buskads i kanten af en mark, holdt en sort Audi. Nummerpladen viste at den var lejet. Collet lagde hånden på køleren. Stadig varm. Nærmest brændende.

"Det må være sådan Langdon er kommet hertil," sagde Collet. "Ring til udlejningsfirmaet. Find ud af hvem der stjal den."

"Ja, Sir."

En anden betjent vinkede Collet tilbage i retning af stakittet. "Kommissær, prøv lige at se her." Han rakte Collet en natkikkert. "Klyngen af træer oppe ved enden af indkørslen."

Collet lod kikkerten pege op for enden af bakken og stillede skarpt. Langsomt dukkede de mørkegrønne konturer op. Han fulgte indkørslens snoninger til han nåede til klyngen af træer for enden. Han stod målløs og stirrede. Indhyllet i grønne blade stod en pansret varevogn. En varevogn magen til den som Collet havde ladet forlade Depository Bank of Zurich tidligere på natten. Han bad til at dette måtte være en eller anden mystisk tilfældighed, men var klar over at det ikke var det.

"Det virker indlysende," sagde betjenten, "at Langdon og Neveu må have brugt denne varevogn til at slippe ud af banken."

Collet sagde ikke noget. Han tænkte på chaufføren i den pansrede varevogn som han havde stoppet ved vejspærringen. Rolex-uret. Hans utålmodige venten efter at få lov at køre. *Jeg kontrollerede ikke lastrummet.*

Selvom Collet havde svært ved at tro det, gik det op for ham at en eller anden i banken rent faktisk havde løjet over for politiet om Langdon og Sophies tilstedeværelse og hjulpet dem med at stikke af. *Men hvem? Og hvorfor?* Collet spekulerede på om *det* måske var grunden til at Fache havde bedt ham om ikke at gribe ind endnu. Måske havde Fache fundet ud af at der var flere mennesker involveret i nat end blot Langdon og Sophie. *Men hvis Langdon og Neveu ankom i den pansrede varevogn, hvem har så kørt i Audien?*

Hundreder af kilometer mod syd, var et lejet Beechcraft Baron 58-fly på vej nordpå. På trods af roligt vejr sad Biskop Aringarosa og klamrede sig til en pose beregnet til luftsyge – han var sikker på at han ville kaste op inden længe. Hans parisersamtale havde absolut ikke været som han havde forestillet sig.

Aringarosa sad alene i den lille kabine og drejede guldringen på sin finger i et forsøg på at få kontrol over sin overvældende frygt og desperation. *Alt er gået grueligt galt i Paris.* Aringarosa lukkede øjnene og bad til at Bezu Fache ville være i stand til at ordne det.

KAPITEL 64

Teabing sad på divanen med rosentræsskrinet på skødet og beundrede den omhyggeligt udskårne rose der var indlagt i låget. *Denne nat er på én gang blevet den underligste og mest fantastiske nat i mit liv.*

"Løft låget," hviskede Sophie som stod bag ham, ved siden af Langdon.

Teabing smilede. *Lad være med at skynde på mig.* Han havde brugt flere årtier af sit liv på at lede efter slutstenen og ville nyde hvert et sekund af dette magiske øjeblik. Han lod fingrene glide hen over trælåget og mærkede konturerne af den indlagte rose.

"Rosen," hviskede han. *Rosen er Magdalene er Den Hellige Gral. Rosen er kompasset der viser vejen.* Teabing følte sig helt flov. I årevis havde han rejst rundt til kirker og katedraler over hele Frankrig, betalt sig til særlige adgangsforhold, undersøgt hundredvis af hvælvinger under rosenvinduer i sin søgen efter en slutsten med en kode. *La clef de voûte – en slutsten under rosens tegn.*

Teabing løsnede langsomt hængslet på låget og løftede det.

Da hans blik endelig faldt på indholdet, vidste han omgående at det måtte være slutstenen. Han stirrede på en stencylinder, konstrueret af sammensatte skiver besat med bogstaver. Apparatet virkede overraskende bekendt.

"Lavet ud fra Da Vincis optegnelser," sagde Sophie. "Min bedstefar lavede dem som hobby."

Selvfølgelig, tænkte Teabing. Han havde set skitser og tegninger af det. *Nøglen til at finde Den Hellige Gral ligger inde i denne sten.* Teabing løftede det tunge kryptex op af skrinet og holdt det forsigtigt foran sig. Selvom han ikke havde nogen anelse om hvordan cylinderen skulle åbnes, fornemmede han at hans egen skæbne lå inden i. Der havde været perioder hvor alle hans bestræbelser var mislykkedes, og han havde spurgt sig selv om hans søgen nogensinde ville blive belønnet. Nu var den tvivl forsvundet for altid. Han kunne høre de ældgamle ord – det helt grundlæggende mantra i gral-legenden:

Vous ne trouvez pas le Saint-Graal, c'est le Saint-Graal qui vous trouve.

Du finder ikke gralen, gralen finder dig.

Og hvor utroligt det end var, var nøglen der ledte til Den Hellige Gral kommet direkte ind gennem hans dør i nat.

Mens Sophie og Teabing sad med kryptexet og snakkede om eddiken, skiverne og hvad adgangsordet kunne tænkes at være, tog Langdon rosentræsskrinet med over til et veloplyst bord i den anden ende af rummet for at kigge nærmere på det. Han var kommet til at tænke på noget Teabing havde sagt.

Nøglen til gralen ligger gemt under rosens tegn.

Langdon holdt træskrinet op i lyset og kiggede nøje på det indlejrede rosensymbol. Selvom hans kendskab til kunst ikke omfattede træarbejde og udskårne møbler, kom han pludselig til at tænke på det berømte kakkelbeklædte loft i et spansk kloster uden for Madrid, hvor kaklerne, tre hundrede år efter at klosteret var blevet bygget, pludselig begyndte at løsne sig og falde ned og afslørede en hellig tekst skrevet af munkene på muren nedenunder.

Langdon kiggede igen på rosen.

Under rosen.

Sub Rosa.

Hemmeligt.

En lyd ude fra gangen bag ham fik Langdon til at vende sig om. Han så ikke andet end mørke. Det var formodentlig Teabings butler der var gået forbi. Langdon vendte sig om mod skrinet igen. Han lod en finger glide hen over den indlagte roses glatte overflade og kanter og spekulerede på om han ville kunne trykke Rosen ud – men samlingen var perfekt. Han tvivlede på at selv et barberblad ville kunne presses ind mellem den indlagte rose og den omhyggeligt udskårne fordybning som den var placeret i.

Han åbnede skrinet og undersøgte indersiden af låget. Den var glat. Men da han løftede det lidt mere, faldt lyset på noget der lignede et lille hul på indersiden af låget, præcis i midten. Langdon lukkede låget og undersøgte den indlagte rose oppefra. Intet hul.

Det går ikke hele vejen igennem.

Han satte skrinet på bordet og så sig om i rummet. Han fik øje på en stak papirer med en papirclips. Han tog clipsen, åbnede boksen og betragtede igen hullet indgående. Han foldede forsigtigt papirclipsen ud og stak den ene ende ind i hullet. Han skubbede forsigtigt. Et ganske lille skub var nok. Han hørte noget falde ned på bordet med et lille smæld. Langdon lukkede låget og så efter hvad det var. Det var et lille stykke træ, på størrelse med en puslespilsbrik. Trærosen var gledet ud af låget og var faldet ned på skrivebordet.

Langdon stod målløs og stirrede på den tomme plet på låget hvor rosen havde været; en sirlig håndskrift var brændt ned i træet – fire linjer med tekst i et sprog han aldrig før havde set.

Bogstaverne ser på en eller anden måde semitiske ud, tænkte Langdon, *men trods det kan jeg ikke se hvad det er for et sprog!*

En pludselig bevægelse bag ham fangede hans opmærksomhed. Som et lyn fra en klar himmel fik Langdon et hårdt slag i hovedet og gik i knæ.

Idet han faldt, syntes han et kort øjeblik at han så et blegt spøgelse stå over sig med en pistol i hånden. Så blev alt sort.

KAPITEL 65

Selvom Sophie Neveu arbejdede ved kriminalpolitiet havde hun aldrig haft en pistol rettet mod sig før i nat. Det nærmest ubegribelige var at pistolen som hun stod og stirrede ind i, blev holdt af en stor bleg hånd som tilhørte en kæmpemæssig albino med langt hvidt hår. Han så på hende med sine røde øjne der havde en skræmmende, uhåndgribelig karakter. Han var iført en ulden kappe med en snor om livet og lignede nærmest en munk fra middelalderen. Sophie havde ingen anelse om hvem han var, men samtidig begyndte hun at ændre syn på Teabings mistanke om at kirken stod bag dette.

"I ved hvad jeg er ude efter," sagde munken med en rungende stemme.

Sophie og Teabing sad på divanen med hænderne over hovedet, som gerningsmanden havde beordret. Langdon lå på gulvet og ømmede sig. Munkens blik faldt øjeblikkeligt på slutstenen i Teabings skød.

"Du vil ikke være i stand til at åbne den," sagde Teabing trodsigt.

"Min Mester er meget klog," svarede munken idet han nærmede sig mens han skiftevis lod pistolen pege på Sophie og Teabing.

Sophie undrede sig over hvor Teabings butler var. *Havde han ikke hørt da Robert faldt?*

"Hvem er din Mester?" spurgte Teabing. "Måske kan vi indgå en økonomisk aftale."

"Gralen er uvurderlig." Han nærmede sig.

"Du bløder," konstaterede Teabing roligt, og nikkede ned mod munkens højre ankel hvor en dråbe blod var løbet ned ad hans ben. "Og du halter."

"Ligesom du," svarede munken og pegede på krykkerne der stod ved siden af Teabing. "Giv mig slutstenen."

"Kender du til slutstenen?" sagde Teabing overrasket.

"Det kommer ikke dig ved hvad jeg kender til. Rejs dig op og giv mig den."

"Jeg har svært ved at stå op."

"Ja, netop. Jeg foretrækker en der ikke forsøger sig med et hurtigt angreb."

Teabing greb fat i den ene krykke med højre hånd og tog fat om slutstenen med venstre. Han vaklede på benene og stillede sig ret op med den tunge cylinder i venstre hånd og lænede sig lidt usikkert mod krykken i den højre.

Munken gik helt hen til ham med pistolen rettet direkte mod Teabings hoved. Sophie så hjælpeløst til mens munken rakte ud efter cylinderen.

"Du vil ikke have heldet med dig," sagde Teabing. "Kun de værdige kan åbne denne sten."

Gud alene afgør hvem der er værdig, tænkte Silas.

"Den er temmelig tung," sagde manden med krykkerne, og hans arm begyndte at give efter. "Hvis du ikke skynder dig at tage den, er jeg bange for at jeg taber den!" Han svajede faretruende.

Silas trådte hurtigt et skridt frem for at tage stenen, men i samme øjeblik mistede manden med krykkerne balancen. Krykken gled væk under ham, og han begyndte at vakle sidelæns mod højre. *Nej!* Silas kastede sig frem for at redde stenen og kom samtidig til at sænke pistolen. Men slutstenen var uden for hans rækkevidde nu. Idet manden faldt mod højre, svingede hans venstre arm bagud; cylinderen faldt ud af hånden på ham og havnede på divanen. I samme øjeblik så han krykken, der var gledet væk under manden, skifte retning og med høj fart skære en bue gennem luften over mod Silas' ben.

Splinter af smerte fløj gennem Silas' krop idet krykken med et perfekt slag ramte hans *cilice*-bælte med det resultat at piggene borede sig ind i hans allerede åbne sår. Silas krummede sig forover og faldt på knæ hvilket blot fik pig-bæltet til at skære endnu dybere. Pistolen gik af med et øredøvende drøn idet Silas faldt, og kuglen borede sig ned i gulvet. Inden han nåede at løfte pistolen og skyde igen, blev han ramt af kvindens fod lige under kæben.

Collet stod nede for enden af indkørslen og hørte skuddet. Lyden sendte en bølge af panik gennem hans krop. Eftersom Fache var på vej, havde Collet allerede opgivet ethvert håb om personligt at påtage sig æren for at anholde Langdon i nat. Men Collet ville ikke finde sig i at Faches ego skulle resultere i, at Collet havnede i en officiel politiundersøgelse for at have forsømt politiets vedtagne procedure.

Der blev affyret et våben i et privat hjem! Og du stod og ventede ude i indkørslen?

Collet var klar over at muligheden for et overraskelsesangreb for længst var væk. Han var også klar over at hvis han stod og ventede så meget som et sekund længere, ville hele hans karriere ligge bag ham allerede i morgen tid-lig. Han kiggede på jernlågen og tog en beslutning.

"Bræk den op."

I en fjern afkrog af sit omtumlede hoved havde Robert Langdon hørt skuddet.

Han havde også hørt et skrig af smerte. *Hans eget?* Det føltes som om en hammer var ved at banke sig vej gennem det bageste af hans kranium. Et eller andet sted i nærheden var der nogen der talte sammen.

"Hvor fanden har De været?" råbte Teabing.

Butleren skyndte sig ind. "Hvad er der sket? Åh, du godeste! Hvem er det? Jeg ringer efter politiet!"

"For fanden da! Nej, De ringer ikke efter politiet. Vær lidt nyttig og find noget vi kan bruge til at binde dette uhyre med."

"Og noget is!" råbte Sophie efter ham.

Langdon mistede bevidstheden igen. Flere stemmer. Bevægelse. Nu lå han på divanen. Sophie holdt en pose is mod hans hoved. Hans kranium værkede. Da Langdon langt om længe begyndte at få synet tilbage, var det første han fik øje på en krop der lå på gulvet. *Ser jeg syner?* Albino-munkens enorme krop lå bundet, og der var sat kraftig tape for hans mund. Han blødte fra hagen, og kappen der dækkede hans højre lår var gennemblødt af blod. Han lignede også en der kun lige var kommet til sig selv.

Langdon vendte sig om mod Sophie. "Hvem er det? Hvad... skete der?"

Teabing kom humpende. "Du blev reddet af en ridder der svingede sit sværd lavet af den store Orthopædikus."

Hvad? Langdon forsøgte at sætte sig op.

Sophie rystede på hænderne, men hendes berøring var nænsom. "Giv dig nu blot tid til at komme til dig selv, Robert."

"Jeg er bange for," sagde Teabing, "at jeg netop har givet din veninde et eksempel på det kedelige aspekt ved min tilstand. Det er som om alle undervurderer en."

Langdon sad på divanen og kiggede ned på munken, mens han forsøgte at forestille sig hvad der var sket.

"Han bar et *cilice*-bælte," forklarede Teabing.

"Et hvad for et?"

Teabing pegede på en blodig pigbesat læderstrimmel der lå på gulvet. "Et 'bods-bælte'. Han havde det om låret. Jeg tog omhyggeligt sigte."

Langdon gnubbede sin nakke. Han havde hørt om disse pigbesatte bælter. "Men hvordan... vidste du det?"

Teabing smilede skævt. "Kristendom er mit speciale, Robert, og der er visse sekter som bærer deres hjerte uden på tøjet." Han pegede med den ene krykke på blodet der havde gennemblødt munkens kutte. "Så godt som."

"Opus Dei," hviskede Langdon og kom i tanke om at det for nylig var kommet frem i medierne at en række fremtrædende forretningsmænd fra

Boston var medlemmer af Opus Dei. Ængstelige kolleger havde på falsk grundlag og i al offentlighed anklaget mændene for at have de såkaldte cilice-bælter på under deres jakkesæt. Det havde de tre mænd rent faktisk ikke. Som mange andre medlemmer af Opus Dei var forretningsmændene såkaldte supernumerære medlemmer som ikke praktiserede nogen form for korporlig bod. De var fromme katolikker, betænksomme fædre for deres børn, og gode borgere. Ikke overraskende blev deres religiøse engagement kun flygtigt omtalt i medierne, som hurtigt flyttede fokus over på de chokerende værdier som sektens mere yderligtgående numerære medlemmer stod for – medlemmer som munken der nu lå på gulvet foran Langdon.

Teabing betragtede det blodige læderbælte. "Men hvorfor skulle Opus Dei være ude efter gralen?"

Langdon var stadig for omtumlet til at tænke nærmere over det.

"Robert," sagde Sophie idet hun gik over til træskrinet. "Hvad er det?" Hun stod med den lille indlagte rose i hånden som han havde skubbet ud fra låget.

"Den skjulte en indgravering på låget. Jeg tror teksten muligvis fortæller os hvordan vi skal åbne slutstenen."

Inden Sophie og Teabing nåede at sige noget, dukkede et hav af blå blink og politisirener op nede for enden af bakken, og politikaravanen begyndte at bugte sig op ad den kilometerlange indkørsel.

Teabing rynkede panden. "Kære venner, det ser ud til at vi er nødt til at tage en hurtig beslutning."

KAPITEL 66

Collet og hans mænd brød gennem hoveddøren til Sir Leigh Teabings hus med pistolerne trukket. De spredte sig og begyndte at gennemsøge alle rummene i stueetagen. De fandt et skudhul i gulvet i opholdsstuen, tegn på at der havde været slagsmål, en lille smule blod, et underligt pigbesat læderbælte og en halv rulle kraftig tape. Hele etagen lå mennesketom hen.

I samme øjeblik som Collet skulle til at fordele sine mænd, så de kunne gennemsøge kælderen og området bag huset, hørte han stemmer fra etagen ovenover.

"De er ovenpå!"

Collet og hans mænd skyndte sig op ad den brede trappe og bevægede sig fra rum til rum i det enorme hus for at sikre sig at hvert eneste mørke værelse var tomt, inden de til sidst nærmede sig lyden af stemmer. Det virkede som om stemmerne kom nede fra det sidste værelse på en usædvanlig lang gang. Betjentene bevægede sig langsomt ned gennem gangen og afspærrede alle potentielle flugtudgange.

Da de nærmede sig det sidste værelse, så Collet at døren stod på vid gab. Stemmerne var pludselig forsvundet, og i stedet hørtes en underlig rumlende lyd, som fra en motor.

Med løftet pistol gav Collet signal. Han stak forsigtigt armen rundt om dørkarmen, fandt kontakten og tændte lyset. Han trådte ind i rummet, og betjentene strømmede frem bag ham. Han lod pistolen pege rundt i værelset – men det var tomt.

Et mennesketomt gæsteværelse. Uberørt.

Den rumlende motorlyd strømmede ud fra en sort elektronisk tavle på væggen ved siden af sengen. Collet havde lagt mærke til at der var sådanne tavler flere steder i huset. Det var en form for samtaleanlæg. Han skyndte sig over til det. Anlægget var udstyret med en hel masse knapper:

ARBEJDSVÆRELSE – KØKKEN – VASKERUM – KÆLDER

Hvor fanden kommer den motorstøj fra?

SOVEVÆRELSE – HAVESTUE – LADE – BIBLIOTEK

Lade! Collet fløj ned ad trappen og løb ud mod husets bagindgang. Han greb en af sine mænd med i farten. Mændene løb hen over græsplænen bag huset og nåede forpustet hen til forsiden af en forvitret grå lade. Allerede inden de trådte ind, kunne Collet høre den uddøende lyd af en bilmotor. Han trak sin pistol, skyndte sig ind og tændte lyset.

Den højre side af laden var indrettet som et slags værksted med plæneklippere, værktøj og haveredskaber. Et velkendt samtaleanlæg hang på væggen ikke så langt derfra. En af knapperne var trykket ind som tegn på at den var slået til.

GÆSTEVÆRELSE II

Collet sydede af arrigskab. *De narrede os op ovenpå ved hjælp af et samtaleanlæg!* Han gennemsøgte den anden side af laden og fandt en lang række hestebåse. Men ingen heste. Ejeren foretræk tydeligvis en anden form for hestekræfter; båsene var blevet lavet om til en imponerende række parkeringsbåse. Bilsamlingen var overvældende – en sort Ferrari, en gammel Rolls-Royce model, en Aston Martin sportsvogn, en veteranmodel af en Porsche 356.

Den sidste bås var tom.

Collet løb over til den og så at der var olierester på gulvet. *De kan ikke komme langt væk.* Både indkørslen og lågen var spærret af to patruljevogne netop for at forebygge en situation som denne.

"Sir?" Betjenten pegede ned forbi rækken af båse.

Porten på ladens bagside stod åben og gav udsigt til en mørk og mudret skråning med pløjemarker der strakte sig ud i natten bag laden. Collet løb hen til porten og forsøgte at se noget i mørket. Det eneste han kunne skimte var et svagt omrids af en skov i det fjerne. Ingen billygter. Skovområdet var formodentlig fuldt af brandveje og jagtstier, men Collet følte sig overbevist om at hans bytte aldrig ville nå frem til skoven. "Send en flok mænd af sted. De sidder sikkert allerede fast et eller andet sted i nærheden. Den slags smarte sportsvogne er ikke beregnet til terrænkørsel."

"Øh, Sir?" Betjenten pegede på en nøglerække med adskillige nøgler. Mærkaterne over nøglerne var udstyret med velkendte navne.

DAIMLER – ROLLS-ROYCE – ASTON MARTIN – PORSCHE

Den sidste krog var tom.

Da Collet læste hvad der stod på mærkatet ovenover, vidste han at han ville få problemer.

KAPITEL 67

Range Roveren var en sort firhjulstrækker med projektører på taget og rattet placeret i højre side.

Langdon var glad for at det ikke var ham der kørte.

Teabing havde beordret sin butler, Rémy, til at køre, og han gjorde et imponerende stykke arbejde idet han manøvrerede bilen over de måneskins-oplyste marker bag Château Villette. Med slukkede lygter havde han krydset et åbent markområde og var nu på vej ned ad en lang skråning alt imens de kom længere og længere væk fra huset. Det så ud til at han havde sat kursen mod en takket silhuet af en skov i det fjerne.

Langdon, der sad på passagersædet med slutstenen i favnen, vendte sig om mod Sophie og Teabing på bagsædet.

"Hvordan har dit hoved det, Robert?" spurgte Sophie bekymret.

Langdon fremtvang et tappert smil. "Bedre, tak." Det gjorde sindssygt ondt.

Ved siden af Sophie sad Teabing og kiggede sig over skulderen – ned på den bundne munk der lå i bagagerummet bag bagsædet med tape for munden. Teabing sad med munkens pistol i skødet og lignede mest af alt et gammelt fotografi af en britisk safari-fyr der poserede med sit bytte.

"Hvor er jeg glad for, at du dukkede op i aften, Robert," sagde Teabing og grinede som om det var længe siden han sidst havde haft noget at more sig over.

"Jeg er virkelig ked af at du er blevet indblandet i det her, Leigh."

"Åh, hold op – jeg har ventet hele mit liv på at blive indblandet." Teabing kiggede forbi Langdon og ud gennem forruden på skyggen af et langt, mørkt levende hegn. Han prikkede Rémy på skulderen omme fra bagsædet. "Husk, ingen bremselys. Brug håndbremsen hvis De får brug for det. Jeg vil et stykke ind i skoven først. Der er ingen grund til at risikere at de ser os fra huset."

Rémy satte farten ned og førte Range Roveren gennem en åbning i hegnet. Idet bilen slingrede op på en tætbegroet sti, lukkede trækronerne over dem næsten øjeblikkelig al månelyset ude.

Jeg kan absolut intet se, tænkte Langdon og kneb øjnene sammen i et forsøg på at skelne noget i mørket foran dem. Der var kulsort omkring dem. Grene slog

290

mod venstre side af bilen, og Rémy rettede bilen lidt op. Han holdt rattet mere eller mindre lige og fortsatte langsomt omkring tredive meter lige ud.

"De klarer det flot, Rémy," sagde Teabing. "Vi burde være kommet langt nok ind i skoven nu, Robert, måske vil du være sød at trykke på den lille blå knap lige under ventilatorerne, der i midten. Kan du se den?"

Langdon fandt knappen og trykkede på den.

Et dæmpet gult lys spredte sig over stien foran dem og afslørede en tæt bevoksning på begge sider af stien. *Tågelygter*, tænkte Langdon. De lyste netop nok til at de kunne holde sig på stien, og samtidig var de så langt inde i skoven nu at lyset ikke ville afsløre dem.

"Ja, Rémy," sagde Teabing muntert. "Så er lysene tændt. Vores liv er i Deres hænder."

"Hvor kører vi hen?" spurgte Sophie.

"Dette spor fortsætter godt tre kilometer ind i skoven," sagde Teabing. "Det går tværs hen over mit landområde og drejer så nordpå. Medmindre vi støder på et oversvømmet område eller et væltet træ, vil vi nå frem til motorvej fem uden en skramme."

Uden en skramme. Langdons dundrende hoved var af en anden mening. Han vendte blikket ned mod sit skød hvor slutstenen lå sikkert i sit rosentræsskrin. Den indlagte rose i låget var på plads igen, og selvom hans hoved føltes omtåget, kunne han næsten ikke vente med at fjerne rosen igen og undersøge indgraveringen under den nærmere. Han løsnede hængslet på låget og begyndte at løfte det da Teabing lagde en hånd på hans skulder.

"Vær tålmodig, Robert," sagde Teabing. "Her er ujævnt og mørkt. Gud nåde os hvis vi ødelægger noget. Hvis du ikke kunne se hvad det var for et sprog da lyset var tændt, vil du ikke have mere held til det i mørke. Lad os hellere koncentrere os om at slippe helskindede væk herfra. Vi vil tids nok få tid til at kigge på boksen."

Langdon vidste at Teabing havde ret. Med et nik lukkede han hængslet igen.

Munken i bagagerummet var begyndt at jamre og kæmpede mod rebet og den kraftige tape der bandt ham. Pludselig begyndte han at sparke vildt.

Teabing vendte sig straks og lod pistolen pege hen over sædet. "Jeg kan ikke forestille mig, hvad du har at beklage dig over. Du trængte ind i mit hjem og plantede et modbydeligt slag i hovedet på en kær ven. Jeg vil være helt i min gode ret til at skyde dig her og nu og lade dig ligge og rådne i skoven."

Munken faldt til ro.

"Er du sikker på at det var en god idé at tage ham med?" spurgte Langdon.

"Helt og aldeles sikker!" udbrød Teabing. "Du er eftersøgt for mord, Robert. Den slyngel her er din billet til friheden. Politiet er åbenbart tilstrækkelig ivrig efter at få fat i dig til at kunne opspore dig selv i mit hjem."

"Det er min skyld," sagde Sophie. "Den pansrede varevogn har formodentlig en skjult sender."

"Det er lige meget," sagde Teabing. "Det overrasker mig ikke at politiet fandt dig, hvad jeg derimod *er* overrasket over er at denne Opus Dei fyr fandt dig. Ud fra det I har fortalt mig, kan jeg ikke se hvordan han skulle have fundet frem til jer i mit hjem, medmindre han har en god kontakt inden for kriminalpolitiet eller i den schweiziske bank."

Langdon tænkte over det. Bezu Fache havde i den grad virket opsat på at finde en syndebuk for aftenens mord. Og Vernet havde pludselig vendt sig mod dem – selvom det faktum at han havde hørt at Langdon var anklaget for fire mord måske var en forståelig grund til at skifte mening.

"Munken her arbejder ikke alene, Robert," sagde Teabing, "og indtil I har fundet ud af *hvem* der står bag alt dette, er I begge to i fare. Den gode nyhed, kære venner, er at I nu har overtaget. Uhyret her bag mig sikrer det, og hvem det end måtte være der trækker i hans snore må vedkommende virkelig være bekymret nu."

Rémy satte farten op, og det virkede som om han var ved at vænne sig til stien. De drønede igennem noget vand, kørte op over en lille forhøjning og fortsatte nedad på den anden side.

"Robert, vil du være sød at række mig telefonen dér?" Teabing pegede på en biltelefon ved siden af instrumentbrættet. Langdon rakte ham den, og Teabing trykkede et nummer. Han ventede længe før der blev svaret. "Richard? Vækkede jeg Dem? Ja, selvfølgelig gjorde jeg det – et dumt spørgsmål. Det må De undskylde. Jeg har et lille problem. Jeg har det temmelig skidt. Rémy og jeg er nødt til at smutte op til de britiske øer, så jeg kan blive behandlet. Ja, faktisk med det samme. Jeg beklager, at det er med så kort varsel. Kan De have Elizabeth klar om cirka tyve minutter? Det ved jeg godt, men gør Deres bedste. Vi ses om lidt." Han afbrød forbindelsen.

"Elizabeth?" sagde Langdon.

"Mit fly. Hun koster mig en herregård."

Langdon vendte sig helt om og stirrede på ham.

"Hvad er der?" spurgte Teabing. "I havde vel ikke tænkt jer at blive i Frankrig med den samlede franske politistyrke i hælene? London vil være et langt mere sikkert sted."

Også Sophie sad og stirrede på Teabing. "Mener De at vi skal forlade landet?"

"Kære venner, jeg har langt mere indflydelse i den civiliserede verden end her i Frankrig. Desuden har man stærke formodninger om at gralen befinder sig i Storbritannien. Hvis det lykkes os at få slutstenen op, er jeg sikker på at vi finder et kort der vil vise at vi har bevæget os i den rigtige retning."

"De løber en stor risiko ved at hjælpe os," sagde Sophie. "De bliver ikke populær hos det franske politi."

Teabing slog ud med hånden for at vise sin afsky. "Jeg er færdig med Frankrig. Jeg flyttede hertil for at finde slutstenen. Det værk er fuldført nu. Det vil ikke røre mig hvis jeg aldrig får Château Villette at se igen."

Sophie lød skeptisk. "Hvordan kommer vi igennem sikkerhedsforanstaltningerne i lufthavnen?"

Teabing lo. "Jeg flyver fra Le Bourget – en privat højtrangerende flyveplads ikke så langt herfra. Franske læger gør mig nervøs, så hver fjortende dag flyver jeg nordpå for at få min behandling i England. Jeg betaler for visse privilegier i begge lande. Så snart vi er i luften kan I beslutte om I ønsker at der skal komme en fra den amerikanske ambassade og tage imod os."

Langdon havde pludselig ikke lyst til at have noget som helst med den amerikanske ambassade at gøre. Det eneste han tænkte på var slutstenen, inskriptionen og om det hele ville føre dem frem til gralen. Han spekulerede på om Teabing havde ret med hensyn til Storbritannien. Han måtte indrømme at de fleste af den nyere tids gral-legender placerede gralen et eller andet sted i Storbritannien. Selv Kong Arthurs myteomspundne "Gral-ø" – Isle of Avalon – blev nu anset for simpelthen at være Glastonbury i England. Men hvor gralen end lå, havde Langdon aldrig forestillet sig at han rent faktisk skulle komme til at lede efter den. *Sangreal-dokumenterne. Den sande historie om Jesus Kristus. Maria Magdalenes grav.* Han følte det pludselig som om han befandt sig i en eller anden form for limbo i nat – en boble hvor den virkelige verden ikke kunne nå ham.

"Sir?" sagde Rémy. "Overvejer De virkelig at rejse tilbage til England for altid?"

"Rémy, De skal ikke bekymre Dem," forsikrede Teabing ham. "Blot fordi jeg vender hjem til Dronningens rige, betyder det ikke at jeg har til hensigt at udsætte min gane for pølser med kartoffelmos resten af mine dage. Jeg forventer, at De tager med mig. Jeg har planer om at købe en skøn villa i Devonshire, og vi får alle Deres ting sejlet dertil med det samme. Et eventyr, Rémy. Et eventyr!"

Langdon kunne ikke lade være med at smile. Mens Teabing sad og fremlagde sine planer om en triumferende hjemkomst til England, kunne Langdon ikke undgå at blive revet med af mandens smittende entusiasme.

Langdon kiggede fraværende ud ad vinduet og så skoven passere forbi, uhyggelig bleg i det gullige lys fra tågelygterne. Sidespejlet var vippet indad, skubbet skævt af grenene, og Langdon kunne se spejlbilledet af Sophie der sad tavs på bagsædet. Han betragtede hende længe og mærkede en uventet tilfredshed. På trods af alle nattens problemer var Langdon taknemmelig for i det mindste at være havnet i godt selskab.

Efter adskillige minutter lænede Sophie sig pludselig frem som om hun havde fornemmet at hans øjne hvilede på hende, og lagde sin hånd på hans skulder. "Er du okay?"

"Jah," sagde Langdon. "På en eller anden måde."

Sophie satte sig tilbage i sædet igen, og Langdon kunne se et lille smil på hendes læber. Det gik op for ham at han også selv smilede.

Silas kunne dårligt trække vejret sådan som han lå sammenkrøllet bag i Range Roveren. Hans arme var vredet bagud og bundet stramt fast til hans ankler med sejlgarn og kraftig tape. Hvert eneste bump på vejen sendte et stik af smerte gennem hans fordrejede skuldre. I det mindste havde de fjernet *cilice*bæltet. Han var ude af stand til at trække vejret gennem tapestrimlen der dækkede hans mund og kunne derfor kun få luft gennem næsen der langsomt stoppede til i det støvede bagagerum han var blevet lagt i. Han begyndte at hoste.

"Jeg tror han er ved at blive kvalt," sagde den franske chauffør bekymret.

Englænderen der havde slået Silas med sin krykke vendte sig om og kiggede hen over bagsædet med et bistert blik. "Du kan være glad for at vi briter ikke vurderer folks høflighed på deres medfølelse over for deres venner, men på deres medfølelse over for deres fjender." Englænderen stak hånden hen over sædet og fik fat i den kraftige tapestrimmel der var sat for Silas' mund. Han rev den af med et hurtigt ryk.

Silas følte det som om der var sat ild til hans læber, men luften der strømmede ned i hans lunger var som sendt fra Gud.

"Hvem arbejder du for?" spurgte englænderen.

"Jeg tjener Gud," hvæsede Silas tilbage gennem smerten i kæben der hvor kvinden havde sparket ham.

"Du tilhører Opus Dei," sagde manden. Det var ikke noget spørgsmål.

"Du ved intet om, hvem jeg er."

"Hvorfor vil Opus Dei have fat i slutstenen?"

Silas havde ikke tænkt sig at svare. Slutstenen ledte til Den Hellige Gral, og Den Hellige Gral var nøglen til at beskytte deres tro.

Jeg tjener Gud. Vejen er i fare.

Mens Silas lå i Range Roveren og kæmpede mod rebet, frygtede han at han havde svigtet Mesteren og biskoppen for evigt. Han var ikke engang i stand til at kontakte dem for at fortælle dem hvilken katastrofal drejning tingene havde taget. *Mine tilfangetagere har slutstenen! De vil få fat i gralen før vi!* Silas begyndte at bede i det kvælende mørke. Han lod smerten der gennemsyrede hans krop være drivkraften i sin bøn.

Et mirakel, Herre. Jeg har brug for et mirakel. Silas havde ingen anelse om at han et par timer senere ville få sit ønske opfyldt.

"Robert?" Sophie sad stadig og betragtede ham. "Du fik pludselig et meget underligt udtryk i ansigtet."

Langdon vendte sig om og kiggede på hende. Det gik op for ham at han havde bidt tænderne hårdt sammen og at hans hjerte hamrede. En ganske utrolig tanke var pludselig dukket op. *Kan forklaringen virkelig tænkes at være så enkel?* "Jeg er nødt til at låne din mobiltelefon, Sophie."

"Nu?"

"Jeg tror jeg netop har fundet ud af noget."

"Hvad?"

"Det fortæller jeg om lidt. Jeg har brug for din telefon."

Sophie så bekymret ud. "Jeg tvivler på at Fache sporer den, men hold samtalen under et minut – blot for en sikkerheds skyld." Hun rakte ham telefonen.

"Hvordan ringer jeg til USA?"

"Du er nødt til at lade modtageren betale. Mit kort dækker ikke oversøiske samtaler."

Idet Langdon trykkede på nul, var han klar over at han inden for de næste tres sekunder måske ville få svar på et af de spørgsmål han havde brudt sin hjerne med hele natten.

KAPITEL 68

New Yorker-forlæggeren Jonas Faukman var netop gået i seng da telefonen ringede. Lidt sent at ringe, mumlede han idet han tog røret.

En stemme sagde, "Vil De modtage et collect-call fra Robert Langdon?" Lettere forvirret tændte Jonas lyset. "Øh – ja, okay."

Der blev stillet om. "Jonas?"

"Robert? Ikke nok med at du vækker mig – du lader mig også betale for det."

"Det må du undskylde, Jonas" sagde Langdon, "jeg skal gøre det kort. Der er noget jeg simpelthen er nødt til at vide. Manuskriptet som jeg sendte til dig, har du – "

"Robert, jeg er ked af det, jeg ved at jeg lovede at sende dig den redigerede udgave i den her uge, men jeg er lige ved at drukne i arbejde. Du får det på mandag. Jeg lover det."

"Jeg er ligeglad med redigeringen. Jeg vil blot vide om du har sendt en kopi af det til nogen – for eksempel med henblik på udtalelser til bagsideteksten – uden at orientere mig?"

Faukman tøvede. Langdons seneste manuskript – en undersøgelse af gud-indedyrkelsens historie – omfattede adskillige afsnit om Maria Magdalene der ville få en del øjenbryn til at løfte sig. Selvom materialet var veldokumenteret, og også var blevet afdækket af andre, havde Faukman ikke tænkt sig at trykke anmeldereksemplarer af Langdons bog uden i det mindste et par bekræftende udtalelser fra seriøse historikere og ledende skikkelser inden for kunstverdenen. Jonas havde udvalgt ti af kunstverdenens store navne og sendt dem manu-skriptet tillige med et høfligt brev hvor han spurgte, om de var villige til at skrive en kort udtalelse til omslaget. Faukmans erfaring sagde ham at de fleste mennesker hoppede af begejstring over muligheden for at se deres navn på tryk.

"Jonas?" sagde Langdon utålmodigt. "Du har sendt mit manuskript videre, har du ikke?"

Faukman rynkede panden idet han fornemmede at Langdon ikke var begejstret. "Manuskriptet var helt færdigt, Robert, og jeg ville blot overraske dig med nogle fantastiske udtalelser."

Det varede lidt inden Langdon svarede. "Sendte du det blandt andet til direktøren af Louvre?"

"Hvad tror du selv? Du refererede flere gange i dit manuskript til hans samling på Louvre, hans bøger er optegnet i din bibliografi, og fyren har stor betydning i forbindelse med salg af de udenlandske rettigheder. Saunière var oplagt."

Tavsheden i den anden ende varede et godt stykke tid. "Hvornår sendte du det?"

"Det er omkring en måned siden. Jeg nævnte også at du skulle til Paris inden så længe, og foreslog at I mødtes. Ringede han nogensinde til dig?" Faukman gned sig i øjnene. "Sig mig, var det ikke meningen at du skulle være i Paris i denne uge?"

"Jeg er i Paris."

Faukman satte sig helt op. "Ringer du collect fra Paris?"

"Du kan trække det fra mit honorar, Jonas. Fik du nogensinde svar fra Saunière? Hvad syntes han om manuskriptet?"

"Det ved jeg ikke. Jeg har ikke hørt fra ham endnu."

"Okay, men du skal nok ikke sidde og vente alt for spændt på respons. Jeg er nødt til at løbe nu, men det forklarer en del. Tak."

"Robert – "

Men Langdon var væk.

Faukman lagde røret på og rystede opgivende på hovedet. *Forfattere*, tænkte han, *selv de mest fornuftige er vanvittige.*

Inde i Range Roveren slog Leigh Teabing en højrøstet latter op. "Robert, sidder du og siger, at du har skrevet et manuskript, hvori du kulegraver en hemmelig loge, og at din forlægger sendte et eksemplar til den hemmelige loge?"

Langdon sank sammen. "Åbenbart."

"Sikke en ubarmhjertig tilfældighed, kære ven."

Langdon vidste at det ikke var nogen tilfældighed. At bede Jacques Saunière udtale sig om en bog om gudindedyrkelse var lige så oplagt som at bede Tiger Woods udtale sig om en bog om golf. Desuden var det lige så sikkert at en bog der handlede om gudindedyrkelse nødvendigvis måtte omtale Priory of Sion.

"Her kommer spørgsmålet til en million," sagde Teabing. Han grinede stadig. "Var din holdning til broderskabet gunstig eller ugunstig?"

Langdon var klar over hvad Teabing mente. Mange historikere satte

spørgsmålstegn ved hvorfor Priory of Sion stadig holdt Sangreal-dokument-
erne skjult. Nogle var af den opfattelse at oplysningerne burde have set
dagens lys for længe siden. "Jeg tog ikke stilling til Priory's handlinger."

"Du mener mangel på handling."

Langdon trak på skuldrene. Teabing var åbenbart af den mening at papirerne
burde offentliggøres. "Jeg koncentrerede mig udelukkende om broderskabets
historie og beskrev det som en moderne gudindedyrkende loge, der er i besid-
delse af gralen og som vogter over en række meget gamle dokumenter."

Sophie kiggede på ham. "Nævnte du slutstenen?"

Langdon vred sig. Han havde nævnt den. Adskillige gange. "Jeg omtalte den
formodede slutsten som et eksempel på hvor langt broderskabet ville gå for at
beskytte Sangreal-dokumenterne."

Sophie så forbavset ud. "Jeg går ud fra at det forklarer 'P.S. Find Robert
Langdon'."

Langdon havde en fornemmelse af at det faktisk var noget ganske andet i
manuskriptet som havde vakt Sauniéres interesse, men det var et emne han
ville diskutere med Sophie når de var alene.

"Det vil altså sige," sagde Sophie, "at du løj over for inspektør Fache."

"Hvad mener du?" udbrød Langdon.

"Du sagde til ham, at du aldrig har haft nogen forbindelse til min bedstefar."

"Det har jeg heller ikke! Min forlægger sendte ham manuskriptet."

"Prøv lige at forestille dig det, Robert. Hvis inspektør Fache ikke fandt
kuverten som din forlægger sendte manuskriptet i, vil han naturligvis kon-
kludere, at du sendte det." Hun tav et øjeblik. "Eller hvad værre er – måske
selv overrakte ham det og blot løj om det."

Da Range Roveren nåede frem til Le Bourget flyvepladsen, kørte Rémy hen til
en lille hangar i den modsatte ende af landingsbanen. Idet de nåede frem,
dukkede en forpjusket mand i en krøllet uniform op inde fra hangaren. Han
vinkede til dem og skubbede den enorme metalport til side så et slankt hvidt
jetfly kom til syne.

Langdon stirrede på dets skinnende skrog. "Er det Elizabeth?"

Teabing grinede. "Det slår selv tunnelen!"

Manden i uniformen skyndte sig over mod dem med sammenknebne øjne
på grund af det skarpe lys fra bilens forlygter. "Hun er næsten klar, Sir," råbte
han med britisk accent. "Jeg beklager forsinkelsen, men det kom bag på mig
– " han stoppede brat op midt i sætningen da hele flokken steg ud af bilen.
Han kiggede på Sophie og Langdon, og tilbage på Teabing.

"Mine kolleger og jeg har et presserende møde i London," sagde Teabing, "vi har ingen tid at spilde. Vær venlig at gøre klar til afgang med det samme." Mens han talte tog Teabing pistolen i bilen og rakte den til Langdon.

Piloten spærrede øjnene op da han fik øje på våbnet. Han gik over til Teabing og hviskede, "Sir, jeg beklager dybt, men min særlige flytilladelse gælder kun for Dem og Deres butler. Jeg kan ikke medtage Deres gæster."

"Richard," sagde Teabing med et hjerteligt smil, "to tusind pund og pistolen her fortæller Dem, at De fuldt ud er i stand til at medtage mine gæster." Han pegede på Range Roveren. "Og den uheldige fyr i bagagerummet."

KAPITEL 69

Hawker 731 flyets dobbelte Garrett TFE-731 motorer drønede og drev flyet mod himlen med voldsom kraft. Uden for vinduet forsvandt Le Bourget flyvepladsen forbavsende hurtigt.

Jeg er i færd med at flygte ud af landet, tænkte Sophie idet hendes krop blev tvunget tilbage mod lædersædet. Indtil dette øjeblik havde hun været overbevist om at hendes katten efter musen-leg med Fache på en eller anden måde ville kunne forsvares over for Justitsministeriet. *Jeg forsøgte at beskytte en uskyldig mand. Jeg forsøgte at opfylde min bedstefars sidste ønske.* Sophie var klar over at denne mulighed nu var forduftet. Hun forlod landet i al hemmelighed, i selskab med en eftersøgt mand og medbringende et gidsel. Hvis 'rimelighedens grænse' nogensinde havde eksisteret, havde hun netop krydset den. Næsten med lydens hastighed.

Sophie sad sammen med Langdon og Teabing i den forreste del af kabinen. Deres plysbeklædte drejestole var fastgjort til nogle skinner i gulvet og kunne flyttes så de stod rundt om et aflangt lakeret træbord. Et mini-bestyrelseslokale. De ærværdige omgivelser kunne dog ikke skjule den knap så ærværdige situation i den bageste del af kabinen, i nærheden af toilettet, hvor Teabings butler Rémy sad med pistolen i hånden og modstræbende udførte Teabings ordre om at bevogte munken som lå sammenbundet for hans fødder som et andet stykke bagage.

"Inden vi vender vores opmærksomhed mod slutstenen," sagde Teabing, "spekulerede jeg på om jeg kunne få lov til at sige et par ord." Han lød nervøs – som en far der skal til at fortælle sine børn om bierne og blomsterne. "Kære venner, jeg er klar over at jeg blot er en gæst på denne rejse, og jeg opfatter det som en ære. Alligevel – som en der har brugt hele sit liv på at lede efter gralen – føler jeg at det er min pligt at advare jer om at I er på vej til at betræde en sti hvorfra der ikke er nogen vej tilbage, uanset de farer der kan være involveret." Han vendte sig over mod Sophie. "Miss Neveu, Deres bedstefar gav Dem dette kryptex i håb om at De ville holde hemmeligheden om Den Hellige Gral i live."

"Ja."

"Forståeligt nok føler De Dem forpligtet til at følge sporet hvor end det fører hen."

Sophie nikkede, selvom hun samtidig følte at der også var en anden motivation der brændte inden i hende. *Sandheden om min familie.* På trods af Langdons forsikring om at slutstenen ikke havde noget med hendes fortid at gøre, havde Sophie stadig en fornemmelse af at der var noget dybt personligt forbundet med dette mysterium. Det var som om kryptexet som hendes bedstefar havde lavet, forsøgte at fortælle hende noget og tilbød en afslutning på den tomhed der havde forfulgt hende alle disse år.

"Deres bedstefar og tre andre er blevet dræbt i nat," fortsatte Teabing, "og det er de blevet fordi de forsøgte at forhindre kirken i at få fat i slutstenen. Opus Dei var en håndsbredde fra at komme i besiddelse af den i nat. Jeg håber at De forstår, at det lægger et enormt ansvar på Deres skuldre. De er blevet rakt en fakkel. En to tusind år gammel flamme som ikke må gå ud. Denne fakkel må ikke falde i de forkerte folks hænder." Han tav et øjeblik og kiggede på rosentræsskrinet. "Jeg er klar over at De ikke har haft noget valg i denne sag, Miss Neveu, men i betragtning af hvad der er på spil, må De enten fuldt ud tage dette ansvar på Dem – eller De må overdrage det til en anden."

"Min bedstefar overdrog kryptexet til mig. Jeg er sikker på at han mente at jeg ville kunne håndtere ansvaret."

Teabing livede en smule op, men var stadig ikke overbevist. "Godt. En stærk vilje er nødvendig. Men alligevel er jeg nysgerrig efter at vide om De forstår, at hvis det lykkes os at åbne slutstenen vil prøvelsen blive langt mere omfattende."

"Hvordan det?"

"Min kære, jeg forestiller mig at De i så fald pludselig sidder med et kort der afslører hvor Den Hellige Gral er skjult. I det øjeblik vil De være i besiddelse af en sandhed der vil kunne ændre historien for altid. De vil beside en sandhed som mennesket har søgt gennem århundreder. De vil stå med ansvaret for at afsløre denne sandhed for verden. Den person der gør det, vil blive hædret af mange og foragtet af lige så mange. Spørgsmålet er, om De har den nødvendige styrke til at gennemføre opgaven."

Sophie tøvede. "Jeg er ikke sikker på at det er en beslutning som jeg skal tage."

Teabing løftede øjenbrynene. "Ikke det? Hvis ikke den der besidder slutstenen, hvem så?"

"Broderskabet der med succes har beskyttet hemmeligheden gennem alle disse år."

"Priory of Sion?" Teabing så skeptisk ud. "Men hvordan det? Broderskabet blev knust i nat. Halshugget, som De så rammende formulerede det. Om de blev infiltreret af en eller anden spion, eller om det er en spion i deres egne rækker, finder vi aldrig ud af, men det er et faktum, at der var nogen, der fik ram på dem og fandt frem til, hvem de fire øverste medlemmer var. Jeg ville ikke stole på nogen som helst fra broderskabet, der trådte frem på nuværende tidspunkt."

"Så hvad vil du foreslå?" spurgte Langdon.

"Robert, du ved lige så vel som jeg, at broderskabet ikke har beskyttet sandheden gennem alle disse år for at lade den samle støv i al evighed. De har ventet på det rette historiske øjeblik til at dele deres hemmelighed med verden. Et øjeblik hvor verden er parat til at håndtere sandheden."

"Og du mener, at tiden er inde?" spurgte Langdon.

"Absolut. Det kan dårligt være tydeligere. Alle de historiske tegn er til stede, og hvis broderskabet ikke havde tænkt sig at afsløre deres hemmelighed inden længe, hvorfor skulle kirken så indsætte et angreb nu?"

"Munken har endnu ikke fortalt os sin hensigt," protesterede Sophie.

"Munkens hensigt er kirkens hensigt," svarede Teabing, "at tilintetgøre dokumenterne der afslører det enorme bedrag. Kirken var tættere på i nat end den nogensinde har været, og broderskabet har lagt sin tillid på Dem, Miss Neveu. Opgaven der består i at redde Den Hellige Gral omfatter helt klart også en gennemførelse af broderskabets sidste ønske om at dele sandheden med verden."

Langdon blandede sig. "Leigh, at bede Sophie om at tage stilling til dette er noget af en byrde at lægge på en, der for mindre end en time siden fik kendskab til eksistensen af Sangreal-dokumenterne."

Teabing sukkede. "Jeg beklager hvis jeg lægger pres på Dem, Miss Neveu. Det er klart at jeg altid har ment at disse dokumenter burde offentliggøres, men i sidste ende er det Deres beslutning. Jeg synes blot at det er vigtigt at De begynder at tænke over, hvad der sker, hvis det lykkes os at åbne slutstenen."

"Hør nu her," sagde Sophie bestemt. "For nu at citere Deres egne ord; 'du finder ikke gralen, gralen finder dig'. Jeg stoler på at der er en grund til at gralen har fundet mig, og jeg stoler ligeledes på at når tiden er inde, vil jeg vide hvad jeg skal gøre."

De to mænd så begge lige overraskede ud.

"Så lad os se at komme i gang," sagde hun og pegede på rosentræsskrinet.

KAPITEL 70

Kommissær Collet stod fortvivlet i arbejdsværelset på Château Villette og betragtede den hendøende ild. Inspektør Fache var nået frem for et øjeblik siden og befandt sig nu i rummet ved siden af i færd med at råbe ind i sin telefon i et forsøg på at koordinere det mislykkede forsøg på at finde den forsvundne Range Rover.

Den kan være hvor som helst nu, tænkte Collet.

Eftersom han ikke havde adlydt Faches udtrykkelige ordre og havde tabt Langdon af syne for anden gang i aften, var Collet taknemmelig for at politiets teknikere havde fundet et skudhul i gulvet, hvilket stemte overens med Collets påstand om at der var blevet affyret et skud. Det ændrede dog ikke ved den kendsgerning at Fache var i usædvanlig dårligt humør, og Collet fornemmede at det ville få alvorlige følger så snart støvet havde lagt sig.

Desværre virkede det ikke som om sporene de havde fundet på nogen måde kastede mere lys over hvad der var på færde, eller hvem der var involveret. Den sorte Audi udenfor var blevet lejet i et falsk navn og med et falsk kreditkort, og fingeraftrykkene i bilen matchede ikke med nogen i Interpols arkiver.

En anden betjent kom halvløbende ind i lokalet med et uroligt udtryk i øjnene. "Hvor er inspektør Fache?"

Collet så dårligt nok op fra de ulmende gløder. "Han taler i telefon."

"Jeg taler ikke i telefon længere," afbrød Fache idet han marcherede ind i lokalet. "Hvad er der?"

Den anden betjent svarede. "Sir, André Vernet fra Depository Bank of Zurich har netop ringet til centralen. Han vil tale med Dem personligt. Han vil ændre sin udtalelse."

"Nå?" sagde Fache.

Collet så op nu.

"Vernet indrømmer at Langdon og Neveu opholdt sig et stykke tid i hans bank i nat."

"Det har vi regnet ud," sagde Fache. "Hvorfor løj Vernet om det?"

"Han siger at han kun vil udtale sig til Dem, men han har sagt ja til at samarbejde fuldt ud."

"Og hvad vil han have til gengæld?"

"At vi holder hans banks navn uden for mediernes søgelys og desuden hjælper med at finde en stjålet genstand. Det lader til at Langdon og Neveu har stjålet noget fra Saunières bankboks."

"Hvad mener De?" udbrød Collet. "Hvordan det?"

Fache ikke så meget som blinkede, og hans blik veg ikke fra den anden betjent. "Hvad har de stjålet?"

"Vernet uddybede det ikke, men han lød som om han var villig til at gøre hvad som helst for at få det tilbage."

Collet forsøgte at forestille sig hvordan det havde kunnet lade sig gøre. Måske havde Langdon og Neveu truet en af de ansatte? Måske havde de tvunget Vernet til at åbne Saunières boks og muliggøre en flugt via den pansrede varevogn. Uanset hvad havde Collet svært ved at forestille sig at Sophie Neveu skulle være involveret i noget som helst af den slags.

En anden betjent kaldte på Fache ude fra køkkenet. "Inspektør? Jeg har gennemgået Mr. Teabings indkodede telefonnumre, og jeg taler netop nu med Le Bourget flyvepladsen. Jeg har dårlige nyheder."

Et halvt minut senere var Fache klar til at forlade Château Villette. Han havde netop fået at vide at Teabing havde et privatfly stående på Le Bourget flyvepladsen i nærheden, og at flyet var lettet for cirka en halv time siden.

Lufthavnsmedarbejderen han havde talt med i telefonen, havde påstået at han ikke vidste hvem der var om bord og hvor flyet var på vej hen. Afgangen havde ikke været planlagt, og der var ikke noteret nogen rute. Yderst ulovligt, selv for en lille lufthavn. Fache var dog sikker på at ved at lægge den rette form for pres på dem ville han kunne få de svar han var ude efter.

"Kommissær Collet," snerrede Fache henne fra døråbningen, "jeg har ikke andet valg end at efterlade Dem her med ansvaret for de tekniske undersøgelser. Prøv nu for en gangs skyld at gøre tingene ordentligt."

KAPITEL 71

Hawker-flyet havde sat kursen mod England. Langdon løftede forsigtigt rosentræsskrinet op fra sit skød hvor han havde holdt det beskyttet da flyet lettede. Han satte boksen på bordet, og Sophie og Teabing lænede sig forventningsfulde frem.

Langdon løsnede hængslet på låget og åbnede skrinet. Hans opmærksomhed var ikke længere rettet mod kryptexets bogstavbesatte skiver, men snarere mod det lille hul på undersiden af låget. Med spidsen af en kuglepen skubbede han forsigtigt den indlagte rose ud, og den underliggende tekst kom til syne. *Sub Rosa*, mumlede han, og håbede at et frisk blik på teksten ville bringe mere klarhed over den. Langdon fokuserede dybt koncentreret på den underlige tekst.

Efter et stykke tid mærkede han en begyndende frustration dukke op til overfladen igen. "Leigh, jeg kan simpelthen ikke placere det."

Sophie sad på den anden side af bordet og kunne endnu ikke se teksten, men det overraskede hende at Langdon ikke umiddelbart kendte sproget. Havde min bedstefar virkelig kendskab til et sprog der var så sjældent at ikke engang en symbolforsker kunne gennemskue hvad det var? Det gik dog hurtigt op for hende at det ikke burde komme bag på hende. Det ville ikke være den eneste hemmelighed Jacques Saunière havde haft for sit barnebarn.

Over for Sophie sad Leigh Teabing og var lige ved at revne af nysgerrighed. Han var så ivrig efter at få teksten at se at han nærmest sitrede af spænding, og han lænede sig frem i et forsøg på at kigge forbi Langdon som stadig sad bøjet over boksen.

"Jeg ved det ikke," hviskede Langdon anspændt. "Mit umiddelbare bud er at det er semitisk, men jeg er ikke sikker. Selv det mest elementære semitiske sprog omfatter vokaltegn. Og dem er der ikke nogen af her."

"Det er sikkert fra antikken," indskød Teabing.

"Vokaltegn?" sagde Sophie undrende.

Teabings blik veg ikke fra boksen. "Det moderne semitiske alfabet har ingen vokaler, men bruger små prikker eller streger der skrives enten under eller mellem konsonanterne for at vise at de efterfølges af en vokallyd. Historisk set er disse vokaltegn en forholdsvis ny tilføjelse til sproget."

Langdon sad stadig bøjet over teksten. "En sefardisk translitteration måske...?"

Teabings tålmodighed var opbrugt. "Måske hvis jeg blot... " Han rakte ud efter boksen, fik den kantet væk fra Langdon og trak den over mod sig selv. Der var ingen tvivl om at Langdon havde et omfattende kendskab til de traditionelle oldtidssprog – græsk, latin og de romanske sprog – men på baggrund af det flygtige blik Teabing havde fået af teksten, var han overbevist om at det var langt mere specialiseret, muligvis rashi eller STA"M.

Teabing tog en dyb indånding og fæstede sit blik på skriften. Det varede længe før han sagde noget. Han følte at hans selvsikkerhed forduftede for hvert sekund der gik. "Jeg er målløs," sagde han. "Dette sprog ligner ikke noget jeg har set før!"

Langdon sank sammen.

"Kan jeg få lov til at se det?" spurgte Sophie.

Teabing lod som om han ikke hørte hende. "Robert, du sagde før at du mente at du havde set noget der mindede om dette på et tidspunkt?"

Langdon så urolig ud. "Det troede jeg. Men jeg er ikke sikker. Skriften ser på en eller anden måde bekendt ud."

"Leigh?" gentog Sophie og var tydeligvis ikke tilfreds med at blive holdt uden for diskussionen. "Kan jeg få lov til at kigge nærmere på boksen som min bedstefar har lavet?"

"Selvfølgelig, min kære," sagde Teabing og skubbede den forsigtigt over mod hende. Det havde ikke været hans mening at lyde nedladende, men Sophie Neveu var ganske enkelt lysår fra deres liga. Hvis en britisk kongelig historiker og en symbolforsker fra Harvard ikke var i stand til at genkende sproget –

"Nåh," sagde Sophie et øjeblik efter at hun havde fået boksen og kigget på skriften. "Det burde jeg have gættet."

Teabing og Langdon stirrede på hende.

"Gættet hvad?" spurgte Teabing.

Sophie trak på skuldrene. "Gættet at min bedstefar havde valgt at bruge den skrift."

"Sidder De og siger at De kan læse teksten?" spurgte Teabing.

"Uden problemer," sagde Sophie med et smil og nød tydeligvis situationen nu. "Min bedstefar lærte mig det da jeg var omkring seks år gammel. Jeg kan det flydende." Hun lænede sig hen over bordet og fangede Teabing med et formanende blik. "Og helt ærligt, Sir, i betragtning af Deres loyalitet over for de kongelige, undrer det mig en smule at De ikke genkender det."

Med ét vidste Langdon, hvad det var for en skrift.

Ikke så underligt at teksten så bekendt ud!

For adskillige år siden havde Langdon deltaget i et arrangement på Harvards Fogg-museum. Den frafaldne Harvardstuderende, Bill Gates, var vendt tilbage til sit alma mater for at låne museet en af sine uvurderlige erhvervelser – atten ark papir som han for nylig havde købt på en auktion fra Armand Hammer-boet.

Hans vindende bud lød på små 30,8 millioner dollars.

Forfatteren af siderne var Leonardo da Vinci.

De atten folier – der var kendt som Leonardos Codex Leicester, efter deres berømte ejer, Jarlen af Leicester – var alt hvad der var tilbage af en af Leonardos mest fascinerende notesbøger: essays og tegninger der skitserede nogle af Da Vincis progressive teorier om astronomi, geologi, arkæologi og hydrologi.

Langdon glemte aldrig sin reaktion da han endelig så det uvurderlige pergament efter at have stået i kø længe. Noget af et antiklimaks. Siderne var totalt uforståelige. På trods af at være yderst velbevarede, og selvom de var skrevet med en sirlig håndskrift – karmoisinrødt blæk på cremefarvet papir – lignede teksten det rene volapyk. Først troede Langdon at grunden til at han ikke umiddelbart forstod teksten var at Da Vinci skrev sine notater på olditaliensk. Men efter at have studeret dem nøjere, gik det op for ham at han ikke kunne genkende et eneste italiensk ord – ikke så meget som et bogstav.

"Prøv det her, Sir," hviskede den kvindelige udstillingsvagt der stod ved siden af udstillingsmontren. Hun pegede på et håndspejl der var fastgjort til montren med en kæde. Langdon tog det og kiggede på teksten i spejlet. Fra det ene øjeblik til det andet var den helt tydelig.

Langdon havde været så ivrig efter at læse den store tænkers ideer at han havde glemt at et af mandens mange kunstneriske talenter var evnen til at skrive spejlskrift der umiddelbart var ulæselig for alle andre end ham selv. Historikere diskuterede stadig om Da Vinci skrev på denne måde udelukkende for sin egen fornøjelses skyld, eller for at forhindre folk i at kigge over skulderen på ham og stjæle hans ideer, men i princippet var det ligegyldigt. Da Vinci gjorde som det passede ham.

Sophie smilede for sig selv da hun så at Robert forstod, hvad hun mente. "Jeg kan læse de første par ord," sagde hun. "Det er på engelsk."

Teabing var nærmest ved at kløjes i ordene. "Hvad i alverden mener De?"

"Spejlskrift," sagde Langdon. "Vi har brug for et spejl."

"Nej, det behøver vi ikke," sagde Sophie. "Jeg er sikker på at fineren er tilstrækkelig tynd." Hun holdt rosentræsskrinet op mod lampen på væggen og begyndte at undersøge undersiden af låget. Hendes bedstefar kunne rent faktisk ikke skrive spejlskrift, så han snød altid ved at skrive almindelig skrift for så at vende papiret om og trække den omvendte tekst op. Sophie gættede på at han havde brændt den almindelige skrift ned i et stykke træ og derefter ladet træstykket køre gennem en slibemaskine til træet var blevet papirstyndt og den indbrændte skrift kunne ses gennem træet. Så havde han ganske enkelt vendt stykket om og indlagt det i låget.

Idet Sophie holdt låget tættere op mod lampen, så hun at hun havde ret. Det klare lys strømmede gennem det tynde træ, og skriften kunne ses omvendt på undersiden af låget.

Pludselig var den læsbar.

"Engelsk," jamrede Teabing og bøjede hovedet af skam. "Mit modersmål."

I den bageste del af flyet anstrengte Rémy Legaludec sig for at høre noget gennem motorlarmen, men samtalen oppe foran var for lavmælt. Rémy brød sig ikke om den drejning natten havde taget. Absolut ikke. Han kiggede ned på den bundne munk ved sine fødder. Manden lå fuldstændig stille nu, som i en form for tavs trance eller måske i en stille bøn om frelse.

KAPITEL 72

Femten tusind fod oppe i luften havde Robert Langdon det som om den fysiske verden opløstes omkring ham idet hans tanker samlede sig om Saunières spejlvendte vers, der kom til syne gennem låget på skrinet.

Sophie fandt hurtigt et stykke papir frem og skrev det af. Da hun var færdig, skiftedes de alle tre til at læse teksten. Det mindede om en form for arkæologisk krydsogtværs – en gåde der virkede som om den ville afsløre hvordan kryptexet skulle åbnes. Langdon læste langsomt verset.

An ancient word for wisdom frees this scroll
and helps us keep her scatter'd family whole
a headstone praised by templars is the key
and atbash will reveal the truth to thee[2]

Inden Langdon overhovedet nåede at spekulere på hvad det var for et gammelt visdomsord verset forsøgte at afsløre, mærkede han noget langt mere fundamentalt give genlyd inden i sig – tekstens versefod. *Jambisk pentameter.*

---

[2] Et gammelt visdomsord befrier denne rulle – og lader os bevare hendes splittede familie – en gravsten tilbedt af tempelherrer er nøglen – og atbash vil afsløre sandheden for jer.

Langdon var ofte stødt på denne versefod i årenes løb under sit studie af hemmelige loger over hele Europa – også sidste år i Vatikanets hemmelige arkiver. Gennem århundreder havde det jambiske pentameter været den foretrukne versefod for dristig poesi over hele verden – fra antikkens græske forfatter Archilochus til Shakespeare, Milton, Chaucer og Voltaire – frimodige sjæle som valgte at skrive deres samfundsmæssige kommentarer i en versefod som mange dengang anså for at have mystiske egenskaber. Det jambiske pentameter havde dybe rødder i hedenskaben.

Jamber. To stavelser med modsat betoning. En tryksvag og en trykstærk. Yin og yang. Et afbalanceret par. Sammensat i rækker af fem. Pentametret. Fem for Venus' femstjerne og den hellige kvinde.

"Det er et pentameter!" udbrød Teabing og vendte sig mod Langdon. "Og verset er på engelsk! La lingua pura!"

Langdon nikkede. Som mange andre hemmelige, europæiske loger på kant med kirken, havde Priory of Sion gennem århundreder opfattet engelsk som det eneste rene europæiske sprog. I modsætning til fransk, spansk og italiensk, som havde rødder i latin – Vatikanets sprog – var engelsk lingvistisk set ikke knyttet til den romerske propagandamaskine, og blev derfor et helligt, hemmeligt sprog for de broderskaber der var tilstrækkeligt veluddannede til at lære det.

"Dette vers," sagde Teabing følelsesladet, "refererer ikke blot til gralen, men også til Maria Magdalenes spredte slægt og til tempelherrerne! Hvad mere kunne vi ønske os?"

"Adgangsordet," sagde Sophie og kiggede igen på verset. "Det lyder som om vi skal finde et gammelt visdomsord?"

"Abracadabra?" foreslog Teabing med et glimt i øjet.

Et ord på fem bogstaver, tænkte Langdon, og forestillede sig den svimlende mængde af gamle ord der ville kunne betragtes som visdomsord – ord fra mystiske religiøse remser, astrologiske profetier, hemmelige logers optagelsesritualer, Wicca-besværgelser, egyptiske magiske trylleformularer, hedenske mantraer – listen var uendelig.

"Adgangsordet," sagde Sophie, "ser ud til at have noget med tempelherrerne at gøre." Hun læste teksten højt. *En gravsten tilbedt af tempelherrerne er nøglen.*

"Leigh," sagde Langdon, "du er tempelherre-specialisten. Har du nogen ideer?"

Teabing sagde ikke noget i adskillige sekunder og sukkede så. "Hmm, en gravsten henviser naturligvis til en eller anden form for grav. Det er muligt at verset refererer til den gravsten som tempelherrerne tilbad ved Magdalenes grav, men det hjælper os ikke ret meget eftersom vi ikke aner hvor hendes grav er."

"I versets sidste linje," sagde Sophie, "står der at Atbash vil afsløre sandheden. Jeg har hørt det ord før. Atbash."

"Det kommer ikke som nogen overraskelse," svarede Langdon. "Du har formodentlig hørt det på første semester på kryptografistudiet. Atbash-koden er en af de ældste koder man kender."

"Selvfølgelig!" udbrød Sophie. Det berømte hebraiske kodesystem.

Atbash-koden havde ganske rigtigt indgået i Sophies første kryptografi-undervisning. Koden der var dateret helt tilbage til 500 f.Kr., blev i dag brugt som et skoleeksempel på et helt grundlæggende såkaldt monoalfabetisk substitutionsciffer. Atbash-koden var en udbredt form for jødisk kryptogram og var en simpel udskiftningskode baseret på det hebraiske alfabets toogtyve bogstaver; det første bogstav blev udskiftet med det sidste bogstav, det andet bogstav med det næstsidste bogstav og så videre.

"Atbash er yderst passende," sagde Teabing. "Tekster skrevet i Atbash-koden findes i Kabbalaen, i dødehavsrullerne og selv i Det Gamle Testamente. Jødiske forskere og mystikere finder stadig skjulte budskaber ved at anvende Atbash. Priory of Sion har uden tvivl inddraget Atbash-koden som en del af deres undervisning."

"Vores eneste problem," sagde Langdon, "er at vi ikke har noget ord at anvende koden på."

Teabing sukkede. "Der må stå et kodeord på gravstenen. Vi må finde gravstenen som tempelherrerne tilbad."

Sophie kunne se på Langdons sammenbidte mine at det ikke ville være nogen let bedrift.

Atbash er nøglen, tænkte Sophie. *Men vi har ikke nogen dør.*

To minutter senere sukkede Teabing opgivende og rystede på hovedet. "Kære venner, jeg er kørt fast. Lad mig tænke over det mens jeg finder noget vi kan nippe til og ser efter hvordan Rémy og vores gæst har det." Han rejste sig og gik ned mod den bageste ende af flyet.

Sophie mærkede hvordan trætheden overvældede hende idet hun sad og så efter ham.

Uden for vinduet var mørket altopslugende. Sophie havde det som om hun hvirvlede gennem rummet uden at vide hvor hun ville lande. Gennem hele sin barndom havde hun løst sin bedstefars gåder, og nu sad hun med en udefinerlig fornemmelse af at verset foran dem indeholdt oplysninger som de endnu ikke havde fået øje på.

Der er mere, sagde hun til sig selv. *Omhyggeligt skjult – men ikke desto mindre til stede.*
Noget andet der plagede Sophie var en frygt for at det de muligvis ville finde inde i kryptexet, ikke var et simpelt "kort der viser vej til Den Hellige Gral". På trods af at Teabing og Langdon var overbeviste om at sandheden lå inde bag marmorcylinderens skiver, havde Sophie deltaget i tilstrækkeligt mange af sin bedstefars skattejagter til at vide at Jacques Saunière ikke uden videre afslørede sine hemmeligheder.

KAPITEL 73

Flyvelederen der havde nattevagt på Le Bourget-flyvepladsen havde siddet og småsovet foran en tom radarskærm, da chefen for det franske kriminalpoliti praktisk talt brækkede hans dør op.

"Teabings fly," gjaldede Bezu Fache idet han marcherede ind i det lille tårn, "hvor skulle det hen?"

Flyvelederens umiddelbare svar var et vrøvlet, halvhjertet forsøg på at beskytte deres britiske klients private anliggender – han var en af flyvepladsens mest respekterede kunder. Forsøget mislykkedes totalt.

"Okay," sagde Fache, "jeg anholder Dem hermed for at tillade et privat fly at gå i luften uden at registrere en rute." Fache gjorde plads for en anden betjent der straks gik hen mod flyvelederen med et par håndjern. Flyvelederen blev grebet af frygt. Han kom til at tænke på de mange avisartikler der havde sat spørgsmålstegn ved om nationens kriminalpolitichef var en helt eller en trussel. Spørgsmålet var netop blevet besvaret.

"Vent!" hørte flyvelederen sig selv jamre ved synet af håndjernene. "Jeg kan i det mindste fortælle Dem, at Sir Leigh Teabing regelmæssigt flyver til London for at få medicinsk behandling. Han har en hangar ved Biggin Hill-lufthavnen i Kent. I udkanten af London."

Fache vinkede betjenten med håndjernene væk. "Har han kurs mod Biggin Hill i nat?"

"Jeg ved det ikke," sagde flyvelederen oprigtigt. "Flyet lettede fra den sædvanlige bane, og den seneste radarmelding tydede på at det var på vej mod England. Biggin Hill er et yderst oplagt bud."

"Var der andre om bord?"

"Jeg sværger, Sir, det er umuligt for mig at vide. Vores klienter kan køre direkte ud til deres hangar og lade hvem som helst gå om bord. Det er toldmyndighederne i ankomstlufthavnen der har ansvaret for at kontrollere de ombordværende."

Fache kastede et blik på sit ur og kiggede så ud på de spredte fly der stod parkeret foran terminalen. "Hvis de har kurs mod Biggin Hill, hvor længe er der så til de lander?"

Flyvelederen famlede i sine journaler. "Det er en kort tur. Hans fly vil kunne lande omkring... halv syv. Om et kvarter."

Faches udtryk blev bistert, og han vendte sig mod en af sine mænd. "Få et fly herop. Jeg tager til London. Og kontakt det lokale politi i Kent. Ikke den britiske efterretningstjeneste. Jeg ønsker at det her skal foregå i stilhed. Det lokale politi. Sig til dem at de skal give Teabings fly landingstilladelse. Derefter ønsker jeg flyet omringet på landingsbanen. Ingen forlader flyet før jeg er nået frem."

"Du er så stille," sagde Langdon idet han lod blikket glide gennem Hawker-flyets kabine og over på Sophie.

"Bare træt," svarede hun. "Og så verset. Jeg ved ikke hvad jeg skal sige."

Langdon havde det på samme måde. Motorernes brummen og flyets svage vuggen var hypnotiserende, og hans hoved dunkede stadig der hvor munken havde ramt ham. Teabing befandt sig stadig nede bag i flyet, og Langdon besluttede at benytte sig af at være alene med Sophie et øjeblik og fortælle hende noget han havde gået og tænkt på. "Jeg tror jeg ved en del af grunden til at din bedstefar var så opsat på at føre os sammen. Jeg tror der er noget han gerne vil have at jeg forklarer for dig."

"Er oplysningerne om Den Hellige Gral og Maria Magdalene ikke rigeligt?"

Langdon var usikker på hvordan han skulle fortsætte. "Bruddet mellem jer. Grunden til at du ikke har talt med ham i ti år. Jeg tror at han måske håbede at jeg på en eller anden måde ville kunne rette op på det ved at forklare det, der skilte jer ad."

Sophie krympede sig på sædet, tydeligvis ilde berørt. "Jeg har ikke fortalt dig hvad der skilte os ad."

Langdon kiggede på hende. "Du var vidne til et sexritual. Var du ikke?"

Sophie så væk. "Hvor ved du det fra?"

"Sophie, du fortalte mig at du var vidne til noget der overbeviste dig om at din bedstefar var med i en hemmelig loge. Og hvad end det var du så, choke-rede det dig så dybt at du ikke har talt med ham siden. Jeg ved en hel del om hemmelige loger. Man behøver ikke Da Vincis genialitet til at regne ud hvad du så."

Sophie stirrede på ham.

"Var det om foråret?" spurgte Langdon. "Omkring jævndøgn? Midten af marts?"

Sophie kiggede ud ad vinduet. "Jeg havde forårsfri fra universitetet. Jeg kom hjem et par dage før beregnet."

"Vil du fortælle mig om det?"

"Helst ikke." Hun vendte sig pludselig om mod Langdon igen, hun havde tårer i øjnene. "Jeg ved ikke hvad det var jeg så."

"Var der både mænd og kvinder til stede?"

Der gik et kort øjeblik, så nikkede hun.

"Klædt i sort og hvidt?"

Hun tørrede øjnene og nikkede; det virkede som om hun åbnede sig en smule. "Kvinderne havde tynde hvide kjoler på... og gyldne sko. De havde gyldne kugler i hænderne. Mændene havde sorte tunikaer på og sorte sko."

Langdon anstrengte sig for at skjule sine følelser, men alligevel kunne han dårligt tro sine egne ører. Sophie Neveu havde uden at vide det været vidne til en over to tusind år gammel, hellig ceremoni. "Masker?" spurgte han og bevarede sin stemme rolig. "Bar de androgyne masker?"

"Ja. Alle sammen. Ens masker. Kvindernes var hvide og mændenes sorte."

Langdon havde læst beskrivelser af denne ceremoni og kendte dens mytiske rødder. "Det kaldes Hieros Gamos," sagde han mildt. "Ritualet går over to tusinde år tilbage. Egyptiske præster og præstinder udøvede det regelmæssigt for at hylde kvindens skaberkraft." Han tav et øjeblik og lænede sig frem mod hende. "Og hvis du overværede Hieros Gamos uden at være tilstrækkelig forberedt til at forstå dets mening, kan jeg forestille mig at det må have været meget chokerende."

Sophie sagde ikke noget.

"Hieros Gamos er græsk," fortsatte han. "Det betyder hellig vielse."

"Det ritual jeg så, var ikke nogen vielse."

"Vielse forstået som forening, Sophie."

"Du mener som sex."

"Nej."

"Nej?" sagde hun og hendes olivengrønne øjne så skeptisk på ham.

Langdon trak i land. "Altså... jo, på en måde, men ikke som vi forstår det i dag." Han forklarede at selvom det hun havde set formodentlig havde lignet et sexritual, havde Hieros Gamos intet med erotik at gøre. Det var en religiøs handling. Historisk set var samlejet den måde hvorpå manden og kvinden erfarede Gud. I antikken anså man manden for at være ufuldendt indtil han havde fået kønslig erfaring med den hellige kvinde. Fysisk forening med kvinden var den eneste måde hvorpå manden kunne blive åndelig fuldendt og i sidste ende opnå gnosis – indsigt i det guddommelige. Lige siden Isis' tid blev sexritualer betragtet som menneskets eneste bro fra jorden til himlen. "Gennem forening med kvinden," sagde Langdon, "kunne manden opnå det klimaks hvor hans sind tømtes fuldstændig, og han kunne se Gud."

Sophie så skeptisk ud. "Orgasme som bøn?"

Langdon trak på skuldrene, selvom Sophie i bund og grund havde ret. Fysiologisk set blev det mandlige klimaks fulgt af et splitsekund fuldstændig uden tanker. Et flygtigt, mentalt vacuum. Et øjebliks klarhed hvor Gud kunne anes. Meditationsguruer opnåede en tilsvarende tilstand af 'tanketomhed' uden sex og beskrev ofte *Nirvana* som en uendelig åndelig orgasme.

"Sophie," sagde Langdon roligt, "det er vigtigt at huske at antikkens opfattelse af sex står i fuldstændig modsætning til vores opfattelse i dag. Sex var ensbetydende med nyt liv – det ultimative mirakel – og mirakler kunne kun udføres af en gud. Kvindens evne til at skabe liv gjorde hende hellig. Guddommelig. Samleje var en ærefuld forening af den menneskelige ånds to halvdele – den mandlige og den kvindelige – hvorigennem manden kunne opnå åndelig helhed og forening med Gud. Det du så, drejede sig ikke om sex – det drejede sig om åndelighed. Hieros Gamos ritualet er ikke nogen perversion. Det er en dybt hellig ceremoni."

Det virkede som om hans ord ramte et meget ømt punkt. Sophie havde været bemærkelsesværdigt afbalanceret hele aftenen, men nu så Langdon for første gang hendes rolige udstråling begynde at krakelere. Hun fik igen tårer i øjnene og tørrede dem væk med sit ærme.

Langdon lod hende få tid til at sunde sig. Tanken om sex som vejen til Gud var utvivlsomt umiddelbart svær at kapere. Langdons jødiske studenter blev altid fuldstændig paf, når han fortalte dem at den tidlige jødiske tradition omfattede ritualiseret sex. Og endda i templet. Jøderne havde haft den opfattelse at det allerhelligste i Salomons Tempel ikke blot rummede Gud, men også hans mægtige kvindelige mage, Shekinah. Mænd som søgte åndelig helhed mødte op i templet for at hjemsøge de kvindelige præster – eller *bieroduler* – med hvem de elskede og oplevede det guddommelige gennem fysisk forening. Det jødiske Tetragrammaton YHWH – Guds hellige navn Jahve – udsprang faktisk af Jehovah, en androgyn fysisk sammensmeltning af den mandlige Jah og det før-hebraiske navn for Eva, Havah.

"I den tidlige kristne kirke," forklarede Langdon forstående, "udgjorde menneskets brug af sex som direkte bindeled til Gud en alvorlig trussel mod det katolske magtgrundlag. Det betød at kirken var ved at miste sit greb, og det underminerede dens selverklærede status som den eneste vej til Gud. Af åbenlyse grunde arbejdede den hårdt på at djævlegøre sex og omskrive dens rolle som afskyelig og syndig. Andre store religioner gjorde det samme."

Sophie sagde ikke noget, men Langdon havde en fornemmelse af at hun var begyndt bedre at forstå sin bedstefar. Langdon havde faktisk fremført samme pointe under en forelæsning tidligere på semestret. "Er det så underligt at vi føler os splittet med hensyn til sex?" havde han spurgt sine studerende. "Vores ældgamle arv og selve vores fysiologi fortæller os at sex er naturligt – en frydefuld vej til åndelig fuldbyrdelse – men samtidig fordømmer den moderne kirke det som skamfuldt, og lærer os at frygte vores seksuelle begær som var det djævlens værk."

Langdon havde besluttet sig for ikke at chokere sine studenter med det faktum at mere end en halv snes hemmelige loger over hele verden – flere af dem temmelig indflydelsesrige – stadig praktiserede sexritualer og på den måde holdt de gamle traditioner i live. I filmen *Eyes Wide Shut* opdagede hovedpersonen, der blev spillet af Tom Cruise, dette på den hårde måde, da han sneg sig ind til en privat sammenkomst blandt Manhattans jetset og pludselig blev vidne til Hieros Gamos. Desværre var der mange detaljer som producerne ikke havde fået fat i, men det væsentligste var der – en hemmelig loge der mødtes for at hylde den seksuelle forenings magi.

"Professor Langdon?" En mandlig studerende på bageste række rakte hånden i vejret og spurgte håbefuldt. "Står du og siger at vi burde dyrke mere sex i stedet for at gå i kirke?"

Langdon grinede, men havde ikke tænkt sig at bide på. På baggrund af hvad han havde hørt om Harvard-fester, fik disse unge mere end rigeligt med sex. "Hør her mine herrer," sagde han og vidste at han bevægede sig ind på et følsomt område. "Uden at ville driste mig til at se igennem fingre med sex før ægteskab, og uden at være så naiv at tro at I alle er de rene engle, vil jeg give jer et enkelt råd med hensyn til jeres sexliv."

Alle fyrene i auditoriet lænede sig frem og lyttede intenst.

"Næste gang I er sammen med en kvinde, så mærk efter i jeres hjerte og se om I ikke kan nærme jer sex som en mytisk, åndelig handling. Giv jer selv den udfordring at finde den guddommelige gnist som kun kan opnås gennem forening med den hellige kvinde."

Kvinderne sad med sigende smil om munden og nikkede.

Der hørtes en usikker fnisen fra fyrene, og de udvekslede tvivlsomme jokes. Langdon sukkede. Studerende var stadigvæk drenge.

Sophies pande føltes kold idet hun lænede den mod flyvinduet og stirrede tomt ud i mørket mens hun forsøgte at bearbejde det Langdon netop havde fortalt hende. Hun mærkede en ny følelse af fortrydelse vælde op i sig. Ti år. Hun så stakkene af uåbnede breve fra sin bedstefar for sig. *Jeg vil fortælle Robert alt.* Uden at vende sig begyndte Sophie at tale. Roligt. Ængsteligt.

Idet hun begyndte at mindes hvad der var sket den pågældende nat, mærkede hun hvordan tankerne rev hende tilbage i tiden – hun så for sig hvordan hun steg ud af bilen i skovområdet ved sin bedstefars lille château i Normandiet, hvordan hun forvirret gennemsøgte det tomme hus, hvordan hun hørte stemmer under sig, og hvordan hun fandt den skjulte dør. Hun bevægede sig lige så forsigtigt ned ad stentrappen, et trin ad gangen, ned til grotten i kælderen. Hun kunne fornemme luftens jordagtige duft. Kølig og let. Det var marts måned. I ly af mørket stod hun på trappen og iagttog de fremmede der stod og rokkede frem og tilbage i skæret af faklerne på væggen, samtidig med at de messede i kor.

Det er noget jeg drømmer, sagde Sophie til sig selv. *Det er en drøm. Hvad kan det ellers være?*

Kvinderne og mændene stod skiftevis, sort, hvid, sort, hvid. Kvindernes smukke florlette, hvide kjoler blafrede idet de alle løftede højre hånd hvori de holdt en gylden kugle, samtidig med at de sagde i kor, *"jeg var hos dig i begyndelsen, i det helliges daggry, jeg bar dig i mit skød før tidernes morgen."*

Kvinderne lod kuglerne synke ned igen, og alle stod og rokkede frem og tilbage som i trance. De stod i ærbødighed rundt om noget i midten af rundkredsen.

Hvad er det de står og kigger på?

Stemmerne satte farten op nu. Højere. Hurtigere.

"Kvinden for dit åsyn er kærligheden!" sagde kvinderne idet de igen hævede kuglerne.

Mændene svarede, *"Evigheden er hendes bolig!"*

De messende stemmer blev igen taktfaste. De satte farten op. De nærmest buldrede af sted nu. Hurtigere. Deltagerne trådte et skridt frem og faldt på knæ.

I det øjeblik kunne Sophie endelig se hvad det var de stod og så på.

Der lå en mand på et lavt, udsmykket alter i midten af rundkredsen. Han var nøgen, lå på ryggen og bar en sort maske. Sophie genkendte øjeblikkelig hans krop og modermærket på hans skulder. Hun var lige ved at kalde på ham. *Grand-père!* Alene dette syn ville have chokeret Sophie dybt, men det var ikke det eneste hun så.

En nøgen kvinde sad overskrævs på Sophies bedstefar. Kvinden bar en hvid maske, og hendes kraftige, sølvfarvede hår bølgede ned ad hendes ryg. Hendes krop var buttet, langt fra perfekt, og hun sad og bevægede sig i takt til de messende stemmer – hun sad og elskede med Sophies bedstefar.

Sophie havde lyst til at vende sig om og styrte væk, men hun kunne ikke bevæge sig. Grottens stenvægge holdt hende fanget alt imens de messende stemmer steg til et feberagtigt højdepunkt. Det virkede nærmest som om kredsen af deltagere stod og sang nu, lyden tog til i styrke og nåede et rasende tempo. Med et pludseligt brøl virkede det som om hele rummet på én gang nåede klimaks. Sophie kunne ikke få luft. Det gik pludselig op for hende at hun tavs stod og hulkede. Hun vendte sig og vaklede uden en lyd op ad trappen og ud af huset. Rystende kørte hun tilbage til Paris.

KAPITEL 75

Det lejede propelfly havde netop passeret Monacos blinkende lys da Aringarosa for anden gang lagde røret på efter at have talt med Fache. Han greb ud efter posen beregnet for luftsyge, men følte sig alt for udmattet til overhovedet at kunne kaste op.

Lad det nu bare være overstået!

Faches seneste briefing virkede fuldstændig ubegribelig, men på den anden side var der stort set ingen af nattens hændelser der gav mening længere. *Hvad sker der?* Alt var løbet helt og aldeles løbsk. *Hvad er det dog jeg har involveret Silas i? Og hvad har jeg dog rodet mig selv ind i?*

Aringarosas ben rystede under ham idet han gik ud i cockpittet. "Jeg er nødt til at ændre min destination."

Piloten kastede et blik over skulderen og grinede. "Det mener De forhåbentlig ikke, vel?"

"Jo. Jeg er nødt til at tage til London med det samme."

"Fader, det her er et lejet fly – ikke en taxa."

"Jeg betaler Dem selvfølgelig for det. Hvor meget skal vi sige? London er blot en time længere nordpå, og vi behøver stort set ikke ændre kurs så – "

"Det er ikke et spørgsmål om penge, Fader, der er andre problemer."

"Ti tusind euro. Her og nu."

Piloten kiggede chokeret på ham. "Hvor meget sagde De? Hvad er det lige for en præst der går rundt med så mange penge på sig?"

Aringarosa gik tilbage til sin sorte kuffert, åbnede den og tog en af checkene. Han gav den til piloten.

"Hvad er det?" spurgte piloten.

"En check på ti tusind euro fra Den Vatikanske Bank."

Piloten så skeptisk ud.

"Det er det samme som kontanter."

"Kun kontanter er kontanter," sagde piloten og rakte ham checken igen.

Aringarosa følte sig dårlig idet han støttede sig op ad døren til cockpittet. "Det er et spørgsmål om liv eller død. De må hjælpe mig. Jeg er nødt til at komme til London."

Piloten fik øje på biskoppens guldring. "Ægte diamanter?"

Aringarosa kiggede på ringen. "Jeg kan ikke på nogen måde skille mig af med den."

Piloten trak på skuldrene, vendte sig om og kiggede igen ud gennem forruden.

Aringarosa mærkede en dyb sorg. Han kiggede på ringen. Uanset hvad var biskoppen alligevel ved at miste alt hvad den stod for. Efter et langt øjeblik tog han ringen af fingeren og placerede den forsigtigt på instrumentbrættet.

Aringarosa luskede ud fra cockpittet og satte sig på sin plads igen. Få sekunder senere mærkede han at piloten satte kursen et par grader længere mod nord.

Men Aringarosas stolthed lå i ruiner.

Det hele var begyndt som en hellig sag. En genialt udtænkt plan. Men som et korthus var det hele nu ved at falde sammen – og enden på det hele var endnu ude af sigte.

KAPITEL 76

Langdon kunne se at Sophie stadig var rystet efter at have fortalt om sin overværelse af Hieros Gamos. Langdon var derimod overvældet over at have hørt denne øjenvidneberetning. Sophie havde ikke alene været vidne til gennemførelsen af ritualet, hendes egen bedstefar havde været den der blev hyldet – Priory of Sion's Stormester. Det var et selskab der ville noget: *Da Vinci, Botticelli, Isaac Newton, Victor Hugo, Jean Cocteau – og Jacques Saunière.*

"Jeg ved ikke hvad jeg mere kan fortælle dig," sagde Langdon blidt.

Sophies øjne var dybtgrønne nu, fulde af tårer. "Han tog sig af mig som sin egen datter."

Langdon blev med ét klar over hvad det var for et udtryk der var dukket frem i hendes øjne. Det var samvittighedsnag – dyb og inderlig anger. Sophie Neveu havde afskyet sin bedstefar, men så ham nu i et helt andet lys.

Udenfor gryede dagen hurtigt nu, dens rødlige skær dukkede op på stjernehimlen. Jorden lå stadig hen i mørke under dem.

"Proviant, kære venner." Teabing kom hen til dem igen og med en flot håndbevægelse præsenterede han adskillige dåser cola og en gammel æske kiks. Han beklagede dybt det begrænsede udvalg mens han fordelte drikkevarerne. "Vores munkeven er ikke begyndt at tale endnu," kvidrede han, "men giv ham tid, giv ham tid." Han tog en bid af en kiks og kiggede på verset. "Fortæl mig kære venner – er vi kommet nogen vegne?" Han kiggede på Sophie. "Hvad er det Deres bedstefar prøver at fortælle os her? Hvor pokker er den gravsten? En gravsten som tempelherrerne tilbad."

Sophie rystede tavs på hovedet.

Mens Teabing igen kastede sig over verset, åbnede Langdon en cola og kiggede ud ad vinduet; hans tanker var fulde af billeder af hemmelige ritualer og ulæselige koder. *En gravsten tilbedt af tempelherrerne er nøglen.* Han tog en slurk af colaen. *En gravsten tilbedt af tempelherrerne.* Colaen var lunken.

Nattens sidste slør forsvandt hurtigt, og mens Langdon iagttog forvandlingen fra nat til dag, så han et glinsende hav tage form under dem. *Den Engelske Kanal.* Der var ikke langt igen nu.

Langdon ville ønske at dagens lys ville blive fulgt af anden form for

323

oplysning, men jo lysere det blev udenfor, jo længere følte han sig fra sandheden. Han hørte rytmen af det jambiske pentameter og de messende stemmer – Hieros Gamos og hellige ritualer – give genlyd i jetmotorernes brummen.

En gravsten tilbedt af tempelherrer.

Flyet befandt sig igen over land da han pludselig blev ramt af klarhedens lys. Langdon satte den tomme coladåse fra sig med et hårdt bump. "I tror det er løgn," sagde han og vendte sig om mod de andre. "Tempelherrernes gravsten – jeg ved hvad det er."

Teabings øjne blev lige så store som tekopper. "Ved du hvor gravstenen er?"

Langdon smilede. "Ikke *hvor* den er. *Hvad* det er."

Sophie lænede sig frem.

"Jeg tror stenen helt bogstaveligt refererer til et *stenhoved*[3]," forklarede Langdon og nød den velkendte fornemmelse af et akademisk gennembrud. "Og ikke til en gravsten."

"Et stenhoved?" sagde Teabing forundret.

Sophie så lige så forvirret ud.

"Leigh," sagde Langdon idet han vendte sig, "under inkvisitionen anklagede kirken tempelherrerne for alle mulige former for kætteri, er det ikke rigtigt?"

"Jo, det er helt korrekt. De opdigtede alle mulige beskyldninger. Homoseksualitet, urinering på korset, djævledyrkelse. Det var noget af en liste."

"Og på den liste var dyrkelsen af *afguder* – er det ikke rigtigt? Helt konkret anklagede kirken tempelherrerne for i smug at udføre ritualer hvor de tilbad et udhugget stenhoved – den hedenske gud –"

"Baphomet!" udbrød Teabing. "Du milde himmel, Robert, du har ret! En sten tilbedt af tempelherrer!"

Langdon forklarede hurtigt for Sophie at Baphomet var en hedensk frugtbarhedsgud der var knyttet til formeringens skabende kraft. Baphomets hoved blev skildret som en vædder eller en gedebuk – et udbredt symbol på formering og frugtbarhed. Tempelherrerne tilbad Baphomet ved at danne en kreds om en stenkopi af hans hoved idet de messede bønner.

"Baphomet," fniste Teabing. "Under ceremonien var det den seksuelle forenings skabende magi der blev hyldet, men Pave Klemens overbeviste alle om at Baphomets hoved i virkeligheden var djævlens. Hans hoved spillede en afgørende rolle i pavens anklager mod tempelherrerne."

Langdon var enig med ham. Den moderne opfattelse af djævlen med *horn*, kendt som Satan, kunne spores tilbage til Baphomet og kirkens forsøg på at

---

[3] Det engelske ord *headstone* betyder gravsten, men bærer samtidig den helt bogstavelige betydning *hovedsten* eller *stenhoved*.

give den hornprydede frugtbarhedsgud en ganske anden rolle – som et symbol på djævlen. Kirken havde tydeligvis haft heldet med sig, selvom det dog ikke var lykkedes helt. Det traditionelle amerikanske Thanksgiving-middagsbord var stadig pyntet med hedenske symboler på den hornprydede frugtbarhedsgud. Overflødighedshornet var for eksempel en hyldest til Baphomets frugtbarhed og kunne dateres helt tilbage til Zeus der blev ammet af en ged hvis horn faldt af og på magisk vis fyldtes med frugt. Baphomet dukkede også op på visse gruppebilleder når en eller anden spøgefugl i smug placerede to fingre bag en andens hoved som et V-tegn – eller et par horn; der var formodentlig ikke mange af spøgefuglene der var klar over at deres lille spøg rent faktisk var en proklamering af offerets kraftfulde sperm.

"Ja, ja," sagde Teabing ivrigt. "Det kan kun være Baphomet digtet refererer til. En sten tilbedt af tempelherrerne."

"Okay," sagde Sophie, "men hvis Baphomet er stenen som tempelherrerne tilbad så har vi et problem." Hun pegede på skiverne på kryptexet. "Der er otte bogstaver i Baphomet, men vi har kun plads til fem."

Teabing smilede bredt. "Min kære, det er her Atbash-koden kommer ind i billedet."

KAPITEL 77

Langdon var imponeret. Teabing havde netop skrevet samtlige 22 bogstaver i det hebraiske alfabet – *alef-beit* – han kunne dem udenad. Han brugte ganske vist de romerske bogstaver i stedet for de hebraiske, men uanset hvad sad han nu og læste det højt med en fejlfri udtale.

A B G D H V Z Ch T Y K L M N S O P Tz Q R Sh Th

"Alef, Beit, Gimel, Dalet, Hei, Vav, Zayin, Chet, Tet, Yud, Kaf, Lamed, Mem, Nun, Samech, Ayin, Pei, Tzadik, Kuf, Reish, Shin og Tav." Med en dramatisk håndbevægelse lod Teabing som om han tørrede sveden af panden før han fortsatte. "På den formelle hebraiske stavemåde skrives vokalerne ikke. Det vil sige at når vi skriver ordet Baphomet ved hjælp af det hebraiske alfabet, forsvinder dets tre vokaler, hvilket giver os –"

"Fem bogstaver," udbrød Sophie.

Teabing nikkede og begyndte at skrive noget igen. "Okay, her ser I den rigtige måde at stave Baphomet på ved hjælp af de hebraiske bogstaver. Jeg kan lige tilføje vokalerne med småt for klarheds skyld."

B a P V o M e Th

"Man skal selvfølgelig lige huske," tilføjede han, "at hebraisk normalt skrives den modsatte vej, men det betyder ikke noget i forhold til Atbashkoden. Næste trin er at lave substitutionsskemaet ved at genskrive hele alfabetet i omvendt rækkefølge – neden for det oprindelige alfabet."

"Der er en nemmere måde at gøre det på," sagde Sophie og tog kuglepennen fra Teabing. "Det gælder for alle spejlvendte substitutionskoder – inklusive Atbash. Et lille trick jeg lærte på Royal Holloway." Sophie skrev første halvdel af alfabetet fra venstre mod højre, og under denne række skrev hun den anden halvdel fra højre mod venstre. "Det er halvt så besværligt og dobbelt så overskueligt."

A	B	G	D	H	V	Z	Ch	T	Y	K
Th	Sh	R	Q	Tz	P	O	S	N	M	L

Teabing iagttog hende mens hun skrev og lo. "Det har du jo ganske ret i. Det er godt at se at fyrene på Holloway kan deres kram."

Mens Langdon sad og kiggede på Sophies substitutionsskema, mærkede han hvordan han dirrede af spænding. En spænding han forestillede sig var på højde med den som forskerne må have følt da de for første gang anvendte Atbash-koden til at bryde det berømte *Sheshach mysterium*. I årevis havde religionsforskere stået uforstående over for den bibelske reference til en by kaldet *Sheshach*. Byen eksisterede ikke på noget som helst kort eller i nogen andre tekster, men den blev nævnt adskillige gange i Jeremias' bog – kongen af Sheshach, Sheshach by, folket i Sheshach. Til sidst var der en forsker der anvendte Atbash-koden på ordet, og resultatet var forbløffende. Atbash afslørede at Sheshach faktisk var et *kodeord* for en anden yderst kendt by. Afkodningsprocessen var ganske simpel.

Sheshach blev på hebraisk stavet Sh-Sh-K.

Når Sh-Sh-K blev placeret i substitutionsskemaet blev det til B-B-L.

B-B-L var den hebraiske stavemåde for ordet *Babel*.

Den mystiske by Sheshach blev afsløret som byen Babel, og utallige bibelske undersøgelser fulgte i kølvandet på denne opdagelse. Efter få uger var adskillige andre Atbash kodeord blevet afdækket i Det Gamle Testamente, hvilket havde afsløret et utal af skjulte betydninger som forskerne ikke havde haft nogen anelse om var der.

"Vi nærmer os," hviskede Langdon og var ude af stand til at skjule sin iver.

"Kun millimeter fra målet, Robert," sagde Teabing. Han kiggede over på Sophie og smilede. "Er De klar?"

Hun nikkede.

"Okay, på hebraisk skrives Baphomet uden vokaler hvilket giver: *B-P-V-M-Th*. Nu overfører vi ganske enkelt disse bogstaver på Deres Atbash substitutionsskema og oversætter dem så vi når frem til vores adgangsord på fem bogstaver."

Langdons hjerte hamrede. *B-P-V-M-Th*. Solen strømmede ind gennem vinduet nu. Han kiggede på Sophies substitutionsskema og begyndte langsomt at foretage ombytningen. *B er Sh... P er V...*

Teabing sad og smilede som en anden lille dreng juleaften. "Og Atbash-koden afslører..." Han tav pludselig. "Du godeste!" Han blev bleg.

Langdon så op med et sæt.

"Hvad er der galt?" spurgte Sophie.

"De tror, det er løgn." Teabing kastede et blik på Sophie. "Især De."

"Hvad mener De?" sagde hun.

"Det er... genialt," hviskede han. "Simpelthen genialt!" Teabing skrev igen noget på papiret. "En trommehvirvel, tak. Her har I adgangsordet." Han viste dem det han havde skrevet.

Sh-V-P-Y-A

Sophie kiggede skeptisk på det. "Hvad skal det forestille?"

Heller ikke Langdon kunne gennemskue det.

Teabings stemme dirrede af ærefrygt. "Kære venner, det er faktisk et æld-gammelt ord for visdom."

Langdon kiggede igen på bogstaverne samtidig med at han tænkte på verset. *Et gammelt visdomsord befrier denne rulle.* Et øjeblik efter forstod han det. Det kom fuldstændigt bag på ham. "Et ældgammelt ord for visdom!"

Teabing grinede. "Helt bogstaveligt!"

Sophie kiggede på ordet og derefter på kryptexet. Det gik straks op for hende at Langdon og Teabing havde overset en alvorlig uoverensstemmelse. "Vent lidt! Det kan ikke være adgangsordet," protesterede hun. "Bogstavet Sh findes ikke på kryptexet. Det er udstyret med det traditionelle latinske alfa-bet."

"Prøv at sige ordet højt," sagde Langdon. "Der er to ting du skal tænke på. På hebraisk kan bogstavet Sh også udtales S – alt afhængig af betoningen. Ligesom bogstavet P også udtales F."

SVFYA? tænkte hun forvirret.

"Genialt!" tilføjede Teabing. "Bogstavet Vav bruges ofte som stedfortræder for vokallyden O!"

Sophie kiggede igen på bogstaverne og forsøgte at udtale dem.

"S...o...f...y...a."

Hun hørte lyden af sin egen stemme, men kunne ikke tro sine egne ører. "Sophia? Bliver det til *Sophia?*"

Langdon nikkede ivrigt. "Ja! *Sophia* betyder helt bogstaveligt visdom på græsk. Roden til dit navn, Sophie, er rent faktisk et 'visdomsord'."

Sophie savnede pludselig sin bedstefar helt umådeligt meget. *Han brugte mit navn som kode for Priory of Sion's slutsten.* Hun fik en klump i halsen. Det hele passede så perfekt sammen. Men da hun igen kastede blikket på kryptexets fem skiver med bogstaver, gik det op for hende at der stadig var et problem. "Men vent nu lige lidt... der er *seks* bogstaver i ordet *Sophia.*"

Teabings smil ville ikke forsvinde. "Prøv at se på verset igen. Deres bedstefar skrev 'et *gammelt* visdomsord'."

"Ja?"

Teabing blinkede til hende. "På oldgræsk staves visdom S-O-F-I-A."

KAPITEL 78

Sophie mærkede hvordan hendes hjerte hamrede af spænding da hun tog kryptexet og begyndte at dreje skiverne i den rigtige position. *Et gammelt visdomsord befrier denne rulle.* Langdon og Teabing sad og holdt vejret mens de så på.

S... O... F...

"Forsigtigt," sagde Teabing. "Uendelig forsigtigt."

... I... A.

Sophie drejede den sidste skive på plads. "Okay," hviskede hun og kiggede op på de to andre. "Nu trækker jeg den fra hinanden."

"Glem ikke eddiken," hviskede Langdon som en noget bekymret opmuntring. "Vær forsigtig."

Sophie vidste at hvis kryptexet var ligesom dem hun havde åbnet som barn, var det eneste hun behøvede at gøre at tage fat om begge ender af cylinderen, lige på hver side af skiverne, og trække forsigtigt hver sin vej. Hvis skiverne var placeret så de dannede det rigtige adgangsord, ville en af enderne glide af, nærmest som dækslet på en linse, og hun ville kunne få fat i papyrusrullen som ville være viklet rundt om en lille eddikeflaske. På den anden side – hvis adgangsordet ikke var rigtigt, ville det pres Sophie ville lægge på enderne af cylinderen blive overført til en bevægelig stang indeni, som ville nærme sig glasflasken for til sidst at knuse den hvis hun trak for hårdt.

Træk forsigtigt, sagde hun til sig selv.

Både Teabing og Langdon lænede sig frem idet Sophie tog fat om begge ender af cylinderen. Midt i al begejstringen over at have brudt koden, havde Sophie næsten glemt hvad de formodentlig ville finde indeni. *Det er Priory of Sions slutsten jeg sidder med.* Ifølge Teabing indeholdt den et kort der ville vise vej til Den Hellige Gral – såvel Maria Magdalenes grav som Sangreal-skatten ville blive afsløret... den ultimative skattejagt på den hemmelige sandhed.

Sophie sad nu med marmorcylinderen mellem hænderne og kontrollerede omhyggeligt at alle bogstaverne stod ordentligt på linje i forhold til markøren. Så begyndte hun langsomt at trække. Der skete ingenting. Hun trak en lille smule hårdere. Pludselig gled stenen fra hinanden som et velformet teleskop. Det tunge endestykke lå alene tilbage i hendes hånd. Langdon og Teabing nærmest sprang op. Sophies hjerte satte farten en tand op idet hun satte endestykket fra sig på bordet og vippede cylinderen en smule så hun kunne kigge ned i den.

En skriftrulle!

Da Sophie kiggede ned i hulrummet som skriftrullen dannede, kunne hun se at den var viklet rundt om en cylinderformet genstand – eddikeflasken gik hun ud fra. Det underlige var dog at papiret der var rullet rundt om flasken ikke var det almindelige helt tynde papyrus, men snarere pergament. *Det er mærkeligt,* tænkte hun, *eddike kan ikke opløse lammeskindspergament.* Hun kiggede igen ned i skriftrullens hulrum, og i samme øjeblik gik det op for hende at genstanden i midten ikke var nogen eddikeflaske. Det var noget ganske andet.

"Hvad er der galt?" spurgte Teabing. "Træk nu papyrusrullen ud."

Sophie havde rynket panden. Hun greb fat om det sammenrullede stykke pergament og genstanden som det var viklet rundt om, og trak begge dele ud af cylinderen.

"Det er ikke papyrus," sagde Teabing. "Det er alt for kraftigt."

"Det er jeg godt klar over. Det er polstring."

"For hvad? Eddikeflasken?"

"Nej." Sophie viklede rullen op og afslørede hvad der var skjult indeni. "For det her."

Da Langdon fik øje på genstanden, sank hans hjerte i brystet på ham.

"Du godeste," sagde Teabing mat. "Deres bedstefar var en ubarmhjertig arkitekt."

Langdon stirrede forbløffet på genstanden. *Saunière har åbenbart ikke til hensigt at gøre det let.*

På bordet stod endnu et kryptex. Mindre. Lavet af sort onyx. Det var blevet anbragt inden i det første. Saunières forkærlighed for dobbelthed. *To kryptexer.* Alting i par. *Tvetydigheder. Mand, kvinde. Sort anbragt inden i hvid.* Langdon mærkede hvordan nettet af symbolik strakte sig længere og længere. *Hvid føder sort.*

Enhver mand udspringer af en kvinde.

Hvid – feminin.

Sort – maskulin.

Langdon lænede sig frem og tog fat om det lille kryptex. Det var magen til det første bortset fra at det var halvt så stort og sort. Han hørte den velkendte skvulpen. Lyden de havde hørt tidligere kom åbenbart inde fra det lille kryptex.

"Ja, kære Robert," sagde Teabing idet han skubbede pergamentarket over til ham. "Du vil blive glad for at høre at vi i det mindste flyver i den rigtige retning."

Langdon kiggede undersøgende på det kraftige pergament. Skrevet med krøllede bogstaver stod der endnu et vers på fire linjer. Igen var versefoden det jambiske pentameter. Verset var kryptisk, men Langdon behøvede kun at læse første linje før det gik op for ham at Teabings plan om at tage til England ville give pote.

IN LONDON LIES A KNIGHT A POPE INTERRED.

Af resten af verset fremgik det tydeligt at adgangsordet der kunne åbne det andet kryptex skulle findes ved at besøge den pågældende ridders grav, et eller andet sted i London.

Langdon vendte sig uroligt over mod Teabing. "Har du nogen anelse om hvilken ridder der refereres til i digtet?"

Teabing smilede. "Ikke den fjerneste. Men jeg ved præcis hvilken krypt vi skal lede i."

I samme øjeblik kørte seks lokale patruljevogne fra politiet i Kent ud ad de regnvåde veje i retning af den private flyveplads ved Biggin Hill.

KAPITEL 79

Kriminalkommissær Collet fandt sig en flaske Perrier i Teabings køleskab og gik hurtigt tilbage mod opholdsstuen. I stedet for at tage med Fache til London hvor det hele foregik nu, var han blevet sat til at babysitte politiets teknikere der nu befandt sig rundt omkring i Château Villette.

Indtil nu var beviserne de havde fundet ikke til nogen gavn: En enkelt kugle begravet i gulvbrædderne; et stykke papir med tegninger af diverse symboler samt ordene *klinge* og *kalk;* et blodigt pigbesat bælte som Collet havde fået oplyst var knyttet til den konservative katolske bevægelse Opus Dei, som havde vakt røre for nylig da en nyhedsudsendelse havde sat fokus på deres aggressive metode til at kapre nye medlemmer i Paris.

Collet sukkede. *Der skal virkelig held til at få mening ud af dette mystiske sammensurium.* Han gik ned gennem en overdådig gang og trådte ind i den enorme balsal af et kontor, hvor den ledende polititekniker havde travlt med at lede efter fingeraftryk. Han var en kraftig mand med seler.

"Har I fundet noget?" spurgte Collet idet han trådte ind.

Polititeknikeren rystede på hovedet. "Intet nyt. Mange af fingeraftrykkene er identiske med dem i resten af huset."

"Hvad med fingeraftrykkene på *cilice*-bæltet?"

"Interpol arbejder på sagen. Jeg har sendt alle aftrykkene elektronisk til dem."

Collet gik over mod to forseglede poser med bevismateriale der lå på bordet. "Og hvad med det her?"

Manden trak på skuldrene. "En dårlig vane. Jeg samler alt hvad der forekommer besynderligt."

Collet var nået over til bordet. *Besynderligt?*

"Englænderen er noget af en særling," sagde polititeknikeren. "Prøv at se her." Han ledte i poserne med bevismateriale og fandt et fotografi. Han rakte posen til Collet.

Fotografiet viste hovedindgangen til en gotisk katedral – det traditionelt udformede, hvælvede indgangsparti blev gradvis snævrere og endte til sidst i en lille døråbning.

Collet kiggede på fotografiet og vendte sig. "Hvad besynderligt er der ved det?"

"Vend det om."

På bagsiden fandt Collet diverse notater skrevet på engelsk, som omtalte en katedrals lange hule midterskib som en hemmelig hedensk hyldest til kvindens livmoder. Det var besynderligt. Det var dog beskrivelsen af en katedrals indgangsparti der forbløffede ham mest. "Sig mig engang. Mener han at indgangen til en katedral symboliserer en kvindes…"

Polititeknikeren nikkede. "Ja, lige præcis – med vigende skamlæber og en fin lille rosenagtig klitoris oven over indgangen." Han sukkede. "Man får næsten lyst til at begynde at gå i kirke."

Collet tog den anden pose med bevismateriale. Gennem plastikken kunne han se et stort blankt fotografi af noget der så ud til at være et gammelt dokument. Som overskrift stod der:

Les Dossiers Secrets – Number 4° lm[1] 249

"Hvad er det?" spurgte Collet.

"Aner det ikke. Han har kopier af det alle mulige steder så derfor tog jeg det."

Collet kiggede på dokumentet.

PRIEURÉ DE SION – LES NAUTONIERS/ GRAND MASTERS

JEAN DE GISORS	1188-1220
MARIE DE SAINT-CLAIR	1220-1266
GUILLAUME DE GISORS	1266-1307
EDOUARD DE BAR	1307-1336
JEANNE DE BAR	1336-1351
JEAN DE SAINT-CLAIR	1351-1366
BLANCE D'EVREUX	1366-1398
NICOLAS FLAMEL	1398-1418
RENE D'ANJOU	1418-1480
IOLANDE DE BAR	1480-1483
SANDRO BOTTICELLI	1483-1510
LEONARDO DA VINCI	1510-1519
CONNETABLE DE BOURBON	1519-1527
FERDINAND DE GONZAQUE	1527-1575
LOUIS DE NEVERS	1575-1595

ROBERT FLUDD	1595-1637
J. VALENTIN ANDREA	1637-1654
ROBERT BOYLE	1654-1691
ISAAC NEWTON	1691-1727
CHARLES RADCLYFFE	1727-1746
CHARLES DE LORRAINE	1746-1780
MAXIMILIAN DE LORRAINE	1780-1801
CHARLES NODIER	1801-1844
VICTOR HUGO	1844-1885
CLAUDE DEBUSSY	1885-1918
JEAN COCTEAU	1918-1963

Prieuré de Sion? tænkte Collet forundret.

"Kommissær?" En anden betjent stak hovedet ind. "Omstillingen har et presserende opkald til kriminalinspektør Fache, men de kan ikke få fat i ham. Vil De svare?"

Collet gik tilbage til køkkenet og tog telefonen.

Det var André Vernet.

Bankdirektørens forfinede accent var ikke ligefrem med til at skjule at han var nervøs. "Jeg syntes at kriminalinspektør Fache sagde at han ville ringe, men jeg har ikke hørt fra ham endnu."

"Inspektør Fache har temmelig travlt," svarede Collet. "Kan jeg være behjælpelig?"

"Jeg blev forsikret om at jeg ville blive holdt ajour med sagens udvikling i nat."

Et kort øjeblik syntes Collet at han kunne genkende mandens stemme, men han kunne ikke rigtig placere den. "Monsieur Vernet, jeg er midlertidig leder af efterforskningen i Paris. Mit navn er kriminalkommissær Collet."

Der var en lang pause. "Kriminalkommissær, jeg har netop modtaget et andet opkald. Undskyld, men jeg ringer senere." Han lagde på.

Collet blev stående med røret i hånden i adskillige sekunder. Så gik det pludselig op for ham. *Jeg syntes nok at jeg havde hørt stemmen før!* Han snappede efter vejret.

Chaufføren af den pansrede varevogn.

Med det falske Rolex.

Nu forstod Collet pludselig hvorfor bankdirektøren havde lagt på så hurtigt. Vernet havde kunnet huske navnet kriminalkommissær Collet – betjenten som han på det groveste havde løjet for i nat.

Collet forsøgte at forstå hvad denne underlige udvikling af sagen betød. *Vernet er indblandet.* Han vidste at han burde ringe til Fache. På den anden side vidste han også at denne uventede chance ville kunne blive hans store øjeblik.

Han ringede straks til Interpol og bad om at få selv den mindste oplysning de kunne grave frem om den parisiske afdeling af Depository Bank of Zurich og bankens direktør, André Vernet.

KAPITEL 80

"Vær venlig at spænde sikkerhedsbælterne," meddelte Teabings pilot idet Hawker 731-flyet lagde an til landing i morgengryets støvregn. "Vi lander om fem minutter."

Teabing mærkede hvordan hjemkomstglæden bredte sig i ham da han så Kents bakkede landskab dukke frem af disen. England var mindre end en time fra Paris, men alligevel en helt anden verden. Denne morgen virkede hans hjemlands fugtige, forårsgrønne landskab usædvanligt indbydende. *Min tid i Frankrig er forbi. Jeg vender hjem til England som sejrherre. Slutstenen er fundet.* Tilbage stod naturligvis stadig spørgsmålet om hvor slutstenen i sidste ende ville lede hen. *Et eller andet sted i Storbritannien.* Teabing havde ingen anelse om præcis hvor, men han fornemmede allerede succesens sødme.

Teabing rejste sig og gik over i den modsatte ende af kabinen, mens Langdon og Sophie blev siddende og fulgte ham med øjnene. Han trak en skydelåge til side i væggen og bag den dukkede et omhyggeligt skjult penge-skab op. Han drejede låsen, åbnede det og tog to pas frem. "Dokumentations-papirer for Rémy og mig." Derefter tog han en tykt bundt 50-pundssedler frem. "Og dokumentationspapirer for jer to."

Sophie så ud til at være en smule utryg ved situationen. "Bestikkelse?"

"Kreativt diplomati. Private flyvepladser tillader visse friheder. Der vil stå en engelsk tolder og tage imod os i min hangar og bede om lov til at gå om bord i flyet. I stedet for at give ham lov til det, har jeg tænkt mig at fortælle ham at jeg har en fransk berømthed med om bord som foretrækker at ingen får at vide at hun er i England – du ved, af hensyn til medierne – og så vil jeg tilbyde tolderen denne stak drikkepenge som tak for hans forståelse og dis-kretion."

Langdon så forbavset ud. "Og vil tolderen tage imod dem?"

"Ikke fra hvem som helst, men de ved alle hvem jeg er. Jeg er jo ikke lige-frem nogen våbenhandler. Jeg blev slået til ridder." Teabing smilede. "Den slags giver visse privilegier."

Rémy kom gående op gennem midtergangen med pistolen i hånden. "Sir, hvad er planen for mit vedkommende?"

Teabing kiggede på sin butler. "Jeg er nødt til at bede Dem blive om bord og tage Dem af vores gæst indtil vi kommer tilbage. Vi kan jo ikke rigtig slæbe rundt på ham gennem hele London."

Sophie så bekymret ud. "Leigh, jeg er altså temmelig sikker på at det franske politi finder Deres fly inden vi er nået tilbage."

Teabing grinede. "Ja, og prøv så lige at forestil Dem deres forbløffede ansigter hvis de går om bord og finder Rémy."

Hans arrogante holdning kom bag på Sophie. "Leigh, De har transporteret et gidsel fra et land til et andet. Det er rent faktisk alvorligt."

"Det er mine advokater også." Han skulede ned mod munken i den anden ende af flyet. "Det kryb brød ind i mit hjem, og det var lige før han slog mig ihjel. Det er et faktum som Rémy vil kunne bekræfte."

"Men du bandt ham og transporterede ham til London!" sagde Langdon.

Teabing løftede højre hånd og lod som om han aflagde ed for retten. "Hr. dommer, tilgiv en sær gammel ridder hans tåbelige prioritering af det britiske retssystem. Jeg er klar over at jeg burde have tilkaldt de franske myndigheder, men jeg er en snob og stoler ikke på at de *laissez-faire* franskmænd ville føre en tilfredsstillende sag. Det var lige før manden slog mig ihjel. Indrømmet – jeg tog en overilet beslutning og tvang min butler til at hjælpe mig med at transportere ham til England, men jeg var under enormt pres. Mea culpa. Mea culpa."

"Når det kommer fra dig, Leigh, er jeg lige ved at tro at de vil købe den forklaring," sagde Langdon.

"Sir?" kaldte piloten. "De har lige kaldt fra kontroltårnet. Der er et omfattende reparationsprojekt i gang ude i nærheden af Deres hangar, og de bad mig om at køre flyet direkte til terminalen i stedet."

Teabing havde fløjet til Biggin Hill i mere end ti år, og dette var første gang der havde været den slags problemer. "Sagde de, hvad problemet var?"

"Meddelelsen var temmelig uklar. Noget med et gasudslip ved tankstationen, tror jeg. De bad mig parkere foran terminalen og sørge for at alle blev om bord indtil jeg fik andet at vide. Sikkerhedsforanstaltninger. Vi må ikke gå fra borde før vi får grønt lys fra lufthavnsmyndighederne."

Teabing var skeptisk. *Det må sgu godt nok være noget af et gasudslip.* Tankstationen var over en halv kilometer fra hans hangar.

Rémy så også bekymret ud. "Sir, det lyder yderst usædvanligt."

Teabing vendte sig om mod Sophie og Langdon. "Kære venner, jeg har en ubehagelig mistanke om at vi vil blive mødt af en velkomstkomité."

Langdon sukkede. "Jeg formoder Fache stadig er overbevist om at jeg er den skyldige."

"Enten det," sagde Sophie, "eller også har han rodet sig så langt ud at han ikke længere kan indrømme at han tog fejl."

Teabing hørte ikke efter. Uanset hvad der foregik i hovedet på Fache, skulle der handles hurtigt. *Jeg må ikke miste det endelige mål af syne. Gralen. Vi er så tæt på.* Landingshjulene blev slået ned med et bump.

"Leigh," sagde Langdon, der var en dyb beklagelse i hans stemme, "jeg bør melde mig og se at få løst det her på en lovlig måde. Og blande jer andre udenom."

"Åh, for himlens skyld, Robert!" Teabing slog afværgende ud med hånden. Tror du virkelig at de har tænkt sig at lade os andre gå fri? Jeg har netop transporteret jer til et andet land på yderst illegal vis. Miss Neveu hjalp dig med at flygte fra Louvre, og vi har en bundet mand liggende bag i flyet. For pokker da! Vi er alle sammen blandet ind i den her sag."

"Hvad med en anden lufthavn?" spurgte Sophie.

Teabing rystede på hovedet. "Inden vi får landingstilladelse et andet sted, vil vores velkomstkomite være mødt op ledsaget af kampvogne."

Sophie så slukøret ud.

Teabing havde en fornemmelse af at hvis de skulle have en chance for at udsætte mødet med de britiske myndigheder længe nok til at finde gralen, måtte der tages en drastisk beslutning. "Vent lige et øjeblik," sagde han og humpede hen mod cockpittet.

"Hvad skal du?" spurgte Langdon.

"Holde et salgsmøde," sagde Teabing og spekulerede på hvor meget det ville koste ham at overtale piloten til at udføre en yderst ureglementeret manøvre.

Kapitel 81

Hawker-flyet lagde an til landing.

Simon Edwards – den vagthavende på Biggin Hill-flyvepladsen – travede frem og tilbage i kontroltårnet mens han kastede nervøse blikke ud på den regnvåde landingsbane. Han havde aldrig brudt sig om at blive vækket tidligt en lørdag morgen, men det gjorde ikke sagen mindre ubehagelig at han var blevet tilkaldt for at stå for en anholdelse af en af sine mest indbringende klienter. Sir Leigh Teabing betalte ikke alene Biggin Hill for en privat hangar, men også et gebyr hver gang han lettede og landede, hvilket var tit. Normalt blev flyvepladsen varslet et par dage før hans ankomst så de havde tid til at gennemføre den faste procedure der var forbundet med hans ankomst. Teabing ville gerne have tingene på den måde. Den specialbyggede Jaguar-limousine som han havde holdende i sin hangar, skulle tankes helt op og poleres, og dagens udgave af The Times skulle ligge på bagsædet. Der skulle stå en tolder i hangaren og vente på flyet for at fremskynde den obligatoriske paskontrol og et bagagecheck. Af og til accepterede tolderne store beløb fra Teabing for at vende det blinde øje til hans import af diverse uskadelige, luksuøse fødevarer – såsom franske snegle, en speciel type Roquefort og specielle frugter. Mange af toldreglerne var alligevel absurde, og hvis Biggin Hill ikke tilpassede sig sine klienter, så var der helt sikkert konkurrerende lufthavne der ville gøre det. Teabing fik det som han ville have det på Biggin Hill, og de ansatte høstede frugterne af det.

Edwards' nerver var tyndslidte da han fik øje på flyet i det fjerne. Han spekulerede på om Teabings hang til at smide om sig med penge på en eller anden måde havde fået ham i uføre; de franske myndigheder virkede mere end almindeligt opsatte på at få fat i ham. Edwards havde endnu ikke fået at vide hvad anklagen lød på, men den måtte være alvorlig. På anmodning af de franske myndigheder, havde politiet i Kent beordret kontroltårnet på Biggin Hill til at kalde flyets pilot og beordre ham direkte til terminalen i stedet for til klientens hangar. Piloten var åbenbart hoppet på historien om gasudslippet og havde bekræftet anmodningen.

Selvom britisk politi normalt ikke bar våben, havde situationens alvor fået et hold bevæbnede betjente på banen. Otte politimænd med pistoler i hænderne stod lige inden for terminalbygningen og ventede på det øjeblik flyets motorer ville blive slukket. Samtidig ville en opsynsmand placere sikkerhedskiler under hjulene så flyet ikke længere ville kunne flytte sig. Så ville politiet træde frem og holde de ombordværende i skak indtil det franske politi ankom og tog sig af situationen.

Hawker-flyet var langt nede nu og gled forbi trætoppene ovre til højre. Simon Edwards løb ned ad trappen for at iagttage landingen nede fra selve landingsbanen. Det lokale politi var på plads, men netop ude af syne, og opsynsmanden stod og ventede med kilerne. Ude på landingsbanen vippede Hawker-flyet næsen opad og hjulene ramte jorden i en sky af røg. Flyet lagde an til opbremsning og gyngede fra side til side foran terminalen. Dets hvide skrog glinsede i regnen. Men i stedet for at bremse og dreje over mod terminalen, fortsatte flyet roligt forbi afkørslen med kurs mod Teabings hangar i det fjerne.

Samtlige politifolk trådte frem og stirrede på Edwards. "Jeg synes De sagde at piloten havde bekræftet, at han ville komme over til terminalen!"

Edwards var forvirret. "Det havde han også!"

Få sekunder senere befandt Edwards sig i en politibil der drønede hen over landingsbanen i retning af hangaren i det fjerne. Politikonvojen var stadig over fem hundrede meter væk da Teabings Hawker-fly roligt kørte ind i den private hangar og forsvandt. Da bilerne endelig nåede frem og med hvinende bremser stoppede uden for den gabende store hangarport, strømmede betjentene ud med trukne pistoler.

Også Edwards hoppede ud.

Larmen var øredøvende.

Hawker-flyets motorer kørte stadig mens flyet foretog den sædvanlige vending inde i hangaren og parkerede med forenden udad, klar til næste afgang. Mens flyet fuldførte sit 180-graders sving og kørte frem til det forreste af hangaren, kunne Edwards iagttage pilotens ansigt, som forståeligt nok så noget overrasket og skræmt ud over at se barrikaden af politibiler.

Piloten standsede flyet helt og slukkede for motorerne. Politiet strømmede ind og omringede flyet. Edwards fulgte trop ved siden af Kents politiinspektør der forsigtigt bevægede sig over mod døren på siden af flyet. Et øjeblik senere sprang døren til kabinen op.

Leigh Teabing dukkede op i døråbningen samtidig med at flyets automatiske trappe lige så stille gled ned. Idet han kiggede ud på det hav af pistoler der var rettet mod ham, rettede han sig lidt op på sine krykker og kløede sig i håret. "Simon, har jeg vundet den store gevinst i politiets lotteri mens jeg var væk?" Han lød snarere forvirret end bekymret.

Simon Edwards trådte frem og rømmede sig i et forsøg på at slippe af med den tudse han havde i halsen. "Godmorgen, Sir. Jeg beklager forvirringen. Vi har haft et gasudslip, og Deres pilot sagde at han ville køre over til terminalen i stedet."

"Ja, ja, men jeg bad ham køre herover i stedet. Jeg er sent på den til en aftale. Jeg betaler for denne hangar, og det vrøvl med et gasudslip lød noget pylret."

"Jeg er bange for at Deres ankomst kommer en smule bag på os, Sir."

"Ja, det er jeg klar over. Jeg ved at jeg kommer uanmeldt. Men mellem os to sagt så forårsager den nye medicin at jeg ikke kan holde på vandet, og jeg besluttede at tage herover for at få det justeret."

Betjentene så på hinanden. Edwards så forlegen ud. "Helt i orden, Sir."

"Sir," sagde Kents politiinspektør og trådte et skridt frem. "Jeg er nødt til at bede Dem om at blive om bord i godt en halv time."

Teabing så misfornøjet ud idet han humpede ned ad trappen. "Det er jeg bange for ikke kan lade sig gøre. Jeg har en aftale med min læge." Han nåede ned på jorden. "Jeg er nødt til at møde op."

Politiinspektøren stillede sig hen så han spærrede vejen for Teabing. "Jeg er her på ordre fra det franske kriminalpoliti. De hævder at De har folk om bord på dette fly der er eftersøgt af politiet."

Teabing stirrede længe på politiinspektøren og brød så ud i latter. "Er det her skjult kamera? Virkelig morsomt!"

Politiinspektøren ikke så meget som blinkede. "Det er alvor, Sir. Det franske politi hævder at De også har et gidsel om bord."

Teabings butler dukkede op i døråbningen. "Jeg *føler* mig som et gidsel ved at arbejde for Sir Leigh, men han forsikrer mig om at jeg er fri til at gå." Rémy kiggede på sit ur. "Sir, vi er virkelig sent på den." Han nikkede over mod limousinen der holdt i hjørnet af hangaren, længst væk. Den enorme bil var sort som ibenholt, den havde tonede ruder og dæk med en hvid ring. "Jeg henter bilen." Rémy begyndte at gå ned ad trappen.

"Jeg er bange for at vi ikke kan lade jer forlade stedet," sagde politi-inspektøren. "Vær venlig at gå op i flyet igen. Begge to. Inden længe lander nogle repræsentanter for det franske politi."

Teabing kiggede over på Simon Edwards. "Simon, for himlens skyld, dette er jo fuldstændig til grin! Der er ikke andre om bord. Kun de sædvanlige – Rémy, piloten og jeg. Måske kunne De agere mellemmand? Hvad med om De går om bord og bekræfter at flyet er tomt."

Edwards vidste han var fanget i en fælde. "Ja, Sir. Det gør jeg."

"De kan fandeme tro nej!" erklærede Kents politiinspektør. Han havde åbenbart tilstrækkeligt kendskab til private flyvepladser til at have mistanke om at Simon Edwards kunne finde på at lyve om antallet af flyets passagerer, i et forsøg på at bevare Teabing som kunde. "Jeg går selv om bord."

Teabing rystede på hovedet. "Nej, det gør De ikke, inspektør. Dette er privat ejendom, og indtil De kan fremvise en ransagningskendelse, holder De Dem fra mit fly. Jeg har tilbudt Dem et rimeligt alternativ. Mr. Edwards kan foretage inspektionen."

"Absolut ikke."

Teabings tone blev kølig. "Jeg er bange for at jeg ikke længere har tid til at deltage i denne leg. Jeg er sent på den, og jeg går nu. Hvis det er så vigtigt for Dem at stoppe mig, så må De jo skyde mig." Med disse ord gik Teabing og Rémy forbi politiinspektøren i retning af limousinen i den anden ende af hangaren.

Kents politichef følte ikke andet end afsky for Leigh Teabing idet manden humpede forbi ham i trods. Privilegerede mennesker følte sig altid hævet over loven.

Men det er de ikke. Inspektøren vendte sig og sigtede mod Teabings ryg. "Stop! Eller jeg skyder!"

"Gør det bare," sagde Teabing uden at sagtne farten eller se sig tilbage. "Mine advokater vil riste Deres testikler til morgenmad. Og hvis De så meget som overvejer at gå om bord på det fly uden tilladelse, vil de riste noget andet bagefter."

Magtspil var ikke noget nyt for politiinspektøren, og han var ikke imponeret. Teknisk set havde Teabing ret – politiet skulle have en ransagningskendelse før de måtte gå om bord på flyet, men eftersom flyet kom fra Frankrig, og eftersom den magtfulde Bezu Fache havde vist sin autoritet, følte politiinspektøren sig overbevist om at det ville være langt bedre for hans karriere at finde ud af, hvad det var Teabing forsøgte at skjule om bord på det fly.

"Stop dem," beordrede inspektøren. "Jeg gennemsøger flyet."

Hans mænd spænede over mod bilen, med løftede pistoler, og lavede en fysisk blokade så Teabing og hans butler ikke kunne komme over til limousinen.

Nu vendte Teabing sig om. "Inspektør, jeg advarer Dem for sidste gang. De skal ikke så meget som tænke på at gå om bord på det fly. De kommer til at fortryde det."

Politiinspektøren ignorerede truslen, greb sin pistol og gik målrettet op ad trappen til flyet. Da han nåede op til døren, stoppede han op og kiggede ind. Et øjeblik senere trådte han ind i kabinen. *Hvad fanden?*

Med undtagelse af den lettere forskræmte pilot i cockpittet, var flyet tomt. Fuldstændig blottet for liv. Inspektøren gennemsøgte hurtigt badeværelset, stolerækkerne og bagageområdet, men fandt ikke det mindste tegn på at nogen skjulte sig der – og da slet ikke adskillige personer.

Hvad fanden foregår der i hovedet på Bezu Fache? Det så ud til at Leigh Teabing havde talt sandt.

Politiinspektøren i Kent stod alene i den tomme kabine og sank et par gange. *Shit.* Han blev rød i hovedet. Han trådte ud på trappen og kiggede gennem hangaren over mod Leigh Teabing og hans butler, som stod med adskillige pistoler rettet mod dem, i nærheden af limousinen. "Lad dem gå," beordrede inspektøren. "Det var et falsk tip."

Teabings blik var truende, endda selvom han befandt sig helt nede i den anden ende af hangaren. "De hører fra mine advokater. Og blot så De ved det i fremtiden – man kan ikke stole på det franske politi."

Teabings butler åbnede døren til den bageste del af den lange limousine og hjalp sin invalide herre ind på bagsædet. Så gik butleren op langs siden af bilen, steg ind på førersædet og startede motoren. Betjentene spredte sig idet Jaguaren kørte ud af hangaren.

"Godt spillet, min gode mand," klukkede Teabing omme fra bagsædet idet limousinen kørte væk fra flyvepladsen. Han kiggede sig om i den svagt oplyste, rummelige bil. "Ligger alle godt?"

Langdon nikkede forsigtigt. Han og Sophie lå stadig sammenkrøbet på gulvet ved siden af den bundne albino.

Da Hawker-flyet kort forinden var kørt ind i den tomme hangar, havde Rémy åbnet døren mens flyet standsede op halvvejs gennem dets vending. Mens politiet nærmede sig, havde Langdon og Sophie trukket munken ned ad trappen og slæbt ham over bag limousinen hvor de var ude af syne. Så var flymotorerne igen gået i gang, og flyet havde fuldført sin rotation mens politibilerne kom drønende ind i hangaren.

Nu hvor limousinen med fuld fart havde sat kursen mod Kent, var Langdon og Sophie i færd med at kravle ned mod et af sæderne i den bageste del af bilens lange kabine. De lod munken ligge tilbage på gulvet. De satte sig på sædet over for Teabing. Englænderen sendte dem et skælmsk smil og åbnede lågen til limousinens barskab. "Må jeg byde jer en drink? Lidt chips? Peanuts? Mineralvand?"

Både Sophie og Langdon rystede på hovedet.

Teabing smilede og lukkede for baren. "Lad os nu se, angående den ridder-grav..."

KAPITEL 82

"Fleet Street?" spurgte Langdon og kiggede over på Teabing der sad over for ham i limousinen. *Er der en krypt på Fleet Street?* Indtil nu havde Leigh været drilsk hemmelighedsfuld om hvor han mente de kunne finde den "riddergrav" som ifølge verset ville give dem det adgangsord der ville åbne det lille kryptex.

Teabing smilede og kiggede over på Sophie. "Miss Neveu, vil De være så elskværdig at lade Harvard-fyren kaste endnu et blik på verset?"

Sophie stak hånden i lommen og tog det sorte kryptex op. Pergament-stykket var viklet rundt om det. De havde alle været enige om at efterlade rosentræsskrinet og det store kryptex i flyets pengeskab, og kun tage det med sig som de behøvede – det langt mere transportable og diskrete sorte kryptex. Sophie viklede pergamentet af og rakte det til Langdon.

Selvom Langdon havde læst verset adskillige gange om bord på flyet, havde han ikke kunnet udlede nogen præcis placering. Nu hvor han læste ordene igen, tyggede han længe og omhyggeligt på dem i håb om at det jambiske pentameter ville afsløre en klarere mening nu hvor han igen havde fast grund under fødderne.

> IN LONDON LIES A KNIGHT A POPE INTERRED.
> HIS LABOR'S FRUIT A HOLY WRATH INCURRED.
> YOU SEEK THE ORB THAT OUGHT BE ON HIS TOMB.
> IT SPEAKS OF ROSY FLESH AND SEEDED WOMB.

Sproget virkede enkelt nok. Der lå en ridder begravet i London. En ridder hvis arbejde havde vakt kirkens vrede. En ridder hvis grav manglede en kugle som *burde* have været der. Versets afsluttende sætning – *rosenrød hud og befrugtet liv* – var en tydelig reference til Maria Magdalene; rosen som bar Jesu frø.

På trods af at verset tilsyneladende var lige ud ad landevejen, havde Langdon stadig ingen anelse om *hvem* ridderen var eller *hvor* han var begravet. Dertil kom at når de engang fandt frem til graven, skulle de åbenbart lede efter noget der manglede. *En kugle der burde være på graven?*

"Ingen bud?" Teabing lod som om han var skuffet, selvom Langdon dog fornemmede at han nød at være et skridt foran. "Miss Neveu?"

Hun rystede på hovedet.

"Hvad ville I to gøre uden mig?" sagde Teabing. "Lad gå da, jeg skal lede jer frem til svaret. Det er faktisk ganske ligetil. Nøglen skal findes i første linje. Vil du være venlig at læse den?"

Langdon læste den højt. "'In London lies a knight a Pope interred'."

"Præcis. I London ligger en ridder begravet af en *pave.*" Han kiggede på Langdon. "Hvad kan du læse ud af det?"

Langdon trak på skuldrene. "En ridder der blev begravet af en pave? En ridder hvis begravelse blev overværet af en pave?"

Teabing slog en høj latter op. "Ih, hvor dybt. Du har altid været optimist, Robert. Kig på anden linje. Vores ridder gjorde åbenbart noget som pådrog ham kirkens hellige vrede. Tænk dig nu om. Tænk på det anspændte forhold mellem kirken og tempelherrerne. En ridder begravet af en pave?"

"En ridder der blev *myrdet* af en pave?" sagde Sophie.

Teabing smilede og klappede hende på knæet. "Godt set, min kære. En ridder som en pave *begravede*. Eller myrdede."

Langdon tænkte på den berygtede tempelherre-razzia i 1307 – fredag d. 13. – hvor Pave Klemens myrdede og begravede hundredvis af tempelherrer. "Men der må være en uendelig række grave med riddere dræbt af paver."

"Aha. Nej, det er der faktisk ikke." sagde Teabing. "Mange af dem blev brændt på bålet og smidt i Tiberen uden nogen form for ceremoni. Men digtet refererer til en grav. En grav i London. Og der er ikke mange riddere begravet i London." Han tav et øjeblik og kiggede på Langdon som om han ventede på at lyset skulle gå op for ham. Til sidst fnyste han nærmest opgivende. "Robert, for himlens skyld! Kirken som blev bygget i London af Priory of Sion's hær – tempelherrerne selv!"

"Tempelkirken?" Langdon snappede efter vejret. "Har den en krypt?"

"Ti af de mest rædselsvækkende grave du nogensinde har set."

Langdon havde rent faktisk aldrig besøgt Tempelkirken selvom han var stødt på utallige referencer til den under sin forskning i Priory of Sion. Engang havde den været centrum for alle tempelherrernes og Priory of Sion's aktiviteter i England, og var derfor blevet opkaldt efter Salomons Tempel, hvorfra tempelherrerne også selv havde taget deres navn – såvel som de havde taget Sangreal-dokumenterne der havde givet dem deres umådelige indflydelse i Rom. Det vrimlede med beretninger om riddere der udførte mystiske, hemmelige ritualer inde i Tempelkirkens usædvanlige midterskib. "Ligger Tempelkirken på Fleet Street?"

"Den ligger faktisk lige ved siden af Fleet Street – på Inner Temple Lane," sagde Teabing med et drilsk blik. "Jeg ville blot have dig til at svede lidt før jeg afslørede det."

"Tak."

"Er der ingen af jer der har været der?"

Både Sophie og Langdon rystede på hovedet.

"Det kommer ikke bag på mig," sagde Teabing. "Kirken ligger i dag gemt bag en række langt højere bygninger. Der er ikke ret mange der overhovedet ved at den er der. Et sælsomt gammelt sted. Bygningsstilen er hedensk hele vejen igennem."

Sophie så forbavset ud. "Hedensk?"

"Panteonisk hedensk!" erklærede Teabing. "Kirken er *rund*. Tempelherrerne ignorerede den traditionelle kristne korsform og byggede en fuldstændig rund kirke til ære for solen." Hans øjenbryn foretog en dramatisk dans. "En udspekuleret gestus over for fyrene i Rom. De kunne lige så godt have ladet *Stonehenge* genopstå i Londons centrum."

Sophie kiggede på Teabing. "Hvad med resten af verset?"

Historikerens muntre blik forsvandt. "Jeg ved det ikke rigtig. Det er noget af en gåde. Vi er nødt til at undersøge alle ti grave omhyggeligt. Med lidt held vil en af dem på mistænkelig vis have en manglende kugle af en art."

Det gik op for Langdon hvor tæt de rent faktisk var på det de søgte. Hvis den manglende kugle afslørede adgangsordet, ville de kunne åbne det andet kryptex. Han havde meget svært ved at forestille sig hvad de ville finde inden i det.

Langdon kiggede igen på verset. Det var nærmest som en eller anden form for urgåde. *Et ord på fem bogstaver der fører til gralen?* Om bord på flyet havde de allerede afprøvet alle de indlysende adgangsord – GRAIL, GRAAL, GREAL, VENUS, MARIA, JESUS, SARAH – men cylinderen havde ikke givet efter. *Alt for indlysende.* Der fandtes åbenbart et andet ord på fem bogstaver der refererede til rosens befrugtede liv. Det faktum at ikke engang en specialist som Leigh Teabing var klar over hvad det var for et ord, overbeviste Langdon om at det ikke var nogen helt almindelig gral-reference.

"Sir Leigh?" kaldte Rémy hen over skulderen. Han betragtede dem i bakspejlet gennem den åbne skydevæg der delte den forreste afdeling af bilen fra resten. "Sagde De at Fleet Street er i nærheden af Blackfriars Bridge?"

"Ja, De kan køre ad Victoria Embankment."

"Jeg beklager, men jeg ved ikke hvor det er. Vi plejer kun at køre til hospitalet."

Teabing rullede med øjnene og mumlede henvendt til Langdon og Sophie, "jeg sværger, nogle gange er det som at være babysitter for et lille barn. I må lige have mig undskyldt et øjeblik. Få jer endelig en drink og en lille lækker snack." Han kravlede besværet hen mod den åbentstående skydevæg for at tale med Rémy.

Sophie vendte sig om mod Langdon. "Robert, der er ingen der ved at du og jeg er i England," sagde hun stille.

Det gik op for Langdon at hun havde ret. Politiet i Kent ville fortælle Fache at flyet var tomt, og Fache måtte nødvendigvis formode at de så stadig var i Frankrig. *Vi er usynlige.* Leighs lille trick havde netop sikret dem en masse tid.

"Fache har dog ikke tænkt sig at give op," sagde Sophie. "Han har alt for meget på spil nu."

Langdon havde forsøgt ikke at tænke på Fache. Sophie havde lovet at gøre alt hvad der stod i hendes magt for at rense Langdon når dette engang var ovre, men Langdon var begyndt at frygte at det ikke ville hjælpe noget. *Det kunne sagtens tænkes at Fache var en del af denne sammensværgelse.* Selvom Langdon havde svært ved at forestille sig at det franske kriminalpoliti skulle være interesseret i Den Hellige Gral, følte han at der havde været lige vel mange tilfældige sammentræf i nattens løb til at han kunne afskrive Fache som en mulig medskyldig. *Fache er religiøs, og han er usædvanlig opsat på at give mig skylden for mordene.* På den anden side havde Sophie hævdet at Fache måske blot var utålmodig efter at foretage en anholdelse. Beviserne mod Langdon var trods alt betydelige. Ud over at Langdons navn stod skrevet på gulvet i Louvre og i Saunières kalender, havde det for politiet også set ud som om Langdon havde løjet angående sit manuskript. Og dertil kom at han var stukket af. *På Sophies opfordring.*

"Robert, jeg er ked af at du er blevet rodet ind i alt det her," sagde Sophie og lagde en hånd på hans knæ. "Men jeg er virkelig glad for at du er her."

Bemærkningen lød langt mere pragmatisk end romantisk, men alligevel mærkede Langdon en uventet gnist mellem dem. Han sendte hende et træt smil. "Jeg er langt mere underholdende når jeg er udsovet."

Sophie tav et øjeblik. "Min bedstefar bad mig om at stole på dig. Jeg er glad for at jeg for en gangs skyld hørte på ham."

"Din bedstefar kender mig ikke engang."

"Uanset hvad kan jeg ikke lade være med at tro at du har gjort alt det, han ønskede at du ville gøre. Du hjalp mig med at finde slutstenen, fortalte mig om Sangreal og forklarede mig om ritualet i kælderen." Hun tav et øjeblik. "På en eller anden måde føler jeg mig tættere på min bedstefar i nat end jeg har været i årevis. Jeg ved at det ville have glædet ham."

348

Londons skyline dukkede op i det fjerne i den disede morgenregn. Engang var det Big Ben og Tower Bridge der var dominerende, men nu var det Millennium Eye der prægede byens silhuet – et gigantisk, ultramoderne pariserhjul der rejste sig 150 meter op i luften og tilbød en imponerende udsigt over byen. Langdon havde engang været på vej op i det, men "udsigtskapslerne" mindede ham om forseglede sarkofager, så han valgte at bevare begge ben på jorden og nyde udsigten fra Themsens bred.

Langdon blev revet ud af sine tanker da han mærkede et let klem om sit knæ. Sophies grønne øjne hvilede på ham. Det gik op for ham at hun havde sagt noget til ham. "Hvad synes *du* vi skal gøre med Sangreal-dokumenterne hvis vi nogensinde finder dem?" hviskede hun.

"Min mening om den sag er ligegyldig," sagde Langdon. "Din bedstefar gav kryptexet til dig, og du bør gøre det som du instinktivt fornemmer at han ville have ønsket."

"Ja, men jeg spørger dig om din mening. Du har åbenbart skrevet noget i det manuskript som fik min bedstefar til at stole på din dømmekraft. Han ønskede et personligt møde med dig. Det er sjældent."

"Måske ville han fortælle mig at jeg fuldstændig har misforstået det hele."

"Hvorfor ville han bede mig om at finde dig medmindre han var enig i dine synspunkter? I dit manuskript gik du da ind for at Sangreal-dokumenterne skulle offentliggøres, eller at de skulle forblive en velbevaret hemmelighed?"

"Ingen af delene. Jeg tog ikke stilling til det spørgsmål. Manuskriptet handler om symbolikken der er knyttet til den hellige kvinde – idet jeg opsporer hendes ikonografi gennem tiden. Jeg drister mig bestemt ikke til at komme med bud på hvor gralen er skjult, eller om den nogensinde bør afsløres."

"Men du skriver trods alt en bog om emnet så du mener åbenbart at kendskabet til den hellige kvinde bør udbredes."

"Der er utrolig stor forskel på hypotetisk at diskutere en alternativ Kristushistorie og…" Han tav.

"Og hvad?"

"Og at præsentere verden for tusindvis af ældgamle dokumenter som et konkret videnskabeligt bevis på at Det Nye Testamente er et falsk vidneudsagn."

"Men du fortalte mig at Det Nye Testamente bygger på opdigtede beretninger."

Langdon smilede. "Sophie, *enhver* tro i verden bygger på opdigtede beretninger. Det er selve definitionen af *tro* – en godtagelse af det vi forestiller os er sandt, men som vi ikke kan bevise. Alle religioner beskriver Gud gennem metaforer, allegorier og overdrivelser – lige fra de gamle egyptere til den moderne søndagsskole. Metaforer er en måde at hjælpe vores bevidsthed med at begribe det ubegribelige. Problemet opstår når vi begynder at tro på vores egne metaforer i bogstavelig forstand."

"Så du er tilhænger af at Sangreal-dokumenterne forbliver begravet for evigt?"

"Jeg er historiker. Jeg er modstander af destruktion af historisk materiale, og jeg synes det ville være fantastisk hvis religionsforskere fik flere oplysninger som kan bruges til at belyse Jesu Kristi enestående liv."

"Du taler både for og imod spørgsmålet."

"Gør jeg det? Bibelen repræsenterer nogle helt fundamentale retningslinjer for millioner af mennesker over hele kloden, på samme måde som Koranen, Toraen og Pali-teksterne vejleder mennesker inden for andre religioner. Hvis du og jeg kunne fremgrave dokumenter der modbeviste den islamiske tros hellige fortællinger, den jødiske tro, den buddhistiske tro, den hedenske tro – skulle vi så gøre det? Skulle vi hejse et flag og fortælle buddhisterne at vi har fundet beviser på at Buddha ikke stammer fra en lotusblomst? Eller at Jesus ikke rent *bogstaveligt* blev født ved en jomfrufødsel? De der i sandhed forstår deres tro ved at historierne er metaforiske."

Sophie så skeptisk ud. "De af mine venner der er kristne, tror fuldt og fast på at Kristus helt *bogstaveligt* gik på vandet, helt *bogstaveligt* forvandlede vand til vin og helt *bogstaveligt* blev født ved en jomfrufødsel."

"Det er præcis det der er min pointe," sagde Langdon. "Religiøse allegorier er blevet en del af måden hvorpå vi konstruerer virkeligheden. Og det at leve i den form for virkelighed hjælper millioner af mennesker til at magte livet og blive bedre mennesker."

"Men det viser sig at deres virkelighed er falsk."

Langdon smilede. "Ikke mere falsk end den matematiske kryptograf som tror på det imaginære tal *i* fordi det hjælper hende med at bryde koder."

Sophie rynkede panden. "Det kan altså ikke sammenlignes."

Der gik et øjeblik uden at nogen af dem sagde noget.

"Hvad var det nu, du spurgte om?" sagde Langdon.

"Det kan jeg ikke huske."

Han smilede. "Virker hver gang."

KAPITEL 83

Langdons Mickey Mouse-ur viste næsten halv otte da han, Sophie og Teabing steg ud af limousinen og trådte ud på Inner Temple Lane. De snoede sig gennem en labyrint af bygninger indtil de nåede frem til en lille plads foran Tempelkirken. Kirkens rå sten glitrede i regnen og en flok duer sad og kurrede i bygningen over dem.

Londons ældgamle Tempelkirke var udelukkende bygget af Caen-sten. Det var et opsigtsvækkende, cirkelformet bygningsværk, og med sin skræmmende facade – et centraltplaceret kanontårn og en fremstikkende mur på hver side – mindede kirken i højere grad om en militærfæstning end en helligdom. Den blev indviet i 1185 af Heraklius, Jerusalems patriark, og havde overlevet otte århundreder med politisk røre, Londons brand og Første Verdenskrig, men blot for at blive udsat for enorme ødelæggelser som følge af tyskernes brandbomber i 1940. Efter krigen blev den restaureret så den igen stod i al sin pragt.

Cirklens enkelhed, tænkte Langdon mens han beundrede kirken for første gang. Bygningsstilen var grov og enkel, og den mindede mere om Roms grove Castel Sant' Angelo end om det forfinede Pantheon. Den firkantede tilbygning der stak ud på højre side var en uheldig torn i øjet, selvom den ikke formåede at tilsløre den oprindelige konstruktions traditionelt hedenske form.

"Det er tidlig lørdag morgen," sagde Teabing mens han humpede over mod indgangen, "så vi behøver ikke at være bange for at havne midt i en gudstjeneste, går jeg ud fra."

Kirkens indgangsparti var en gigantisk stenniche med en stor trædør. Til venstre for døren hang en temmelig malplaceret opslagtavle dækket med opslag om koncerter og gudstjenester.

Teabing rynkede panden mens han læste noget på tavlen. "De åbner ikke for besøgende før om et par timer." Han gik helt hen til døren og tog i den. Døren rokkede sig ikke ud af stedet. Han lagde øret mod træet og lyttede. Et øjeblik efter trådte han et skridt tilbage med et udspekuleret blik og pegede på opslagtavlen. "Robert, prøv lige at se efter på gudstjenesteoversigten. Hvem prædiker i denne uge?"

*

Inde i kirken var en alterdreng næsten færdig med at støvsuge knæleskamlerne da han hørte at der blev banket på døren. Han ignorerede det. Fader Harvey Knowles havde selv en nøgle og ville i øvrigt ikke komme før om et par timer. Det var sikkert en nysgerrig turist eller en sulten hjemløs. Alterdrengen fortsatte med at støvsuge, men vedkommende blev ved med at banke. *Kan du ikke læse?* Det fremgik tydeligt af opslaget ved døren at kirken ikke åbnede før klokken halvti om lørdagen. Alterdrengen forsatte sit arbejde.

Pludselig blev det der først havde været en rolig banken til en voldsom hamren, som om en eller anden slog mod døren med en metalstang. Den unge mand slukkede for støvsugeren og marcherede vredt over mod døren. Han slog slåen fra og åbnede den. Der stod tre personer udenfor. *Turister*, tænkte han. "Vi åbner halvti."

Den kraftigste af mændene, formodentlig lederen, trådte et skridt frem. Han brugte krykker. "Mit navn er Sir Leigh Teabing," sagde han med Oxford-accent. "Som De utvivlsom kan se, er jeg ledsaget af Mr. og Mrs. Christopher Wren den Fjerde." Han trådte et skridt til side og slog ud med armen mod det smukke par bag ham. Kvinden havde fine ansigtstræk og skinnende blankt kastanjefarvet hår. Manden var høj og mørkhåret og så på en eller anden måde bekendt ud.

Alterdrengen vidste ikke hvad han skulle sige. Sir Christopher Wren var Tempelkirkens berømteste velgører. Han havde muliggjort restaureringen af skaderne som følge af Londons brand. Men han havde været død siden starten af det attende århundrede. "Øh... det er en ære at møde Dem."

Manden med krykker skulede til ham. "Det er da godt De ikke er i salgs-branchen, unge mand – De lyder ikke særlig overbevisende. Hvor er Fader Knowles?"

"Det er lørdag. Han møder først senere."

Den invalide mands dybe rynke i panden blev endnu dybere. "Sikke en tak-nemmelighed. Han forsikrede os at han ville være her, men det ser ud til at vi må klare os uden ham. Det vil ikke tage lang tid."

Alterdrengen blev stående i døråbningen. "Undskyld, men *hvad* er det der ikke vil tage lang tid?"

Manden fik et skarpt udtryk i øjnene nu, og han lænede sig frem som for at spare alle for en pinlig scene. "Unge mand, De er åbenbart ny her. Sir Christopher Wrens efterkommere kommer hvert år med en lille smule af den gamle mands aske som de strør inde i kirken. Det er en del af hans sidste vilje og testamente. Der er ingen der er specielt begejstrede for at foretage turen, men hvad skal vi stille op?"

Alterdrengen havde været ansat et par år, men havde aldrig hørt om den tradition. "Det ville være bedre hvis De ventede til klokken halvti. Kirken er ikke åben endnu, og jeg er ikke færdig med støvsugningen."

Manden med krykker sendte ham et vredt blik. "Unge mand, den eneste grund til at der er noget tilbage for Dem at støvsuge, er denne gentleman i denne kvindes lomme."

"Undskyld mig?"

"Mrs. Wren," sagde manden, "vil De være så elskværdig at vise denne uforskammede unge mand relikvieskrinet med asken?"

Kvinden tøvede et øjeblik, men som om det pludselig gik op for hende hvad der blev sagt, stak hun hånden i lommen og trak en lille cylinder op der var viklet ind i et beskyttende stykke læderagtigt materiale.

"Der kan De se," sagde manden vredt. "Nu kan De enten efterleve hans sidste ønske og lade os sprede hans aske i kirken, eller også vil jeg fortælle Fader Knowles hvordan vi er blevet behandlet."

Alterdrengen tøvede. Han var bekendt med Fader Knowles' dybe helligholdelse af kirkens traditioner – og ikke mindst med hans voldsomme temperament hvis der af en eller anden grund blev kastet et ugunstigt lys på denne ærværdige helligdom. Måske havde Fader Knowles simpelthen glemt at disse betydningsfulde efterkommere skulle komme. Hvis det var tilfældet, ville det være langt mere risikofyldt at afvise dem end at lade dem komme ind. *Når alt kom til alt, havde de sagt at det kun ville tage et øjeblik. Hvad kunne det skade?*

Idet alterdrengen trådte tilbage for at lade dem passere, kunne han have svoret på at Mr. og Mrs. Wren så mindst lige så forvirrede ud som han var. Drengen vendte tvivlrådig tilbage til sine pligter og iagttog dem ud af øjenkrogen.

Langdon kunne ikke lade være med at smile da de bevægede sig ind i kirken. "Leigh," hviskede han, "du er virkelig god til at lyve."

Teabings øjne strålede. "Oxfords teatergruppe. De taler stadig om min Julius Cæsar. Jeg er sikker på at ingen nogensinde har udført første scene i tredje akt med større indlevelse end jeg."

Langdon kiggede på ham. "Jeg troede at Cæsar var *død* i den scene."

Teabing smilede skævt. "Det er han også, men min toga blev revet op da jeg faldt død om, og jeg måtte ligge på scenen i en halv time med mine ædlere dele hængende udenfor. På trods af det rørte jeg ikke en muskel. Jeg siger jer – jeg var helt fantastisk."

Langdon krummede tæer. *Ærgerligt at jeg gik glip af det.*

Mens den lille flok gik gennem det firkantede anneks i retning af den hvælvede åbning der ledte ind til selve kirken, kunne Langdon ikke lade være med at undre sig over den golde spartanskhed der prægede kirken. Selvom alteret lignede det der var i en traditionel kristen kirke, var inventaret bart og koldt, uden nogen som helst form for traditionel udsmykning. "Trøstesløst." hviskede han.

Teabing smågrinede. "Den engelske kirke. Anglikanere indtager deres religion ren. Så intet kan distrahere dem fra deres elendighed."

Sophie pegede gennem den enorme åbning der banede vejen ind til den cirkelformede del af kirken. "Det ligner jo nærmest en fæstning derinde," hviskede hun.

Langdon var enig med hende. Selv derfra hvor de stod, så murene usædvanlig solide ud.

"Tempelherrerne var krigere," mindede Teabing dem om mens lyden af hans krykker gav genlyd i det store rum, "en religiøs-militær bevægelse. Deres kirker var også deres fæstninger og banker."

"Banker?" sagde Sophie forundret og kiggede på Leigh.

"Ja da. Tempelherrerne opfandt konceptet bag den moderne bank. Det var farefuldt for den europæiske adel at rejse med guld så tempelherrerne lod adelen deponere deres guld i den nærmeste Tempelkirke og tage det ud fra en anden Tempelkirke et helt andet sted i Europa. Det eneste de krævede var dokumentation." Teabing blinkede. "Og en lille provision. Det var de første hæveautomater." Teabing pegede på et farvet glasvindue hvor solens stråler der var ved at bryde gennem skydækket udenfor, blev brudt i mønstret af en hvidklædt ridder på en rosenfarvet hest. "Alanus Marcel," sagde Teabing, "Tempelmester i starten af tolvhundredetallet. Han og hans efterfølgere besad rent faktisk pladsen i parlamentet Primus Baro Angiae."

Det kom bag på Langdon. "Rigets første baron?"

Teabing nikkede. "Nogle hævder at Tempelmesteren havde mere indflydelse end selve kongen." Da de nåede hen til indgangen til det cirkelformede rum, kastede Teabing et blik på alterdrengen der gik rundt og støvsugede et stykke derfra. "Ved De hvad," hviskede han til Sophie, "det siges at Den Hellige Gral engang blev opbevaret her en enkelt nat i forbindelse med at tempelherrerne flyttede den fra et skjulested til et andet. Prøv lige at forestille Dem de fire kister fulde af dokumenter stå her sammen med Maria Magdalenes sarkofag! Jeg får gåsehud bare ved tanken."

Også Langdon havde gåsehud da de trådte ind i det cirkelformede rum. Han kunne ane de blege ydervægges krumning idet han betragtede de udskårne gargoils, dæmoner, uhyrer og fortrukne menneskeansigter der alle stirrede ind mod midten af rummet. Under udskæringerne strakte en enkelt stenbænk sig rundt langs hele rummets ydermur.

"Et arenateater," hviskede Langdon.

Teabing løftede en af sine krykker og pegede over mod venstre i rummet og så mod højre. Langdon havde allerede fået øje på dem.

Ti stenriddere.

Fem på venstre side. Fem på højre.

De udskårne figurer, der havde almindelig legemsstørrelse, lå udstrakt på gulvet i fredfyldte positurer. Ridderne var afbildet i fuld rustning med skjold og sværd, og gravene gav Langdon en ubehagelig fornemmelse af at en eller anden havde sneget sig ind og dækket dem med gips mens de lå og sov. Alle figurerne var præget af tidens tand, men alligevel var hver og en tydeligvis unik – der var forskelle på deres rustning, arme eller ben var placeret forskelligt, ansigtstrækkene og aftegningerne på deres skjolde skilte sig ud.

I London ligger en ridder begravet af en Pave.

Langdon rystede en smule da han langsomt gik længere ind i rummet.

Det måtte være her.

KAPITEL 84

Rémy Legaludec parkerede limousinen bag en række store skraldespande i en beskidt gyde lige i nærheden af Tempelkirken. Han slukkede motoren og så sig omkring. Mennesketomt. Han steg ud af bilen, gik ned mod bagenden og satte sig ind i limousinens store kabine hvor munken lå.

Idet munken fornemmede Rémy's tilstedeværelse kom han til sig selv fra en bønlignende trance. Hans røde øjne virkede snarere nysgerrige end bange. Hele natten havde Rémy været imponeret over den bundne mands evne til at bevare roen. Efter nogle indledende forsøg på at gøre sig fri da han lå i Range Roveren, virkede det som om munken havde accepteret situationen og lagt sin skæbne i hænderne på de højere magter.

Rémy løsnede sit slips, knappede sin høje, stive krave op og følte det som om han for første gang i flere år kunne trække vejret ordentligt. Han satte sig hen til limousinens barskab og hældte Smirnoff i et glas. Han drak vodkaen i én mundfuld og skyllede efter med en anden.

Inden længe vil jeg være en rig mand.

Rémy ledte i barskabet og fandt en proptrækker af den type tjenere normalt bruger. Han foldede den lille skarpe kniv op. Normalt blev kniven brugt til at fjerne aluminiumsfoliet der dækkede korkproppen på vinflasker, men denne morgen skulle den komme til at tjene et langt mere dramatisk formål. Rémy vendte sig om og kiggede på Silas idet han holdt den glinsende kniv op.

Nu lyste de røde øjne af skræk.

Rémy smilede og bevægede sig ned mod munken der lå allerbagest i limousinen. Munken veg tilbage og kæmpede mod rebet.

"Lig stille," hviskede Rémy og løftede kniven.

Silas kunne ikke tro at Gud havde forladt ham. Selv den fysiske smerte af at være bundet havde Silas vendt til en åndelig øvelse idet han havde betragtet den pulserende smerte fra musklerne der ikke fik tilført blod som en påmindelse om den smerte Kristus måtte tåle. *Jeg har bedt hele natten for befrielse.* Nu hvor kniven nærmede sig, lukkede Silas øjnene hårdt i.

En flænge af smerte skar gennem hans skulderblade. Han skreg, ude af stand til at tro at han skulle dø på gulvet af en limousine uden chance for at forsvare sig. *Jeg udførte Guds værk. Mesteren sagde at han ville beskytte mig.*

Silas mærkede den brændende varme der spredte sig gennem hans ryg og skuldre og så blodet for sig strømme ud over hans hud. En stikkende smerte skar nu gennem hans lår, og han mærkede den velkendte omtågede fornemmelse der kommer lige før man mister bevidstheden – kroppens forsvar mod smerten.

Mens den sviende varme skar sig gennem alle hans muskler, kneb Silas øjnene endnu hårdere sammen – fast besluttet på at hans livs sidste syn ikke skulle være synet af hans egen morder. I stedet fremkaldte han et billede af en ung Biskop Aringarosa der stod foran en lille kirke i Spanien – kirken som han og Silas havde bygget med deres bare næver. *Begyndelsen på mit liv.*

Silas følte det som om hans krop brændte.

"Drik det her," hviskede manden i smoking, med fransk accent. "Det vil hjælpe med at få gang i blodcirkulationen."

Silas slog forundret øjnene op. Et sløret ansigt lænede sig ind over ham og bød ham et glas med en væske i. Der lå en dynge sammenkrøllet tape på gulvet ved siden af en blodig kniv.

"Drik det her," gentog han. "Den smerte De mærker er blodet der strømmer tilbage til Deres muskler."

Silas mærkede, hvordan den pulserende, brændende smerte nu forvandlede sig til en prikkende stikken. Vodkaen smagte forfærdeligt, men han drak den taknemmeligt. Skæbnen havde tildelt Silas en sund portion uheld i nattens løb, men Gud havde løst det hele med en mirakuløs drejning.

Gud har ikke forladt mig.

Silas vidste hvad Biskop Aringarosa ville kalde det.

Guddommelig indgriben.

"Jeg ville have befriet Dem noget før," undskyldte butleren, "men det var umuligt. Eftersom politiet dukkede op ved Château Villette og igen ved Biggin Hill flyvepladsen, kunne det først lade sig gøre nu. Det forstår De, gør De ikke Silas?"

Silas veg tilbage, han var fuldstændig målløs. "De kender mit navn?"

Butleren smilede.

Silas satte sig op og gned sine stive muskler. Hans følelser var et virvar af skepsis, taknemmelighed og forvirring. "Er De... Mesteren?"

Rémy rystede på hovedet og grinede af spørgsmålet. "Jeg ville ønske at jeg havde den form for magt. Nej, jeg er ikke Mesteren. Jeg er hans tjener ligesom De. Men Mesteren taler i høje toner om Dem. Mit navn er Rémy."

Silas var forbløffet. "Jeg forstår det ikke rigtigt. Hvis De arbejder for Mesteren, hvorfor bragte Langdon så slutstenen til *Deres* hjem?"

"Ikke mit hjem. Verdens førende gralforskers hjem – Sir Leigh Teabing."

"Men *De* bor der også. Sandsynligheden..."

357

Rémy smilede og så ikke ud til at have nogen problemer med at forstå Langdons tilsyneladende tilfældigt valgte tilflugtssted. "Det hele var temmelig forudsigeligt. Robert Langdon var i besiddelse af slutstenen, og han havde brug for hjælp. Hvor var det mere logisk at søge tilflugt end i Leigh Teabings hjem? At jeg så også bor der, er netop grunden til at Mesteren overhovedet henvendte sig til mig." Han tav et øjeblik. "Hvordan tror De ellers Mesteren ville vide så meget om gralen?"

Nu gik det efterhånden op for Silas, og han var målløs. Mesteren havde rekrutteret en tjener der havde adgang til al Sir Leigh Teabings forskning. Det var genialt.

"Der er meget jeg må fortælle Dem," sagde Rémy og rakte Silas den ladte Heckler & Koch pistol. Så stak han hånden gennem den åbentstående skillevæg og hev en lille revolver frem fra handskerummet. "Men først har vi et job der skal udføres."

Chefkriminalinspektør Fache trådte ud af flyet der havde transporteret ham til Biggin Hill og lyttede vantro til Kents politiinspektørs beretning om hvad der var foregået i Teabings hangar.

"Jeg gennemsøgte selv flyet" understregede inspektøren, "og der var ikke nogen derinde." Hans tone blev arrogant. "Og lad mig tilføje at hvis Sir Leigh Teabing anlægger sag mod mig, vil jeg – "

"Forhørte De piloten?"

"Selvfølgelig gjorde jeg ikke det. Han er fransk, og vores domsmyndighed kræver – "

"Vis mig hen til flyet."

Efter at være nået frem til hangaren behøvede Fache blot et minut til at finde en mistænkelig blodplet på asfalten i nærheden af stedet hvor limousinen havde holdt. Fache gik hen til flyet og bankede hårdt på skroget.

"Det er chefen for det franske kriminalpoliti. Åbn døren!"

Den skrækslagne pilot åbnede døren til kabinen og sænkede trappen.

Fache gik op. Tre minutter senere havde han ved hjælp af sin pistol fået en fuld tilståelse fra piloten tillige med en beskrivelse af den bundne albinomunk. Desuden havde piloten fortalt at han havde set Langdon og Sophie efterlade et eller andet i Teabings pengeskab – en trækasse af en slags. Selvom piloten benægtede at han vidste hvad der var i kassen, indrømmede han at det havde haft Langdons fulde opmærksomhed under turen til London.

"Åbn pengeskabet," beordrede Fache.

Piloten så forfærdet ud. "Jeg kender ikke koden!"

"Det var ærgerligt. Jeg havde ellers tænkt mig at give Dem en chance for at beholde Deres flycertifikat."

Piloten vred sine hænder. "Jeg kender nogle af fyrene på værkstedet. Måske kan de bore det op?"

"De har en halv time."

Piloten sprang hen til radioen.

Fache forsvandt ned bag i flyet og skænkede sig selv en stærk drink. Det var tidligt, men han havde endnu ikke sovet så det kunne dårligt betragtes som at drikke før frokost. Han satte sig i et nærmest lænestolsagtigt plyssæde, lukkede øjnene og forsøgte at begribe hvad det var der foregik. *Bommerten som politiet i Kent har lavet kan komme til at koste mig dyrt.* Alle var nu på jagt efter en sort Jaguar-limousine.

Faches telefon ringede, og han ønskede at han kunne få fred bare et øjeblik. *"Allo?"*

"Jeg er på vej til London." Det var Biskop Aringarosa. "Jeg ankommer om en time."

Fache satte sig op i sædet. "Jeg troede at De var på vej til Paris."

"Jeg er dybt bekymret. Jeg har ændret mine planer."

"Det skulle De ikke have gjort."

"Har De fået fat i Silas?"

"Nej. De der tog ham til fange smuttede fra det lokale politi inden jeg nåede frem."

Aringarosa kunne ikke skjule sin vrede. "De forsikrede mig at De ville stoppe det fly!"

Fache dæmpede stemmen. "Biskop, i betragtning af den situation De er i, vil jeg anbefale Dem ikke at sætte min tålmodighed på prøve i dag. Jeg har tænkt mig at finde Silas og de andre hurtigst muligt. Hvor lander De?"

"Lige et øjeblik." Aringarosa holdt hånden for røret et øjeblik. "Piloten forsøger at få landingstilladelse i Heathrow. Jeg er hans eneste passager, men vores ruteændring var ikke planlagt."

"Bed ham om at flyve til Biggin Hill-flyvepladsen i Kent. Jeg skal sørge for at han får landingstilladelse. Hvis jeg ikke er her når De lander, holder der en bil og venter på Dem."

"Tak."

"Som jeg sagde til Dem da vi talte sammen tidligere, Biskop, så husk på at De ikke er den eneste der er på nippet til at miste alt."

KAPITEL 85

Du søger kuglen der burde have været på hans grav.

Alle de udskårne riddere i Tempelkirken lå på ryggen med hovedet hvilende på en firkantet stenpude. Sophie fik kuldegysninger. Versets henvisning til en "kugle" fremkaldte billeder fra natten i hendes bedstefars kælder. *Hieros Gamos. Kuglerne.*

Sophie spekulerede på om ritualet var blevet udført i denne helligdom. Det cirkelformede rum virkede nærmest specialbygget til dette hedenske ritual. En stenbænk omkransede et tomt område i midten. *Et arenateater,* som Robert havde kaldt det. Hun forestillede sig rummet om natten, fuldt af mænd og kvinder med masker, messende i faklernes skær mens de alle var vidne til en "hellig forening" i midten af rummet.

Hun skubbede billedet ud af hovedet idet hun nærmede sig den første gruppe riddere sammen med Langdon og Teabing. På trods af Teabings insisteren på at deres undersøgelser skulle udføres omhyggeligt, gik Sophie ivrigt i forvejen og foretog en hastig gennemgang af de fem riddere på venstre side.

Sophie betragtede de første grave med opmærksomheden rettet mod lighederne og forskellene mellem dem. Alle ridderne lå på ryggen, men tre af dem lå med strakte ben mens to af dem lå med krydsede ben. Denne afvigelse så ikke ud til at være relevant i forhold til den manglende kugle. Da Sophie betragtede deres tøj, lagde hun mærke til at to af ridderne havde tunikaer på over deres rustning, mens de andre tre bar ankellange kapper. Heller ikke det var til megen hjælp. Sophie rettede opmærksomheden mod den eneste anden iøjnefaldende forskel – deres hænders position. To af ridderne holdt om et sværd, to af dem bad, og en af dem lå med armene ned langs siden. Efter at have betragtet deres hænder længe, trak Sophie på skuldrene – hun kunne ikke få øje på det mindste tegn på en mistænkelig manglende kugle.

Hun mærkede kryptexet i sin lomme og kastede et blik på Langdon og Teabing. Mændene gik meget langsomt fremad, de var kun nået til den tredje ridder, men havde åbenbart heller ikke heldet med sig. Hun var ikke i humør til at vente og gik over mod den anden gruppe riddere. Mens hun gik gennem rummet, reciterede hun stille verset som hun havde læst så mange gange at hun kunne det udenad.

IN LONDON LIES A KNIGHT A POPE INTERRED.
HIS LABOR'S FRUIT A HOLY WRATH INCURRED.
YOU SEEK THE ORB THAT OUGHT BE ON HIS TOMB.
IT SPEAKS OF ROSY FLESH AND SEEDED WOMB.

Da Sophie nåede hen til den anden gruppe riddere, gik det op for hende at den var magen til den første gruppe. Alle ridderne lå i forskelle positioner og var iført rustning og sværd.

Det vil sige alle bortset fra den tiende og sidste grav.

Hun skyndte sig over til den og stod og stirrede ned på den.

Ingen pude. Ingen rustning. Ingen tunika. Intet sværd.

"Robert? Leigh?" kaldte hun, og hendes stemme gav ekko i rummet. "Der mangler noget herovre."

Begge mænd så op og begyndte med det samme at gå gennem rummet over mod hende.

"En kugle?" spurgte Teabing ivrigt. Der lød en hurtig klapren fra hans krykker idet han skyndte sig gennem lokalet. "Er det en kugle vi mangler?"

"Nej, det kan man ikke ligefrem sige," sagde Sophie og skulede ned mod den tiende grav. "Det ser ud som om det er en hel ridder vi mangler."

Idet de nåede hen ved siden af hende, kiggede mændene forvirret ned på den tiende grav. I stedet for en ridder liggende i det fri, var denne grav en lukket ligkiste. Kisten var trapez-formet – smal forneden og bredere foroven med et låg der gik op i en spids.

"Hvorfor er denne ridder skjult?" spurgte Langdon.

"Fascinerende," sagde Teabing og gned sig over hagen. "Jeg havde fuldstændig glemt denne ejendommelighed. Det er år siden jeg sidst har været her."

"Kisten ser ud til at være udhugget samtidig med de andre ni grave og af den samme billedhugger, så hvorfor i alverden ligger denne ridder i en kiste og ikke i det fri?"

Teabing rystede på hovedet. "Et af denne kirkes mange mysterier. Så vidt jeg ved, er der aldrig nogen, der har fundet en forklaring på det."

"Hallo?" sagde alterdrengen, idet han dukkede op med et forvirret udtryk i ansigtet. "De må undskylde, hvis det lyder uforskammet. De sagde, at De gerne ville ind for at sprede aske, men det ser nu snarere ud til, at De er på sightseeing."

Teabing kastede et vredt blik på drengen. "Mr. Wren, Deres families generøsitet kan åbenbart ikke længere sikre Dem den tid som De plejer at få, så måske skal vi blot finde asken frem og få det overstået." Teabing vendte sig om mod Sophie. "Mrs. Wren?"

Sophie gled ind i rollen og tog kryptexet op af lommen.

"Hvis De så vil være så venlig at give os et øjebliks fred," snerrede Teabing ad drengen.

Alterdrengen rørte sig ikke ud af stedet. Han stod og betragtede Langdon indgående. "De virker bekendt."

Teabing fnøs. "Måske skyldes det at Mr. Wren kommer her hvert år!"

Eller måske skyldes det at han så Langdon i fjernsynet fra Vatikanet sidste år, tænkte Sophie nervøst.

"Jeg har aldrig mødt Mr. Wren," konstaterede alterdrengen.

"Der tror jeg De tager fejl," sagde Langdon høfligt. "Jeg tror De og jeg så hinanden sidste år, selvom det kun var flygtigt. Fader Knowles glemte at introducere os, men jeg genkendte Deres ansigt da vi kom ind. Hør her, jeg er klar over at vi forstyrrer Dem, men hvis De vil give mig et par minutter mere – jeg har rejst temmelig langt for at sprede asken mellem disse grave." Langdon spillede rollen med Teabingsk overbevisning.

Alterdrengen så pludselig endnu mere skeptisk ud. "Det her er ikke *grave*."

"Hvabehar?" sagde Langdon.

"Selvfølgelig er det grave," erklærede Teabing. "Hvad snakker De om?"

Alterdrengen rystede på hovedet. "Grave indeholder lig. Det her er statuer. Stentributter til virkelige mænd. Der er ikke nogen lig under figurerne."

"Det her er en krypt!" sagde Teabing.

"Kun i forældede historiebøger. Man troede at det her var en krypt, men under renoveringen i 1950 viste det sig at det absolut ikke havde noget med en krypt at gøre." Han vendte sig om mod Langdon igen. "Jeg vil formode at Mr. Wren ved alt om det – i betragtning af at det var hans familie der afslørede det."

En pinlig tavshed bredte sig.

Den blev brudt ved lyden af en dør der smækkede ude i annekset.

"Det må være Fader Knowles," sagde Teabing. "Måske skulle De gå ud og se efter."

Alterdrengen så tvivlende ud, men gik alligevel over mod annekset. Langdon, Sophie og Teabing stod tilbage og sendte nedtrykte blikke til hinanden.

"Leigh," hviskede Langdon. "Ingen lig? Hvad mener han?"

Teabing så fortvivlet ud. "Jeg ved det ikke. Jeg har altid troet… det her *må* ganske enkelt være det rette sted. Jeg kan ikke forestille mig at han ved hvad han snakker om. Det giver ingen mening!"

362

"Må jeg se verset igen?" sagde Langdon.

Sophie tog kryptexet op af lommen og rakte det forsigtigt til ham.

Langdon viklede pergamentet af og holdt kryptexet i hånden, mens han kiggede granskende på verset. "Ja, teksten refererer tydeligvis til en grav. Ikke en statue."

"Kan det tænkes at verset tager fejl?" spurgte Teabing. "Kan det tænkes at Jacques Saunière tog fejl ligesom jeg?"

Langdon tænkte sig om og rystede på hovedet. "Leigh, du har selv sagt det. Den her kirke blev bygget af tempelherrerne – Priory of Sion's militære enhed. Der er noget der siger mig at broderskabets Stormester vil være helt på det rene med om der er riddere begravet her eller ej."

Teabing var fuldstændig paf. "Men dette sted passer perfekt." Han skyndte sig tilbage til ridderne. "Der må være noget vi har overset!"

Alterdrengen trådte ud i annekset og så til sin store overraskelse at der ikke var nogen. "Fader Knowles?" *Jeg er sikker på at jeg hørte døren smække,* tænkte han og gik længere ud i annekset til han kunne se indgangen.

Der stod en tynd mand i smoking henne ved døren. Han stod og kløede sig i håret og lignede en der var faret vild. Alterdrengen vrissede irriteret da det gik op for ham at han havde glemt at låse døren igen efter at have lukket de andre ind. Nu var en eller anden latterlig stodder gået ind fra gaden for at spørge om vej til et bryllup eller noget i den retning. "Jeg beklager," råbte han idet han gik forbi en stor søjle, "vi har lukket."

Der lød en raslen af tøj bag ham, men inden alterdrengen nåede at vende sig om blev hans hoved revet bagover af en stærk hånd der bagfra greb hårdt fat om hans mund og kvalte hans skrig. Hånden var hvid som sne og lugtede af alkohol.

Den nydelige mand i smoking tog stille og roligt en revolver frem som han rettede direkte mod drengens pande.

Alterdrengen mærkede en varme brede sig i skridtet, og det gik op for ham at han havde tisset i bukserne.

"Hør nu godt efter," hviskede manden i smokingen. "Nu går du stille og roligt ud af kirken, og så løber du. Og du stopper ikke. Er det forstået?"

Drengen nikkede så godt han kunne for hånden der holdt om hans mund.

"Hvis du tilkalder politiet…" Manden pressede revolveren mod hans hud. "Så finder jeg dig."

Inden drengen vidste af det spurtede han over pladsen foran kirken uden nogen planer om at stoppe før hans ben gav efter under ham.

KAPITEL 86

Som et spøgelse bevægede Silas sig lydløst om bag sit mål. Sophie Neveu opdagede ham for sent. Inden hun kunne nå at vende sig om, havde Silas presset pistolmundingen mod hendes ryg og slynget en stærk arm om hendes bryst idet han trak hende bagover mod sin enorme krop. Hun råbte af overraskelse. Både Teabing og Langdon vendte sig straks og så på én gang forbløffede og skrækslagne ud.

"Hvad...?" fremstammede Teabing, "Hvad har du gjort ved Rémy!"

"Det eneste der kommer dig ved," sagde Silas roligt, "er at jeg har tænkt mig at tage slutstenen med mig ud herfra." Rémy havde forklaret at denne mission skulle foregå helt stille og roligt: *Gå ind i kirken, tage slutstenen og gå ud; ingen mord og ingen kamp.*

Silas holdt Sophie i et fast greb, men lod hånden glide ned mod hendes talje og ledte i de dybe lommer på hendes trøje. Den milde duft af hendes hår banede sig vej frem til hans næse gennem hans egen alkohollugtende ånde. "Hvor er den?" hviskede han. *Slutstenen havde været i hendes trøje. Men hvor var den nu?*

"Den er herovre." Langdons dybe stemme rungede gennem rummet.

Silas vendte sig og så Langdon stå med det sorte kryptex foran sig. Han svingede det frem og tilbage som en matador der udfordrer et dyr.

"Sæt den ned," beordrede Silas.

"Lad Sophie og Leigh forlade kirken," svarede Langdon. "Du og jeg kan ordne det her."

Silas skubbede Sophie væk fra sig og rettede i stedet pistolen mod Langdon idet han gik over mod ham.

"Ikke et skridt nærmere," sagde Langdon. "Ikke før de har forladt bygningen."

"Du er ikke i en situation, hvor du kan tillade dig at stille krav."

"Det er jeg ikke enig i." Langdon løftede kryptexet langt op over hovedet. "Jeg vil ikke tøve et øjeblik med at hamre det mod gulvet så flasken indeni går i stykker."

Selvom Silas udadtil fnøs af truslen, mærkede han en bølge af angst. Det var uventet. Han rettede pistolen mod Langdons hoved og bevarede sin stemme lige så rolig som sin hånd. "Du ville aldrig drømme om at ødelægge slutstenen. Du vil have fat i gralen i lige så høj grad som jeg."

"Der tager du fejl. Du ønsker det langt mere. Du har vist at du er villig til at slå ihjel for den."

Rémy Legaludec kiggede frem fra bænkerækken i annekset godt femten meter derfra og mærkede en begyndende uro. Manøvren var ikke forløbet som planlagt, og selv herfra kunne han se at Silas var usikker på hvordan han skulle håndtere situationen. På Mesterens ordre havde han forbudt Silas at affyre pistolen.

"Lad dem gå," beordrede Langdon igen mens han holdt kryptexet i strakte arme over hovedet og stirrede på Silas' pistol.

Munkens røde øjne var fulde af vrede og frustration, og Rémy var skrækslagen for at Silas i desperation kunne finde på at skyde Langdon mens han stod med kryptexet. *Kryptexet må ikke falde på jorden!*

Kryptexet var Rémy's billet til frihed og rigdom. For lidt over et år siden havde han blot været en 55-årig butler der boede på Château Villette og forsøgte at tilpasse sig den ulidelige krøbling Sir Leigh Teabings forskellige luner. Så blev han pludselig kontaktet og fik et usædvanligt tilbud. Rémy's tilknytning til Sir Leigh Teabing – den førende gralhistoriker i verden – betød med ét at Rémy ville kunne få alt hvad han nogensinde havde drømt om i sit liv. Siden da havde hvert sekund han havde tilbragt inden for Château Villette's mure ført ham i retning af netop dette øjeblik.

Jeg er så tæt på, sagde Rémy til sig selv idet han kiggede ind i Tempelkirkens helligste rum og så Robert Langdon stå med slutstenen i hånden. Hvis Langdon lod den falde, ville alt være tabt.

Er jeg villig til at vise mit ansigt? Det var noget Mesteren på det strengeste havde forbudt. Rémy var den eneste, der kendte Mesterens identitet.

"Er De sikker på at De vil have *Silas* til at gennemføre denne opgave?" havde Rémy spurgt Mesteren for mindre end en halv time siden, da han havde fået ordre på at stjæle slutstenen. "Jeg kan selv gøre det."

Mesteren var helt sikker. "Silas gjorde et godt job med hensyn til de fire medlemmer af broderskabet. Han får fat i slutstenen. *De* er nødt til at forblive anonym. Hvis nogen andre ser Dem, vil de skulle elimineres, og der har allerede været tilstrækkelig med mord. De må ikke vise Deres ansigt."

Mit ansigt kan ændres, tænkte Rémy. *Ved hjælp af det beløb De har stillet mig i udsigt, vil jeg blive en fuldstændig ny mand.* Selv hans fingeraftryk ville kunne ændres ved en operation, havde Mesteren fortalt ham. Inden længe ville han være fri – et andet helt uigenkendeligt, smukt ansigt der ligger og slikker sol på stranden. "Forstået," sagde Rémy. "Jeg hjælper Silas inde fra mørket."

"Og blot så De ved det, Rémy," havde Mesteren tilføjet, "graven det drejer sig om er ikke i Tempelkirken. Så De behøver ikke at bekymre Dem. De leder et helt forkert sted."

Rémy var målløs. "Og ved De, hvor graven er?"

"Naturligvis. Jeg fortæller Dem det senere. Nu gælder det om at handle hurtigt. Hvis de andre finder ud af hvor den rigtige grav er og forlader kirken inden Silas har fået fat i kryptexet, risikerer vi at miste gralen for evigt."

Rémy var fuldstændig ligeglad med gralen bortset fra at Mesteren nægtede at betale ham før den var fundet. Rémy blev nærmest svimmel ved tanken om alle de penge han inden længe ville være i besiddelse af. En tredjedel af tyve millioner euro. Rigeligt til at kunne forsvinde for altid. Rémy så allerede de små strandbyer ved Côte d'Azur for sig, hvor han havde planlagt at slå sig ned resten af sine dage – dasende i solen mens han lod andre varte sig op til en forandring.

Men nu hvor Langdon stod i Tempelkirken og truede med at knuse slutstenen, var Rémy's fremtid i fare. Han kunne ikke udholde tanken om at komme så tæt på for så blot at miste det hele, og besluttede derfor at der måtte gøres noget drastisk. Pistolen i hans hånd var ganske vist lille, men den ville være mere end tilstrækkelig dødelig på kort afstand.

Rémy trådte frem fra mørket, marcherede ind i midten af det cirkelformede rum og rettede pistolen direkte mod Teabings hoved. "Jeg har ventet længe på at få mulighed for dette, du gamle."

Sir Leigh Teabings hjerte gik næsten i stå da han så Rémy rette pistolen mod ham. *Hvad er det han gør?* Teabing kunne genkende den lille revolver som sin egen; det var den han gemte i limousinens handskerum af sikkerhedshensyn.

"Rémy?" sprudtede Teabing chokeret. "Hvad sker der?"

Langdon og Sophie så lige så målløse ud.

Rémy gik om bag Teabing og hamrede pistolløbet ind i hans ryg, højt oppe på venstre halvdel, lige bag hjertet.

Teabing mærkede hvordan hans muskler stivnede af skræk. "Rémy, jeg ved ikke –"

"Lad mig gøre det helt enkelt," afbrød Rémy og kiggede på Langdon hen over skulderen på Teabing. "Sæt slutstenen på gulvet, eller jeg trykker på aftrækkeren."

Langdon stod som paralyseret. "Slutstenen er værdiløs for Dem," fremstammede han. "De vil ikke på nogen måde kunne åbne den."

"Arrogante fjols," snerrede Rémy. "Har De ikke lagt mærke til at jeg har lyttet til alt hvad I har sagt i nat da I diskuterede versene? Alt hvad jeg har hørt, har jeg ladet gå videre til nogle andre. Nogle andre som ved mere end De. De leder ikke engang det rigtige sted. Den grav, De søger, er et helt andet sted!"

Teabing følte panikken brede sig. *Hvad er det han siger!*

"Hvorfor vil De have fat i gralen?" spurgte Langdon. "For at tilintetgøre den? Før Dagenes Ende?"

Rémy kaldte på munken. "Silas, tag slutstenen fra Mr. Langdon."

Idet munken nærmede sig, trådte Langdon et skridt tilbage og løftede slutstenen højt op i luften, klar til at hamre den mod gulvet.

"Jeg vil hellere ødelægge den," sagde Langdon, "end se den havne i de forkerte hænder."

Teabing blev grebet af skræk. Han så sit livsværk forsvinde for øjnene af sig. Alle hans drømme blive ødelagt.

"Robert, nej!" råbte Teabing. "Du må ikke! Det er gralen du står med! Rémy kunne ikke finde på at skyde mig. Vi har kendt hinanden i ti –"

Rémy sigtede mod loftet og affyrede revolveren. Braget var enormt i betragtning af hvor lille våbnet var. Skuddet gav genlyd som en torden inde i stenbygningen.

Alle stivnede.

"Det er ikke for sjov det her," sagde Rémy. "Næste skud havner i ryggen på ham. Giv Silas slutstenen."

Langdon rakte modstræbende kryptexet frem. Silas gik hen og tog det, hans røde øjne strålede af hævnens sødme. Silas lod slutstenen glide ned i lommen på sin kappe og bakkede væk mens han fortsat sigtede på Langdon og Sophie.

Teabing mærkede Rémy's arm som en skruetvinge om sin hals idet butleren begyndte at gå baglæns ud af bygningen med Teabing slæbende efter sig, stadig med pistolen presset mod hans ryg.

"Lad ham gå," protesterede Langdon.

"Vi tager blot Mr. Teabing med på en lille køretur," sagde Rémy mens han fortsatte med at bakke. "Hvis I ringer til politiet, dør han. Hvis I på nogen måder forsøger at gribe ind, dør han. Er det forstået?"

"Tag mig i stedet," sagde Langdon. "Lad Leigh gå."

Rémy grinede. "Glem det. Han og jeg har sådan en smuk fortid sammen. Desuden kan han stadig vise sig at være nyttig."

Silas gik baglæns mens han sigtede på Langdon og Sophie, og Rémy trak Leigh over til udgangen med hans krykker slæbende efter ham.

"Hvem arbejder I for?" Sophies stemme var skarp.

Spørgsmålet fik et smørret grin frem på Rémy's ansigt. "Det ville virkelig overraske Dem, mademoiselle Neveu."

KAPITEL 87

Der var ikke tændt op i pejsen i opholdsstuen på Château Villette, men Collet travede alligevel frem og tilbage foran den mens han læste faksene fra Interpol.

Det var absolut ikke hvad han havde forventet.

Ifølge de officielle journaler var André Vernet en eksemplarisk borger. Ingen politijournaler – ikke engang en parkeringsbøde. Han var uddannet på Sorbonne og havde en *cum laude* grad i international økonomi. Interpol oplyste at Vernets navn dukkede op i avisen af og til, men altid i et positivt lys. Manden havde åbenbart været med til at udtænke sikkerhedsparametrene som sikrede Depository Bank of Zurich en førerpositionen inden for den elektroniske sikkerheds ultramoderne verden. Vernets kreditkort afslørede en forkærlighed for kunstbøger, dyr vin og klassiske cd'er – især Brahms – som han åbenbart lyttede til på et usædvanligt avanceret stereoanlæg han havde købt for nogle år siden.

Intet, sukkede Collet.

Det eneste advarende røde flag der var kommet fra Interpol i nat, var nogle fingeraftryk der åbenbart tilhørte Teabings butler. Polititeknikeren sad og læste rapporten i en behagelig stol i den anden ende af lokalet.

Collet kiggede over på ham. "Finder De noget?"

Polititeknikeren trak på skuldrene. "Fingeraftrykkene tilhører Rémy Legaludec. Eftersøgt for småkriminalitet. Intet alvorligt. Det ser ud til at han blev smidt ud af universitetet for at have fusket med telefonerne så han kunne ringe gratis… og senere er han blev taget for nogle smårapserier. Stak engang af fra en hospitalsregning efter en akut trakeotomi." Han kiggede op og grinede. "Peanut-allergi."

Collet nikkede, og kom i tanke om en sag med en restaurant som havde glemt at lade det fremgå af deres menukort at en af retterne indeholdt peanut-olie. En intetanende kunde var faldet død om ved bordet af anafylaktisk chok efter en enkelt mundfuld.

"Legaludec bor sikkert her for at undgå at blive hentet." Teknikeren så fornøjet ud. "En heldig nat for ham."

Collet sukkede. "Okay, De må hellere sende disse oplysninger videre til inspektør Fache."

Teknikeren forsvandt netop som en anden betjent styrtede ind i opholdsstuen. "Kommissær! Vi har fundet noget i laden."

I betragtning af betjentens bekymrede udtryk, kunne Collet kun forestille sig én ting. "Et lig?"

"Nej, Sir. Noget mere..." Han tøvede. "Uventet."

Collet gned sine øjne og fulgte efter betjenten ud til laden. Da de trådte ind i den gamle, utætte bygning, pegede betjenten ind mod midten af rummet hvor der nu stod en træstige og ragede højt op mellem loftsbjælkerne lænet mod kanten af et høloft højt over dem.

"Den var der da ikke før," sagde Collet og pegede på stigen.

"Nej, Sir. Jeg har sat den op. Jeg fik øje på den da vi var i færd med at lede efter fingeraftryk i nærheden af Rolls Roycen. Jeg ville ikke have skænket den en tanke hvis det ikke var fordi trinene var slidte og mudrede. Man kan se at den bliver brugt jævnligt. Afstanden op til høloftet passede med stigens længde så jeg satte den op og klatrede op for at se mig omkring."

Collet fulgte den stejle stige med øjnene, op til det højtliggende høloft. *Er der jævnlig nogen der begiver sig derop?* Her nedefra så loftet ud til at være tomt, men han måtte indrømme at det meste af loftet faktisk ikke kunne ses fra denne vinkel.

En af politiets teknikere stak hovedet frem for enden af stigen og kiggede ned. "De vil helt sikkert være interesseret i at se det her, kommissær," sagde han og vinkede Collet op med en hånd iført en latex-handske.

Collet nikkede træt og gik over til foden af den gamle stige og greb om et af de nederste trin. Stigen var en gammeldags model der blev smallere foroven. Idet Collet nærmede sig toppen, var han lige ved at miste fodfæstet på et af de smalle trin og laden kørte rundt under ham. Han fortsatte varsomt og nåede til sidst helt op. Betjenten der stod deroppe rakte en hånd ned til ham. Collet greb den og fik kejtet kantet sig helt op.

"Det er herovre," sagde teknikeren og pegede hen mod den fjerneste ende af det pertentligt rene loft. "Der er kun én slags fingeraftryk heroppe. De vil være identificeret inden længe."

Collet kneb øjnene sammen og forsøgte at se noget i det svage lys. *Hvad fanden!* Ved den modsatte væg var der opstillet en computer med alverdens udstyr – CPU-processorer, en flat-screen med højtalere, en imponerende række harddiske og et stort lydbord.

Hvordan i alverden kan nogen finde på at arbejde helt her oppe? Collet gik over mod udstyret. "Har De undersøgt det?"

"Det er aflytningsudstyr."

Collet vendte sig mod ham. "Overvågning?"

Betjenten nikkede. "Yderst avanceret overvågning." Han pegede på et langt bord der var fuldt af elektroniske smådele, manualer, værktøj, ledninger, loddekolber og andre elektroniske apparater. "Det er åbenbart en der ved noget om tingene. Meget af dette udstyr er lige så avanceret som det vi selv bruger. Miniature-mikrofoner, genopladelige fotoceller, super-RAM chips. Han har endda et af de nye nano-drives."

Collet var imponeret.

"Her ser De et komplet apparat," sagde betjenten og rakte Collet en genstand der ikke var meget større end en lommeregner. Der hang en halv meter lang ledning fra tingesten med et papirtyndt stykke folie for enden på størrelse med et frimærke. "Hoveddelen er selve optageudstyret med en harddisk med høj kapacitet og genopladeligt batteri. Foliestykket for enden af ledningen er både mikrofon og fotocelle."

Collet kendte dem godt. De folielignende fotocelle-mikrofoner havde været et enormt gennembrud for få år siden. Det betød at et sådan apparat nu ville kunne skjules i for eksempel en lampe, og foliedelen ville kunne støbes ind i selve foden og farves så den matchede resten. Så længe mikrofonen var placeret så den fik nogle få timers sollys hver dag, ville fotocellerne konstant genoplade apparatet. En krabat som denne ville kunne lytte i en uendelighed.

"Hvilken form for modtager?" spurgte Collet.

Betjenten pegede på en ledning der løb ud fra bagsiden af computeren, op ad væggen og gennem et hul i loftet. "Radiobølger. Der er en lille antenne på taget."

Collet vidste at den slags apparater normalt var placeret på kontorer, at de blev aktiveret af stemmer for at spare plads på harddisken, optog samtaler om dagen og sendte de komprimerede optagelser om natten for at undgå opsporing. Efter at have sendt dagens materiale, blev harddisken automatisk tømt og var klar til at gentage det hele dagen efter.

Collet flyttede blikket til en hylde med flere hundrede kassetter, alle mærket med dato og nummer. *Der er nogen der må have haft travlt.* Han vendte sig om mod betjenten igen. "Har De nogen anelse om hvem målet for aflytningen er?"

"Ser De, kommissær," sagde betjenten idet han gik over til computeren og satte et program i gang. "Det er virkelig underligt…"

KAPITEL 88

Langdon følte sig fuldstændig udmattet idet han og Sophie sprang over et tælleapparat ved Temple undergrundsstation og styrtede ned i den snavsede labyrint af tunneller og perroner. Skyldfølelsen var ved at flå ham i stykker. *Jeg blandede Leigh ind i det her, og nu er han i den grad bragt i fare.*

Det var kommet som et chok at Rémy var involveret, men alligevel gav det mening. Hvem det end var der var ude efter gralen havde rekrutteret en fra inderkredsen. *De opsøgte Teabing af samme grund som jeg.* Det havde altid været sådan at de der besad viden om gralen havde virket som magneter på andre forskere så vel som på tyve. Det faktum at Teabing hele tiden havde været et mål, burde have fået Langdon til at føle sig mindre skyldig over at have involveret ham. Men det gjorde det ikke. *Vi er nødt til at finde Leigh og hjælpe ham. Straks.*

Langdon fulgte efter Sophie ned til perronen for det vestgående District and Circle Line-tog. Sophie skyndte sig hen til en mønttelefon for at ringe til politiet, på trods af Rémy's advarsel. Langdon sad på en snusket bænk ved siden af, plaget af dårlig samvittighed.

"Den bedste måde at hjælpe Leigh på," gentog Sophie, "er at involvere politiet i London med det samme. Tro mig."

Langdon havde ikke umiddelbart været enig deri, men idet deres plan var begyndt at tage form, var Sophies logik også begyndt at give mening. Teabing var ikke i fare lige nu. Selv hvis Rémy og dem han arbejdede for vidste hvor ridderens grav var, ville de stadig muligvis have brug for Teabings hjælp til at tyde referencen til den manglende kugle. Det der bekymrede Langdon var tanken om hvad der ville ske efter at det lille kryptex var åbnet. *Leigh bliver en enorm klods om benet på dem.*

Hvis Langdon skulle have nogen som helst chance for at hjælpe Leigh, og hvis han nogensinde skulle få slutstenen at se igen, var det altafgørende at han fandt graven før de andre. *Desværre havde Rémy et stort forspring.*

Det var blevet Sophies opgave at forsøge at forsinke Rémy.

Det var Langdons opgave at finde den rigtige grav.

Sophie ville sætte Londons politi på sporet af Rémy og Silas og dermed tvinge dem til at gemme sig, eller bedre endnu – fange dem. Langdons plan var mere usikker – at tage undergrundsbanen til det nærliggende King's College som var kendt for sin elektroniske teologiske database. *Det ultimative søgeredskab*, havde Langdon hørt. *Øjeblikkeligt svar på et hvilket som helst religionshistorisk spørgsmål*. Han spekulerede på hvad databasen ville sige til "a knight a Pope interred."

Sophies opkald fra mønttelefonen gik langt om længe igennem til politiet i London.

"Snow Hill-afdelingen," sagde betjenten i omstillingen. "Hvem må jeg stille Dem om til?"

"Jeg ringer for at melde en kidnapning." Sophie forstod at være præcis.

"Deres navn, tak."

Sophie tøvede et øjeblik. "Kommissær Sophie Neveu fra det franske kriminalpoliti." Titlen havde den ønskede effekt. "Værsgo, ma'am. Jeg stiller Dem straks om til en kriminalkommissær."

Idet hun blev stillet videre, begyndte Sophie at spekulere på om politiet overhovedet ville tro på hendes beskrivelse af Teabings kidnappere. En mand i smoking. Hvor meget lettere kunne det næsten være at identificere en mistænkt? Selv hvis Rémy skiftede tøj var han stadig i følgeskab med en albinomunk. Umulig at overse. Desuden havde de et gidsel og ville ikke kunne benytte offentlige transportmidler. Hun spekulerede på hvor mange Jaguar-limousiner der kunne tænkes at være i London.

Det virkede som om der gik en evighed inden Sophie blev stillet om til en kommissær. *Kom nu!* Hun kunne høre en klikken og summen som om hun var ved at blive stillet om.

Der gik femten sekunder.

Til sidst var der en mand der svarede. "Kommissær Neveu?"

Sophie registrerede forbløffet den grove stemme.

"Kommissær Neveu," gentog Bezu Fache. "Hvor fanden er De?"

Sophie var målløs. Kriminalinspektør Fache havde åbenbart bedt omstillingen ved Londons politi om at give ham besked hvis Sophie ringede.

"Hør her," sagde Fache alvorligt. "Jeg har begået en forfærdelig fejltagelse i nat. Robert Langdon er uskyldig. Alle anklager mod ham er frafaldet. Men uanset hvad, så er I begge i fare lige nu. I er nødt til at gå til politiet straks."

Sophie måbede. Hun anede ikke hvad hun skulle sige. Fache var ikke en mand der undskyldte for noget som helst.

"De fortalte mig ikke," fortsatte Fache, "at Jacques Saunière var Deres bedstefar. Jeg har tænkt mig at se igennem fingre med Deres opsætsighed i nat som følge af det følelsesmæssige pres De må være udsat for. Men som situationen er nu, er De og Langdon nødt til straks at søge tilflugt på den nærmeste politistation i London."

Ved han at jeg er i London? Ved han alt? Sophie kunne høre motorstøj i baggrunden. Hun kunne også høre en underlig klikken i røret. "Sporer De opkaldet, Sir?"

Faches stemme var alvorlig. "De og jeg er nødt til at samarbejde, kommissær Neveu. Vi har begge meget på spil. Dette er et forsøg på at begrænse skadens omfang. Jeg begik adskillige fejl i aftes, og hvis de fejl resulterer i at en amerikansk professor og en af kriminalpolitiets kryptografer bliver dræbt, vil min karriere være et overstået kapitel. Jeg har forsøgt at bringe jer i sikkerhed i flere timer nu."

En varm luftstrøm løb over perronen idet et tog nærmede sig med en svag rumlen. Sophie var fuldt opsat på at gå om bord. Langdon havde åbenbart samme hensigt; han havde rejst sig og var på vej hen til hende.

"Manden, De er ude efter, hedder Rémy Legaludec," sagde Sophie. "Det er Teabings butler. Han har netop kidnappet Teabing inde i Tempelkirken og –"

"Kommissær Neveu!" brølede Fache idet toget ankom til perronen med en høj buldren. "Det er ikke noget der bør diskuteres på en åben linje. De og Langdon melder jer øjeblikkeligt. For Deres egen skyld! Det er en ordre!"

Sophie lagde på og skyndte sig op i toget sammen med Langdon.

KAPITEL 89

Den ellers så nydelige kabine i Teabings Hawker-fly flød med metalspåner og lugten af trykluftboret hang i luften. Bezu Fache havde beordret alle ud og sad nu alene tilbage med sin drink og det tunge træskrin de havde fundet i Teabings pengeskab.

Han lod fingrene løbe hen over den indlagte rose og løftede låget. Indeni lå der en stencylinder med bogstavskiver. De fem skiver var placeret så de dannede ordet SOFIA. Fache stirrede længe på ordet, tog så cylinderen op af det velpolstrede skrin og undersøgte den omhyggeligt. Han trak forsigtigt i begge ender, og til sidst gled et af endedækslerne af. Cylinderen var tom.

Fache lagde den tilbage i boksen og stirrede fraværende ud på hangaren gennem flyvinduet, mens han tænkte på den korte samtale med Sophie så vel som på de oplysninger han havde modtaget fra teknikerne på Château Villette. Lyden af hans telefon rev ham ud af hans dagdrøm.

Det var kriminalpolitiets omstilling. Betjenten lød undskyldende. Direktøren for Depository Bank of Zurich havde ringet gentagne gange, og selvom han adskillige gange havde fået at vide at chefkriminalinspektøren var i London, blev han ved med at ringe. Fache bad ham modstræbende om at viderestille samtalen.

"Monsieur Vernet," sagde Fache inden manden overhovedet kunne nå at få et ord indført, "jeg beklager at jeg ikke har ringet til Dem noget før. Jeg har været optaget. Som lovet er navnet på Deres bank ikke kommet frem i medierne. Så hvad er det egentlig der bekymrer Dem?"

Vernet fortalte nervøst Fache hvordan Langdon og Sophie havde fjernet en lille træboks fra banken og derefter havde overtalt Vernet til at hjælpe dem med at flygte. "Men da jeg hørte i radioen at de havde begået en forbrydelse," sagde Vernet, "holdt jeg ind til siden og krævede at få boksen tilbage. Men de angreb mig og stjal varevognen."

"De er bekymret over en træboks," sagde Fache. Han betragtede rosen på skrinet og løftede forsigtigt låget igen så den hvide cylinder kom til syne. "Ved De hvad boksen indeholder?"

"Indholdet kommer ikke sagen ved," svarede Vernet irriteret. "Jeg er bekymret for min banks ry. Vi har aldrig været udsat for røveri. *Aldrig nogensinde*. Det vil ruinere os hvis jeg ikke skaffer min klients ejendel tilbage."

"De sagde at kommissær Neveu og Robert Langdon var i besiddelse af et adgangsord og en nøgle. Hvorfor siger De så, at de *stjal* boksen?"

"De har myrdet op til flere personer i nat. Blandt andre Sophies bedstefar. De har tydeligvis tilegnet sig nøglen og adgangsordet på uretmæssig vis."

"Monsieur Vernet, mine mænd har kigget lidt nærmere på Deres baggrund og Deres interesser. De er tydeligvis en yderst kultiveret og dannet mand. Jeg går også ud fra at De er en mand man kan stole på. Så vel som jeg er. Jeg vil således, som chef for *Police Judiciaire*, give Dem mit ord på at Deres boks, tillige med Deres banks ry, er i de bedste hænder."

KAPITEL 90

Højt oppe på høloftet i laden ved Château Villette stod Collet og stirrede forbløffet på computerskærmen. "Bliver *alle* disse steder aflyttet?"

"Ja," sagde betjenten. "Det ser ud til at der er blevet indsamlet data i mere end et år nu."

Collet læste listen igen. Han var målløs.

COLBERT SOSTAQUE – FORMAND, FORFATNINGSRÅDET
JEAN CHAFFÉE – DIREKTØR, JEU DE PAUME-MUSEET
EDOUARD DESROCHERS – OVERARKIVAR, MITTERRAND-BIBLIOTEKET
JACQUES SAUNIÈRE – DIREKTØR, LOUVRE-MUSEET
MICHEL BRETON – CHEF FOR DAS, DEN FRANSKE EFTERRETNINGSTJENESTE

Betjenten pegede på skærmen. "Nummer fire er naturligvis interessant."

Collet nikkede tomt. Han havde straks lagt mærke til det. Jacques Saunière blev aflyttet. Han kiggede igen på listen. *Hvordan i alverden vil nogen kunne slippe af sted med at aflytte alle disse fremtrædende personer?* "Har De hørt nogen af optagelserne?"

"Et par stykker. Her er en af de nyeste." Betjenten trykkede på et par taster. Højtalerne blev vakt til live med en skratten. *"Capitaine, un agent du Département de Cryptografie est arrivé."*

Collet kunne ikke tro sine egne ører. "Det er mig! Det er min stemme!" Han så for sig hvordan han havde siddet ved Saunières skrivebord og kaldt Fache over radioen inde i Grande Galerie for at advare ham om at Sophie Neveu var ankommet.

Betjenten nikkede. "En stor del af vores efterforskning på Louvre i nat er optaget hvis nogen skulle være interesseret."

"Har De sendt nogen af sted for at lede efter mikrofonen?"

"Det er ikke nødvendigt. Jeg ved præcis hvor den er." Betjenten gik hen til en bunke gamle notater og tegninger der lå på arbejdsbordet. Han fandt et ark frem og rakte det til Collet. "Ser den bekendt ud?"

Collet var forbavset. Han stod med en fotokopi af et ældgammelt skematisk diagram som viste begyndelsesstadiet til en robotagtig figur. Han kunne ikke læse de håndskrevne italienske betegnelser, men alligevel var han klar over hvad det var. En model af den leddelte franske middelalderridder.

Ridderen der står på Saunières skrivebord!

Collet flyttede blikket mod marginen hvor en eller anden havde skrevet noget på kopien med en rød tusch. Notaterne var skrevet på fransk, og det så ud til at være forslag til, hvordan en mikrofon bedst kunne placeres i ridderen.

KAPITEL 91

Silas sad på passagersædet forrest i limousinen der holdt parkeret i nærheden af Tempelkirken. Han sad med slutstenen mellem sine svedige hænder mens han ventede på at Rémy skulle blive færdig med at binde Teabing omme bag i bilen med et reb de havde fundet i bagagerummet.

Langt om længe kravlede Rémy ud fra bilens bageste ende, gik om på den anden side og steg ind på førersædet ved siden af Silas.

"Er han bundet godt?" spurgte Silas.

Rémy grinede, rystede regnen af sig og kiggede sig over skulderen gennem den åbne skillevæg om på Teabing der lå sammenkrøbet i mørket, næsten ude af syne. "Han løber ingen steder."

Silas kunne høre Teabings undertrykte jamren, og det gik op for ham at Rémy havde brugt noget af den gamle tape til at lime for hans mund.

"*Ferme ta gueule!*" råbte Rémy over skulderen. Han rakte hånden frem mod en knap på det avancerede instrumentbræt og trykkede på den. En uigennem-sigtig skydevæg gled op bag dem og afskar den forreste afdeling fra bagenden af bilen. Teabing forsvandt af syne, og hans halvkvalte råb døde ud. Rémy kastede et blik på Silas. "Jeg har hørt længe nok på hans elendige klynken."

Få minutter senere mens limousinen drønede gennem gaderne, ringede Silas' mobiltelefon. *Mesteren.* Han svarede spændt. "Hallo?"

"Silas," lød Mesterens velkendte stemme med den franske accent, "jeg er lettet over at høre Deres stemme. Det betyder at De er i sikkerhed."

Silas var mindst lige så lettet over at høre fra Mesteren. Det var flere timer siden, og missionen var kommet voldsomt ud af kurs. Men nu så det endelig ud til at den var kommet tilbage på rette spor. "Jeg har fået fat i slutstenen."

"Det er fantastiske nyheder," sagde Mesteren. "Er De sammen med Rémy?"

Silas var overrasket over at høre Mesteren nævne Rémy's navn. "Ja. Rémy reddede mig."

"Præcis som jeg befalede ham. Jeg er blot ked af at De var nødt til at være bundet så længe."

"Fysisk ubehag betyder ingenting. Det vigtigste er at slutstenen er vores."

"Ja. Jeg er nødt til at få den med det samme. Tiden er altafgørende."

Silas var ivrig efter langt om længe at møde Mesteren ansigt til ansigt. "Ja, Sir. Det vil være mig en ære."

"Silas, jeg vil gerne have at *Rémy* afleverer den til mig."

Rémy? Silas var skuffet. Efter alt det han havde gjort for Mesteren, havde han troet at han skulle være den der skulle aflevere byttet. *Foretrækker Mesteren Rémy frem for mig?*

"Jeg fornemmer at De er skuffet," sagde Mesteren, "hvilket fortæller mig at De ikke har forstået mig ret." Han sænkede stemmen til en hvisken. "De må forstå at jeg klart ville foretrække at få slutstenen overrakt af *Dem* – Guds tjener og ikke en forbryder – men jeg må tage mig af Rémy på min måde. Han adlød ikke min ordre og begik en fatal fejltagelse som har bragt hele vores mission i fare. "

Silas fik kuldegysninger og kiggede over på Rémy. Det havde ikke været planen at kidnappe Teabing, og beslutningen om hvad de skulle stille op med ham voldte problemer.

"De og jeg er Guds mænd," hviskede Mesteren. "vi kan ikke afskrækkes fra at nå vores mål." Der var en ildevarslende tavshed. "Derfor vil jeg bede Rémy om at aflevere slutstenen til mig. Forstår De det?"

Silas fornemmede vrede i Mesterens stemme, og det kom bag på ham at han ikke udviste større forståelse. *Rémy kunne ikke undgå at afsløre sig selv,* tænkte Silas. *Rémy gjorde hvad han var nødt til. Han havde reddet slutstenen.* "Jeg forstår," fik Silas fremstammet.

"Godt. For Deres egen sikkerheds skyld er De nødt til at komme væk fra gaden øjeblikkelig. Inden længe vil politiet begynde at lede efter en limousine, og jeg vil ikke have at De bliver taget. Opus Dei har et hus i London, ikke sandt?"

"Selvfølgelig."

"Og der er De velkommen?"

"Som en broder."

"Så tag derhen og hold Dem ude af syne. Jeg ringer til Dem så snart jeg er i besiddelse af slutstenen og har taget mig af mit nuværende problem."

"Er De i London?"

"Gør som jeg siger, og det hele vil løse sig."

"Ja, Sir."

Mesteren sukkede dybt som om hans næste skridt var dybt beklageligt. "Det er på tide jeg taler med Rémy."

Silas rakte Rémy telefonen med en fornemmelse af at det var den sidste telefonsamtale Rémy Legaludec ville komme til at føre.

*

Da Rémy tog røret, vidste han at den stakkels, forskruede munk ikke havde den fjerneste anelse om hvilken skæbne der ventede ham nu hvor han havde tjent sit formål.

Mesteren udnyttede Dem, Silas.

Og Deres biskop er en lille ubetydelig brik i et stort spil..

Rémy var stadig imponeret over Mesterens overbevisende kraft. Biskop Aringarosa havde troet fuldt og fast på ham. Han var blevet blændet af sin egen desperation. *Aringarosa var alt for ivrig efter at tro.* Selvom Rémy ikke ligefrem brød sig om Mesteren, var han stolt over at have vundet hans tillid og hjulpet ham på helt afgørende vis. *Jeg har fortjent min løn.*

"Hør her," sagde Mesteren. "Kør Silas hen til Opus Dei's hus og sæt ham af nogle gader derfra. Kør derefter til St. James' Park. Det er lige i nærheden af Houses of Parliament og Big Ben. De kan parkere limousinen ved Horse Guards Parade. Der tales vi ved igen."

Med disse ord blev røret lagt på.

KAPITEL 92

Det teologiske og religionsvidenskabelige fakultet har til huse på King's College, der blev grundlagt af Kong George IV i 1829. Det ligger lige i nærheden af parlamentsbygningen på en grund skænket af kongemagten. King's College's teologiske og religionsvidenskabelige fakultet kunne ikke blot prale af 150 års erfaring i undervisning og forskning, men også af sit forskningsinstitut for systematisk teologi. Det var blevet grundlagt i 1982 og er i besiddelse af det mest fuldkomne og elektronisk avancerede religionsvidenskabelige forskningsbibliotek i verden.

Langdon følte sig stadig omtumlet da han og Sophie trådte ind på biblioteket. Det oprindelige forskningslokale var præcis som Teabing havde beskrevet det – et opsigtsvækkende, ottekantet rum domineret af et gigantisk rundt bord, som Kong Arthur og hans riddere ville have syntes om hvis det da ikke lige havde været for tilstedeværelsen af tolv flat-screen computerskærme. I den modsatte ende af lokalet havde en bibliotekar netop sat sig til rette med en kop te for at gå i gang med dagens arbejde.

"En skøn morgen," sagde hun fornøjet med en klingende britisk accent, lod teen stå og kom over mod dem. "Kan jeg hjælpe Dem?"

"Ja, tak," svarede Langdon. "Mit navn er –"

"Robert Langdon." Hun smilede venligt til ham. "Jeg ved hvem De er."

Et kort øjeblik frygtede han at Fache også havde eftersøgt ham på engelsk tv, men bibliotekarens smil antydede noget andet. Langdon havde endnu ikke vænnet sig til indimellem at blive genkendt. Men på den anden side, hvis der overhovedet skulle være nogen som helst der skulle genkende ham, ville det være en bibliotekar på et forskningsbibliotek for religionsvidenskab.

"Pamela Gettum," sagde bibliotekaren og rakte hånden frem. Hun havde et mildt, intelligent udtryk og en behagelig stemme. Hun havde et par tykke hornbriller hængende om halsen i en kæde.

"En fornøjelse," sagde Langdon. "Det er min veninde Sophie Neveu."

De to kvinder hilste på hinanden, og Gettum vendte sig mod Langdon igen. "Jeg vidste ikke at De ville komme."

"Det gjorde vi heller ikke. Hvis det ikke er til for meget besvær, kunne vi virkelig godt bruge Deres hjælp til at finde nogle oplysninger."

Gettum så lidt usikker ud. "Normalt står vores service kun til rådighed efter anmodning og aftale, medmindre De er gæst hos en af de ansatte ved universitetet selvfølgelig?"

Langdon rystede på hovedet. "Jeg er bange for at vi kommer helt uanmeldt. En god ven af mig har rost Dem til skyerne. Sir Leigh Teabing?" Langdon mærkede et stik af fortvivlelse da han sagde navnet. "Den adelige britiske historiker."

Gettum lyste op med et smil. "Åh ja, du godeste. Sikke en personlighed. Fanatisk! Hver gang han kommer er det altid de samme søgeord. Gral. Gral. Gral. Jeg vil sværge på at den mand falder død om før han opgiver sin jagt." Hun blinkede til dem. "Tid og penge tillader folk den form for fornøjelse. Han er en rigtig Don Quixote."

"Er der nogen som helst chance for at De kan hjælpe os?" spurgte Sophie. "Det er temmelig vigtigt."

Gettum kiggede rundt i det tomme bibliotek og blinkede til dem igen. "Ja, jeg kan jo ikke ligefrem påstå at jeg har travlt lige nu. Hvis blot De skriver Dem ind i bogen, kan jeg ikke forestille mig, at der er nogen, der skulle have nogen indvendinger mod det. Hvad er det, De søger?"

"Vi leder efter en grav i London."

Gettum så skeptisk ud. "Dem har vi godt tyve tusind af. Kan De komme det lidt nærmere?"

"Det er en riddergrav, men vi har ikke noget navn."

"En ridder. Det strammer nettet en hel del. De er langt mindre udbredte."

"Vi har ikke særlig mange oplysninger om den ridder vi leder efter," sagde Sophie, "men her ser De det, vi ved." Hun tog et stykke papir op af lommen hvorpå hun havde skrevet de første to linjer af verset.

Langdon og Sophie var tilbageholdende med at vise hele verset til en udenforstående og havde besluttet blot at vise de to første linjer – de der beskrev ridderen. *Feltafgrænset kryptografi*, kaldte Sophie det. Når efterretningstjenesten opfangede en kode der indeholdt følsomme oplysninger, arbejdede de forskellige kryptografer på hver deres del af den kodede meddelelse. Når de så brød koden, ville der ikke være en enkelt kryptograf der var i besiddelse af hele den afkodede meddelelse.

I dette tilfælde var sikkerhedsforanstaltningen formodentlig unødvendig for selvom bibliotekaren fik hele verset at se, fandt frem til riddergraven og vidste hvad det var for en kugle der manglede, kunne oplysningerne ikke bruges til noget som helst uden kryptexet.

Gettum så en antydning af desperation i den berømte amerikanske forskers øjne, nærmest som om det hurtigt at finde graven var af afgørende betydning. Også kvinden med de grønne øjne der ledsagede ham, virkede nervøs.

Gettum tog undrende sine briller på og kiggede på papiret de netop havde rakt hende.

> In London lies a knight a Pope interred.
> His labor's fruit a Holy wrath incurred.

Hun kastede et blik på de to gæster. "Hvad i alverden er det? En eller anden form for Harvard-konkurrence?"

Langdons grin lød påtvunget. "Jah, noget i den retning."

Gettum tøvede. Hun havde en stærk fornemmelse af at hun ikke fik hele historien at vide. Ikke desto mindre var hendes interesse blevet vakt, og hun begyndte at læse verset koncentreret. "Ifølge disse linjer var der en ridder der foretog sig noget der vakte Guds misbilligelse, men på trods af det var der en pave der var så venlig at begrave ham i London."

Langdon nikkede. "Får det en klokke til at ringe?"

Gettum gik over mod en af skærmene. "Ikke umiddelbart, men lad os se hvad vi kan trække frem fra databasen."

Gennem de seneste to årtier havde King's College's forskningsbibliotek for systematisk teologi anvendt optiske tegnlæsningsprogrammer tillige med lingvistisk oversættelsesudstyr under arbejdet med at digitalisere og katalogisere en enorm mængde tekster – religionsencyklopædier, religionsvidenskabelige biografer, hellige skrifter på mange forskellige sprog, alverdens historiebøger, breve fra Vatikanet, gejstliges dagbøger, i det hele taget alt hvad der handlede om menneskets religiøsitet. Eftersom den enorme samling nu var formateret til bits og bytes i stedet for fysiske sider, var de mange data utvivlsomt langt mere tilgængelige.

Gettum satte sig ved skærmen, kiggede på papirlappen og begyndte at skrive. "Til at begynde med kører vi en enkel Boolean-søgning med nogle få åbenlyse nøgleord og ser hvad der sker."

"Tak."

Gettum skrev nogle ord.

LONDON, KNIGHT, POPE

Da hun trykkede på SEARCH knappen, fornemmede hun en summen fra hovedserveren der var placeret nedenunder og som gennemsøgte data med en hastighed på 500 MB i sekundet. "Jeg har bedt systemet vise os samtlige dokumenter hvis tekst indeholder de tre nøgleord. Vi vil få langt flere søgeresultater end vi ønsker, men det er et godt sted at starte."

De første søgeresultater var allerede begyndt at komme frem på skærmen.

*Painting the Pope. The Collected Portraits of Sir Joshua
Reynolds.* London University Press.

Gettum rystede på hovedet. "Det er tydeligvis ikke det vi leder efter." Hun lod teksten rulle videre til næste søgeresultat.

The London Writings of Alexander Pope
by G. Wilson Knight.

Hun rystede igen på hovedet.

Mens systemet kværnede videre, dukkede søgeresultaterne op i en lind strøm. Den ene tekst efter den anden dukkede frem på skærmen, mange af dem refererede til syttenhundredtallets engelske forfatter Alexander Pope, hvis anti-religiøse spottende episke digtning åbenbart indeholdt massevis af referencer til riddere og London.

Gettum kastede et hurtigt blik på tallene nederst på skærmen. Ved at tage det nuværende antal søgeresultater og gange det med den procentdel der manglede at blive gennemsøgt, gav computeren et groft gæt på hvor mange fuldtræffere der ville blive fundet. Denne søgning så ud til at ville give en vanvittig stor mængde data.

Anslået antal søgeresultater: 2.692

"Vi er nødt til at indkredse søgningen noget mere," sagde Gettum og afbrød søgningen. "Er det alt hvad De har af oplysninger om graven? Er der ikke mere vi kan bygge på?"

Langdon kiggede usikkert på Sophie.

Det her er ikke nogen leg eller konkurrence, tænkte Gettum. Hun havde hørt rygter om Robert Langdons besøg i Rom sidste år. Amerikaneren havde haft adgang til et af de mest lukkede biblioteker i verden – Vatikanets Hemmelige Arkiv. Hun spekulerede på hvilke hemmeligheder Langdon kunne være stødt på der, og om hans desperate søgen efter en mystisk grav i London kunne tænkes at være knyttet til oplysninger han havde fået kendskab til i Vatikanet. Gettum havde været bibliotekar længe nok til at kende den mest almindelige grund til at folk kom til London for at lede efter riddere. *Gralen.*

Gettum smilede og rettede på sine briller. "De er venner af Leigh Teabing, De er i England, og De leder efter en ridder." Hun foldede hænderne. "Jeg kan kun gætte på, at det er gralen, De søger."

Langdon og Sophie kiggede forfærdet på hinanden.

Gettum grinede. "Kære venner, det her bibliotek er tilholdssted for folk der leder efter gralen. Leigh Teabing er en af dem. Jeg ville ønske jeg havde fået en krone hver gang jeg har kørt en søgning på rose, Maria Magdalene, Sangreal, merovingisk, Priory of Sion et cetera, et cetera. Alle er vilde med sammensværgelser." Hun tog brillerne af og så på dem. "Jeg har brug for flere oplysninger."

I tavsheden fornemmede Gettum at de to gæsters ønske om diskretion hurtigt blev overhalet af deres iver efter at få et hurtigt resultat.

"Okay," udbrød Sophie. "Det her er alt hvad vi ved." Hun lånte en kuglepen af Langdon, skrev to linjer mere på papirlappen og rakte den til Gettum.

You seek the orb that ought be on his tomb.
It speaks of Rosy flesh and seeded womb.

Gettum smilede indvendig. *Ganske rigtigt – gralen,* tænkte hun idet hun bemærkede referencen til rosen og dens befrugtede liv. "Jeg skal nok hjælpe Dem," sagde hun og så op. "Må jeg have lov at spørge, hvor De har dette vers fra? Og hvorfor De søger en kugle?"

"De må gerne spørge," sagde Langdon med et venligt smil, "men det er en lang historie, og vi har ikke ret meget tid."

"Det lyder som en høflig måde at sige 'bland Dem uden om' på."

"Vi vil være Dem evigt taknemmelige, Pamela," sagde Langdon, "hvis De kan finde ud af hvem denne ridder er, og hvor han er begravet."

"Helt i orden," sagde Gettum og begyndte at skrive noget igen. "Jeg er parat til at lege med. Hvis det er et gral-relateret emne, bør vi krydsreferere med nøgleord knyttet til gralen. Jeg tilføjer et nærhedsparameter og fjerner prioriteringen af titlen. Det vil begrænse vores søgeresultater til kun at omfatte de tilfælde hvor vores nøgleord optræder i nærheden af et gral-relateret ord."

Søg:
KNIGHT, LONDON, POPE, TOMB

Inden for 100 ords afstand af:
GRAIL, ROSE, SANGREAL, CHALICE

"Hvor lang tid vil det tage?" spurgte Sophie.

"Nogle få hundrede terabytes med adskillige krydsreferenceområder?" Gettums øjne strålede da hun trykkede på SEARCH knappen. "Blot et lille kvarters tid."

Langdon og Sophie sagde ikke noget, men Gettum havde en fornemmelse af at det lød som en evighed for dem.

"Te?" spurgte Gettum. Hun rejste sig og gik over mod kanden som hun havde lavet før. "Leigh elsker min te."

KAPITEL 93

Opus Dei-centeret i London er et beskedent murstenshus på Orme Court 5 der vender ud mod den nordlige del af Kensington Gardens. Silas havde aldrig været der før, men han mærkede en stigende fornemmelse af ro og fred idet han nærmede sig bygningen til fods. På trods af regnen havde Rémy sat ham af et par gader derfra for at holde limousinen væk fra hovedgaderne. Silas havde ikke noget imod at skulle gå lidt. Regnen var rensende.

På Rémy's anbefaling havde Silas skaffet sig af med sin pistol ved at smide den ned gennem en kloakrist. Han var glad for at slippe af med den. Han følte sig lettere. Hans ben værkede stadig efter at have ligget bundet så længe, men Silas havde været udsat for langt større smerte. Han tænkte på Teabing som Rémy havde efterladt bundet bag i limousinen. Englænderen måtte utvivlsomt kunne mærke smerten nu.

"Hvad vil De gøre med ham?" havde Silas spurgt Rémy på vej herhen.

Rémy havde trukket på skuldrene. "Det er op til Mesteren at afgøre." Der var en underlig skarphed i hans tone.

Da Silas nærmede sig Opus Dei-bygningen tog regnen til og gennem-blødte hans kappe så den klæbede sig til gårsdagens sår. Han var parat til at give slip på det forløbne døgns synder og rense sin sjæl. Hans værk var udført.

Silas gik over en lille plads foran bygningen og tog i hoveddøren. Det kom ikke bag på ham at den ikke var låst. Han åbnede den og trådte ind i den mini-malistiske foyer. Der lød en dæmpet elektronisk ringen ovenpå idet Silas trådte ind på gulvtæppet. Den form for klokke var udbredt i Opus Dei-husene hvor beboerne tilbragte det meste af dagen med at bede på deres værelse. Silas kunne høre nogen bevæge sig ovenover på det knagende trægulv.

En mand iført en kåbe kom nedenunder. "Kan jeg hjælpe?" Han havde ven-lige øjne der ikke så ud til så meget som at registrere Silas' skræmmende fysiske fremtoning.

"Tak. Mit navn er Silas. Jeg tilhører Opus Dei's numerære medlemmer."

"Amerikaner?"

Silas nikkede. "Jeg er kun her i byen i dag. Må jeg være her?"

"De behøver slet ikke at spørge. Der er to ledige værelser på tredje sal. Skal jeg bringe noget te og brød op til Dem?"

"Ja tak." Silas følte sig fuldstændig udhungret.

Silas gik ovenpå til et beskedent værelse med et vindue. Han tog sin våde kappe af, knælede i sit undertøj og gav sig til at bede. Han hørte at hans vært kom op og satte en bakke uden for døren. Silas gjorde sin bøn færdig, spiste sin mad og lagde sig ned for at sove.

Tre etager under ham ringede en telefon. Opus Dei-medlemmet, der havde taget imod Silas, tog den.

"Det er Londons politi," blev der sagt. "Vi leder efter en albinomunk. Vi har fået et tip om, at han muligvis er hos jer. Har De set ham?"

"Ja, han er her. Er der noget galt?" svarede Opus Dei-medlemmet forskrækket.

"Er han der *nu?*"

"Ja, han ligger ovenpå og beder. Hvad er der galt?"

"Lad ham blive præcis hvor han er nu," beordrede betjenten. "De må ikke sige et ord til nogen. Jeg sender et hold betjente af sted med det samme."

KAPITEL 94

St. James' Park er et hav af grønt midt i London, en offentlig park der grænser op til Westminster, Buckingham Palace og St. James' Palace. Parken blev engang lukket af Kong Henry VIII og fyldt med dyr til jagtbrug, men nu var den igen åben for offentligheden. På solrige eftermiddage tog londonerne på skovtur under piletræerne og fodrede søens fastboende pelikaner hvis forfædre var en gave til Charles II fra den russiske ambassadør.

Mesteren kunne ikke få øje på nogen pelikaner i dag. Til gengæld havde blæsten fået måger til at komme ind ude fra havet. Plænerne var dækket af dem – hundredvis af hvide fugle, alle med hovederne i samme retning mens de tålmodigt ventede på at blæsten skulle løje af. På trods af morgendisen var der en smuk udsigt til Houses of Parliament og Big Ben. Mesteren kastede et blik hen over de skrånende plæner, forbi andedammen og grædepilenes smukke silhuetter, og videre hen over spirene på den bygning der husede ridderens grav – den egentlige grund til at han havde bedt Rémy komme til dette sted.

Da Mesteren nærmede sig det forreste passagersæde på den holdende bil, lænede Rémy sig over og åbnede døren. Mesteren stoppede op og tog en slurk af cognacflasken han havde i hånden. Han dubbede sig om munden, steg ind ved siden af Rémy og lukkede døren.

Rémy holdt slutstenen op som et andet trofæ. "Den var nær gået tabt."

"De har gjort et godt stykke arbejde," sagde Mesteren.

"*Vi* har gjort et godt stykke arbejde," svarede Rémy og lagde slutstenen i Mesterens ivrige hænder.

Mesteren kiggede beundrende på den og smilede. "Og pistolen? Har De gemt den?"

"Den er lagt tilbage i handskerummet hvor jeg fandt den."

"Glimrende." Mesteren tog endnu en slurk af cognacen og rakte flasken til Rémy. "Lad os skåle på vores succes. Enden er nær."

Rémy tog taknemmeligt imod flasken. Cognacen smagte af salt, men Rémy var ligeglad. Han og Mesteren var virkelig et makkerpar nu. Han kunne mærke hvordan han steg til et andet stade i livet. *Jeg skal aldrig være tjener igen.*

Da Rémy kastede et blik ned mod bredden af andedammen, virkede det som om Château Villette var uendelig langt borte.

Rémy tog endnu en slurk af flasken og kunne mærke hvordan cognacen varmede hans blod. Varmen i Rémy's hals forvandlede sig dog hurtigt til en ubehagelig brændende fornemmelse. Han løsnede sit slips med en underlig smag i munden og rakte flasken tilbage til Mesteren. "Jeg har vist fået nok," fik han fremstammet.

Mesteren tog flasken. "Rémy, som De ved er De den eneste der har set mit ansigt. Jeg har vist Dem stor tillid."

"Ja," sagde Rémy og løsnede febrilsk sit slips noget mere. "Og Deres identitet skal følge mig i graven."

Der gik et stykke tid før Mesteren sagde noget. "Det tror jeg på." Mesteren puttede flasken og slutstenen i lommen, åbnede handskerummet og tog den lille revolver frem. Et kort øjeblik blev Rémy grebet af frygt, men Mesteren puttede den blot i lommen på sine bukser.

Hvorfor gør han det? Rémy mærkede pludselig at han var begyndt at svede.

"Jeg ved at jeg lovede Dem frihed," sagde Mesteren i et beklagende tonefald. "Men i betragtning af Deres situation er det her, det bedste jeg kan gøre."

Den voldsomme svulmen i Rémy's hals kom som et vulkanudbrud, og han faldt frem mod rattet som i krampe. Han greb sig om halsen og smagen af bræk trængte op gennem hans forsnævrede luftrør. Han udstødte et svagt, hæst skrig, ikke engang højt nok til at det kunne høres uden for bilen. Han kom i tanke om cognacens salte smag.

Han er ved at slå mig ihjel!

Rémy stirrede vantro på Mesteren der sad helt rolig ved siden af ham og kiggede ud gennem foruden. Det sortnede for hans øjne, og han gispede efter vejret. *Det var mig der banede vejen for ham! Hvordan kan han gøre det mod mig!* Om Mesteren hele tiden havde haft til hensigt at slå Rémy ihjel, eller om det havde været Rémy's indgriben i Tempelkirken der havde fået Mesteren til at miste tilliden til ham, ville Rémy aldrig få at vide. Han var på én gang skrækslagen og rasende. Rémy forsøgte at gribe ud efter Mesteren, men hans forkrampede krop kunne dårligt røre sig ud af stedet. *Jeg stolede på Dem!*

Rémy forsøgte at løfte sin knyttede næve for at trykke på hornet, men i stedet væltede han sidelæns og rullede ned på sædet ved siden af Mesteren, mens han pressede hænderne om sin hals. Regnen havde taget til og slog mod ruden. Rémy kunne ikke længere se noget, men han mærkede hvordan hans iltmanglende hjerne kæmpede for at holde fast i de sidste forrevne stumper af klarhed. Mens Rémy Legaludecs verden langsomt blev sort, kunne han have svoret på at han hørte lyden af Rivieraens bløde bølgeskvulp.

Mesteren trådte ud af limousinen og var glad for at se at der ikke var nogen der kiggede efter ham. *Jeg havde ikke noget valg*, sagde han til sig selv og var overrasket over at hans samvittighed ikke plagede ham mere end den gjorde. *Rémy beseglede sin egen skæbne*. Mesteren havde hele tiden frygtet at det ville blive nødvendigt at eliminere Rémy når missionen var fuldført, men ved så skamløst at have vist sit ansigt i Tempelkirken, havde han selv fremskyndet nødvendigheden betydeligt. Robert Langdons uventede besøg på Château Villette havde på én gang været et utroligt held og et kompliceret dilemma. Langdon havde bragt slutstenen direkte til missionens hjerte, hvilket var en glædelig overraskelse, men samtidig havde han haft politiet i hælene. Rémy's fingeraftryk var over alt på Château Villette, såvel som på aflytningsposten i laden hvorfra Rémy havde gennemført overvågningen. Mesteren priste sig lykkelig for at han havde været så omhyggelig med at undgå at der kunne trækkes nogen som helst bånd mellem Rémy's aktiviteter og hans egne. Ingen ville kunne blande Mesteren ind i det medmindre Rémy talte over sig, og det behøvede han ikke længere at bekymre sig om.

Så er der kun én løs ende tilbage at få samlet op på, tænkte Mesteren og gik ned mod den bageste ende af limousinen. *Politiet vil ikke have den fjerneste anelse om hvad der skete... og der vil ikke være et eneste overlevende vidne tilbage som kan fortælle dem det*. Han kiggede sig omkring for at sikre sig at der ikke var nogen der så ham, åbnede døren og steg ind i den rummelige kabine.

Få minutter senere var Mesteren på vej gennem St. James' Park. *Nu er der kun to personer tilbage. Langdon og Neveu*. De ville være sværere at få bugt med. Men det ville kunne lade sig gøre. Lige nu var det dog kryptexet der havde Mesterens fulde opmærksomhed.

Han kiggede triumferende gennem parken og fik øje på sit bestemmelsessted. *In London lies a knight a Pope interred*. I samme øjeblik Mesteren havde hørt verset, kendte han svaret. Det var dog ikke så mærkeligt at de andre ikke havde regnet det ud. *Jeg har et uretfærdigt forspring*. Efter at have lyttet til Saunières samtaler i månedsvis, havde Mesteren hørt Stormesteren nævne denne berømte ridder flere gange med en respekt der kunne måle sig med den han nærede for Da Vinci. Versets reference til ridderen var usandsynlig simpel når først man havde fået øje på den – takket være Saunières intelligens – men

391

det var dog stadig et mysterium hvordan denne grav ville afsløre det endelige adgangsord.

You seek the orb that ought be on his tomb.

Mesteren kunne svagt huske nogle fotografier af den berømte grav og især af dens mest iøjnefaldende kendetegn. *En gigantisk kugle.* Den enorme klode der var monteret oven over graven var næsten lige så stor som selve graven. For Mesteren virkede tilstedeværelsen af kuglen på én gang opmuntrende og problematisk. På den ene side virkede det som et tegn, men på den anden side var den manglende brik, ifølge verset, en kugle der *burde* have været på hans grav – ikke en der allerede var der. Han satsede på at svaret ville dukke op når han fik lejlighed til at kigge nærmere på graven.

Regnen styrtede stadig ned, og han stoppede kryptexet langt ned i sin højre lomme for at beskytte det mod fugtigheden. Han holdt den lille revolver i venstre lomme, ude af syne. Få minutter senere trådte han ind i den stille helligdom i Londons prægtigste, nihundrede år gamle bygning.

I samme øjeblik som Mesteren trådte ind fra regnen, trådte Biskop Aringarosa ud i den. Han trådte ud på den regnvåde landingsbane på Biggin Hill-flyvepladsen og samlede sin præstekjole omkring sig i den kolde og fugtige luft. Han havde håbet at inspektør Fache havde været der til at tage imod ham. I stedet var det en ung engelsk politikommissær der nærmede sig med en paraply i hånden.

"Biskop Aringarosa? Inspektør Fache var nødt til at tage af sted. Han bad mig om at tage mig af Dem. Han foreslog at jeg kørte Dem til Scotland Yard. Han mente at det ville være det sikreste."

Sikreste? Aringarosa kiggede ned på den tunge kuffert fuld af vatikanske checks som han stod med i hånden. Han havde næsten glemt den. "Ja, tak skal De have."

Aringarosa steg ind i politibilen alt imens han spekulerede på hvor Silas var. Et par minutter senere dukkede svaret frem på bilens monitor.

5 Orme Court.

Aringarosa genkendte straks adressen.

Opus Dei-centeret i London.

Han vendte sig om mod betjenten. "Kør mig derhen med det samme!"

KAPITEL 95

Langdons blik havde været limet til computerskærmen siden søgningen blev igangsat.

Fem minutter. Kun to resultater. Begge irrelevante.

Han begyndte at blive bekymret.

Pamela Gettum var gået ind i et tilstødende lokale for at tilberede nogle varme drikke. Langdon og Sophie havde meget uklogt spurgt om der måske var mulighed for at få *kaffe* i stedet for den te Gettum havde tilbudt, og på baggrund af adskillige biplyde fra en mikrobølgeovn inde fra rummet ved siden af, havde Langdon nu mistanke om at deres anmodning ville blive belønnet med en gang Nescafé.

Endelig gav computeren et tilfreds pling fra sig.

"Det lyder som om der er endnu en fuldtræffer," sagde Gettum inde fra det andet rum. "Hvad er titlen?"

Langdon kiggede på skærmen og læste titlen højt.

> `Grail Allegory in Medieval Literature:`
> `A Treatise on `*`Sir Gawain and the Green Knight.`*

"Den dur ikke," sagde Gettum. "Der er ikke ret mange mytologiske grønne kæmper begravet i London."

Langdon og Sophie sad tålmodigt foran skærmen mens endnu to underlige forslag dukkede op. Da computeren igen gav et pling fra sig, var forslaget dog noget uventet.

> DIE OPERN VON RICHARD WAGNER

"Wagners operaer?" sagde Sophie undrende.

Gettum dukkede op i døråbningen med en pakke pulverkaffe i hånden. "Det lyder som et underligt forslag. Blev Wagner slået til ridder?"

"Nej," sagde Langdon og mærkede at hans nysgerrighed var blevet vakt. "Men han var en kendt Frimurer." *Tillige med Mozart, Beethoven, Shakespeare, Gershwin, Houdini og Disney.* Der var blevet skrevet utallige bøger om forbindelsen mellem frimurerne og tempelherrerne, Priory of Sion og Den Hellige Gral. "Jeg vil gerne se nærmere på det forslag. Hvordan kan jeg se hele teksten?"

"De vil ikke se hele teksten," halvråbte Gettum tilbage fra det tilstødende lokale. "Klik på den fremhævede tekst – så viser computeren Deres nøgleord i en kontekst bestående af et foranstillet og tre bagvedstillede ord."

Langdon var ikke helt sikker på hvad hun mente, men klikkede alligevel på teksten som hun havde sagt.

Et nyt vindue dukkede op.

```
...mythological knight named Parsifal who...
... metaphorical Grail quest that arguably...
... the London Philharmonic in 1855...
Rebecca Pope's opera anthology "Diva's...
... Wagner's tomb in Bayreuth, Germany...
```

"Rebecca Pope – dur ikke," sagde Langdon skuffet. Men han var trods alt forbløffet over systemets brugervenlighed. Nøgleordene set i sætnings-sammenhæng var nok til at minde ham om at Wagners opera *Parsifal* var en hyldest til Maria Magdalene og Kristi slægt, fortalt i form af en historie om en ung ridder på jagt efter sandheden.

"Vær blot tålmodig," sagde Gettum. "Der kommer flere. Lad blot maskinen arbejde."

I løbet af de næste minutter gav computeren flere forslag med referencer til gralen, blandt andet en tekst om *troubadourer* – de berømte franske *ménestreller*, eller omvandrende sangere. Langdon var klar over at det ikke var en tilfældighed at ordet *ménestrel* og ordet *minister* havde de samme sproghistoriske rødder. Troubadourerne var omrejsende tjenere eller "ministre" for Maria Magdalene kirken, og de brugte sang og musik til at udbrede den hellige kvindes historie blandt den almene befolkning. Endnu den dag i dag sang troubadourerne sange der lovpriste 'Vor Frue' – en mystisk og smuk kvinde som de ville ære for evigt.

Langdon kaldte ivrigt den bagvedliggende tekst frem, men fandt intet af interesse.

Computeren gav igen et pling fra sig.

KNIGHTS, KNAVES, POPES, AND PENTACLES:
THE HISTORY OF THE HOLY GRAIL THROUGH TAROT

"Ikke overraskende," sagde Langdon til Sophie. "Nogle af vores nøgleord er identiske med navnene på visse tarokkort." Han rakte hånden ud efter musen for at klikke på teksten. "Jeg ved ikke om din bedstefar nævnte det da du lagde tarokkort med ham, Sophie, men tarok er en lynbelæring i historien om den forsvundne brud og kirkens undertrykkelse af hende."

Sophie kiggede forbavset på ham. "Det anede jeg ikke."

"Det er netop pointen. Ved at lade undervisningen foregå gennem en meta-forisk leg, kunne tilhængerne af gralen skjule deres budskab fra kirkens vagt-somme øje." Langdon havde tit spekuleret på hvor mange af nutidens kort-spillere der havde den fjerneste anelse om at de fire kulører – spar, hjerter, klør og ruder – var gral-relaterede symboler der var direkte knyttet til Taroks fire kulører – sværdet, bægeret, staven og pentagrammet.

Spar var sværdet – klingen. Manden.
Hjerter var bægeret – kalken. Kvinden.
Klør var staven – den kongelige slægt. Den blomstrende stav.
Ruder var pentagrammet – gudinden. Den hellige kvinde.

Fire minutter senere da Langdon ellers var begyndt at frygte at de ikke ville finde det de søgte, dukkede endnu et søgeresultat frem på skærmen.

```
The Gravity of Genius:
Biography of a Modern Knight.
```

Langdon oplyste Gettum titlen.

Gettum stak hovedet frem fra det andet rum. "Hvor moderne? Lad nu være med at fortælle mig at det er Sir Rudy Giuliani. Jeg synes ærlig talt at de har ramt lidt ved siden af med ham."

Langdon havde selv sine skrupler med Sir Mick Jagger der var blevet slået til ridder for nylig, men dette var næppe det rette tidspunkt til at diskutere politikken bag det moderne engelske ridderskab. "Lad os se." Langdon trak den fremhævede tekst frem.

```
... honorable knight, Sir Isaac Newton...
     ... in London in 1727 and...
  ... his tomb in Westminster Abbey...
 ... Alexander Pope, friend and colleaque...
```

"Det ser ud til at 'moderne' er et relativt begreb," sagde Sophie til Gettum. "Det er en gammel bog. Om Sir Isaac Newton."

Gettum rystede på hovedet henne i døråbningen. "Dur ikke. Newton blev begravet i Westminster Abbey, den engelske protestantismes hovedsæde. Det er utænkeligt at der skulle have været en katolsk pave til stede. Fløde og sukker?"

Sophie nikkede.

Gettum ventede et øjeblik.

"Robert?"

Langdons hjerte hamrede. Han tog øjnene fra skærmen og rejste sig. "Sir Isaac Newton er vores ridder."

Sophie havde ikke rejst sig. "Hvad mener du?"

"Newton ligger begravet i London," sagde Langdon. "Hans arbejde lagde fundamentet for en ny videnskab der vakte kirkens vrede. Og han var Stormester for Priory of Sion. Hvad kan vi ønske os mere?"

"Hvad mere kan vi ønske os?" Sophie pegede på verset. "Hvad med sætningen 'a knight a Pope interred'? Du hørte selv hvad Ms. Gettum sagde – Newton blev ikke begravet af en katolsk pave."

Langdon greb musen. "Hvem har sagt noget om en *katolsk* pave?" Han klikkede på det fremhævede 'Pope', det engelske ord for pave, så hele sætningen dukkede op.

Sir Isaac Newton's burial, attended by kings and nobles, was presided over by Alexander Pope, friend and colleague, who gave a stirring eulogy before sprinkling dirt on the tomb.

Langdon kiggede på Sophie. "Vi havde fat i den rigtige 'Pope' allerede ved vores andet søgeresultat. Alexander." Han tav et øjeblik. "A. Pope."

In London lies a knight A. Pope interred.

Sophie rejste sig. Hun var fuldstændig målløs.

Jacques Saunière, tvetydighedens mester, havde endnu en gang bevist at han var en skræmmende intelligent mand.

KAPITEL 96

Silas vågnede med et sæt.

Han vidste ikke hvad det var der havde vækket ham, eller hvor længe han havde sovet. *Drømte jeg?* Han satte sig op på sin sivmåtte og lyttede til den fredfyldte stilhed der herskede i Opus Dei-bygningen, en stilhed der blev vævet sammen med en svag mumlen fra en der bad højt nedenunder. Det var en velkendt lyd og burde blot have en beroligende effekt på ham.

Og alligevel var han blevet grebet af en pludselig og uventet uro.

Han rejste sig og gik over til vinduet iført sit undertøj. *Blev jeg skygget?* Pladsen nedenfor lå øde hen, præcis som den havde gjort da han kom. Han lyttede. Stilhed. *Hvorfor er jeg urolig?* Silas havde for længst lært at stole på sin intuition. Det var hans intuition der havde holdt ham i live som gadebarn i Marseille længe før tiden i fængslet – længe før han var blevet genfødt takket være Biskop Aringarosa. Han kiggede igen ud ad vinduet og fik nu øje på omridset af en bil gennem hækken. Bilen havde en politisirene på taget. Han hørte en knirken fra gulvbrædderne ude i gangen. En lås blev slået fra.

Silas reagerede instinktivt. Han sprang over bag døren i den anden ende af rummet i samme øjeblik som den sprang op. Den første betjent stormede ind mens han sigtede til højre og venstre i det tilsyneladende tomme værelse. Inden det gik op for ham hvor Silas var, havde Silas stødt skulderen mod døren og banket den i hovedet på den anden betjent der var på vej ind. Idet den første vendte sig for at skyde, kastede Silas sig mod hans ben. Pistolen gik af, og kuglen fløj hen over hovedet på Silas, netop som han greb fat om betjentens ben og skubbede dem væk under ham. Betjenten faldt bagover med et brag og slog hovedet i gulvet. Den anden betjent forsøgte vaklende at komme på benene. Silas sprang hen mod ham og hamrede et knæ i skridtet på ham hvorefter han steg hen over den forvredne krop og løb ud i gangen.

Næsten uden en trævl på sin hvide krop styrtede Silas ned ad trappen. Han vidste at han var blevet forrådt – spørgsmålet var blot af hvem? Da han nåede ned til foyeren, så han at der var flere betjente på vej ind gennem hoveddøren. Silas vendte om og skyndte sig den anden vej, længere ind i bygningen. *Kvindernes indgang. En sådan findes i alle Opus Dei-huse.* Silas skyndte sig ned gennem de smalle gange og smuttede ud gennem et køkken hvor han spurtede forbi et par skræmte kokke der sprang til side for den halvnøgne albino der væltede kander og sølvtøj på sin vej. Til sidst kom han ud i en mørk gang i nærheden af fyrrummet og fik øje på døren han ledte efter – et exitskilt lyste for enden af gangen.

Silas løb for fuldt drøn gennem døren og ud i regnen. Han sprang ned fra den lave trappe uden at se betjenten der kom stormende imod ham, før det var for sent. De to mænd stødte sammen, og Silas' brede, nøgne skulder ramte manden i brystkassen med en knusende kraft. Han væltede betjenten bagover og landede oven på ham på fortovet. Betjentens pistol faldt ud af hånden på ham. Silas kunne høre nogle mænd løbe råbende ned gennem gangen han var kommet ad. Han rejste sig og greb pistolen der lå på fortovet i samme øjeblik som betjentene dukkede op. Der lød et skud, og Silas mærkede en brændende smerte lige under ribbenene. Sydende af raseri begyndte han at skyde mod de tre betjente så blodet fløj omkring dem.

En mørk skygge dukkede pludselig op bag ham. Silas følte det som om de vrede hænder der greb om hans bare skuldre havde fået tilført kræfter fra djævlen selv. Manden råbte ind i hans ører. "SILAS, NEJ!"

Silas vendte sig og skød. Deres blikke mødtes. Silas skreg af forfærdelse da Biskop Aringarosa faldt.

KAPITEL 97

Over tre tusind mennesker ligger begravet i Westminster Abbey. Kirkens enorme indre bugner af jordiske rester af konger, politikere, videnskabsmænd, digtere og musikere. Gravene, der er stuvet ind i hver eneste niche og alkove, varierer i pragt; lige fra det mest kongelige af alle mausoleer – som tilhører Dronning Elizabeth I, hvis overdækkede sarkofag har sit eget private, halvcirkelformede kapel – ned til den mest beskedne gulvflise hvis inskription er blevet udvisket efter mange hundrede års gang hen over den, så det i dag er overladt til ens fantasi at gætte på hvis jordiske rester der kunne tænkes at ligge nedenunder.

Westminster Abbey, der er bygget i stil med de store domkirker Amiens, Chartres og Canterbury, bliver hverken betragtet som domkirke eller sognekirke. Den benævnes *royal pekuliar*, hvilket betyder at den udelukkende er underlagt kongemagten. Siden kroningen af Vilhelm Erobreren Juledag 1066 har den imponerende helligdom været vidne til en uendelig række kongelige ceremonier og statslige arrangementer – lige fra kanoniseringen af Edvard Bekenderen og Prins Andrew og Sarah Fergusons bryllup til begravelsen af Henry V, Dronning Elizabeth I og Lady Diana.

Lige nu var Robert Langdon dog absolut ikke interesseret i kirkens interessante historie – bortset fra en enkelt begivenhed – begravelsen af den engelske ridder Sir Isaac Newton.

In London lies a knight a Pope interred.

Langdon og Sophie skyndte sig gennem den gigantiske søjlegang ved det nordlige tværskib. Uden for indgangen blev de mødt af vagter der høfligt viste dem gennem kirkens nyeste udstyr – en stor metaldetektor – et apparat der i dag findes ved næsten alle historiske bygninger i London. De slap begge igennem uden at sætte alarmen i gang og fortsatte hen til indgangen.

Da Langdon trådte over dørtrinet til Westminster Abbey, følte han at verden udenfor forsvandt som dug for solen. Ingen trafikstøj. Ingen styrtregn. Blot en øredøvende stilhed der virkede som om den gav genlyd – som om bygningen hviskede til sig selv.

Langdon og Sophies blikke blev straks suget opad mod kirkens enorme tomme rum der rejste sig over dem. Grå stensøjler steg som kæmpemæssige træstammer op i mørket for i en elegant bue at bøje sig over en svimlende afstand og vende tilbage til stengulvet. Det nordlige tværskib strakte sig foran dem som en dyb kløft, flankeret af lodrette sprækker med farvet glas. På solrige dage var kirkegulvet dækket af et farverigt tæppe af lys. I dag gav regnen og mørket stedet en spøgelsesagtig aura – ganske passende i betragtning af den krypt det egentlig var.

"Her er nærmest tomt," hviskede Sophie.

Det kom som en ubehagelig overraskelse for Langdon. Han havde håbet at der ville være langt flere mennesker. *Et mere offentligt sted.* Langdon havde ikke lyst til en gentagelse af oplevelsen i den øde Tempelkirke. Den populære turistattraktion havde givet Langdon forhåbninger om en form for sikkerhed, men hans erindring om et mylder af mennesker i en oplyst kirke stammede fra oplevelser fra højsæsonen om sommeren. I dag var det en regnfuld aprilmorgen. I stedet for skarer af mennesker og strålende farverigt glas, var det eneste Langdon så et stort menneisketomt gulv og mørke, tomme nicher.

"Vi gik gennem en metaldetektor," sagde Sophie som åbenbart havde fornemmet Langdons bekymring. "Hvis der er nogen herinde, kan de i hvert fald ikke være bevæbnede."

Langdon nikkede, men følte sig ikke tryg. Han havde villet bede politiet i London om at komme, men Sophies frygt for hvem der kunne være involveret, havde lagt en dæmper på enhver kontakt med myndighederne. *Vi er nødt til at få fat i kryptexet*, havde Sophie insisteret. *Det er nøglen til det hele.*

Hun havde selvfølgelig ret.

Det var nøglen til at bringe Leigh tilbage – i live.

Det var nøglen til at finde gralen.

Det var nøglen til at finde ud af hvem der stod bag det hele.

Desværre så det ud til at hvis de skulle have en chance for at få fat i slutstenen igen, var det her og nu – ved Isaac Newtons grav. Hvem der end var i besiddelse af kryptexet var nødt til at aflægge denne grav et besøg for at finde frem til adgangsordet, og hvis de da ikke allerede havde været her og var gået igen, havde Sophie og Langdon tænkt sig at bremse dem.

De skyndte sig over til den venstre mur for at komme væk fra det åbne område og bevægede sig ind i et mørkt sideskib bag en række søjler. Langdon kunne ikke ryste billedet af Leigh Teabing af sig – han lå formodentlig bundet bag i sin egen limousine lige nu. Hvem det end var, der havde givet ordre til at myrde de fire øverste medlemmer af Priory of Sion, ville ikke tøve med at eliminere andre, der stod i vejen for dem. Det virkede som skæbnens grusomme ironi at Teabing – en moderne engelsk ridder – blev holdt som gidsel i jagten på sin egen landsmand, Sir Isaac Newtons grav.

"Hvor er den?" spurgte Sophie og så sig omkring.

Graven. Langdon anede det ikke. "Vi er nødt til at finde en rundviser vi kan spørge."

Langdon vidste bedre end at begynde at gå rundt på må og få herinde. Westminster Abbey var en labyrint af mausoleer, lukkede kamre og store nicher. Ligesom Louvres Grande Galerie havde kirken kun én indgang – døren som de netop var kommet ind ad – hvilket gjorde det nemt at finde ind, men umuligt at finde ud igen. *Helt bogstaveligt en turistfælde,* som en af Langdons lettere distræte kolleger havde kaldt den. I overensstemmelse med den arkitektoniske tradition havde kirken form som et gigantisk kors. Men i modsætning til de fleste andre kirker var dens indgang placeret på siden i stedet for den mere traditionelle placering bagest i kirken via narthexen for enden af midterskibet. Desuden var kirken udstyret med en række spredte søjlegange der førte til et lukket gårdområde. Et enkelt uheldigt skridt gennem en forkert korridor og man var faret vild i en labyrint af udendørs søjlegange omgivet af høje mure.

"Rundviserne er iført karmoisinrøde kapper," sagde Langdon da de nærmede sig midten af kirken. Idet Langdon kiggede skråt forbi det knejsende, forgyldte alter over mod den modsatte ende af det sydlige tværskib, kunne han se adskillige personer kravle rundt på alle fire. Denne valfart til Poet's Corner var almindeligt forekommende, men den var dog langt mindre hellig end den så ud til. *Turister i færd med at udføre 'brass rubbing'.*

"Jeg kan ikke se nogen rundviser nogen steder," sagde Sophie. "Måske kan vi selv finde graven?"

Uden et ord førte Langdon hende et par skridt videre til de nåede midten af kirken og pegede mod højre.

Sophie gispede overrasket da hun kiggede ned gennem kirkens lange midterskib og hele bygningens omfang kom til syne. "Nej, okay," sagde hun. "Lad os finde en rundviser."

Samtidig, hundrede meter længere nede i midterskibet og ude af syne bag korskærmen, havde Sir Isaac Newtons majestætiske grav en enlig gæst. Mesteren havde undersøgt monumentet omhyggeligt i ti minutter nu.

Newtons grav bestod af en stor sort marmorsarkofag hvorpå der var placeret en skulptur af Sir Isaac Newton. Han var iklædt klassisk tøj, sad med fremstrakte fødder og lænede sig stolt op ad en stabel af sine egne bøger – *Divinity, Chronology, Opticks* og *Philosophiae Naturalis Principia Mathematica.* Ved hans fødder stod to bevingede drenge med en skriftrulle i hænderne. Bag Newtons krop rejste sig en pyramide. Selvom pyramiden i sig selv var underlig nok, var det først og fremmest den enorme figur der var monteret halvvejs oppe på pyramidens front der havde Mesterens interesse.

En kugle.

Mesteren tænkte på Saunières drilagtige gåde. *Du søger en kugle der burde have været på hans grav.* Den store kugle der stak frem fra pyramidens front var et udskåret basrelief der afbildede alle mulige himmellegemer – stjernebilleder, dyrekredsens himmeltegn, kometer, stjerner og planeter. Over dem var astronomiens gudinde afbildet under et stjernetæppe.

Utallige kugler.

Mesteren havde været overbevist om at så snart han kom hen til graven, ville det være en smal sag at få øje på den manglende kugle. Men det var han ikke længere så sikker på. Han stod og så på et kompliceret kort over himmelhvælvingen. *Manglede der en planet? Var en eller anden astronomisk kugle blevet udeladt i et stjernebillede?* Han anede det ikke. Mesteren kunne dog ikke lade være med at have mistanke om at løsningen ville være genial i al sin enkelhed – præcis som 'a knight a pope interred.' *Hvad er det for en kugle jeg leder efter?* Det kunne ikke være rigtigt at en avanceret astrofysisk viden var en forudsætning for at finde gralen. *Kunne det?*

Den hentyder til rosenrød hud og befrugtet liv.

Mesterens koncentration blev brudt af en flok turister der nærmede sig. Han puttede kryptexet tilbage i lommen og kiggede irriteret efter turisterne der gik over til et bord i nærheden, lagde nogle penge i en dåse og forsynede sig med det gratis brass-rubbing-udstyr der var lagt frem rundt omkring i kirken. Forsynet med nye trækulsblyanter og store stykker tykt papir begav de sig tilbage mod den forreste ende af kirken, formodentlig på vej mod det populære Poet's Corner for at vise deres respekt for Chaucer, Tennyson og Dickens ved at gnide som rasende på deres grave.

Da han atter var blevet alene, gik han helt hen til graven mens han betragtede den indgående fra nederst til øverst. Han begyndte ved løvefødderne under sarkofagen og flyttede blikket opad – forbi Newton, forbi hans videnskabelige bøger, forbi de to drenge med deres matematiske skriftrulle, op over pyramidens front til den enorme kugle med dens mange himmellegemer, og til sidst op til den stjernefyldte himmelhvælving.

Hvilken kugle burde være her, men er her ikke? Han rørte ved kryptexet i sin lomme som kunne han på en eller anden måde føle sig frem til svaret på Saunières bearbejdede marmorcylinder. *Blot fem bogstaver skiller mig fra gralen.*

Idet han gik frem og tilbage ved kanten af korskærmen, tog han en dyb indånding og kiggede op gennem det lange midterskib, op mod alteret i det fjerne. Han sænkede blikket fra det forgyldte alter og fik øje på en rundviser i en karmoisinrød kappe der blev stoppet af to yderst bekendte personer.

Langdon og Sophie.

Mesteren trådte roligt to skridt tilbage så han var skjult af korskærmen. *Det var hurtigt.* Han havde regnet med at Langdon og Sophie inden længe ville gennemskue versets mening og dukke op ved Newtons grav, men dette var hurtigere, end han havde forestillet sig. Han sukkede og overvejede sine muligheder. Han var vant til at håndtere overraskelser.

Jeg har kryptexet.

Han stak hånden i lommen og rørte en anden genstand der styrkede hans selvsikkerhed: Revolveren. Som forventet var kirkens metaldetektor begyndt at bippe da Mesteren gik igennem med pistolen i lommen. Men som forventet var vagterne også straks trådt tilbage da Mesteren havde sendt dem et vredt blik og vist dem sit id-kort. Høj rang blev altid ledsaget af den rette respekt.

Selvom Mesteren umiddelbart havde håbet på at kunne åbne kryptexet alene og undgå yderligere komplikationer, havde han dog en fornemmelse af at Langdon og Neveus opdukken faktisk var hensigtsmæssig. I betragtning af hans manglende held i forbindelse med den manglende kugle, ville han muligvis få brug for deres ekspertise. Langdon havde åbenbart gennemskuet verset og fundet frem til graven, og derfor var der en betydelig chance for at han også vidste noget om kuglen. Og hvis Langdon kendte adgangsordet var det blot et spørgsmål om at lægge den rette form for pres på ham.

Men selvfølgelig ikke her.

Et mere afsides sted.

Mesteren kom i tanke om et lille skilt han havde lagt mærke til på vej ind i kirken. Han vidste straks hvor han skulle lokke dem hen.

Det eneste spørgsmål var hvad han skulle bruge som lokkemad.

Langdon og Sophie bevægede sig langsomt ned gennem det nordlige sideskib. De holdt sig i mørket bag de store søjler der adskilte det fra det åbne midterskib. Selvom de var nået halvvejs ned gennem midterskibet, kunne de stadig ikke se Newtons grav. Sarkofagen lå tilbagetrukket i en niche, ude af syne derfra hvor de stod.

"Der er i det mindste ikke nogen derovre," hviskede Sophie.

Langdon nikkede lettet. Hele området omkring Newtons grav lå øde hen.

"Jeg går derover," hviskede han. "Det er bedre at du bliver her hvis nu nogen – "

Sophie var allerede trådt frem fra mørket og var på vej hen over gulvet.

" – overvåger os," sukkede Langdon og fulgte efter hende.

Langdon og Sophie sagde ikke noget idet de krydsede det brede midterskib og den kunstfærdige grav på forjættende vis gradvis dukkede op foran dem... en sort marmorsarkofag... en statue af Newton i siddende stilling... to bevingede drenge... en kæmpemæssig pyramide... og... en enorm kugle.

"Vidste du at den var der?" spurgte Sophie overrasket.

Langdon rystede på hovedet. Det kom også som en overraskelse for ham.

"Det ser ud som om den er udsmykket med stjernebilleder," sagde Sophie.

Idet de nærmede sig nichen med graven, mærkede Langdon en sugende fornemmelse i maven. Newtons grav var dækket af kugler – stjerner, kometer, planeter. *Du søger kuglen som burde være på hans grav?* Det kunne vise sig at være som at finde en nål i en høstak.

"Astronomiske himmellegemer," sagde Sophie med et bekymret udtryk.

"Mange astronomiske himmellegemer." Langdon rynkede panden. Den eneste forbindelse mellem planeterne og gralen var Venus' femstjerne, og han havde allerede afprøvet ordet "Venus" som adgangsord på vej til Tempelkirken.

Sophie gik direkte over til sarkofagen, mens Langdon holdt sig et par meter længere tilbage for samtidig at holde øje med om der kom nogen.

"*Divinity,*" sagde Sophie og lagde hovedet på skrå for bedre at kunne læse titlerne på de bøger Newton sad lænet op ad. "*Chronology. Opticks. Philosophiae Naturalis Principia Mathematica?*" Hun vendte sig om mod Langdon. "Siger det dig noget?"

Langdon trådte et par skridt nærmere mens han tænkte over titlerne. "*Principia Mathematica* handler så vidt jeg husker om tyngdekraften og planet-er... som ganske vist er kugler, men det virker nu alligevel lidt langt ude."

"Hvad med dyrekredsens himmeltegn?" spurgte Sophie og pegede på nogle af stjernebillederne på kuglen. "Du sagde noget om fiskenes og vandmandens tidsalder, ikke?"

Dagenes Ende, tænkte Langdon. "Det blev antaget at enden på fiskenes tidsalder og begyndelsen på vandmandens var det historiske punkt hvor Priory of Sion havde planlagt at åbenbare Sangreal-dokumenterne for om-verdenen." *Men årtusindeskiftet kom og gik uden at det skete, hvilket havde efterladt historikerne i uvished om hvornår sandheden ville blive afsløret.*

"Muligvis," sagde Sophie, "er broderskabets planer om at afsløre sandheden knyttet til versets sidste linje."

Den hentyder til rosenrød hud og befrugtet liv. Langdon mærkede et sug af spænding. Han havde ikke læst sætningen på den måde før.

"Du sagde tidligere," sagde Sophie, "at tidspunktet for broderskabets plan om at afsløre sandheden om 'Rosen' og hendes befrugtede liv var direkte knyttet til planeternes placering – med andre ord kuglernes placering."

Langdon nikkede og mærkede hvordan en tynd sprække af muligheder åbnede sig. Men på den anden siden sagde hans intuition ham at astronomi ikke var nøglen. Stormesterens tidligere løsninger havde alle haft en klar symbolsk betydning – *Mona Lisa, Madonna of the Rocks*, SOFIA. Denne ram-mende klarhed manglede fuldstændig i idéen om planetkugler og dyre-kredsens himmeltegn. Indtil nu havde Jacques Saunière bevist at han skrev sine koder med en iøjnefaldende omhu, og Langdon havde svært ved at tro andet end at hans sidste adgangsord – de fem bogstaver der banede vejen til Priory of Sion's dybeste hemmelighed – ville vise sig ikke blot at være sym-bolsk passende, men også krystalklart. Hvis denne løsning mindede om de øvrige, ville den nærmest stikke en i øjnene når først man havde fået øje på den.

"Se!" gispede Sophie og hev ham ud af hans tanker idet hun greb fat i hans arm. Sophie lød forskrækket, og Langdon troede straks at der var nogen på vej over mod dem, men da han vendte sig om mod hende stod hun og stirrede forfærdet på den øverste del af marmorsarkofagen. "Her har været nogen," hviskede hun og pegede på et område på sarkofagen lige i nærheden af Newtons højre fod.

Langdon forstod ikke hendes bekymring. En skødesløs turist havde blot efterladt en trækulsblyant på sarkofagens låg i nærheden af Newtons fod. *Det betyder da ikke noget.* Langdon rakte hånden frem for at tage den, men da han lænede sig ind over sarkofagen, faldt lyset på en anden måde på det blankpolerede sorte marmorlåg, og Langdon stivnede. Pludselig gik det op for ham hvorfor Sophie var blevet bange.

Neden for Newtons fødder, på sarkofagens låg, var der skrevet en næsten usynlig besked med en trækulsblyant:

Jeg har Teabing.
Gå gennem Chapter House,
ud ad den sydlige udgang, til den offentlige park.

Langdon læste beskeden to gange. Hans hjerte hamrede.

Sophie vendte sig og lod blikket glide gennem midterskibet.

En dyne af angst bredte sig over Langdon da han læste ordene, men han sagde til sig selv at det trods alt var et godt tegn. *Det betyder at Leigh er i live.* Men det betød også noget andet. "De har heller ikke fundet adgangsordet," hviskede han.

Sophie rystede på hovedet. Hvorfor skulle de ellers give sig til kende nu?

"Muligvis ønsker de at udveksle Leigh med adgangsordet."

"Eller også er det en fælde."

Langdon rystede på hovedet. "Det tror jeg ikke. Parken er *uden* for kirkens mure. Der er som regel altid folk der." Langdon havde en enkelt gang besøgt kirkens berømte College Garden – en lille frugtplantage og krydderurtehave fra dengang munkene dyrkede urter til fremstilling af medicin. College Garden kunne prale af at have nogle af de ældste frugttræer i England, og det var et yndet turistmål som kunne besøges uden at man nødvendigvis skulle ind i kirken. "Jeg tror det skal opfattes som et tillidstegn at de sender os udenfor. Så vi føler os sikre."

Sophie så skeptisk ud. "Du mener derud hvor der ikke er nogen metaldetektorer?"

Langdon rynkede panden. Det kunne hun have ret i.

Han kastede endnu et blik på den kuglebestrøede grav og ønskede at han havde haft bare en lille anelse om hvad kryptexets adgangsord kunne være – så han havde noget at forhandle med. *Jeg fik Leigh involveret i det her, og jeg vil gøre hvad som helst for at hjælpe ham.*

"Vi bliver bedt om at gå gennem Chapter House til den sydlige udgang," sagde Sophie. "Måske kan vi få et overblik over parken fra udgangen? På den måde vil vi kunne vurdere situationen inden vi går derud og udsætter os selv for fare."

Det lød som en god idé. Så vidt Langdon huskede, var Chapter House en stor ottekantet sal hvor det oprindelige britiske parlament samledes i tiden før den moderne parlamentsbygning. Det var mange år siden han havde været der, men han kunne huske at man skulle igennem en række søjlegange for at komme derud. Langdon trådte adskillige skridt væk fra graven og kiggede frem bag korgitteret, ned gennem midterskibet i den modsatte retning af den de var kommet fra.

Lige i nærheden var der en porthvælving med et stort skilt over.

DENNE VEJ TIL:
SØJLEGANGENE
PRÆSTEBOLIGEN
COLLEGE SALEN
MUSEET
PYX KAMMERET
ST. FAITH KAPELLET
CHAPTER HOUSE

Langdon og Sophie småløb forbi skiltet uden at lægge mærke til et lille skilt der beklagende bekendtgjorde at visse områder var lukket på grund af renovering.

De kom straks ind i en åben gårdhave omgivet af høje mure hvor morgenregnen plaskede mod fliserne. Vinden hylede over dem med en dyb piben som når man puster i en flaske. Da de gik gennem den smalle over-dækkede søjlegang der løb langs hele gårdhavens ydermur, mærkede Langdon det velkendte ubehag han altid blev grebet af når han befandt sig i lukkede rum.

Han forsøgte at holde den klaustrofobiske følelse på afstand ved at holde blikket stift rettet mod enden af søjlegangen og koncentrere sig om skiltene der viste vej mod Chapter House. Regnen styrtede ned nu, og passagen hvor de gik var kold og våd af regnen der blæste ind gennem den enkelte række af søjler der udgjorde passagens eneste åbning mod lyset. Et andet par, der havde travlt med at komme i ly af regnen, skyndte sig forbi dem i den mod-satte retning. Søjlegangene virkede øde og mennesketomme nu, hvilket måske ikke var så underligt i betragtning af vejret – det var ikke kirkens mest fristende opholdssted i regn og blæst.

Knap fyrre meter længere nede ad den østlige søjlegang, dukkede en port-hvælving op på deres venstre hånd. Det var indgangen de ledte efter, men den viste sig at være spærret af en snor udstyret med et skilt.

LUKKET PÅ GRUND AF RENOVERING:
PYX KAMMERET
ST. FAITH KAPELLET
CHAPTER HOUSE

Den lange mennesketomme gang bag afspærringen var fuld af stilladser og afdækningsplast. Lige bag afspærringen kunne Langdon se indgangen til Pyx kammeret og St. Faith kapellet på henholdsvis højre og venstre side. Indgangen til Chapter House var derimod meget længere væk – i den modsatte ende af den lange korridor. Selv derfra hvor de stod, kunne Langdon se at de tunge trædøre stod åbne, og den store ottekantede sal lå badet i et naturligt gråt lys der strømmede ind fra de enorme vinduer der vendte ud mod College Garden. *Gå gennem Chapter House, ud ad den sydlige udgang, til den offentlige park.*

"Vi er netop gået gennem den østlige søjlegang så den sydlige udgang til parken må være dernede og til højre."

Sophie var allerede skrævet over afspærringen.

Idet de skyndte sig ned gennem den mørke korridor døde lyden af vinden og regnen fra den åbne søjlegang langsomt ud bag dem. Chapter House var et anneks der stod for sig selv for enden af en lang gang, hvilket skulle sikre at parlamentsarbejdet kunne foregå uforstyrret.

"Det ser enormt stort ud," sagde Sophie da de nærmede sig.

Langdon havde glemt *hvor* stort dette rum rent faktisk var. Han kastede et blik hen over det enorme gulv og over mod de imponerende vinduer på den modsatte side af den ottekantede sal. Vinduerne rejste sig hvad der svarede til fem etager op i luften og endte i et hvælvet loft. De ville utvivlsomt have et godt overblik over parken derinde fra.

Da de trådte over dørtærsklen kneb både Langdon og Sophie uvilkårligt øjnene sammen. Efter at have gået rundt i de dunkle søjlegange virkede Chapter House nærmest som et solarium. De var nået tre-fire meter ind i salen i retning af den sydlige væg da det gik op for dem at den omtalte udgang ikke var der.

De befandt sig for enden af en blindgyde.

En knagende lyd fra den tunge dør bag dem fik dem begge til at vende sig – lige i rette tid til at se døren gå i med et rungende smæld. Manden der havde stået skjult bag døren stod nu stille og roligt med en pistol rettet mod dem. Det var en kraftig mand som stod og støttede sig til et par krykker.

Et kort øjeblik troede Langdon at det var noget han drømte.

Det var Leigh Teabing.

KAPITEL 99

Det var med beklagelse Sir Leigh Teabing stod og så på Robert Langdon og Sophie Neveu ud over løbet på sin revolver. "Kære venner," sagde han, "fra det øjeblik I trådte ind over min dørtærskel i nat har jeg gjort alt hvad jeg kunne for at holde jer uden for fare. Men jeres stædighed har nu sat mig i en vanske-lig situation."

Han kunne se på Sophies og Langdons udtryk at de både var chokerede og følte sig bedraget, men alligevel var han sikker på at de begge inden længe ville forstå den kæde af begivenheder der havde ført dem alle tre frem til dette uforudsigelige møde.

Der er så meget jeg er nødt til at fortælle jer... så meget I ikke forstår.

"I skal vide," sagde Teabing, "at jeg ikke på nogen måde havde til hensigt at involvere jer. I dukkede pludselig op hjemme hos mig. *I opsøgte mig.*"

"Leigh?" lykkedes det endelig Langdon at få sagt, "hvad fanden laver du? Vi troede at du var i fare. Vi kom for at hjælpe dig!"

"Præcis som jeg gik ud fra at I ville gøre," sagde han. "Der er meget vi må diskutere."

Langdon og Sophie var ude af stand til at løsrive deres forbløffede og chokerede blikke fra pistolen der var rettet mod dem.

"Det er udelukkende for at sikre mig jeres fulde opmærksomhed," sagde Teabing. "Hvis jeg ville jer noget ondt, ville I ikke længere være i live. Da I trådte ind i mit hjem i nat, satte jeg alt på spil for at redde jeres liv. Jeg er en mand der står ved sit ord, og jeg har svoret på kun at ofre dem der har svigtet Sangreal."

"Hvad mener du?" spurgte Langdon. "Svigtet Sangreal?"

"Den forfærdelige sandhed gik op for mig," sagde Teabing og sukkede. "Jeg fandt ud af hvorfor Sangreal-dokumenterne aldrig er blevet offentliggjort. Jeg fandt ud af at Priory of Sion har besluttet alligevel ikke at afsløre sandheden. Det er derfor årtusindeskiftet kom og gik uden nogen afsløring, det var derfor der ikke skete noget selvom vi nåede Dagenes Ende."

Langdon tog en dyb indånding og skulle til at protestere.

"Priory of Sion," fortsatte Teabing, "havde fået en hellig formaning om at åbenbare sandheden – at offentliggøre Sangreal-dokumenterne når man nåede Dagenes Ende. Gennem århundreder satte mænd som Da Vinci, Botticelli og Newton alt på spil for at beskytte dokumenterne i overensstemmelse med den hellige formaning. Og da sandhedens øjeblik så endelig indtræffer, skifter Jacques Saunière mening. Manden der var betroet det største ansvar i kristendommens historie undgik at udføre sin pligt. Han besluttede at tiden alligevel ikke var inde." Teabing vendte sig mod Sophie. "Han svigtede gralen. Han svigtede broderskabet. Og han svigtede mindet om alle de generationer der havde arbejdet på at gøre dette øjeblik muligt."

"Sig mig engang," sagde Sophie idet hun løftede blikket og hendes grønne øjne borede sig ind i ham, fulde af raseri og erkendelse, "er De ansvarlig for mordet på min bedstefar?"

Teabing fnøs. "Deres bedstefar såvel som de tre sénéchaux svigtede gralen."

Sophie mærkede hvordan vreden vældede frem i hende. Han lyver!

Teabings stemme var hård og ubarmhjertig. "Deres bedstefar lod sig bestikke af kirken. Det er åbenlyst at de pressede ham til at fortie sandheden."

Sophie rystede på hovedet. "Kirken havde ikke den fjerneste indflydelse på min bedstefar!"

Teabing slog en hånlig latter op. "Min kære, kirken har to tusind års erfaring i at afpresse dem der truer med at afsløre dens løgne. Siden Konstantins tid har kirken med held begravet sandheden om Maria Magdalene og Jesus. Det burde ikke komme bag på os at de endnu en gang har fundet en måde hvorpå de kan holde verden i uvidenhed. Kirken kan ikke længere hyre korsfarere til at nedslagte de ikke-troende, men deres metoder er ikke mindre virkningsfulde. Og ikke mindre lumske." Han tav et øjeblik som for at understrege vigtigheden af den næste sætning. "Miss Neveu, Deres bedstefar har i det seneste stykke tid ønsket at fortælle Dem sandheden om Deres familie."

Sophie var målløs. "Hvor ved De det fra?"

"Mine metoder kommer ikke sagen ved. Lige nu er det vigtigste at De forstår følgende." Han tog en dyb indånding. "Deres mor og far og bedstemor og bror døde ikke ved en ulykke."

Ordene fik det til at svimle for Sophie. Hun åbnede munden for at sige noget, men var ude af stand til det.

Langdon rystede på hovedet. "Hvad mener du?"

"Robert, det forklarer det hele. Alle brikkerne falder på plads. Historien gentager sig selv. Kirken har nærmest tradition for at begå mord når det gælder om at bevare Sangreal-hemmeligheden. Med Dagenes Ende som en nært forestående trussel er et mord på Stormesterens nærmeste familie et klart budskab. Hold tæt, eller du og Sophie er de næste."

"Det var en bilulykke," fremstammede Sophie og mærkede hvordan smerten fra hendes barndom vældede frem inden i hende. "Det var en *ulykke!*"

"Det er en opdigtet godnathistorie der skulle skåne Dem," sagde Teabing. "Tænk på at blot to familiemedlemmer overlevede – Priory of Sion's Stormester og hans forældreløse barnebarn – det perfekte par til at give kirken kontrol over broderskabet. Prøv at forestille Dem hvilken forfærdelig plage kirken har været for Deres bedstefar de seneste år – de har kunnet true med at myrde *Dem* hvis han så meget som overvejede at åbenbare Sangrealdokumenterne, og de har kunnet true med at myrde Dem begge, hvis han ikke sørgede for at få broderskabet til at tage deres ældgamle ed op til fornyet overvejelse."

"Leigh," protesterede Langdon synligt irriteret, "du har absolut ikke nogen beviser for at kirken stod bag deres død, eller at den havde indflydelse på Priory of Sion's beslutning om ikke at sige noget."

"Beviser?" svarede Teabing omgående. "Vil du have beviser på at broderskabet blev påvirket udefra? Det nye årtusinde kom, men alligevel går verden stadig rundt i uvidenhed! Er det ikke beviser nok?"

Som et ekko af Teabings ord hørte Sophie en anden stemme. *Sophie, jeg må fortælle dig sandheden om din familie.* Det gik op for hende at hun stod og rystede. Kunne *det* virkelig være den sandhed hendes bedstefar havde villet fortælle hende? At hendes familie var blevet *myrdet?* Hvad vidste hun egentlig om den bilulykke der havde gjort det af med hendes familie? Blot uklare detaljer. Selv beretningerne i aviserne havde været slørede. *En ulykke? En godnathistorie?* Sophie kom pludselig til at tænke på sin bedstefars overbeskyttende opførsel – hvordan han aldrig brød sig om at lade hende være alene hjemme da hun var lille. Selv efter at Sophie var blevet voksen og var begyndt på universitetet, havde hun nogle gange haft en fornemmelse af at hendes bedstefar holdt øje med hende. Hun spekulerede på om medlemmer af broderskabet havde skygget hende hele hendes liv for at beskytte hende.

"Du havde mistanke om at der blev manipuleret med ham," sagde Langdon og stirrede vantro på Teabing, "så du *myrdede* ham?"

"Det var ikke mig der trykkede på aftrækkeren," sagde Teabing. "Saunière døde for mange år siden – da kirken berøvede ham hans familie. Han blev kompromitteret. Nu er han fri for den smerte, nu er han sluppet fri af skammen der blev udløst af at han ikke var i stand til at udføre sin hellige pligt. Hvad var alternativet? Der måtte gøres noget. Skal verden holdes i uvidenhed for altid? Skal kirken have lov til at slå sine løgne fast i vores historiebøger i al evighed? Skal kirken have lov til at gøre sin indflydelse gældende på ubestemt tid ved hjælp af mord og afpresning? Nej, der måtte gøres noget! Og nu er vi rede til at tage Saunières arv på vores skuldre og rette op på en forfærdelig fejl." Han tav et øjeblik. "Vi alle tre. I fællesskab."

Det eneste Sophie følte var afsky. "Hvordan i alverden kan De tro at vi vil hjælpe Dem?"

"Fordi min kære, De er årsagen til at Priory of Sion ikke var i stand til at åbenbare dokumenterne. Deres bedstefars kærlighed til Dem kom i vejen for at han tog kampen op mod kirken. Hans frygt for at hævnen ville ramme hans eneste tilbageværende familiemedlem, lammede ham. Han fik aldrig mulighed for at fortælle Dem sandheden, fordi De afviste ham, De bandt ham på hænder og fødder og lod ham vente. Nu skylder De verden sandheden. De skylder det til minde om Deres bedstefar."

Robert Langdon havde opgivet at forsøge at forstå Teabings opførsel. På trods af den strøm af spørgsmål der fløj gennem hovedet på ham, var han klar over at det kun gjaldt om én ting nu – at få Sophie ud herfra i live. Al den skyldfølelse Langdon fejlagtigt havde haft over at have blandet Teabing ind i sagen, var nu blevet overflyttet til Sophie.

Jeg tog hende med til Château Villette. Det er min skyld.

Langdon kunne ikke forestille sig at Teabing ville være i stand til koldblodigt at dræbe dem her i Chapter House, men på den anden side havde Teabing været bagmanden bag andre mord under sin afsporede jagt på gralen. Langdon havde en ubehagelig fornemmelse af at det ikke ville kunne høres hvis der blev affyret skud i denne afsides, tykmurede sal – slet ikke i dette vejr.

Og Leigh har netop indrømmet at han er skyldig.

Langdon kastede et blik på Sophie der stod med et chokeret udtryk i ansigtet. *Myrdede kirken Sophies familie for at lukke munden på broderskabet?* Langdon følte sig overbevist om at den moderne kirke ikke myrdede folk. Der måtte være en anden forklaring.

"Lad Sophie gå," sagde Langdon og stirrede på Teabing. "Du og jeg bør diskutere det her alene."

Teabing slog en kunstig latter op. "Jeg er bange for at det er en tillid jeg ikke kan tilbyde. Derimod kan jeg tilbyde jer *det her.*" Han lænede sig elegant op ad sine krykker, mens han fortsat holdt pistolen rettet mod Sophie samtidig med at han tog slutstenen op af lommen. Han svajede en lille smule idet han rakte den frem mod Langdon. "En tillidserklæring, Robert."

Det svimlede for Robert og han rørte sig ikke. *Har Leigh tænkt sig at give os slutstenen tilbage?*

412

"Tag den," sagde Teabing og rakte den kejtet hen mod Langdon.

Langdon kunne kun komme i tanke om en eneste grund til at Teabing ville give dem den. "Du har allerede åbnet den. Du har fjernet kortet."

Teabing rystede på hovedet. "Robert, hvis jeg havde kunnet åbne slutstenen, ville jeg være over alle bjerge nu for selv at finde gralen. Og jeg ville have blandet jer udenom. Men nej, jeg kender ikke svaret. Jeg indrømmer det blankt. En sand ridder lærer at være ydmyg over for gralen. Han lærer at bøje sig for tegnene der dukker op. Da jeg så jer træde ind i kirken, forstod jeg det straks. Der var en grund til at I dukkede op. For at hjælpe. Jeg er ikke udelukkende ude efter ære og berømmelse. Jeg tjener en langt større herre end min egen stolthed. Sandheden. Menneskeheden fortjener at få sandheden at vide. Gralen opsøgte os alle, og nu tigger hun om at blive åbenbaret. Vi må arbejde sammen."

På trods af Teabings anmodning om samarbejde og tillid, forblev hans pistol rettet mod Sophie idet Langdon trådte frem og tog den kolde marmorcylinder. Der kom en skvulpende lyd fra eddiken indeni da Langdon greb om den og trådte tilbage. Skiverne var stadig i en tilfældig orden, og kryptexet var stadig låst.

Langdon kiggede på Teabing. "Hvordan kan du vide at jeg ikke smadrer det mod gulvet om et øjeblik?"

Teabing lo triumferende. "Jeg burde have vidst at din trussel om at knuse den i Tempelkirken, var en tom trussel. Robert Langdon vil aldrig kunne ødelægge slutstenen. Du er historiker, Robert. Du står med nøglen til to tusind års historie – den forsvundne nøgle til Sangreal-dokumenterne. Du kan fornemme de mange riddersjæle der blev brændt på bålet for at beskytte hendes hemmelighed. Vil du lade deres død være forgæves? Nej, du vil retfærdiggøre deres død. Du vil tilslutte dig rækken af de store mænd som du beundrer – Da Vinci, Botticelli, Newton – hver eneste af dem ville have betragtet det som en ære at være i dine sko netop nu. Slutstenens indhold råber ud til os. Det ønsker at blive sluppet fri. Tiden er inde. Skæbnen har ledt os frem til dette øjeblik."

"Jeg kan ikke hjælpe dig, Leigh. Jeg aner ikke hvad adgangsordet er. Jeg så kun Newtons grav et kort øjeblik. Og selv hvis jeg vidste hvad adgangsordet var…" Langdon tav da det gik op for ham at han havde sagt for meget.

"Ville du ikke fortælle mig det?" sukkede Teabing. "Robert, jeg er både skuffet og overrasket over at du ikke er klar over i hvor høj grad du står i gæld til mig. Det ville have været langt nemmere for mig hvis Rémy og jeg ganske enkelt havde gjort det af med jer begge i det øjeblik I ankom til Château Villette. I stedet satte jeg alt på spil for at vælge en mere ædel kurs."

"Er dette *ædelt?*" afbrød Langdon og kiggede på pistolen.

"Det er Saunières skyld," sagde Teabing. "Han og hans tre *sénéchaux* løj over for Silas. Ellers ville jeg have fået fat i slutstenen uden nogen form for forviklinger. Hvordan skulle jeg kunne vide at Stormesteren ville gå så langt for at bedrage mig, at han ligefrem ville testamentere slutstenen til sit barnebarn som han ikke længere havde kontakt til?" Teabing kiggede på Sophie med foragt. "En der er så ukvalificeret til at besidde den at hun har brug for en symbolforsker som barnepige." Teabing så på Langdon igen. "Men heldigvis Robert, skulle din indblanding i sagen blive min redning. I stedet for at slutstenen forblev bag lås og slå i deponeringsbanken, fik du den ud derfra og bragte den hjem til mig."

Hvor skulle jeg ellers være taget hen? tænkte Langdon. *Gralhistorikere udgør kun en lille gruppe, og desuden kendte Teabing og jeg hinanden i forvejen.*

Teabing kiggede på Sophie med et selvtilfreds smil om munden. "Da jeg fandt ud af at Saunière havde efterladt Dem en meddelelse i dødens stund, havde jeg en stærk fornemmelse af at De var i besiddelse af dyrebare oplysninger fra broderskabet. Om det var selve slutstenen eller oplysninger om hvor den var, var jeg ikke klar over. Men eftersom I havde politiet i hælene, havde jeg mistanke om at I ville kunne finde på at opsøge mig."

Langdon kiggede på ham. "Og hvad så hvis vi ikke havde gjort det?"

"Jeg var i gang med at udtænke en plan for at række jer en hjælpende hånd. På den ene eller anden måde skulle slutstenen nok komme til Château Villette. Det faktum at I bragte den direkte til mine ventende hænder, beviser blot at min sag er retfærdig."

"Hvad mener du?" protesterede Langdon.

"Det var meningen Silas skulle bryde ind og stjæle slutstenen fra jer i Château Villette og på den måde få jer ud af billedet uden at I skulle komme noget til, og samtidig rense mig for enhver mistanke. Men da jeg så hvor komplicerede Saunières koder var, besluttede jeg mig for at involvere jer begge lidt længere i min jagt. Jeg kunne altid få Silas til at stjæle slutstenen senere – når først jeg vidste tilstrækkeligt til at kunne fortsætte på egen hånd."

"I Tempelkirken," sagde Sophie tørt.

Det begynder at lysne, tænkte Teabing. Tempelkirken havde været det perfekte sted at stjæle slutstenen fra Robert og Sophie, og dens iøjnefaldende tilknytning til verset gjorde den til troværdig lokkemad. Rémy havde fået klare ordrer – forbliv ude af syne mens Silas får fat i slutstenen. Desværre havde Langdons trussel om at smadre slutstenen mod gulvet, fået Rémy til at gå i panik. *Hvis blot Rémy ikke havde afsløret sig selv,* tænkte Teabing med beklagelse og tænkte på sin egen fingerede kidnapning. *Rémy var det eneste led der kunne pege mod mig, og han stod frem!*

Heldigvis var Teabings sande identitet ikke gået op for Silas, og det havde været let at narre ham til at tage Teabing med som gidsel. Og bagefter havde han ganske uvidende siddet og ventet i limousinen mens Rémy havde ladet som om han bandt deres gidsel i den bageste del af bilen. Eftersom den lydtætte skillevæg var skudt for, havde Teabing kunnet ringe til Silas der sad på forsædet, og med Mesterens falske franske accent havde han beordret Silas til at tage direkte til Opus Dei-centeret. Et enkelt anonymt tip til politiet var derefter det eneste der skulle til for at få Silas ud af billedet.

Én løs ende var ordnet.

Den anden løse ende var sværere. *Rémy.*

Teabing havde haft svært ved at tage beslutningen, men til sidst havde Rémy vist sig at være en belastning. *Enhver søgen efter gralen kræver sine ofre.* Den enkleste løsning var dukket op lige for øjnene af Teabing da han sad i limousinen – i barskabet stod der en flaske cognac og ved siden af den stod en dåse peanuts. Smuldret i bunden af dåsen ville være nok til at udløse Rémy's dødelige allergi. Da Rémy parkerede bilen ved Horse Guards Parade, steg Teabing ud af limousinens bageste del, gik om til det forreste passagersæde og satte sig ind ved siden af Rémy. Et par minutter senere steg Teabing ud igen og satte sig om i den bageste ende af bilen for at fjerne alle spor. Derefter steg han ud og indledte sidste fase af sin mission.

Der havde ikke været langt at gå til Westminster Abbey, og selvom Teabings metalskinner, hans krykker og hans pistol havde sat metaldetektoren i gang, havde vagterne ikke anet hvad de skulle gøre. *Skal vi bede ham smide skinner og krykker og lade ham kravle igennem? Skal vi visitere hans deforme krop?* Teabing tilbød de forlegne vagter en langt lettere løsning – et kort der bekendtgjorde at han var blevet slået til ridder. De stakkels fyre var derefter nærmest snublet over hinanden i deres iver efter at hjælpe ham ind.

Nu hvor Teabing stod og så på Langdons og Neveus chokerede ansigter, modstod han fristelsen til at fortælle dem hvordan han på udspekuleret vis havde involveret Opus Dei i hele plottet, der inden længe ville føre til den kristne kirkes undergang. Men det måtte vente. Lige nu var der en opgave der skulle løses.

"Mes amis," sagde Teabing på flydende fransk, "vous ne trouvez pas le Saint-Graal, c'est le Saint-Graal qui vous trouve." Han smilede. "Meningen med vores sammentræf kan ikke være tydeligere. Gralen har fundet os."

Tavshed.

Han sænkede stemmen til en hvisken. "Hør. Kan I ikke høre det? Gralen taler til os på tværs af årtusinder. Hun tigger om at blive reddet fra broderskabets dårskab. Jeg bønfalder jer om at påskønne denne mulighed. Vi er de tre mest egnede personer man overhovedet kan tænke sig til at kunne bryde denne sidste kode og åbne kryptexet – og vi er samlet her på et og samme sted i dette øjeblik." Teabing tav. Hans øjne strålede. "Vi må aflægge en ed sammen. Vi må give hinanden vores æresord. En ridder-ed på at vi vil finde sandheden og åbenbare den."

Sophie stirrede Teabing dybt i øjnene. "Jeg vil aldrig i livet aflægge en ed sammen med min bedstefars morder. Bortset fra et løfte om at jeg vil sørge for at De havner i fængsel."

Teabing mærkede et stik af sorg i sit hjerte, men han tog sig hurtigt sammen. "Jeg er ked af at De har det på den måde, mademoiselle." Han drejede sig en smule og rettede pistolen mod Langdon. "Og hvad med dig, Robert? Er du med mig eller imod mig?"

Kapitel 100

Biskop Manuel Aringarosas krop havde måttet tåle mange former for smerte, men alligevel føltes den brændende smerte fra skudsåret i hans bryst fuldstændig fremmed for ham. Det var en dyb og dyster smerte. Ikke som et sår i kødet... det var langt tættere på sjælen.

Han åbnede øjnene og forsøgte at se noget, men regnen der slog mod hans ansigt gjorde hans syn sløret. *Hvor er jeg?* Han kunne mærke at han blev båret af nogle stærke arme – hans slappe krop blev båret som en kludedukke, og hans sorte præstekjole flagrede løst omkring ham.

Han løftede udmattet armen for at gnide sig i øjnene, og i samme øjeblik gik det op for ham at manden der bar ham var Silas. Den store albino kæmpede sig ned ad en tåget sidegade mens han råbende spurgte om vej til det nærmeste hospital. Hans stemme var en hjerteskærende, pinefuld jamren. Hans røde øjne stirrede lige frem, og tårerne løb ned over hans ansigt der var overstænket med blod.

"Min søn," hviskede Aringarosa, "du er såret."

Silas kiggede ned på ham. Hans ansigt var fortrukket af smerte. "Jeg er virkelig ked af det, Fader." Han var dårligt i stand til at tale.

"Nej, Silas," svarede Aringarosa. "Det er mig der er ked af det. Det her er min skyld. Mesteren lovede mig at der ikke ville blive tale om at slå nogen ihjel, og jeg bad dig adlyde ham. Jeg var for begærlig. For bange. Vi blev bedraget. Mesteren havde aldrig i sinde at give os gralen."

Idet Aringarosa lå i armene på den mand han havde taget til sig for mange år siden, følte han at han svævede tilbage i tiden. Til Spanien. Til den beskedne begyndelse hvor han havde bygget en lille katolsk kirke i Oviedo sammen med Silas. Og senere, i New York, hvor han havde forkyndt Guds pragt ved at rejse Opus Dei-hovedkvarteret på Lexington Avenue.

For fem måneder siden havde Aringarosa fået overbragt en rystende meddelelse. Hans livsværk stod på spil. Han tænkte tilbage på mødet i Castel Gandolfo som havde ændret hans liv – meddelelsen der havde igangsat hele denne katastrofale række af begivenheder.

Aringarosa var trådt ind i Castel Gandolfos Astronomiske Bibliotek med

417

hovedet højt hævet i forvisning om at han ville blive mødt af et mylder af åbne arme der alle ville være ivrige efter at klappe ham på ryggen for det fantastiske stykke arbejde han havde gjort for katolicismen i USA.

Men der havde kun været tre personer til stede.

Vatikanets generalsekretær. Fed og streng.

To højtstående italienske kardinaler. Skinhellige og selvtilfredse.

"Generalsekretær?" sagde Aringarosa overrasket.

Det velnærede overhoved for Vatikanets retslige anliggender gav Aringarosa hånden og pegede på stolen over for ham. "Værsgo at sætte Dem ned."

Aringarosa satte sig og fornemmede straks at der var noget galt.

"Min evne til hyggesnak rækker ikke langt, Biskop," sagde generalsekretæren, "så lad mig gå direkte til sagen og forklare Dem grunden til at De blev bedt om at komme."

"Værsgo. Sig frem." Aringarosa kastede et blik på de to kardinaler som sad og betragtede ham med selvretfærdig nydelse.

"Som De ved," sagde generalsekretæren, "så har Hans Hellighed og andre i Rom været yderst bekymrede på det seneste på grund af de politiske dønninger som Opus Dei's mere kontroversielle handlinger har forårsaget.

Aringarosa mærkede hvordan hårene øjeblikkelig rejste sig på ham. Han havde allerede ved adskillige lejligheder været gennem denne diskussion med den nye pave, som til Aringarosas store skuffelse havde vist sig i foruroligende grad at være en ivrig fortaler for liberale ændringer inden for kirken.

"Jeg vil gerne forsikre Dem om én ting," havde generalsekretæren hurtigt tilføjet, "Hans Hellighed har ikke i sinde at ændre noget som helst i måden De driver Deres prælatur på."

Det håber jeg virkelig heller ikke! "Så hvorfor er jeg her?"

Den store mand sukkede. "Biskop, jeg ved ikke hvordan jeg skal sige det her på en pæn måde, så jeg vil blot sige det som det er. For to dage siden blev det ved afstemning i konciliet vedtaget at inddrage Vatikanets godkendelse af Opus Dei."

Aringarosa var sikker på at han havde hørt forkert. "Undskyld mig?"

"Helt konkret betyder det at om seks måneder fra nu af, vil Opus Dei ikke længere blive betragtet som et prælatur tilhørende Vatikanet. I vil være en selvstændig kirke. Den Hellige Stol vil bryde forbindelsen med jer. Hans Hellighed er enig deri og et udkast til de formelle papirer er allerede på plads."

"Men... det kan ikke passe!"

"Jo, det passer faktisk. Og det er desværre nødvendigt. Hans Hellighed bryder sig ikke om jeres aggressive rekrutteringsmetoder og jeres korporlige bodsudøvelse." Han tav et øjeblik. "Og han bryder sig heller ikke om jeres syn på kvinder. For at sige det rent ud er Opus Dei blevet en skændsel og en kilde til forlegenhed."

Biskop Aringarosa var lamslået. "En skændsel!"

"Det kan virkelig ikke komme bag på Dem at vi er nået til denne konklusion."

"Opus Dei er den eneste katolske bevægelse hvis medlemsantal stiger! Vi har over elleve hundrede præster!"

"Det er sandt. Og noget vi alle betragter som et problem."

Aringarosa rejste sig med et sæt. "Spørg Hans Hellighed om Opus Dei var en belastning i 1982 hvor vi kom Den Vatikanske Bank til undsætning!"

"Det vil Vatikanet altid være taknemmelig for," sagde generalsekretæren roligt, "men samtidig er der dem der mener at jeres finansielle gavmildhed i 1982 er den eneste grund til at I overhovedet fik bevilget personlig prælatur status."

"Det passer ikke!" Beskyldningen gjorde et dybt indtryk på Aringarosa.

"Hvordan det end hang sammen, har vi i sinde at gøre rent bord. Vi er i færd med at skitsere rammerne for løsrivelsen og det vil komme til at omfatte en tilbagebetaling af pengene. Beløbet vil blive betalt i fem rater."

"Har I tænkt jer at betale mig for at gå?" fnøs Aringarosa. "Betale mig for at gå uden protester? Når nu Opus Dei er den eneste tilbageværende stemme der taler med fornuft!"

En af kardinalerne så op. "Undskyld mig, men sagde De fornuft?"

Aringarosa lænede sig ind over bordet, og hans stemme blev skarp. "Spekulerer De aldrig på hvorfor katolikker forlader kirken? Se Dem omkring, kardinal. Folk har mistet respekten for kirken. Troens strenghed er væk. Den katolske doktrin er blevet et tag-selv-bord. Afholdenhed, skriftemål, altergang, dåb, messe – værsgo at vælge – vælg præcis den kombination der passer Dem og ignorer blot resten. Hvilken form for religiøse retningslinjer tilbyder kirken?"

"Leveregler fra det tredje århundrede" sagde den anden kardinal, "kan ikke overføres til den moderne verdens tilhængere af Kristus. Reglerne fungerer ikke i det moderne samfund."

"Ser man det. Men de ser dog ud til at fungere for Opus Dei!"

"Biskop Aringarosa," sagde generalsekretæren i et bestemt tonefald. "Af respekt for Deres organisations forhold til den tidligere pave, tilbyder Hans Hellighed at give Opus Dei seks måneder til frivilligt at løsrive sig fra Vatikanet. Jeg vil foreslå at De i betragtning af Deres uenighed med Den Hellige Stol stifter Opus Dei som en selvstændig kristen organisation."

"Det nægter jeg!" erklærede Aringarosa. "Og det har jeg tænkt mig at fortælle Hans Hellighed ansigt til ansigt!"

"Jeg er bange for at Hans Hellighed ikke længere er interesseret i at møde Dem."

Aringarosa rejste sig. "Han kan lige vove på at ophæve et personligt prælatur der blev stiftet af den forhenværende pave!"

"Jeg beklager." Generalsekretærens blik var fast. "Herren giver, og Herren tager."

Aringarosa var forvirret og panisk vaklet ud fra mødet. Efter at være vendt tilbage til New York havde han i dagevis siddet fortvivlet og stirret ud over byens skyline, overvældet af sorg og bekymring for kristendommens fremtid.

Det var ikke før adskillige uger senere at han havde modtaget det opkald der havde ændret det hele. Manden der ringede lød som om han var franskmand og præsenterede sig selv som Mesteren. Han sagde at han havde kendskab til Vatikanets planer om at bryde alle bånd til Opus Dei.

Hvordan kan han vide det? tænkte Aringarosa. Han havde håbet at kun en håndfuld magtfulde mænd inden for Vatikanet havde kendskab til Opus Dei's forestående ophævelse. Men rygtet havde åbenbart spredt sig. Når det drejede sig om at holde tæt for sladder, var der ingen vægge i verden der var så utætte som dem der omkransede Vatikanet.

"Jeg har ører alle vegne, Biskop," hviskede Mesteren, "og med disse ører er jeg kommet i besiddelse af visse oplysninger. Med Deres hjælp vil jeg kunne finde frem til det sted hvor et helligt relikvie bliver skjult – et relikvie der vil give Dem uendelig magt... rigelig magt til at lade Vatikanet knæle for Deres fødder. Rigelig magt til at redde Troen." Han tav et øjeblik. "Ikke blot for Opus Dei. For os alle."

Herren tager... og Herren giver. Aringarosa mærkede et glimt af håb. "Fortæl mig Deres plan."

Biskop Aringarosa var bevidstløs da dørene til St. Mary's hospital gik op. Silas styrtede ind i foyeren, fuldstændig svimmel af udmattelse. Han faldt på knæ på flisegulvet og råbte på hjælp. Alle i receptionsområdet stirrede forbløffet på den halvnøgne albino med en blødende præst i favnen.

Lægen der kom Silas til undsætning så bekymret ud idet han lagde den udmattede biskop op på en briks og tog hans puls. "Han har mistet meget blod. Jeg vil ikke være optimistisk."

Aringarosas øjne bevægede sig, og han kom til bevidsthed et kort øjeblik. Han søgte Silas med øjnene. "Mit barn..."

Silas' sjæl var et virvar af anger og vrede. "Fader, om det så skal tage mig hele mit liv, vil jeg finde ham der bedrog os og gøre det af med ham."

Aringarosa rystede på hovedet med et bedrøvet udtryk, idet der blev gjort klar til at køre ham væk. "Silas... hvis du ikke allerede har lært noget af mig, så... vær i hvert fald rar at lære dette." Han tog Silas' hånd og gav den et fast klem. "Tilgivelse er Guds største gave."

"Men Fader..."

Aringarosa lukkede øjnene. "Silas, du må bede."

KAPITEL 101

Robert Langdon stod under den himmelstræbende kuppel i Chapter House og stirrede ind i mundingen på Leigh Teabings pistol.

Robert, er du med mig eller imod mig? Teabings ord gav genlyd i hovedet på Langdon.

Der fandtes ikke noget brugbart svar. Sagde han ja, ville han svigte Sophie. Svarede han nej, ville Teabing ikke have andet valg end at slå dem begge ihjel.

Langdons erfaring fra diverse undervisningslokaler havde ikke givet ham nogen som helst erfaring der kunne bruges under konfrontationer hvor der var en pistol involveret, men hans undervisningserfaring havde dog lært ham noget om at svare på paradoksale spørgsmål. *Når der ikke findes noget korrekt svar, er der kun ét ærligt svar.*

Det grå område mellem ja og nej.

Tavshed.

Langdon stirrede på kryptexet han stod med i hånden og valgte ganske enkelt at gå.

Uden så meget som at løfte et øjenbryn gik han baglæns ind mod rummets midte. Neutralt område. Han håbede at hans fokusering på kryptexet fortalte Teabing at et samarbejde kunne komme på tale, og at hans tavshed fortalte Sophie at han ikke havde svigtet hende.

Jeg har brug for tid til at tænke.

Langdon havde mistanke om at 'tænkning' præcis var det Teabing ville have ham til at gøre. *Det er grunden til at han gav mig kryptexet. Så jeg kan føle vægten af min beslutning.* Den adelige britiske historiker håbede at det at stå med Stormesterens kryptex i hånden, ville få Langdon til fuldt ud at forstå betydningen af dets indhold og pirre hans akademiske nysgerrighed, så den ville sætte alt andet i baggrunden og tvinge ham til at indse at en beslutning om ikke at åbne slutstenen ville være ensbetydende med tabet af selve menneskehedens historie.

Pistolen var stadig rettet mod Sophie, og Langdon frygtede at hans eneste håb om at kunne bytte sig til hendes frigivelse, var ved at finde frem til kryptexets adgangsord. *Hvis jeg kan få adgang til kortet, vil Teabing være til at forhandle med.* Han koncentrerede sine tanker om denne afgørende opgave idet han langsomt bevægede sig over mod vinduet længst væk. Han tænkte på de utallige astronomiske symboler på Newtons grav, og han tænkte på versets to sidste linjer. *Du søger kuglen der burde være på hans grav. Den hentyder til rosenrød hud og befrugtet liv.*

Han vendte ryggen til de andre og gik over mod de enorme vinduer alt imens han søgte inspiration i deres farvede glasmosaikker. Han fandt ingen.

Sæt dig i Saunières sted, mumlede han for sig selv og kiggede ud i College Garden. *Hvad er det for en kugle han mener burde være på Newtons grav?* Billeder af stjerner, kometer og planeter dukkede op for Langdons indre blik omgivet af den styrtende regn udenfor, men han skubbede dem væk. Saunière var ikke naturvidenskabens mand. Han var humanioraens mand, kunstens, historiens. *Den hellige kvinde... bægeret... rosen... den forviste Maria Magdalene... gudindens forfald... Den Hellige Gral.*

Legenden havde altid skildret gralen som en ubarmhjertig kvinde der danser i skyggerne, netop ude af syne, og hvisker i dit øre for at lokke dig et skridt nærmere, for så blot at forsvinde i tågen.

Langdon kiggede ud på trækronerne i College Garden og fornemmede hendes drilske tilstedeværelse. Tegnene var alle steder. Som en spottende silhuet dukkede grenene af Englands ældste æbletræ frem af disen – det bugnede af fembladede blomster i fuldt flor der alle strålede som Venus selv. Gudinden var i haven i dette øjeblik. Hun dansede i regnen, hun sang om tidernes morgen, hun tittede frem bag de blomsterfyldte grene som for at minde Langdon om at frugten fra kundskabens træ voksede lige for øjnene af ham.

Ovre fra den anden ende af rummet fulgte Sir Leigh Teabing tillidsfuldt Langdon med øjnene idet han som fortryllet stod og kiggede ud ad vinduet.

Præcis som jeg håbede, tænkte Teabing. *Han vil finde løsningen.*

Teabing havde i et stykke tid haft mistanke om at Langdon var i besiddelse af nøglen til gralen. Det var ingen tilfældighed at Teabing igangsatte sin plan samme aften som Langdon skulle mødes med Jacques Saunière. Efter at have aflyttet museumsdirektøren var Teabing sikker på at mandens iver efter at møde Langdon kun kunne betyde én ting. *Langdons mystiske manuskript har ramt Priory på et ømt punkt. Langdon er nærmest tilfældigt snublet over sandheden, og Saunière frygter at den afsløres.* Teabing var overbevist om at Stormesteren havde anmodet Langdon om et møde for at få ham til at holde tæt.

Sandheden er blevet fortiet længe nok!

Teabing havde været klar over at han var nødt til at handle hurtigt. Silas' angreb i nat skulle slå to fluer med et smæk. Det skulle forhindre Saunière i at overtale Langdon til at tie; og det skulle sikre at når slutstenen først var i Teabings hænder, ville Langdon være i Paris hvis Teabing skulle få brug for ham.

Selve planlægningen af det skæbnesvangre møde mellem Saunière og Silas havde næsten været for let. *Jeg havde insiderviden om Saunières dybeste frygt.* I går eftermiddags havde Silas ringet til museumsdirektøren og ladet som om han var en fortvivlet præst. "Monsieur Saunière, undskyld mig, men jeg er nødt til at tale med Dem med det samme. Jeg ved jeg aldrig burde bryde skriftemålets ukrænkelighed, men i denne sag føler jeg ikke at jeg har noget andet valg. Manden der myrdede Deres familie har netop skriftet for mig."

Saunière var straks på vagt, men hans svar var forsigtigt. "Min familie døde ved en ulykke. Politirapporten levnede ingen tvivl om det."

"Ja, en *bilulykke,*" sagde Silas og lagde mere lokkemad ud. "Manden jeg talte med, sagde at han tvang deres bil ud fra vejen så den havnede i en flod."

Saunière tav.

"Monsieur Saunière, jeg ville aldrig have ringet til Dem hvis det ikke var fordi denne mand sagde noget som fik mig til at frygte for Deres sikkerhed." Han tav et øjeblik. "Manden nævnte også Deres barnebarn, Sophie."

Sophies navn havde virket som en katalysator. Museumsdirektøren kom straks ud af starthullerne. Han beordrede Silas til at komme og møde ham omgående på det sikreste sted Saunière kendte til – hans kontor på Louvre. Derefter ringede han til Sophie for at advare hende om at hun muligvis var i fare. Mødet over en drink med Robert Langdon var ude af billedet fra det ene øjeblik til det andet.

Nu hvor Langdon og Sophie befandt sig i hver sin ende af lokalet, følte Teabing at han endelig havde fået bragt dette makkerpar i hver sin retning. Sophie Neveu var fortsat trodsig, men Langdon kunne tydeligvis se det hele i en større sammenhæng. Han forsøgte at tænke sig frem til adgangsordet. *Han forstår vigtigheden af at finde gralen og slippe hende fri af sit fangenskab.*

"Han vil aldrig åbne det for Dem," sagde Sophie koldt. "Heller ikke selvom han er i stand til det."

Teabing kastede et blik på Langdon mens han fortsat holdt pistolen rettet mod Sophie. Han var i dette øjeblik temmelig sikker på at han ville blive nødt til at bruge våbnet. Selvom han ikke brød sig om tanken, vidste han at han ikke ville tøve et øjeblik hvis det blev nødvendigt. *Jeg har givet hende alle muligheder for at gøre det rigtige. Gralen er større end vi alle.*

I samme øjeblik vendte Langdon sig væk fra vinduet. "Graven…" sagde han pludselig idet han vendte ansigtet mod dem med et svagt glimt af håb i øjnene. "Jeg ved hvor på Newtons grav vi skal lede. Ja, jeg tror jeg kan finde adgangsordet!"

Det gav et sæt i Teabing af forventning. "Hvor Robert? Hvor?"

Sophie så forskrækket på ham. "Robert, nej! Du har vel ikke tænkt dig at hjælpe ham, har du?"

Langdon gik målrettet over mod dem mens han holdt kryptexet foran sig. "Nej," sagde han og sendte Teabing et skarpt blik. "Ikke før han lader dig gå."

Teabings optimisme blegnede. "Vi er så tæt på, Robert. Du kan lige vove på at begynde på nogen julelege!"

"Det har jeg heller ikke tænkt mig," sagde Langdon. "Lad hende gå. Derefter går vi hen til Newtons grav. Vi åbner kryptexet sammen."

"Jeg har ikke tænkt mig at gå," sagde Sophie. Hendes øjne var sammenknebne af vrede. "Min bedstefar gav mig kryptexet. I har ingen ret til at åbne det."

Langdon vendte sig bekymret. "Sophie, vil du ikke nok! Du er i fare. Jeg forsøger at hjælpe dig!"

"Hvordan? Ved at afsløre den sandhed som mit bedstefar gik i døden for at beskytte? Han stolede på dig, Robert. Jeg stolede på dig!"

Langdons blå øjne var paniske nu, og Teabing kunne ikke lade være med at fryde sig over at se de to modarbejde hinanden nu. Langdons forsøg på at være galant var det mest patetiske han havde set. *Vi er på nippet til at afsløre en af historiens største hemmeligheder, og så bekymrer han sig over en kvinde der har vist at hun ikke er værdig til at finde gralen.*

"Sophie," sagde Langdon indtrængende. "Du er nødt til at gå."

Hun rystede på hovedet. "Kun hvis du enten giver mig kryptexet eller knuser det mod gulvet."

"Hvad mener du?" sagde Langdon forskrækket.

"Robert, min bedstefar ville foretrække at hans hemmelighed gik tabt for altid frem for at se den i hænderne på sin morder." Sophie så ud som om tårerne kunne bryde frem når som helst, men de gjorde det ikke. Hun stirrede på Teabing uden så meget som at blinke. "Skyd mig, hvis det er det De vil. Jeg har ikke tænkt mig frivilligt at overlade min bedstefars ejendom i Deres hænder."

Okay. Teabing tog sigte.

"Nej!" råbte Langdon og løftede den ene arm op over hovedet så kryptexet befandt sig i en risikabel position langt over det hårde stengulv. "Leigh, hvis du så meget som overvejer det, lader jeg kryptexet falde."

Teabing slog en hånlig latter op. "Det blufnummer virkede på Rémy, men ikke på mig. Det kender jeg dig for godt til."

"Er du sikker på det, Leigh?"

Ja, det er jeg. Du må arbejde langt mere med dit pokerfjæs, kære ven. Det tog mig adskillige sekunder, men jeg kan se at du lyver. Du aner ikke hvor på Newtons grav svaret skal findes.

"Helt ærligt, Robert – ved du hvor på graven vi skal lede?"

"Ja."

Usikkerheden i Langdons øjne var flygtig, men Leigh opfangede den. Han løj. Et desperat og patetisk forsøg på at redde Sophie. Teabing følte sig dybt skuffet over Robert Langdon.

Jeg er en ensom ridder omgivet af uværdige sjæle. Og jeg vil være nødt til selv at bryde koden på slutstenen.

Langdon og Neveu var ikke andet end en trussel mod Teabing nu – og mod gralen. Hvor smertefuld beslutningen end ville være, vidste han at han kunne gøre det med god samvittighed. Det største problem ville være at få overtalt Langdon til at sætte slutstenen fra sig så Teabing kunne få sat et punktum for denne forestilling.

"Som et tillidstegn," sagde Teabing og lod pistolen pege mod gulvet, væk fra Sophie. "Sæt slutstenen fra dig og lad os tale om det."

Langdon var klar over at Teabing ikke var hoppet på hans løgn.

Han kunne se den dystre beslutsomhed i Teabings ansigt og vidste at det skæbnesvangre øjeblik var inde. *Så snart jeg sætter slutstenen fra mig, dræber han os begge.* Selv uden at se på Sophie, kunne Langdon fornemme hvordan hendes hjerte tryglede ham i tavs desperation. *Robert, denne mand er ikke værdig til gralen. Du må ikke lade ham få den. Koste hvad det vil.*

Langdon havde allerede taget beslutningen for flere minutter siden da han stod ved vinduet ud mod College Garden.

Beskyt Sophie.

Beskyt gralen.

Langdon havde haft lyst til at skrige af desperation. *Men hvordan!?*

Fortvivlelsens altoverskyggende øjeblik var blevet fulgt af en klarhed han aldrig før havde oplevet. *Sandheden er lige for øjnene af dig, Robert.* Han vidste ikke hvorfra åbenbaringen kom. *Gralen håner dig ikke, hun kalder på en værdig sjæl.*

Langdon bøjede sig som en anden undersåt nogle meter fra Leigh Teabing, og holdt kryptexet nogle få centimeter over stengulvet.

"Ja, Robert," hviskede Teabing og rettede pistolen mod ham. "Sæt det på gulvet."

426

Langdon løftede blikket op mod det store tomrum under kuplen i Chapter House. Han bøjede sig endnu længere ned og lod blikket glide ned mod Teabings pistol der var rettet direkte mod ham.

"Jeg beklager, Leigh."

I en glidende bevægelse rettede Langdon sig op samtidig med at han svingede armene lodret op i luften og slap kryptexet så det fløj op mod hvælvingen over dem.

Leigh Teabing mærkede ikke at han trykkede på aftrækkeren, men pistolen gik af med et brag. Langdons sammenbøjede krop var med ét rettet helt op, og han var nærmest lettet fra gulvet. Kuglen eksploderede mod gulvet lige i nærheden af Langdons fødder. Den ene halvdel af Teabings hjerne forsøgte at tage sigte og skyde igen i raseri, mens den anden og stærkere halvdel trak hans blik op mod kuplen.

Slutstenen!

Det virkede som om tiden stivnede og tog form som en slowmotiondrøm alt imens hele Teabings verden samlede sig i den flyvende slutsten. Han så den nå højdepunktet af sin stigning for at stå stille i luften et øjeblik og derefter styrte ned mod stengulvet.

Alle Teabings håb og drømme havde kurs direkte mod jorden. *Den må ikke ramme gulvet! Jeg kan nå at gribe den!* Teabings krop reagerede instinktivt. Han slap pistolen og kastede sig frem idet han slap krykkerne og rakte sine bløde velplejede hænder ud efter slutstenen. Han strakte arme, hænder og fingre og greb om slutstenen i dens frie fald mod gulvet.

Idet Teabing faldt forover med slutstenen sejrrigt i sine hænder, gik det op for ham at han ville lande alt for hårdt. Han kunne ikke nå at støde fra, så hans strakte arme ramte gulvet først og kryptexet bragede mod gulvet.

Der kom en skæbnesvanger lyd inde fra kryptexet af glas der knustes.

Teabing kunne dårligt trække vejret. Han lå udstrakt på det kolde stengulv med marmorcylinderen i hænderne og bønfaldt den lille glasflaske indeni om ikke at gå i stykker. Et øjeblik efter skar den bitre lugt af eddike gennem luften, og Teabing mærkede hvordan væsken løb ud gennem skiverne på cylinderen og ud på hans hænder.

Han blev grebet af panik. *NEJ!* Eddiken strømmede ud, og Teabing så for sig hvordan papyrusen blev opløst indeni. *Robert, du er vanvittig! Hemmeligheden er tabt for evigt!*

Teabing hulkede fuldstændig ukontrolleret. *Gralen er fortabt. Alt er ødelagt.* Chokeret over sagens udvikling prøvede Teabing at få cylinderen fra hinanden i et desperat forsøg på at få et flygtigt glimt af historien før den udviskedes for evigt. Det gav et sæt i ham da det gik op for ham, at cylinderen gled fra hinanden da han trak i enderne.

Han snappede efter vejret og kiggede ned i den. Den var tom – bortset fra en masse våde glasskår. Ingen opløste papyrusrester. Teabing rullede om på siden og kiggede op på Langdon. Sophie stod ved siden af ham med pistolen rettet mod Teabing.

Forvirret kiggede Teabing på slutstenen igen. Skivernes position var ikke længere tilfældig. De dannede et ord på fem bogstaver: APPLE.

"Kuglen som Eva tog en bid af," sagde Langdon tørt, "og påkaldte sig Guds hellige vrede. Arvesynden. Symbolet på den hellige kvindes fald – æblet."

Teabing mærkede hvordan sandheden greb ham med ulidelig klarhed. Kuglen der burde være på Newtons grav kunne ikke være andet end det rosenrøde æble der faldt ned fra himlen, ramte Newton i hovedet og inspirerede ham til hans livsværk. *Hans arbejdes frugt! Den rosenrøde hud med et befrugtet liv!*

"Robert," fremstammede Teabing fuldstændig overvældet. "Du åbnede den. Hvor… er kortet?"

Uden at blinke stak Langdon hånden i brystlommen på sin tweedjakke og trak en omhyggeligt sammenrullet papyrusrulle op. Kun nogle få meter fra hvor Teabing lå, åbnede Langdon rullen og kiggede på den. Efter et øjeblik bredte et sigende smil sig på Langdons ansigt.

Han ved det! Teabings hjerte higede efter denne viden. Hans livs drøm var lige foran ham. "Fortæl mig det!" bad Teabing. "Vil du ikke nok! For guds skyld! Det er ikke for sent!"

Ved lyden af tunge skridt som rungende nærmede sig ude i korridoren der førte ned mod Chapter House, rullede Langdon uden et ord papyrusen sammen igen og puttede den tilbage i lommen.

"Nej!" skreg Teabing og kæmpede forgæves for at komme på benene.

Dørene sprang op, og Bezu Fache trådte ind som en tyr i en arena. Hans øjne løb gennem salen til de fandt deres mål – Leigh Teabing – der lå hjælpeløs på gulvet. Fache åndede lettet op, stak sin pistol tilbage under jakken og vendte sig mod Sophie. "Kommissær Neveu, jeg er lettet over at se, at De og Mr. Langdon er uskadte. De skulle have meldt Dem da jeg bad Dem om det."

En flok engelske betjente fulgte lige i hælene på Fache, de gik direkte hen til den skrækslagne mand på gulvet og lagde ham i håndjern.

Sophie virkede overrasket over at se Fache. "Hvordan fandt De os?"

Fache pegede på Teabing. "Han begik den fejl at vise sit id-kort da han gik ind i kirken. Vagterne hørte en politimelding om at han var eftersøgt."

"Det er i Langdons lomme!" skreg Teabing som en vanvittig. "Kortet til Den Hellige Gral."

Idet Teabing blev hevet på benene og båret ud, kastede han hovedet tilbage og skreg. "Robert! Fortæl mig hvor den er gemt!"

Da Teabing blev slæbt forbi, kiggede Langdon ham i øjnene. "Kun de værdige finder gralen, Leigh. Det har du selv lært mig."

KAPITEL 102

Tågen havde lagt sig tæt over Kensington Gardens da Silas humpede hen mod et stille og mennesketomt hjørne. Han knælede på det våde græs og mærkede hvordan en varm strøm af blod flød ud fra skudsåret lige under hans ribben. Han stirrede lige frem for sig.

Tågen fik stedet til at ligne paradisets have.

Han løftede sine blodige hænder for at bede og så hvordan regndråberne kærtegnede dem og vaskede dem hvide igen. Regnen tog til og slog hårdt mod hans ryg og skuldre, og han mærkede hvordan hans krop lidt efter lidt blev opslugt af tågen.

Jeg er et spøgelse.

Et vindpust strøg forbi ham og bar den fugtige, jordagtige duft af nyt liv med sig. Med hver eneste levende celle i sin krop begyndte Silas at bede. Han bad om tilgivelse. Han bad om nåde. Og mere end noget andet bad han for sin læremester – Biskop Aringarosa – han bad om at Herren ikke ville tage ham nu. *Han har endnu så meget at udrette.*

Tågen hvirvlede omkring ham nu, og Silas følte sig så let at han var sikker på at han ville blive løftet med af det næste vindpust. Han lukkede øjnene og bad en sidste bøn.

Et sted fra tågen hviskede Manuel Aringarosas stemme til ham.

Herren er en god og barmhjertig Gud.

Silas' smerte begyndte langt om længe at tage af, og han vidste at biskoppen havde ret.

KAPITEL 103

Det var ikke før langt ud på eftermiddagen at solen brød igennem over London, og tågen begyndte at lette. Bezu Fache var træt da han trådte ud fra afhøringslokalet og prajede en taxa. Sir Leigh Teabing havde højrøstet erklæret sig uskyldig, men på baggrund af hans usammenhængende vrøvl om Den Hellige Gral, hemmelige dokumenter og mystiske broderskaber, havde Fache mistanke om at den snu historiker blot arbejdede på at lægge fundamentet for at hans advokater ville kunne plædere for frifindelse på grund af vanvid.

Virkelig vanvittig, tænkte Fache ironisk. Det havde vist sig at Teabing havde udtænkt en genial plan for at beskytte sin egen uskyld på ethvert område. Han havde udnyttet både Vatikanet og Opus Dei – to grupper der begge viste sig at være komplet uskyldige. Hans beskidte arbejde var blevet udført af en uvidende, fanatisk munk og en desperat biskop. Og på yderst udspekuleret vis havde Teabing placeret sit elektroniske aflytningsudstyr på et sted hvor en mand med polio ikke på nogen måde ville kunne komme op. Aflytningen var blevet foretaget af hans butler Rémy – den eneste person der kendte Teabings sande identitet – og som nu meget belejligt var faldet død om med et akut tilfælde af allergi.

Næppe en mentalt indskrænket mands værk, tænkte Fache.

Oplysningerne der kom fra Collet, der stadig befandt sig på Château Villette, tydede på at Teabings udspekulerethed var så omfattende at selv Fache muligvis ville kunne lære noget af ham. For at få held til at anbringe mikrofoner hos nogle af Paris' mest fremtrædende mænd, havde historikeren vendt blikket mod de gamle grækere. Trojanske heste. Nogle af Teabings ofre havde modtaget overdådige gaver i form af kunstværker, og andre havde godtroende budt på kunstgenstande på auktioner, hvori Teabing havde skjult mikrofoner. I Saunières tilfælde havde museumsdirektøren modtaget en invitation til en privat middag på Château Villette for at diskutere muligheden for at Teabing kunne finansiere etableringen af en ny fløj på Louvre – en Da Vinci-fløj. Invitationen havde indeholdt et harmløst *PS.* hvor Teabing havde givet udtryk for sin fascination af den robotagtige ridder der gik rygter om at

Saunière havde konstrueret. *Tag ham med til middagen,* havde Teabing foreslået. Det var åbenbart præcis hvad Saunière havde gjort, og han må have efterladt ridderen ude af syne længe nok til at Rémy Legaludec kunne placere en lille uanseelig genstand i den.

Fache sad på bagsædet af taxaen og lukkede øjnene. *Der er en enkelt ting jeg må ordne inden jeg vender tilbage til Paris.*

Solen strømmede ind gennem vinduet på opvågningsstuen på St. Mary hospitalet.

"De har imponeret os alle," sagde sygeplejersken og smilede til ham. "Det må siges at være et mirakel."

Biskop Aringarosa sendte hende et lille smil. "Jeg har altid været velsignet."

Sygeplejersken gjorde sig færdig og lod biskoppen være alene. Solens stråler faldt som en velkommen varme på hans ansigt. Den forgangne nat havde været den mørkeste nat i hans liv.

Han tænkte sørgmodigt på Silas hvis lig var blevet fundet i parken. *Tilgiv mig, min søn.*

Aringarosa havde ønsket at Silas skulle være en del af hans storslåede plan. Men i nat havde Aringarosa modtaget et opkald fra Bezu Fache som havde udspurgt biskoppen om hans tilsyneladende forbindelse til en nonne, der var blevet myrdet i Saint-Sulpice. Da var det gået op for Aringarosa at aftenen havde taget en forfærdelig drejning. Nyheden om de fire andre mord havde ændret forfærdelsen til smerte. *Silas, hvad har du dog gjort!* Biskoppen var ude af stand til at få fat i Mesteren, og det gik op for ham at han var blevet bedraget. Udnyttet. Den eneste måde hvorpå han kunne standse den katastrofale række af begivenheder han havde været med til at starte, var ved at tilstå alt for Fache. Fra det øjeblik havde Aringarosa og Fache indledt et kapløb for at få fat i Silas før Mesteren overtalte ham til at myrde flere.

Totalt udmattet lukkede Aringarosa øjnene og lyttede til tv-dækningen af anholdelsen af en fremtrædende engelsk ridder, Sir Leigh Teabing. *Mesteren var blevet afsløret.* Teabing havde opfanget rygterne om at Vatikanet havde tænkt sig at afskære forbindelsen til Opus Dei. Han havde valgt Aringarosa som den perfekte brik i sit spil. *Når alt kommer til alt, hvem ville være mere tilbøjelig til blindt at jagte Den Hellige Gral end en mand som jeg, der er på nippet til at miste alt? Gralen ville kunne give enhver der var i besiddelse af den uanet magt.*

Leigh Teabing havde på udspekuleret vis beskyttet sin identitet – han havde fingeret en fransk accent og et rent hjerte, og betalingen han havde krævet var det eneste han ikke havde brug for: Penge. Aringarosa havde været alt for begærlig til at være mistænksom. Prisen på tyve millioner euro var ubetydelig i sammenligning med værdien af at komme i besiddelse af gralen, og med Vatikanets tilbagebetaling til Opus Dei, var den økonomiske side af sagen ikke noget problem. *Den blinde ser hvad han vil se.* Teabings ultimative frækhed havde naturligvis været at bede om betalingen i form af checks fra Den Vatikanske Bank - hvis noget gik galt, ville efterforskningen således føre til Rom.

"Jeg er glad for at se at De har det godt, Fader."

Aringarosa genkendte den grove stemme der lød henne fra døråbningen, men mandens ansigt kom bag på ham – hårde, stærke træk, tilbagestrøget hår og en bred hals der rejste sig fra hans mørke tøj. "Chefkriminalinspektør Fache?" spurgte Aringarosa. Den medfølelse og bekymring kriminalkommissæren i nat havde udvist for Aringarosas situation, havde fået ham til at forestille sig en person med en langt mildere fysisk fremtoning.

Kriminalkommissæren gik hen til sengen og lagde en tung, sort kuffert op på en stol. "Jeg formoder at den tilhører Dem."

Aringarosa kastede et blik på kufferten med de vatikanske checks og så øjeblikkeligt væk igen, fuld af skam. "Ja...tak." Han tav, lod hånden glide hen over sengetøjet og fortsatte så. "Jeg har tænkt over det, og jeg er nødt til at bede Dem om at gøre mig en tjeneste."

"Selvfølgelig."

"De efterladte i Paris efter dem som Silas... " Han tav og sank en gang. "Jeg er klar over at intet beløb på nogen måde vil kunne erstatte deres tab, men hvis De vil være så venlig at dele indholdet af denne kuffert mellem dem... de afdødes familier."

Faches mørke øjne betragtede ham længe. "En ærværdig gestus, Fader. Jeg skal sørge for at Deres ønske bliver opfyldt."

En tung tavshed sænkede sig.

En mager fransk politikommissær dukkede frem på tv-skærmen. Han var i færd med at afholde en pressekonference foran et stort palæ. Det gik op for Fache, hvem det var, og han rettede sin opmærksomhed mod skærmen.

"Kriminalkommissær Collet," sagde en kvindelig journalist fra BBC i et bebrejdende tonefald. "I nat anklagede Deres chef to uskyldige mennesker for mord for åben skærm. Vil Robert Langdon og Sophie Neveu kræve at jeres afdeling stilles til ansvar for det? Vil det koste chefkriminalinspektør Fache hans job?"

Kriminalkommissær Collet smilede træt, men roligt. "Min erfaring siger mig at chefkriminalinspektør Bezu Fache sjældent begår fejl. Jeg har endnu

433

ikke talt med ham om dette, men i betragtning af hvordan han arbejder, har jeg mistanke om at den offentlige jagt han indledte på kommissær Neveu og Mr. Langdon var et bevidst kneb han brugte for at lokke den egentlige morder frem."

Journalisterne så overrasket på hinanden.

Collet fortsatte. "Om Mr. Langdon og kommissær Neveu var frivillige deltagere i denne komplicerede fælde, ved jeg ikke. Chefkriminalinspektør Fache er tilbøjelig til at holde sine kreative metoder for sig selv. Det eneste jeg kan bekræfte på nuværende tidspunkt er at det er lykkedes chefkriminalinspektøren at anholde manden der er ansvarlig for mordene, og at Mr. Langdon og kommissær Neveu begge er uskyldige så vel som uskadte."

Fache havde et lille smil om læberne da han vendte sig om mod Aringarosa. "Han er en god mand, denne Collet."

Der gik et stykke tid uden at nogen sagde noget. Til sidst lod Fache hånden glide hen over sin pande og strøg håret tilbage idet han kiggede ned på Aringarosa. "Fader, inden jeg vender tilbage til Paris, er der en enkelt ting jeg gerne vil tale med Dem om – Deres improviserede flyvetur til London. De bestak en pilot til at ændre kurs. Ved at gøre det overtrådte De en lang række internationale love."

Aringarosa krympede sig. "Jeg var desperat."

"Ja. Det samme var piloten da mine mænd forhørte ham." Fache stak hånden i lommen og tog en violet ametystring frem.

Aringarosa mærkede hvordan tårerne piblede frem i hans øjne idet han tog imod ringen og satte den tilbage på sin finger. "De har været ubeskrivelig venlig." Han rakte hånden frem og klappede Faches hånd. "Tak."

Fache viftede afværgende den venlige gestus til side og gik over til vinduet. Han kiggede ud over byen, og hans tanker var tydeligvis langt væk. Da han vendte sig, kiggede han en smule usikkert på Aringarosa. "Fader, hvor tager De hen herfra?"

Aringarosa havde fået stillet præcis det samme spørgsmål da han forlod Castel Gandolfo den foregående nat. "Jeg tror min vej er lige så uransagelig som Deres."

"Ja." sagde Fache og tav et øjeblik. "Jeg har en fornemmelse af at jeg går tidligt på pension."

Aringarosa smilede. "En smule tro kan flytte bjerge. En smule tro."

KAPITEL 104

Rosslyn kirke – ofte kaldet Kodernes Katedral – ligger i Skotland, godt ti kilometer syd for Edinburgh på et sted hvor der engang havde ligget et Mithratempel. Kirken blev bygget af tempelherrerne i 1446 og er udsmykket med en imponerende række forbløffende symboler fra den jødiske, kristne, egyptiske og hedenske tradition.

Geografisk set er kirken placeret så den ligger præcis på den nord-syd-gående meridian som løber gennem Glastonbury. Denne længdegrad, eller rosenlinje er oprindelig en markering af Kong Arthurs Isle of Avalon og betragtes som en helt central del af Storbritanniens hellige geometri. Rosslyn kirke – hvis oprindelige stavemåde var Roslin – har sit navn fra denne hellige rosenlinje.

Kirkens robuste spir kastede lange skygger i aftensolen da Robert Langdon og Sophie Neveu parkerede den lejede bil på den græsklædte parkeringsplads for foden af bakken som kirken lå på. De havde kunnet hvile sig lidt på den korte flyvetur fra London til Edinburgh, men havde dog begge været alt for spændt til at kunne falde i søvn. Da Langdon kiggede op på den skarpe silhuet af kirken, der lå indrammet af en skyfri himmel, følte han sig som Alice i Eventyrland. *Det må være noget jeg drømmer.* På den anden side var han klar over at Saunières sidste meddelelse ikke kunne have været tydeligere.

The Holy Grail 'neath ancient Roslin waits.

Den Hellige Gral under gamle Roslin venter. Langdon havde i sit stille sind fanta-seret om at Saunières "gral-kort" ville være en tegning – med et X for at markere hvor skatten lå gemt – men det viste sig at Priory of Sion's sidste hemmelighed skulle afsløres efter samme princip som Saunière havde brugt lige fra starten. Simple vers. Fire linjer der uden tvivl viste frem til dette sted. Ud over at nævne Rosslyn kirke ved navn, refererede verset til adskillige af dens berømte arkitektoniske finesser.

På trods af tydeligheden af Saunières sidste meddelelse, følte Langdon sig snarere vildledt end vejledt. For ham at se var Rosslyn kirke et alt for åbenlyst sted. Gennem århundreder havde denne stenkirke genlydt af rygter om Den

435

Hellige Grals tilstedeværelse. Rygterne var blevet til høje udråb i løbet af de seneste årtier hvor radarbølger, der kunne trænge gennem jorden, havde afsløret at der til alles overraskelse befandt sig et bygningsværk under kirken – et solidt underjordisk kammer. Ikke alene blev dette underjordiske rum dækket af kirken over den, det viste sig også at det hverken havde nogen indgang eller udgang. Arkæologer havde ansøgt om lov til at hugge sig vej gennem fundamentet for at nå ned til det mystiske kammer, men den øverste ledelse i Rosslyns menighedsråd havde udtrykkeligt forbudt enhver form for udgravning på den hellige grund. Naturligvis gav dette yderligere grobund for spekulationer. Hvad forsøgte de at skjule?

Rosslyn var blevet et yndet mål for mysteriehigende pilgrimme. Nogle hævdede at de blev trukket hertil af det stærke magnetiske felt der på uforklarlig vis udgik fra dette geografiske punkt, andre hævdede at de var kommet for at gennemsøge området for en skjult indgang til det underjordiske kammer, mens endnu andre indrømmede at de ganske enkelt var kommet for at slentre rundt på stedet og suge til sig af mystikken omkring Den Hellige Gral.

Selvom Langdon aldrig havde besøgt Rosslyn kirke før nu, havde han altid smilet lidt i sit stille sind når han hørte Rosslyn omtalt som gralens nuværende skjulested. Ganske vist kunne Rosslyn sagtens tænkes at have været gralens hjem for længe siden – men den var det bestemt ikke længere. Dertil havde Rosslyn været alt for meget i søgelyset gennem de seneste årtier, og før eller senere ville en eller anden finde en måde at bryde ind i det underjordiske kammer på.

Gralforskere var enige om at Rosslyn kirke var en lokkedue – et af de mange vildspor der ingenting førte til, som broderskabet konstruerede med stor overbevisning. Men i aften, efter at broderskabets slutsten havde åbenbaret et vers der pegede direkte på dette sted, følte Langdon sig knap så selvsikker længere. Et forstyrrende spørgsmål havde optaget hans tanker hele dagen:

Hvorfor har Saunière gjort sig så store anstrengelser for at lede os frem til et sted der er så åbenlyst?

Der kunne kun være én forklaring.

Der er noget ved Rosslyn som vi endnu ikke ved.

"Robert?" Sophie stod uden for bilen og kiggede ind på ham. "Kommer du?" Hun stod med rosentræsskrinet, som Fache havde afleveret til dem, i favnen. Begge kryptexer var blevet sat sammen igen og lagt ned i skrinet præcis som de havde fundet dem. Papyrusrullen med verset var blevet puttet tilbage og lå nu sikkert inde i midten – dog uden den knuste glasflaske med eddike.

436

Idet Langdon og Sophie bevægede sig op ad den lange grussti kom de forbi kirkens berømte vestlige mur. Almindelige besøgende troede at denne underligt fremstikkende mur var en del af kirken som aldrig var blevet færdiggjort. Langdon vidste at sandheden var langt mere fascinerende.

Salomons Tempels vestlige mur.

Tempelherrerne havde konstrueret Rosslyn kirke som en nøjagtig kopi af Salomons Tempel i Jerusalem – komplet med en vestlig mur, et aflangt smalt midterskib og et underjordisk kammer som en parallel til det Helligste af det Hellige, hvorfra de oprindelige ni riddere i sin tid havde fået fat i deres uvurderlige skat. Langdon måtte indrømme at der var en fascinerende parallel i forestillingen om at tempelherrerne skulle have bygget et moderne gemmested for gralen som var et ekko af gralens oprindelige gemmested.

Indgangen til Rosslyn kirke var mere beskeden end Langdon havde forventet. Den lille trædør var forsynet med to jernhængsler og et simpelt egetræsskilt.

ROSLIN

Langdon forklarede Sophie at den gammeldags stavemåde var udledt af ordet *rosenlinje* – længdegraden som kirken lå på; eller som gralforskere foretrak at tro – af "rosens linje"; Maria Magdalenes efterkommere.

Kirken lukkede inden længe, og idet Langdon hev døren op, slap en varm luftstrøm ud, som om den gamle bygning sukkede dybt oven på en hård dag. Kirkens indgangsparti var fyldt med udskårne potentiller.

Roser. Gudindens symbol.

Idet Langdon trådte ind sammen med Sophie, mærkede han hvordan hans blik strakte sig over til den modsatte side af det berømte midterskib i et forsøg på at suge det hele til sig på én gang. Selvom han havde læst om Rosslyns fængslende udsmykning, var det en overvældende oplevelse at se det med egne øjne.

Symbolernes paradis, havde en af Langdons kolleger kaldt det.

Samtlige overflader i kirken var blevet dekoreret med udhuggede symboler – kristne kors, jødiske stjerner, frimurersegl, tempelherrekors, overflødighedshorn, pyramider, astrologiske tegn, planter, grøntsager, pentagrammer og roser. Tempelherrerne havde været suveræne inden for murerfaget og havde rejst kirker over hele Europa, men Rosslyn blev betragtet som deres mest sublime udtryk for kærlighed og ærefrygt. Murermestrene havde ikke ladet en eneste sten stå urørt hen. Rosslyn kirke var en helligdom for alle religioner – for alle traditioner – og ikke mindst for naturen og gudinden.

Midterskibet var tomt bortset fra en lille flok besøgende der stod og lyttede til en ung mand der var ved at afslutte dagens sidste rundvisning. Han førte dem i én lang række hen over gulvet langs en berømt rute – en usynlig sti der forbandt seks af kirkens arkitektoniske nøglepunkter. Generation efter generation af besøgende havde fulgt de rette linjer der forbandt de seks punkter, og de utallige skridt havde skabt et gigantisk symbol på gulvet.

Davidsstjernen, tænkte Langdon. *Ingen tilfældighed.* Heksagrammet der også var kendt som Salomons Segl havde engang været de stjernekiggende præsters hemmelige symbol, og var senere blevet overtaget af israelitterkongerne - David og Salomon.

Rundviseren havde set Langdon og Sophie træde ind i kirken og selvom det var kort før lukketid, smilede han venligt til dem og gjorde tegn til at de var velkomne til at se sig omkring.

Langdon nikkede som tak og begyndte at gå længere ind i kirken. Sophie blev derimod stående ved indgangen som naglet fast. Hun havde et forvirret udtryk i ansigtet.

"Hvad er der?" spurgte Langdon.

Sophie stirrede ud i kirkerummet. "Jeg tror… jeg har været her før."

Langdon kiggede forbavset på hende. "Men du sagde at du aldrig havde hørt om Rosslyn."

"Det har jeg heller ikke…" Hun kiggede sig omkring med et usikkert blik. "Min bedstefar må have taget mig med hertil da jeg var helt lille. Jeg ved det ikke. Stedet virker bekendt." Mens hun lod blikket glide rundt i kirken, begyndte hun at nikke med større og større sikkerhed. "Jo." Hun pegede i retning af den forreste del af midterskibet. "De to søjler der står der… dem har jeg set før."

Langdon kiggede ned mod de to omhyggeligt udhuggede søjler i den modsatte ende af kirken. Deres hvide kniplingsagtige mønster glødede nærmest med et rødligt skær idet dagens sidste solstråler strømmede ind gennem det vestvendte vindue. Søjlerne – der var placeret der hvor alteret normalt ville stå – var et underligt par. Søjlen til venstre var udelukkende udsmykket med enkle lodrette linjer, mens søjlen til højre var dekoreret med en overdådig blomsteragtig spiral.

Sophie var allerede på vej ned mod dem. Langdon skyndte sig efter hende, og da de nåede helt ned til søjlerne, nikkede Sophie vantro. "Jo, jeg er helt sikker på at jeg har set dem før!"

"Det tvivler jeg ikke på," sagde Langdon, "men det behøver ikke nødvendigvis at have været her."

Hun vendte sig. "Hvad mener du?"

"Disse to søjler er det mest efterlignede arkitektoniske element nogensinde. Der eksisterer efterligninger over hele verden."

"Efterligninger af Rosslyn?" Sophie så skeptisk ud.

"Nej, af søjlerne. Kan du huske at jeg sagde at Rosslyn kirke er en efterligning af Salomons Tempel? Disse to søjler er en præcis kopi af de to søjler der stod for enden af Salomons Tempel." Langdon pegede på søjlen til venstre. "Den der bliver kaldt Boaz – eller mesterens søjle. Den anden kaldes Jakin – eller lærlingens søjle." Han tav et øjeblik. "Faktisk findes der to søjler magen til disse ved stort set alle frimurertempler i verden."

Langdon havde allerede fortalt Sophie om tempelherrernes stærke historiske bånd til de moderne frimurerloger hvis forskellige grader – lærling, svend og mester – kunne dateres tilbage til de tidligste tempelherrers tid. Saunières sidste vers havde refereret direkte til de mestre der udsmykkede Rosslyn med deres kunstnerisk udhuggede offergaver. Verset nævnte også Rosslyns loft der var dækket af udskårne stjerner og planeter.

"Jeg har aldrig besøgt et frimurertempel," sagde Sophie mens hun fortsat betragtede søjlerne. "Jeg er næsten sikker på at jeg så dem her." Hun så sig igen om i kirken som om hun ledte efter noget andet der kunne ruske op i hendes hukommelse.

De andre besøgende var nu ved at forlade kirken, og den unge rundviser var på vej over mod dem med et venligt smil om munden. Han var en køn ung mand med rødt hår. Han var sidst i tyverne og talte med skotsk dialekt. "Jeg skal til at lukke for i dag. Er der noget, jeg kan hjælpe Dem med at finde?"

Den Hellige Gral for eksempel, havde Langdon lyst til at sige.

"Koden," udbrød Sophie som var det en pludselig åbenbaring. "Der er en kode her!"

Rundviseren så ud til at glæde sig over hendes entusiasme. "Ja, det er der, ma'am."

"Den er på loftet," sagde hun og begyndte at gå over mod den højre væg. "Et sted... herovre."

Han smilede. "Det er åbenbart ikke første gang, De besøger Rosslyn, kan jeg forstå."

Koden, tænkte Langdon. Han havde glemt dette lille aspekt ved grallegenden. Et af Rosslyns mange mysterier var en hvælvet buegang hvorfra hundredvis af stenblokke stak frem og dannede en underlig multifacetteret overflade. Hver eneste sten var udsmykket med et udskåret symbol, som umiddelbart virkede tilfældigt, og på den måde blev der skabt en kode af ufattelig dimension. Nogle mente at koden afslørede indgangen til det underjordiske kammer under kirken, mens andre mente at den fortalte den sande gral-legende. Ikke at det gjorde hverken fra eller til – kryptografer havde gennem flere århundreder forsøgt at bryde koden. Endnu den dag i dag tilbød Rosslyns Fond en stor dusør til den der var i stand til at afsløre kodens hemmelige mening – men koden forblev et mysterium.

"Jeg vil med glæde vise…"

Rundviserens stemme døde hen.

Min første kode, tænkte Sophie og gik som i trance over mod hvælvingen hvor koden var. Hun havde rakt Langdon rosentræsskrinet og kunne mærke hvordan hun fra det ene øjeblik til det andet glemte alt om Den Hellige Gral, Priory of Sion og alle det foregående døgns mysterier. Da hun nåede hen under loftet med koden og så op på symbolerne, begyndte minderne at vælde frem. Hun mindedes sit første besøg i kirken, og mærkeligt nok blev minderne ledsaget af en uventet tristhed.

Besøget havde fundet sted da hun var ganske lille – omkring et år efter at hendes familie var blevet dræbt. Hendes bedstefar havde taget hende med på en kort ferie til Skotland. De var taget hen for at se Rosslyn kirke inden de skulle hjem til Paris. Det var sent om aftenen, og kirken var lukket. Men de var alligevel derinde.

"Kan vi tage hjem nu, Grand-père?" spurgte Sophie træt.

"Lige straks, lille skat." Hans stemme var sørgmodig. "Der er en sidste ting jeg er nødt til at gøre. Vil du ikke bare vente i bilen?"

"Er det endnu en voksenting?"

Han nikkede. "Jeg lover at skynde mig."

"Må jeg kigge på koden igen? Det var så sjovt."

"Det ved jeg ikke rigtig. Jeg er nødt til at gå udenfor. Bliver du ikke bange hvis du er herinde alene?"

"Selvfølgelig gør jeg ikke det!" sagde hun forarget. "Det er ikke engang mørkt endnu!"

Han smilede. "Okay." Han fulgte hende over til hvælvingen som han havde vist hende tidligere.

Sophie lagde sig straks på ryggen på stengulvet og stirrede op i kollagen af puslespilsbrikker over sig. "Jeg har tænkt mig at bryde koden inden du kommer tilbage!"

"Okay, så er det et kapløb." Han bukkede sig ned, kyssede hende på panden og gik over til en dør i nærheden. "Jeg er lige her udenfor. Jeg lader døren stå åben. Hvis jeg skal komme, så kalder du bare." Han gik ud i det bløde aftenlys.

Sophie lå på gulvet og stirrede op på koden. Hendes øjenlåg føltes tunge. Efter få minutter blev symbolerne slørede. Og så forsvandt de.

Da Sophie vågnede føltes gulvet koldt.

"Grand-père?"

Intet svar. Hun rejste sig og børstede støvet af sig. Døren stod stadig åben, men det var blevet mørkere. Hun gik udenfor og kunne se sin bedstefar stå ved indgangen til et stenhus der lå lige bag ved kirken. Hendes bedstefar stod og talte lavmælt med en person der knap var synlig bag en netdør.

"Grand-père?" kaldte hun.

Hendes bedstefar vendte sig. Han vinkede og gjorde tegn til hende om lige at vente et øjeblik. Derefter sagde han nogle sidste ord til personen inde i huset og sendte et fingerkys gennem netdøren. Da han kom hen til Sophie, havde han tårer i øjnene.

"Hvorfor græder du, Grand-père?"

Han tog hende op og holdt hende tæt ind til sig. "Åh, Sophie, du og jeg har sagt farvel til så mange i år. Det gør ondt."

Sophie tænkte på ulykken – da havde hun måttet sige farvel til sin mor og far og bedstemor og lillebror. "Har du lige sagt farvel til en igen?"

"Til en kær ven som jeg elsker højt," svarede han. Han kæmpede for at holde gråden tilbage. "Og jeg er bange for at der vil gå lang tid før jeg ser hende igen."

Langdon stod alene tilbage med rundviseren og kiggede undersøgende rundt i kirken. Han blev efterhånden mere og mere bange for at de var havnet i en blindgyde. Sophie var gået hen for at kigge på koden og havde ladet Langdon stå tilbage med rosentræsskrinet som indeholdt et gralkort der nu viste sig overhovedet ikke at være til nogen hjælp. Selvom Saunières vers tydeligt havde peget på Rosslyn kirke, var Langdon ikke klar over hvad de skulle stille op nu hvor de var nået frem. Verset refererede til en klinge og en kalk som Langdon ikke kunne få øje på nogen steder.

The Holy Grail 'neath ancient Roslin waits.
The blade and chalice guarding o'er Her gates.

Den Hellige Gral under gamle Roslin venter. Klingen og kalken over hende vogter. Endnu en gang fornemmede Langdon at alle mysteriets brikker stadig ikke var til stede.

"Jeg bryder mig ikke om at snage," sagde den unge mand og kiggede på rosentræsskrinet som Langdon stod med i favnen. "Men det der skrin... må jeg have lov at spørge, hvor De har det fra?"

Langdon smilede træt. "Det er en usædvanlig lang historie."

Den unge mand tøvede mens hans blik igen faldt på skrinet. "Det er meget mærkeligt – min bedstemor har et skrin nøjagtig magen til – hun bruger det som smykkeskrin. Det er også lavet af poleret rosentræ, det har samme indlagte rose, selv hængslerne ser ud til at være magen til."

Langdon vidste at den unge mand nødvendigvis måtte tage fejl. Hvis noget skrin nogensinde havde været enestående, så var det dette – skrinet der var lavet specielt til opbevaring af Priory of Sion's slutsten. "Det kan godt være at de to skrin ligner hinanden, men –"

Døren på siden af kirken gik i med et rungende smæld som tiltrak begge mænds opmærksomhed. Sophie var gået ud af kirken uden et ord og var nu på vej ned ad en sti til et stenhus der lå bag kirken. Langdon stirrede efter hende. *Hvad er det lige hun laver?* Hun havde opført sig underligt lige siden de var gået ind i kirken. Han vendte sig om mod rundviseren. "Ved De hvad det er for et hus?"

Han nikkede, og det så ud til også at komme bag på ham at Sophie var på vej derned. "Det er præstegården. Kirkeværgen bor der. Hun er også formand for Rosslyns Fond." Han tav et øjeblik. "Og min bedstemor."

"Er Deres bedstemor formand for Rosslyns Fond?"

Den unge mand nikkede. "Jeg bor hos hende i præstegården og hjælper med at vedligeholde kirken og vise folk rundt." Han trak på skuldrene. "Jeg har boet her hele mit liv. Jeg voksede op hos min bedstemor i det der hus."

Langdon var bekymret for Sophie og gik over mod døren for at kalde på hende. Han var kun nået halvvejs derover da han pludselig stoppede brat op. Han bed pludselig mærke i noget som den unge mand havde sagt.

Jeg voksede op hos min bedstemor.

Langdon kiggede ud på Sophie og derefter ned på rosentræsskrinet som han stod med. *Umuligt.* Langdon vendte sig langsomt om mod den unge mand igen. "De sagde at Deres bedstemor har et skrin magen til dette?"

"Ja, fuldstændig magen til."

"Hvor har hun det fra?"

"Min bedstefar lavede det til hende. Han døde da jeg var helt lille. Men efter hvad min bedstemor fortæller var han et geni til at bruge sine hænder. Han lavede alle mulige ting."

Langdon begyndte at ane at et omfattende og ubegribeligt net af sammenhænge var ved at dukke frem. "De sagde at De voksede op hos Deres bedstemor. Må jeg spørge hvad der skete med Deres forældre?"

Den unge mand så overrasket ud. "De døde da jeg var helt lille." Han tav et øjeblik. "Samme dag som min bedstefar."

Langdons hjerte hamrede. "Ved en bilulykke?"

Den unge mand trådte uvilkårlig et skridt tilbage, og hans olivengrønne øjne sendte Langdon et forvirret blik.

"Ja. Ved en bilulykke. Hele min familie blev dræbt den dag. Jeg mistede min bedstefar, mine forældre og..." Han tøvede og stirrede ned i gulvet.

"Og Deres søster," sagde Langdon.

Stenhuset var præcis som Sophie huskede det. Det var sent på aftenen, et gyldent lys strømmede ud fra vinduerne og gav huset en varm og indbydende udstråling. Da Sophie nærmede sig, kunne hun høre en dæmpet hulken derindefra.

Gennem netdøren kunne hun se en ældre kvinde i entreen. Hun vendte ryggen mod døren, men Sophie kunne se at hun græd. Kvinden havde langt, kraftigt sølvgråt hår som vakte et uventet minde. Sophie følte hvordan hun blev draget nærmere og gik op ad trappen til verandaen. Kvinden stod med et indrammet fotografi i hænderne, og lod fingerspidserne løbe kærtegnende og sørgmodigt hen over det.

Det var et ansigt Sophie kendte godt.

Grand-père.

Kvinden havde åbenbart fået den sørgelige meddelelse om hans død.

Et af brædderne knirkede under Sophie og kvinden vendte sig langsomt. Hendes sørgmodige øjne fandt Sophies. Sophie havde lyst til at løbe, men hun stod som paralyseret. Kvindens varme blik veg ikke fra Sophie idet hun satte fotografiet fra sig og gik hen til netdøren. Det virkede som om der gik en evighed da de to kvinder stirrede på hinanden gennem det tynde net. Men langsomt som når en bølge dannes, ændrede kvindernes blik sig fra usikkerhed... til vantro... til håb... og til sidst til overvældende glæde.

Kvinden skubbede døren op og trådte ud på verandaen. Hun rakte hænderne frem og lagde dem om Sophies lamslåede ansigt. "Åh, kære lille barn... jamen dog!"

Selvom Sophie ikke kunne kende hende, vidste hun hvem kvinden var.

Hun forsøgte at sige noget, men kunne dårligt nok trække vejret.

"Sophie," hulkede kvinden og kyssede hende på panden.

Sophies ord kom som en chokeret hvisken. "Men... *Grand-père* sagde du var..."

"Det ved jeg godt." Kvinden lagde blidt sine hænder på Sophies skuldre og kiggede på hende med et velkendt blik. "Der var så meget din bedstefar og jeg var tvunget til at sige. Vi gjorde det vi mente var rigtigt. Jeg er ked af det, men det var for din egen sikkerheds skyld, lille prinsesse."

Da Sophie hørte hendes sidste ord, tænkte hun straks på sin bedstefar der havde kaldt hende prinsesse for længe siden. Det virkede som om lyden af hans stemme gav ekko i Rosslyns gamle stenmure.

Kvinden lagde armene om Sophie og tårerne strømmede ned ad hendes kinder. "Din bedstefar ønskede mere end noget andet at fortælle dig det hele. Men forholdet mellem jer var vanskeligt. Han forsøgte så ihærdigt. Der er så meget at forklare. Så uendelig meget at forklare." Hun kyssede igen Sophie på panden. "Ikke flere hemmeligheder, prinsesse. Det er på tide at du får sandheden at vide om din familie," hviskede hun til Sophie.

Sophie og hendes bedstemor sad på verandatrappen med tårer i øjnene da den unge rundviser kom løbende hen over plænen. Hans øjne lyste af håb og vantro.

"Sophie?"

Sophie nikkede gennem sine tårer og rejste sig. Hun kunne ikke kende den unge mands ansigt, men da de omfavnede hinanden kunne hun mærke hvordan blodet susede i hans årer – det blod hun nu forstod at de havde tilfælles.

Da Langdon kom gående ned mod dem, kunne Sophie ikke begribe at det blot var et døgn siden hun havde følt sig fuldstændig alene i verden. Og nu, på dette fremmede sted og omgivet af tre personer som hun dårligt kendte, følte hun endelig at hun hørte hjemme.

KAPITEL 105

Natten havde lagt sig over Rosslyn.

Robert Langdon stod alene på verandaen og nød lyden af genforeningens glæde der strømmede ud gennem netdøren bag ham. Han stod med et krus stærk kaffe i hånden, hvilket til en vis grad holdt den voksende træthed på afstand, men han mærkede at det var en stakket frist. Udmattelsen han følte var altgennemtrængende.

"De listede ud uden en lyd," sagde en stemme bag ham.

Han vendte sig. Sophies bedstemor var kommet ud på verandaen. Hendes sølvgrå hår lyste. Hendes navn, i det mindste gennem de seneste 28 år, var Marie Chauvel.

Langdon smilede træt. "Jeg synes, jeg ville give Deres familie lidt tid for sig selv." Gennem vinduet kunne han se Sophie sidde og snakke med sin bror.

Marie gik over og stillede sig ved siden af ham. "Mr. Langdon, fra det øjeblik jeg hørte at Jacques var blevet myrdet, frygtede jeg for Sophies sikkerhed. At se hende stå i min dør denne aften er mit livs største lettelse. Jeg vil aldrig kunne takke Dem nok."

Langdon vidste ikke hvad han skulle sige. Selvom han havde tilbudt at gå for at give Sophie og hendes bedstemor tid til at tale sammen i fred og ro, havde Marie bedt ham om at blive. *Min mand stolede på Dem, Mr. Langdon, så det gør jeg også.*

Så Langdon var blevet, og i tavs forundring havde han stået ved siden af Sophie og lyttet mens Marie fortalte om Sophies forældre. Utroligt nok kom både Sophies mor og far fra merovingiske familier der var direkte efterkommere af Maria Magdalene og Jesus Kristus. Sophies forældre, og deres forfædre, havde af sikkerhedsmæssige grunde ændret deres slægtsnavn fra Plantard og Saint-Clair. Deres børn repræsenterede de mest direkte kongelige slægtled og blev derfor omhyggeligt beskyttet af broderskabet. Da Sophies forældre blev dræbt ved en bilulykke hvis årsag ikke kunne fastslås, frygtede Priory of Sion at den kongelige slægts identitet var blevet afsløret.

"Din bedstefar og jeg," forklarede Marie, "var nødt til at tage en afgørende beslutning i det øjeblik vi blev ringet op og fik meddelelsen. Dine forældres bil var netop blevet fundet i floden." Hun tørrede sine øjne. "Det var meningen at vi alle seks – inklusive dig og din bror – skulle have været med i bilen den nat. Heldigvis ændrede vi vores planer i sidste øjeblik, og dine forældre var alene i bilen. Da vi hørte om ulykken, kunne Jacques og jeg ikke vide hvad der egentlig var sket... og om det virkelig var en ulykke." Marie så på Sophie. "Vi vidste at vi var nødt til at beskytte vores børnebørn, og vi gjorde det vi mente var bedst. Jacques fortalte politiet at din bror og jeg også havde været i bilen... vores lig var formodentlig blevet revet med af strømmen. Derefter gik din bror og jeg under jorden med hjælp fra broderskabet. Eftersom Jacques var en fremtrædende person havde han ikke mulighed for at forsvinde. Da du var den ældste gav det bedst mening at lade dig blive i Paris og vokse op hos Jacques, tæt på broderskabets hjerte og under deres beskyttelse." Hendes stemme blev til en hvisken. "At skille familien ad var den sværeste beslutning vi nogensinde har måttet tage. Der gik længe mellem at Jacques og jeg så hinanden, og det var altid under meget hemmelige omstændigheder... under beskyttelse af broderskabet. Der er visse ceremonier som broderskabet altid er tro mod."

Langdon havde en fornemmelse af at der var mere at tilføje, men syntes ikke at det var passende at han hørte mere. Så han var gået udenfor. Nu hvor han stod og så op på Rosslyn kirkes spir, måtte han se i øjnene at Rosslyns uløste mysterium stadig nagede ham. *Er gralen virkelig her i Rosslyn? Og hvis den er det, hvor er så den klinge og den kalk som Saunière nævner i verset?*

"Den skal jeg nok tage," sagde Marie og pegede på Langdons hånd.

"Tak skal De have," sagde Langdon og rakte hende den tomme kaffekop.

Hun kiggede på ham. "Jeg mente nu det De har i den anden hånd, Mr. Langdon."

Langdon kiggede ned, og samtidig gik det op for ham at han stod med Saunières papyrusrulle i hånden. Han havde taget den ud af kryptexet endnu en gang i håb om at få øje på noget han måske havde overset. "Ja, selvfølgelig. Undskyld."

Marie så fornøjet ud da hun tog papyrusrullen. "Jeg kender en mand i Paris som formodentlig er meget ivrig efter at se rosentræsskrinet vende tilbage til hans bank. André Vernet var en god ven af Jacques, og Jacques stolede fuldt ud på ham. André vil gøre hvad som helst for at leve op til Jacques' anmodning om at beskytte dette skrin."

Blandt andet skyde mig, tænkte Langdon og besluttede sig for ikke at nævne at han formodentlig havde brækket den stakkels mands næse. Idet hans tanker vendte tilbage til Paris, kom han til at tænke på de tre *sénéchaux* som var blevet myrdet den foregående nat. "Og hvad med broderskabet? Hvad gør de nu?"

"Hjulene er sat i bevægelse, Mr. Langdon. Broderskabet har overlevet gennem århundreder, og det vil også overleve dette. Der er altid nogen der venter på at stige i graderne og genopbygge det."

Langdon havde hele aftenen haft en formodning om at Sophies bedstemor var tæt knyttet til broderskabets aktiviteter. Priory of Sion havde trods alt altid haft kvindelige medlemmer. Fire Stormestre havde været kvinder. *Sénéchaux* var traditionelt set mænd – beskytterne – men samtidig besad kvinderne en langt mere ophøjet status inden for broderskabet og kunne stige til højeste grad fra stort set hvilket som helst stadie.

Langdon tænkte på Leigh Teabing og Westminster Abbey. Det virkede som en evighed siden. "Tvang kirken Deres mand til ikke at offentliggøre Sangreal-dokumenter ved Dagenes Ende?"

"Du milde himmel – nej. Dagenes Ende er en skrøne, skabt af paranoide mennesker. Der er intet i Priory of Sion's doktrin der indikerer en dato for afsløringen af gralen. Tværtimod har broderskabet altid holdt fast ved at gralen aldrig skal afsløres."

"Aldrig?" udbrød Langdon forbløffet.

"Det er mysteriet og spekulationerne der redder vores sjæl, ikke gralen i sig selv. Gralens skønhed ligger i hendes overjordiske natur." Marie Chauvel kiggede op på Rosslyn kirke. "For nogle er gralen et bæger der vil skænke dem evigt liv. For andre er det jagten på skjulte dokumenter og en hemmelig historie. Men for de fleste tror jeg at Den Hellige Gral ganske enkelt er en storslået forestilling... en prægtig og uopnåelig skat der på en eller anden måde inspirerer os – selv i nutidens kaotiske verden."

"Men hvis Sangreal-dokumenterne forbliver skjult, vil Maria Magdalenes historie gå tabt for evigt," sagde Langdon.

"Vil den? Prøv at se Dem omkring. Hendes historie fortælles i kunst, musik, bøger. Oftere og oftere som tiden går. Pendulet svinger. Vi er begyndt at fornemme faren der ligger skjult i den historiske udvikling... og den pro-blematiske bane vi befinder os på. Vi er begyndt at fornemme behovet for at genindføre den hellige kvinde." Hun tav et øjeblik. "De nævnte at De skriver på et manuskript om symbolerne for den hellige kvinde, er det ikke rigtigt?"

"Jo, det er rigtigt."

Hun smilede. "Gør det færdigt, Mr. Langdon. Syng hendes sang. Verden har brug for moderne troubadourer."

Langdon tav, men mærkede tyngden af hendes ord. Fuldmånen kom til syne over trætoppene i det fjerne. Han vendte blikket mod Rosslyn og mærkede en drenget begærlighed efter at vide hendes hemmeligheder. *Lad være med at spørge,* sagde han til sig selv. *Det er ikke det rette tidspunkt.* Han kastede et blik på papyrusrullen i Maries hånd og derefter tilbage på Rosslyn.

"Spørg bare, Mr. Langdon," sagde Marie med et smil. "De har gjort Dem fortjent til det."

Langdon mærkede at han rødmede.

"De vil gerne vide om gralen er her i Rosslyn."

"Kan De fortælle mig det?"

Hun sukkede med en påtaget opgivende mine. "Hvorfor er det at mænd simpelthen ikke *kan* lade gralen hvile i fred?" Hun lo – det var helt klart at hun nød det. "Hvorfor tror De at den er her?"

Langdon pegede på papyrusrullen i hendes hånd. "Deres mands vers refererer specifikt til Rosslyn, bortset fra at det også nævner en klinge og en kalk der vogter over gralen. Men jeg kunne ikke se nogen symboler for hverken klinge eller kalk derinde."

"Klingen og kalken?" spurgte Marie. "Hvordan ser de præcis ud?"

Langdon fornemmede at hun drillede ham, men han gik med på spøgen og beskrev hurtigt symbolerne.

"Nåh ja, selvfølgelig," sagde hun som om hun pludselig kom i tanke om det. "Klingen repræsenterer det maskuline. Jeg mener at den ser sådan ud, gør den ikke?" Hun trak en usynlig streg i sin håndflade med pegefingeren.

△

"Jo," sagde Langdon. Marie havde tegnet den mindre kendte "lukkede" version af klingen, men Langdon var klar over at den kunne skildres på begge måder.

"Og den modsatte," sagde hun og tegnede igen i sin håndflade, "er kalken som repræsenterer det feminine."

▽

"Helt korrekt," sagde Langdon.

"Og De siger at disse to symboler ikke findes blandt de hundredvis af symboler der er i Rosslyn kirke?"

"Jeg kunne i hvert fald ikke få øje på dem."

"Og hvis jeg viser Dem, hvor de er, vil De så kunne sove roligt?"

Inden Langdon nåede at svare, var Marie Chauvel gået ned fra verandaen og var på vej op mod kirken. Langdon skyndte sig efter hende. Da de trådte ind i den gamle bygning, tændte Marie lyset og pegede ind mod midten af kirkegulvet. "Der har De dem, Mr. Langdon. Klingen og kalken."

Langdon stirrede på det slidte stengulv. Det var tomt. "Jeg kan ikke se nogen..."

Marie sukkede og begyndte at gå langs den berømte sti der var slidt ned i kirkegulvet, samme sti som Langdon havde set de besøgende følge tidligere på aftenen. Selv da hans øjne havde stillet skarpt på det gigantiske symbol på gulvet, forstod han ikke hvad hun mente. "Men det er Davidsstjer–"

Langdon stoppede brat op og tav øjeblikkelig da det gik op for ham.

Klingen og kalken.
Forenet til ét hele.

Davidsstjernen... den fuldendte forening af manden og kvinden... Salomons Segl... markeringen af det Helligste af det Hellige hvor den mandlige og kvindlige guddom – Yahweh og Shekinah – mentes at hvile.

Langdon havde brug for et øjeblik til at genvinde mælet. "Verset refererer altså rent faktisk til Rosslyn."

Marie smilede. "Åbenbart."

Han fik gåsehud af at tænke på hvad det betød. "Den Hellige Gral ligger altså i det underjordiske kammer under kirken?"

Hun lo. "Kun i ånden. En af Priory of Sion's ældste opgaver var en dag at lade gralen vende tilbage til hendes hjemland, Frankrig, hvor hun skulle hvile i al evighed. Gennem århundreder blev hun flyttet fra sted til sted for at beskytte hende. Yderst uværdigt. Da Jacques blev Stormester var hans opgave at genoprette hendes ære ved at lade hende vende tilbage til Frankrig og bygge hende et hvilested der var en dronning værdig."

"Og lykkedes det ham?"

Hendes ansigt blev alvorligt. "Mr. Langdon, i betragtning af hvad De har gjort for mig i nat, og som formand for Rosslyns Fond, kan jeg fortælle Dem, at gralen helt sikkert ikke er her længere."

Langdon besluttede sig for at presse hende lidt mere. "Men det er meningen at slutstenen skal lede frem til det sted Den Hellige Gral ligger skjult nu. Hvorfor peger den så på Rosslyn?"

"Måske misforstår De meningen. Husk på at gralen kan være tvetydig. Det samme kunne min afdøde mand."

"Men hvor meget tydeligere kan det siges?" spurgte han. "Vi står over et underjordisk kammer der er markeret med en klinge og en kalk, under et loft fuld af stjerner, omgivet af Frimurermestrenes kunst. Alt peger på Rosslyn."

"Okay, lad mig lige se det mystiske vers." Hun foldede papyrusrullen ud og læste langsomt verset højt.

The Holy Grail 'neath ancient Roslin waits.
The blade and chalice guarding o'er Her gates.
Adorned in masters' loving art, She lies.
She rests at last beneath the starry skies.[4]

Da hun var færdig, tav hun et øjeblik indtil et sigende smil dukkede frem på hendes læber. "Ahh, Jacques."

Langdon betragtede hende forventningsfuld. "Forstår De det?"

"Som De selv var vidne til i forbindelse med kirkegulvet, Mr. Langdon, så er der mange måder at sige enkle ting på."

Langdon vred sin hjerne for at forstå meningen. Alt hvad Jacques Saunière angik så ud til at være tvetydigt, men alligevel kunne Langdon ikke gennemskue hvilken anden mening der kunne ligge skjult i verset.

Marie gabte. "Mr. Langdon, jeg må tilstå at jeg aldrig officielt har været medvidende om hvor gralens nuværende hvilested er. Men jeg var naturligvis gift med en indflydelsesrig mand... og den kvindelige intuition er stærk." Langdon begyndte at sige noget, men Marie fortsatte. "Jeg er ked af at De efter Deres hårde arbejde alligevel må forlade Rosslyn uden et egentligt svar. Men samtidig er der noget der siger mig at De en dag vil finde det De søger. En dag vil det gå op for Dem." Hun smilede. "Og når det gør det, er jeg overbevist om at De, af alle mennesker, kan holde på en hemmelighed."

Der kom en lyd henne fra døråbningen. "I forsvandt begge to," sagde Sophie idet hun trådte ind i kirken.

"Jeg var netop på vej tilbage," svarede hendes bedstemor og gik over til Sophie. "Godnat, prinsesse." Hun kyssede Sophie på panden. "Lad nu være med at holde Mr. Langdon vågen for længe."

Langdon og Sophie fulgte hendes bedstemor med øjnene da hun gik tilbage til huset. Da Sophie vendte sig om mod ham, havde hun tårer i øjnene. "Ikke ligefrem den ende på det hele som jeg havde forestillet mig."

Så er vi to, tænkte Langdon. Han kunne se at hun var overvældet. Det hun havde fået at vide i nat havde ændret hele hendes liv. "Er du okay? Det er en stor mundfuld at fordøje."

---

[4] Den Hellige Gral under gamle Roslin venter. Klingen og kalken over hende vogter. Omgivet af mestrenes hengivne kunst hun ligger. Endelig under den stjernefyldte himmel hun hviler.

Hun smilede. "Jeg har en familie. Det er der jeg vil starte. Hvem vi er, og hvor vi stammer fra vil tage længere tid at forstå."

Langdon sagde ikke noget.

"Bortset fra i nat, vil du så blive her lidt?" spurgte Sophie. "I det mindste et par dage?"

Langdon sukkede. Der var intet han hellere ville. "Du har brug for noget tid her sammen med din familie, Sophie. Jeg tager tilbage til Paris i morgen tidlig."

Hun så skuffet ud, men så samtidig ud til at forstå at det var det rigtige at gøre. De stod længe uden at sige noget. Til sidst rakte Sophie ud efter hans hånd og førte ham ud af kirken. De gik op på en lille høj ved siden af kirken. Foran dem strakte det skotske landskab sig i det blege månelys så langt øjet rakte. De sagde ikke noget, men stod blot med hinanden i hånden og kæmpede hver især med den overhængende dyne af udmattelse.

Stjernerne kunne kun lige netop skimtes, men mod vest var der en enkelt lysende plet der var klarere end alle de andre. Langdon smilede da han fik øje på den. Det var Venus. Den gamle gudinde der skinnede – vedholdende og tålmodigt.

Det var ved at blive køligt, og der kom en kold brise fra de lave højdedrag. Efter et stykke tid kiggede Langdon over på Sophie. Hun stod med lukkede øjne og et lille tilfreds smil om munden. Langdon kunne mærke at hans egne øjne også var ved at glide i. Han gav modstræbende hendes hånd et klem. "Sophie?"

Hun åbnede langsomt øjnene og vendte sig om mod ham. Hun sendte ham et søvnigt smil. "Hej."

Langdon blev pludselig ked af det da det gik op for ham at han skulle vende tilbage til Paris uden hende. "Det kan være at jeg er taget af sted inden du vågner." Han tav og forsøgte at synke den klump han havde i halsen. "Du må undskylde, men jeg er ikke så god til at –"

Sophie lagde en hånd på hans kind. Så lænede hun sig frem og kyssede ham blidt på den anden kind. "Hvornår ser jeg dig igen?"

Langdon stod et øjeblik som tryllebundet af hendes øjne. "Hvornår?" Han spekulerede på om hun vidste at han havde tænkt på præcis det samme. "Tja, jeg skal faktisk holde en forelæsning ved en konference i Firenze i næste måned. Jeg er der en uges tid uden at have ret meget at give mig til."

"Er det en invitation?"

"Det er den rene luksus vi kommer til at bo i. De har givet mig et værelse på Brunelleschi."

"Du forudsætter en hel del, Mr. Langdon," sagde hun drillende.

Han blev forlegen da det gik op for ham hvordan det havde lydt. "Jeg mente –"

"Robert, der er ikke noget jeg hellere vil end at møde dig i Firenze. Men på én betingelse." Hendes tonefald blev alvorligt. "Ingen museer, ingen kirker, ingen gravsteder, ingen kunst."

"I Firenze? I en uge? Der er ikke meget andet at give sig til."

Sophie lænede sig frem mod ham og kyssede ham igen – denne gang på munden. De lagde armene om hinanden. Da hun trak sig væk, havde hun et forventningsfuldt blik i øjnene.

"Okay," fik Langdon fremstammet. "Det er en aftale."

EFTERSKRIFT

Robert Langdon vågnede med et sæt. Han havde drømt. Badekåben der hang ved siden af hans seng var forsynet med et monogram – HOTEL RITZ PARIS. Han så et svagt lys sive ind gennem gardinerne. *Er det morgen eller aften?* tænkte han.

Langdon følte sig varm og udhvilet. Han havde sovet det meste af de forløbne to døgn. Da han satte sig op i sengen, gik det op for ham hvad det var der havde vækket ham… det underligste indfald. I et par dage havde han nu spekuleret og spekuleret, men nu var han pludselig kommet i tanke om noget han ikke havde tænkt på før.

Kan det passe?

Han blev siddende længe uden at røre sig.

Så stod han op og gik ud i bad. Mens han lod de hårde vandstråler massere sine skuldre, blev hans tanker ved med at kredse om det der pludselig var faldet ham ind.

Umuligt.

Tyve minutter senere trådte Langdon ud fra Hotel Ritz og ud på Vendôme-pladsen. Natten var ved at sænke sig over Paris. De mange dages søvn betød at han havde mistet tidsfornemmelsen – men samtidig følte han sig underligt klar i hovedet. Han havde lovet sig selv at stoppe i foyeren og få sig en kop café au lait for at samle tankerne, men i stedet bevægede hans ben sig direkte ud gennem døren, ud i den parisiske nat.

Langdon mærkede hvor spændt han var da han gik østpå ad Rue des Petits Champs. Han drejede mod syd ad Rue Richelieu hvor luften fyldtes af en sødlig duft af de blomstrende jasminer i parken ved Palais Royal.

Han fortsatte mod syd til han fik øje på det han ledte efter – den berømte kongelige arkade – en funklende flade af blankpoleret sort marmor. Langdon gik hen over den mens han betragtede overfladen under sine fødder. Få sekunder senere fandt han det som han vidste var der – adskillige bronze-medaljoner der var nedlagt i marmorfliserne i en fuldstændig lige linje. Hver plade var knap femten centimeter i diameter, og de samme to bogstaver var indgraveret i dem alle – N og S.

Nord. Sud.

Han vendte sig mod syd og lod øjnene følge den lange, usynlige linje som medaljonerne dannede. Han begyndte at gå langs det usynlige spor alt imens han holdt blikket rettet mod fortovet. Da han passerede hjørnet ved Comédie-Francaise, dukkede endnu en bronzeplade op under hans fødder. *Yes!*

For mange år siden havde Langdon hørt at Paris' gader var udsmykket med 135 af disse bronzemedaljoner – indlejret i fortove, pladser og gader, på en nord-sydgående akse tværs gennem byen. Engang havde han fulgt linjen fra Sacré-Coeur, nordpå over Seinen for til sidst at ende ved det gamle parisiske observatorium. Der gik det op for ham hvad betydningen bag dette hellige spor var.

Jordens oprindelige primære meridian.

Verdens første nul-længdegrad.

Paris' gamle rosenlinje.

Langdon skyndte sig over Rue de Rivoli og var klar over at hans bestemmelsessted var inden for rækkevidde nu. Mindre end én blok væk. Han tænkte på verset – *Den Hellige Gral under gamle Roslin venter.*

Åbenbaringen rullede som bølger ind over ham. Saunières gammeldags måde at stave Roslin på... klingen og kalken... graven der var udsmykket med mestrenes kunst.

Var det derfor Saunière ville mødes med mig? Havde jeg uden at vide det gættet sandheden?

Han begyndte at småløbe langs rosenlinjen der ledte ham frem mod hans bestemmelsessted. Da han trådte ind i Passage Richelieu's lange tunnel, rejste hårene sig på hans nakke af forventning. Han vidste at for enden af denne tunnel stod det mest mystiske af alle Paris' monumenter – udtænkt og bestilt i 1980'erne af sfinxen selv, François Mitterrand, en mand der var kendt for at bevæge sig i hemmelige kredse, en mand som havde skænket Paris et monument som Langdon havde besøgt blot få dage forinden.

Det virker som en evighed siden.

Med en sidste kraftanstrengelse løb Langdon gennem passagen og trådte ud på den velkendte plads. Han stoppede brat op. Mens han stod og hev efter vejret, løftede han langsomt blikket op mod det funklende bygningsværk foran ham.

Louvre-pyramiden.

Den strålede i mørket.

Han tillod sig blot at stå og beundre den et kort øjeblik. Han var mere interesseret i det der lå til højre for ham. Han vendte sig og mærkede hvordan hans ben igen bar ham langs rosenslinjens usynlige spor, over til Carrousel du

Louvre. Den enorme cirkel af græs omkranset af en nydelig klippet hæk, der engang havde været centrum for Paris' første naturdyrkelsesfester – stedet hvor muntre ritualer var blevet udført som hyldest til frugtbarheden og gudinden.

Langdon følte det som om han trådte ind i en anden verden da han skrævede over hækken og trådte ind på græsset. Den hellige grund var nu udsmykket med et af Paris' mest usædvanlige monumenter. I midten af cirklen åbnede den enorme, omvendte glaspyramide sig som et svælg af krystal. Samme pyramide som han havde betragtet for et par dage siden, da han havde været nede i Louvres underjordiske foyer.

La Pyramide Inversée.

Langdon gik skælvende hen til kanten og kiggede ned i Louvres store underjordiske sal der glødede af et varmt lys. Hans øjne fokuserede ikke blot på den enorme omvendte pyramide, men også på det der lå lige under den. På gulvet i rummet nedenunder stod der en lillebitte konstruktion – en konstruktion Langdon havde nævnt i sit manuskript.

Langdon mærkede hvordan en bølge af spænding løb gennem hans krop ved tanken om den ubegribelige mulighed. Idet han løftede blikket mod Louvre, fornemmede han hvordan bygningens enorme vingefang nærmest omsluttede ham – den ene sal efter den anden bugnende af verdens fineste kunstværker. Da Vinci… Botticelli… *Omgivet af mestrenes hengivne kunst hun ligger.*

Langdon stod fuldstændig overvældet af betagelse og stirrede ned gennem glasset på den lille konstruktion nedenunder.

Jeg må derned!

Han trådte ud af cirklen og skyndte sig hen over pladsen, over mod Louvres enorme pyramideformede indgang. Dagens sidste besøgende var ved at slentre ud fra museet.

Han skubbede sig vej gennem svingdøren og skyndte sig ned ad den brede trappe under pyramiden. Han kunne mærke at luften blev køligere. Da han nåede helt ned, gik han hen ad den lange underjordiske korridor der strakte sig under pladsen foran Louvre, tilbage mod *La Pyramide Inversée.*

For enden af korridoren trådte han ud i en stor sal. Lige foran ham hang den funklende omvendte pyramide – en imponerende V-formet glaskonstruktion.

Kalken.

Langdons blik gled ned over figuren, helt ned til dens spids der befandt sig blot to meter over gulvet. Lige under dens spids stod den lille konstruktion.

En miniature-pyramide. Kun en meter høj. Den eneste lille konstruktion i dette enorme bygningsværk.

Da Langdon i sit manuskript havde diskuteret Louvres udsøgte samling af gudindekunst, havde han flygtigt strejfet denne lille beskedne pyramide. *"Miniaturekonstruktionen skyder op gennem gulvet som var det toppen af et isbjerg – spidsen af et gigantisk pyramideformet kammer der ligger skjult under overfladen."*

Spidserne på pyramiderne rørte næsten hinanden. Kalken foroven. Klingen forneden. *Klingen og kalken over hende vogter.*

Langdon hørte Marie Chauvels ord for sit indre øre. *En dag vil det gå op for Dem.*

Han stod under den gamle rosenlinje, omgivet af mestrenes kunst. *Saunière kunne dårligt have valgt et bedre sted til gralen.* Endelig følte Langdon at han forstod den fulde mening af Stormesterens vers. Han løftede blikket mod himlen og kiggede op gennem glasset på den storslåede stjernefyldte nattehimmel. *Endelig under den stjernefyldte himmel hun hviler.*

Som en mumlen i mørket lød de gamle ord. *En søgen efter Den Hellige Gral er en søgen efter at knæle ved Maria Magdalenes jordiske rester. En rejse for at bede ved den udstødtes fod.*

Robert Langdon blev med ét overvældet af ærefrygt og knælede.

Et kort øjeblik syntes han at han hørte en kvindestemme... tidernes visdom... som en hvisken fra jordens afgrund.